在家乡天峨的溪水边（章明摄）

在肖邦故居

在"眼镜"里眺望

在成都宣传电视剧《耳光响亮》

根据小说《没有语言的生活》改编的电影《天上的恋人》开拍,与蔡玉珍的扮演者董洁和朱灵的扮演者陶虹合影

在法兰克福书展

东西自选集

东西 ◎ 著

天地出版社 | TIANDI PRESS

图书在版编目（CIP）数据

东西自选集 / 东西著 . —成都：天地出版社，2018.3
（路标石丛书）
ISBN 978-7-5455-2850-3

Ⅰ．①东… Ⅱ．①东… Ⅲ．①中国文学—当代文学—作品综合集 Ⅳ．①I217.2

中国版本图书馆 CIP 数据核字（2017）第119696号

东西自选集

出 品 人	杨　政
著　　者	东　西
责任编辑	陆　翌
封面摄影	谜图公社
封面设计	今亮后声
电脑制作	九章文化
责任印制	葛红梅

出版发行	天地出版社 （成都市槐树街2号　邮政编码：610014）
网　　址	http://www.tiandiph.com http://www.天地出版社.com
电子邮箱	tiandicbs@vip.163.com
经　　销	新华文轩出版传媒股份有限公司

印　　刷	北京中科印刷有限公司
版　　次	2018年3月第1版
印　　次	2018年3月第1次印刷
成品尺寸	160mm×238mm　1/16
印　　张	40
字　　数	659千
定　　价	58.00元
书　　号	ISBN 978-7-5455-2850-3

版权所有◆违者必究

咨询电话：（028）87734639（总编室）
购书热线：（010）67693207（市场部）

本版图书凡印刷、装订错误，可及时向我社发行部调换

序言

王蒙

新华文轩集团在做一套当代作家的自选集,第一批将出版陈忠实、史铁生、张炜、韩少功、王蒙的自选作品,目前签约的则还有熊召政、王安忆、赵玫、方方、池莉、苏童等同行文友,今后还将考虑出版港澳台及海外华语作家的自选作品。好事,盛事!

现在的文学创作并没有太大的声势,人们的注意力正在被更实惠、更便捷、更快餐、更市场、更消费也更不需要智商的东西所吸引。老龄化也不利于文学作品的阅读与推广,因为老人们坚信他们二十岁前读过的作品才是最好的,坚信他们在无书可读的时期碰到的书才是最好的,就与相信他们第一次委身的情人才是最美丽的一样。新媒体则常常以趣味与海量抹平受众大脑的皱折,培养人云亦云的自以为聪明的白痴,他们的特点是对一切文学经典吐槽,他们喜欢接受的是低俗擦边段子。

孟子早就指出来了,"耳目之官不思,而蔽于物。物交物,则引之而已矣。心之官则思,思则得之,不思则不得也。"他强调的是心(现在说应该是"脑")的思维与辨析能力,而认为仅仅靠视听感官,会丧失人的主体性,丧失精神的获得。因为一切的精神辨析与收获,离不开人的思考。

当然,耳目也会激发驱动思维,但是思维离不开语言的符号,而文学是语言的艺术,是思维的艺术,是头脑与心灵而不仅仅是感觉的艺术。文艺文艺,不论视听艺术能赢得多多少倍的受众,文学仍然是地基又是高峰,是根本又是渊薮。文学的重要性是永远不会过时与淡化的。

当代文学云云,还有一个问题,"时文"难获定论,时文受"时"的影响太大。学问家做学问的时候也是希罕古、外、远、历史文物加绝门暗器,不喜欢顺手可触、汗牛充栋的时文。

但读者毕竟读得最多最动心动情最受影响的是时文。时文晒一晒,静一静，冷一冷，筛一筛，莫佳于出版自选集。此次编选，除王蒙一人而外都是"文化大革命"后"新时期"涌现的作家，基本上是知青作家。知青作家也都有了三十年上下的创作历程与近千万字的创作成果。几十年后反观，上千万字中挑选，已经甩掉了不少暂时的泡沫，已经经受了飞速变化与不无纷纭的潮汐的考验，能选出未被淘汰的东西来，是对出版更是对读者的一个贡献。以第一批作者为例，陈忠实的作品扎根家乡土地，直面历史现实，古朴淳厚，力透纸背。史铁生身体的不幸造就了他的悲天悯人，深邃追问，碧落黄泉，振撼通透，沉潜静谧。张炜对于长篇小说的投入与追求，难与伦比，乡土风俗，哲思掂量，人性解剖，一以贯之，未曾稍懈。韩少功更是富有思辨能力的好手，亦叙亦思，有描绘有分解，他的精神空间与文学空间纵横古今天地，耐得咀嚼，值得回味。我的自选也忝列各位老弟之间，偷闲学学少年，云淡风清，傍花随柳，作犹未衰老状，其乐何如？

我从六十余年前提笔开写时就陶醉于普希金的诗：

> 我为自己建立了一座非人工的纪念碑，
> ……所以永远能和人民亲近，
> 我曾用诗歌，唤起人们善良的感情，
> 在残酷的时代歌颂过自由，
> 为倒下去的人们，祈求宽恕同情。
> ……不畏惧侮辱，也不希求桂冠，
> 赞美和诽谤，都心平静气地容忍。

看到文友们的自选集的时候，我想起了普希金的诗篇《纪念碑》。每一个虔诚的写者，都是怀着神圣的庄严，拿起自己的笔的。都是寄希望于为时代为人民修建一尊尊值得回望的纪念碑来的。当然，还不敢妄称这批自选集就已经是普希金式的纪念碑，那么，叫路标石就好。几十年光阴荏苒，总算有那么几块石头戳在那里，记录着时光和里程，记忆着希冀和奋斗，还有无限的对于生活、对于文学的爱惜与珍重。它们延长了记忆，扩展了心胸，深沉了关切与祝福，也提供给所有的朋友与非朋友，唤起各自的人生百味。

自序

每天早晨起床,我第一件事是刷牙、洗脸,第二件是吃早餐,第三件就是上网浏览新闻。如果电脑摆在床头,那第三件事很容易就变成第一件。开车的时候,我会第一时间打开收音机;周末,我会看看纸媒的深度报道。尽管我还没"织围脖"(开微博),但《手机报》每天必看。我关心利比亚动荡的局势,关心日本福岛的核辐射,为美国国会差一点儿没通过政府的财政预算案捏一把汗……坐在家里,搜索天下,我像海绵吸水那样吸收信息,生怕自己变成瞎子和聋子。必须承认,我已经被媒体绑架,并且被绑架了还快乐着。

为什么我对消息如此着迷?是老爸的基因遗传,抑或是害怕自己被这个世界抛弃?身心的反应可以证明,当我获得有价值的消息时,会本能地产生愉悦感。这种"愉悦"解释了我为什么会有好奇心?为什么会有求知欲和窥视癖?也就是说,打探消息是人类的本性。媒体高度发达和网络海量储存,正好满足了我对信息的需求。我不用经历枪林弹雨,却可以看到真实的战争;我不用顶烈日流臭汗,却可以近距离地观察动物;我不用办签证,却能欣赏外国风光。那些昔日必须亲临现场才能看见或知道的,现在都由别人的摄像机免费供应。记者在冲锋陷阵,探险者和旅游者在边走边拍,上帝和政治家在导演。突发事件、自然灾害令人目不暇接,新消息源源不断地到来。

基于以上的媒体环境,一个美国作家和一个中国作家很有可能同时关注一个事件,比如"9·11恐怖袭击",比如"2008北京奥运会开幕式"。除非你对这个世界不闻不问,否则很难逃脱消息对心灵的影响。利比亚动荡的局势刺激我对权力的反思;日本的核泄漏影响我的生死观;法国戴高乐机场屋顶忽然坍塌砸死两个中国人引发我对偶然的感叹……只要我们连线,全球资讯都可以共享。遥远的事情变得很近,愤怒和同情延伸得很远。这就是中国唐代诗人张九龄描写的状况："海上生明月，天涯共此时。"同样的信息当然会喂养出相似的思想。为了所谓的世界视野，我们可能已经牺牲掉了自己独特的经验。就像移栽到城市里的树木，虽然它们各有故乡，但移栽到城市之后，它们享受同样的阳光、吸收相同的养分、经历类似的风雨，于是也就呈现出相似的表情。过去在写作上竭力强调"不重复自己"，但在信息共享的今天，我们却尤其需要警惕"重复别人"。

　　清醒的写作者早就呼吁作家们走出象牙塔，直接面对太阳、风雨，贴近大地，直接与人交流和恋爱，回避媒体提供的二手生活。这当然是获得独特经验的一种方法，也是避免"同质化"的有效手段。在中国、在西方，一些作家坚持不看电视、不上网、不拿手机。他们用眼睛观察、用耳朵倾听、用皮肤感受，只写自己的体验。2008年获得诺贝尔文学奖的法国作家勒克莱齐奥就是一个极端的例子。勒克莱齐奥生在法国，长在非洲，求学英国，在泰国服兵役，在美国执教，游历了世界上许多国家和地区，尤其热爱墨西哥和巴拿马的印第安部落，拥有毛里求斯和法国双重国籍，是一个旅行者、流浪汉。他在小说《诉讼笔录》中塑造了一个反现代文明的角色亚当·皮洛。此人独自待在一所荒废的空屋里，整天无所事事，不是光着身子晒太阳就是到处闲逛，除了关心吃喝拉撒，对现代人的政治、经济、交往、文化、娱乐、信息、知识等均不"感冒"（网络语，感兴趣的意思）。他腾空脑子，过着近乎原始人的生活，把自己降为非人，模仿狗的动作，渴望像狗那样自由地撒尿和交欢，甚至力图物化自己，恨不得变成青苔、地衣，差不多就要成了细菌和化石。勒克莱齐奥认为人们的生活都千篇一律，好似千万册书叠放在一起，每个人都丧失了个性，只有亚当·皮洛才是世界上唯一的活人。

　　这是勒克莱齐奥绝对的个人经验，也是他天真的梦想。人类已经回不去了。让一个"被文明"的人接受亚当·皮洛那样的原始生活，和让亚当接受现代文明的难度几乎是一样的。对亚当来说，文明的过程就是吸毒的过程。他拒绝吸毒，把持着自然人的特性。而我，或者说我们，已经一头扎进了现代文明丰满的胸怀，正美滋滋地享受文明带来的诸多便利，当然包括享受信息的便利。由于媒体高度发达，信息爆炸，判断难免会被干扰。在我的脑海，有一个媒体塑造的美国；在你的脑海，有一个媒体塑造的中国。但是，当我们脱离媒体，去亲历、去体验的时候，突然发现对方原来不是媒体上描写的那个对方。媒体的塑造和真实的经验发生了偏差。"日本3·11大地震"之后，各大媒体对这一事件作了详细的报道。日本政府和东京电力公司多次向媒体保证：没有隐瞒核辐射事故的任何事实。但是，4月3日，距离核辐射24公里远的南相马市市长樱井胜延通过视频向外界求助时却说："由于我们从政府和东京电力公司获得的信息非常少，我们被孤立了。"以上三方，我不知道哪一方的信息诚实、准确。就像日本导演黑泽明执导的电影《罗生门》那样，每一个人都在为了自己的利益编造谎言，令真相更加扑朔迷离。日本是地震多发国家，他们在报道地震的时候，为了不传播消极情绪，镜头和文字尽量回避残忍的死亡、失态的呼号和过度的泪水。而这一切正是文学不可或缺的部分，正是作家们最愿意描写的段落。为了不使国民心理产生太大波动，媒体有意或无意会过滤掉一些细节，遮蔽掉部分经验。如果作家只从媒体上照搬生活经验，那他的写作内容很可能在源头处就已经弯曲变形。

　　警惕媒体，又离不开媒体。这是全媒体时代作家们的宿命。作家在需要个人经验的同时，还需要宽阔的视野、丰富的知识、新鲜的材料。一个人的经历是有限的，如果完全抛弃媒体，那他的视野也许就受到限制。所以，我离不开媒体提供的经验，甚至在写作时需要二手经验对一手经验进行补充。一些更为年轻的作家，基本都生活在网上。从网上获取经验已是他们的常态。我不能否定这种生活，也不敢妄言来自网上的经验就一定写不出优秀的作品。有时候，媒体视频播放的画面，比自己的亲历更靠近目标，更接近本质。我就在慢镜头里，看到过眼镜蛇毒液喷出时的形状和曲线，这是肉眼根本没法看清的事实。二手经验并不是问题，问题是我们有没有意识到眼睛的前方尚有一个镜头的存在？新闻报道的后面还有记者的大脑、媒体的企图？不管是直接或间接的经验，对于作家来说，每一次写作都是一次拨开迷雾的过程。拨开得越深，也许就越能看到有价值的经验，就像珍珠在蚌壳里，就像思想在大脑深处。面对媒体海量的信息，作家必须学会用减法。比如用一支香烟的重量减去烟灰的重量，你就能算出烟的重量。用人体临死前的重量减去死掉一分钟后的重量，你就能算出人类灵魂的重量，有人说答案是21克。如果我们能算出镜头过滤掉的温度，能算出记者大脑的用意、媒体的企图，那一部伟大的作品也许就产生了。作家的作为就在这轻轻的21克里，他们在信息与作品之间设了一道复杂的工序，那就是作家心灵的化学反应。这个反应过程就是写作过程，真的被保留，假的被抛弃，正好与食品造假的工序逆行。有了作家的心灵检测，我们就能从小说中读到真正的中国经验或美国经验。

这也是作家存在的理由。他们可以从假的信息里提炼出真的信息。他们一次次证明虚构比现实更可信。

所以，经验在媒体的里面、在生活的深处、在心灵的底层。如果我们没有灵魂引导、没有追问需求、没有开采能力，那就有可能永远触摸不到真实，那一本本砖头似的作品所呈现的，也许都是经验的表皮，也许就是货真价实的伪经验。

目录

长篇小说 1

篡改的命（选章）／ 3

后悔录（选章）／ 93

耳光响亮（选章）／ 176

中篇小说 269

没有语言的生活 ／ 271

救命 ／ 298

目光愈拉愈长 ／ 334

痛苦比赛 ／ 365

慢慢成长 ／ 396

不要问我 ／ 424

短篇小说 473

你不知道她有多美 ／ 475

请勿谈论庄天海 ／ 482

蹲下时看到了什么 ／ 491

双份老赵　/ 504

　　私了　/ 511

　　送我到仇人的身边　/ 520

　　我们的父亲　/ 533

　　雨天的粮食　/ 541

　　溺　/ 546

散文随笔 553

　　故乡，您终于代替了我的母亲　/ 555

　　寻找中国式灵感　/ 559

　　真正的经典都曾九死一生　/ 563

　　文学的远与近　/ 566

　　虚构的故乡　/ 569

　　每天都有新词句　/ 573

　　先锋小说的变异　/ 577

　　从"马航失联"扯到中国编剧　/ 580

　　关于小说的几种解释　/ 583

　　相信身体的写作　/ 588

　　要人物，亲爱的　/ 590

　　好像不是虚构，而是现实　/ 593

　　代跋　在命运的万壑千沟之间——论东西，
　　　　　以长篇小说《篡改的命》为切入点　/ 597

附　录

　　东西主要作品出版年表　/ 619

长篇小说

篡改的命（选章）

引子

1

汪长尺提前十分钟到达指定地点，这辈子他从来没迟到过，因此他不想在最后一次背上"迟到"的名声。他穿着干净整洁的衣服，理了头发，刮了胡须，本想买双崭新的皮鞋穿上，但想想五百块钱够他爹在农村装一扇玻璃窗，便咽了一口唾液，捏了捏手指，放弃。现在他穿着一双洗得发白的解放鞋，站在西江大桥正中的边栏旁。这个位置离水面的距离最高，估计摔下去时也会最响。人活一辈子，或默默地消失，或响响地离开，二者必选其一。天空出奇的蓝，云朵空前的洁白，上苍似乎故意给他一个好天气，抑或是送他最后一点念想。水面铺满阳光，由于风的原因，波光的强弱不停地改变，一会这儿刺眼，一会那儿刺眼。汽车的轰鸣没过去那么讨厌，似乎还有一点悦耳，就连车屁股喷出的尾气，也仿佛散发出清香。看着两岸依次排过去的楼房，他想那个人一定隐藏在某扇窗口之后，举着望远镜，正在监督我对我的执行……

第一章 死磕

2

汪长尺把消息捂臭了才告诉汪槐。汪槐正在自饮，听到这个消息就像吃了一枚馊鸡蛋，恨不得马上呕吐。但消息就是消息，它是没法用来呕吐的。因此，汪槐只能憋着，几乎要憋成内伤，才放一口气，说你不是上线了吗，上线了为什么没被录取？汪长尺低下头："他们说我的志愿填歪了。"

"你怎么填的志愿？"

"前面北大、清华，后面服从调配。"

"叭"的一声，汪槐摔烂了手里的酒杯，说你好大的胆，1949年到现在，全县没一个考上清华、北大。

"只要填了服从，像我这样的分数，再烂的学校也应该捡到一所。"

"不是每个人一低头就能看见钱，明明是一个烂学校的命，还做什么名校的春梦？"

"我想幽他们一默。"

"除了把自己的机会幽没了，还能幽谁的默？你一个三无人员，无权无势无存款，每步都像走钢索，竟敢拿命运来开玩笑。"

三无人员的头低了又低，就像颗粒饱满的稻穗那样低下去。整个晚上，他都没敢抬头，仿佛要用这种姿势证明自己和田野里的稻穗一样正在成熟。他看见汪槐的双腿摇摇晃晃，刘双菊的双腿战战兢兢，酒杯的碎片白光闪闪，黄狗在餐桌下窜来窜去。风肆意地扫进来，吹散闷热的空气。他感到后脖子一阵阵凉，好像贴了一块伤湿止痛膏。汪槐和刘双菊都不跟他说话，大家心里都明白，沉默是一种酷刑。他的脑海闪过自杀的念头，连地点和方式他都想到了，但这只是一个念头，很快就被橡皮擦抹掉。

夜越来越深，他听到洗澡声，关门声，却没听到床板声。那个平时"咿呀咿呀"的床板，今晚一声不吭，仿佛在为他节哀或者像停止一切娱乐活动。直到汪槐的鼾声传来，汪长尺才蹲下去捡酒杯的碎片。捡着捡着，他的右食指被划伤，血冒出来，却无痛感。

第二天早晨，汪槐的酒醒了。他要汪长尺跟他一起去找招生的理论。汪长尺躲在房间里不敢出来。汪槐把门一脚踹开。这是他的脚最后一次精彩表演。汪长尺的肩膀一耸一耸，像个娘儿们似的抽泣，手里的毛巾都被泪水洗了。汪槐说哭能解决问题吗？汪长尺当然知道哭不能解决问题，但哭至少能让他减压。他试图停止，但越是想停越抽泣得厉害，就把毛巾捂到脸上，以为这样可以防洪，却不想"呜"的一声，决堤了，抽泣变成痛哭。汪槐站在门口看着，就像看着一出悲剧正上演。汪长尺"呜"了一阵，觉得怪丢脸的，慢慢减速，哭声渐渐变小，最后在自己的强迫下刹住。但平静后还心有余悸，身体会冷不丁地一抽，又一抽。

"可以走了吗？"汪槐问。

"我的手指被割破了。"

"又不用手指走路。"

"我一夜没睡。"

"你妈生你的时候，我两天两夜都没合眼。"

汪长尺抹了一把眼眶："自己没填好志愿，怪谁呢？"

"怪他们，真是欺人太甚。"

汪长尺申请先洗一把脸。汪槐到前门等待。汪长尺慢慢地洗，双手用力地从额头搓到下巴，又从下巴搓到额头，反反复复，就像女人做脸部按摩，恨不得一生只做这一件事。但是，很快就传来汪槐响亮的咳嗽，仿佛闹钟，提醒他忍耐是有限度的。汪长尺想与其跟他去丢人现眼，还不如逃跑。他朝后门走去，没想到汪槐就站在门外。一秒钟之前，他已经从前门转移到了后门。汪长尺想把迈出门槛的右脚收回，却怎么也收不回来，它被汪槐的目光死死地按住，像得了偏瘫。汪槐说是不是还要上趟厕所？汪长尺摇头。

他们朝公路的方向走去。汪槐在前，汪长尺在后。汪槐的身上背着软包，每走一步包里就传出"叮叮咚咚"的响声。那是水声。他的包里装着军用水壶。满壶不响半壶响叮当。从他包里还飘出玉米棒的清香。汪长尺走了一阵后全身冒汗。汪槐问热了？汪长尺说不热，出的全是冷汗。汪长尺想他又没回头，怎么知道我热？汪槐说渴吗？汪长尺说不渴。汪槐说饿不？汪长尺说不饿。其实汪长尺不吃不喝不睡已经八小时，他现在说的每一句都是假的，好像要故意跟汪槐对着干。

两人沉默。长长的路上响着"噗哒噗哒"的脚步声。汪长尺看见澄碧的头顶划过一群鸟，它们像芝麻撒进树林，鱼苗扔进大海。汪槐越走越快，走出二十多米才发现汪长尺没跟上。他停住，掏出水壶来喝了一口。汪长尺远远就闻见一股酒气。原来壶里装的不是水。等汪长尺走近，汪槐递过水壶，问要不要来一口？汪长尺摇头。这时，汪长尺才注意汪槐又脏又乱的头发。他领子上的汗渍就像铁锈那么黑，他身上的软包打着巴掌那么大的补丁。汪长尺想难道我就跟着这么一个头发蓬松、衣衫不整、连普通话也说不标准的酒鬼去跟招生办的人讲道理？

看着汪槐渺小的背影，汪长尺越走越消极，越走越感到前途渺茫。路过茶林时，他忽然钻了进去，一阵狂奔，仿佛要跑出地球。树枝刷在他的脸上，像一记记耳光。他实在跑不动了，就扑到一棵树上喘气。喘着喘着，天空中飘来汪槐的骂："汪长尺，你没骨头，不是我的种。你是一枚软蛋。有理你不敢去讲，活该被人欺负……"

骂声在头顶盘旋，风一吹，声音就颤一下，听上去苍凉悲壮。汪长尺抱着树干，越抱越紧，像抱着母亲，最后抱得手臂生痛。他竟然抱着那棵树睡着了，醒来时手脚全麻。它们好像离开他的身体变成了木头。他坐在地上，慢慢地找知觉，直到找回自己的手，又找回自己的脚，才站起来往回走。

走到家门口，刘双菊问怎么回来啦？汪长尺说没带身份证。刘双菊朝路口望了一眼，说你就放心让他一个人去？他那脾气弄不好会跟人打架。汪长尺说自找的。刘双菊说你什么良心？他是为你去的。汪长尺说丢人。刘双菊愣在原地，半天没回过神。

第二天，汪长尺以为汪槐会回来。但是，天黑了路上没他的身影；夜深了，也无他的脚步。汪长尺竖起耳朵，直到天亮都没听到他想听到的。刘双菊急得跳进跳出，每天都催汪长尺去声援汪槐。汪长尺假装没听见。到了第五天，刘双菊说你再不去把他叫回来，稻谷都烂在田里了。汪长尺坐在门前的椅子上，看着遥远的山脉。刘双菊推了他一把，他像不倒的存钱罐，歪过去又弹回来。不管刘双菊从哪个角度推，使多大的劲，他的屁股像刷了万能胶，始终不离开椅子。刘双菊说也许你爹已经被人抓起来了，你怎么连屁股都不舍得抬抬，难道你是块石头吗？你可以不声援他，但你必须去接他，哪怕是一具尸体。刘双菊一边说一边抹眼睛。她的眼眶已经红了，马上就要哭了。汪长尺无动于衷。刘双菊背起书包，说你不去我去。

汪长尺终于动了。想想那么一大堆家务，他就害怕一个人留下。他双手扣住椅子站起来，好像椅子是他的器官。他扣住椅子走了几步，觉得别扭，就把椅子从屁股下移到肩上。他扛着椅子走去。刘双菊说为什么带椅子，是不是想换个地方发呆？汪长尺说不懂就别装懂。刘双菊把书包挂在他的脖子上。他扛着椅子挂着书包大步流星。

山路弯曲。树林越来越苍茫。他小得就像一只蚂蚁，路细得就像一丝白发。

3

从汽车站出来，汪长尺直奔教育局。他看见汪槐盘腿坐在操场上，手里举着一块纸牌。纸牌上写着："上线不被录取，谁来还我公道？"除了汪槐的影子，操场上干干净净，明晃晃的阳光晒得他的脖子都勾着，整个人就像戳在旱地的半截禾苗，蔫头耷脑，又像树蔸一动不动。汪长尺放下椅子去扶他。他很重，比汪长尺想象的还要重几倍。第一次，汪长尺没把他扶起来。第二次，汪长尺加了一点力气，也没把他扶起来。汪长尺前几天脚才麻过，他知道汪槐那么重是因为汪槐的腿脚麻了，自己帮不上自己的忙。于是，他就帮汪槐揉腿脚。揉了半小时，汪槐的手在地上一撑，爬起来坐到椅子上。他说偌大一个县城，连张多余的板凳都没有。汪长尺把书包递给他。他从里面掏出一个玻璃瓶，拧开盖子，"咕咚咕咚"地喝掉三分之一。那是他自酿的米酒，一喝就来精神。汪长尺说稻谷黄了，妈叫你回去收割。

"谷子算什么？命运才是第一。"他用右拇指抹了一下沾满米酒的嘴角。

"就是把水泥地板坐穿，你也改变不了他们。"

"改变不了我为什么要在这里？我闲得没事干吗？告诉你，问题已引起领导重视，他们正在查。你跟我再坐几天，也许能坐出一个特批。"

"我宁可回家做农民，也不在这里丢脸。"

"你都上线了，凭什么做农民？你应该像他们那样坐在楼里办公。"

这是一幢四层高的办公楼，外走廊，每层有十二间办公室，门窗刷的都是绿色，因为有些年头了，绿色已不是当初的绿，而是斑驳的结壳的褪色的，勾兑了日月和风雨的。墙根、走廊外侧以及顶层的一些角落或长着青苔或留下雨渍。楼前有一排修剪得整整齐齐的冬青树。汪槐对它指指点点，说局长在第三层第五间，两个副局长在第三第四间，招生办在四楼第一间。汪长尺看见有人从窗口探出头来，又飞快地缩回去。他说我到院子外面等你，你什么时候想通了，我们就什么时候回去。汪槐喊了一嗓子："这事我没法想通，除非他们给你一个指标。"

许多窗口都探出头来，他们久久凝望，似乎是希望再看到一点不同凡响的动静。汪槐说知道他们为什么紧张吗？因为他们做了亏心事。每次我一吼，招生办的窗口总是最先伸出人头。你爹我什么时候这么威风过？只有在掌握真理的时候、伸张正义的时候。

那些人头还在，有的端着茶杯一边喝茶一边看，有的敲响了杯子，有的举起相机。汪长尺小声地："我给你磕头行不？"

汪槐大声地："不行，要磕头也是他们给我们磕。"

"我补习，明年再考行不？"汪长尺近乎哀求。

"今年他们都不给你上，明年照样把你当韭菜割掉。"汪槐的声音还是那么响亮。

楼上传来一阵哄笑，有人吹口哨，有人打响指。汪长尺感到腹背受敌。他想跑，又怕楼上的人笑他不团结。他只得硬着头皮迎接那些讽刺的鄙视的幸灾乐祸的目光。也许要半小时的沉默或者一动不动，他们才会失去围观的兴趣。汪长尺静静地立着，生怕一个喷嚏就会打破平衡。现在，操场上有了两条斜斜的影子，一条站，一条坐。阳光从西边晒过来，晒得他的头皮发麻。那些观察者先后缩了回去。汪长尺想趁他们不注意的时候开溜，忽然铃声就响了。那是下班的铃声。他们先后关了门窗，从楼道有说有笑地出来。眼看他们就要走到面前，但忽然一拐，全都绕行，好像遇到了礁石或瘟疫。汪槐站到椅子上，把纸牌高高地举起。汪长尺不忍直视，下巴紧紧贴着胸口，好像自己是一头乳猪，已被周围的目光烤焦。直到两旁稠密的脚步声消失，他才抬起头，转身跑去。汪槐跳下椅子，说等等我。

他们来到一座水泥桥底。汪槐爬上桥墩，从桥孔拖出一卷席子抛下。汪长尺接住。席子散开，一个塑料袋滚落。汪槐沿桥墩滑到地面，捡起塑料袋打开，掏出一个馒头递过来。汪长尺摇头。汪槐把馒头塞进嘴巴，一口含住。他的面颊顿时大了。从他咀嚼的时间和腮帮子运动的力度判断，那是一个硬馒头，它待在塑料袋里应该有一段时间了。汪长尺的鼻子微酸，好像是同情汪槐又像是同情自己。他说你一直住在桥洞里吗？汪槐没法立即回答，他还在嚼那个馒头。汪长尺感觉嚼食声很响很持久，耳朵都被这个声音填满。汪槐嚼完，喝了一口米酒，说住在这里不花钱，还凉快。

"和乞丐差不多。"

"当然，你来了，我就得搬家。"

"搬去哪里？"

"包你满意。"

汪槐在宾馆开了一个标间。他用双手压了压床铺，说这么软这么白，今晚早点睡吧。洗漱完毕，熄灯，各自睡在床上。汪长尺一闭上眼睛，脑海就像一台强力发动机,带着他无限困倦的身体四处飘游。身体和思绪似乎荡漾在失重的空间,怎么也落不了地。飘来荡去,他感觉大脑隐隐胀痛。五天前,他能抱住一棵树站着入睡,但今晚他每个地方都困却死活睡不着。半夜,他忍无可忍,爬起来打开灯,发现汪槐不见了。仔细一看,原来他躺在床那边的地板上。由于灯光太刺眼,他用手挡住眼睛,说睡了几十年的硬板床,遇到软的反而不适应。

"回家吧,何苦在这里受罪。"汪长尺一边说一边穿衣服,很快他就把衣服裤子鞋子全部穿好,坐在自己带来的椅子上。汪槐问现在几点?他说两点。

"两点,离天亮还差一大截,就是回家现在也没车。"

汪长尺拉开窗帘。远方漆黑如墨。他把椅子调过来,面朝东方一动不动,好像这么看着天就会亮得快点。汪槐爬起来,走进卫生间拉了一泡漫长的尿,然后回到床边坐下,说更何况,我不同意你现在撤退,好比打仗,有时胜败就看最后五分钟,我们到了吹冲锋号的关键时刻,千万别自己先软。汪长尺不相信什么冲锋号,眼睛直勾勾地看着窗外,希望天空尽快变白,然后赶早班车回家。汪槐似乎看透了他的心思,说如果你上不了大学,一辈子就要待在农村,有必要急着回吗?二十多年前,我参加水泥厂招工,分数上线却没被录取,十年后我才知道自己被副乡长的侄子顶替。你要是不抗议,他们就敢这么欺负你。更何况,一班的牙大山比你低二十分都被录取了,二班的张艳艳分数都没挂出来,也被录取了,凭什么不录你?

"哗"的一声,汪长尺拉上窗帘,因为用力过猛,一个挂钩"叮"地掉到地板上,余音绕房。汪槐说如果你烦你就先回,反正我得继续。从小看大,我知道你是干部的命,不可能考不上大学……汪长尺说哪来那么多屁话。他忽地站起来,扛上椅子要走。汪槐说最早的班车是七点,现在车站都还没开门。

"我先出去透透气不行吗?"

"告诉你妈,拿不到补录,我就不回。"

汪长尺打开门走出去,椅子在门框上磕了一下。汪槐把门关上,倒在地板上又睡,很快鼾声就响了。

4

第二天早晨,汪槐挎上酒壶,扛起房间里的一把椅子,在楼下买了数个馒头，来到教育局。没想到，汪长尺已笔直地坐在操场上。汪槐一阵欣喜，把椅子摆在他的旁边，拍拍他的肩膀，坐下，举起那块纸牌。现在父子俩总算肩并肩了。他们早出晚归，连周末也不休息，一连坐了五天，新学期开始了。

喇叭声不时从附近的校园飘来，像针尖扎着汪长尺的神经。当广播体操的口令一响，汪长尺就直立，跟着"一二三四，二二三四，三二三四……"做完一套体操。课间，当眼保健操的口令传来，他又跟着做完一套眼保健操。宽阔的操场上，只有他一个人在摆手踢腿按压睛明穴。汪槐见他孤单，有时也跟着他做。但是，汪槐的动作既生硬又不标准，像耍猴戏，常常惹来楼上的笑声。汪长尺现在倒不怕嘲笑了。他觉得只要还站在操场上做操，自己就还是一名学生。

一天下午，头顶的光线忽然变弱，慢慢地连一丝阳光也无。天空骤暗，零星的雨点打着他们的后脖子。水泥地板腾起阵阵热浪，尘土、油漆、石灰等气味扑面而来。渐渐地，雨点越来越大越来越密，周围的人奔跑起来，连躲在树下乘凉的狗也跑开了。但是，他们仍坐在椅子上一动不动。雨从他们的头顶浇灌而下，那些复杂的气味不见了，嘴角流淌着洗过头发又洗过脸的微咸的雨水。汪槐举着的纸牌上字迹已模糊，最后连纸牌也软了，颓了。雨水像墙壁把他们罩住。他们看不清几米之外的办公楼和冬青树。地面的积水淹没他们的凉鞋。除了脑袋里的想法是干的，其他的全部湿透。衣服、裤子紧贴着皮肤，撕都撕不开。没一根头发是翘的，手指都泡白泡软了。

雨声"哗哗"。

半小时后，大雨变中雨。又半小时，中雨变小雨。眼前的景物回到眼前。雨停了，但他们衣裤上的积水还在"滴答"，他们的身体还冷得发抖。汪槐哆嗦的手指拧了好几次才把酒壶盖拧开。他喝了几大口，身体渐渐趋稳。但汪长尺还抖得厉害，连上下牙都在打架。汪槐递过酒壶。汪长尺犹豫一下，接过来，先抿一小口，再喝一大口。胃里顿时像烧一炉火，身体暖了许多。汪槐小声地："我们是不是很可怜？"

"他们连看我们的兴趣都没了。"汪长尺说。

"我承认，抗议失败。"

"回家吧。"

"那这十几天不是白坐了？"

"你会在乎门槛下的两只蚂蚁吗？"

"必须再搏一次。"

"算了,搏不过他们的。"

"你就这点出息。"汪槐拍了一下汪长尺的脑袋,站起来走进楼道,所过之处留下一条水线。他上到二楼时回了一次头。汪长尺还坐在操场上。他朝三楼走去。汪长尺以为他会走进局长办公室,没想到,他竟然爬到了走廊的栏杆上。

"爹……"汪长尺大叫一声冲到楼下。

局长走出来,副局长们也走出来了。招生办的从四楼跑到三楼。一群干部站在汪槐面前。局长说只要你下来,我让你孩子免费补习一年。汪槐不同意,问能不能用一条命换一个大学指标?局长分别跟副局长们眼神交流了一下,说行,你先下来吧。汪槐发现他们相互眨眼睛,怀疑是骗局,要求现在就拿录取通知书。局长说我们只能跟学校协调,看还有没有剩余的指标。汪槐说那你现在就去协调。局长支了支下巴。招生办的转身跑向四楼,由于跑得急,他的腿打了一个闪。他腿闪的时候,汪槐的腿也闪一下。局长说股长去协调了,你下来等吧。汪槐摇头。局长掏出一支烟递给他。他还是摇头。大家都不敢说话,时间仿佛按了暂停。四楼股长的通话字字清晰。局长手里的香烟都捏碎了。

十几分钟后,股长从四楼跑下来。他说非常遗憾,问了几所熟悉的大学,都没指标。汪槐说我听见了,昨天还有一个。股长说现在是今天。汪槐说那昨天为什么不帮我协调?是不是因为我还没想到跳楼?股长语塞。局长说刚才我也听了,那个指标是因为开学时某学生没来报到而产生的。一个偶然指标,全省都抢,我们是一个偏远小县,手伸不了那么长的。汪槐说你们根本就没打算抢,竟把两个坐在楼下的人当腊肉,我们都腊了十几天了,你们没长眼睛吗?股长说要怪就怪你儿子,他的档案在北大、清华转了一圈,再回到我们手里时,所有学校都录满了,没那么大的屁股,就别做那么大的板凳。

汪槐的胸口堵了一下。他想说二十分啊,整整超过录取线二十分。但他还没说出来眼睛忽地一黑,身体朝栏杆外面倒去。大家一阵惊叫。瞬间,汪槐想把身体正过来,他似乎也做到了,双手搭在栏杆上。但水泥栏杆太宽太滑,上面还有青苔,他的双手没抓牢,整个人直直地掉了下去。惊叫声中,汪长尺双手把他接住,但只一秒钟汪槐就脱手而出,两人重重地跌落树丛。"嘭"的一声巨响,水珠飞溅,世界顿时安静。

汪长尺从树丛里坐起来，发现周围全是人，但没有一张脸是熟悉的和蔼可亲的，都是好奇冷漠的表情。汪长尺挪到汪槐身边，摸了摸他的鼻孔，似乎还有热气进出，于是就放开嗓子喊："爹，爹……"一声喊得比一声高，一声喊得比一声撕心裂肺。连连喊了十几声，汪槐好像听到了，忽然睁了一下眼皮，又立刻闭上。汪槐这一睁眼，吓得许多围观者后退，好像他活着比死去还要吓人。汪长尺试探性地站起来，他没想到自己还能站起来。他看了看自己，裤子和衣服多处被树枝戳破，凡戳破处均有血迹洇出。一看见血，他才感到全身火辣辣的。他弯下腰，双手搂住汪槐的膀子，想把他扶起来。但是他一用力汪槐就惨叫，一用力就惨叫。于是，他就不敢用力了，只好搂住他不动。搂了一会，他说谁能帮我打个电话叫辆救护车吗？没有人应答，围观者闪掉三分之一。他搜汪槐的口袋，从上衣一直往下搜，终于在裤兜里掏出一个塑料袋，打开，里面有一沓钱。他挑了一张零钱递过来，说谁能帮我叫辆救护车吗？人群中走出一个小男孩，他接过钱转身跑去。汪长尺说爹，有人帮我们叫救护车了，你一定要挺住啊。汪槐咬紧牙关，微微点头，额头上挂满汗珠。汪长尺忍了许久还是忍不住，泪水唰地流出来，掉落到汪槐的脸上。

救护车终于来了。两个穿白大褂的把担架摆在汪槐的身边，其中一个问你敢叫救护车，你有运费吗？汪长尺把钱递过来，白大褂挑了一张百元的塞进口袋。然后，他们分别抓起汪槐的两头，像丢死狗一样把他丢在担架上。他惨叫着，整个脸部都扭成了麻花。他们把担架抬上救护车，汪长尺跟着钻了进去。

5

因为没钱交给医院，汪槐的担架被撂到走廊上。汪长尺忽然想起一个同学。他说爹你忍一忍，我去借钱。汪槐点了点头。

汪长尺来到小河街，找到同样落榜的黄葵同学。黄葵一听说要借五千块，扭头看着他爹。他爹是摆摊卖日用百货的，问黄葵这个同学平时对你怎样？黄葵说经常给我抄作业。黄葵爹问五千块你还得起吗？汪长尺说能还，家里有两头牛，两头猪。黄葵爹说那你写个借条吧。汪长尺写了一张借条。黄葵爹说还得去趟银行。

三人来到银行门前。黄葵爹突然停住，掏出一支烟来抽。他抽得很有力，即使是大白天，也看得见烟头的火光一闪一闪。他抽得也很专注，火烧到手指了他才把烟头扔掉，用脚狠狠一踩，地板上留下一个逗号。他说我不该抽这支烟。汪长尺预感不妙。果然，黄葵爹从口袋里掏出两张老人头递过来，说汪同学，这两百块送你，钱我就不借了。虽有心理准备，但汪长尺还是惊呆了。黄葵说两百块救不了他爹的命。黄葵爹说我刚想起存折里没钱，你妈拿去买店铺了。汪长尺鞠了一躬，转身走去。他一边走一边撕借条。黄葵爹把那两百元塞到黄葵的衣袋里，说农村人挺可怜的，你去帮他爹买点吃的吧。黄葵转身追上汪长尺，说我审问我爹了，存折里确实没钱，请你理解。汪长尺说拉不出屎别怪地硬，要怪就怪自己。他抛出手里的纸屑，碎片纷纷扬扬，像纸钱撒在路上。

　　黄葵买了一箱瓶装水、一袋馒头和一袋卷筒纸放到汪槐的担架边。汪槐不时地咬咬牙，拧紧眉头，似乎用最大的毅力压制自己的疼痛。他的嘴唇发白发干。汪长尺拧开瓶装水，小心地喂他。他的嘴唇嚅动了几下。忽然，他眼睛一闭头一歪。汪长尺以为他死了，用手试了试他的鼻息，还有。他打了一桶热水，把毛巾浸湿拧干，然后为汪槐擦脸。毛巾慢慢地往下擦，从脸擦到脖子擦到胸膛。当毛巾擦到腰部时，汪槐忍不住发出一串惨叫。汪长尺手里的毛巾绕开腰部，继续往下擦。坐在一旁的黄葵问没有钱，你怎么打算？汪长尺说抢银行呗。忽然，汪槐的右手微微抬起，吃力地抓住汪长尺的两根手指。汪长尺说爹，你什么意思？汪槐把手捏得更紧。汪长尺说你是不是怕我抢劫？放心，我不会真抢，刚才讲的是气话。汪槐的手一松，滑落到地板上。

　　汪长尺为汪槐换了一套干净的衣裳，又买了一顶圆形蚊帐把他罩住。他说爹，你能忍两天吗？汪槐微微点头。汪长尺拜托黄葵照看汪槐，自己坐上了回乡的晚班车。

　　汪长尺回到家已是半夜十二点钟。全村的灯都熄了。他没有马上敲门，而是站在门口想台词。黄狗围着他转来转去，嘴里发出欢快的"呜呜"。黄狗的声音把刘双菊唤醒，她打开灯，拉开门，看见汪长尺站在门外，张口就问是不是出事了？今天下大雨的时候，我胸口突然像被刀戳了几下。汪长尺本想骗她，但没有演技，泪水涌了出来。刘双菊说你爹那个牛脾气，我就知道要出事。说着，她好像胃痛那样弯下腰，身体顺着门框下滑，一直滑坐到门槛上。她叹着长气，右手不停地拍打胸口。汪长尺走过来，坐在她身边。她问命还在吗？汪长尺说还在。她"呜"地哭了，像是欣喜又似悲伤，声音由低向高，由短到长，盘旋而去，引起一片狗叫。

第二天，他们把一公一母两头牛卖给二叔。二叔来到牛栏边打开牛栏，先牵公牛。公牛的四蹄顶住地面，身子后倾，始终不愿出来。二叔不耐烦了，用力地拉牛绳，像是在跟公牛搞拔河比赛。但无论二叔怎么使劲，公牛就是不动，最后它的鼻梁都被绳子拉出血来。汪长尺钻进牛栏，用肩膀扛住公牛的屁股往外推。一个拉一个推，公牛还是不动。二叔丢进一截木棒，说长尺，用这个抽它。汪长尺拿起木棒轻轻地抽了一下。二叔说太轻了，下手狠点。汪长尺举起木棒又抽，还是没用力。二叔说你读书都读成什么样子了？连抽牛都像抓痒。汪长尺闭上眼睛，举起木棒狠抽，棒子落到公牛臀部，发出闷响，可公牛仍然没动。刘双菊说二牯子，你走吧，我们没能力养你了。他爹受伤，需要钱治病，你就行行好帮帮忙到二叔家去。好在二叔不是外人，他也姓汪，你到了他家还是汪家的牛。公牛像是听懂了人话，四蹄一松，走出牛栏，它的眼里含满泪水。刘双菊说还有三姑娘，你跟二牯子一起走吧。三姑娘的眼里也有泪，它犹豫了一下，钻出牛栏，跟着二牯子走。汪长尺说二叔，你千万别把它们卖给杀牛的，等我赚了钱就把它们买回来。二叔说知道了。刘双菊只有汪长尺一个孩子，她一直把公牛当老二，把母牛当老三。

卖完牛，他们又把两头猪卖给邻村的光胜。光胜带着两个猪笼，请了四个人来帮忙。两头猪一路嚎叫，被光胜他们抬过山坳。中午，刘双菊望着碗里的饭发呆。汪长尺说那么远，你不吃几口怎么走得到公路边？刘双菊把饭倒进狗碗，问黄狗呢？汪长尺唤了几声阿黄，没见它的身影。刘双菊说它看见我们又卖牛又卖猪，一定是害怕我们把它也卖了。汪长尺说它们比人还重感情。

6

傍晚，汪长尺和刘双菊赶到县医院。汪槐还躺在走廊上。他的眼睛睁着，两颗眼珠子大得就像人造葡萄。当汪长尺一出现他就开始闭眼睛，但闭得并不顺畅，眼皮在眼球上缓慢移动，它们之间缺少眼泪的润滑，已经干涩了，甚至眼球上都布满了灰尘。黄葵说自从汪长尺离开，他就一直睁着眼睛等。因为上不了厕所，他每天只吃几口馒头，只象征性地喝一点水。

交了钱，汪槐被抬进住院部。经过检查，除了树枝戳破的无数小伤之外，他还有一处大伤，那就是第五块腰椎断裂。医生说弄不好会瘫痪。汪长尺说从那么高的地方摔下来,能保住命就是奇迹。医生说之所以不死,原因是他滑落时双手在护栏上抓了一下,汪长尺又接了一下,冬青树还挡了一下。至于汪长尺双手接了一下为什么没受伤?医生说那是因为汪槐只在汪长尺的手上停留片刻,也就是说重力在汪长尺的手上没有超过两秒钟。如果超过两秒,那汪长尺的手必断无疑。

  一个星期之后,汪槐说话了,第一句就是"送我回家"。汪长尺说你的病还没治好。汪槐说我这病没法治。汪长尺说没法治也得治。汪槐突然爆发,说你是不是很有钱?一个穷鬼在医院里摆什么阔?再不回去就得倾家荡产,倾家荡产你就没钱补习,你不补习这辈子就没指望。汪槐说得汗珠子都冒出了额头,但汪长尺和刘双菊假装没听见。他们像两台勤奋的机器,每天准时给汪槐擦身子,腿部按摩,喂饭喂水,接屎接尿。时间又过了三天,汪槐闭紧嘴巴,再也不吃不喝。稀饭顺着他的嘴角流到脖子上,连水也渗不透他的牙齿。刘双菊叹了一口气,说这么花钱我也心疼,但现在回去你的腰还没长结实,万一路上闪着,就会二次受伤。汪槐闭着眼睛不接话,但他的出气一声比一声粗。刘双菊说而且,医生也不同意你这么早出院。汪槐的嘴一松,说你怎么会相信他们?

  汪长尺和刘双菊到院子里商量,谁都拿不定主意。两人垂头丧气地坐在石头上,任凭阳光暴晒。树上的虫子"吱吱"地叫唤。行人好奇地扭过头来,但马上又不好奇地扭过头去。刘双菊说你身上还有多少钱?汪长尺分别摸了上衣口袋和两个裤子口袋,掏出一把零钞,放到刘双菊扯开的衣襟里。他怕没掏干净,把口袋都翻出来,三个口袋像饿瘪的胃吊在他身上。刘双菊掏出身上的钱,一并丢进衣襟。汪长尺把钱一张一张地捋平,递给她。她数了两遍,说拢共才一千零五十三块六毛,最多还能撑五天。

  "撑一天算一天呗。"

  "五天,你爹的身体也不会明显好转。"

  "那你的意思是回家吗?"

  "我也不知道。你是男人,你拿主意吧。"

  汪长尺把头埋进手掌,满脑子都是虫子的叫唤,叫唤像沸腾的水,像千万只小锤此起彼伏。感觉头皮麻了,他才抬起头。刘双菊递过那沓参差不齐的钞票。他没接,也不敢接。刘双菊强行把钞票塞进他的手掌。钞票湿漉漉的,上面沾满汗水,它们好像被刘双菊捏哭了。

从住院部那边传来喊声，仔细一听是在叫二号床的家属。他们起身跑去。走廊上围了一圈病号。汪长尺拨开人群，看见汪槐在地板上爬行。他僵硬的下半身被上半身拖着，拖出了两道长长的腿印。汪长尺问你去哪里？汪槐说回家。汪长尺说你能爬二十多公里吗？汪槐说至少我能爬到车站。围观的人鼓掌。汪槐爬一步他们跟一步，像看动物表演。刘双菊把担架横在前面。汪槐抬头看着，看着看着，刘双菊的眼眶红了，泪光闪闪。汪槐低下头，爬到担架上。

办完出院手续，汪长尺跟刘双菊抬着汪槐朝汽车站走去。挂在担架上的塑料桶、饭盒、军用水壶、食品袋和软包等相互摩擦，发出"喊里喳啦"的声响。汪槐看着蓝天，真是晴空万里、一碧如洗啊。半小时，他们到达车站，买了三张车票。担架被收窄，放在班车的走道上，汪槐只能侧睡。班车在山路上颠簸了一个多小时，才到达去谷里村的路口。

他们把汪槐抬下车，小心地伸展担架。汪槐吐了一口长气，庆幸终于可以仰躺。这时，他们才发现一条狗蹲在路口。那是阿黄，它已经瘦了一圈，身上沾满草屑和尘土。它静静地看着他们，好像他们已经陌生。或许这么多天来，它曾经为每一个从班车上下来的人跳跃过，但一次次跳跃后它失望了，变冷静了。汪长尺叫了一声："黄……"它试探性地走过来，在每个人的裤脚边嗅了嗅，然后扑到担架上舔汪槐的脸。汪槐紧紧地搂住它。它挣脱出来，在刘双菊和汪长尺的脚边蹭了一圈，又去担架上蹭汪槐。三个都是亲人，它不知道待在谁的身边，转着圈来来回回地蹭。

汪长尺和刘双菊抬起担架。黄狗跑到前面带路。他们穿行在树林里，下午的阳光时隐时现。过了水库，过了龙家湾和台上，他们终于看见茶林，看见了自家的房子。汪槐说别看我残废了，但我还有两个肾。如果长尺听话，愿意去补习，大不了我就把一个肾卖掉。长尺，你听见吗？汪长尺说听着呢。汪槐说你是富贵命，小时候爹找人算过，当官你可以做到处级，发财你可以有一百万。如果你不听我的话，不去补习不去高考，那你就只能又是一个汪槐，跌死了都没人同情。

黄狗吐着舌头，汪长尺和刘双菊喘着粗气，汪槐不停地说话。开始他们还听见他的内容，但是走累了内容就消失了，只听见一团声音像组合拳，在担架上空打。忽然，黄狗身子一歪趴在地上。汪长尺轻轻地踹它。它挣扎着走几步，屁股一歪又趴下。刘双菊说我懂得它的脾气，这么多天来它肯定没吃没喝。他们把担架放下来。汪长尺喂它喝了几口水，又喂它吃了一个馒头。它好像来了一点精神，但还是走不动。汪长尺把它抱到担架上。汪槐搂紧它。担架被重新抬起。汪长尺说难怪它见到我们时不兴奋，原来是饿得没力气了。

7

回到家，汪长尺就跑向自家的稻田。稻田在村下面的山腰上。人家的稻谷都割了，只有他家的田里还风吹稻浪。远远看去，那是一片黄，阳光仿佛在上面镀了一层金。但走近后，他才发现稻秆倒的倒斜的斜。经过几雨几晒，那些颗粒饱满的稻穗已经霉烂，部分颗粒掉落在田里长出了新芽。一家人的口粮因没及时收割，眼看就要变成肥料。汪长尺蹲下去，捡那些掉落的谷子，直到天黑他才直起腰来。

由于稻穗大部分霉烂，全面收割已无意义。汪长尺和刘双菊只好用手去捋那些没有霉烂的谷子。他们边捋边捡，把手里的丢进别在腰间的小篓子，小篓子满了再倒进大背篓。天还是那么热，太阳还是那么烈，特别是蹲下来捡谷子的时候，整个人被稻秆包围，一丝风都没有。他们的脸、脖子和手臂被叶片划出一道道红杠，汗水一浸火辣辣地疼。四周的树丛里，虫子们不厌其烦地聒叫，弄得人心一紧一紧。

躺在家里的汪槐再也躺不住了，他用二十块钱请刘白条和王东把他抬到半山。那里有一块平整的巨石，周围有一小片青树。汪槐趴在巨石上，居高临下地看着自家的稻田。他看见汪长尺和刘双菊像两只蚂蚱，在金黄的稻浪里爬行。他们蹲下去，站起来，不时地抹一把汗水，每个动作都拉扯他的胸膛，甚至干扰他的心跳。他呆呆地看着。刘白条说时间到了。汪槐说平时你睡到日上三竿都不起床，今天就这么准时？王东说超时加钱。汪槐恋恋不舍地收回目光。刘白条和王东把他抬回家。

汪长尺请木匠给汪槐做了一辆木制轮椅。轮椅做好了，汪长尺试驾，觉得还行，就在座位上铺了一件旧衣裳，然后再把汪槐抱到轮椅里。平躺的汪槐终于可以坐起来了。汪长尺把轮椅推到堂屋，递给汪槐一截竹竿。汪槐用竹竿在地面一撑，轮椅从左边驶到右边。汪槐调过头，用竹竿又一撑，轮椅从右边驶到左边。汪槐想虽然可以行驶，但碰到门槛怎么办？刚一想，他就看见所有的门槛都已锯出了一道缺口。他撑着轮椅出了大门，看着村庄里高高矮矮的房屋，目光最后定格在二叔家的屋檐上。汪长尺以为他想跟二叔说话，于是空闲时，他就拓展路面。他要把从自家屋角到二叔家的路面拓宽，让轮椅可以在上面自由通行。

路面修好后，汪槐没急着去见二叔。一天傍晚，趁汪长尺和刘双菊埋头做家务，他悄悄地驶出大门，驶到二叔家的牛栏边。二牯子和三姑娘一看见他就伸过头来舔他的手指。他举手想抚摸它们，但它们太高了。二牯子和三姑娘仿佛明白他的意思，双双齐齐跪下。他抚摸着它们的脑门，摸得手掌都热了。汪长尺赶来，正好看见这一幕。他远远地站着。汪槐说长尺，推我回去吧。汪长尺走过来，推着轮椅往回走。汪槐说知道我这几天在想什么吗？

"想不通。"

"我想变成一块圆咕隆咚的石头，从这坡上滚下去。"

"会痛的。何必呢？老天已经把你折磨够了，也许就要给你好处了。"

"心有不甘，我不想让你重复我的生活。"

"你不也重复爷爷的生活吗？"

"重复是有限度的，你必须去补习。"

"哪有钱呀？"

"局长说了，可以免费让你补习一年。"

"那谁抱你上厕所？谁扶耙、掌犁？"

"不用你管。只要你考上大学，我立马就能站起来。"

轮椅"喊喳喊喳"地滚动。汪长尺一言不发。汪槐说从你落地那天起，我就指望你来改变。眼看就成了，你别闪腿。

"我没那么大的本事。"

"你四岁能认字，五岁会打算盘，都说你是天才。"

"我一走，妈就会累垮。"

"只要孩子有出息，父母累点痛点那都是奖励。"

"可我不是你想象中的天才。"

"你在找借口。你对不起我这个摔断的腰杆。"说完，汪槐用竹竿撑住地面，阻止轮椅前行。这里的路外正好是一个深坎，目测约有五米多深。汪槐指着坎下，说既然你不愿意去补习，我活着也没什么盼头了。汪长尺用力推轮椅。汪槐用竹竿死死地刹住。竹竿弯成了弧形。汪长尺越用力推，竹竿就弯得越厉害，眼看就要折断。汪槐忽然松手，轮椅往前冲。竹竿在地面一拨，轮椅转向，冲下坎去。汪长尺扑过来，一把抓住轮椅。轮椅悬在土坎上。汪槐用竹竿打汪长尺的手,竿竿命中,每竿都痛到钻心。手快挺不住了,马上就要松开了,汪长尺哀求,爹,别打了,我答应你。

汪长尺收拾行李。刘双菊反复强调别像上次那样忘带身份证。收拾完毕,汪长尺把身上的一千块钱上缴。刘双菊抽出五张,说这是你读书的伙食费。汪长尺只抽了一张。刘双菊说一百块,除了车费只够一个月的伙食。汪长尺说我自己想办法吧。刘双菊说不能偷不能抢,你能有什么办法?说着,把钱塞过来。汪长尺推开。

半夜,汪长尺被一阵"窸窸窣窣"的声音惊醒。隔着蚊帐,他看见刘双菊往他的背包里塞钱。他立即闭上眼睛,假装熟睡。第二天,他背着背包出发。汪槐和刘双菊在门口送行。刘双菊嘱咐一定要留意背包,别让小偷靠近。汪槐向汪长尺竖起大拇指。汪长尺高高兴兴地走了。汪槐、刘双菊和黄狗一直看着他的背影,直到他从坳口消失。

第三天早上,刘双菊要下地收玉米。收玉米就得换双胶鞋。她把右脚伸进鞋子,脚趾碰到一团硬硬的东西。掏出来看,是一块包着的塑料布,打开,里面是四百块钱。刘双菊一声惊叫,说老头子,长尺没把钱带走。汪槐叹了一声,说这孩子,要是不读书那就太可惜了。刘双菊说他不是去读了吗?汪槐说没有钱他怎么读得安心?

8

到了县城,汪长尺去见教育局长。局长像看外星人那样看着。他说我是汪槐的儿子。局长问汪槐是谁?汪长尺的心顿时凉了,他说他差点摔死在你面前,你连他的名字都不知道?局长"哦"了一声,仿佛记起来了,问有什么事?他说想到县中免费补习。局长说补习班已爆满,现在就是刀片都插不进,你还想免费,真是太娱乐了。他说免费补习是你当初答应的。局长不记得自己说过这话。汪长尺对天发誓说他说过。局长说即使说过,那也是为了救你爹的命,不能当真。全县就办了两个高中补习班,家长们都死盯着,我不能公然腐败。

汪长尺急得双腿发软,全身冒汗。他出了办公室,来到楼下,忽然想起自己还有一张椅子。于是目光搜索,发现那张椅子待在保卫科里。他跟保卫科的同志说明情况,扛起椅子走了。他一直走到县中,找到原来的班主任。班主任听说过他爹跳楼的事,紧紧握住他的手,然后拍拍他的肩。他说我想补习。班主任带他去找校长。校长也听说过他爹跳楼的事，紧紧握住他的手，然后拍拍他的肩，把他带到补习班。两个教室里全都坐满了人，只有补习二班教室后排靠门的地方还有一个缺口。他把自己扛来的椅子摆在那，坐下来听课。

同学们都叫他"椅子先生"。因为他只有椅子，没有课桌，即使有课桌也摆不下。他的书包里永远装着一块纸板，每当做作业的时候，他就掏出来放在膝盖上充当桌面。"桌面"前低后高，由于视觉误差，他作业本和试卷上的字总是前大后小。一写字就得勾头，两周下来，他的后脖子都拉长了。

某天下午，教室里"哗啦"一响，所有同学都扭头寻找声源，发现椅子先生不见了，再看，他蜷缩于地面。四位男生把他抬到校医室。医生问哪儿不爽？他从牙缝里挤出一个字。医生贴耳听了两遍才听出那是个"饿"字，赶紧给他输液。液体快速滴着，在管里一闪一闪。

前几周，他只吃盐水泡饭，而且每日一餐。饿的时候，他就喝自来水。自来水喝多了也不管用，他就在水里兑白糖，每天拎着一瓶自制的糖水上课。他对水的需求越来越大，经常一节课喝一瓶。水一喝多，他就要排泄，排泄一多身体就虚，拉尿时好像其他营养也跟着流失了。刚开始，他还相信自己就是未来的人才，所有困难都不过是考验。因此，尽管饥饿，他也要比同学们多看一小时的书。宿舍熄灯了，他就到路灯下看。第一周，课本上的字还是字，内容也能记得。但是从第二周起，那些字就变成了黑的虫子白的虫子五彩斑斓的虫子，它们在他眼前飞来飞去，不要说记内容，就是光记它们的形状都得冒汗。理想很丰满，现实很骨感。每天他要跟眩晕、失忆、哈欠、瞌睡和疲惫抗争。为节约体力，他没做广播体操和眼保健操，课间休息几乎都在闭目养神。每一次眨眼，黑板的颜色都不同，"哗"一声绿了，"哗"一声红了，像股票的颜色瞬息万变。有时整个教室金光灿灿。有时整个教室全黑，像忽然断电千分之一秒。由于断电次数越来越多，断电时间越来越长，所以他晕倒了。

他是被一股浓香唤醒的。那股香从校门口的小吃店出发，经过二十级台阶，穿过操场，绕过花坛，最后停在他的鼻尖前。睁开眼，他看见李同学的手里捧着一碗粥，里面还有肉末。他深深地吸了一口气，激动得就像看见了汪槐和刘双菊。李同学要喂他，他坐起来，接过碗，几大口就把粥喝光。似乎是为了让胃适应一下，他保持着喝完时的姿势。李同学伸手拿碗，他紧紧捏着没放。但几秒钟之后，他的手忽然一颤，碗"当啷"碎在地上。他回过神来，说对不起。医生问是不是家里很困难？他看了看同学们。他们眨巴着眼睛，都在等答案。他犹豫了一下，说不困难。医生说不困难为什么饿成这样？都瘦成竹竿了，难道还要减肥吗？原本菜色的脸唰地通红，他羞愧地低下头，说没事，我已经不晕了。

有了那碗肉粥和葡萄糖液的营养，他的脑细胞熊熊燃烧，终于明白任何理想如果没有蛋白质、脂肪、碳水化合物、维生素、无机盐和水的支持，那都是空谈。拔掉针头，他就去找黄葵。黄葵先让他填饱肚子。他吃了两碗米粉、两个鸡蛋，满足地斜靠在椅子上。黄葵问愿不愿意跟着干？他连干什么都不知道就说了愿意。

黄葵自封为总经理，公司设在小河街的一个店铺里。店铺的一半黄葵用来办公，另一半他爹用来卖日用杂货。牌子挂的是"环太平洋贸易公司"，但和太平洋没一毛关系，如果生拉硬扯，那就是门前的小河，因为它最终会流入太平洋。而所谓贸易，除了黄葵爹那点杂货就没什么贸易了，每天的资金流入不足两百元（含成本）。黄葵的主要工作是替别人收账，收账就是追债，追债成功黄葵就拿提成。汪长尺说他不懂业务。黄葵说简单，当他们把我从楼上扔下来的时候，你就在楼下接住。汪长尺问楼有多高？黄葵说不管多高。汪长尺吓得赶紧看自己的双臂。

黄葵去收过几次账，每次都西装革履，打扮得像搞传销的。每次他都不带汪长尺，而每次他都没空手而归。拿到提成后，他就请汪长尺吃肉喝酒。汪长尺吃着喝着，就跟黄葵比，觉得自己一无是处，简直就一废物。等黄葵一出门，汪长尺就帮黄葵爹卖货。黄葵看见了，说你就这点出息呀？汪长尺不知道自己能有多大出息，反正也无事干，仍帮黄葵爹卖货。黄葵爹说别听他的，卵毛没长几根，就看不起杂货了。他是靠什么养大的？还不是靠老子摆摊。

晚上，汪长尺就住在公司里，守店兼营业。黄葵和他爹回家了，汪长尺一边卖货一边复习功课。有时黄葵也留在店里，跟汪长尺聊天、喝酒。一天深夜，黄葵喝多了，把汪长尺的课本全部扔出去。课本飞过五米街道掉进小河。汪长尺跳进河里，把课本全部捞起来。他的衣裤湿透了，课本也被泡湿了。他把湿透的衣裤和课本摆在钢丝床上，用电风扇吹。黄葵说就算你考上一所大学，毕业后最好也就当个干部。可是，现在连干部们都纷纷下海经商，你还考什么考？汪长尺说我不想放弃，我得给爹妈一个交代。黄葵说想考试你就去补习，别在我这里混。汪长尺关掉电风扇，飞动的书页安静了。黄葵说饿的时候你想吃，吃胖了你就想入非非。汪长尺说我以为复习不影响卖货。黄葵说胸无大志，卖货能赚几个钱？

第二天，黄葵叫汪长尺到理发店去剃个光头。汪长尺问能不能理个板寸？黄葵说必须闪闪放光。剃头的时候，汪长尺没忍住泪。他觉得这像一个剃度仪式，却不是出于自愿。

9

汪槐每天都坐在轮椅上朝坳口遥望。看久了，坳口那棵枫树就像彩色相片印在他的脑海。树冠的形状、枝丫的分布和叶片的浓密，闭上眼睛他都能说出来。他担心汪长尺没伙食费，委托二叔到乡里邮寄了五百元。二叔把底单交给他。他装在左边上衣口袋，没事的时候就掏出来看看，仿佛那是汪长尺的试卷，老师在上面打了五个一百分。除了吃饭，他基本上都在瞭望。游手好闲的刘白条经常来跟他讨烟抽。虽然目的是讨烟，但刘白条并不直奔主题。他总是这样开头："槐哥，你在看什么呢？"

"看长尺。"

"那么远，你看得见吗？"

"好像就在眼前。"

"他在做什么？"

"学习。"

"学得怎样？"

"全班第一。"

"我要是有这么一个争气的孩子，那就天天请客。"

这时，汪槐十有八九会把香烟掏出来，并亲自为刘白条点上。他们一边抽烟一边聊汪长尺。刘白条不止一次说他梦见长尺做了大官，用一架飞机把汪槐和刘双菊接到了大城市。汪槐咧嘴一笑，说用飞机太夸张，用轿车是有可能的。刘白条说真到了那天，你每个月得送我一条香烟啵。汪槐说一条烟算个屁，我叫他送一条公路。刘白条说我又买不起车，送公路没用，还不如一条烟来得实在。汪槐就把整包烟掏出来，说提前送你。刘白条假装推辞。汪槐就生气了，说你看不起人呀，不就一包烟吗？刘白条喜滋滋地接住。

那些想抽烟或想喝他家米酒的王白条、张白条都用这一招，他们总是从表扬汪长尺开始。只要是夸汪长尺，汪槐百听不厌，嘴角几乎要咧到耳边。刘双菊听到别人背后笑汪槐疯魔，讲给汪槐听。汪槐傻笑，说这就像念经，念多了各路神仙就会保佑。为什么节庆的时候要说大吉大利？为什么门方上要贴开门见喜、动步生财？这和夸长尺是一个道理。

汪槐每天都要在香火前供三炷香。供香时，他不求自己的腰杆好使，只求汪长尺能考上大学，将来做个大官。有时他也会在梦中笑醒，笑醒多半是因为他梦见汪长尺做了县长。第二天，谁要是来讨烟抽、讨酒喝，他就会把自己的梦讲一遍。于是，男村民奔走相告，轮流来听来抽来喝。这样的时刻，他把腰痛忘了，把自己的倒霉忘了，好像那个梦就是真的，即使暂时还不是真的，但他相信迟早会变成事实。

枫树的颜色有了一点点轻微的变化，它的树冠上粘了一抹淡淡的浅黄。别人看不出，只有天天在看的汪槐才敏感地察觉。这天傍晚，邮递员进村了，他把二叔寄的汇款单退了回来，汇款单上贴着"查无此人"。汪槐拿着汇款单看来看去，地址没问题，姓名没问题，问题只有一个，那就是汪长尺蒸发了。他的希望瞬间破灭，整个人软得像煮熟的面条。坳口的枫树不见了，二叔家的瓦檐不见了，天一下就黑了，黑得伸手不见五指，没有星星没有灯光，甚至没有声音。刘双菊叫他吃饭，他没听见。刘双菊把他推进堂屋。他定定地看着电灯，说什么时候亮的？刘双菊说不是一直亮着吗？他让刘双菊关上大门，掏出那张汇款单，说明天你必须进城，刻不容缓。刘双菊定定地看着"查无此人"，想起自己屋里一头地里一头，黑夜一脚白天一脚，伤心地哭了。汪槐说你这么一哭，刘白条就听见了，刘白条一听见，全村人都知道了。刘双菊压低嗓门，一边哽咽一边问要不要给他带点吃的？汪槐说这个王八蛋，要带就给他带条鞭子。

半夜，汪槐把刘双菊推醒。刘双菊问他想干什么？他说睡不着，坐起来也许好受些。刘双菊把他扶到轮椅上，自己倒头又睡。汪槐把轮椅撑出卧室，来到厨房，鼻子里全是剩饭残菜的味道。他揭开锅盖，锅盖"哗啦"掉在地上。他弯腰去捡，怎么也够不着，拼命伸长右手，轮椅的横杠把胳肢窝都硌痛了，两根指尖才碰到锅盖的边边。指尖往上一勾，锅盖往前滑去。轮椅跟着向前。他又使劲伸手，两根指尖又碰到了锅盖。指尖轮换着勾，终于把锅盖的一边了勾起来，眼看指尖就要把锅盖传到手掌里了，但"哐啷"一声锅盖又滑出去。

他不服气，伸手又勾，一次两次三次……花了差不多一个小时，他才把锅盖拿起来。顿时，一股喜悦传遍全身。他举起锅盖，就像举起奥运会金牌那样兴奋。在与锅盖搏斗的一个多小时里，他竟把"查无此人"抛到了脑后。

第二天早上，刘双菊走进厨房，看见汪槐坐在轮椅上歪头熟睡。他的面前摆着一篮子煮熟的鸡蛋和红薯。刘双菊说天哪，你是怎么做到的？汪槐被吓醒了，眨巴着眼睛。刘双菊说你不是说不给他带吃的吗？汪槐说也许我们错怪他了，也许他去了二中或者是被人欺负了，反正，我得跟你一起进城。刘双菊说你这个样子怎么进城？汪槐说办法是想出来的。

一个鸡蛋都舍不得吃，他们只吃了几个红薯。汪槐请王东和刘白条在轮椅的两边分别绑了一根竹竿，然后就出发了。刘双菊背着口袋走在前面。王东和刘白条抬着汪槐走在后头。他们"吭哧吭哧"地过了台上，过了龙家湾，过了水库，满头大汗地来到公路边，等了两小时，才看见途经的班车。他们把汪槐连同轮椅抬到车上。班车呼啸而去，车后扬起一股长长的灰尘。班车转弯时，汪槐透过车窗看见王东和刘白条被灰尘覆盖了，连那条去谷里的山路也被灰尘遮挡。

10

汪长尺剃了光头之后，黄葵给他买了一套西装，配了一副墨镜，然后叫他到厕所里照镜子。汪长尺在厕所里看了许久才出来。黄葵问他什么感觉？他说像黑社会。黄葵说要的就是这个效果，你以前那副模样看上去连蚊子都拍不死。汪长尺想白吃白喝这么久，他终于开始收账了。

果然，黄葵给他布置任务，就是跟着去见一个人。这人欠了甲方一百三十多万元人民币，赖着不还，甲方就委托黄葵追债。汪长尺问我的任务就是跟在你屁股后面吧？黄葵说耶，但得带把菜刀。汪长尺顿时飙汗，说杀人放火的事我可不敢。黄葵从抽屉里拿出一把白晃晃的菜刀，说没那么严重，只需切他一根手指。

"你切还是我切？"

"当然是你切，哪有总经理亲自动手的？"说着，黄葵把菜刀递过来。汪长尺没接，连腿都抖了，尿一阵阵急。黄葵说马蜂为什么锥人？狗急了为什么咬人？都是逼出来的，这世道，谁心狠手辣谁就叫成功人士。汪长尺的脑海一下就空白。眼前这个人忽然陌生，令他不敢正看。黄葵把刀把塞进汪长尺的手里。汪长尺像捏住冰块，一股寒意从脊背直滑到脚板底。黄葵摘下他的墨镜，说目光要像子弹，充满仇恨。汪长尺拧紧眉头调整目光。黄葵说狠一点。汪长尺的两个眼珠子就靠近了。黄葵说再狠一点。汪长尺几乎挤成了斗鸡眼。

　　黄葵把右手放到桌面，说现在我就是你的仇人。汪长尺看着那只肥腻的无数次摸过他脑袋的亲切可爱的"熊掌"，怎么也举不起那把菜刀。黄葵说砍死不要你负责。汪长尺说算了，我不是这块料。黄葵说别轻易放弃，你闭上眼睛试试。汪长尺闭上眼睛。黄葵说现在我的手已经抽走，你大胆地砍吧。汪长尺睁开眼，说你的手不是还在吗？我差点就上当了。黄葵说你管我的手干什么？闭上。汪长尺又闭上眼睛。黄葵把手拿开，说砍。汪长尺说我真砍了？黄葵说废话。汪长尺一咬牙，手起刀落，菜刀斜插桌面。黄葵说砍不砍那是你的问题，闪不闪那是我的问题。汪长尺说其实就是做个凶样吓吓他。黄葵说不，有时得真放血，否则他们不会还钱。汪长尺点头，像是明白了。

　　"黄葵……"

　　一个熟悉的声音突然飘入。汪长尺往门口一看，赶紧戴上墨镜。黄葵"嘘"了一下，示意他别吭声。刘双菊背着包扛着椅子像蚂蚁搬家那样推着汪槐走进来。黄葵迎上去，接过行李。他们喘了一口气，扫视办公室，目光在汪长尺身上打了一个逗号，最后把句号落在黄葵的脸上。

　　"找了县中、二中，只找到这张椅子，你知道他在哪里吗？"汪槐说。

　　"他出去打工了。"黄葵说。

　　"为什么不告诉我们？"

　　"还没挣到钱，不好意思吧。"

　　"他去哪里打工？"

　　"省城。"

　　"有他的地址吗？"

　　"没有。"

　　汪槐叹了一声，脸色铁青，胸腔一起一伏。刘双菊抹着他的胸口，喂他喝水。他呛了一下，不停地咳。刘双菊赶紧给他捶背。这时，汪长尺的腿已经发软，鼻子酸酸。但是他咬牙挺住，想看看自己的心肠到底有多硬。汪槐骂了一声野仔，说叫他好好读书他不读，把人都快气死了。黄葵说李嘉诚不是没读过大学吗，人家不照样发财？汪槐说一个姓李，一个姓汪，没法比。

刘双菊打开行李袋，掏出鸡蛋和红薯放到桌上，说蛋是自家鸡下的，红薯是我种的，本想拿来给他吃，没想到他跑了。黄葵剥开一个鸡蛋，咬了一口。土鸡蛋特有的那种甜香顿时弥漫，家乡的味道扑面而来。汪长尺咽了咽口水，忍住。汪槐也咽了咽口水，说平时我们都舍不得吃，全给他攒着。刘双菊说你和他是最好的同学，看见你就像看见他，你吃也就如他吃。黄葵"吧嗒吧嗒"地吃着，碎屑从嘴角飞起来。汪长尺的眼角挂着泪花。刘双菊说如果他跟你联系，请你一定劝他回来补习，伯娘求你了。黄葵点头。刘双菊说我喂猪养鸡，挑水煮饭，打柴剥玉米，搬石头砌墙从没喊过一声累，一想到他将来有出息，什么苦我都背得动。

汪长尺的两边脸庞痒痒的，从眼角一直痒下来，快痒到下巴时，他悄悄伸手抹了一下，手掌全湿。汪槐说生了这么一个不争气的，我都想跟他断交。黄葵说这个也要转告吗？刘双菊说不要，你告诉他我们想他了。如果他实在不愿意读书，那就回来跟我种田耕地。在外面打工多辛苦呀，他身上没钱，城里又没亲人，不知道过的什么日子，是死是活都不知……汪长尺"叭"地跪下，叫了一声"妈"，号啕大哭。刘双菊和汪槐都吓傻了，他们疑惑地张望。汪长尺脱下墨镜，泪眼汪汪地："是我呀，妈……"刘双菊瞬间泪奔。

"造孽呀！"汪槐闭上眼睛，等汪长尺和刘双菊的哭声消停，他才睁开，说把衣服换了。汪长尺找出原先的衣服，钻进厕所换掉西装，走出来。汪槐说收拾行李。黄葵说干吗要收拾行李？他在这里上班。汪长尺看看黄葵又看看汪槐。汪槐说动手呀。汪长尺把旧衣服和晒干的课本全部装进行李箱。黄葵说你要带他去哪？汪槐说去他该去的地方。汪长尺提起行李箱。黄葵说你没长脑子呀，眼看就要挣大钱了。汪长尺说葵哥，对不起。黄葵说你听他的，一辈子都出不了头。汪长尺说我想读书。黄葵恨铁不成钢，在桌面捶了一拳。汪槐说走吧。一家人肩扛手提推推拉拉地走了。汪长尺偷偷地回了几次头。

他们来到县中操场的一棵树下。汪槐说你跟黄葵混，迟早会出问题，如果安心读书，我们借钱也要供你。汪长尺咬住下嘴唇，点点头，扛着椅子走去。他穿过空荡荡的操场，进入楼道，从二楼的口子冒出来，右转，沿走廊来到右边最后的那扇门口。他朝汪槐和刘双菊挥挥手，然后放下椅子，钻进教室。他还坐在原来的位置，就是后门口，远远就能看见他在门框里的侧影。汪槐和刘双菊持久地看着，像看一幅照片。

忽然，教室里响起了诵读声。

11

第二年夏天,汪长尺的高考成绩直线下滑,连中专录取线都没上。回到家门口,他的膝关节一软,跪在汪槐面前。汪槐闭上眼睛,双手分别捏紧松开,捏紧松开,似乎要把空气捏出水来。汪长尺无比惭愧,恨不得钻进他的掌心,让他一把捏死。他的手捏着、松着,时间变得尤其漫长,慢到令人窒息。轮椅散发浓浓的尿味。汪长尺低下头,看见汪槐穿的是半截裤子,就是用长裤剪成的中裤,上面有两个大破洞和无数小破洞。大破洞是磨烂的,小破洞是烟灰烧的。他的两条腿肉少骨多,萎缩得像两根茶木。他赤着的双脚上沾满泥点,脚趾甲又黑又长。终于,他的手不捏了,眼睛也睁开了。他长长地叹一声,说为什么越考越差?

"题目比去年的难。"

"再难,也不该掉一百分吧。"

"我……没有缺课,晚睡早起,死记硬背,什么招都用了。"

"那就是你的脑袋瓜不灵喽。"

"……也许吧,脑袋里塞了太多的东西,结果什么都记不住。"

"放屁。"汪槐扭头看着山坳,"你什么打算?"

"回家劳动。"

"那你永远就这么跪着。"

"我没你想象的那么聪明,我没那么大的能耐。"

"你有,只要继续补习,你就有。"

"可是……我不想读书了。"

"那你就对不起我,我们。"说完,汪槐用竹竿一撑,轮椅"喊喊喳喳"地离去,四个木轮都沾满了泥巴、干草、头发和树叶,转得缓慢吃力。汪长尺站起来,扭头看着远处。山上的树郁郁葱葱,肥大的叶片在阳光下闪闪发光,树木和青草的香味随热浪扑来,虫子的鸣唱此起彼伏,山腰的稻田一片金黄。

汪长尺跟刘双菊收稻谷。刘双菊割,汪长尺搭。劳动的间隙,他们坐在田边的青树下乘凉。刘双菊告诉他这一年村里发生了许多事。刘白条欠了上千元的赌债,老婆差点把房子烧了。田代军家的两头水牛被人盗窃,有人说是张鲜花勾结外面的人干的。张五的女儿在省城打工,每个月都寄钱回来,他们家已经建了一幢两层半的水泥房。王东的老婆汪冬得了妇科病,一直都在吃药,她把盒子和说明书到处乱扔,就连小孩都看见了"宫颈糜烂""月经不调"……

　　村里的消息只够刘双菊说两天,但田里的稻谷只收了一半。闷热的空气下,寂寥的山谷里,实在没话可说了,刘双菊就说自己。她说有一天傍晚她在水井湾淋菜,被途经的王东调戏。汪长尺问她从没从?刘双菊说她顺手就给了王东一粪瓢,弄得他一身臭气。

　　"这事爹知道吗?"

　　"我跟他说了。"

　　"他什么态度?"

　　刘双菊忽然就抹眼泪,说我的态度就是他的态度。他说在你没考上之前,我们不能做任何不洁的事。如果你考上了,他说我可以随便。他明知道我不是一个随便的人,可是他还这么说。我们每天都烧香敬神敬祖宗,生怕一点点邪念都会让你遭报应。蚂蚁不敢踩,鸡都不敢杀,见谁都让三分。张鲜花把你奶奶坟边的土全占了,我们也没争。祖宗都看着,神灵都看着……即使你考上了,我也不能随便。我们不能帮你写作文、背书,就想帮你积点德。汪长尺的内心阵阵酸楚,他没想到自己的高考竟然连接着母亲的性生活,连接着父母脚下的蚂蚁。一连几天他都不说话,刘双菊的话仿佛也说完了。汪长尺举起割下的稻秆,狠狠地拍在搭斗的内壁,谷子纷纷脱落,"嘭嘭"的击打声回荡。山谷显得更加寂寥。

　　汪槐能撑着轮椅煮饭了。每天回家,汪长尺和刘双菊都能吃到他煮的热菜。除了煮饭,他还能脱玉米、扫地、剥花生、喂鸡、煮茶。每晚饭毕,汪槐都要劝汪长尺去补习。汪长尺说我想去补,你们负担得起吗?汪槐说没问题,这一年我们不是熬过来了吗?汪长尺不信。这一年,他的伙食费、服装费、学习资料和各种用具费,加起来一共花掉一千二百元。家里没牛卖,养了一头猪是用来过年的。除了卖鸡、卖蛋、卖黄狗,基本没别的收入。他们竟然把黄狗也卖了。他们没添一件新衣。汪槐甚至停服止痛药,据他说雨天里腰杆痛得"嘎嘎"响。

　　汪长尺偷偷问二叔,家里是不是借钱了?二叔说没有。汪长尺觉得奇怪,趁他们不注意时在屋里翻箱倒柜。一天,他从汪槐的枕头套里翻出一张纸条,上面写着:

欠二叔三百元。

欠张鲜花两百元。

欠王东一百五十元。

欠张五一百元。

欠刘白条十六元。

  天哪，他们竟然给刘白条打白条了！汪长尺手里的纸在颤抖。抖了一会，他把它折好，塞进上衣口袋。口袋立刻就沉，仿佛揣着一块铁，把衬衣的肩膀都拉歪了。他拿着纸条分别去见债主。债主们都说你爹反复交代此事不宜声张，免得影响你补习。汪长尺把他们手里的旧借条收回来，重新写了五张新的，借款人由汪槐变成汪长尺。汪槐不知这一变化，每天都在劝汪长尺去补习。汪长尺想他就像电视里的新闻发言人，天天都在重复着那些硬话，却从不顾及自家的实力。

  当稻谷全部收完，汪长尺用肥皂给汪槐认真地洗了一次脚，并修剪他又黑又长的脚趾甲。汪槐说看样子你是要去补习了？汪长尺说我想到城里打工。汪槐说造孽呀，有书你不读，而去卖苦力，你把一家人的希望都掐灭了。如果你不去补习，那就把剪掉的趾甲接回来，把洗掉的污垢还给我。我是稀罕你读书，不是稀罕你洗脚。汪长尺说我不是读书的料，我就是一个平庸的大多数。汪槐摇着头说不，你是天才，你是我们汪家的大救星。

  "你过奖了，其实我什么都不是，就一坨狗屎。"

12

  汪长尺是在凌晨时偷偷溜走的。他背着包，提着球鞋，赤脚走在泥路上。路面冰凉，他想起一句著名的比喻："泥路上的尘土是祖先们的骨灰。"草叶上的露珠打湿了他的裤脚，树林里不时传出动物的怪叫。天空暗黑，繁星频眨。走到坳口的枫树下，他回头望了一眼，村庄影影绰绰，树和房像一片墨汁。他看得双眼模糊，仿佛患了白内障，好像这是最后一瞥。许久，天空的颜色微微一跳，暗黑渐变为暗青。房屋有了轮廓，树木有了形状，黑色在瓦檐和枝丫间融化。他抹了一把眼角，转身走去。走到水库边，他把沾满泥巴的双脚洗净，穿上提着的球鞋，来到公路边等车。天亮了。低头的瞬间，他发现自己的球鞋洗得真白，白得就像城市的墙壁。

汪槐从床上醒来，晨光已照到他瘦削的屁股。他叫了两声长尺，没人应答。刘双菊走进来，把他抱到轮椅上。他说我竟然睡了懒觉，长尺呢？刘双菊说长尺进城了。汪槐把轮椅撑出家门，看着郁郁葱葱的远处，开骂："汪长尺……你这个没出息的货，你这个不争气的家伙，有书你不读，非得去打工，干部你不想，偏要卖苦力，你不给祖宗长脸，专给爹妈抹黑，我生错你了，高看你了……"骂声虽然不高，却因为发声正确频率恰当而具备了超强的穿透力，它像一阵风飘过二叔家的房顶，掠过村庄和树梢。坐在公路边打盹的汪长尺仿佛有了感应，像突然被人叫醒那样醒来。山影投在田坝，水声蝉鸣交集。灰白的公路上驶来一辆班车，在他身边停住。车门打开，他背着行李钻进去。正在家门口骂着的汪槐突然闭紧嘴巴，就像班车关上了车门。

都知道汪长尺走了。刘白条第一个坐不住。他拿着借条来找汪槐，说我以为他是孝子，没想到是骗子。汪槐接过借条看了一遍，说既然他敢写，那就一定会还。刘白条说人影子都没了，谁还呀？汪槐说我不还在吗？刘白条用目光把汪槐重新评估了一遍，说我就不信你家里连十六块钱都没有。汪槐说要不你把两只母鸡抱走吧。刘白条不想要老母鸡，进屋去找钱。他把汪槐的席子掀开，看见一个钱包，包里一毛都没有。他打开箱子，除了几件破衣服烂裤子没什么值钱的。他打开柜子，里面有一坛猪油。他把坛子抱出来，说就拿这个抵债吧。汪槐说傻瓜，油吃了就没了，还不如要母鸡，它可以帮你生蛋，蛋生鸡，鸡生蛋，没准你还能发达。刘白条说鸡你就自己留着发达吧，我喜欢猪油，已经半年没见油花花了，铁锅都生锈了。汪槐说你把它拿走，那我们家的铁锅不就生锈了吗？刘白条说没办法，欠债的人总是被动，我的债主也是这样对付我的，连床板他们都拆了，还想挖地三尺。汪槐羞愧地低下头，把手里的借条撕碎。

刘白条抱着那坛猪油回家的时候正好被张五撞见。张五想手里虽然有一张借条，但如果汪长尺赚不到钱，借条就等于白条。谁保证他能赚到钱？谁又知道他什么时候才能赚到钱？张五越想越觉得时间漫长，越想越觉得可疑，当即转身回家，拿了借条来找汪槐。汪槐答应支付利息，求张五再宽限几月。张五一刻都不想宽限，原因是他觉得自己被欺骗了。他说汪长尺跟他换借条时并没有说自己要外出打工，没说，就是信息不对称，信息不对称就是欺骗。

汪槐说长尺不是那样的人，他一定会赚到钱，一定会还债。张五说凡是你一定的事，那就一定做不到，当初你不是说他一定能考上吗？汪槐词穷。张五到屋里转了一圈，决定扛走那个老木头做的柜子。汪槐说如果你不相信那就扛吧，反正我也没什么东西可装。张五递过借条。汪槐接到手里抚摸，摸着摸着，手掌就被刺痛了，那些字仿佛都长了牙齿。

　　张五扛柜子回家时恰巧被王东看见。王东突然有了危机意识，他赶紧找出借条，跟汪槐索债。汪槐说家里值钱的东西都没有了。王东说楼上不是还有一副棺材吗？汪槐说那是给我准备的，你这么年轻不会比我早死吧？王东说这不是死不死的问题，而是我的钱拿不拿得回来的问题。汪槐说我用人格担保，长尺一定会还钱。王东说这年头，人格值个屁。汪槐说那你先扛走吧，等长尺有了钱我再把它赎回来。王东叫刘白条帮忙，他们把棺材从楼梯上滑下来，一人扛着一头出了大门。汪槐胸口发闷，仿佛憋死了，仿佛看见自己的葬礼。

　　张鲜花看见张五扛了汪槐的棺材，心里一"咯噔"，立刻翻出借条来到汪家。她说汪槐呀汪槐，我是你最大的债主，你在宣布破产之前为什么不先通知我？汪槐说不是我宣布破产，是他们不相信长尺。张鲜花说他们不相信，我凭什么相信？汪槐说你是不是看着长尺长大的？张鲜花说他们也是看着长尺长大的。汪槐说从小到大，他跟你撒过谎没？张鲜花摇头。汪槐说我有过欠债不还吗？张鲜花说没有。汪槐说什么样的种子发什么样的芽，什么样的藤结什么样的瓜，你就相信我们一次吧。张鲜花看着借条，慢慢地把它对折，往兜里塞去。汪槐暗暗使劲，连拳头都捏得紧紧，眼看借条就要塞进她的兜里了，忽然，她的手像被谁按了暂停。她说长尺是没对我撒过谎，但那是在村里，现在他进城了，环境变了，谁敢保证他还是过去的他？城里那么多骗子，他只要认识一个就会被传染。汪槐说即使把他丢进染缸，我相信他的颜色也还是白的，他不是个言而无信的人。张鲜花问这话你跟刘白条和王东他们说过吗？汪槐说没有。

　　"那为什么只跟我说？"

　　"因为家里实在没什么抵债的东西了。"

　　张鲜花在屋里转了两圈，确实没找到值钱的物品。她拍拍脑袋，说后山你不是还有几根杉木吗？汪槐说那是留来做房梁的，你看我家的房梁，烂的烂朽的朽，撑不了几年啦。张鲜花仰头看着，房梁确实黑了一半，那是雨水过度浸泡后的结果。她的心一软，但马上又硬起来。她说我只管收我的债，不管你的房梁。汪槐说锅里可以没油盐，死了也可以不用棺材埋，但这房梁一塌，我就上无片瓦下无立锥之地了。你连几根杉木都不放过，是不是逼得有点狠？张鲜花一下就怒了，说当初我借钱给你，那是为了帮你供孩子读书，现在孩子都打工了，凭什么还不还钱？汪槐说那么乖的孩子，你为什么就不相信他？张鲜花说因为他不是我的孩子。汪槐叹了一声，说要不我再给你写张条子？张鲜花问写什么？汪槐说如果长尺半年内不寄钱还你，那这笔债就变成双倍。张鲜花说一倍你都还不起，双倍你怎么还？汪槐说到时再还不起，我这房和宅基地都是你的。张鲜花说你敢写下来吗？

　　汪槐真的写了下来，还按了一个红红的手印。张鲜花拿着担保书走了，碰见谁就给谁看。王东看着字条，心里不服，说你只比我多借给他五十块钱，竟然换了一块宅基地。张鲜花说这就叫资本运作。

　　人人都在议论那张字条。刘双菊顿时有了压力，喉咙变细，肩周炎复发，胃痛加失眠，食欲不振，免疫力下降。汪槐安慰她，说如果你对自己的孩子都没信心，那还能对谁有信心呢？

第二章　弱爆

13

　　此时，汪长尺已在县城的大会堂工地做了泥水工，月薪三百元，包吃包住。早上吃馒头，中午吃米饭加素菜，晚饭菜里有几丁肥肉。没肉时，大家吃得很平静。一旦碗里有了肉，大家就吃得心潮起伏。汪长尺总是把肉埋到米饭的下面，先吃完素菜和饭，然后再用肉来压轴。这种吃法叫先苦后甜，能让肉的味道久久地留在嘴里，仿佛余音绕梁。但这种吃法必须时刻警惕，否则碗里的肉就有可能被工友们忽然伸过来的筷子掠走。埋肉的时候，汪长尺有一种收藏的快乐。最后几口全吃肉，他感觉就像集中财力办大事。躲避工友们的筷子时，他竟然有游戏的乐趣。如果没人盯饭碗，那他就深深地失落，甚至无法炫耀自己的满嘴流油。因此，有时他会故意敲敲饭碗，故意把肉嚼得响亮，以此吸引工友们来抢肉。晚上他住在工棚里，床架两层，是用新板钉出来的，到处都是松木的气味。每个工棚住四十人。汪长尺在第二工棚十七床。夜深人静的时候，有人会突然闪动床板。这边一闪，那边的跟着受惊，于是大家一起闪。床板"咿咿呀呀"响成一片，弄得那些结过婚的工友忽然思乡，一夜无眠。而有些人，包括汪长尺，无论大家怎么闪床，他们都没醒来，困得就像一块水泥砖。

汪长尺的具体工作是运砂浆，就是把装满水泥砂浆的铁皮车从搅拌机口推到简式电梯里。一个名叫刘建平的跟他搭档，两人轮流推。一旦电梯里装满四辆铁皮推车，他们就关紧铁栅门，推上电闸。电梯"嘎吱嘎吱"地往上升，砂浆微微晃荡。到达二楼时，电梯会"嘎"地停住，少许砂浆溢出，从支架间"喊喊喳喳"地撒落。每次电梯升降，汪长尺就会竖起耳朵，"嘎吱嘎吱"声让他想起汪槐的木制轮椅。

这份工作是他自己找的。当初他从车站出来，走一程望一程，目标是长臂吊车。凡有长臂吊车的地方他都去了，然后，再找脚手架。脚手架的地方也走了，他就听打桩声。打桩的地方探了一遍，他就闻水泥味。小小县城，十几个尘土飞扬的工地，他全都问过，只有现在这个工地的工头愿意接收他。这个工头姓何，名贵，脑袋尖尖，衬衣洁白，说话细声细气，还给他递了一支香烟。当天他就把行李从桥洞搬了过来。他想只要自己的身子骨累不垮，咬牙干三个月就能还清家里的债务。

第一月月底，到了领工资的时间，大家都没领到工资，于是就找何贵讨薪。何贵笑眯眯地说工资三月一领，大家不必着急。有人起疑，要求立刻兑现。何贵当即掏出一沓钱来，在手掌上"叭叭叭"地拍着，说谁愿意领就领，但领完后必须马上走人。有几个当场领了，提着行李头也不回。他们连衣服都没换，衣服上全是星星点点的泥浆，远远看去，他们就像穿着迷彩服。大部分工人一动不动，他们不知道何贵的用意。何贵说这叫管理，也就是说我培养一个工人，他至少得帮我干三个月，否则走马灯似的换人会严重影响工程进度。大家站了一会，想得通想不通都干活去了。刘建平一边推车一边发牢骚，说姓何的弄不好是个骗子。汪长尺说这么大一个工程，不至于吧。他想三个月发一次工资未必不是好事，这样可以强迫自己不花钱，相当于把钱存在银行，唯一不爽的是没有利息。

三个月后，何贵人间蒸发。工人们砸开他的办公室。有人抢走了电脑、电视机、饮水机、办公桌和席梦思。大部分工人什么也没抢到，有的聚集在工地骂娘，甚至砸机器泄愤；有的下棋打牌，暂时忘却眼前的困境；有的蹲在墙根，一眨不眨地盯住工地出口，盼望奇迹发生。汪长尺躺在床上补觉，修复九十多天来的身体劳损。松木板的气味已经淡了，工友们的吵闹忽远忽近。睡眠间隙，他的脑海不禁浮现出何贵来。他的口才那么好，牙齿洁白又整齐，兜里经常揣着一包名牌香烟和一次性打火机，逢人便递一支烟，并在对方刚刚叼上的刹那把火机打燃。递烟，点烟，他的动作连贯娴熟，一看就像老烟枪，可他从不抽烟，至少汪长尺没看见他抽过。这么一个彬彬有礼的工头，怎么会说不见就不见了呢？

想一会睡一会，直到饿得肚皮巴背，汪长尺才从床上爬起来。他走出工棚，发现自己已经睡了一天半。傍晚的天空有一片火烧云。工地安静了许多。一些人出去了。一些人排在墙根下坐着，抽烟的抽烟，闲扯的闲扯，发呆的发呆。汪长尺喝了一通自来水，肚子里"呱呱"地叫。他挨着刘建平坐下，悄悄地问你吃了吗？刘建平说吃了。汪长尺说能不能借点钱？刘建平起身，走到离他二十多米远的地方重新坐下。汪长尺左看看，右看看。工友们先后站起来，拍拍屁股，或钻进工棚，或离他远点。他的左右分别空出五米，人人避之，仿佛他是一个臭屁。现在他明白了，朋友之间工友之间，什么话都可以说，独独不能说"借钱"。他低下头，看着那些从缝隙冒出来的小草，看着地上来往的蚂蚁。他抓起一只蚂蚁放到手背，让它在手背走过来走过去，让它沿着手臂上行，看看要爬到膀子了，他又把它拈回来放到手背上。蚂蚁勤奋地爬行，以为可以找到出路，却不知每条路都被封堵。如此折腾，他暂时忘了饥饿。天慢慢地黑了，工地上已被停电。手背的蚂蚁被夜色吞没。他看不见它，但能感觉到它。他的肚子又"呱呱"地叫，胃酸一阵阵上涌。他朝蚂蚁拍去，手掌的局部湿了。他把湿的地方抹干净，搓搓手，起身走出工地。

14

汪长尺一直怀疑黄葵被抓进去了，但他抱着试一试的心理来到小河街，看见环球公司的招牌不仅还在，而且比原来擦得更亮。店面敞着，屋内的灯光扑向街道延伸至河面。这里已不再卖日用杂货，整个店面都腾出来做了办公室。黄葵和另外两人正在喝啤酒。茶几上摆着三盘四碟，卤猪脚、卤鸭掌的香味扑鼻而来。他像看见久别的亲人，激动地叫了一声黄葵。三人扭过头，表情一律惊讶。黄葵的惊讶尤甚，他竟然停止咀嚼，拧紧眉头。忽然，他的嘴巴一动，说你不是要考大学吗？你不是不愿意跟我混吗？你爹妈不是把我当坏人吗？你们一家从这里走出去的时候，那手甩得就像考了全县第一，那腿劈得就像出污泥而不染，雄赳赳气昂昂，一副撞到南墙也不回头的气概。汪长尺说天地良心，我偷偷回过几次头，觉得对不起你。黄葵说我这个人记仇，你那副悬崖勒马、改邪归正的表情已经深深地深深地印在这里了。他一边说一边用手指点自己的太阳穴。汪长尺咽了咽口水，说我愿意帮你去砍手指。

"晚了，我自己已经砍了。"

"那我能帮你做点别的吗？"

"你那胆子，什么都做不了。"

"大胆不是天生的，是逼出来的。"

"说得好。有胆你把裤子脱了。"

汪长尺真的把裤子给脱了，臀部腿部顿时凉风习习。他们的目光像探照灯那样射过来。他的下半身黑里麻黢，只有穿裤衩的部位还是白的。他的鸟仔几乎缩进肚皮，仿佛害羞似的。黄葵忽然想起他们光着屁股一起在河里游泳的中学时光，那时汪长尺的皮肤和自己的一样白，只要不穿上衣服，看不出谁是农村的谁是城里的。但是现在，他们的皮肤差别就像城乡差别那么巨大，即使不穿衣服也能看出他们生活的距离。黄葵忽然有了一丝恻隐，说进来吧。汪长尺光着屁股走进来。黄葵生气地："穿上。"

饱吃一顿后，汪长尺惊慌的心才安稳。他的腿不抖了，虚汗不出了，整个人结结实实地砸在地上。这时，他才发觉黄葵他们一直在看着他吃。他抹了一把嘴角，说对不起，实在是太饿了。黄葵问敢不敢坐牢？他说只要不是杀人，都可以考虑。黄葵说有人把人打伤了，昨天刚进去，拘留十五天，明天你去把他换出来，每天给你一百元，十四天共计一千四百元。汪长尺说人都进去了怎么换？黄葵说这个不用你操心，你只管在别人叫"林家柏"的时候，响亮地回答一声"到"就 OK。汪长尺问林家柏是谁？黄葵说这个不重要，重要的是你能挣到钱。

回到工棚，汪长尺早早地上床。但他睡不着，翻来覆去。当食物被胃消化，他的饥饿感消失了。没有饥饿感，他的紧迫感也没了。他发现饥饿时和吃饱后的选择判若两人。饥饿时什么都敢应承，没有羞耻，连鸟仔露出来也不在乎。但吃饱了就像中产阶级，瞻前顾后，就想我算个什么东东？脱裤子放屁的？犯人？坏人？汪长尺？林家柏？越想越悔，越想越鄙视自己，心情悲摧到了极点，觉得自己就像那只被拍死在手臂上的蚂蚁，到处有路到处行不通。

想着想着天就麻亮了。汪长尺提着行李朝家乡奔去。他看见水库、茶林、大枫树和村庄，看见自家的大门紧闭。他敲了敲门，门"哗"的一声，屋里站着黄葵。黄葵睡眼惺忪，说怎么这么早？才六点钟呢。汪长尺一惊，仿佛梦游，脑子里想着回家，双脚却选择这里。

黄葵请早茶，点了满满一桌。汪长尺说你点得越多我就越吃不下。黄葵说心疼钱吗？汪长尺说好像死囚，枪毙前一定让他吃个饱。黄葵说你想多了，里面有吃的有住的，还安全防震，就当进去休假。汪长尺说从昨晚到现在，我的脑袋都是木的，要不是为了诚实守信，我真的就脚底抹油了。黄葵说别紧张，里面能培养人，也能锻炼人，更能考验人，好比一座熔炉，也像一所学校。汪长尺想穷人的学校，但他没说出来。他试着吃点什么，却什么也咽不下。他掏出一张字条，说这是我家的地址，你把一千块寄给我爹，另外四百元你帮我留着，汇款单上别写你的地址，免得我爹再次找上门来。万一我出什么事……你就帮我照顾好父母，让他们有饭吃，有衣穿，死的时候能有一口棺材。黄葵说多大的事呀，弄得跟生离死别似的。如果你真出什么事，那我就把你父母接到县城，像赡养自己的父母一样赡养他们。我让他们有车有房，看得起病买得起保险，洗脚，下馆子，跳广场舞，让他们充分体会到制度的优越性。汪长尺知道他敢这么说，是因为他自信不会出事，但还是问了一句："你真做得到吗？"黄葵说我很少放空炮。汪长尺说要是他们有一个像你这么优秀的儿子，那就笑死了。

进去之前，汪长尺要花十几分钟时间，像间谍出发前那样默记：林家柏，男，三十三岁，未婚，某官员的儿子，辉煌地产公司董事长，家住龙腾小区一栋二单元五〇八房。一号晚十点，开奔驰八八八八号拉女友王燕萍吃夜宵，途经民生路时撞翻孙一平的水果摊，不仅不赔孙的损失，还挥拳打断他的两根肋骨。由于围观者众，不拘留不足以平民愤。王燕萍二十三岁，县歌舞团的歌唱演员，王局长的女儿。

黄葵用吉普车把汪长尺送到看守所门口。一路上，汪长尺不断给自己心理暗示。当看守所的大门徐徐打开时，他已经把自己变成了林家柏。仅仅半小时，他便从赤贫变成了富翁，名义上拥有官爹、豪车、楼中楼和美女。

15

汪槐收到了一张千元汇款单，汇款地址是省城Pa公司。汪槐大叫一声双菊。刘双菊闻声而出，问怎么了？汪槐说你现在血压正常不？刘双菊左瞄右看，说是你不正常吧？汪槐说你现在情绪稳定吗？刘双菊脸色突变，说是不是长尺出事了？汪槐把汇款单递过来。刘双菊接住，看着看着，眼睛就模糊。她抹着泪水，说想不到长尺这么快就有出息了。汪槐说我算过，长尺要吃要住要零用，一个月至少有五百块钱的工资才有能力给我们寄这么多钱。刘双菊说他又不是经理，怎么会这么高？汪槐指着汇款单上的那个"Pa"，说看见了吗？这是外国字，只有外国公司才这么笨，很可能他们把美元当成了人民币。刘双菊咧嘴一笑："要是他们一笨到底，那我们家长尺不就捡大便宜了。"

汪长尺寄钱的消息一经传开，人们纷纷上门道贺。开始，汪槐给他们烧茶，后来才发现光喝茶、抽烟是打发不走他们的。于是，刘双菊就得做饭。做饭没有好菜，她就去跟张五赊腊肉。张五怕她付不起钱，她就把汇款单掏出来给他看。汇款单已被无数人摸过，上面沾满了眼泪、泥巴、手印和锅灰。张五接过来辨认，这次汇款单又沾上了斑斑油渍。刘双菊为道贺的人们炒了腊肉，汪槐认为有了腊肉就得配酒。于是，刘双菊拿着汇款单去找二叔，说只要把钱一领出来，就还二叔的债，到时连米酒钱一起付。二叔接过汇款单看了看，这次又把酒糟沾到了上面。汇款单就像信用卡，在村庄里刷来刷去，刷得刘双菊心里一阵阵痛。道贺的人一边吃着腊肉一边夸汪长尺，一边喝着米酒一边猜汪长尺到底从事什么工作。有人说Pa公司是做手机的，有人说是生产电视机的，也有人说是做电脑的，汪槐说没准是造汽车的。

猜来猜去，谁也没猜到汪长尺正在坐牢。每天他都蜷缩在角落，想象林家柏的派头。他以为进来那天，看守所会跟黄葵像交换战俘那样来一次交接，却没想到这边进那边出，连林家柏的背影都没看见。一天，他突然想起自己所在的工地就是由辉煌地产承建的，原来真正欠他工资的人是林家柏。虽然这次他从林家柏处赚了一千四百元，但扣除林家柏欠他的九百元工资，实赚才五百块。真是亏大了。他觉得像林家柏这样欠血汗钱不给的人，理应把牢底坐穿，理应拉出去枪毙，但没想到坐牢的却是他汪长尺，如果真要枪毙林家柏，没准枪毙的只是他的名字。只要价钱开得高，就会有人替他去死。只有在想象林家柏女朋友王燕萍时，汪长尺才觉得自己占了一点便宜。他想象她的歌声，想象她丰满的胸和雪白的腿，想象他们睡在一张床上……

在汪长尺胡思乱想的日子里，刘双菊的妹妹从娘家那边带着一个姑娘来到了汪家。姑娘叫贺小文，长得高挑美丽。一进门，她就接过刘双菊肩上的水桶，去水井边挑水。水井离汪家五百多米。她挑水走回来的时候，一手扶扁担一手甩着，身体一扭一扭，扁担上下晃动，两根辫子摇来荡去，整个人就像在跳舞。五百多米的小路，就像她的T型台。村人都在看她，汪槐也在看。双菊妹问汪槐中不中意？汪槐说姑娘是好姑娘，但没文化，没文化进不了城，进不了城就没法跟长尺在省城生活。长尺进了外企，工资又那么高，没必要再回农村讨个老婆。双菊妹说像小文这样漂亮的，目前在农村已是硕果仅存，要是她有文化早就嫁干部了。汪槐说一个乡村干部未必就强过一个省城的工人，你还是带她回去吧。双菊妹说你只顾做梦，也不看看家庭的实际困难，我姐都快累瘫了。要是有小文帮忙，她能喘口气，你在轮椅上也坐得安稳。汪槐说别剥削人家，别害苦人家，这事我们不能代替长尺。双菊妹在汪槐这里受阻，就到刘双菊那里求解。姐妹俩商量后，决定把小文留一段时间，让汪槐考核考核，看看她到底有多优秀。

赶街的日子，刘双菊带上私章和身份证，把汪长尺的汇款取了出来。在街上，她什么也没舍得买，就给贺小文买了一套薄衣服。虽然小文还不是汪家的人，但刘双菊已经把她当儿媳妇看了。剩下的钱，拿来还债。王东拿到钱以后，把汪槐的棺材送了回来。张鲜花拿到钱以后，把借条和承诺书撕碎。二叔的债也还了，酒钱也付了。张五的腊肉钱也给了。还剩下一点钱，刘双菊和汪槐商量后，买了两只猪仔。

贺小文煮饭挑水喂猪，样样能干。汪槐发现每当她喂猪的时候，那两只猪仔就吃得特别起劲，它们吃潲的声音"呱嗒呱嗒"，听得汪槐心里一阵阵喜悦。干完一天的农活，小文就洗个澡，穿上刘双菊新买的衣服，在汪家门前做针线活。她把汪家衣裤的破洞都修补了，把脱落的纽扣也都钉上了。妇女们陆陆续续地喜欢到汪家来串门，之后男人们也来。汪槐和刘双菊清楚，他们来串门不为别的，就是为了看贺小文，为了跟小文聊天。

小文打了一盆热水给汪槐洗脚、剪趾甲。汪槐问怎么没读书？小文说当时有个哥在读，自己是超生的，家里被罚了不少钱，读不起。后来爹妈又超生了一个妹妹，家里更困难，就帮着干农活了。汪槐说你见过长尺吗？小文摇头，说只看过照片。汪槐说你的好我都领教了，但你还得回去，你待得越久我心里就越亏欠。小文说家里有哥哥嫂嫂，他们最担心的是我嫁不出去。汪槐说他们低估你了。小文说有人做过几次媒，但我都没看上，他们要么长得丑，要么没工资，我就想嫁个像长尺哥这样的，离开农村。汪槐说你都不识字怎么离开？小文说我偷偷学了百多个字，名字会写，路牌能认，电话也会打，数也会算。汪槐说万一长尺不同意呢？小文说那我就死心了。汪槐说到时你会恨我们的。小文说我帮你们做活路，你们给我吃的穿的，就当我出来打工。

　　傍晚，天边的云霞映红了山坡，各家各户的瓦檐上白烟袅袅。张五穿着崭新的衬衣，吹着口哨从乡里归来。快进村时，他看见贺小文在汪家的地里打猪菜。张五站在路上犹豫了一会，便爬到了汪家的红薯地。贺小文叫了一声张叔。张五说你能保密吗？小文说保什么密？张五说我跟你的谈话。小文说只要不是害人的，我就帮你保密。张五掏出一张单子，问见过吗？小文说汇款单，是不是长尺寄来的？张五说你看看上面的名字。贺小文连猜带认，说是寄给你的？张五说再看看金额。小文说三千。张五说这是我妹仔张惠从省城寄来的，你不要告诉任何人。小文说那你为什么要告诉我？张五说今天我在乡里跟张惠通了一个电话，顺便把你的情况说了，如果你愿意去她那里工作，每月至少能挣三到五千块。小文问她干的是什么工作？张五点了一支烟，说你能保密吗？小文点点头。张五说她在一家大宾馆里，帮人洗洗脚，按按腿什么的。小文说有人找过我，说是进城帮人按摩，我一口就回绝了。张五叹了一声，指着坡下，说大凡长得漂亮的农村姑娘，就像那些大树，迟早都会被城里人买走。我看你长得水灵，家里又困难，才愿意帮你推荐。小文说谢谢张叔。张五说长尺的工资没我妹仔的高，你嫁给他还不如自己出去挣。小文说张姐的工资再高，你也不敢告诉别人。张五说是呀，其实我才是谷里最有钱的人。如果你想挣大钱，就找我。小文说除非长尺不愿娶我。张五说傻姑娘，有了钱还怕没人娶你吗？小文说等长尺回家吧，看看他的态度再讲。

16

　　汪长尺从看守所里出来后，在河边找了一块石头坐下。太阳正烈，很快就把他的关节晒热。他活动活动四肢，"扑通"一声跳到河里，一边游一边把衣服裤子脱下来搓洗。衣裤搓干净了，他就放在石头上晒，然后赤身裸体地再跳入河中，洗头发，抠脚趾。因为有阳光的透射，他能看见从身上搓掉的污垢像尘土那样在水中漂浮。感觉全身都搓干净了，他才趴在礁石上休息。身体一热，他便潜入水中。潜一会，晒一会。石头上的衣裤干了一半，他爬到岸上把它们翻过来，衣裤腾起阵阵水汽。又潜一会晒一会，衣裤就全干了。他坐在岸边，等身上的水珠全部晾干，才穿上洗净的衣裤。他闻闻袖子，竟然闻到了紫外线的香。

回到小河街时，黄葵不在公司，只有一位手下在值班。汪长尺等到傍晚，才看见黄葵拿着一个砖头那么大的手机，醉醺醺地晃进来。他拍了拍汪长尺的肩膀，说没人欺负你吧？汪长尺说我现在是坐过牢的人，有污点了，就像女人不再是处女了，弄不好就嫁不出去。

"你还在乎名声？"黄葵一边说一边拉开抽屉。

"难道穷人就不配在乎名声吗？"

"我在乎这个。"说着，黄葵从抽屉里掏出一个信封摔过来。汪长尺接住，打开，先看见四百块钱，然后又看见汇款存根。他瞄了一眼汇款人地址，问Pa公司是什么公司？黄葵说我也不知道，是手下寄钱时瞎编的。汪长尺双手摸着存根，说谢谢。黄葵问下一步有什么打算？

"先回工地吧。"

"我这里没有适合你的工作，代坐也不是天天能碰上。如果有人找替身，我再通知你。"

汪长尺又说了一声谢谢，背着行李走了。来到工地，他闻到一股臭味。这臭味是长期停水停电造成的。进来的泥路已经板结，车辙和坑洼都是硬的。空地的草长高了，蚊、虫也多了。汪长尺走进来的时候，墙根处还坐着十几个工友。不知道是光线偏暗或是工友们反应迟钝，他们看了好久才认出汪长尺来。他们问这十几天你都去哪里了？汪长尺没答。他们就搜他的包，想找吃的。包里除了几套衣服，什么也没有。他们就搜他的衣兜，看能不能找到钱。汪长尺有先见之明，在进来之前已经把钞票藏进了裤衩的小袋。他们什么都没搜到，失望地又坐回原处。刘建平埋怨："人家回来时，起码带几个红薯，最差也带一把花生。你什么都没带，回来干什么？"汪长尺说借钱。一听到借钱，所有人都闪开。

其实，他是回来找地方睡觉的。狠狠地睡了一晚，第二天早上他就到路边小店吃了六个大馒头，喝了一碗蛋花汤。吃饱喝足后，他又回工棚睡觉。

他发现每到饭前半小时，正在热聊的工友们忽然就不聊了，仿佛要用三十分钟过渡一下，把眼前的熟人变成陌生。他们一个一个偷偷地闪开，分别闪到附近的包子店、米粉店和快餐店。每个人在闪进小吃店之前都会回头张望，生怕被别的工友跟踪分享。填饱肚子后，他们又单个单个地回来，重新聚集在墙根下聊天，好像刚才的躲避不曾发生。汪长尺也尽量躲避，但第三天晚上，当他闪进米粉店时，刘建平突然出现在他面前。刘建平说汪长尺你真无耻，竟然把钱藏在裤衩里。汪长尺看看门外，没有别的工友，就给刘建平点了一碗肉粉。两人坐在店外吃了起来。刘建平问你从哪里挣到的钱？汪长尺不答，低头几大口就把米粉吃光了，本想再来一碗，但因为刘建平在，就忍住。他说你为什么不出去挣钱？刘建平说我干了一百五十多天，衣服穿烂三套，鞋子踩破两双，皮肤脱了四层，难道还闷声走人？

"那你就等着何贵良心发现吧。我不相信他会回来发钱。"

"好多工友都在抗议，有关部门总得想办法解决吧。"

汪长尺说他去过有关部门门口。那个门口原来熙熙攘攘，现在稀稀拉拉。自从抓了几个打砸的工友之后，大家都害怕了，学乖了，静静地来，静静地坐在路边的树下，静静地提醒进出的官员：有人拖欠农民工工资。但官员们见怪不怪，在进出大门时，走路的最多加快一点步伐，坐车的把车窗摇上，骑车的用力蹬几脚。只要上面不来检查，县里没什么重要会议，他们就让他们坐在路边，井水不犯河水。据说曾有领导出面解释，说正在调查此事，会尽快拿出解决方案。但是二十多天了，为什么解决方案还没出来？要么问题复杂，要么遇到阻力。时间拖得越久，来的工友就越少，原因是大家都不宽裕。谁没伙食费，谁就得退出，到最后，剩下三丁五丁，事情也就不了了之。刘建平说既然你这么绝望，还回工地干什么？汪长尺说养力气。

一星期后，汪长尺感到力气已经恢复，能单手举起水泥砖了。这天晚上，他来到龙腾小区一栋，看看二单元五楼两边的灯都亮着，便轻步走上去。当他走到五〇八号房时，停下来做了一次深呼吸，便按下门铃。等了一分钟，铁门上的猫眼一亮，又一黑。汪长尺看没效果，连续按了几下。铁门裂开一道缝，一个穿睡衣的年轻男子露出脸来，问你找谁？汪长尺说林家柏。男子问你是？汪长尺说帮他坐牢的。男子皱皱眉头，说林家柏不在，就把门关上了。关门的一刹那，汪长尺想推门而入，但门上扣着链子，根本推不开。汪长尺又按了几下门铃，屋内再无反应。他就地坐下，盯住那扇铁门，生怕它会逃跑。

不到半小时，黄葵就赶到了。他叫两个手下把汪长尺架起来拖到楼下，塞进吉普车，拉到小河街环球公司门前。车门打开，汪长尺被拖进办公室。黄葵说你想找死呀？汪长尺问我干活的工地是不是林家柏的？

"是又怎样？"

"他欠了一百多个工人的血汗钱，该不该还？"

"别忘了，我们订过保密协议。"

"可是，"汪长尺掏出一份合同，"我也订过打工协议。"

黄葵接过合同看了一眼，唰地就撕。汪长尺伸手去抢，只抢回来半截，又扑上去抢另一半。黄葵推开他，说不就九百块钱吗？老子给你，但你得保证滚出他的视线。

"我讨我的工资，你管什么闲事？"

"你有什么证据证明人家欠你的钱？"

汪长尺举起合同。黄葵说好好看看，那上面有公章有签名吗？汪长尺看合同，发现被撕走的是盖章签名的那半截。他指着黄葵的鼻子："你……你赔我。"黄葵掏出九百块钱摆在桌上，说只要你写一句话，就把钱拿走。

"写什么？"

"保证从这个县城消失。"

"这是他家的地盘吗？"

"不是胜似。"

"那这钱我就不要了。"

"你想要什么？"

"我叫工友们一起到他家去讨债。"说完，汪长尺转身就走。

黄葵叫两个手下把他拉回来，按住。汪长尺挣脱他们。他们又把他按住，直到汪长尺不挣扎才松开手。黄葵说你收了人家的替身费，又去骚扰人家，还有没有信用？汪长尺说要讲信用，大家一起讲，不能光我一个人讲。黄葵说工资你拿走。汪长尺问不写保证书？黄葵说他不欠你工资，就算守信用了。他守了，你就得守。汪长尺说那他欠别人的呢？黄葵说你管得了那么多吗？汪长尺顿时闭嘴，脑海浮现汪槐和刘双菊，浮现那个破烂和困难的家。说真的，他想立刻把那九百块钱抓到手里，但他不服气，说凭什么他可以欠债不还？

"因为他爸是林刚。"

汪长尺犹豫了。他知道自己斗不过林家柏，也管不了别人，他太缺钱了。于是，他的手朝钱伸过去。黄葵说拿了钱就必须消失，否则谁都不能保证你的安全。他的手忽然一抖，像被火烫了一下，飞快地缩回。

17

夜深了，汪长尺朝工地走去。工地没电，黑咕隆咚。他刚一迈进大门，就被两个男人按住，拳打脚踢。汪长尺一边喊救命一边跟他们对打。其中一人的鼻梁被他揍了四五下，他甚至听到鼻梁骨折的声音。但是马上，他的头部被棍子击了两下，腹部被捅了两刀。他的力气瞬间消失。等刘建平他们打着手电筒从工棚里跑出来时，他已倒在血泊之中。

刘建平他们报了警。警察把汪长尺送进医院。因为是警察送来的，汪长尺得以抢救。当晚，乡派出所的王警察接到县城公安局值班室的电话。王警察连夜赶到谷里村，拍开了汪槐家的大门。第二天早上，汪槐请二叔和刘白条抬到公路边。汪家人包括贺小文坐上了开往县城的班车。

汪长尺是被哭醒的。一星期来，他的耳畔一直伴随着断断续续的哭声。哭声像风吹像水流像蝉鸣……若有若无，时强时弱。到了第七天，他终于听清那是刘双菊在哭。他叫了一声妈，眼眶就红了，泪水涌出来，沿着脸庞下行，一直流到脖子。贺小文背过身去悄悄抹泪。汪槐一忍再忍，但眼角还是湿了。病房里哭成一片。哭累了，他们就歇歇，歇够了他们就接着哭。除了哭，他们没有更好的表达方式。除了哭，他们只能相互抹泪。刘双菊帮汪长尺抹，汪槐帮刘双菊抹，汪长尺帮汪槐抹，贺小文帮刘双菊抹，刘双菊帮贺小文抹，他们的手指都被泪水泡成了咸肉。

刘双菊推着汪槐去了小河街派出所。他们问警察凶手抓到没？警察说又不是眨眼睛，哪有那么快。汪槐和刘双菊就坐在值班室里，到了中午下班，他们没走。到了下晚班，他们还没走。整整一天，他们每人只吃了一碗米粉。警察说难道你们要把这里当宾馆吗？汪槐说我们没有能力支付长尺的住院费，求你们赶快把凶手抓起来。警察说凶手是谁都还没搞清楚，怎么抓？汪槐说长尺知道凶手。警察问他清醒了吗？汪槐说清醒好几天了。

天黑了，路灯亮了，他们还坐在值班室里。警察说你们先回吧，一有消息我们会告诉你们。汪槐说没地方去，我们就在这里等吧。警察说要等就到门口去等，我要下班。刘双菊把汪槐推到门口，警察"砰"地把门关上。

　　第二天，汪长尺的病房来了两个警察，一个姓陆一个姓韦。姓陆的问，姓韦的记录。汪长尺跟他们讲述那晚挨打的经过，并根据按住他的力度和角度，根据他们身上的气味，断定凶手就是黄葵的那两个手下。因为在他被袭之前两小时，那两个人曾在黄葵的办公室把他死死按住。他的脑袋、肩膀、腿脚和鼻子还保留着对他们的鲜活记忆。警察劝他先别下结论。汪长尺说我把其中一人的鼻梁打断了，你们只要查查黄葵的手下，看有没有被打断鼻梁的，事情就一清二楚。警察没表态，而是不断地启发他跟工友们结没结过仇？借没借过别人的钱？抢没抢过别人的女朋友？他们一边问一边盯住贺小文，问她从哪里来？以前交没交过男人？他们问得很遥远很宽广，甚至都问到了刘白条、王东、张鲜花和二叔，还问到了贺小文的哥哥和嫂嫂。汪长尺认为他们是在故意回避黄葵，就不想说话。警察说你要是不肯回答，那这个案子就难破。汪长尺说该说的我都说了，就差没说出凶手的名字。陆警察站起来，韦警察合上记录本。

　　汪槐和刘双菊每天都守在派出所门口，凡看见警察进出，他们就问凶手抓到了吗？他们的询问就像街道上司空见惯的噪音，没有引起警察们的任何反应，哪怕抬抬眼皮动动面肌点一点头。这样的询问他们听多了，听惯了，已经懂得自动屏蔽了。可汪槐和刘双菊还苦苦盼着，以为会有答案。当警察们在屋内讨论案件时，汪槐和刘双菊就屏住呼吸，竖起耳朵。那些从窗缝里飘出来的语言碎片，和汪长尺的案件毫无关系。他们从来都没听到他们讨论汪长尺的案件。一天中午，汪槐拉住了陆警察的裤脚，问到底什么时候才能破案？陆警察说暂无头绪。汪槐从轮椅里滚出来，趴在地上磕头。陆警察说磕头就能把凶手磕出来吗？汪槐不管，"咚咚咚"，一下比一下磕得有力，地皮都好像被他磕痛了。陆警察把双脚从汪槐的双手里拔出来，骑上摩托车走了。刘双菊去扶汪槐，汪槐把她的手拨开。他就那么趴着，见谁进出都磕，见谁都说"求你帮帮我们"。汪槐的脑门磕出一片血迹。刘双菊用纸巾帮他擦，擦一下他的面肌就颤一下。

　　汪槐没别的办法，就用竹竿指了指小河街的那一头。刘双菊明白他的意思，把他推到了黄葵的公司。黄葵在，他的两个手下也在，其中一个鼻梁乌紫，乌紫处显然曾经骨折瘀血。汪槐盯住黄葵，说连同学都下手，你的心好狠。黄葵没搭理，冷眼看着。汪槐问为什么？黄葵说你去问他。

"他得罪你了吗？"

"比得罪还恶劣。"

"所以你就派手下去杀他。"

"真杀他还有命吗？只是一个警告。"

"你的眼里还有没有王法？"

"有呀，派出所就在那边，你叫他们来抓我呀。"

"我操你妈。有你这么欺负人的吗？"汪槐一怒之下，举起竹竿照着黄葵的脸打去。黄葵闪躲。汪槐的竹竿一阵乱劈，但因为用力过猛他从轮椅里跌出，倒栽在地板上。黄葵说别拿鸡巴当脖子，有本事你站起来走两步。刘双菊把汪槐扶上轮椅。汪槐气得全身震颤，恨得牙齿上火。他双手一撑，想站立，但他的腿不争气。自从跌伤以后，他的腿肌已经全面萎缩，大腿就像小腿那么粗，小腿就像手臂那么细。现在，即便他想把对方吃掉，嘴巴也够不着；即便他想扁他，手也没那么长。短短数秒，他的愤怒指数急转直下，悲凉像刀片割破喉咙。他的双手软了，屁股重重地跌落，胸口起伏，连气都喘不顺，还不停地咳嗽。黄葵说凭你这点本事，就别闹了，乖乖地带着汪长尺回农村去吧。汪槐用力一咳，把嘴里的一口痰吐到黄葵的脸上。黄葵骂了一声，连扇汪槐几个耳光。刘双菊对着黄葵一头撞去。两个手下把刘双菊拉开，扔到门外。刘双菊还没爬起来，就看见轮椅从屋里起飞，划了一道弧线，落在她的面前，散成一堆木板。汪槐摔在木板上。刘双菊骂刀杀的，鬼打的，狗娘养的，没良心的，畜生不如，千刀万剐……卷闸门"哗"地落下。

汪槐抬手指了指小河街的那头。刘双菊背着他往回走。他们从那头到这头，又从这头到那头。正好陆警察和韦警察都在。汪槐说黄葵承认了，你们帮我抓他吧。韦警察拿出记录本，翻开，说我们问过黄葵，他不承认，也没证据。汪槐说那个鼻梁受伤的不就是证据吗？陆警察说那人我们也问过，他说鼻梁受伤在先，汪长尺被打在后，因为汪长尺看见他鼻梁受伤，所以就编谎话来诬陷。汪槐问为什么要诬陷？

"他说汪长尺怕抓不到凶手没人出医疗费。"韦警察说。

"放他妈的狗屁。"汪槐说。

"他们还讲汪长尺有被迫害妄想症。"陆警察说。

汪槐问长尺被打是真的吗？韦警察说人还躺在医院呢。汪槐又问他被捅两刀是真的吗？陆警察说伤口都验过了。汪槐说那这个迫害是真的还是妄想的？

　　陆、韦异口同声："真的。"

　　汪槐说我对天发誓，长尺从没说过谎话。韦警察说问题是我们没法证明那人的鼻梁是汪长尺打的，现在各有说法，我们也很难断定。汪槐说黄葵刚才都承认了。陆警察问谁听见了？有录音吗？汪槐说你开什么玩笑，像我这样的人买得起录音机吗？韦警察说再说了，你真有录音，他也未必承认。汪槐指着刘双菊，说她可以证明，她刚才也听见了。陆警察说你们是一家人，就像利益共同体，不能相互证明。汪槐说那这个案子还破不破？韦警察说目前还没有突破口。陆警察说看看别的案件能不能扯出这个案件，需要点运气。汪槐的脑袋里"轰"地一炸，绝望啊，绝望得都想撞墙，但是他不能，一家大小还得等他拿主意呢。

18

　　进城前夜，汪槐跟二叔和张五借了两千块救命钱。这钱一直缝在刘双菊的衣兜里，一分也舍不得花。院方天天催缴医药费，但汪槐和刘双菊都说没钱，都说等抓到凶手由凶手来缴。院方一生气，停了汪长尺的用药。刘双菊怕汪长尺痛，赶紧撕开衣兜，像急着喂奶那样把钱掏出来。汪长尺说一旦缴了这两千，医院就觉得我们有支付能力，一旦他们认为我们有能力支付，那就非弄到我们没能力支付不可。刘双菊没听懂，扭头看着汪槐。汪槐说长尺的意思，是让你把钱藏住不缴。刘双菊说那长尺的身体顶得住吗？汪长尺说伤口已经愈合，要痛也是小痛。汪槐撩开汪长尺的衣服，查看他的两处刀伤。汪长尺说红肿没了，伤口干了，不会感染的。汪槐用指尖轻轻按压伤口。汪长尺暗暗咬牙。汪槐问你真顶得住痛吗？汪长尺说小时候受伤流血，哪一次不是自动愈合？汪槐说爹没本事，你得学会自己咬紧牙关。汪长尺咬紧牙关，点了点头。

　　汪槐的木制轮椅被黄葵他们摔烂后，他每行一处都由刘双菊背着，刘双菊的背部湿透了，从早到晚几乎没干过。她感觉汪槐越来越沉，越来越难背，越来越像个负担，于是，从兜里抽出三张钱，给他买了一个铁制轮椅。这个轮椅有轮胎，有仿皮坐垫，有刹车，人坐在上面双手可以转动轮子。由于花钱太多，汪槐坐上去时感觉就像坐在仙人球上，屁股被锥得一阵阵疼，甚至引发便秘。

每天晚上，刘双菊要在汪长尺病房的地板上铺两张席子，汪槐睡一张，刘双菊和贺小文睡一张。开始医院不允，把他们赶出病房。但是地球那么大，他们却没地方可去，半夜又偷偷潜回。如此数次，院方只好默认。自从停药之后，他们经常在半夜里被汪长尺的梦语惊醒。汪长尺喊得最多的一句就是："黄葵，我杀了你。"听到汪长尺喊杀，大家都睡不着。刘双菊从地上爬起来，给汪长尺喂水喂汤，用湿毛巾帮他擦脸擦身子。有好几天汪长尺微烧，刘双菊担心，想偷偷去缴药费，但每次她一出门，汪长尺准会醒来，好像她的双脚连着他的神经。他说你要是把钱缴了，那我就不叫你妈。刘双菊没别的办法，只好不停地用冷水给他抹。整天整夜地抹，一直抹到他退烧。

即便是体温正常了，汪长尺也没有停止说梦话，好像梦话能消炎止痛。汪槐睡不着，便爬到轮椅上听。他说得最多的还是那句："黄葵，我杀了你。"就像录音机卡带，反复播放。有时，他一边说还一边做砍杀动作。汪槐以为他是醒的，摇摇，发现他确实在梦中，就担心，用力把他摇醒。他睁开眼，看着轮椅上的汪槐，说你怎么不睡？汪槐说知道刚才你说什么吗？

"知道，有时我会被自己的梦话惊醒。"汪长尺说。

"别再喊了，认命吧。"

汪长尺觉得这话不像是汪槐说出来的。他从不服输，从不在人前低头，但现在他把头低了下去。汪长尺看不到他的脸，只看到他的头顶，头顶上有不少白发。汪长尺说睡吧，我不会给你添麻烦了。说完，他闭上眼。汪槐知道他是假睡，目的是安慰他。于是，他熄了灯，从椅子上爬下来，睡到席子上。他们都假装呼吸均匀，假装进入梦乡，以让对方放松，但其实他们的胸膛里都跑着火车，轰轰烈烈，"哐哧哐哧"……睡了一会，汪长尺轻轻侧过身，偷看地板上的汪槐。汪槐即使闭着眼睛，也能感受到灼热的目光，但他一动不动，假装淡定。汪长尺看着地板上的三个身影，足足有一分多钟才翻过身去。汪槐悄悄地睁开眼睛，看着灰白的窗外，路灯的微光照在树上，树叶依稀可见。突然，汪长尺又侧过身来。他和汪槐的目光在暗黑中相遇，却马上又躲开，彼此都不捅破，留给对方足够的面子。汪槐说如果你总是想着报仇，那身体就恢复得慢。汪长尺说我发誓，再也不说梦话了。

但杀人的梦话还在继续，那是他深深的潜意识。每天深夜，汪槐就坐在他的床边，只要听到他一说黄……立刻就把他戳醒。他睁眼看看汪槐，咽一下口水，咬一咬嘴唇，闭上眼睛，仿佛是从头再来。汪槐像个忠诚的守夜人，始终保持坐姿，偶尔靠在轮椅上打打盹。汪长尺即使咬住舌头，也没管住梦语。但汪槐一次次把他戳醒，一次次把他的梦话打断。渐渐地，他的梦话少了，甚至没了。他的身体一天天好转，大家的睡眠质量也在提高。一天深夜，他们忽然听到汪长尺在梦里叫小文。"小文，小文……"这一叫，叫得大家心花怒放。贺小文立马坐起来，眼泪"叭叭"地，说我服侍他这么久，他终于喊我的名字了。

白天，趁刘双菊和贺小文外出，汪槐关上房门，问小文怎么样？汪长尺看着天花板，说是个好女人。

"愿不愿意娶她？"

"我现在这副半活不死的模样，她怎么会看得上？"

"要是看不上，她早溜了。"

"她看上我什么？看上我的困难吗？"

汪槐一时答不上来，扭头看着窗外。树下有一片草丛，草尖上两只彩蝶翻飞。他说给她一点盼头。

"可我什么都没有。"

"跟她说 Pa 公司，说等病好了，带她去省城。她喜欢城市。"

"Pa 公司是一个谎话。"

"……当初我不哄你妈，她也不会嫁给我。"

"我没这么卑鄙。"

"难道你想一辈子待在这个小小的县城吗？"汪槐回过头来。汪长尺怕碰他的目光，扭头看着窗外。那两只彩蝶已飞过树梢。他想要是我也有翅膀，就可以飞走，就不用缴住院费了。

"小文可以和你一起到省城去打工，成家立业。"汪槐说。

"你想多了。"

"那你起码要对她好点，没有人能像她这样，愿意跟我们睡地板。"

汪长尺叫刘双菊买了一块小黑板，挂在床头的墙壁上。每天，他都教贺小文认十个字。贺小文睁大眼睛，跟着他学，从一横一竖一撇一捺开始。她学会了"吃"字，学会了"穿"字，学会了"住"字，还学会了"行"字。有的字教了几十遍她也写不出来。汪长尺就骂她笨。她不服气，歪着脑袋想半天，不是把"料"字写成"科"，就是把"渴"字写成"喝"。偶尔她也生气，把粉笔砸在地板上，说我不跟你比写字，我跟你比煮饭、喂猪。说完，她就蹲着哭，哭自己脑袋瓜不灵，哭自己家里穷没送她读书。汪长尺说如果想去城市，就得认足一千个字。贺小文张大嘴巴，说那么多呀？汪长尺说就像存钱，一天存十块，一百天就是一千块。贺小文说我没那么大的脑袋。汪长尺说认不够一千个字，到了城市你就会被别人欺负。贺小文说我认不得字你不是认得吗？汪长尺说你不可能天天扯着我的衣襟吧？贺小文想想也是，重新站起来，咬着嘴唇跟汪长尺一遍一遍地读：

"我——"

"我。"

"要——"

"要。"

"报——"

"报。"

"仇——"

"仇。"

19

白天，汪槐和刘双菊都不在病房里，他们把这个空间全部留给汪长尺和贺小文，甚至都想在窗玻璃上贴一张"囍"字。到了深夜，刘双菊才把汪槐推回来。汪槐蔫头耷脑满脸疲惫，刘双菊还没帮他擦完身子，他就坐在轮椅上睡着了。汪长尺很内疚，说你们为什么每天都早出晚归？刘双菊说我们留在这里，会影响小文认字。小文说没关系的，你们在或不在我都这个水平。汪长尺说其实我和小文没那么多悄悄话。刘双菊说我们也有我们的事。汪长尺问是不是去找黄葵了？汪槐像被电击，忽然惊醒，说没、没有，我们去的是派出所。汪长尺和小文看着他们，好像他们是两个生字，必须多看几遍才能明白他们的意思。汪槐说如果我们不去催他们，他们就把这个案件忘了。他们忘了，就没人帮我们破案。案件不破，就没人付住院费。汪长尺问案件有进展吗？汪槐说我都磕头了，但他们还是摇头。

汪长尺拖着虚弱的身体偷偷溜出医院，来到小河街的一棵树下踩点。斜对面，黄葵公司的大门敞着，那辆吉普车停在门前。虽是秋天，太阳还是那么烈，照得吉普车的影子都像在流黑油。空气还像夏天那么闷，闷得都想抽人。街道上人来人往，叫卖声和铃铛声不绝于耳。汪长尺的目光全部落在吉普车上。他想靠近它，熟悉它，甚至利用它，但现在却不敢靠近，必须是偷偷地、神不知鬼不觉地。一想到那个结果，想到那个画面，他就血脉贲张，心里就解气，全身就痛快。连续两个多小时，他被吉普车弄得心跳加速，头晕体虚，汗水湿透衣背，地面好像在摇晃，连坐都坐不稳。他靠在树上眯了一会，感觉好些，就扶着树站起，稳稳身子，朝医院慢慢地走去。

　　躺在床上，他开始想念那辆吉普车，想念它的车门、轮胎、方向盘、前杠、车灯、发动机和刹车片……想得脑袋都胀了，也没想出一个下手的方案。他觉得它太陌生太高科技，于是，又溜出医院，来到车站边的汽车修理店。他坐在店前的一块石头上，看着双手油污的师傅们把轮胎卸下来，把发动机拆下来，把刹车片脱下来，又看着他们把修复的零件一一装上去。接连看了两个下午，涂师傅问你到底想干什么？汪长尺说想给你当徒弟。涂师傅说当徒弟可以，但你能把两个轮胎同时举起来吗？汪长尺把两个轮胎摞在一起，试举，轮胎还没离地一尺，他就气喘吁吁了。涂师傅踹他一脚，说滚一边去。汪长尺解释，说等身体完全恢复后就没问题。涂师傅不搭理。他就给涂师傅倒茶、扫地、擦桌子，还帮他洗衣服。

　　每天下午溜出医院前，汪长尺都跟小文说是去找老师和同学借钱。病房里只剩下小文一人，她除了上厕所哪里也不能去，因为护士不时会伸头看看病房，以确保有人，否则她们就怀疑汪长尺想逃债。小文成了人质，护士每次伸头，她都说长尺借钱去了。虽然她嘴上这么说，心里却是慌的，因为汪长尺每次回来，口袋里都没钱。她怀疑他，就从窗口爬出去跟踪，一直跟到汽修店。她看见他给那个师傅打下手，有时递螺帽，有时递管子，有时递胶皮，有时蹲在旁边静静地观察。

　　次日清晨，汪槐和刘双菊又出去了。小文开始收拾行李。她把衣服折叠得整整齐齐，然后装进软包。装完衣服，她就装牙刷、牙膏、梳子、镜子，甚至橡皮筋。汪长尺说还有毛巾。小文从挂钩上拿下毛巾，装进一个塑料袋。汪长尺掏出两百块钱递过来。小文伸手去接，看见他的手上全是油垢。小文的心一软，泪水浸出眼眶。汪长尺想帮她抹，但手伸到一半又缩了回来。他说出来得太久了，你确实该回家了。小文抹了几把眼泪，背过身去，说你是想做修理工吗？汪长尺吓了一跳，说你怎么知道？小文说我跟踪了。汪长尺的脸瞬间惨白，问你跟谁说过吗？小文摇摇头。汪长尺说这事别告诉任何人。小文说你认得那么多字，为什么不到大城市去打拼？

"因为……"汪长尺吞吞吐吐。

"因为什么？"小文转过身，眼泪汪汪地看着。这是一张红扑扑的脸蛋，皮肤白净，头发黢黑，眼珠子透亮，眼睫毛长长，好得都不忍心骗她。她咬着嘴唇，似乎在等答案。汪长尺问你能保密吗？她说为什么男人总喜欢让我保密？

"因为他们要跟你说真话了。"

她点点头。汪长尺说我去修理店，是想学点技术，目的是要破坏黄葵的吉普车，让他出车祸，以报两刀之仇。她倒抽一口冷气，说就不怕警察抓你？

"我不承认。"

"那他们会审问我。"

"你也不承认。"

"万一他们严刑拷打呢？"

"所以，你最好现在就离开，什么也不晓得。"

小文低下头，说你这么做，就不能尽孝心，不能讨老婆，不能过安生的日子，汪叔和刘婶已经可怜得只剩下骨头了，难道你还忍心让他们可怜得只剩下渣渣吗？想想看，如果你不幸牺牲了，谁来养活他们？谁在他们临终的时候，用手臂托着他们的后脑勺？汪长尺说可是，我咽不下这口恶气。小文一把抓住他的裤裆，说这样是不是气就消了？汪长尺全身颤战，说对不起，小文，对不起……

小文把湿毛巾拿出来，重新挂到墙壁上。汪长尺跟她请假，说这一次真的是出去搞钱。小文要求跟他同去。他们来到黄葵的办公室。黄葵没想到，愣了一下，说你还没死？汪长尺说勉强活着。黄葵说女朋友蛮靓嘛。汪长尺说如果你把欠我的工资给我，那我就立即跑路。黄葵说谁欠你的钱你跟谁要去。汪长尺说你把我合同撕了，我去跟谁要？黄葵说当初你干吗害羞？为了一点狗屁尊严，你害得我好惨。汪长尺和小文都觉得有点突兀。小文捞起汪长尺的衬衣，指着他的腹部刀伤，问你有这么惨吗？黄葵举起五根手指，说为了摆平你这单案子，老子白白花了五个数，你说是你惨还是我惨？汪长尺愤而起身，要去打黄葵。小文把他死死抱住。黄葵说不是所有的人都配有仇恨，想仇恨，首先你得有仇恨的资本。汪长尺挣脱小文，操起一张板凳，正要砸过去时，忽然听到汪槐的呼喊："长尺……"

汪长尺的手一抖，扭过头来，看见刘双菊推着汪槐不可阻挡地进了大门。

汪槐双手捧着几沓崭新的人民币，说别打了，Pa 公司给你寄住院费了。黄葵知道 Pa 公司是假的，一声冷笑。汪长尺把板凳砸在地上。板凳的四条腿断了三条，木渣飞溅。黄葵说要是给板凳买了保险，你就砸吧。

一家人劝汪长尺，他们推他，揉他，就像和面，把他硬邦邦的身体搓软。四个人垂头丧气地回到医院。汪槐把钱交给小文，让她和刘双菊到医院账务室埋单。病房里汪长尺和汪槐面对面。汪长尺黑脸坐在床上。汪槐说我都举起双手了，你还吹什么冲锋号？汪长尺说天理不容呀。汪槐说没有天理，从出生那天起，我们就输了，输在起跑线上。汪长尺说被人捅了，还得自费，我 TM 拉动内需呀？汪槐说也不是全坏，还有好人给我们送钱。汪长尺问钱从哪里来的？汪槐说你能跟小文保密吗？汪长尺说难道是你抢来的吗？汪槐说钱是我一天一天讨来的。汪长尺的脸色突变，就像嫖娼被抓了现场那样惊恐："你竟然做了乞丐？"汪槐说讨的都是零钱，我怕小文不信，就到银行换了大钞。

"不觉得丢脸？"汪长尺问。

"怕丢脸，我们就得在医院做高干。知道做高干的成本有多高吗？"

汪长尺羞愧地低下头："是我把你们拉下水了。"

"要怪就怪你爷爷，怪他当年为什么不跟着闹革命？"

20

深秋的谷里村，山上山下黄的黄，红的红。风一吹，树林沙沙，遍地都是落叶。天高了，云淡了，气温降了。屋顶上乳白的炊烟，像牛奶慢慢地一针一针地泼向天空。牛群三三两两在坡上找吃。张五家的黑马在稻田里撒欢。王东与汪冬坐在晒楼上剥玉米，黄灿灿的玉米棒堆到了他们的下巴。张鲜花家的窗前晾着一排衣服，风一吹衣服"啪哒啪哒"。水井里的水虽然少了，但流水声却更加动听，像是什么人在弹琴。汪槐家的菜园已经荒芜。二叔家的菜园还立着一片白菜，白菜内青外白，像玉做的。窗口结满蜘蛛网。门板上有一行字："汪槐，你跑到哪里去了？"那行字是用白石头写的，经过风吹日晒和雨淋，笔迹已淡，看上去像邻村光胜的笔迹。

他们推开门，扫地，劈柴，担水，烧火，洗碗，晒被子，从二叔家领回那两头寄养的猪崽，生活又重新翻开。汪长尺发现屋角的李树上有几个干果，就爬上去摘下来，放到小文的嘴里。小文一嚼，酸酸甜甜的，就像某产品的广告，味道怪极了。

汪槐请人掐了一个日子，办了二十桌酒席，汪长尺和贺小文就算合法了。当晚，小文和汪长尺坐在婚床上。小文问你真的会带我去省城吗？汪长尺说如果我说不去呢？小文说那你就是个骗子。汪长尺说你为什么要嫁给骗子？小文一时答不上来，坐在床边，双手护住衣服的纽扣。汪长尺说也许我们一进洞房，哪里都不想去了。小文说不可能。汪长尺说你没试过，怎么知道不可能？小文的脸唰地就红。汪长尺把她的手拿开，说酒都办了，程序也走了，你后悔也来不及了。小文一戳他的鼻子，说你是个坏人。汪长尺说这辈子，我就对你一个人坏。小文说你骗人。汪长尺举手发誓，小文就把衣服脱了。其实，即便汪长尺不发誓，她也想脱，之所以等汪长尺发誓，不过是想在脱之前附加一点利息。脱在汪长尺的意料之中，但脱之后的那个白那个巨大，却在他意料之外。她的白一下就把房间照亮，她的大让卧室顿时显得局促。汪长尺看了好久，才恋恋不舍地把灯熄灭。

每当听到隔壁床板的闪动，汪槐就会拍醒刘双菊，让她也听听，好像不让她听听自己就是吃独食，就不懂得什么叫分享。两人在深夜竖起耳朵，一下两下三下……比数钱还要亢奋。这声音让他们忽然有了盼头，渴望快点抱上孙子，以至于每天起床，刘双菊就会看看小文的身材，是不是起了变化？小文被看得头都不敢抬。汪槐悄悄提醒刘双菊："难道你忘了吗？变化不是从身材开始，而是从呕吐。"刘双菊一拍大腿，说看把我急得，连老本行都忘了。

他们用结婚的礼金还了张五的债，又还二叔的债。二叔不要还钱，只要汪长尺帮忙他砌楼房。每天，汪长尺就到二叔家去做泥水工，楼房一天长高一点。小文有空了，也过去烧茶、递水、背砖头。到了晚上，小文就问什么时候去省城呀？汪长尺说至少得把二叔的楼房建好。小文说天天都窝在家里，好久都没看见汽车了。汪长尺很内疚，跟二叔请了一天假，带着小文到乡里去赶街购物。他们买了油、盐，买了衣服、香皂、化妆品、洗衣粉和球鞋，还坐在街边看来来往往的汽车。趁小文看车看得入迷，汪长尺到邮局打了一个电话。然后，他们每人吃了一碗米粉，然后一路唱着流行歌曲回家。

赶街后第三天上午，汪长尺和二叔正在砌房，忽然看见从坳口的枫树下冒出两位警察。他们的身材和走路的姿势给汪长尺一种似曾相识之感。他们越来越近，走到村头的水井边，弯腰喝了一阵水，然后途经张五家、王东与汪冬家，身影被房子遮挡了一会，重新从张鲜花家的屋角冒出。果然，是陆警察和韦警察。汪长尺以为他的案件破了，飞快地滑下脚手架，朝他们迎去。他们表情严肃，盯住汪长尺看了半天，好像要在他身上找虱子。汪长尺说了一声"不好意思"，就弯腰拍打自己的衣裤。衣裤上的泥灰腾空而起，像雾霾把他笼罩，两位警察捂着鼻子闪开，等那一团团腾空的泥尘被风吹散，他们又才靠过来。陆警察说找个地方聊聊。汪长尺说去我家里吧。韦警察点点头。汪长尺把他们带到家里。汪槐、刘双菊和小文也以为他们带来了好消息，赶紧到厨房做饭。

　　他们说要找一个安静的地方。汪长尺就把他们迎进卧室。他们查看了房门和窗口，发现这地方不隔音，而且越来越多的村民已经拥进堂屋，都在朝卧室张望，有的还把耳朵贴近了板壁。陆警察说换个地方吧。汪长尺又把他们带到屋后的茶林里。他们坐在一棵大茶树下。好奇的村民们拥到屋后。韦警察把他们赶走。对话开始了。他们问汪长尺近段时间都在干什么？去过什么地方？跟什么人有过接触？汪长尺一一回答。但他们似乎不满足，反复提醒汪长尺去没去过县城？汪长尺说没有就是没有，我不能瞎编。

　　其实话问到一半，汪长尺就知道他们不是来报喜的。因此，汪长尺在回答时，要不停地揣摸他们的心思，于是就显得心不在焉。他甚至想阻止刘双菊和小文为他们做饭，但是，来不及了，米饭和肉香已经从自家的屋檐上飘起来了。肉香似乎也分散了他们的注意力。陆警察抽抽鼻子，说农村的空气就是好。韦警察合上笔记本，说今天的问话到此结束。汪长尺说你们到底想调查什么？陆警察说到时会告诉你，但请你务必对今天的问话保密，否则后果自负。汪长尺问捅伤我的人抓到了没有？他们像约好似的同时摇头。

　　汪长尺陪他们吃了一餐午饭，以为他们会离开，没想到他们又分别找小文、汪槐、刘双菊和二叔问话。问完汪家人，他们仍不知足，又找张五、张鲜花、王东和刘白条他们来问。问的内容大致相同，就是汪长尺是不是一直待在村里。所有人都证明，汪长尺回来后没离开过村庄。二叔怕他们不相信，指着自家砌了一半的新砖房。他们看见墙壁上画着白粉笔杠杠，每个杠杠旁都标着日期，那是汪长尺和二叔每天的工作量。他们数那些白线，发现有一天没记录，就重新找汪长尺来问。

　　汪长尺说那天我和小文赶街去了。陆警察非常生气，说赶街你为什么不说？是不是想故意隐瞒？汪长尺也非常生气，说是不是连放个屁也要跟你们汇报？韦警察说所有我们问过话的人，都没说你去赶街。汪长尺说大家都没说，那是因为他们不知道赶街和你们调查的事情有什么关系？陆警察说当然有。

"什么关系？"汪长尺问。

"就在你赶街的次日，黄葵被人谋害了。"韦警察说。

汪长尺像被人敲了一棒，脑袋突然肿胀，但仅仅几秒钟脑袋就消肿止痛。他忽然大笑，说他终于死啦！你们不收他，天收。韦警察问这事和你有没有关系？汪长尺说我多么希望有关系，可是我没那个本事，我没那个胆量，我太胆小，太懦弱，太对不起人类。陆警察盯住他的一举一动，一言一行，似乎没发现什么异样。韦警察翻翻笔记本，说贺小文讲你曾经有过想谋害他的念头。汪长尺说岂止是有过，要不是他们阻止，要不是怕没人照顾父母，我真的就下手了。陆警察问你想过怎么下手吗？汪长尺说想过，破坏刹车，让他撞死。韦警察说黄葵就是这么死的，为什么会跟你的想法完全吻合？汪长尺说报恩的人各有各的不同，报仇的人原来都一样。

天边白云飘浮，太阳已经西偏，茶树的影子越来越长。陆警察看着远处的群山，说他派人捅你两刀，砸烂你父亲的轮椅，侮辱你，欺负你，是个人都会报仇。汪长尺说只能说明我不是人，甚至都不是动物，动物都还有仇恨，没有仇恨的只有树，还不能是活树，是死树，我就是一截死木头。韦警察说从你的愤怒可以断定，你不是一截死木，而是一位热衷于爆粗口的狂躁型人才，拿你去夺钓鱼岛都没问题。汪长尺说可惜我的热血都被你们雪藏了。陆警察说这和我们有什么关系？汪长尺说你们一直不承认黄葵是凶手，一直都说抓他证据不足，可是现在，为了证明我谋害他，你们终于承认他是捅伤我的幕后凶手。既然你们知道他是凶手，当初为什么不抓他？韦警察说我们也仅仅是推理。汪长尺说这种害人的推理，连老天都不会答应。正说着，一阵狂风刮来，吹得茶树"叽叽喳喳"。与往年同期相比，这阵风刮得凉刮得冷刮得阴森恐怖。三人都打了寒战。

其实陆警察和韦警察也有压力，他们知道黄葵跟林家柏有矛盾，跟那些他砍过手指的人也有矛盾，可那些人个个都有背景，别说抓他们，就是拿他们来问话都得说个"请"字。如果要破案立功，留给他们的机会只有汪长尺了。他们在树下耳语一阵，又思考了一下人生，决定还是先把汪长尺带走。

汪长尺不想走，双手紧紧抱住自家堂屋的柱子。他们拉一下，柱子仿佛摇一下，就连屋顶上的瓦片都好像受惊了。他们非常恼火，把汪长尺紧扣的手指一根一根掰开，但掰起这根，汪长尺就扣下那根。他们没耐心了，操起板凳往柱子上砸去。汪长尺痛得双手顿时松开。他们给他上了手铐，然后分别提起他的两边胳膊，强行往门外拖。刘双菊扑上来，拉住汪长尺的左脚。小文扑上来，拉住他的右脚。汪长尺被拉直了，就像拔河比赛时的绳子，一头是两个男人，另一头是两个女人。汪槐对着村庄喊："二叔，快来呀，我们家长尺冤枉呀。张五，求你救救长尺，我汪槐给你磕头啦。王东，你是见过世面的，求你跟他们讲讲道理。白条，你今天要是不帮我家长尺，明天他们也会把你当嫌疑犯抓走……亲亲戚戚，左邻右舍，求你们出来主持公道，别让他们把长尺带走。他们要是把长尺带走了，一番严刑拷打，迟早会把他弄成杀人犯。乡亲们，汪槐给你们下跪啦……"汪槐一边喊一边从轮椅滚下来，跪在地上。

村民三三两两地跑来，他们像墙壁堵住去路。陆警察拔出手枪指着大家，说谁妨碍公务我就枪毙谁。枪口指了一会张五，又指了一会王东，再指了一会刘白条，然后轮番地指，像个点名机，人人都被点到了。二叔说长尺没有作案时间，这事木头脑瓜都能想明白。韦警察说可是，他曾在乡里打了一个电话。汪长尺说电话是打给我班主任的，我叫他帮我收好忘在教室里的那张椅子。陆警察说一张椅子有这么重要吗？明显是撒谎，你们都在撒谎，简直就是撒谎的村庄。大家觉得受了污辱，有人开始喊打。陆警察和韦警察背靠背，都举着手枪。汪槐说大家都冷静冷静，讲道理，别动手。二叔说他撒不撒谎，你们回去问班主任不就清楚了吗？为什么动不动就抓人？韦警察说等问完班主任再回头，汪长尺恐怕已经移民了吧？汪长尺说我又没贪污腐败犯法，干吗要跑？有人喊收枪，再不收枪老子就跟你们拼了。陆警察朝天放了一枪。空气经子弹一摩擦仿佛凝固了。大家都很生气。他们扑上去，下了他俩的枪，开了汪长尺的手铐。陆警察说刁民，早晚我会收拾你们。大家扬起拳头，喊打他打他。汪槐大声地："住手，能把长尺留下就好，千万别惹他们。"

他们从人群中挤出来。汪槐说二叔，把枪还了吧。有人喊不还。汪槐说不还会很麻烦的。二叔想了想把两支枪丢过去。他们飞快地捡起来，用手抹了抹。刘白条喊滚。他们就盯住刘白条，一直盯到刘白条的肉都仿佛熟了，才转身走去。

大家都板着脸鼓着胸腔，怒气不平，骂汪槐的骨头是稻草做的。汪槐说别以每一次硬都是真硬，有时是尿撑的。大家想想也是，就伸长脖子瞭望，看见他们走出村庄，消失于坳口。

此刻，天近黄昏，晚霞映照下的村庄像笼罩着一片血泊。

21

没有人不怀疑他们会带更多的人回来报复。汪长尺在软包里装了衣服、鞋子、手电筒、饼干和钱。他的策略是只要再看见他们，拎着软包就跑，惹不起，躲得起。二叔家的楼房越砌越高，汪长尺时不时直起身来，他站得高看得远，就像雷达那样瞭望，生怕他们突然袭击。

村里的人都有些紧张，就连二叔也常常走神，手里的砖头多次掉落，险些砸伤婶娘。汪长尺低头砌墙时，二叔就抬起头来观察。只有汪长尺直起身子，他才敢低下头去。看着他们此起彼伏的身体，坐在屋后的汪槐就发声壮胆，说看把你们紧张得，有我看着呢。汪槐虽然嘴硬，但心里也紧张。他的眼睛比谁的都睁得大，他的耳朵比谁的都竖得直。每天，他就坐在轮椅上望着坳口，像当初想念汪长尺那样持久地望着，甚至跟张五借来一面锣，放在轮椅边。他说只要我一敲锣，就是他们来了，该跑的跑，该聚集的聚集，反正大家不能吃亏。

一天深夜，汪槐家的门被人拍得"砰砰"响。汪长尺翻身下床，拎着软包从后门跑出去。刘双菊和小文把汪槐抱上轮椅，一起来到堂屋。汪槐问谁？门外答白条。刘双菊把门打开，说你这个死鬼，三更半夜的，把人都快吓死了。刘白条脸色惨白，说汪槐，你还记得那天我骂他们吗？汪槐说骂就骂了，你怕什么？刘白条扬手拍了一下嘴巴，说报应啊，刚才我梦见他们来抓我了，"咔嗒"一声给我戴上手铐，当场宣判我十年有期徒刑，剥夺政治权利终身。汪槐说没想到一个梦就把你吓尿了。刘白条说不瞒你，这么多天来，我晚晚都在做噩梦，头发都掉了好几把。汪槐叫刘双菊舀了一杯米酒。刘白条"咕咚咕咚"地喝下，抹了一把嘴角，说我那么骂他们，也是因为长尺，如果他们来了，你千万别说是我骂的。汪槐说放心，你就说是我骂的得了。刘白条说这还差不多，要不然下次我都不敢帮你们。汪槐说你的恩情我们都供奉着呢。刘白条把杯里的喝得一滴不剩，说酒壮怂人胆，再来二两。小文接过杯，给他打满。这回，他不急着喝，而是一口一口地抿。三个人看着一个人，他觉得不自在，说光我一人喝有什么意思，你也来一杯。汪槐说我没心思，叫长尺陪你。

小文到后门拍了三下巴掌，汪长尺就从茶林里拎着包回来了。他炒了一盘花生，打了一壶酒，陪刘白条慢慢喝。其他人都回了房间。刘白条越喝越兴奋，说刘叔够、够不够意思？

"够够够……"汪长尺点头哈腰。

"如果将来你发、发财了，还记不记得刘、刘叔？"

"如果不记得，会出车祸的。"

"到时你怎么感、感谢我？"

"送烟、送酒呗。"

刘白条嗯了一声，像面试官那样满意地点头。他的脸喝红了，脖子红了，脑袋也重了。汪长尺说要不，我送你回家吧？刘白条不愿回，一抹脸，趴在桌上，一把鼻涕一边泪，说长尺，你把我害惨啦，烟算什么，酒算什么，要是他们把我抓走了，那我老婆就会换丈夫，孩子就得改姓。

"你没犯法，为什么要抓你？"

"我不是骂了他们一声'滚'吗？"

"这声骂刚才已算到我爹的头上了。"

"算不过去的。他们足足盯了我两分钟，谁骂的他们还不清楚呀？"

汪长尺湿了一张毛巾，帮刘白条擦脸。刘白条把毛巾拍到地上，说你要真对我好，就去县城自首，只要你一自首，他们才不会再来，否则，人人自危，全村人都会对你翻白眼。汪长尺想我又没作案，自什么首？

但是，几天后他就发现刘白条的这句不是酒话，而是酒药，它在村庄里慢慢发酵，既成事实。初露端倪的是张五，他把汪长尺叫到家里，关上门，关上窗，小心地试探，说长尺你也知道，我家张惠在城里做按摩，这个职业很复杂，讲有益于健康也行，讲不正经也可以，反正总之，不弄你的时候就合法，一想弄你办法有的是，农村人，在城里挣钱不容易，特别是女孩子更是难上加难。汪长尺说五叔，有什么话就直讲。张五打开窗。汪长尺以为他要打开天窗说亮话了，却不想他朝外面望了望，又把窗关上，小声神秘地："万一他们报复张惠，那就惨了。"

"惠姐不是在省城吗？"

"他们一个电话就可以搞定。"

"难道帮人按手按脚也犯法呀？"

"谁知道她按什么地方？"

"五叔，你想多了。"

张五开始在堂屋转圈，转过去，转过来，整个人都抓狂了。汪长尺问你到底想要我干什么？张五突然停下，说你懂的。汪长尺说我不懂。张五说不是我主动要这么想，而是不得不想，毕竟那天晚上我夺过他们的枪，虽然枪还给了他们，但也算一个事件，万一他们记仇，首先记住的就是我和你二叔，这事本来不该怪你，要怪就怪我冲动，但这事不了结，我睡不着呀，整夜整夜的，眼睛睁得像铜铃那么大，还咳嗽还便秘，如果你替五叔想想，那就去跟他们举举双手，投个降，说几句软话，这样大家都睡得踏实，村里才会重新回荡起鼾声。从前，我睡在家里就能听到刘白条、王东、代军和你二叔打鼾，可是现在，我听不到了，村子里已经没有鼾声了，就像恐龙说没就没了，一个没有鼾声的村庄，还能是安全的村庄吗？

汪长尺既不能无视刘白条和张五的建议，又不愿意去投降拍马屁，于是心里很纠结。白天因为要砌墙，这种纠结还轻微一些，但到了晚间，他的脑海就异常活跃，就想找个解决问题的办法。越想找办法，他的脑神经就越嗨，脑神经越嗨就越不能入睡。他怕影响小文，在床上轻轻地翻身。每一翻，床板就轻轻地"吱"一声。这一声"吱"平时可以忽略不计，但失眠时听起来就像床震。于是，他加倍小心，尽量不做动作。可不做动作，手脚和身子都像被绑住了，这也紧那也紧，每块肌肉都紧，紧得都飙了细汗。他想失眠像什么？像身体在半空悬浮，始终落不到地，像一把刀在额头打转，回荡刮骨的声音。身心已经疲惫，却不接受疲惫，脑袋里已堆满垃圾，却还在往里面装垃圾……

他以为小文已经熟睡，轻轻地爬起来，到厨房舀起半瓢凉水，"咕咚咕咚"地喝，似乎要压压体内的火气。没想到，小文也跟着起来喝水，原来她是无睡装睡。他们喝完水，听到堂屋里有动静，以为是小偷，每人捏了一把菜刀，突然打开堂屋的灯，发现是汪槐和刘双菊。他们睁眼坐在黑夜里，就像黑夜的代言人。汪长尺问为什么不睡？汪槐说已经好几晚了，我们就这么坐到天亮。汪长尺说原来你们也失眠？

"不光是我们，王东与汪冬、代军、鲜花和你二叔……凡是那晚围观的都失眠了。"汪槐说。

"没想到大家都做了胆囊切除。"

汪槐说不能怪大家，每个人都有每个人的短板。你二叔吧，害怕他们去县中调查。你知道堂弟、堂妹都是送了钱走后门才挤进县中的,要是他们查这事,那堂弟、堂妹就得回到乡中学。鲜花呢,就怕他们找税务,因为她跑贸易,经常偷税漏税,更何况还背着一个偷牛的嫌疑。要是他们突然调查代军被偷的几头牛,弄不好鲜花就会……王东嘛,他老婆有妇科病,长期不能过夫妻生活,常到县城的发廊去吃野食,他怕他们扫黄打非,拔出萝卜带出泥。至于代军,他也不干净,经常去县城参与赌博,有人怀疑他家那几头牛是他赌输以后瞒着老婆叫人牵去抵债的。要是他们查赌博,那代军分分钟都得进班房……

汪长尺说我还是去一趟县城吧?刘双菊说就不怕他们抓你?汪长尺说抓就抓呗,要不全村人都会咒我。汪槐想了想,说你去县城住两天,然后回来宣布你找过他们了,围观的事不再追究了。只有这样,压在大家心里的石头才算搬开。汪长尺说万一他们来追究责任呢?那不就露马脚了?汪槐说既然他们这么多天都没来,说明再也不会来了。

清晨,汪长尺和小文出发了。出发前,刘双菊反复叮嘱汪长尺不要真去找他们,要不然挨抓了那才叫亏。为了保险,刘双菊又悄悄告诫小文,盯紧点,别让他干傻事,表面上你们是去投案,实际上却是旅游结婚度蜜月。小文点了十几次头,刘双菊才放心。汪长尺一路走一路喊:"张叔、刘叔、二叔、东哥、鲜姐、代军哥,我去自首了,你们好好补觉吧……"

那些失眠的人先后推开窗门,看着汪长尺和小文远去,都长长地松了一口气。汪槐点了三炷香,插在门前。三炷香冒出的烟次第上升,像汪槐的三个愿望:第一个别出事,第二个别出事,第三个还是别出事。

第三章　屌丝

22

小文说去逛百货大楼吧,汪长尺就跟着。他们从一楼逛到四楼,几乎看完了所有商品,花了差不多三个小时,但最后小文只买了五颗纽扣。小文说我们去照相吧,汪长尺说好。他们来到大河边的木楼相馆,一共照了三张相片,背景分别是天安门、长城和外滩。从相馆出来,小文问晚上吃什么?汪长尺说请你吃河鲜。小文心疼钱,说吃快餐就得了。汪长尺不同意,偏要请她进饭店。

这一餐,汪长尺点了一条三斤重的野生草鱼,点了一盘扣肉、一碟花生、一碟拍黄瓜,还点了一瓶白酒,四碗米饭。两人甩开膀子,把锅里的、盘里的、瓶里的全部吃光、喝光。他们吃的时候没觉得,吃完以后才发觉撑,连站起来都感到困难。小文说这是我吃得最饱的一次。汪长尺说从小到大,我做得最多的梦就是吃,越饿就越想吃,有时我会梦见自己饱得肚皮像石榴那样裂开。他一边说一边拍肚皮,脸上挂着一种满足。小文揉着自己的腹部,说我胀得就像个孕妇。

第二天,他们睡了一个长长的懒觉,差不多到了中午才起床。汪长尺问你还想玩什么?小文摇摇头,说我们去领相片吧。他们来到照相馆,师傅说还得等三个小时。他们站在相馆的门口,看着楼下流淌的河水。河水是青蓝色,不时冒出一两个漩涡,透明得可以看见礁石。对面的山和沿岸的树都倒映在水里,青蓝的水面漂浮着红的黄的树叶。有时,他们的目光在山上;有时,他们的目光会追随某片树叶漂向远处,直到那片黄或者红彻底消失才把目光收回,又去追踪漂过眼前的另一片。树叶看累了,他们就看自己趴在栏杆上的倒影。看着看着,汪长尺对准自己的倒影吐了一泡口水,就像是自己"呸"自己。

小文说时间还早呢。汪长尺就带她去十字街看录像。放录像的地方,门口挂着厚厚的两层布幔,遮光又隔音。他们走进去,白天立即变黑夜。里面坐着四个人,片子已放了一半,是香港的三级片。他们害怕别人看自己的后脑勺,就坐到最后一排。影片里的男女穿得比穷人还少,时不时地"欧嘢、欧嘢……"小文看得面红耳赤,起身要走。汪长尺把她按住,说两张票四块,相当于我一天的工钱,你看了,这钱还在身上,你要是不看钱就没了。小文挣了挣没挣脱,只好重新坐直。汪长尺一边看一边耳语:"错了,我们全搞错了。"小文烦他嘴贱,拍了一下他的嘴巴。

看片出来,他们从黑暗回到光明,好像都下流了一回,彼此都不好意思看对方,一路上也不说话。领了相片,他们就回招待所。汪长尺按捺不住,照着影片里的动作来了一套。小文竟然放开喉咙喊了起来,她的喊声一点也不输给影片里的女主角。完事后,汪长尺总结:"这次蜜月旅游,我第一次单独跟女人照相,第一次吃撑,第一次睡懒觉,第一次看三级片,第一次在大白天里做这种事,拢共有五个第一次。"他一边总结一边举起五根指头。小文觉得有的事可以做，但不可以总结，一总结就恶心。但汪长尺不厌其烦，掰着指头反复地数。小文伸手掐他，他把小文的双手连同她的身体一并搂紧。小文再也不能动弹，似乎也倦了，呼吸很快就均匀。

汪长尺松开手，看了一会熟睡中的小文，便轻轻地爬起来穿好衣服，把一张他们的合影揣在左胸口袋，留下一张字条，就悄悄地出门了。他来到小河街派出所，值班的说陆警察和韦警察已调到县公安局刑侦科。他满头大汗地赶到公安局，值班的让他坐等，然后拨了一个电话。

大约两分钟，陆警察笔直地走进来。他板着脸，盯住汪长尺一声不吭。汪长尺被看得心里发毛，说对不起，我是来道歉的。

"不可能吧，你们也会道歉？"陆警察说。

"错了，就得说。"

"那他们呢？下我们枪的那两个人为什么不来？"

"事情因我而起，由我代表他们。"

"要是拘留，你也代表他们吗？"

汪长尺点点头。

"行吧，等我腾出手了就把你关起来。"

"能不能现在就关？"

"你说了算，还是我说了算？"

"我想……跟你商、商量商量。"

"这事有商量的余地吗？"

"我……我以为有。反正迟早都得拘，晚拘不如早拘。而且……过完春节后，我想跟老婆到省城去打工，到时恐怕就没时间了。你能不能帮帮忙，趁现在有时间的时候拘留我？"

"你很想进去吗？"

"不进去心里不踏实，就像欠债没还，吃不香睡不着，整天害怕别人来抓我。"

"如果我说放你一马呢？"

"不可能吧，你们也会有同情心吗？"

"我操，你把我们当什么人了？"

"别逗了，我的小心脏会受不了的。"

"傻！我要是你，现在转身就走！"

汪长尺看着陆警察。陆警察扭头看着窗外。汪长尺站起来，说我真走了？陆警察一动不动。汪长尺问黄葵的案件破了吗？

"破不破都与你无关。"

"也就是说你们对我的怀疑是错的。"

"你哪来那么多废话？"

"要是当初你们不铐我，那他们也不会下你们的枪。"

"再啰唆，我就又把你铐起来。"

"别……"汪长尺转身跑出去，一边抹汗一边回头，生怕有人跟踪或者忽然传出"回来"的呵斥。但什么都没有，他身后的空白越来越长，越来越寂静，直到出了大门，他都不敢相信这是真的。

回到住处，汪长尺确认没人跟踪后才轻轻地打开房门。小文被惊醒了，满脸的狐疑，问他去了哪里？他把刚才的经过讲了一遍。小文说回到村里你就这么编，要不然二叔和张五叔他们都睡不着觉。他说这不是编的，是真的。小文伸手摸着他的额头，说没发烧呀。他拍开她的手，把床头那张字条递给她看。她一个字一个字地读："我去自首，你先回家。"读完，她问你真的去了吗？汪长尺点头。她说不可能，去了他们怎么会放你回来？

回到村里，汪长尺见谁都说："没事了，他们不追究了。"但没有一个人相信他的鬼话，包括汪槐。为了安慰那些紧张失眠的人，小文证明汪长尺讲的都是真话。由于小文自己都不相信，所以每次证明时底气明显不足，比如言语打闪，目光漂浮，细节有出入，等等。村民们于是更加怀疑，打死他们都不相信警察有那么仁慈，更不相信警察会对汪长尺如此客气。他算老几呀？

村庄里还是没有鼾声，大家都在猜测汪长尺隐瞒了什么。汪槐整夜整夜地不合眼。凌晨，他忽然听到一串鼾声从汪长尺的卧室传来，这让他感觉就像春夜喜雨。但他马上警惕，怀疑这鼾声是汪长尺故意打来安慰他的，在医院时他们都这样做过。他碰了碰刘双菊，刘双菊也在张着耳朵细听。听了一会，汪槐再也躺不住了，他叫刘双菊把他抱到轮椅上，又让刘双菊悄悄地叫来二叔和张五。他们静静地坐在堂屋，不开灯，不说话，四个人八只耳朵全都竖着，好像收听敌台，又像过去在喇叭里听领袖的声音。那是一种久违的声响，从板壁缝里传来，他们一边听一边怀旧，一边听一边羡慕，甚至情不自禁地想模仿。刘双菊说不像是假装的。二叔说假的不会起伏，逗号也不会打得那么自然。张五说他能坚持这么久，即便是假的我也信了。汪槐说这孩子心里装不得半点假，如果心里有鬼，那他就不会睡得这么踏实。他们继续听着，久久不愿离去，汪长尺的鼾声仿佛能减压，专治他们的紧张、焦虑和胆怯。

23

每天清晨，人们都会听见二叔站在砖墙上嘹亮的喊声："长尺，开工啦……"这声音像雄鸡高唱，像闹钟，在微明的天空扩散，把沉睡的人们扎醒。开始，汪长尺随喊随到，但自从和小文去了县城之后，他的身上就出现了拖延症。二叔喊过之后，久久没看见他的身影，就补喊。开始，二叔补喊一声，他就来了。但渐渐地，二叔的补喊次数越来越多，由一声变两声，两声变三声，三声变无数声。汪长尺出工的时间越来越迟，有时天已大亮，有时日上一竿。每当二叔的喊声传来，汪槐就故意摔盆敲锅，提醒汪长尺该起床了。但汪长尺说了一声"知道"，便又睡去。他的后脑勺稍稍离开枕头又重重地落下，脑袋沉得像一摞砖头。

刘双菊认为汪长尺是帮二叔砌房子累垮的。汪槐反对，说你晚上听听他们的声音，算算他们的次数，就知道他是怎么垮的了。刘双菊掰着指头数了数，承认汪长尺和小文的次数确实过密，他们的工作量差不多是当年她跟汪槐新婚时的三倍。汪槐说再这么下去，就算是一把金刚石的宝刀也会残废。刘双菊叫汪槐跟汪长尺谈谈。汪槐觉得难以启齿，建议刘双菊跟小文谈。刘双菊的脸一下就羞红，说这事怎么好开口呀？

二叔的新房越砌越高，汪长尺每天都站在二层楼以上的地方砌墙。汪槐坐在坎上盯着，时不时喊一句："小心。"喊一次，汪长尺就振奋一次。但喊多了，汪槐怕汪长尺反感，也怕旁人笑话，于是就扯着嗓门唱山歌。他唱山歌不是正正经经地唱，内容是下流的，声音是高八度的，旋律是跑调的……山歌唱累了，他就扔石头赶鸡，弄得四周鸡飞狗叫。不知情的人以为汪槐发神经，但汪长尺晓得，正是汪槐制造的这些不规则响动，把他一次次从困倦中唤醒，让他避免从脚手架上摔下去。

汪长尺瘦了，黑了，眼窝子深了。每次盛饭，刘双菊总是在他碗里按了又按，尽量把米饭压得严严实实。偶尔煎几个鸡蛋或炒一盘肉，大部分都被刘双菊压进了汪长尺的碗里。但是，汪长尺还是瘦黑，还是哈欠连天，还是不能按时起床。刘双菊就担心，说他能吃能睡，为什么还那么瘦？汪槐说身体就像存折，不是看你存多少，而是看你花多少。刘双菊说那你还不找机会劝他，我们就一个儿子，万一他身子坏了，没有替补。

一天傍晚，趁小文到井边洗衣服，汪槐递给汪长尺一个纸包。纸包比火柴盒略大，汪长尺捏了捏，问这是什么？汪槐说十年前计生干部免费发放的，我压在箱底一直没用。汪长尺打开，看见那是一盒古董级的避孕套，又用力捏了捏，套子仿佛死了，没有反弹力，于是，他顺手想丢。汪槐拦住，说只要不漏，过期也能用。汪长尺说难道你不想快点抱孙子吗？汪槐摇头，说即使播种，也要找个风水宝地，你爷爷在这里播下我，我在这里种下你，结果我们都失败了。我们失败也就失败了，但再也不能让我的孙子失败。我希望他能在城里上学，在城里工作，不受苦，不受欺，没这里的胎记。

"连小文都暂时不提进城了，你还提。"汪长尺说。

"我看你们就是合伙堕落，一点理想都没有。"

"一个落榜生、泥水匠、农村仔，还能有什么想法？"说着，汪长尺把手里的盒子扔出窗外。汪槐说难道你愿意在这个鬼地方待一辈子吗？

"你都能待，我为什么不能待？"

"那你就永远没有出头之日。"

"想要我出头，当初你干吗不把我生在城里？"

"要不是我招工时被人冒名顶替，至少我也能把你生在县城。"

"没有假设，只有事实。"

汪槐词穷，惭愧地把轮椅转过来，一直转出门去。这时，天已擦黑，远山近树影影绰绰，黑压压的天边挂着一抹亮光，那是白天最后的挣扎。他把目光收回来，在窗下寻找那盒被汪长尺扔出来的避孕套。找来找去，都没找见，夜色越来越重，地面的石子、树枝和泥土渐渐模糊。小文背着一篓洗过的衣服回到门前，问爹你找什么？汪槐说找、找理由。

睡前，汪长尺发现那盒避孕套竟然放在他的床头。小文问这是什么？汪长尺说老爹的传家宝。说着，他把盒子打开，拿出一个套套。天啦，套套已经结成一坨，像橡皮泥，又像面疙瘩，汪长尺宁可相信它能吃都不相信它能用。小文说快扔掉。汪长尺久久地看着，仿佛看着汪槐的殷殷期望。这个夜晚，他们的床板没有发出响声。隔壁的汪槐长长地松了一口气，说看来谈话在长尺身上起了化学反应。刘双菊说我打着手电筒出去找过那个盒子，没找到，你是在哪儿找到的？汪槐说木槿树上，盒子就卡在木槿的树杈上，真是天不灭汪呀。刘双菊掐了掐汪槐，说死鬼。

二叔家的新房竣工了。汪长尺连睡三天，让疲劳的身体得以修复，然后就坐在自家门口发呆。天气愈发寒冷，除了他的鼻子是红的，山上山下一派肃杀，全部灰不溜秋。树枝像铁条那样张牙舞爪，上面没有半片树叶。北风呼呼，从窗洞从门缝从墙的裂缝灌入，把他身后的整个屋子吹得像乐器那样"喊咕隆咚呛"。整个村庄，就他家被风吹得最响。

汪槐他们缩在屋里烤火。小文把头从窗口伸出来，说你在练功吗？汪长尺一动不动。刘双菊说进屋吧，你手上都长冻疮了。只有汪槐没惊动他，知道他在想事。当年汪槐考工没考上，也曾坐在同样的位置，让冷风把自己吹到僵硬。而其实呢，汪长尺在欣赏二叔家的新房。它是全村最漂亮的房子，把张五家的那栋彻底地比了下去。特别是面对汪长尺家的这面墙，那是汪长尺亲手砌的，线条直，砖头平，窗口方方正正，没有丝毫误差，整栋房子就像是用直角尺在白纸上画出来似的那么好看。他也怀疑是不是因为是自己砌的，所以才觉得好看？但立刻他就否定，自己被自己的手艺折服，心里暗暗赞叹是哪个卵仔砌得这么好！赞叹之余，他想什么时候我才能给自家砌一栋这么漂亮的房子？答案是 NO，因为家里没钱，就算是让风把自己吹成了冰块，家里还是没钱，就算是把二叔家的墙壁看出花来，那也只是一个画饼。

24

临近过年那几天，北风停了，气温有所回升，一连出了几天大太阳，天空澄澈，树枝被晒得闪闪发亮，仿佛挂着金条。阳光烤热了地面的干草和落叶，它们腾起阵阵酸香。所有的似乎都透明了，包括人的五脏六腑，包括那些晾晒在外面的被窝、床单和衣裤。汪槐坐在门前看着山坳，不时惊叫宝庆回来了，江坡回来了，义龙回来了……他的惊叫声充满激情，好像回来的是他的亲人。左邻右舍一听见他喊，都跑出来张望。情急的家长冲着坳口叫名字。被叫的脚步顿时凌乱，或扛着箱子或背着包或抱着孩子朝家门飞奔，有的眼看就要冲进家门，还免不了摔上一个筋斗，真是功亏一篑。直到兴泽一家出现在坳口，汪槐的惊叫才停止，或许他前面的惊叫都是为了此刻的沉默。他让刘双菊把他背到兴泽家，求兴泽务必到家里吃一餐便饭。

兴泽是田代军的儿子，汪长尺的初中同学，现在省城的一家电子厂打工，组装电视机配件。第二天，他带着老婆孩子来到汪长尺家。他老婆是外地人，也在电子厂工作。他们的孩子长得白白胖胖，小文一看见就爱不释手。汪槐说只有城里的孩子，才会这么干净。吃饭时，汪长尺问我到底是出去还是不出去？兴泽说出去还有改变的可能，不出去什么可能都没有。为了他这句话，汪槐高兴得连喝了三杯。

张惠晚兴泽两天回家，放下行李，她就来看小文。两人见面的刹那，张惠至少有五秒钟没说话。小文被看得满脸羞红。张惠说浪费了，鲜花插在牛屎上了。小文吓得赶紧捂住嘴巴，好像这句不是张惠而是她说出来的。恰巧，汪长尺听见了，问谁是鲜花谁是牛屎？张惠说还用问吗？她是鲜花，你……你当然不是牛屎，牛屎是这个破地方，哎，我说的破地方不是指你们家，而是指我们村，也不光指我们村，而是指农村，知道吗？所有的农村。汪长尺说这还差不多，我以为你骂我呢。张惠在汪长尺的肩膀上拍了一下，说谁敢骂你呀。正是这一拍，让小文佩服得五体投地。张惠的手势看上去百媚千娇，既温柔又粗野，既发嗲又发狠，既风骚又严肃。手那么一伸，腕那么一转，指尖用力一点，手臂立刻收回，整个身段因为手的发力而扭动，就连声音都那么好听。小文想要是自己能做出这样的动作，那汪长尺不知道要癫到什么程度。

也许是为了证明小文真是一朵鲜花，张惠一有空就教小文化妆，还把她的长发剪成短发，还把自己的衣服穿到小文的身上。小文一天一变，开始像个民办教师，慢慢地像个公办教师，像乡里的干部，县文工团的演员，电影里的女特务，最后被打扮得像个城市的白领。看着镜子里的自己，小文说可惜，我不认得多少字。张惠说认得字没用，漂亮才值钱。小文看着镜子发呆，想如果鲜花不插在牛屎上，那它应该插在哪呢？这么一琢磨，她就感到恶心，就想吐。

睡前，小文说我可能怀上了。汪长尺惊得差点没把牙齿吐出来，他说你怀孕为什么没征求我的意见？小文说你上的时候采取过什么措施吗？汪长尺想想，也是，没有措施，哪来的商量余地，怀上是迟早的事。他说我自己都还没熟，就要做爹了。小文问难道你不想当爹吗？

"想。只是让孩子在这么个破地方出生，有点对不起。"

"那应该生在什么地方？"

汪长尺伸手抚摸小文的腹部，觉得自己的手忽然变大了，大到都想把小文的腹部一把握住。而小文的腹部似乎不再光滑，它开始挂手，甚至挂痛了他的掌心。他说孩子应该出生在一间不漏风的屋里，电灯的瓦数高一点，窗门最好是玻璃做的，还有窗帘，有摇篮，有木马，被窝有新棉花的味道，地面铺的是瓷砖，干净得可以照见人影。

"你做梦吧，你……"

"还有好多玩具，什么洋娃娃、车模、变形金刚，什么足球、塑料枪、脚踏车、狗狗和猫咪，什么拼图、识字本、漫画和音乐，应有尽有。"

"你说的这些，会从上面掉下来吗？"小文仰望楼板。汪长尺跟着她仰望，那是几块杂木板，上面洇满了水渍，角落结满了蜘蛛网。老鼠们在楼上跑步，冷风在窗外呼啸。汪长尺回到现实，在窗口处又加了一层纸板，吹进来的风小了一些。他说怀孕的事你能暂时保密吗？

"为什么总要我保密？"

"因为我想带你出去。"

"出去喝西北风呀？我都这样了。"

"不是还有我吗？"

小文摇头。她认为进城后汪长尺一双手喂不饱两张嘴，准确地说应该是三张嘴了。但不知道汪长尺搭错了哪根神经，他竟然发誓，说一定会照顾好她，让她定期接受检查，有营养的一日三餐，让她散步、听音乐、吃水果，享受城市孕妇那样的待遇。小文听着听着就哭了，说我又不是皇后，哪有那么好的命啊。汪长尺说城里有钱的女人，都挺着肚皮到美国去生，到香港去生，如果我们再不到城里去生，那将来孩子输的不是起跑线，而是底裤，就是输得连底裤都没得穿的。小文问钱呢？没钱就像做报告，放的全是空炮。汪长尺答不上来，开始在房间里散步，走过去七步，走过来七步，仿佛要"七步吟"。小文以为他会想得出办法，但一分钟过去了，十分钟过去了，汪长尺越来越像催眠的钟摆，终于把小文催入梦乡。

刘双菊发现汪长尺忽然会照顾小文了。过去，汪长尺从不帮小文打洗脚水，但现在他不仅帮她打洗脚水，还把刘双菊压在他碗里的肉，悄悄转移到小文的碗里。他不让她挑水，不让她去井边洗衣，还跟张惠买了一条围巾，把她的头和脖子全都包裹起来。如果两人同时出门，他总是站在迎风的一边，为小文挡住寒冷。刘双菊怎么也想不明白，甚至有点失落，于是就问汪槐，长尺怎么变成小文的妈妈了？汪槐说是不是小文怀上了？刘双菊一拍脑袋，说有可能。汪槐叹了一声，说这就叫命，你想让他们到城里下蛋，但他们偏偏要下在农村，就像秃顶的男人卵毛长，故意跟你对着干。

春节后，汪长尺和小文开始收拾行李，为进城准备。汪槐把汪长尺拉到一边，问小文是不是怀上了？汪长尺说你不是讲家里风水不好吗，哪敢怀呀？汪槐一直盯住他，似乎要从他的眼珠子里辨出真假。他说真的没怀上。汪槐说如果你带着一个孕妇进城，压力会是原来的两倍，不仅你受累，小文也受苦，只要你说实话，我们还可以商量。汪长尺说已经被顶上了，没退路了。汪槐说要不，你们等孩子生下来了再出去打工？汪长尺说那他不又是一个汪长尺吗？不要说生孩子，就是一个屁，我也要憋到城里去放。汪槐竖起大拇指。

<h2 style="text-align:center">25</h2>

汪长尺没想到小文会哭到眼睛红肿。当初离家时，她妈哭了，刘双菊哭了，汪槐和她爹的眼睛涩涩的似乎也想哭，就她像个局外人，咧着嘴，堆着笑，说又不是去传销，飙什么眼泪喽？她抱着乐观的态度过了山坳，上了班车，一路上都没瞌睡，见什么问什么，兴奋得像打了鸡血。但进城不到一周，她就飙泪了。

那是个傍晚，汪长尺找工作还没回来，她在厨房做饭。远处响着零星的爆竹，楼下是汽车的轰鸣，电饭煲的气孔"吱吱"地冒着热气。这些声音一组合，就让她忽然想家。她想念农村过年时的声音，想念母亲的唠叨，想念地里的葱花、白菜和圈里的猪崽，甚至想念山上的冷风和井水的冰冷……她一边想一边切菜，切了瘦肉切萝卜，切了番茄切青椒，当她切到葱花时，眼泪便"叭叭"地掉到砧板上。她不停地抹眼泪，怎么也抹不干净，于是搁下菜刀放声大哭。在她的哭声中，电饭煲的"吱吱"声消失了，对面的楼房变暗了，案台上那些切过的菜渐渐模糊，屋子里什么也看不见。当黑夜降临，陌生的景物被掩盖，看不到这里和那里的区别，她有一种回乡的错觉。所以，她不开灯，就坐在黑暗中，抽一阵哭一阵，哭一阵抽一阵，好像她的身体仅剩这两种功能。哭着抽着，汪长尺回来了，他只听到哭声没看见人，就问你怎么了？她说我要回家。

这天，汪长尺刚好拿到了一份合同，他是哼着歌曲走上二楼的，却不想等待他的竟是眼泪。打开灯，他把合同递给小文，说你不是一直想来省城吗，现在板凳还没坐热，为什么就想回去？小文看着合同，一句都没看懂。汪长尺搂住她，说别哭了别哭了，再哭孩子就颤抖了。小文抑制哭声，但肩膀还一抽一抽，仿佛还哭得不够，哭得不过瘾。汪长尺说我发过誓，要让孩子出生在不漏雨不透风，有玻璃窗有窗帘，铺瓷砖的房间，现在这个条件基本达到了，等我领了第一个月工资，就带你去做B超。小文说每次看见葱花我就想家，在家乡葱花是一把一把地送人，到了这地方得一根一根地放到秤上，真是欺负人哦。

"今后你别买葱花得了。"

"可是，我看见白菜也想家。"

"白菜也别买了。"

"那吃什么呀？"

"吃你看见了不会想家的。"

"没这样的菜，连听到西北风我都会想家。"

"那就吃肉，吃肉你不会想家了吧？"

"也想。每吃一口就想爹妈吃不上，公婆吃不上，哥嫂吃不上，凭什么我们能吃上？"

汪长尺愣住了，想不到小文的感情这么丰富，说得他都无地自容。他叹了一声，说回去不仅我们废了，连孩子也得废。如果孩子废了，我们还能盼望什么？

"能不能等孩子到了读书的年龄，我们再进城？"

"那孩子会不适应的。"

"可是我难受，从早到晚连个说话的人都没有。"

"跟孩子说，他听得懂的。"

"……城里和我想的完全不对等，一点都不好玩。"

"没钱，在哪儿都不好玩。"

汪长尺给小文按摩肩膀。小文起身，到卫生间洗了一把脸。汪长尺下厨炒菜。吃饭时，小文问你这份合同打的是什么工呀？

"泥水工。"

"又是最苦最累的。"

"不累的钱少。"

汪长尺的工地就在他们租房附近，过两个十字路口就到。每天清晨，小文还没起床，他就出发了。他在楼下买三个热气腾腾的大馒头，边吃边往工地走，到达工地时，三个馒头正好吃完。他在值班室喝一杯水，就戴着安全帽上楼。他的工作是砌墙，就是在高楼的框架里，砌出走廊和一个个房间。由于他在帮二叔砌房时积累了经验，因此，他砌的墙比别人的都平都直，多次得到小工头安都佬的表扬。工地包两顿饭，中餐和晚餐。每晚，他领了饭菜就提回租房，跟小文一起吃。小文煮个汤，炒个菜，跟汪长尺领的一合并，小桌上摆着两菜一汤，两人像模像样地吃起来，一边吃一边聊，渐渐有了家的感觉。如果工地加菜，汪长尺就把饭盒里的肉全部拈给小文。小文不忍心，把肉拈回来。肉被他们拈来拈去，谁都舍不得吃。一个说你干的是苦力，不吃肉身体会垮。一个说你怀着孩子，不多吃点肉孩子会营养不良。推让中，妥协的基本上都是小文，因为她认同他的观点：孩子高于一切。

慢慢地，汪长尺的话少了。每晚回来，除了吃饭就是洗澡，做完这两件事，他就把自己放平。小文洗完碗回到床边，他已鼾声四起。小文用手捏他掐他，他都没反应。他的每块肌肉都是紧的。小文掐不醒他，就坐在床边看他。看他深陷的眼窝，粗黑的皮肤，微微颤动的鼻毛。指甲长了她就帮他剪，耳孔堵了她就帮他掏。妈呀，就连掏耳孔他都不醒，好像他的身上已无痒感。最累的时候，他一天只跟小文说三句："没事吧？""多吃点。""我先睡。"如此一来，小文的话都没有出口，成批成批地沤在心里，沤得都顶喉咙。

她哪里也不想去，唯一想去的就是汪长尺的工地，因为只有这个地方跟她像连着一根线。她来到工地的对面，坐在树荫下看工人们起楼。楼很高，已经起了十五层。在十层高的脚手架上，挂着一幅标语："时间就是金钱，速度就是效益。"机器轰鸣，尘土飞扬，长臂吊车转来转去。当吊臂转到她头顶时，她就想那些卡在吊臂上的预制板会不会掉下来？如果掉下来，会不会正好砸在自己头上？开始她非常担心，吊臂一动她心里就发紧，去的次数多了，她就麻木了，不想了。高高的脚手架上，有时会出现七八个身影，他们肯定不是汪长尺，从身形就可以判断他们不是。

一天下午，汪长尺为了帮安都佬买烟，从工地的大门走出来。小文以为他在楼上发现了自己，是专程跑出来看她的，就站起来挥手，兴奋地叫长尺长尺。汪长尺跑过马路，问你怎么在这里？小文说一个人闷得慌，出来看看。

"这里又冷又灰又嘈杂，你是想让孩子将来也做泥水工吗？"

"为什么不是包工头？说不定做房地产老板呢。"

"不可能，房地产老板很少来工地。你应该多去学校转转，让孩子听听读书声。"

"可是，我想离你近点。"

"不能让孩子像我，离这里越远越好，快走吧。"汪长尺挥手，像赶苍蝇那样赶小文。小文说你这个癫仔，连老婆想你你都看不出来，今后我就不想你了。汪长尺继续挥手，说赶紧走，这里空气不好，要想我就等我晚上回去了再想。小文说离下班不是还有两小时吗？

"那你就去公园，去广场，去商店。"

"没钱去商店干什么？"

"哪里干净你往哪里走，反正就是不能来这个地方。"

小文不想走，像狗狗看着撑它的主人那样看着汪长尺。汪长尺被她可怜巴巴的眼神软化，全身的疲倦立刻烟消云散，他想有这么一个人黏着，真幸福。他说我们在楼里干活都戴口罩，要不然肺会变黑。说着，他用手在小文的头发上一抹，手上立即沾满细黑的尘土，这就是二十年后被公知们在微博上炒得沸沸扬扬的 PM2.5。小文自己用手抹了抹头发，手上也脏了。汪长尺说回吧，要不然你的肺、孩子的肺都会变黑。小文说农村空气好，你让我回农村吧。汪长尺说光有肺没有知识不行。小文说光有知识没有肺也不行呀。汪长尺从衣兜掏出一个口罩，帮小文戴上。小文试着呼吸，立即把口罩拉开，说憋死了。

26

晚饭后，汪长尺又睡着了，直挺挺的，像一截干柴。小文在他眼角抹了一点清凉油，他辣得立马坐起来。小文说我要去见张惠，再不找人说说话，我会疯掉。汪长尺洗了一把脸，找出一张旧报纸，开始画图。他一边画一边说出门右拐五十米有一个车站，叫望山站，你在这里上二十二路车，记住二十二路车就是在车身上写着两个二。小文点点头。汪长尺说二十二路坐五站，就到了祈阳路口。小文不认得祈字，反复读了几遍，直到会读后才说然后呢？汪长尺在报纸上画了一条马路，说然后你走到对面，找到祈阳路口站牌，在那里上七路车，明白吗？小文点点头。汪长尺说七路车坐三站，就到朝阳和民主路口，你在这里下车，往民主路走三百米，就看见右边有一栋高楼，楼面写着红豆宾馆。进了宾馆，坐电梯到三层，就会看见凤凰洗脚城。你说找张惠，她们就会把你带进去，听明白了吗？小文指着报纸，说你都画了些什么？汪长尺一看，报纸上的路线绕来绕去，像一团乱麻。汪长尺把报纸撕了，打开箱子，拉开抽屉，掀开床垫，竟然没找到一张白纸。小文从碗柜的顶部摸出一个记账本。汪长尺从上面撕下两页，重画路线图，一页是去的，一页是回的。

第二天上午，小文吃过早餐，就带着那两页路线图出发了。快到中午时，正在砌墙的汪长尺听到有人喊他，就从五楼伸出头，看见守电话的荣荣正举着扩音器呼叫。他从楼上冲下来，荣荣告诉他，贺小文被送到第一医院急诊室了，医院来电让他赶快过去。汪长尺顿时腿软，问是不是被车撞伤了，孩子还在不在？荣荣说我也不清楚，人家没说。汪长尺摸摸衣兜，冲出门去。

到了急诊室，他看见小文闭着眼睛靠在凳子上。谢天谢地，她好像还是完整的。他叫了一声小文。小文睁开眼又立刻闭上，说长尺，我好晕。他把她全身摸了一遍，重点摸她的腹部，一边摸一边问伤了哪里？她说没伤，就是晕，公交车好像是歪的，地面一直在晃动，连高楼都斜了，每张脸都模糊不清……

"谁把你送来的？"

"不知道。"

"医生怎么说？"

"让我去检查。"

汪长尺摸摸衣兜，说那我们去检查吧。小文摇头。汪长尺去扶她。她说别动，先让我稳一下，也许稳一下就好了。汪长尺定住，说可能是营养不良，我去给你买吃的。小文点点头。汪长尺出去买了一碗鸡汤端回来，慢慢地喂小文。小文说你也喝吧。汪长尺噘起嘴，发出"嚯嚯"的喝汤声。小文说你喝的是风，别以为我听不出来。汪长尺说我又不晕，喝什么鸡汤。

休息了一会儿，小文睁开眼。汪长尺扶她走了几步，她赶紧坐下，还是觉得天旋地转。汪长尺把她放到轮椅上，叫她闭上眼睛，然后推着她走。她问这是去哪里？

"去体检。"

"我们只剩下七天的饭钱了。"

"钱的事你别管。"

汪长尺推着她去了妇科、神经科、B超室。医生说孩子正常，大人也正常。小文问正常为什么会晕倒？医生说怀孕初期，有的孕妇会眩晕，但你一农村妇女不应该这么娇气。汪长尺一听就火，说农村妇女就没资格眩晕吗？我还想让她弱不禁风、脸色惨白、整天喊腰酸背痛呢。医生的脸一沉，说你太敏感了，我只不过是说了一句实话。汪长尺说农村人也是人，城市人犯的病他们同样会犯。医生连说是是是……忽然一挥手："出去。"汪长尺推着小文出去，身后飘来："乡巴佬的嗓门真大，再这么喊几声，别的孕妇就要流产了。"汪长尺问你听到了吗？小文说别惹他们，今后我们还要来检查。

汪长尺把小文扶到大厅的条凳上，让她躺下。这一躺她就睡沉了。汪长尺怕她冷，就把自己的外衣脱下来盖在她身上。由于汪长尺每天做工会出汗，所以出门时他里面只穿一件秋衣。现在，他把外衣脱了，身上冷飕飕的。为了御寒，他就在大厅里快步走，一直走到出了细汗才停住。冷了他就走，暖了他就停。走走停停，直到傍晚，小文才醒。这时医院大厅里的人少了，楼外天已擦黑，小文觉得呼吸顺畅了许多，头似乎也不那么大了。

小文没找到张惠，她试了几次，都被公交车绕晕，差点回不到住处。越是找不到路就越紧张，越紧张她的头就越大。有时买菜，她也会晕倒。晕的次数一多她就积累了经验，看看要倒，马上找个地方靠住，坐稳，等那阵晕过去又才爬起来。每天，汪长尺下班后的第一句就是还晕不？她怕他担心，骗说不晕。但这个晕已严重地影响到了她的睡眠。每晚躺下，她就觉得床铺在旋转，天花板在旋转，整个人一会飘在天上，一会又掉到地面，就像汪槐二叔他们当初害怕警察进村那样，整夜整夜地失眠。因为失眠，她的头不仅晕，还痛。汪长尺发现她消瘦了。她说没什么，怀孕的人都这样。

坐了十几次公交，小文终于在一天下午找到张惠。她像一位饱受委屈的孩子，一边哭一边跟张惠倾诉。张惠说可惜呀可惜，你的漂亮没跟经济挂钩。小文问怎么挂钩？张惠说如果你来这里帮人按脚，一个月可以挣到四五百块。小文张大嘴巴，说不会吧？长尺做一个月泥水工都才挣五百。

"要是你放得下架子，有时一晚上就能挣两到三百。"

"什么叫放得下架子？"

"就是陪……"

小文倒抽一口冷气，满脸通红。张惠拍了一下她的脸蛋，说人家就喜欢你这种脸皮薄的，害羞的，他们认为这是纯洁，越纯洁越值钱。小文吓得全身发抖，好像刚才摸她的是某个陌生男人。张惠说你的脸粗得都割手了，好久没护肤了吧？

"买菜都还看秤头,那有钱置护肤品。"

"那就挣呗。"

小文支支吾吾,说我……我怀孕了。张惠叫她把衣服掀开。小文掀开衣服。张惠说刚怀一个多月,看不出来,你不告诉客人得了。

"那会流产的。"

"流产了就先挣钱,挣够钱再怀孩子。"

"长尺会把我杀了。"

"谁叫你告诉他?"

"可是我头晕。"

"穷人没资格讲条件。知道你体检的钱从哪里来的吗?"

小文摇头。张惠说汪长尺去医院的时候,拐到我这里借了两百。钱不是万能的,但没有钱是万万不能的。小文叹了一声,说能不能只洗脚不陪睡?张惠说我要是你,就把孩子打掉,先用青春挣够钱,再过等死的生活。小文紧紧攥住衣襟,惊恐地看着,好像谁会抢走她孩子似的。

27

晚十点,小文该上床时没上床,熟睡中的汪长尺忽然醒了。平时,即便是小文说着话捏他的鼻子,推他逗他,他都不醒。但当这一切均不发生,他却醒了。打开灯,小文不在屋里。他本能地把头伸出窗外,楼下的地面是干净的,偶尔走过几枚人影。马路上车来车往,过去他自动屏蔽的轰鸣现在加倍扑来,震耳欲聋。两排路灯整齐地延伸,灯光周围弥漫着灰尘,看过去一片朦胧。不远处的烧烤摊正在冒烟,空气中传来肉的焦香。几堆人围坐在塑料桌旁,一边喝一边说,骂声不时高耸入云。

汪长尺穿好衣服,坐公交来到凤凰洗脚城。张惠掀开帘子一角,汪长尺看见小文和五个女工在上班。小文攥紧拳头给一个中年男人按脚。她的拳头像碾子在脚板上滚来滚去,滚得那个男人的嘴角都挂到了耳边。汪长尺想进去叫小文,被张惠拦住。张惠把他带到办公室,关上门。汪长尺说你知道她怀孕了吗?

"怀孕了更要挣钱,否则将来生孩子连医院都住不起。"

"会影响孩子的。"

"哪个农村孕妇不是一直劳动到临产?你妈不也是把你生在玉米地里吗?"

"所以，我没出息。"

张惠幸灾乐祸地："当初你要是不拒绝我，也许就考上了。"

"那时我嫌你才初中毕业。"

"现在你却娶了一个没进学堂的。"

"小文人好。"

"难道我就不好？"张惠不服气，掐了一下汪长尺的脸。汪长尺闪躲。这个下意识的动作严重刺激张惠，她认为直到现在汪长尺都看不起她。一个皮肤粗糙裤脚上沾满灰浆的泥水工竟然看不起她。她把他逼到墙角，双手扳正他的脸，似乎是要他好好地看一回眼前的自己。眼前的自己再也不是那个村姑，她烫了头发打了粉底画了淡妆洒了香水，皮肤白了，嫩了，身材也骨感了。她穿的是名牌，说话带卷舌音，包里装着四大银行，每张卡都有五位数。但汪长尺似乎有眼无珠，他没看出以上内容，而是像僵尸那样一动不动。张惠贴上去，用胸口蹭他。他好像忽然活了，喘着粗气，一股久违的冲动回到身上。然而，他克制住，就像小时候在水里比赛憋气，就像跟岳父睡在一张床上双手夹紧。张惠吻他，他咬住嘴唇。张惠抚摸他，他的胸肌立刻绷紧。张惠说难道你一点都不想吗？他说想，但我不能。张惠的鼻子在他胸部深深地一吸，说只有你的身上还留着家乡的味道。他抽了一下鼻子，全是胭脂香味。她继续抚摸，说这里像后坡，这里像大田，这里像杨喜湾，这里像……

眼看就要崩溃，他推开她，说别惹了，我没钱。她对着他的脸拍了一下，说乡巴佬，你以为你是谁呀？汪长尺说你不也是乡巴佬吗？张惠哈哈大笑，说我脱胎换骨了。说着，她掏出一张崭新的证件。汪长尺看见那是一张省城的身份证，她的名字和年龄没变，但居住地是建政路八号。她说看见了吗？老娘已经是城里人，和你不是同类。我能免费挑逗你，那是因为今天顾客多心情不错。你以为我还是那个傻里吧唧的初中毕业生吗？过去是你看不看得起我，现在是我看不看得起你。汪长尺说既然看不起，为什么还要挑逗？张惠说滚。

汪长尺在宾馆大堂等，一直等到小文下班。他恨不得就地跟小文谈谈，但小文没给他谈的时间，径直走出去，在路边拦了一辆三轮车。坐到车上，汪长尺想跟小文谈谈，但小文一上车就靠在他的膀子上睡着了。回到住处，已是凌晨一点。小文累得倒头就睡。汪长尺还有跟她谈谈的心，但怎么也推不醒她。这一夜，汪长尺的身体放平了心情不平，眼睛闭上了睡意不闭。迷迷糊糊挨到天光，小文仍不醒，他就去上班。晚上，吃饭的时候他想谈，但怕影响胃口，就把一肚子的话暂时按住。饭毕，小文说你洗碗，我得收拾一下。汪长尺一边洗碗一边扭头看小文。她换了一身新衣，对着镜子化妆。她已经好久不化妆了。汪长尺说天都黑了，化给谁看？

"顾客呀，难道你不知道顾客就是上帝吗？"

"深更半夜的，你不嫌累呀？"

"我想不累，但你养得活我不？"

"省着点，能养活。"

"那还养不养孩子？等孩子一钻出来，分分钟都要花钱。"

"到时我再想办法。"

"除了借，你还能有什么办法？"

"问题是……人家的胎教是听音乐，你的胎教是按脚，将来怎么竞争？"

小文把口红砸到床上，说那我就待在屋里天天听音乐得了。汪长尺说对喽，再累不能累孩子，再苦不能苦后代。小文说音乐呢？你买得起音乐吗？随身听在哪里？碟片在哪里？

汪长尺走过来，诓小文坐到床上，然后拉过一张矮凳坐下。现在他的头部正对着小文的腹部。小文气呼呼的。汪长尺打了一个响指，说音乐。小文扭头找音乐。汪长尺忽然唱了起来。他唱的是一首流行歌曲，叫《只要你过得比我好》。"只要你过得比我好，什么事都难不倒……"他反复地唱。小文听着听着，气消了一半，说以前一吃完饭你就挺尸，今晚怎么活跃了？汪长尺说以前是我不对，今后每晚我都给孩子唱歌。小文说听你唱歌能当饭吃呀？

"至少能让孩子变聪明一点。"

"教这些虚头巴脑的，还不如教他按脚。"

"想都别想。"

汪长尺起身，把门反锁，然后再把钥匙挂到裤带上。小文看着那把晃动的钥匙，说有钱都不让我去赚，真是个二百六十减十，活该一辈子受穷。汪长尺说天才都是从胚胎抓起的，那种污浊的地方今后你再也别去了。小文没办法，只好洗澡睡觉。但汪长尺睡着了她却睡不着。就睡眠而言，他们像两个水里的葫芦，这个按下去了，那个又浮起来，好像老天成心要让一个为另一个守夜。小文再次觉得床铺转了起来，天花板转了起来，头顶吊着的灯泡转着转着就变成了一只脚，一只脚变成无数只脚，脚越多她越兴奋，好像那是一张张大额人民币。可是，反锁房门的钥匙攥在汪长尺的手里，即便他吹响了鼾声，手掌也紧紧攥着。小文一个指头一个指头地掰，终于把他的手掌掰开。她轻轻地爬起来，看了看座钟，已是九点半，还可以按三个钟头。于是，她穿戴整齐，悄悄地出去。

第二天晚饭后，汪长尺想跟小文发火，但他怕吓着孩子，就挤出一个假笑，说非得去吗？小文说不去我头晕睡不着，去了一觉睡到中午。

"为什么会这样？"

"因为能赚钱，心里踏实。"

"原来你的晕病是因为没钱，而不是怀孕。"

"说实话吧，我是穷晕的。"

汪长尺只好放行。每天晚饭后，他都陪着她来到洗脚城，然后自己坐在宾馆一楼大堂等她。等着等着，他就睡着了。保安把他踢醒，说喂，你不能在这里睡。汪长尺说沙发不是空着的吗？保安说你这副尊容会把住客吓跑的。汪长尺说看你也像是农村出来的，有点同情心好不好？保安指了指人行楼道。汪长尺走进楼道，靠着墙壁坐下。保安把头伸进来，似乎怕他干别的。汪长尺说我老婆下班后，请你告诉她我在这里。保安把头缩回去。几秒钟，汪长尺就接上了刚才被打断的睡眠。

28

小文发现汪长尺睡在楼道，就说张惠有间办公室，你为什么不跟她借来睡睡？汪长尺说过去她是老乡，现在她是老板，情况不同了，我还是睡在这里踏实。上班的空隙，小文跟张惠说汪长尺每天都在楼道等她，可怜得很。张惠说他的可怜是自己找的，你不认得路吗，干吗要他天天接送？小文说他怕我在路上不安全。张惠说他要是能在楼道里坚持一个月，就说明他真的疼你。

每当按完一双脚，小文会出到走廊上来透透气，顺便从三楼的人行道下到一楼看看汪长尺，也算是活动一下筋骨，舒展一下身体。一听到小文的脚步，汪长尺立马就醒。他抱抱她，吻吻她，拍拍她的腹部，说孩子，乖啊，妈妈在为你赚钱呢。几分钟的亲密接触，小文的累立刻消散。她说你睡吧，明天还要砌墙。汪长尺闭上眼。小文上楼。她的脚步声还在楼道里响，汪长尺就已经睡着了。由于睡眠严重不足，他必须抓紧时间，一秒钟都舍不得浪费。

为了给小文减负，他从一楼转移到三楼。小文一推开楼道的门，就能看见他。现在他随身带着包，包里装着保温饭盒，饭盒里装着小文白天炖好的鸡汤。小文一出现，他就把饭盒打开，喂她吃。饭盒的隔层里备有酸萝卜，包里还有糖果、饼干，小文想吃什么他就递什么。如果小文的时间相对宽松，他就帮她按按肩膀，松松手臂。他帮她按摩，她再去按摩客人，好像他是她的加油站，她是他伸长的手指，一直伸到客人的脚上，就像一场按摩接力。

　　一天晚上，张惠把小文叫到办公室，给她发了半个月的工资。小文捏捏信封，感觉蛮厚，说谢谢张姐。张惠问怀几个月了？

　　"差不多两个月。"

　　"你不打算做掉吗？"

　　小文摇头。张惠说你要想清楚。

　　"我想清楚了。"

　　"如果你不做掉，再过两个月客人就能看出身形，也就是说你还有两个月的挣钱时间。我帮你算了一下，两个月挣到的钱最多够你到医院去搞检查做化验。但是住院呢，孩子出生以后呢？"

　　"长尺也有工资。"

　　"他的工资只够租房吃饭吧？"

　　"大不了我不住院，像农村那样，在家里生。"

　　"你能保证母子平安吗？你能保证不感染吗？你到城里来不就是想给孩子一个城市的待遇吗？"

　　"那该怎么办？"

　　"自己想。"

　　小文一声不响地走了。她走进电梯，下到一楼，出了宾馆的大门，才想起汪长尺还在三楼的楼道里。于是，她又坐电梯回到三楼，叫汪长尺一起走。汪长尺说刚来就走，今晚不上班了吗？这时，小文才回过神来，说我还以为下班了呢。汪长尺摸摸她的额头，担心地："你行不行呀？"小文说没事，我只是心里有点乱。汪长尺说乱就别按了。

　　"不按，拿什么来养孩子？"小文忽然提高嗓门，"你没本事养为什么要让我生？明知道进城，为什么急着下种？当初你就不晓得把腿夹紧点？"

　　"都怪我，对困难估计不足。"

　　"你就懂得检讨，也不想想办法。"

"我一直在想。"

"想出什么办法了？"

"很多，卖肾，打劫，盗窃，行骗，我都想过，但只有一条行得通。"

"什么？"

"卖肾。"

"像你这样的肾，谁敢买呀？"

"我的肾有年龄优势。"

"人家怕沾霉头，怕把你的肾一装到身上就变穷人。你也不想想，牛车的零件能安到汽车上吗？"

汪长尺惊呆了，没想到小文这么刻薄，这是他懂人话以来听到的最刻薄的语言。他恨不得一巴掌扇过去，但想想孩子，他就咬紧了牙关。小文拍了一下嘴巴，说对不起，我过去不是这样的，我的脾气越来越大了。

"都是贫穷惹的祸。"

小文低下头，咬了一会嘴唇，说长尺……既然我们还没准备好，为什么要让孩子出生？

"千万别这样，我跟他有感情了，我连他的名字都想好了。"

"叫什么？"

"大志。"

"可不可以把这个名字留给下一位？"

"别，早养孩子早享福。"

"你爹养你，他享福了吗？"

"至少我给了他幻想。"

"可是，我一点幻想都没有。"

"相信我，相信孩子。"

"你拿什么让我相信？"

"我发誓。"

"发什么誓？"

"我发誓让孩子吃饱穿暖，接受良好教育，考上大学，有工作有地位，绝不像他爹。"

"拿什么保证？"

"钱。"

"钱在哪里？"

"挣。"

小文认定这只不过是汪长尺的又一次吹牛，反正，这样的牛皮他已经吹了不止一次。但牛皮归牛皮，它并不影响小文的思考。其实，小文每天都在算账，甚至于每时每刻。她算孩子的营养费、服装费、高价学费、医药费……越算越没信心。于是，一天上午，她决定一个人去医院做人流手术。

这天，汪长尺一进工地心就发慌，总觉得好像要出事，看哪哪都不对劲，就连空气里都飘荡着馊味。小文在住处吃早餐时，他在工地觉得腿软，软到差点就爬不上脚手架。小文在住处洗碗时，他在工地发脾气，骂工友又把墙砌歪了，工友不服跟他顶了几句。小文在住处拿钱时，他在工地感到胸口刺痛，但刺痛像电波似的一下就过了。小文提着包走出住处时，他觉得口干，舌头像放到炭火上，"吱"地冒出了浓烟。他想喝水，却懒得从脚手架上爬下来。当小文到达第一医院时，他忽然感到头晕，眼前一黑，从脚手架上栽了下去，一堆砖头跟着他栽，几乎全砸在他身上。

小文来到妇产科，值班医生的门前排着一堆孕妇。半个多小时后，才轮到小文进去。她跟医生说了自己的想法。医生开了几张单子，让她先缴费再检查。她到大厅缴费，忽然听到一辆救护车呼啸而来。她的心一紧，扭头张望，看见救护车停在大门前。车门打开，安都佬和三个工友把汪长尺抬下来，直奔急诊室。小文当即腿软，一屁股坐到地板上。但她喘了一口气，马上爬起来，跟着地板上的血迹来到担架边。一声"长尺……"没叫完，泪水就涌出了她的眼眶。汪长尺终于听到了哭声，这是他受伤后听到的唯一哭声，也是这个城市里唯一和他有关系的哭声。他眉头一皱，眼肌挣扎，似乎想睁开眼睛，但他睁不开，仿佛连睁眼的力气都没有了。他的嘴唇嚅动，好像要说话。小文把耳朵贴近，听到他蚊虫一样的声音："我们就要有钱了，求你别把孩子做掉，做掉汪家就没后了。"说完，他又晕过去。小文看见他的下半身一片鲜红，两腿之间的裤子和血肉紧紧地粘在一起。

29

经检查，汪长尺没有骨折，都是肉伤，但麻烦的是他的生殖器被砖头拍成了拍黄瓜，左边的睾丸被拍成了拍蒜米。医生给他插了导尿管，取出丸沫，拉皮，缝针，总算保住生殖器的应有形状。当麻药消退意识清醒，他的右手便不自觉地往裆部抓去，但每一抓都被守在床边的小文制止。在他的思维里，两腿之间忽然空了，仿佛连根拔起或强行拆迁，那里似乎可以建一个大大的球场，或者自己从此就要做太监，所以，他迫切地想验证。右手被按住他就换左手，左手又被按住，他就弱弱地问还在吗？小文说还在。他松了一口气，像保住了尊严，尽管他的尊严早已碎了一地。他说这绝对是一种感应，无论腿软、胸痛、口干或头晕都是感应，是老天用他的特殊方式强迫我来阻止你流产。

"那老天也太不人道了。"小文说。

"可是老天帮我们留住了一条命。"

"一个受伤，一个要出生，负担就像那堆砖头。"

"天无绝人之路。"

"已经绝了，我离你说的生活已经越来越远了。"

"既然保住了孩子就得接受惩罚，不能都是好事。"

小文叹气，除了叹气还是叹气。汪长尺为了安慰她，更多的是为了安慰自己，说坏事有时会变成好事。

"我已经好久没看见好事了。"

"也许……他们会给我一点工伤补贴。"

"当初连你的同学黄葵都不给，凭什么你会相信他们给？"

"我是说也许。"

"唉……"小文又叹，一声比一声绝望。

但是，几天之后，安都佬带着工地经理到了医院，他们送了一束鲜花，说了一堆好话，留下一个纸包。他们离去的背影还在走廊上，小文就迫不及待地把纸包拆开，里面竟然是两万块钱。小文有点不相信，抽出一张对着窗口照。透过光，她看见了那个头像，看见了防伪线，于是惊叫长尺，钱是真的。汪长尺笑了，说两万，比卖肾的收入还高。小文似乎没听见，把那张钱小心地塞向原处，由于那是一沓用纸条绑紧的钱，她塞了好久才塞进去。钱塞好了，她就重新包报纸，但包了几次都没包妥帖，报纸不是松就是翘，始终恢复不了原样。汪长尺说别包了，你拿到银行去存起吧。小文不服气，拆开来又包，还是包得不像。汪长尺说人家包了多少年才包得那么紧，你只见过一次，怎么可能包得像他们包的那么好。小文只好放弃，抬起头来，说有了这些钱，我就不用去帮人按脚了吧？

"我说过，会让你活得像个城里人。"

小文差点说了一声谢谢，但嘴刚一张开她就觉得不对劲，就好像发现了一个惊天秘密，连脸色都为之一变。她说你不是故意的吧？

"故意什么？"

"故意摔伤自己。"

"我有病呀？"

无论汪长尺怎么解释，小文都怀疑他是故意的，否则没法解释他前面发过的誓言。他一个月才区区五百块工钱，哪来的底气？汪长尺说管他故意不故意，拿到钱才是硬道理，老板都说了，不管白猫、黑猫，抓得到老鼠才叫好猫。小文想想也是，总比卖肾划算，于是就把钱存了。

汪长尺虽然嘴硬，却开始对自己产生了怀疑。他把自己摔伤的过程回忆了又回忆。开始，他觉得自己不是故意的，每个细节都可证明。但故意的念头越来越占上风，把"非故意"生生地压了下去。因此，他越是回忆离真相就越远，越是回忆就越觉得自己可耻，连那天晚上小文掰开他指头拿反锁房门的钥匙，他都怀疑自己是故意的，是故意松开指头让她去挣钱。可事实并非如此，为什么事实在回忆中变成了虚构？为什么自己被自己说服？是因为缺钱。一个没钱的人哪里还有事实。故意就故意吧，他安慰自己，如果没有故意，那我在城里早就待不下去了。这么想着安慰着，伤口也在一天天好转。小文在照料汪长尺的间隙去妇产科做了一次 B 超。医生说胎儿正常，还是个带把的。汪长尺听到这一消息，欣喜若狂："儿子？那就太值了。"

他再也不让小文来侍候自己，叫她回出租屋休息，安心养胎，多喝鸡汤和骨头汤，力争怀出一位天才。小文不走，他就绝食。小文说那我真走了？他睁大眼睛，直到小文提着他换下的衣服出了房门，才端起床头的饭碗，一边吃一边笑。他已经能够下床走路，尽管还有点痛，不过毕竟他可以自己照顾自己了。开水和饭菜只要预定，就有人送到床头。厕所在门外左边五米远的地方，他扶着墙壁能上，虽然拉尿时尿路还有刺痛。隔三岔五，小文才来医院送换洗的衣服。话没讲到三句，她就哈欠连连，仿佛全世界都欠她一次睡眠。汪长尺问她怎么了？她说没想到睡觉能上瘾，越睡越缺觉。汪长尺说孕妇都这样，你睡得越踏实我儿子就越健康。

一天深夜，汪长尺的胸口忽然一痛，他从睡梦中醒来，觉得刚才那一痛和在工地摔伤前的痛相仿，好像闪电，来得急去得快，稍带一点余音。他翻来覆去，再也睡不着，于是爬起来，拄着两根三角拐杖出了病房。每走一步，他的胯下就扯，一扯就痛，仿佛裆部有一根筋不合节拍，短了。但他咬住牙，进了电梯，从一楼出来，往医院门口走去。凉风一吹，胯下冷飕飕的，疼痛像被渐冻。他拦了一辆的士，赶回住处。轻轻地打开门，他以为会看见小文熟睡的模样，却没想到床上是空的，小文竟然不在。他坐到床边，拿起小文的枕头闻了闻，有一股浓浓的香水味。他把灯熄了，坐在黑暗里，但坐了一会，他怕小文回来时吓着，又站起来把灯打开。

　　光从头顶照下来，地板上印着他的影子。他看着床前的拖鞋，看着屋角的木箱和稍远处的碗柜、雨伞、饭桌以及桌上的水壶……他定定地看着，眼前的静物全都变虚，变成晃晃的一层白，没有焦点没有中心没有目标。不知过了多久，仿佛很久，他看见极白中有个小点在动，于是调了调眼睛的焦距，发现那是一只蟑螂。它慢慢地爬上水壶，在盖子上走了一圈，然后又从上往下爬，一直爬到饭桌上。它在桌上溜了一圈，沿桌腿下到地板。它爬过来，一直爬到他的脚趾前。它像在试探也像在犹豫。他一动不动。它终于爬上他的脚背，每行一步他的脚面都微痒。但是，他纹丝不动，生怕把它吓跑，好像它是深夜里的友人。它停在脚踝，仿佛考虑要不要沿着小腿上行？他屏住呼吸，眼睛一眨不眨地等它决定。

　　突然门响，汪长尺吓了一跳。小文站在门口，因过分惊讶，她的眼珠子好像弹了出来。她的十根手指紧紧捏着一个小布包，布包里有一团硬物，手指轮流在硬物上搓着。她的上身是件米色风衣，脖子上围着一条粉色围巾，脸上化了淡妆，口红抹得很重，重到随时都有可能压扁她饱满的嘴唇。汪长尺说回来了。她"哦"了一声，走进来把门关上，脱下皮鞋换上拖鞋。这时，他才发现她脱下的竟是一双高跟鞋。几天不见，她的装扮已经全面城市化，甚至算得上时髦。

　　"你又去按脚了？"他问。

　　"按脚怎么啦？"她从小布包里掏出一沓钱来摔到床上，"这是我今天晚上挣的，顶你半个月工钱。"

　　"谁会这么大方？按个脚给你这么多。"

　　"这叫小费，如果客人被按爽了，顺手就给，有时一百，有时两百，有时十块。"她一边说一边打开箱子，又掏出一沓钱来摔在床上，"这是我近期挣的，加起来有两千多。"

"平均每晚两百,这钱也太好挣了吧?"

"你什么意思?"

"我没什么意思。"

"……有人比我挣得还多。"

"我们不是已经有两万块赔偿费了吗?"

"你怕钱多咬人呀?"

"问题是你得给孩子留点尊严。"

"没钱能有尊严吗?"

"那也要看这钱干不干净。"

"你假摔挣的就干净,我按脚挣的就不干净了?"

"难道这都是你按脚换来的?"

"还能拿什么来换?"

"我怎么知道。"

"那就别血口喷人。"

尽管小文说得斩钉截铁,但汪长尺还是看见她的眼里闪过一丝犹豫。这丝犹豫让他坚信她在撒谎,但他不想再问了,因为泪水正在冲洗她的眼眶,眼睛里的那丝犹豫已渐变成委屈。虽然这时不想搂她,不想安慰她,但他还是背叛了自己。他想就当是搂搂她怀着的孩子。她说再过半月,我的身形就遮不住了,要挣钱也就这十几天了。

"必须马上停止,否则会死人的。"

"干吗那么凶?"

"杀人放火,谁不会呀?"

"好吧,那挣钱的事我就不管了。"

"你只管生孩子。"

30

一天下午,小文来送衣服。从进门那一刻起,她的脸就一直板着,不说不答,好像还在为不让她出去挣钱而生气。他小心地试探,像那只曾经停在他脚前的蟑螂。他还讲了一则笑话,说乌龟受伤,叫蜗牛去买药。两小时了蜗牛没回。乌龟就骂蜗牛,再不回我就要死了。门外忽然传来蜗牛的声音:你再骂,老子就不去了。说完,他以为她会笑,至少面肌会有一点松动,却不想她的脸像打了一层蜡。他笑了一下，给自己一个台阶。她坐在床边，低头看着地板。谁都不说话，空气绷得紧紧，仿佛一拉就断。最后，还是男人妥协，他问你哪儿不舒服吗？她说下身来血，哪儿都不舒服。他赶紧坐起来，说不会是要流产吧？

"流了倒好，免得跟着我们受苦。"

"放屁。"

他拄上拐杖，要陪她去做检查。她摇头，说过两天也许就好。一个说去，一个说不去，两人又杠上了。他说城里的孕妇每月都做检查，流产不像排尿那么简单，万一胎位不正就可能是两条人命。她沉默。他拄着拐杖出去，叫来一位护士。护士说少量流血属正常情况，但最好也找医生看看。她问流血正常吗？护士说少量正常。她说那我就去看看吧。汪长尺顿时松了一口气，说要陪她。她不让。他说就陪到妇产科门口。

检查完毕，医生伸头朝走廊看了一眼。汪长尺迎上来。医生叫他进去，然后把门关上，冲着他就骂你到底是他爹还是畜生？汪长尺没听懂，脑袋"轰"地响了一下。医生说再这么捅，胎儿就保不住了。汪长尺终于明白，说我都受伤了捅什么捅呀？这下医生没听懂，目光在他们的脸上游弋。小文的脸唰地红了，一直红到了脖子根。汪长尺问你说的捅是指……夫妻生活吗？医生问你说呢？汪长尺说今后我不捅就是了。医生说必须严禁。汪长尺说严禁严禁。医生说我知道你们没什么业余生活，但也不能拿孩子的生命来娱乐。汪长尺说不能不能。医生一拍桌子，说既然你知道为什么还这么做？汪长尺说有的事以前不知道，现在才明白。医生气得胸口一鼓一鼓，好像被侮辱的是她。她开了一张药方递过来，汪长尺点头哈腰地接住。她说孕妇必须卧床一月，尽量少活动。汪长尺问胎儿保得住吗？她说就看你们还操不操蛋。汪长尺又问孩子的健康会受影响不？她说保得住就不会受影响。汪长尺说阿弥陀佛，那我就放心了。医生扭头看着小文，说如果你老公再不尊重你，你就拨打110求助。小文点点头。汪长尺想她还好意思点头。

汪长尺提前办了出院手续，专心照顾小文。他拄着拐杖买菜、煮饭、洗衣服、拖地板，不让小文哪怕碰一点点家务。小文多次想跟他解释，但都被他按住了嘴巴。他只跟她谈论天气、菜价、服装和报纸上的娱乐新闻，从不涉及敏感字眼。小文的心里像猫抓，急得暗暗跺脚。她不知道他的态度，也不想被他的虚情假意折磨，但她不知道从哪个字说起。一天深夜，她忍不住把他拍醒。她都不知道这算不算是拍醒？或许，这么多天来他根本就没睡着过。她说我们还是谈谈吧。

"非得谈吗？"

"不谈，我都快疯了。"

"除非你保证不生气，不哭，不激动，否则就别谈了。"

"憋着比说出来更难受。"

汪长尺叹了一声。小文说我们离婚吧。

"怀孕期间不能离婚。"

"那我就去流产，流了再离。"

"五个多月，不能流了。"

"那就引、引产。"

"……如果你对我还有一点感情，那就把他留下来。"

"你会恨我吗？"

"不恨，那是假话。"

小文忽地哭了。汪长尺说别把悲伤传给孩子。你快乐一点，孩子将来就正面一点。难道你不希望孩子心理健康吗？小文噎了噎，总算把哭声噎住。她说其实，我那么做就是想给家里多挣一点钱，帮你减轻一点负担。

"他、他们……都是谁啊？"

"有个姓黄，有个姓胡，还有叫贾先生、莫总、谢主任的。"

"我要告他们。"

"怎么告呀？裤子都是自己脱的。"

"你就那么贱那么爱钱？"

小文又哭。汪长尺说祖宗，你这么哭就是谋杀，懂不？

"要我不哭，那你就别骂。"

汪长尺扯了几张纸巾递给小文。小文一边抹泪一边说都是穷、穷字逼的，虽然我跟他们……但这辈子我只爱、爱一个人……汪长尺又扯了几张纸巾递过来。她没接，说你是不是很有钱呀？汪长尺知道她是舍不得用纸，于是把纸巾一张一张地塞回盒子。他把纸巾塞好按平，再也看不出那几张纸巾曾经扯出来过。小文说汪长尺，你太抠门了，连纸巾都舍不得给我用，还想要我帮你生孩子？汪长尺赶紧把纸巾又扯出来，比原来扯得还多。他把纸巾递到她面前。她还是不接，说你挣点小钱，还这么铺张浪费，谁敢跟你过日子呀？

他又把纸巾塞回盒子。小文说你爱的是孩子，不是我。汪长尺把纸巾盒摔到床上。小文说既然你不爱我了，那我为什么还要帮你生孩子？

"我说过不爱你吗？"

"爱我就不会只递纸巾。"

"那要我怎样？"

"爱我的人会帮我抹眼泪。"

汪长尺没想到她会变得这么刁钻，是因为环境改变呢还是因为怀孕？也许都不是，而是嫖客们教的。这么一想，他连放弃的念头都产生了，但忽然他好像看见了汪槐，看见汪槐举着拐杖满山遍野地追着他打。于是，他软了，整个人就像被砸的器官那样软不拉几。他又把纸巾抽出来，帮小文抹泪。小文说你还是不爱我？抹泪的手停在空中。他说不是已经帮你抹了吗？

"爱我的人不会抹得这么重。"

他的手轻轻地放下去，在小文的脸上小心地抹着。她说你还是不爱我。

"难道我抹得还不够轻吗？"

"爱我的人不要我提醒。"

汪长尺忍无可忍，把手里那坨湿纸巾砸到墙上。墙壁仿佛闪了一下，那团纸巾分期分批地掉向地板。地板上散落着星星点点的纸屑。小文下床，穿上衣服、鞋子，往门边走去。

"你去哪里？"

"去医院。"说着，她把手伸向门锁。汪长尺走过来挡在门板前。她推他。他双手抠住门框一动不动。她说你不爱我，你在利用我，为了让我帮你生孩子，你在装，你在忍，一旦我生下孩子，你就会把我甩了。

"爱孩子，就会爱孩子他妈。"

"我不信。"

"怎么才让你相信？"

"怎么也不能让我相信。"

"发誓行不？"

小文低头。汪长尺说如果你把孩子生下来，我会爱你一辈子；如果你生了孩子以后我嫌弃你，那我就被大卡车撞死，被砖头压死，被高楼摔死，被癌症病死，被钢筋扎死……小文"呜"地哭了，扑到他的怀里。

31

又休息了一个月,汪长尺的胯下表面恢复了正常。所谓表面正常,就是皮长好了,走路不扯了,撒尿也无刺痛感了,但实际上那个器官却没法坚挺,它的另一个重要功能尚未恢复。好在汪长尺暂时不需要这个功能,因为小文正处于保胎期。

小文的情绪基本稳定,但常感到头晕。她觉得什么都像船,床像,楼像,街道也像。这么多东西都像船,而自己又是一个泳盲,于是,任何风吹草动都让她紧张,甚至致晕。每当她感觉船身摇晃,双手便紧紧抓住身边的物件,有时是床,有时是门框,有时是肩膀,有时甚至是包鸡蛋的稻草。只要手里能捏点什么,她就能勉强稳住自己。

汪长尺要带她去医院彻查,她摇头,说只要有事做头就不晕。汪长尺便让她买菜,做饭,折衣服,但这些琐碎都不足以分散她的注意力,她还时不时地手捂额头就地坐下,让晕像一阵台风从身上掠过。汪长尺连哄带求,终于把她弄到神经科。医生刮她的手心,掐她的指甲,让她闭目平举双手,均未发现异常,最后建议她做脑部CT。一问价格,她说要上厕所。一上厕所她就消失。汪长尺在走廊上等了半天,没见她回,就申请钻进女厕找了一遍,也没看见她的踪影。汪长尺悻悻地回到住处,看见她正埋头做饭,好像压根儿就没跟他去过医院。他说你可以躲债,也可以躲人,但就是不能躲病。她用力地切着黄瓜,说为什么我帮人按脚的时候不晕?

"是呀,为什么呢?"汪长尺也觉得奇怪。

"因为每天都有收入。"

汪长尺一回想,觉得有道理,便从箱子里翻出存折,递到她面前,说你好好看看,上面可存着五位数。她捧起瓜片放进油锅,锅里一阵"喊喳"。她一边炒菜一边说只出不进,多少位数都会花光。他说放心,明天我就出去打工。

汪长尺去找安都佬。安都佬依然安排他砌墙。当天晚上下班,汪长尺提着食堂的盒饭往回走,忽然想买点东西让小文高兴高兴。这是他进城后头一回有此想法,但他摸了摸口袋,口袋是瘪的。发现没带钱,他的目光顿时犀利,眼前的一切都仿佛明亮了。路边的树、汽车、服装、食品、摊位等变得比平时醒目一倍以上,就连地上的垃圾也特别挂眼。走着走着,他看见路边有一束被丢掉的玫瑰，便弯腰捡了起来，发现大部分已枯萎，有两支尚还鲜活，于是，就把那两支小心地抽出，生怕弄落一点点花瓣。

进门时，他把一只手背在身后，直走到小文面前，才把玫瑰忽地亮出来。小文的嘴角当即咧开，目光烁烁地接住，兴奋地用鼻子闻了一下，仿佛要把花香全部吸入。但马上，她就觉察这花的味道不正，细看，花瓣也起了皱纹。她的脸立刻挂了下来，问多少钱一枝呀？汪长尺得意地："你猜。"她把花扔到桌上，说笨蛋，你被卖花的骗了。

"是吗？"

"没长眼睛呀，这花是馊的。"

汪长尺拿起花来闻了闻，觉得味道虽不新鲜，但也不至于馊。他说花是捡来的。小文的嘴角再次咧开，立刻把花夺过去，闻了又闻，然后插到一个空醋瓶里，摆在她的床头。房间顿时有了亮点。汪长尺说现在怎么又不馊了？

"凡是不花钱的都不馊。"

因为这两支玫瑰，小文多吃了半碗饭。饭后，她在花朵上撒了一点水。汪长尺好久没看见她这么高兴了。她一高兴，他也跟着高兴。高兴之余，他就想小文为什么高兴？绝对不是因为玫瑰，而是因为捡了便宜。此后每晚回家，他都带点物品，比如空纸箱、包装绳、半瓶糨糊、一把泥水刀、几张水泥纸或者脱了胶皮的乒乓球拍……这些他捡来或顺手牵羊的东西，每每让小文胃口大开，笑声不断。为了让她延续这种占小便宜的快乐，他的视野逐渐扩大。路上的任何一个角落他都打量，工地的每块废料他都仔细研究，有时甚至产生偷盗的念头，但念头一闪即灭，仿佛夜空中灿烂的烟火，虽昙花一现，却使大脑兴奋，好像自己真的窃到了什么。实在没什么可捡，他就花点钱，买回拖鞋、锁头、糖罐、布娃娃、玩具车、存钱罐、娃娃帽、娃娃鞋、奶瓶……反正总之每天都不空手而归。无论他买了什么，无论新的旧的，他一概说是捡来的或者说是别人送的。小文的心情越来越好，人也越来越胖，晕病也不知跑到谁的头上去了？

一天傍晚，汪长尺带了一个人回来。此人名叫刘建平，是汪长尺在县城工地上一起推砂浆的工友。经人介绍，他辗转来到这个工地，并巧遇汪长尺。两人互拍半小时的肩膀，汪长尺就把他带回来了。小文一听到他说家乡话，立刻就把他当亲哥，多炒了两个荤菜，还拉出一箱啤酒。他们一边吃一边喝，一边喝一边聊。聊着聊着，就聊到了村头那棵大枫树。刘建平说我是鼎罐厂的，就在你们村的山下。平时我们一抬头，就看得见你们坳口那棵树。那棵树实在太大了，十几里远都看得见。有次我路过时正好落雨，就躲到树下，结果衣服一点都没湿着。

"真的吗？"小文惊叫。汪长尺也激动得不停地搓手。他喝下满满一杯啤酒，抹了一把嘴角，说冬天到邻村上小学，每人都提着一个火盆，一到树下，大家就把落叶堆到火盆里。因为落叶湿润，加上火盆里的碳火又不是很旺，落叶在火盆里并不燃烧，而是冒烟。烟越冒越黑，越冒越浓，大家拎着火盆奔跑，把烟拖得长长的，就像一列列蒸汽火车。我每次离家，走到那棵树下就一定回头，好像树上有一道命令。而每次回家，一到树下我就小跑，恨不得早一秒钟见到父母。其实离家都一个学期了，快一秒慢一秒没什么区别，跑只是表达一种急迫的心情……说着说着，汪长尺的眼睛就湿了。小文的眼睛也跟着湿。"真没出息。"刘建平刚一说完，眼睛也湿。三个人为一棵树竟然哭了起来。

餐桌边的空酒瓶越来越多，两个男人越聊越兴奋。聊着聊着，汪长尺聊到了自己的工伤。刘建平听完，忽然举起左手。这时，汪长尺和小文才发现他的小指短了一截。他们奇怪刚才为什么没发现？刘建平说这是帮有钱人做木工时不小心被电锯割的，当时我想忍了，但自己说服不了自己，凭什么总是我忍？于是我就跟主人索赔。不瞒你们说，他们的话比鲁迅的还辛辣，句句都挖人。一气之下，我就赖在他家不走。女主人怕了，给我一万块钱，我还是不走。男主人又拿了一万，我还是没走。你想啊，今天一万明天一万，说真的，我都想一辈子住在他们家里。但人家也不是白吃饭的，要不然怎么会挣到那么多钱？第三天，他们叫来一位警察。警察说如果现在你脚底抹油，那我就叫他们再赔一万。我想半截小指头，获赔三万也值了。你们知道，在农村一条命还卖不得这么多钱呢。再说了，我也得给警察一个面子。

"三万？你半根指头比长尺一根鸡巴还值钱。"小文一惊一乍。刘建平说所以，你们要敢于住到老板家里去。汪长尺说人家出了医药费，还一声不吭就给了两万，现在病好了，想回去工作就回去工作，怎么好意思再跟人家伸手？小文说你连硬都硬不起来也叫好了？刘建平说如果真硬不起来，那你就要发大财了。你们没看报纸吗？法院已经首次判赔精神损失费了，你这个工伤可以依样画瓢。小文问精神损失费有多少？刘建平说好大几万呢。小文说那就索赔呗。汪长尺说连黄葵我都斗不过，哪还有本事跟大老板斗？刘建平用力一拍，汪长尺的肩膀一歪。刘建平说只要你们同意，这事就交给我来办。不瞒你们，现在我专门干这个。汪长尺说专门替人索赔？刘建平得意地点头，好像这是一件多么自豪的事。汪长尺的表情稍有迟疑，好像一时半会还转不过弯来。刘建平说有人为了索赔故意锯断手指，有人把人骗进矿井，对着脑袋一铁锹，然后跟矿老板说死者是他亲戚。汪长尺说心也太黑了吧？刘建平说是他们先黑了我们才跟着黑的，这世道打不了土豪，闹不了革命，但至少要让他们晓得，我们的身上有骨头，还长刺。

"哐"的一声，汪长尺把空酒瓶砸在地板上。刘建平说你同意了？又"哐"的一声，汪长尺砸了第二个酒瓶。小文被吓得一抽一抽的，说祖宗，别砸了，再砸你孩子将来就成捡酒瓶的了。

"哐……"

后悔录（选章）

第一章 禁欲

1

如果你没意见，那我就开始讲了。

那时候，我长着一头卷发，嗓音刚刚变粗，嘴边还没长毛。"嘴巴无毛，办事不牢。"我爸曾长风经常这样告诫我。那时不像现在，有许多解闷的玩意儿，什么电视机，什么网络统统都还没有，茶馆也取消了，街道萧瑟，没有咖啡厅、舞厅，更不可能有什么桑拿按摩，就连门市部都很稀少。我们除了上学，开批斗会，就是搞大合唱，课堂上没有关于性的内容，就连讲话都很少涉及器官。你根本想不到，我性知识的第一课是我们家那两只花狗给上的。

那是个星期天，两只花狗的屁股不幸连在一起。它们站在仓库门前的阳光下吐着舌头，警觉地看着我们。我爸拉过一张席子，把狗拦住。我和于百家拉起另一张席子从后面合围。两只狗就这样被圈定，一个正步走，一个倒退着，在席子圈出的地盘打转，嘴里发出轻轻的哼吟。于百家兴奋地喊："快来看呀，五分钱一张门票。"紧接着就有人从仓库跑出来，先是于百家的父母于发热和方海棠，其次是赵老实和他的老婆陈白秀。他们来到席子边，张开不同形状的嘴巴，露出白的、黄的、黑的牙齿，个别人笑得口水都流出了嘴角。狗被越来越多的人惊吓，可怜巴巴地看着我们，脚步杂乱。公的沿着席子转圈，母的倒退不及在地面拖出爪印，连续拖了几圈，爪印就像田径场上的跑道。

你可能不知道，在那个特别时期，我们这些成分不好的人想找点乐子比找钱还难，所以大家都露出了笑容，好像要把存款在这一天里连利息都花光。不瞒你说，笑得流口水的是我爸，皮笑肉不笑的是于伯伯，捂住嘴角的是方伯妈，赵大爷张开两排黑牙，陈大妈笑出了泪花……就在大家笑成一团的时候，赵山河忽然从仓库滚出来，板起脸："爸，妈，你们被利用了，也不看看糟蹋的是谁家的席子？"

赵大爷和陈大妈立即收起笑容，但他们的表情却像失灵的刹车，怎么收也收不住，这让赵山河很没面子。赵山河是赵老实的女儿，当时在郊区的兵工厂生产子弹。人长得像个皮球，圆圆的鼓鼓的，特别是那个胸口，撑得在百货大楼都找不到合适的衬衣。我爸厚起脸皮："山河，大家都快憋死了，就当你搭个舞台，请街坊看戏吧。"

"你干吗不拿你家的席子来搭舞台？"

"难道这狗不是我家的吗？我免费出演员，晚上还得给它们加伙食。最吃亏的我，不是你的席子。"

赵山河伸长脖子，瞥了一眼席子里的狗，"扑哧"一声笑了。她终于放下架子，和大家笑成一片。嘴巴开得比赵大爷的还大，甚至连身子都笑弯了。她的哥哥赵万年这时正好骑着单车回家，看见赵山河笑得那么放肆，脸像刷了黑漆，一手叉腰，一手把各位的脑门点了一遍："你们太不像话了，这是低级趣味，是要挨批斗的！"

赵万年是第五中学的校长，著名未婚青年，他连"山舞银蛇，原驰蜡象"都讲不清楚却当了校长，不能不说是沾了"工人阶级"的光。他凶狠的口气吓得大家的脸都有些白，扶住席子的手一只只离去，最后席子再也没有支撑，哗地倒在地上，两只狗一览无余。赵万年摊开手掌，大声地："拿棍子来！"我跑进仓库，拿出一根木棍。赵万年抓过去，朝两只狗的连接处狠狠一劈。狗们发出悲痛的喊叫，瘸腿跑向马路。它们的脚步出现了奇迹，正着走的和倒退着的竟然步调一致，像是有人在给它们喊"一、二、一"。它们连跑带拖横穿马路，一头撞到迎面驶来的公交车上。车的挡板立即凹陷，那个以肉击铁的声音响了好久。车轮碾过它们的身体，挤出它们的血和肠胃，但是它们的臀部紧紧粘连，就像两张扯不开的薄饼贴在路面。

我的眼睛像进了沙子，泪水忍不住流出来。我爸用席子把两只死狗包住，摔到仓库门前。赵万年伙同于百家用棍子抬起两只狗，架到门前的树杈上，木棍正好挑在狗的连接处。两只狗屁股指天头朝地，对称垂挂，就像一只狗在照镜子。刚才散开的人又慢慢聚拢。赵万年指着狗:"不要以为这只是狗的问题,关键是有没有人故意操纵?公开展示色情比传播黄色书刊还严重。你们都在现场,希望能够检举揭发。"

我爸转身走开,人群中出现一个缺口,正好被下班回来的我妈填上。她一填上,赵万年的眼皮就跳了一下。我妈叫吴生,是大家闺秀,懂书法、会弹琴、能绣花,名声在外,当然不是书法也不是绣花的名声,而是漂亮的名声。解放后,她不断改变自己的世界观,努力用勤劳的双手在动物园里饲养动物。赵万年盯住我妈:"凡是今天看过这狗交配的,要么写一份深刻的检查,要么写一份揭批材料,三天后交到我手里。"

人一个两个地离去,赵大爷吐了一泡口水,也转身走了。最后赵万年的面前只剩下四个第五中学的学生,就是我、于百家、小池和荣光明。赵万年看着纷纷离去的背影:"打虎还要亲兄弟,上阵还是师和生。有的人现在不写,今后就没机会了。同学们,他们不写你们写!你们给我写出水平来,水平到可以拿去学校的高音喇叭里朗读。"

2

我得先说几句仓库。这仓库是我爷爷留下来的,他是资本家,一九四九年以前一直做西药生意。一九四九年,城市由新政权接管,他把房产全部捐献出来,然后提起一口破皮箱,带领全家人赶到火车站,准备迁往乡下老家。那个新市长念我爷爷财产充公积极,派了两个秘书到火车站挽留,并把我家装药的仓库回扣给爷爷居住。当然不是一家人居住。一家人住那么宽,那等于还没改造过来,还是臭资本家。仓库住进了三家人,除我们家,还有于发热、赵大爷两家。于家过去给我们曾家管账,是管家。赵家过去给我们当仆人,干一些拉车、扫地、扛麻袋的活。我那时还没出生,这些事都是从大人们的嘴里听来的。等我出生时,爷爷早就见阎王去了,他的情况我一点也不熟悉。这样的背景,就像我妹妹手掌心的黑痣,怎么也擦不掉,就像我脑袋上卷曲的头发,怎么也拉不直。当时"资本家的余孽"像一顶十层楼那么高的帽子,戴在谁的头上谁都会得颈椎病,甚至会变成"宰相刘罗锅",头抬不起来,眼睛总盯着自己的脚尖。哎呀!我说跑题了,还是先说仓库吧。

仓库被红砖隔成三户人家,各有各的卧室和厨房,只有厕所和屋顶是共用的。厕所起在仓库后面,有五个坑,可同时容纳三男两女。共用屋顶是因因为每一壁墙只砌四米高,上面没封顶,站在各自的家里抬头,都会看见仓库的檩条、瓦片和采光的玻璃瓦,所以各家各户的声音会像蒸汽那样冒上去,在屋顶下交叉、传染。

那天晚上,我家餐桌上摆的是红薯、南瓜。我爸吃了几口就放下筷子,捏上菜刀要去门外剥狗,说是给我们弄红烧狗肉。我大声减:"我不吃狗肉!"我爸晃了晃菜刀:"你怕狗肉卡你喉咙吗?"我抹了一把眼角:"都怪你!要不是你用席子拦,我们家的狗就不会死!"

"它们自己不想活了,怎么把责任栽到我的头上?"

"就怪你。你要是不拦它们,赵校长就不会看见,赵校长不看见,它们就不会挨棍子,它们不挨棍子就不会跑,它们不跑,就不会撞到车……"

"你真会耍赖!那我问你,是谁给赵万年递的棍子?"

我顿时傻了。棍子不是我递的吗?我干吗要给他递棍子?我要不给他递棍子,而是把狗赶跑,那狗不就活下来了吗?

"不要动不动就赖别人,要学会从自己身上找原因!"

我爸说着,跨出门去。我妈把筷子狠狠地拍到桌上:"我看你就没有学会从自己身上找原因!你要是去吃那脏东西,最好先把婚离了!"他们为吃不吃狗肉发生争吵,吓得曾芳哭了起来。我爸不得不摔下菜刀,强行咽下吃肉的欲望,重新端起南瓜。吃的过程中,他成了哑巴,而我妈的话却像坏了的水龙头,哗哗流淌:"动物园运来了一只老虎,是在森林里刚捕到的。它比任何一只老虎都凶,但是何园长却给它取了一个女人的名字,叫什么兰兰……"

"你要是不洗,从今天起就别再看我一眼,免得把我弄脏!"赵万年的声音像砖头,忽然从屋顶劈下,打断了我妈的讲述。我和于百家跑到赵家门口,看见赵家的餐桌上放着一盆清水。赵万年命令赵山河洗眼睛。赵山河不服:"只听说过饭前洗手,没听说过要洗眼睛。"赵万年抓起赵山河的头发,把她的脸往水盆里按。赵山河扭来扭去,碰翻水盆,一部分水洒在赵万年的裤腿上。

赵山河一甩辫子:"你是不是手痒了,想拿我当阶级敌人来练?"

"你还有脸!那狗也是你看得的?"赵万年抖着裤脚。

"爸看了,妈看了,方阿姨也看了,就连那些小毛孩都看了,凭什么我不能看?不就对对屁股吗?"赵山河的嗓门大得差不多掀翻了头顶的瓦片,一边说还一边噘嘴。

"你什么态度？他们看，那是因为他们都是资本家的余孽！而你，你是什么？你是根正苗红的工人阶级！更重要的是，你还是个姑娘！"

"姑娘就不是人啦？"

"你看看，中毒了不是？姑娘就应该像白纸那样清清白白，不要被那些不三不四的东西给腐蚀了。"

"我喜欢腐蚀，我恨不得现在就被腐蚀！你管得着吗？"说完，赵山河扭着屁股走进卧室，把门"嘭"地撞上。

赵万年气得手指抽风，也许自工人阶级当家做主以来，他还是头一回碰上这么强硬的声音，所以他着急了，扬起巴掌来回找地方，最后找到墙壁上的一个镜框。镜框落在地面，玻璃裂成数不清的线条，就像光芒万丈那样的线条，线条下面是赵山河的大头像。赵万年想挽救他妹妹的主意，可能就是这时冒出来的。他找赵大爷商量，要在仓库里开一场别开生面的批斗会。他认为只有把那两只狗批臭批透，才能洗干净赵山河所受的污染。赵大爷往地上吐了一泡口水："我的大校长，除了开批斗会，你就没别的事干了吗？到哪里去开批斗会都成，就是不要到仓库里来开！不要让我看见！眼不见心不烦。"赵万年连连说了几声"余孽"，从此不再跟他爸商量事情。后来他爸的裤裆破了他也不提醒，不提任何建议，就让他爸的脸掉在地上。

3

这个深夜，我们家的床板像长了钉子。我爸他翻来覆去，用背睡了一会儿，用手臂睡了一会儿，用肚皮睡了一会儿，就打坐起来，弄得我这个"瞌睡虫"的耳朵一直竖着。不久，他的屁股像生了痔疮，在床板上轻轻地磨了几下，半边屁股挪到床外，接着整个屁股腾空而起。床板轻轻上浮，把我提高了几毫米。我爸轻手轻脚朝我妈那边摸去。说真的，我很不愿意听到那些声音。它让我提前懂得了什么叫作"复杂"！

我爸用借钱的口气："吴生同志，求你，就一次，行不？"

"不行！你说，你这样做和那两只狗有什么区别？"

"我想得脑袋都快破裂了。你就睁只眼闭只眼，假装没看见，给我弄一次吧？我保证就一次。"

"那你还不如用刀子把我结束算啦。我用了十年，放了一提篮的漂白粉，才把自己洗得像白球鞋这么干净。要是你对我还有一点点革命友谊，就请你离我远点,不要往白球鞋上泼墨水。"

我爸叹了一口气,走出家门,在仓库前坐了一个通宵。晨光落在树冠上,我爸的眼圈红得像擦了清凉油。他掐死几只爬上小腿的蚂蚁,打了一个响响的喷嚏,就听到当天的第一次广播从红灯牌喇叭里飘出来,这让我爸感到自己还有一点用处,至少可以掐死蚂蚁,至少可以生产喇叭。我忘记说了,我爸是无线电三厂的工人,仓库里挂的那只喇叭就是他亲手安装的。马路上传来扫地和蹬三轮车的声音,天色又亮了一点,刚才还是一块块的树冠,慢慢地分开,变成了树枝和树叶,最后连树上那两只狗的毛都清晰了。

我爸盘算着跟单位请一天假,趁我妈去上班偷偷把那两只狗红焖,还计划多放点甘蔗与八角。但我妈好像连我爸的肠子都看透了,早早地起床,用麻袋把那两只狗套住,在麻袋口结了三道绳子。我爸问她是不是要吃里爬外,要胳膊肘往外拐?我妈说这狗是拿去喂那只老虎的,动物园会付一点钱给我们。我爸眼睁睁看着我妈用单车把两只狗驮走,车轮跳一下,后架上的麻袋就跳一下。麻袋一下一下地跳,最后跳出我爸的视线。我爸站起来,回屋洗了一把脸:"既然狗都拿走了,请假还有什么意义?"

这天,我妈抱着一个沉重的纸箱回家。她看见方海棠正在门前收衣服,就端着纸箱凑过去,把老虎吃狗肉的事说了一遍。方海棠打了一个喷嚏:"对不起,我好像要感冒了。"这时赵大爷叼着烟斗从门里走出来,我妈迎上去,把老虎吃狗肉的事又说了一遍。赵大爷吐了一口烟,忙着到对面的门市部去打酱油。我妈都说了两遍"老虎吃狗肉",却没得到一句赞许,哪怕是附和,她的心里很失望,于是就自己跟自己赌气,端着那个纸箱久久地站在门前。终于,赵万年回来了,我妈把老虎吃狗肉的事再说了一遍。赵万年拍拍我妈的肩膀:"吴生同志,你做得很好!"这时,我妈才感到手臂疼痛,痛得就快要从脖子上脱开了,端纸箱的手掌冒出了许多红印。那个纸箱可不是闹着玩的,里面装着满满的一箱肥皂!

不要以为我妈讲了三次就能闭嘴,这仅仅是她后来无数次讲述的一个铺垫,就像吃饭前的开胃小碟。你说一个人干吗老要找别人讲呢?烦不烦呀?讲多了别人听或是不听?也许你还没讲,人家心里头早就发笑了。我妈一点都不清醒,吃晚饭时,开始跟我们讲述。她说那老虎扑上去,用嘴一撕,一摔,两只狗便飞上了天,就像电影里的慢镜头那样在天上飞着,慢慢地往下掉,掉到一半,两只连着的狗就分开了,一只飞向东,一只飞向西……老虎具体怎么吃的狗肉,我已经不太记得了,倒没忘记我妈说话的神态。那是得意的兴奋的,手不停地比画,嘴皮快速翻动,脸像喝了白酒似的一直红到脖子根。我爸说:"钱呢?干吗不买斤把猪肉让我们塞塞牙缝?"我妈像热脸遇到冷屁股,顿时没了讲的兴趣。她沉默好久,才告诉我们她用钱买了一箱肥皂。我爸说:"买那么多肥皂能当肉吃吗?"

"你看看你这两个宝贝有多脏,你的衣领有多脏,还有这些蚊帐、被单,到处都是污垢,一箱肥皂还不一定洗得干净。人活着不能光想着吃肉,还得讲点卫生。耳根要干净,指甲和脚丫子也要干净。身体干净了,心里就干净了。"

每天放学回家,我都在头发上涂厚厚的肥皂,把整个脑袋变成一团泡沫,然后不停地拉头发,企图把卷发拉直。有时候我拉累了,就让曾芳来帮忙,她咬着牙,蹬着脚,像拔河那样拉着,就差没把我的头皮揭下来。拉过之后,我让肥皂泡板结,用它当发胶,掩盖我头发的卷。那时候,我的当务之急是把卷发变直,而曾芳最迫切的是用肥皂洗手。她在手掌里涂满肥皂,搓出大团大团的泡泡,然后把手浸到盆里,盆里的水立即膨胀,肥皂泡像丰收的棉花冒出盆沿。她的手被肥皂水泡得发白,甚至泡起了皱褶。她抠着右掌心的黑痣:"哥,我用了那么多肥皂,为什么还没把它洗掉?"

"笨蛋!那是肉,洗不掉的!"

但是她不死心,跟我比赛浪费肥皂。后来我发现头发越长,肥皂就越没法固定,干脆我到理发店剪了一个板寸,既不让头发卷得太抢眼,又能跟那些挨批斗的光头拉开距离。

4

在我妈的指导下,我写了一篇批狗的文章,不用说,每一个字都像填满火药的炮弹,射程几乎可以远达台湾。我用了"罪大恶极、伤风败俗、十恶不赦"等当时的流行语,就连布告上用来说强奸犯的话我也写上。揣着这么一篇文章,我感到上衣口袋重重的,就像装了个铁锥子,随时准备脱颖而出。但是赵万年一连几天都不回仓库,他在学校有一套房子,碰上复杂的事情就不回家。那个星期学校乱糟糟的,我连他的影子也看不到。

到了周末,我妈带领我和曾芳在仓库门前洗蚊帐。我们把洗好的蚊帐挂起来,水珠不停地从帐脚滴落,很快就在地面滴出一个长方形。湿漉漉的蚊帐上落满滚烫的阳光,好像火碰到水那样发出嗤嗤的响声,稍微睁大眼睛就能看见水珠怎么变成蒸汽。曾芳撩起蚊帐,钻进去,跑出来,摇得蚊帐上的水花四处乱溅,破坏了地面的长方形。这时候,我看见赵万年顶着一头汗珠子回来了。他的脸硬得像块冻猪肉,见谁都不打招呼,一进屋就把门关紧。

赵家突然安静,安静得不像赵家。忽然,从屋里传来踢凳子的声音。赵山河轻喊:"拿来!还给我!"

"原来你每天晚上躲在蚊帐里看的是这玩意儿,我还以为你在背马克思、列宁呢。你看看,哪一个字不让人脸红?句句都够得上流氓罪!难道这就是你的当务之急吗?你还想不想当车间主任?"赵万年的声音忽高忽低。

赵山河大声地:"把它还给我!"接着,是一阵抢夺声。

"想要回去,没问题。但你得告诉我,这是哪个流氓写给你的?"

又是一阵抢夺。一只玻璃杯碎在地上。"嘭"的一声关门。"哗"的一声推门。脚步在跑动。凉鞋砸在墙壁,掉到地面。赵万年尖叫:"呀!你敢咬人?"

"叭"的一响,好像谁的巴掌打在了谁的脸上。传来赵山河低低的抽泣声。

赵万年拿着一封信黑着脸走出来,一直走到仓库外面。我们家的蚊帐这时已经被太阳晒轻,一点点风就能把帐脚抬起。赵万年站在蚊帐遮出的阴影里看信。我们趴在仓库的门口看他。他抬起头,朝我招手。我走过去。他撩开蚊帐,把我们遮住。透过纱布,我看得见挤在门口的一大堆脑袋,但是他们却看不清我。赵万年把手里的信递过来:"你看看,这是不是你爸的字?"

我盯住信笺,摇摇头。

"会不会是于发热的?"

"不知道。"

他把信笺贴到鼻子前又看了一会,皱着眉头:"那会是谁写的呢?胆子大过天了!你爸妈最近吵了吗?"

我点点头。

"吵什么?"

"我爸想跟我妈要一次什么,我妈不给。"

"这就对了。你能不能让你爸用左手写几个字?"

"是不是要他写信上的字?"

他点点头,目光在信笺上匆忙地寻找。

"让他写'亲爱的山河'吗？"

"放屁！你让他写'思念祖国'，就四个字。记住了，用左手写，不要告诉任何人。这事办好了，我让你戴红袖章。"

我点点头，掏出那篇批狗的文章交给他。他接过去，瞟了一眼："笨蛋，我是吓他们好玩的，谁让你真写了？"他把稿子揉成一团，丢在地上，转身走了。我把稿子捡起来，觉得好可惜。我写得那么生动，他竟然没多看几眼，还吹什么要拿到学校的喇叭里去朗读。

那天之后，我的目光始终跟随我爸的左手。他的左手也还是手，和右手没什么两样，手背上的血管粗大醒目，好像要从皮肤里跳出来，或者像个人才随时都想从原单位调走。除了拇指，其余四根指关节上都长着稀松的汗毛。关节上的皱褶挤成一团，就像树上的疙瘩。指甲尽管长了，里面没半点黑色。每一个指头都尖都圆，像吃饱的蚕。手腕处有一颗红点，那是蚊子叮咬的。我爸用这只手端碗，挠右边的胳肢窝，解衬衣上的纽扣……塞在左边裤子口袋的是它，捏住瓜果等待削皮的是它，托起茶杯底的是它。总之，它一贯让着右手，配合右手，什么委屈都可以受，什么事都可以做，就是从来没写过字。

由于看多了我爸的左手，我的身体竟然发生了奇妙的变化。我发现喝汤时，我用左手拿勺子，书包带莫明其妙地从右肩换到了左肩。我竟然用左手扭水龙头，竟然用左手拿筷子。我就是在那几天迅速变成"左撇子"的，到现在都没改正，仿佛有了初一就想有十五，有了一毛钱就想成富翁，我对做生活上的"左撇子"还不满足，竟鬼使神差地用左手来写字。我爸看见了，把笔从我的左手抽出来："你怎么变成左派了？"我拿过笔，改用右手写。但是写着写着，我又把笔放到左手。我用左手在纸上不停地写"思念祖国"，写得我都真的思念起来。我爸看晕了，像进入惯性，夺过笔也用左手写"思念祖国"。写完之后，他笑了笑："你那左手哪能跟我比，嫩着呢。"

我把我爸左手写下的"思念祖国"用小刀裁下，装进一个旧信封，觉得不可靠，又在外面套上一个塑料袋，这样，我的心里才一块石头落地。我把信封夹入书本，把书本藏进书包，把书包挂上墙壁，然后把自己放倒在床上。好几次我几乎就要睡着了，却被我爸的呼噜拽醒。我轻轻爬起来，从墙壁上拿过书包，压到枕头下面。我的后脑勺感觉到书本的硬度，甚至能感觉到那张纸条的具体位置。只有这样，我才像吃了安眠药，很快就听不到别人的声音。

第二天，赵万年办公室的门开着，我走进去，递上那张纸条。他的眼睛忽地放光，一手抓纸条，一手抓上衣口袋里的信，简直就是两手抓，而且两手都很快。他把信铺在桌面，就是流氓写给赵山河的那封信，然后拿起剪刀往纸条上一剪，我爸写的纸条就剩下"思念"。其实他也就需要这两个字，他拿着这两个字在那封信上对照，凡是碰上"思念"目光就停下来，久久地盯着，左边看一下，右边看一下。直到把整封信对照完，他才抬起头："这信上一共有九个'思念'，其中有四个像你爸的字，你来看看。"我低头看着。他问："像吗？"

"有点像，又不太像。"

"我也不敢肯定，得找专家判断一下。这段时间，你给我盯紧一点，只要你爸有什么新情况就告诉我。"

5

别看我爸上半夜会打呼噜，但是下半夜他经常爬起来，捧住桌上的水壶，咕咚咕咚地往嘴里灌凉开水。他喝凉开水的声音特别响亮，隔壁的于伯伯经常对我竖起两根手指："你爸昨夜又喝了两壶。"我爸喝那么多凉开水主要是觉得热，他说一到半夜，五脏六腑便烧起来，根本没瞌睡。有天深夜，我爸摇着纸扇，在屋子里走来走去，不时地拍一下手臂上的蚊子，然后大声地："你们听，你们听，这成什么体统，到底还让人活不活？"

我被他闹醒了。一个女声在轻轻哼吟，时断时续，一会跳上屋顶，一会跑到窗外。我竖起耳朵找了好久，才发现那是隔壁方伯妈的声音。她像是痛得不轻，把喊声强行忍住，但是慢慢地她忍不住了，"哎呀哎呀"地越哼越急，而且还提高了音量。哼了一阵，她的床板跟着"吱呀"起来，根据我的经验，如果不是痛到打滚的程度，那床板是不会发出这种声音的。我爸走到我妈床前，拍拍："你听听，你听听人家。"我妈没吭声，睡得像一块石头。我爸一拍大腿，打开门走出去。

大多数后半夜，我爸站在仓库门前的水池边冲凉，他让凉水从头往下浇，久久地浇着，似乎要浇灭身上的大火。冲完凉，他默默地坐在水泥凳上，开始是干坐，后来他学会用经济牌香烟打发时间，一支接一支地抽，让时间紧紧地接着，一秒也不许跑掉。他曾经对我说抽烟赶不走真正的烦恼，倒是能驱散那些讨厌的蚊虫。于伯伯每夜必须起来撒一次尿，准时得就像墙壁上的木头钟。有时他跑到仓库后面的厕所里去撒，有时为了少走几步，他会跑到前门的大树下，偷偷地撒一泡露天尿。他即使看见吸红的烟头照亮我爸的手指，也不上去打一声招呼，仿佛一个满嘴流油的人没时间搭理乞丐。

　　有一次，于伯伯刚把鸟仔从裤裆掏出来，我爸便叫了一声："苍山。"于伯伯的尿一闪，就像患了前列腺炎那样再也撒不出来了。这一声久违的呼喊，让他下意识地说："少、少爷。"这都是旧时的称呼，那时于伯伯是我爷爷公司里的年轻会计。"苍山"是他爸给他的名字，一九四九年后，他觉得应该有一分热发一分光，便改名"发热"。他系好短裤头，走到我爸身边："还有好几十年呢，你就这么坐到老呀？"我爸叹了一口气："你们能不能轻点？让海棠别那么大声。本来我打定主意吃一辈子的素，但海棠一喊，又吊起了我吃肉的胃口，人就像被放进了油锅，煎熬呀！"

　　"我叫她别喊她偏要喊，下次我在她嘴巴上捂个枕头。"

　　"那会透不过气的，会闹出人命的。"

　　"这房子也真是的，让人一点秘密都没有。我们那些房子要是不贡献出去，随便怎么喊，就是在枕边放一个扩音器，也不会干扰别人。"

　　他们聊了一会，于伯伯转身走了。我爸恋恋不舍地又叫了一声："苍山。"于伯伯回过头："还有事吗？"我爸犹豫了一会："算了，你走吧。"于伯伯走回来："是不是手头紧了，想借点？"我爸摇摇头："这事，我还说不出口……"

　　"难道有比借钱还难开口的吗？"

　　"这就像身上的伤疤，不好意思拿给你看。自从吴生参加学习班之后，她的脑子忽然就变成了一张白纸，干净得都不让我靠近。差不多十年了，我没过上一次像你晚上过的那种生活。再这样下去，我恐怕熬不住啦……"

　　"你和吴生吵架我们都听见了。只是弄不明白，她干吗会这样？"

　　"她就是觉得脏，觉得一个高尚的人不应该干这个。这都是她的领导灌输的。我跟她生活了差不多二十年，她不听我的，偏要听那个狗屁领导的，也不知道那领导有什么魔术？"

　　"能不能给她抓点药？"

　　"什么都试过了，没用。好几次我都想犯错误，但是又害怕坐牢，有时我甚至都想到了死。苍山，你帮帮我吧！"

"又不是扫地抹桌子、又不是提水煮饭，你叫我怎么帮你呀？"

我爸忽地跪到于伯伯面前："苍山，求求你。只有你能帮我！"于伯伯仿佛明白了什么，声音都打抖了："长风，亏你想得出来，就是一个母亲生下的兄弟也不可能这样！"

"就一次，你跟海棠行行好，下辈子我变成四个车轮来报答你们。"

于伯伯转过身，用力地走去，脚下的石子飞了起来。我爸像一块铁那样久久地跪着。

几天之后，于伯伯递了一个纸包给我爸："这是我托人到三合路找老中医给你抓的。每月两次，保准你的脑子里不再有乱七八糟的想法。"我爸的鼻尖贴近纸包，吸了几口气，忽地一甩手，把纸包砸到窗框上。纸包破了，草药撒在地上，于伯伯弯腰去捡。

"于发热呀于发热，你不帮我也就算了，何必要废掉我的身体？"

"别想歪了，我是怕你整夜整夜地坐，会坐出什么毛病来。"

"谢谢你的好意。我真后悔跟你说了那么多。"

"其他忙我都可以帮，就这个忙我实在没办法。我咽不下这口气呀！"

"不是所有的人都像你这样没胸怀，不是所有的人都不念旧情。过去我们曾家接济过多少人呀，就是乞丐讨上门来也不会空手而归，我就不信这里面没一个软心肠。"

6

过了些日子，我爸的脸上竟然出现了红晕，就是别人称为健康的那种颜色。他的鼾声越来越响亮，越来越持久，可以从晚上一直响到天空发白。后半夜，他再也不离开床铺了。洗菜做饭时，他的嘴巴除了尝盐，还会跑出一长串的南方小调。他没吃中药，怎么就变成另一个人了呢？

要不是我去抓那只麻雀，也许我爸的好脸色会持久不衰。但是那只麻雀太会挑逗了，就像是对你挤眉弄眼的女人，你要不想打她的主意就证明你没有力比多。当时我没能力这样思考，出事以后才怀疑它可能是一只女麻雀，要不然它不会这么妖精，我甚至怀疑它有可能是赵万年派来的。它从仓库的瓦檐上飞下来，落在离我不到一米远的地方，抖着羽毛叽叽喳喳地叫唤。我轻步走去，伸手抓它，它往前跳几步。我再抓，它再往前跳。每一次，它都跳得不是太远，始终保持在我手臂的范围里，像是请数学老师精确计算过似的。有一次我的手指碰到了它的羽毛，它并不害怕，仍然轻轻一跳，仿佛是在等我。我站住，吸了几口大气，屏住呼吸往前扑，鼻子磕到地上，一阵酸溜溜。它从我手掌下扑棱扑棱地飞起，落在瓦檐上大声喊叫。我捡起一颗石子砸去，它跳了一下，钻进瓦檐下的鸟窝里。

我顺着木柱子往上爬，三下两下就来到了瓦檐上。我把手伸进鸟巢，两只麻雀"哗啦"地飞出来，弄得我手忙脚乱，打碎了一块瓦。我说过，我们这三家只是砌了隔墙，每一户的头上都直接面对仓库的瓦片。麻雀飞走了，我从瓦缝往下一看，自己简直变成了天。于家的蚊帐顶、柜子和水缸一目了然。赵大爷坐在客厅里抽烟斗，一团白烟像布那样缠绕着他的头发。赵家的卧室里，我爸竟然睡在赵山河的身上。天哪！我的身子一下就抖了，连汗毛都竖起来，好像整幢仓库都在坍塌。我脸上贴着的一块瓦掉下去，正好落在赵大爷面前，碎成了泥巴。赵大爷抬起头："谁？"我爸飞快地从赵山河身上滚开，遮了一件衣服，抬头看着。他们最多能看见我的一小块脸，而我却看见他们的全部。

赵大爷从仓库后门跑出来，手搭凉棚望着我："原来是你这孙子。"紧接着，我爸也跑了出来，指着我咆哮："你找死呀？看我怎么收拾你！"我爸在地上跳来跳去，就像那只麻雀寻找着什么，终于他捡到了一根竹鞭，拿在手里"叭叭"地挥舞："你快给我下来！"我站在屋檐上，两腿抖得像墙头草。赵大爷夺过我爸手里的鞭子，折成两段丢在地上："别吓着他。"我挪向木柱头，想顺着它往下滑，但是我的手麻痹了，没抓稳，差一点就像瓦片跌下去。赵大爷抬头望着："广贤，别害怕，你抓紧一点，慢慢地滑下来。对了，用两只手抱住它。好！就这样，两腿夹稳了，慢慢地，慢慢地往下滑。你不要紧张，年轻时你赵大爷经常从这里爬上爬下，去抓上面的麻雀给你家爷爷下酒。高兴了，他会叫我陪他喝两杯。对了，就这么往下滑，再往下滑……"

我跟着赵大爷的声音滑下来，双脚落到地面。还没等我的身体完全站直，耳朵就被我爸掐住往上提。我嗷嗷地叫唤，踮起脚后跟。我爸吼道："你看见了什么？"

"我看见你没穿衣服。"

我爸的手使劲一拧："你到底看见了什么？"

我双手捧住耳朵，痛得哭了起来。

"你还好意思哭。说！到底看见了什么？"

"我……什么也没看见。"

"记住了，你什么也没看见，要不然，我打落你的门牙。"

我爸松开手。我的耳朵像一团火炭，烤热了我的手掌。赵大爷把我带到他家，拿出一小瓶药水，给我擦肿大的耳朵。他一边擦一边说："从今天起，你就算长大了。我像你这么大的时候，已经在马路上饿倒过三次，最后一次，就饿倒在你们家门口，是你爷爷收留了我。我要不念你爷爷的恩情，今天也不会对你爸这么好。我赵老实虽然出身贫贱，但不是那种无情无义的人，别人给我一口饭，我会还他一海碗。我这样做，也是为了你们家，为了你爸的身体。你爸要是得什么大病，或者想不通一头栽进归江，那你们家的几张嘴巴可就要挨饿了，说不定连我的过去都不如，连衣服都没得穿的。这些道理你应该懂吧？如果你懂，就在嘴巴上缝几道线，别把今天看见的说出去。"

赵大爷的棉球在我耳朵上狠狠地按了一下。我哟地叫起来。这时我才发现有一双眼睛一直盯着我，那是赵山河的眼睛，她穿着一套新衣，靠在卧室的门框上嗑瓜子，不时将瓜子皮朝我的方向吐过来。她的脸上平静得就像没发生过任何事情，也许她习惯了。白色的瓜子壳铺在地上，有一颗飞到赵大爷的头顶。赵大爷忍不住吼了起来："回去！别装得像个正宫娘娘，充其量也就是个二房。"赵山河哼了一声，扭着屁股走出家门。

7

你知道一个人有了秘密之后，会是一种什么感觉吗？那就像你的胸腔里有一千匹、一万匹马在奔跑，轰隆轰隆的，随时都有跑出来的危险。我变得像我爸的从前，大口大口地喝凉开水，有时一天要喝两壶，这么喝下去再好的身体也会喝出肾病的。当时我就想，我爸真是心狠手辣，他为自己的身体找到了地方，却把压力转嫁到我头上，要知道那时我才十五岁呀。

有一段时间，我爸晚上经常不回来。他说是为了某个重要的会议，加夜班生产高音喇叭。上级要求这种喇叭比过去生产得更大声、更清晰，最好能声传十里，一个字也不要漏，连感叹词也不要漏。厂里组织了攻关小组，我爸是其中的一员。我爸不回来，我妈的脸上反而出现笑容，这就像吃红薯打洋葱屁那么奇怪。一天晚上，我妈指挥我和曾芳洗澡，要我们多擦香皂，多洗几遍，洗得越干净越好，然后拿出两件崭新的衬衣让我们穿上。由于衬衣太洁白，我们都不敢坐凳子，傻站着，连放手的地方都找不到。我妈说："你们放心坐吧,家里的凳子刚才我全部用肥皂洗过了。"我和曾芳坐下。我妈说:"你们最好别动,待会儿我让你们开开眼界。"我们梗起脖子,双手放在膝盖上,就是蚊子叮了脸,也不伸手拍拍,专心聆听我妈在洗澡间里弄出的水声。

终于,我妈穿着一件洗得发白的格子衬衣走了出来。她的衬衣虽然不新,领口还起了毛边,但看上去却比我们新的还要干净。她打开手里的木盒:"妈让你们见识见识。"我们凑上去,盒子里睡着一个香水瓶。"这是我偷偷留下的,你们别吭声。"她拿起瓶子,在我们的身上撒了几滴。我抽动鼻子做深呼吸,一股花香熏得我飘了起来。曾芳说:"好香呀!"我妈立即竖起指头,嘘了一声。这是我第一次撒香水,那种香在我后来的生活中再也没有出现过。我妈往她身上也撒了几滴,然后闭上眼睛,轻轻吸气:"一闻到这香,就想起我做姑娘的日子。"我们赶紧贴近她的衣服,用力地嗅着,生怕那些多余的香气白白地跑掉。

"这可是小资产阶级情调,说出去是要挨批判的。今天破例让你们享受,知道为什么吗?"

我们摇头。

"因为广贤今天十六岁了。"

直到这时,我才记起这一天是我的生日,眼睛忽然涩涩的,冒出许多水分子,嘴唇也跟着抖动,埋在肚皮里的那些话跑到牙齿边,踢腿的踢腿,弯腰的弯腰,随时准备脱口而出。但是我忽然感到脊背一阵凉,赶紧扬手拍了一下嘴皮,把那些想跑出来的强行打回去。我妈仍闭着眼睛享受,胸口慢慢地起慢慢地瘪,修长的眼睫毛轻轻震颤,高高的鼻梁两边也就是鼻翼轻轻翕动,脸白得像葱,安静得像镜面,压根儿不会想到有人会欺骗她。奇怪的是她的表情越静止,我的嘴巴就越想张开,几乎就要城门失守了,我不得不在巴掌上加一点力气,把嘴巴拍得更响。我妈跳开眼睫毛,看着我。我背过身,继续拍打嘴巴。"笨蛋,你就是拍肿了,也不会把香水留在嘴巴上。"她打开香水瓶,用手指抹了抹瓶口,很浪费地往我脖子上涂了一大片。我拍嘴巴的手没有停止,像人家拍领导的马屁那样越拍越快。她"扑哧"一声笑了,笑得很轻很体面。"妈,有人骗你。"话一出口,我立即用手捂住嘴巴,生怕更多的话漏出来。她的眼圈微微扩大:"谁骗我了?""爸。"我竟然没有把话捂住。

"你爸他没加夜班吗?"

"不是骗这个。"

"那他还有什么好骗的？"

"我看见他睡在赵山河的身上，他不让我告诉你。"

我妈一愣，慢慢地坐下："这事还是发生了。我知道迟早会发生，不是今天就是明天，不是赵山河就是方山河，铁定的会发生。"她扭紧香水瓶盖，把它放进木盒，再把木盒关上，仿佛这个消息对她没有太大的打击，但是，当她伸手去扣木盒上那个小襻扣时，我看见她的手颤抖了，一连扣了好几次都没扣上。

背地里，我没少扇自己嘴巴。一听到我爸回来的脚步声，我的身子就不由自主地发抖，耳朵提前生痛，害怕他俩为赵山河的事打成一片，甚至砸水壶、砸镜子、砸玻璃杯。我已经多次看到地板上撒满了碎片，然而一晃眼，地板又干净了，上面什么也没有，那只不过是我的一种幻想。我们一家人能维持原状，该吃饭时吃饭，该睡觉时睡觉，这全靠我妈的涵养。发生了这么大的事，她的一切习惯包括爱干净，包括细嚼慢咽都没有改变，只是擦桌子时手的速度明显放缓，偶尔会端着水杯发一阵呆。

我恨不得在嘴巴上安一条拉链，暗暗使劲别再说我爸的事。但是我有什么话都喜欢跟于百家说，就像老鼠留不住隔夜粮，酒鬼守不住半瓶酒。百家比我大两岁，脸像刀削出来似的有轮有廓，看上去比坐过老虎凳、喝过辣椒汤也不招供的革命者还坚强。我跟他说过之后，有点后怕，便叫他发誓别再跟任何人说。他举起手向我保证："如果我跟别人说，就让我的嘴巴烂掉。"这样平静了几天，他还是忍不住跟他爸妈说了。他爸说："闭上你的乌鸦嘴！这事没落到我们家头上，就算谢天谢地了。"

于百家的出卖给了我当头一棒，我咬紧牙关再也不跟任何人说，就是碰上陈白秀，就是碰上方海棠我也不说，尽管她们多么想听我说。有一天，赵万年回来了，他拍拍我的脑袋，笑嘻嘻地："那封情书不是你爸写的，我已经找专家鉴定了。"

"情书算什么，他们早睡到一起了。"

"你说什么？你再说一遍！"

赵万年一把抓住我。我从赵万年的手里挣脱出来，往马路跑去。我一边跑一边扇嘴巴，比任何一次都扇得准确有力。

8

  我先后说了三次我爸的破事，前两次都没闹出什么动静来，所以我暗暗求老天保佑："千万别让赵万年生气，千万别让他跟我爸吵架。"仓库里果然一派和平，除了赵大爷的咳嗽比从前频繁，没有什么不正常的地方，该吃的吃，该睡的睡，该上班的上班。

  星期三早晨，我妈叫住我："广贤，今天你别上学了，跟我到你爸的厂里去。"

  "去看我爸加班呀？"

  "他整整三天没回来了，你不觉得有点不正常吗？"

  我跟着妈来到三厂高音喇叭车间。他们说怎么现在才来？两天前，曾长风就被几个红卫兵押走了。我当即拍了一下自己的嘴巴。我妈的目光像铁钉那样扎进我的肉体，把我固定了好几秒钟："这一定是赵万年干的好事。你是不是跟他说了什么？"我被妈的目光吓怕了，转身跑出去。我妈追出来。从身后"吭哧吭哧"的脚步声判断，我知道我妈生气了，而且不是一般的生气。我跑过操场，她的影子投到我的前面，越来越长，眼看就要超过我的影子。我忽然一拐弯，钻进旁边的男厕所。我听到我妈在外面喘气，喘了好一阵，她喊道："曾广贤，你给我出来！"

  外面安静了一会，我妈的声音再次响起："你知道这会是什么后果吗？说不定他们会拿我们家一起去批斗，你妈从此要做寡妇。你这张破嘴，说什么不好，跟什么人说不好，为什么偏偏要说给赵万年听？你以为这是给你们曾家贴奖状呀？滚出来！看我撕不撕烂你的嘴巴！"

  心头像被谁揪了一下，我失声痛哭，声音一扯一扯的，伤心到了顶点。忽然就觉得自己这张漏风的嘴该撕！不撕不足以平心头之恨，不撕就有可能再带来麻烦。我抹了一把眼睛，从厕所走出来，做好了让我妈撕的准备。外面围了一圈人，我妈站在最前面，她捏住我的嘴唇轻轻一拧，就搂住了我，泪水簌簌而下，把她的脸全部遮住。当着那么多人流那么多的泪，按道理她应该伸手抹一抹，但是她没有，她的手腾不出来，紧紧地搂住我，几乎让我透不过气。她搂得越紧，我就越想撕自己的嘴巴，最后我自己真的撕了起来。

  我们来到第五中学门口。我妈说："我不想见那个姓赵的。反正这事是你惹的，你跟他要你爸去。"我啪嗒啪嗒地跑进学校，远远看见赵万年的身影在办公室里晃动。我跑到门口，喊了一声："报告。"他回过头："怎么全是汗水？"

快进来擦一擦。"我走进去。他递过一条毛巾。

"我爸呢？"

"你妈为什么不亲自来？"

我回头看了一眼。

"你妈是不是已经到了门口？"

我摇摇头。

"我知道你妈生我的气，还端着资产阶级的臭架子，但是出了这么大的事情，她怎么能不来？你要知道，有些东西是别人没法替代的，就像男人替代不了女人。她若是愿意私了，我没意见；她若是不愿意，那你爸可就得惨叫几声。不能只让赵家做贡献，你们曾家也得表示表示。去吧，去把你妈叫进来，我跟她谈谈。"

他没允许我商量，就把我推出来。我一边往校门口跑，一边后悔刚才的回头。我妈迎上来："你爸呢？"

"赵叔叔要跟你谈谈。"

"他怎么知道我在这里？"

"我回了一下头，他就知道了。"

我妈急得团团转："真是的，真是的，不回头就死得了人吗？！你干吗要回头？告诉他，我已经走了。你让他带你去见你爸。"我妈又把我推进学校。有了前面的教训，这一回我不跑了，故意慢吞吞的，好让过热的脑袋冷静下来，好让自己不在赵万年面前再说错话、再做多余的动作。

赵万年往窗外伸了伸脖子："你妈不愿意见我？"

"她走了。"

"那只有你能救你爸了。"

"我爸怎么了？"

"你爸的脑子生锈了，他竟然不承认强奸赵山河。你只要把那天看见的揭发出来，让你爸充分认识到错误，那他就有可能避免因为生锈而腐烂的命运。"

"那天我什么也没看见。"

"别说假话，说假话会害你爸的。他们很会搞批斗，谁要是顽抗就打断谁的右腿；再要是顽抗，他们接着打断左腿。如果两条腿都打断了还要顽抗，那他们就把他的手也打断，将来连碗都端不起来。你不希望天天喂你爸吃饭吧？"

我摇摇头。

"那就去把你看见的说出来。"

他关上窗，把我拉到门外。我挣了几下没挣脱，就搂住门前的一棵树。他用力拉我，把衣袖跟肩膀的接口都拉开了，我也没从树上松手。"你这个孩子，还挺犟的嘛。"他加大马力扯我，似乎要把我的右手臂单独卸下。我痛得泪水在眼眶里打转，但是没有哭。这事是我惹起的，哪怕咬碎牙齿我也得挺住。

这时，一个罗圈腿跟着我妈跑进来。那个罗圈腿是赵大爷，我再熟悉不过了。他举起手里的烟斗，朝赵万年的脑门敲去。赵万年一闪："爸，这是学校，你得讲点规矩。"

"哪有老子跟儿子讲规矩的？你赶快把广贤他爸给我放了。"

"他还没坦白呢。"

"你要他坦白什么？坦白跟你妹睡觉吗？你不要脸我还要脸呢。要是在旧社会，他能娶几个老婆，说不定你得叫他妹夫。"

"难怪会出这样的事情，原来是你的脑子在作怪。不看你是我爸，批斗会上也少不了你。"

"我连饿死都不怕，还怕你的批斗会？你到底什么时候放人？"

"这不是我一个人的事。"

"反正、总之你得给我放人，要不然我就把这棵树撞断了。"

那是一棵不小的树，我双手抱住它的时候，手臂已经没剩下多少了。赵大爷如果要撞上去，断的肯定不是树。赵万年看见他爸的胡须一抖一抖的，脖子逐渐粗大，不像是开玩笑，便紧张起来："你们先回去吧，明天我一定放人。"赵大爷举起烟斗："明天我要是见不到人，你就是狗生下来的，我就不承认是你的老子。"

9

第二天早晨，当我打开仓库大门时，手里的脸盆被吓掉了。门口摆着一副担架，上面睡着我爸。他眼睛紧闭，胡须像乱草撑在下巴上，两只手沾满泥土，紧紧地捏着，有三根指甲陷进肉里。一个人要不是被折磨到了边缘，他是不可能把拳头捏得这么紧的。

我们把他抬进家，在他脸上没有找到伤痕，在他胸口和后背也没找到，他的腿和手都还是完整的，那么他怎么会奄奄一息呢？赵大爷端着一碗药水走进来:"把他的裤子扒了。我知道我的儿子会在什么地方下手。"于伯伯想去扒我爸的裤子,他动了一下:"别。"我妈去扒他的裤子,他动得更厉害:"别、别。"赵大爷伸手去扒,我爸"别"得更厉害。赵大爷说:"少爷,你别害羞,我是看着你长大的,你身上的每一个地方我都摸过,看过,比你自己还熟悉。"我爸像死鱼那样张了几下嘴巴:"你们都出去,让广贤来给我上药。广贤呢?我的儿子呢?"我都把他卖得这么惨了,他还点名要我脱裤子,可见他的胸怀有多宽广,而我的心胸又有多狭窄。

　　多余的人一个接一个走出去,卧室里只剩下我和赵大爷。我抖着双手解开他的裤带,发现裤裆粘着鸟仔,上面血迹斑斑。我每往下脱一点,他的眉头就皱一下。为了减轻他的痛,我的手尽量轻、尽量慢。他一共皱了二十三下眉头,我才把他的裤子脱清楚。赵大爷说了一声"作孽呀",便往上面涂药水。这时候,我完全看清楚了,我爸那地方肿了起来,有小碗那么大,发亮的表面照得见药碗和赵大爷摇晃的手。我要不是亲眼所见,根本想象不到那地方会那么难看,它已经没有了原来的形状,是圆的,像铅球那么圆,也不像铅球,因为它是软的,会随着赵大爷涂药水的手不断地改变,但是它怎么改变也是大概的圆,就是没有长。我看得四肢冰凉,全身发抖,不停地拍着自己的嘴巴,仿佛要把跟赵万年说过的话收回来。

　　"广贤,爸没几口气了,不一定能活下去了。爸对不起你们,给你们脸上抹锅灰了。爸没什么留给你,就留一句话……将来,你什么都可以做,就是不要做爸做的这件事。十年我都咬牙挺了过来,想不到还是没挺住。广贤,你记住我的话了吗?"

　　"记住了。"

　　赵大爷呜呜地哭起来:"少爷,你别担心,这药是你爷爷的秘方,是最好的跌打损伤药,没几天你就会好的。我知道我的仔心狠,但没想到他会这么狠。"

　　我爸像是把该说的说了,闭紧了嘴巴。要是我的嘴巴有他的这么紧,也就不会招惹这么多麻烦。我咬紧牙齿,心里暗暗较劲:将来,就是有人拿枪顶着我的屁股,我也不去跟女人睡觉,宁死也不去。我爸的现象太让我明白了,跟一个不是妻子的女人睡那会挨多少痛,弄不好连尿都拉不出来。一个人要是连尿都拉不出来,即使当了司令又有什么用呢?这么独自琢磨了几天,以上的想法越来越坚固,就像钢筋水泥。

这个事件之后，我妈的阑尾炎大面积发作，她像那些有突出贡献的人物躺在医院病房里一样。有一天，我喂她吃晚饭，其实她自己也能吃，我只是想表现一下。她吃了几口："广贤，这个世界乱七八糟的，妈烦透了，不想活了。"刚说出这么一小截，她便捂住嘴巴，警惕地看着我："妈说的这些，你不会搬给别人听吧。"

"不会，大不了就跟我爸搬搬。他知道了，就会不让你不想活。"

她的脸一沉，忽然提高音量："我怕的就是你这张破嘴，知道吗？！有的事情一说出去就办不成，哪怕是想死也死不成。"她掀开被单，从床上爬起来，马上要带我去一个地方，一点也不像是身体有着阑尾炎的人。

我跟着她来到三合路六巷，钻进一扇阴暗潮湿的门。那时天已经全黑，屋子里没开灯。我妈叫了一声："九婆。"灯光就扎到了眼睛上。一张老妇人的脸慢慢出现，慢慢清楚。

"吴小姐，你已经好久没来了。"

"你帮我家广贤封封嘴巴，他这张嘴最近没少给家里带来灾难。"

我妈递过一张钞票，九婆接过去。屋子再次变黑，火柴点亮了一堆纸。我接过九婆的三炷香，磕了三个头。九婆说："闭上眼睛吧。"我闭上眼睛。她把那只比树皮还老的手放到我的头顶，她的手滑过我的额头、眼睛、鼻子，最后沉重地落在我的嘴巴上。凡是她手过之处，我都有一种被刀割的感觉。

"广贤，封了嘴之后，再也别乱说话了！"

我点点头。她用一张纸片贴住我的嘴巴。那是一张两指宽的小红纸片，是竖着贴的，一半粘住我的上嘴唇，一半粘住我的下嘴唇。九婆吩咐至少要贴半个小时才会有效。为了赶时间，我顶着那张红纸片跟我妈坐上了公交车。许多人扭头看我，我的脸红得比纸片还红。回家途中，纸片掉下去两次，我两次捡起来，舔了一点口水，重新贴到嘴巴上。我觉得那片纸就是一张奖状，专门奖给我勤奋的嘴巴。

10

赵山河回家的次数明显减少，但只要她一回来，就有可能跟我爸擦肩而过。这种时候，我爸的嘴唇通常会抖动不止，像蝗虫振动的翅膀。他想说话又不敢说，脖子扭来扭去，生怕后面有人。而赵山河却昂着头，故意把眼睛放到高处，屁股晃得像秋千，大踏步地走过去，仿佛不认识我爸。

赵大爷怕他俩挺不住，给赵山河找了个身高一米八的火车司机，用建设新中国的速度为她操办婚事。星期天，一辆插满彩旗的卡车停在仓库前面，几个穿制服的铁路工人，包括那个姓董的大块头从卡车上跳下来，把赵山河和五个装子弹的木箱放上去，就把车开走了。车上彩旗摇摇，车头的高音喇叭播放着："无产阶级文化大革命就是好，就是好呀就是好呀就呀是好……"除了我爸和赵万年不在，仓库里的其余成员全都站在门口，看着卡车离开。车子拐上马路，连同歌声一起消失了，我们还久久地站着，像是喇叭留下的声音。

后来我爸坦白，当时他就站在下一个路口，看着那辆彩车从眼皮底下飞过。赵山河站在车厢的最前面，双手扶着栏杆，头发被风撕烂，像破布那样飘起来。她的脸上没有伤心没有遗憾，竟然还有几分得意，根本没发现我爸在为她送行。我爸跟着那辆车跑过百货大楼，跑过朝阳饭店，再也追不上了，就停下来哭。他说他整整哭了一个下午。

我基本相信他的说法，因为那天他很晚才回家，眼圈红肿，眼白里全是血丝。他坐在餐桌边发了一会儿呆，才端起我妈留下的那碗白米饭。他吃了一口，停下来，久久地再吃一口，而每一口起码有一半的饭粒没喂对地方，掉到了餐桌上。他的眼睛好像盯着那盘炒肥肉，但是筷子却屡屡伸到盘子的外边，夹了好几次都没把肉夹住。他没有发现那碗米饭是经过我妈挤压过的，分量比平时要重。他也没在意餐桌上多出来的这一盘炒肥肉，好像肉对他的舌头没有造成刺激，和每一餐的南瓜片差不了多少。这顿饭他吃了差不多一个小时，而且只吃了小半碗，大部分时间他的动作是停止的。我妈的精心准备被他忽略了，就像赵山河忽略他那样。

家里第一次这么沉默，就连那么大的仓库也沉默。我爸在床上翻来覆去，直到窗口发白才入睡。他再也没有鼾声，取而代之的是轻轻地磨牙。忽然，他一把抱紧我，嘴里喊道："山河，山河。"吓得我脖子都缩进了肩膀。他仿佛意识到了错误，手一松，瘫在旁边。我妈大声地咳了几下，从另一张床上爬起来。昨晚失去的声音回到了仓库，那是方伯妈拉尿的声音、赵大爷吐痰的声音。我们在这些熟悉的声音里起床，洗脸，离去。只有我爸一个人还赖在床上。

如果只是这么一次，也许我妈会原谅他，包括我也会原谅他，但是我爸得寸进尺，在后来的好几个晚上都抱着我喊"赵山河"。我的旧鸡皮疙瘩未消，新鸡皮疙瘩又起，只好自己睡到用凳子拼出来的床上。即使这样了，我爸仍抱着枕头喊那个女人的名字。我妈实在忍无可忍，忽地尖叫起来，抓起一个水杯砸到我爸的床头，竭尽全力喊道："你这个流氓，给我滚出去！"

我爸灰溜溜地下床，裹上一件衣服，真的滚了出去，他像铁圈那样一直往前滚，滚过铁马路、三合路，停在铁道口。你知道，那时候的深夜，整个城市都会休息，只有铁道上的那些火车不睡觉，它们来来往往，有时候是一列列的灯光，有时候是一堆堆的货物。我爸就坐在口子边，看那些火车。他为什么要去看火车呢？原来他偷偷去过兵工厂，人家告诉他赵山河不来上班了，已经调到董司机的火车上去了，总有一天她会跑遍全中国。

有一天，我们回到家，看见餐桌上压着一张字条。那是我爸的字："我有事去一趟北京，五天后回来。"我妈拿字条的手微微震颤："你们知道他去北京干什么吗？"曾芳说："去看毛主席吧。"

"他没那么大的面子，他是到火车上看赵山河去了。"我妈把字条撕碎，丢在地上，用脚狠狠地踏，"你爸是个大流氓，我再也没法跟他过了！如果不是看在你们兄妹的分上，我已经跟他离了一千次婚！也不想想赵山河是个什么东西，她哪一点比你妈强？她会背语录吗？她会弹琴吗？会绣花吗？会书法吗？全都不会，只会扭屁股！他们俩坐在一张板凳上，就是两个流氓！"

吃过晚饭，我妈开始收拾东西，她把她和曾芳的衣服整齐地叠进那口老式皮箱，把那半瓶香水也放了进去。我说："妈，我的衣服呢？"

"不能全都走了，你得留下来给妈守住这个房子。"

每天下班回来，我妈都在收拾，有时会突然想起一本书，有时会突然记起一本相册、一把梳子。她想起什么，就往皮箱里塞什么，后来皮箱实在装不下了，她就加一个网兜。后来网兜也装不下了，她就开始把皮箱和网兜里的往外掏，不断地调整行李结构，掏出来塞进去，塞进去掏出来，如此反复多天。

一个傍晚，我爸灰头土脸地回来了。我妈提起皮箱："我们一共有两个孩子，每人负责一个。"我爸说："你要去哪里？"

"我就是去跟那些动物做伴，也比跟你在一起强。你什么时候想清楚了，我就什么时候回来跟你办手续。"

我爸蹲下去，双手抱头。我妈又提起网兜，带着曾芳走出去。我踢了一脚凳子，骂了一声："活该！"

我爸抬起头来:"谁活该了?"

"你还不清楚呀?没想到你死不悔改!"

我爸呼地站起来:"这是爱情,你懂不懂?"

"爱情是爱自己的老婆,爱别人的老婆就是耍流氓。"

我爸来回乱窜:"你让我怎么解释?这么跟你说吧,假若你十年没沾一滴油,突然有人做了一餐肉给你吃,你说你忘得了吗?放得下吗?"

"那我妈专门给你炒了一盘肥肉,你为什么忘记了,放下了?"

"你懂个屁,你妈差不多十年都没给我肉吃了,不信你去问她!她要是给我沾一点油花花,我会这样吗?!你还不是男人,你不知道这个。一个人要是没有了这个,连活都不想活了。"

"你受伤的时候是怎么跟我说的?你把自己说的话扔给狗了!"

我爸叹道:"总有一天,你会理解的。"

"就是到了一百岁,我也理解不了。你下流!"

11

当时,我们家的相册摞起来差不多有两尺高,我妈只拿走其中最重要的两本。我从那堆相册里翻出跟我爸的合影,然后用剪刀把他剪掉。照片大都是黑白的,只有特别好的才上色彩。有的照片仅三根指头宽,脸小得就像黄豆;有的人挨着人,中间没有一点缝。为了剪掉我爸,有时我不得不把我妈或者我的膀子一同剪掉。有几张小时候我爸抱着我的照片,剪起来才叫考验人,我得沿着我的轮廓剪一圈,这样我爸才掉下去,照片上只留下他抱着我的那双手。那双让我起鸡皮疙瘩的手也不能放过,我用刀口刮,直到刮不见为止。

做完这一切,我觉得我干净了,但是我爸还没干净。我恨不得把他的五脏六腑都掏出来,用肥皂搓洗十遍、二十遍,再把它们放回去。我开始蔑视他,具体的表现就是不干家务,而是跷起二郎腿看那些他带回来的报纸。在我看报纸的时候,他会低着头走进来,把新的报纸丢到我面前,然后一声不吭地去厨房煮饭。当我把报纸上的每一个字,包括标点符号都看了一遍,就听到他低三下四的声音:"可以吃了吗?"我放下报纸,坐到餐桌边埋头吃起来,一句话也不跟他讲。他的眼睛不时瞟我一下,希望我能说点什么,但是我什么也不说。报纸上明明写着,对坏人就应该像严冬那样无情。而一个坏人，就应该被冷落、被看不起。

我爸是少爷出身，他哪受得了这样的冷脸，没过多久，他就主动跟我说话："广贤，你别拿白眼仁看我。你不知道，旧时像你爸这样的身份，可以娶四五个老婆，睡一个赵山河算老几？你妈她不理解，那是因为她跟我没有血缘关系。而你，是从我身上出来的，是我亲亲的儿子，难道你就不能理解，不能同情吗？"从他的语气里，我知道他对赵山河贼心不死。他哪里知道，坐在他面前的这个曾广贤已经不是过去的曾广贤了，这个曾广贤没有白看那么多报纸，已经懂得用上面的理论武装头脑。

一天傍晚，我爸的裤带上忽然掉下一本书，那是一本用旧报纸做封皮的书，书页哗啦摊开，露出女人的光屁股，竟然还是彩色的。我被那幅丑陋的画面吓呆了。我爸转过身，拾起书拍了拍，重新别到裤带上。他别着那本书站在水池边洗碗，两只膀子轻轻晃动，汗衫上开着几个破洞，头发长了，白头发就更加扎眼。我爸勤劳朴素的背影让我的心动了一下，我想如果再不挽救他，也许他会彻底堕落，会调戏妇女，会成为强奸犯。我哪还丢得起这个人呀。

现在说出来可能你以为我是吹牛，但是我向你保证我没说谎。我是一个政治的早熟者，不像现在的年轻人一点也不关心政治，没什么前途。我从来没看见赵万年佩服过谁，连撒尿都把两个鼻孔指向天空，很少低头看人，不过，他佩服我。当时，我去找他挽救我爸。

他说："批来批去，就跟赵山河那么一点破事，大家都没什么兴趣了。"

"其实还大有内容可挖。"

他抬头看着我，第一次那么重视。

"他和赵大爷一样，常常把娶三四个老婆挂在嘴边，这是不是封建社会的残余思想？他认为你们赵家过去是他的仆人，所以跟赵山河睡觉那是看得起你们，这是不是资产阶级的优越论？"说到这里，我听见赵万年咂响了嘴巴，就像喝到好酒时咂嘴巴那样。我说："更何况他在看一本黄色书，那本书比狗交配还要黄色一百倍。"

我看到佩服像水那样从赵万年的眼睛里哗哗地流出来。他拍拍我的脑袋："你天生就是个搞政治的。"

这样，一群红卫兵抄了我们的家，把那本书和我爸一同带走了。两个高大的反扭我爸的手臂，其余的跟在后面。一片绿色的服装簇拥我爸而去。我爸挣扎着，身体时起时伏，最后连头也被他们按了下去，屁股反而高高地翘起。他们把我爸押上汽车，汽车摇晃着离去。忽然，我爸的头从七八只手掌下撑起来，扑到栏杆边喊："广贤，爸不能给你煮饭了，粮票在席子底下，钱在柜子边的砖头里。晚上你不要乱跑，多加一根门闩。如果害怕的话，就去跟百家睡觉。万一我回不来，你去跟你妈过日子，告诉你妈，让她别恨我。你听见了吗？广贤……"随着汽车的远离，他的喊声越来越小，最后变成一声惨叫。

我本来不想哭，但泪水还是涌出了眼眶，让我看上去不像是个坚强的人。赵万年最后一个离开，在爬上吉普车之前，拍着我的头："凡是革命都得付出代价，有好多大人物都曾经为革命奉献过亲人。"说完，吉普车扬长而去。我想这是值得的，只要他们能把我爸脑子里的流氓习气像擦错别字那样擦掉，就是吃点苦也是值得的。

几天之后，那辆汽车把我爸送了回来。车上只有四五个红卫兵，他们打开车厢的挡板，抬脚踹我爸的屁股。我爸从车上扑下，一嘴吃到地上。于伯伯和赵大爷把他扶起来。他的嘴角、脸颊、手臂和胸口布满了血痕，像是绳索勒出来的。他们扶着他往仓库走。他摇摇晃晃，吐了一口血，血里面有一颗断牙。他说："就一本从香港那边带来的书，他们竟然说我里通外国，是特务！他们不知道这样的书在香港是可以公开摆卖的。他们没学过美术，不懂得人体也是一种美，真是比那些动物还愚蠢！"

晚上，我爸躺在床上叹气，一声比一声长。叹了几百声，他叫我把电灯熄了，然后轻声地："如果他们再来折磨我，我就不想活了。"他和我妈都说不想活了，好像这是什么比赛，谁说得多谁就是冠军。我没吭声。他说："广贤，你过来。"我站在那里没动。

"你过来，我有话跟你说。爸这辈子最大的亏就吃在女人身上，你别再吃这方面的亏了。爸教你一个方法，让你一辈子不接触女人也能熬过去。爸觉悟得太晚了，要不然哪会挨这么多拳打脚踢。本来不到万不得已我不想告诉你，但形势这么复杂，爸说不定死就死了，恐怕那时连说的机会都没有。你过来，我告诉你，"他的嗓音更低了，"如果你实在想女人，想得都想犯错误了，你就用手来解决，知道吗？就这样用手来回地搓。这是你自己的身体，你就是把它搓烂，只要你不说，没人抓得到把柄。我一直以为男人要有女人才会完整。今天总算明白了，老天呀！既然你要让我们自己解决，何苦还要创造女人呢……"

没想到我爸的脑子里还是一坑粪水,我转身跑出去,把门摔得比枪声还响。

12

知道那时我最痛恨的是什么吗?流氓,像我爸那样的流氓!所以当我爸被另一伙红卫兵押走的时候,我的心情就像水泥路这么平静,这么坚硬,我甚至连门都没出。等外面的吵闹和汽车的引擎声离开耳朵,我竟然放开嗓门唱了起来:"红岩上红梅开,千里冰霜脚下踩。三九严寒何所惧,一片丹心向阳开,哎,向阳开……"唱着唱着,我面前的窗玻璃忽然碎裂,开始我以为是我的声音把它震碎的,但是我马上就看见一颗石子飞进来,紧接着,另一颗石子从另一扇窗玻璃飞了进来。我知道,那是于百家和荣光明用弹弓射出来的,两颗石子落在蚊帐上,就像是他们的嘲笑。不过,我并没有因此而停止歌唱,一直站在原地把那首歌唱完,唱得浑身燥热,额头上冒出了许多细汗,仿佛全身都是力量。那可是寒冷的冬天,没一定水平是唱不出汗来的。

第二天早晨,两辆卡车停在仓库门前。车上跳下一伙人,他们分别把赵家和于家的家什搬上卡车。于伯伯含着牙刷和一堆泡沫跑出门来,呵斥:"你们这是抄家呀?"领头的说:"这间仓库要发挥更大的作用,你们都得搬走。"于伯伯把泡沫和牙刷吐到地上:"怎么说搬就搬,也不商量一下。"领头的说:"少啰唆!你想戴尖尖帽挨批吗?"这伙人闹着,闯进于家的卧室,方伯妈发出一声惊叫。于伯伯说:"就是搬也别这么急,你得先让我老婆把衣服穿上。"领头的说:"你们这些臭资本家真他妈会享受,太阳都晒到屁股上了,怎么还没穿衣服?"

赵大爷躺在自家的门槛边,拦住搬家的。他们从赵大爷的身上跨进去,然后又跨出来,手里托着木箱、床架以及被窝等用具。他们来来回回,没把赵大爷当一回事,只是到了门槛边便把步子迈大一点。赵大爷的头上全是进进出出的裤裆,他觉得阻挡没成反被跨,真是吃了大亏,便呼地站起来,大声喊道:"你们别乱来,我可是赵万年校长的老子。"有人就笑了:"正是赵校长叫我们搬的。"

搬完家什,赵大爷抱住门框不走。几个人就把他抬起来,像抬家具那样往外抬。赵大爷像垂死的鸡在他们手里弹着、骂着:"赵万年,你这个狗日的,老子在这里住了半辈子,你要把我搬到哪里去?你要搬我,还不如杀我,还不如让我死在仓库里痛快!你知道除了这个仓库,别的什么地方,就是金銮殿老子也住不习惯。你这个挨刀砍的,总有一天,天会收拾你……"赵大爷喊到我面前,忽然安静了,他睁着杯子那么大的眼睛,牢牢地盯住我,吐了一泡口水:"都怪你这张嘴!"

不光是赵老实吐口水,于发热、方海棠和赵白秀在离开的时候,也都对我吐了口水。他们像谁欠了他们的钱那样黑着脸,把口水准确有力地吐到我面前,少部分溅上了鞋面。只剩下于百家还没从仓库出来,我想他不至于像他们这么下作吧?即使下作,我们还有友谊呢。汽车的喇叭响了几声,于百家抱着一堆沾满灰尘的破鞋停在我面前,对着我的裤子和脸连续吐了两泡口水。他不仅吐,竟然吐了两下,而且还吐到了我脸上。我扑上去卡他的脖子,他一拳把我打倒。为了这一拳,他连那些破鞋都丢掉了。他们为什么要对一个思想健康的人吐口水?难道报纸说错了吗?

我赶到动物园我妈的宿舍。门虚掩着,传来"别、别、别"的声音。透过门缝,何园长的手在剥我妈的衣服。我妈的手推开何园长的手。他们的手推来推去,就像是推什么贵重的礼物。我踹开门,屋子顿时亮堂。何园长咳了两声,背着手走出去。我妈整理扯乱的衣服,脸和脖子红成一片。我把两个小时前受到的污辱照搬过来,对着她连连吐了几下口水,吐的次数超过了于百家他们的总和。我妈说:"广贤,你听我解释……"

"我不想听!"

"真是的,真是的,现在就是跳进归江也洗不清了!你知道妈不是那样的人,是他逼我去揭发你爸,我不愿意,他就动手动脚。你想想,我能做那种不要脸的事吗?!只是人家有权有势,我不敢扇他,怕逼急的狗更会咬人。真是的,真是的,妈的一世英名就这么给毁了……"她在解释的过程中,红着的脸一直没有褪色。

"仓库出事了。"

"看你满头大汗的模样,我就知道没什么好事。"

一声老虎的号叫从铁笼子那边传来,我的脊背像滑过了一块冰。我妈不停地跟我解释这件事,就是坐到公交车上她也还在解释。车过铁马东路,我们看见仓库的瓦片上腾起阵阵尘土,她解释的嘴巴才僵死在空中,如同一条冻硬的鱼。车门打开,她第一个跳下去。我跟着她跑到仓库,趴在门框上。

仓库里尘土飞扬，一群红卫兵小将正挥舞铁锤，砸我们家的砖墙。最后一堵墙"哗"地倒塌，把我们已经被洗劫过的家什埋在下面。更多的灰尘腾起，像蘑菇云翻卷在仓库的上空。我妈冲进去，扑向砖头，用手扒拉。她的手指扒出了血，也没扒到我们家值钱的东西，只扒到了一张照片。那恰巧是她住进仓库那年照的，上面写着"摄于一九五〇年"。她拿着照片一步一个脚印走出仓库，眼睛里噙满泪水。她的手指血迹斑斑，她的脸上全是灰尘，她平时爱干净的衣裤再也不干净了。即便是到了这个时候，她也没忘记那件事。她说："广贤，你一定要相信妈。妈宁可死也不会做那种丢脸的事！"

13

我认为我妈是因为害羞才死的，现在我也一直这么认为。在我眼里，她干净而高尚，近乎一张白纸那么完美。她不仅自己痛恨流氓，还要我们一起跟她痛恨。当她吊起了我们痛恨的胃口，她就不能中途变卦，甩下我们这些跟随者不管。所以，无论如何她是不能容忍我看到她被人摸弄的。十年了，她在我们面前树立的是什么形象？是不被人摸弄的形象，现在忽然被人摸弄了，她不羞死才怪呢，连我都替她害羞。

第二天中午，我妈让妹妹曾芳失踪之后，就拿着一块肉去喂那只名叫兰兰的老虎。老虎的铁笼子后面有一个门，门的后面是它的活动区，有树、有假山，周围是高高的水泥墙。我妈把兰兰放出来，却没把肉丢给它，而是把自己丢了下去。这样我妈的一半给了老虎，剩下的一半被单位买来的白布裹着，白布的周围站着她的同事和何园长等。我的脑海闪过我妈脸红的模样，闪过她跟我解释的模样，闪过她扒出照片时的灰头土脸⋯⋯最后，我坚信她是因为害羞而死。她死了，我爸还不知道，曾芳也不见了，这时我才感到害怕，才发觉这么大的城市，已经没有一个可以依靠的亲人。不仅仅是这么大的城市，而是这么大的地球，我竟然没有一个贴心的人。

晚上，我独自坐在仓库门口，冷风刮着我的鼻子和耳朵，砖头和水泥的味道从门口扑出来，很浓很重。但是慢慢地，这些崭新的味道隐退了，过去的味道拱了起来。那是于伯伯的尿骚味儿，赵大爷的烟味儿、我爸的汗味儿、我妈的香水味儿⋯⋯它们像水倒灌进我的鼻孔，呛出我一连串的咳嗽。到了下半夜，马路上的声音消失了，我竟然想念起我爸来。我竟然想念一个流氓，心里很不服气，希望这是假的，但是它却像一坨铁挂在胸口，伸手一摸就能摸到它的重量。我甚至隐约地觉得什么地方出了差错，好像我被人骗了，却还不知道那骗我的是谁。

白天，我去找赵万年打听我爸的下落。赵万年说："你爸现在很抢手，连我都不知道他在哪里？批剥削阶级的找他、批流氓的找他、批死不改悔的也找他，好像他的身上哪一条都可以拿来做活教材。你到那些批斗会现场去找一找吧，不要光找我们这一派的，别的派也去找一找，有时他们没批斗对象，会把你爸借过去批。"

马路上到处都是买年货的人，眼看就要过年了，我却抱着双手从一个街道到另一个街道，从一个学校到另一个学校，从一个会场到另一个会场，抹着鼻涕去找我爸。在三合路，我看见白发苍苍的老头儿被小将们高高地架起双手，好像那双手是往后面生长的。在尚武路的学校操场，我看见一个五花大绑的中年人眼镜被当场打烂，玻璃碴子刺进眼睛，血像泉水那样涌出来。在铁马西路的巷子，我看见一群坏分子被小将们剥光了外衣，躺在冰冷的石板上，四脚朝天看太阳……我看见许多我想都没想到的画面，却没看见我爸。就要下雪了，我还没看见我爸。

或许他在某个地方与我错过了？或许他已经死掉？我真不愿意这么联想，但是当黑夜来临的时候，我又不得不这样想。晚上我睡在仓库的阁楼里，白天我坐在仓库的门前。赵大爷来叫我去他的新家，我没去。于伯伯也来叫过我，我也没去。我说："我要等我爸回来。"我不信到过年那天他不回来。他不回来，就没地方可去，除非他死了。

一天又一天，天气越来越冷，明天就是除夕，到处都是炖猪骨头的味道。这时，天空下起了雪，只半天工夫就把屋顶、马路铺成了厚厚的白。行人稀少，车子打滑，雪压的树枝渐渐地弯下。一个半截人像狗那样从马路爬过来，在雪上拖出两条深深的印痕。我大叫一声"爸"，跑过去。他像没有听见，仍然低头爬着。我蹲下去扶他，他一把推开我："别碰我！你这个畜生！"我愣住了。他的头发已经剃掉一半，俗称"阴阳头"。他的脸上结满了血痂，胡须上挂着零星的雪粒。他的双手和两个膝盖分别堆积着雪团，就像戴着四个棉花做的套子。他向仓库爬去，右腿始终拖着，仿佛一截身上掉下的木头。正是这条被打折的腿，使他变成了爬行动物。我往身后看去，两条印痕从他的屁股底下一直延伸到马路拐弯的地方。印痕又长又深，比马路上汽车压出来的还要扎眼，好像他的身体比那些汽车还重。

我再次蹲下去扶他。他更用力地推开我，吼道："不要碰我，一辈子也不要碰我！我原来以为告密的是别人，没想到是你！你连我教你用手来回地搓都跟赵万年说了，你到底是他的仔还是我的仔？你给我滚一边去吧，越远越好，再也别让我见你！"我爸骂着，继续往前爬。他不知道还差二十米就会看到家已经不复存在，里面尽是垮塌的砖头。他更不知道曾芳失踪了，我妈死了。他以为他的床铺还在，那个凉水壶还在，家庭还在。我很想把这一切告诉他，但是手掌却习惯性地扬起来，扇了一下嘴巴，话到嘴边又咽下。看着他一步一步地爬向仓库，我忍不住痛哭起来。我一边哭一边把头撞向雪地，用力地撞，快速地撞，恨不得把自己一头撞死……

14

对不起，我失态了。一说到这里，我总是情不自禁……你怎么也哭了？这是纸巾，擦一擦吧。你哭了，说明你有同情心。现在，像你这样有同情心的越来越难找了。不瞒你说，就连于百家和荣光明都不愿意听我说话，他们像躲债一样躲着我，生怕我耽误他们的生意。张闹就更加过分，她到电信局办了来电显示，还花高价买了一部多功能座机。再多的功能也白搭，她只会用其中的一种，就是把号码事先输进去，凡是我的来电，座机就会响起《茉莉花》的音乐。只要这段民乐一响，她就不接电话。有时《茉莉花》听烦了，她就调成《洪湖水浪打浪》或者《怀念战友》。总之这些年，她没少听民乐，其欣赏水平就像起楼，一层一层地往上叠。我也曾以看孩子的名义去按过她的门铃，那个孩子挡在门缝里，冷冰冰地说："我妈说了，她不在家。"弄得我一鼻子的灰。

哎，我又说跑题了，还是跟你说说小池吧。

第二章　友谊

15

当时我正处于低潮，妈死了，妹妹不见了，爸还躺在仓库的乱砖上，总而言之我失去了亲人和家园，失去了睡觉的地方，鼻子常常发酸。我把赵家和于家给我吃的掰下一半，送到仓库里去，但是我爸不吃我送的食物，哪怕是他睡着了我偷偷送去的食物他也不吃，好像我在食物里放了毒，他拿起来一闻就毫不客气地丢掉，一点也不心疼，更不会考虑那是我用"吃不饱"换来的。他只吃赵大爷和于伯伯送的东西，都是些包子、馒头和油条，外加一壶寡淡的茶水。

我爸用烂报纸和破竹席紧紧地包裹自己，抵挡寒冷的袭击。他没地方可去，也不想找地方去，一心要让仓库做他的坟墓。我是他不欢迎的人，只能站在冷风中隔墙而望，有时一望就是几个小时，可以看见他卷着席子在砖头上翻身。他翻身就像原木那样滚动，碰到凹凸不平处，他要滚好几十次才滚过去。我曾经跑进去帮他，他吼得脖子上的青筋都鼓了起来，甚至举起砖头要砸，所以，我只能在窗外看他。那么，就让风吹红我的鼻子、耳朵，麻木我的身体吧，就让北风来得更猛烈些吧！只有全身都冷了、麻了，我的心里才会好受一些，仿佛这样能减轻我的罪孽。

一天下午，十几个砌工背着他们的家伙来到仓库。他们眯起眼睛，在仓库里拉直线，开始了改造旧仓库的工作。他们拉完直线，就在角落里搅拌水泥，然后右手提瓦刀，左手拿砖头，认真地端详。他们除了端详砖头的平直，还掂了掂砖头的重量，认真的程度绝不亚于选拔人才，严厉得像是在给砖头搞政审，生怕那些旧砖不听话，影响他们的工作。凡是他们看不上的砖头，被随手扔出窗口，能用的他们就一刀铲掉上面的旧疙瘩，抹上新水泥，沿着拉起的直线砌条凳。阳光从瓦片上漏下来，落在他们的手上、瓦刀上、鼻尖上，但是随着他们身体的晃动，阳光不断地改变位置，看上去晃动的不是他们而是阳光。仓库里烟尘滚滚，敲打声一片，旧砖头正在为新阶段发挥作用，变废为宝。

随着一排排砖砌条凳的增加，墙角只剩下最后一堆乱砖，我爸就睡在上面。砌工们抽掉一块砖，我爸的体位就改变一下，不断地随着砖头陷落，到最后他的双脚已接近地面，而脑袋还高高在上，也就是裹着我爸的席子已经斜立起来，搁在一旁的瓷碗和水壶"哐啷哐啷"地滚下。水洒了，馒头跑了，卷着的破席忽地弹开，露出我爸胡子拉碴的脸。必须强调，那是赵山河家的席子，就是我们用来围过狗的席子，现在它正围着我爸。砌工们丢下手中的瓦刀，坐在板结了的条凳上抽烟，烟雾和尘土在他们头顶飘扬。他们轻声地商量，要不要把我爸像扔烂砖头那样扔出去。

最后，他们全都站起来，吐掉嘴里的烟头，拍拍手上的水泥，把席子连同我爸往仓库外面抬。我爸在席子上滚动，就像荡秋千那样滚动，双脚在席子外面踢蹬，嘴里不停地喊："别，别让我出去，我要死在家里。只要你们再给几天时间，让我恢复一点力气，我就死给你们看，站得起来我就撞墙，爬得上去我就吊颈。如果你们还有良心的话，就帮我在横梁上搭根绳子，打个活结，求你们把我的脖子套进去……"

砌工们像丢死狗那样把我爸丢在门外的板车上。板车闪了一下，轮子拖着拉杆滚了半圈。一个粗大的砌工对我呵斥："把你爸拉到三厂去。"我爸大声地喊："不！"那可是北风呼啸的冬天，我爸的鼻子很快就冻得像胡萝卜，嘴唇慢慢地乌紫，喊声逐渐微弱，最后再也没有喊的力气，闭上眼睛睡去。我脱下外衣盖在他身上，拉起板车往三厂的方向走。

马路上车来人往，我却听不到声音，好像车和人都是影子。地面铺着半干半湿的黄叶，公交车的轮子从上面碾过，好像也没有响声，倒是我手里的板车把那些黄叶压得喊喊喳喳的。第一次拉这么笨重的板车，我没走多远汗水就湿透衣背。打在脸上的风越来越有力，我双腿疲劳得飘了起来。下坡时，板车赶着我走。上坡时，板车拼命地往后拖，拖得我的双手又麻又痛，我几乎就要撒手不管了。就在这时，板车忽然轻了，就像下坡时那样强迫我。我一回头，看见小池嘴里喷着白气，双手搭在后架上使劲地推，细汗挂在她的额头，脸比平时更显得红扑扑的。

小池叫池凤仙，平时大家都称她小池，是我们班上最胖的，原因是她爸在食品站当站长，比我们有更多的机会吃肉。不过那时候的胖和现在的胖完全是两个概念，那时的胖只等于现在的正常，也就是比大家稍微粗那么一点点。正是那么一点点粗，小池显得比任何人都成熟，她的盘子脸是我们一用"红扑扑"来造句，就会立即想起的那种。她吃得饱穿得暖，没有理由不红扑扑的。

我们把板车连推带拉送到三厂，许多人围了上来。我爸睁开眼睛："这是哪里？你们是谁？能不能等我的腿好了再批斗？"

"长风，我是胡志朋。"

"我是谢金川。"

"我是刘沧海。"

一个个名字像炮仗那样响起，把我爸的眼圈感动得鲜红。我和小池被人群挤出来，站在一旁喘气。小池掏出手帕给我擦汗，她没征得我同意就为我擦汗，吓得我赶紧把脸闪开。她说："那么多的汗，你也不擦擦？"我摇摇头，躲开她的眼睛。

16

我经常看见小池拿着那张手帕掩住嘴鼻，听课的时候掩住，交谈的时候掩住，走路的时候也掩住，好像害怕什么气味儿。有一天，她就这么掩住嘴鼻问我："广贤，你打算到哪里插队？"

"不知道，如果让我选择的话，我想去天乐县。"

"你能确定吗？"

"反正别的地方我不想去。"

几天之后，小池还用那张手帕掩住嘴鼻，对我说："我知道你为什么想去天乐了。"

"为什么？"

"因为报纸上的那篇文章，写得真美！"

小池说的那篇文章就发表在省报副刊，标题叫"风物还是天乐好"。那年头大家都忙着喊口号，关注大事情，没多少人会注意报屁股上的小散文。手帕再也掩盖不住小池的得意，她说："天乐确实不错，除了文章上说的好，还有三个好你不知道。"我真的不知道，在看这篇文章之前，我都不知道地球上还有个天乐县，就是现在看了文章，我也不知道天乐在什么方向。小池说："第一，天乐平均气温16.3摄氏度，如果去那里插队不用多带衣服；第二，天乐在铁路线旁，如果去那里插队可以坐火车；第三，天乐有一个五色湖，在海拔两千多米的象牙山上，由于山势险峻，几乎没人能爬上去。但是我想，再高它也没有珠穆朗玛峰高，再险它也没有喜马拉雅险，所以，如果去那里插队，我一定要爬上去。"

就这样，小池报了天乐县，跟她一同派往那里插队的还有班上的五个同学，其中包括于百家和班长荣光明。我没报名"上山下乡"，借口是照顾我爸。一次放学的路上，小池拦住我："其实你爸根本不需要你照顾，他的腿利索了，房子也分到了，你还能照顾他什么？"

"给他做个伴儿，陪他说说话。"

"算了吧，据我所知，你爸到现在都还没跟你说话。他根本就不想见你，躲你就像躲麻风。"

"那又怎么样？大不了你去赵万年那里告我。"

小池一跺脚："我犯不着，你言而无信。"

"哎，小池，我可没说过你什么坏话，就连他们说你破相，我都没掺和。"

小池把手帕从嘴鼻处拿开："我破相了吗？"

"没破。"

小池又用手帕捂住嘴鼻："如果你当初不说想去天乐县插队，我就不会报名。知道吗？只要我爸给领导割几斤肉，我也可以留在城里。"

"你自己不留，和我有什么关系？"

"就有关系，你吊起了我上山下乡的胃口，自己却当了逃兵。"

我习惯性地拍了一下嘴巴："对不起，算我多嘴了。"

"不过，现在补报还来得及。"

"我不想下乡。"

小池盯住我，久久地盯住："如果我叫你下呢？"

"你又不是校长，我怎么会听你的？"

小池一甩手，抛掉那张手帕，气冲冲地走了。当时我一点也摸不透她，不知道她为什么要生气？她那么善良，那么喜欢帮助别人，怎么说生气就生气了？难道是因为我思想落后吗？思想落后可以被她看不起，但不至于让她生气呀。我踢了一下地上的手帕，隐约感到一团热正离我而去，抬起头，小池愤怒的背影果然远了。

17

仓库经过改造变成了大会堂，主席台插满旗子，台两侧贴着对联，墙壁上拉起横幅，到处都是标语，内容不外乎"知识青年上山下乡，接受贫下中农再教育"。在我的记忆底层，这是仓库打扮得最漂亮的一次，它既符合历史潮流，又花枝招展，用今天的话来说就是"时尚"。仓库的色彩特别强烈，除了横幅上的白字，标语上的黑字，整个仓库一片红。红旗、红布、红纸，就连话筒都系着红，而像于百家、荣光明、小池这些准备"上山下乡"的知识青年们，胸口都顶着一朵纸做的大红花，花大得撑住他们的下巴，迫使他们昂首挺胸。

那天来的人特别多，大有挤破仓库的架势，除了第五中学的全体师生，还来了一些家长和附近的居民。新砌的水泥条凳挤不下那么多屁股，一些人就坐在过道上。连过道也坐不上的，只好趴在窗口。一眼望去，到处都是脑袋。窗口外的脑袋特别突出，叠了好几层，遮去了一半的光线。我只知道我家的仓库能装货物，却从来没想到还能装这么多脑袋。

　　我们忍受寒冷，竖起耳朵听赵万年讲话。赵万年已不是昔日的赵万年，已经升任铁马区革命委员会主任。他的声音比过去洪亮了好几倍，这除了他苦练嗓子之外，还得益于我爸他们厂对扩音器的攻关。赵万年的声音进入新话筒，经过新扩音器，从新喇叭里出来，就像小溪经过那么一段流淌，慢慢变成了大河，甚至大海。赵万年的讲话不时被掌声打断。那时的掌声不像现在的稀稀拉拉，有气无力。那时的掌声节奏鲜明，频率高，声音大，每个人不拍痛巴掌就不足以表达自己对新事物的拥护。掌声尚未退去，革命歌曲响起来；歌曲还没唱完，又插入了敲锣打鼓声。仓库简直成了声音的仓库。

　　晚上，我从窗口爬进去，坐在一排排整齐的水泥凳中间，回忆白天的热闹，仿佛那些声音还在墙上，那些脑袋还在拥挤，那些红……那些红本来就在。仓库变化越巨大，我就越想念过去，想念赵大爷的咳嗽、我妈的香水、我爸的炒菜、曾芳的肥皂泡……这就像看见某个人红得发紫了，你会自然想起他低贱的往昔。我抱住脑袋，让仓库的颜色一点点褪去，让它一步步回到原来模样，让它陈旧得就像落在条凳上的月光。忽然，一双手蒙住了我的眼睛，我用力掰开，发现身后站着小池。小池说："我就知道你在这里。"

　　"上午我看见你戴大红花了。"

　　"广贤，明天我就要走，特地来跟你告别。"

　　我们都才十六七岁，不知道用什么方法来告别。我找不到话说，就坐着发呆。小池站到条凳上："裙子好看吗？"这时，我才发现她身上的冬裙。那个特殊的年代，除了演员基本上没人敢穿裙子，更别说是冬天了。小池的裙子在凳子上飞旋，扇起一阵轻风，搅乱我的眼睛。突然，裙子盘旋而下，掉到凳子上，露出小池圆满光洁的双腿。我赶紧捂住眼睛，别过脸去。小池却一把抱住我："广贤，我们都不是学生了，自己的事情自己可以做主了。"我的呼吸忽然困难起来，感到她抱着的地方阵阵疼痛。我说："放开。"小池没放，反而越抱越紧，紧得就像箍木桶的铁线。我大喊："流氓！"小池的手顿时软塌塌，像松开的绳子那样滑落。我喘了好几口，才把丢掉的呼吸找回来。小池穿上裙子，不停地抹泪。我跳出后窗，跑了好远也没甩掉她的呜咽，胸口仿佛还堵着一团什么，便对着归江吼了一声："流氓！"

这个晚上，小池是流着泪回家的，仓库离她家有两公里。走了两公里她的泪都没流干，你就知道她有多伤心。回到家，她把绑好的铺盖卷解开，把木箱里的衣服、饼干、牙膏和香皂全部掏出来，摔到客厅的地板上，然后坐在上面哭。她爸问她为什么？她说不想插队了。她爸说明天就要出发，想不想插队不是我们池家说了算。但是小池不管不顾，双腿踢蹬，眼睛哭得像烂桃子又红又肿。她爸只好割了几斤猪腿肉，连夜赶到赵万年家，求姓赵的把小池留下，或者找一个人替她去插队。赵万年说好孩子都要放到大风大浪中去锻炼，这事我没法帮忙，你也别拿猪肉来当糖衣炮弹。她爸回到家，把猪肉摔在桌上，冲着她就骂，当初谁叫你报的名？你不是说广阔天地大有作为吗，现在怎么突然不想去作为了？她被问得哑口无言，只好慢慢地把哭泣声调到最小，把那些散开的衣服重新折叠，放进木箱，把那个铺盖卷又绑了起来。

18

第二天早上，我们这些留在城里的同学到火车站去送行。小池和于百家、荣光明等胸戴大红花，在欢庆的锣鼓声中列队爬上火车。所有的人都把脑袋从车窗口挤出来，流泪的流泪，挥手的挥手，好几朵胸前的大红花都被挤落到地上。在那些伸出来的脑袋里，我没有看见小池。她的爸妈挤向窗口，大声地呼喊"池凤仙"。但是池凤仙始终没把脑袋伸出来，就是火车拉响了汽笛，车身已经微微晃动，她也没把头伸出来。火车的轮子开始滚动，窗口的脑袋一只只地缩回去，忽然，一个窗口伸出了小池的半个身子，她不停地挥手，嘴里喊着什么。她的爸妈跟着人群追上去，一直追到小池的头变成一粒芝麻，小池的手变成一根线，才停下脚步。

小池他们一走，我就到动物园去顶我妈的职，每天侍候老虎、狮子和狗熊。哺乳动物的嚎叫就像化肥，时刻催促我往上蹿，仅半年工夫，我就使劲蹿高了五厘米。但是化肥也是有副作用的，它在催高我的同时，也催生了我的毛发。那些我认为不该长的毛发，曾经吓得我半死。我关上门，用剃须刀把它们刮干净，然而几天之后，它们又坚强地撑破皮肤。刮了长，长了刮，反复数次，我便相信这是篡改不了的事实，就像土地一定会长草那样颠扑不破。这些现象的直接后果就是我感到热，每天必须喝几大壶凉开水，如果晚上要睡八小时的话，那么我就有四个小时睡不着，总之有一半的时间，我不是在床上翻来覆去，就像一团火坐在黑暗中静静燃烧。屋子里坐不住我就坐到门外，门外坐烦了我就坐到动物的铁笼子边。后来我发现身上的火越烧越大，就站到水龙头下冲凉水，白天冲五次，晚上冲三次。

　　深夜，除了动物的嚎叫，就没有其他的声音，但是远处，就在三合路那边，不时传来火车的"哐啷"声。实在睡不着了，我就骑车到三合路铁道口，看那些来往的火车，有时候是一列灯光，有时候是一堆堆货物。我看得眼睛一眨不眨，仿佛那些过往的车上有我需要看见的人，或者那些车会给我带来意外欣喜。火车扑来时我呼吸急促，火车离开时像抓走我的心，让我莫名其妙地感动。看了几个夜晚，我才猛醒，原来火车只不过是邮递员，我真正牵挂的是火车的那一头，也就是小池插队的天乐县。我干吗要牵挂天乐县呢？说白了，是牵挂小池，只是我不想承认。

　　我是在火车的汽笛声中忽然发现这个秘密的。当时，我的手脚都冰凉了，像是被谁抽了一记耳光，全身绵软无力。我说了一声"不"，就扶住单车站起来，但是我的身子一晃，又坐了下去。单车被我抓倒，轮子空转着。小池不就帮我擦了一次汗吗，干吗要去想她？为了驱赶这种没有道理的想念，我让我妈和曾芳占领脑袋，我妈曾经把我搂得那么紧，曾芳跟我在肥皂泡里洗了那么多年的手，我竟然不去想念，而偏偏去想念一个和自己没有血缘关系的，真是岂有此理！我把目光落在摇曳的树影上，落在零星的路灯上，落在又直又黑的两条铁轨上，看见曾芳踏着枕木远远地走过来。她脚步轻盈，越走越近，连两只羊角辫都让我看清楚了，连"妹妹"都快脱口而出了，她却忽然长高，一眨眼就变成了小池。我让小池退回去变成曾芳，让她一遍遍地从远处走过来，但是只要一走近，曾芳就会变成小池。我不得不承认小池抢占了我脑子里的地盘。她固执地钻出来，裙子在我眼前不停地飞旋，旋得我的思维一片混乱。难道她对我的帮助不是革命友谊？难道她抱住我不是耍流氓？我不断地提醒自己：千万别急着下结论。我说到做到，即使眼前的铁轨由近而远地清晰；即使天亮了，我也不承认小池是想跟我谈恋爱。

　　第二天，我正在清扫兽笼里的粪便，忽然想起小池的那张手帕。它出现在我面前是送我爸去三厂那天，我满头大汗，小池掏出它递给我。我没有接，小池就用它来给我擦汗。她只擦了几下，我就闪开了。从那天起，手帕就没有离开过小池的嘴巴和鼻子。她没有破相，干吗整天用手帕捂着自己？难道她是为了闻手帕上的气味儿？那手帕上可没少沾我的汗水。想到这，我扔下铁锹就往第五中学跑。一口气，我跑到校门前的树下，围着那棵树找了起来。记得就在这地方，小池那天一生气，把手帕扔了，我还踢了踢。半年过去了，地面落了些树叶，树叶里有甘蔗渣、红薯皮和撕烂的纸盒，就是没有手帕。清洁工的扫帚至少在这个地方走了一百八十多遍，即使没把手帕扫走，经过这么久的太阳和风雨，它也该像树叶那样腐烂了。我在树下转了十几圈，连布渣渣都没看见，倒是在树的周围踩下了不少动物的粪便，凡是走过我身边的人不得不捂住鼻子，像小池那样捂住。也许小池根本就不是闻我的气味儿。如果不是，那她干吗要在我面前扔掉手帕？她有一千次机会扔掉手帕，干吗偏偏要当着我的面扔掉？

越是回忆，我越是拍大腿，恨不得拿自己去枪毙。小池给了我那么好的机会，我竟然没有抓住，真是天底下的第一笨蛋！如果能挽救该多好！当晚我就铺开信纸，开始了挽救工作：

小池：

你好！天乐县好玩吗？你去爬那个五色湖了吗？插队的生活怎样？你能干农活吧？是不是哭鼻子了？想家了？你恨我吗？到现在我才明白，我不该骂你"流氓"。我向你道歉，希望你原谅我。

我一直把男女的接触看成是"耍流氓"。班主任"没主意"是这么教育我们的，校长赵万年也是这么教育我们的，再加上我妈的教育，我骂你"耍流氓"就不奇怪了。刚来动物园的时候，我经常用木棒打那些耍流氓的公猴，后来何园长教训我，说如果母猴的生育能力下降，就扣我的工资。原来猴子可以理直气壮地干这种事，那人为什么就不可以呢？书上不是说"人是高级的动物吗"？既然人也是动物，就应该享受猴子的待遇。不过人又好像不完全是动物，人应该有高尚的情操，不能像动物那样不要脸，因此人选择了一个中间办法，就是志同道合，先谈恋爱，谈妥了，同意了，才……

这封信写得乱七八糟，最后把自己都写糊涂了，于是我就撕信。撕过之后，我又重写，写过之后，我又撕。信的内容大致就是骂自己、恨自己，后悔当初没理解小池的意思。写着写着，我开始在小池的名字前加"亲爱的"。折好信，封好信封，我来到大街上的邮筒前，准备把信丢进去。但是每一次，我的右手都紧紧地掐住左手，提醒自己：万一小池生气呢？万一她把信交给组织怎么办？信也许太露骨了，是不是再含蓄一点？没准小池对我已不感兴趣……鬼都不会相信，一个被我骂过"流氓"的人还会原谅我。我在邮筒前徘徊，始终没敢把信丢进去，尽管手里的信每天一换。

19

我给小池写的信，全部压在席子底下。随着信封的增多，信的内容也愈来愈赤裸裸，就像说私房话，写得具体亲密，连想她的裙子、想她的大腿都写。这样一来，我常常梦见小池。有天晚上，我梦见她在我面前脱裙子，好像也是在仓库里。这次，我没有躲避，跟她睡了。梦中的嘴巴像抹了糖，身体舒坦到了顶点，但是很快我就从顶点摔下来，全身疲软无力，裤衩湿了一大片。这是我第一次梦遗，我从床上爬起来，给小池写信，说我想你想得都梦遗了。

到了白天，我觉得梦遗是一种错误。我爸睡不着、喝凉开水、看火车、梦里喊赵山河都曾被我视为流氓行为，更何况我是梦遗。我发现我已经重复了我爸的前三项，再这么下去，我就是另一个曾长风了。一天深夜，我被自己的声音叫醒，听到自己在喊"池凤仙"，手里竟然还抱着枕头。这和我爸有什么区别？简直就是一个师傅教出来的。梦里喊了好几次"池凤仙"，我才真正理解我爸，才知道抱枕头的人不一定就是流氓。

星期天，我骑车回到三厂。我爸正在过道的煤炉上炒青菜。我叫了一声"爸"，他不应，也不抬头。我站在旁边看他，他的锅铲平静地搅动，青菜的颜色慢慢地变黄。他把青菜舀起，端着盘子往宿舍走去。他的盘子从我的鼻子底下晃过，他的膀子差不多擦到我的手臂，但是他一声不吭，好像我是外来的乞丐，会分掉他的食物。他木着脸坐到餐桌旁，端起饭盆吧嗒吧嗒地吃，不时把几根青菜送到嘴巴。我走进去，坐到餐桌的另一边："爸，请原谅，有些事我现在才明白……"他转过身，背对着我，忽然提高了嚼食的声音。我等待着，时刻等待着他把饭吃完。

吃完饭，他提着饭盆和菜盘走出去，把它们"哐"地丢进锅头，离开了。我擦干净餐桌，扫了地，洗了碗，把床上的被单叠得整整齐齐，他才带着刘沧海回来。我叫了一声："刘叔叔。"

刘沧海："长风，这不合适吧？"

我爸："你就照我说的说。"

刘沧海抓抓头皮:"广、广贤,你爸他、他要你回动物园去。"

我爸大声地:"刘沧海,我是这样说的吗?"

"你又不是说俄语,干吗还要我这个翻译?你自己跟他说不就得了。"

"这辈子,我再也不想跟他说话。"我爸又吼了一声。

刘沧海:"广贤,走吧,别惹你爸生气了。"

我站起来,走出门去。刘沧海跟上,轻声地:"你爸找到我,就想让我跟你说一声'滚'。他心里的疙瘩还没解开呢。"

骑上车,我的眼泪哗哗地流淌。我抹一把,眼泪就流一把。越抹越多,遮住了我的视线。单车歪歪斜斜地出了厂门,我停在路边流泪,觉得这个世界忽然大了,自己小了,孤单了。路过的雷姨看见我哭,走过来:"广贤,谁欺负你了?我叫你爸来收拾他。"她的话无异于雪上加霜,让我的泪水流得更猛烈。

回到动物园,我就给小池写信。我说她是我在这个世界上唯一的温暖,是我活下去的发动机,是我全部的寄托。我愿意为她去跳河、为她去生病。我爱她,深深地爱她,比爱伟大的导师和领袖都还爱她!我一口气写了五页信笺,当晚就丢进了邮筒。然后我掰着指头算时间:明天上午邮递员会来取信,下午信会被分拣,晚上信会装进发往天乐县的邮包;第三天凌晨,邮包会放上途经天乐县的火车,下午邮包达到天乐县;第四天上午,天乐县邮局会打开邮包,再次分拣,信会被分到去八腊人民公社的邮包里;第五天,邮包会跟随班车到达八腊公社,八腊邮局会对邮包进行分拣。如果当天有人去谷里生产队,那么这封信就可以在第五天的傍晚到达小池的手里;如果当天没人去谷里,那么这封信也许会在邮局搁到第七、第八天,等小池来赶街了才会拿到。一想到那么漫长的邮路,我就恨不得把信直接送达小池的手上,甚至想亲自为她朗读。

20

第六天,寄出去的信被邮局退了回来,原因是没贴邮票。一气之下,我在信封上贴了两张,把信再次丢进邮筒,然后又想象一遍信件的旅程。这一次,我的想象没有停止于到达,而是继续往前延伸。我想象小池接到信件时兴奋的模样,脸红扑扑的,像加菜那样兴奋,然后一个人跑到僻静处,小心地撕开信封,一字一句地阅读,估计刚看到"亲爱的",她就会惊讶地张大嘴巴，要么撇嘴，要么把信压在胸口。不管是反对或者拥护，晚上她应该给我回信。第二天她的信被丢进公社的邮筒，逆流而上，和我的信一样大约需要五天的行程。去信五天，来信五天，小池的回信最快也要十天后才到，但愿她不要忘了贴邮票。

　　二十天过去了，我没有收到小池的回信，相信这绝对不是邮票的原因。一天傍晚，我经过三合路铁道口，正好碰上一列途经天乐县的火车，想也没想便跳了上去。我抓住扶手，站在车门前的踏板上，让风刮着我的脸，一直刮到下一站才混入车厢。我钻厕所，站过道，逃过验票员，于第二天中午到达天乐县。

　　走出火车站，我看见整个天乐县城都泡在细雨里，一片迷糊。从泥泞的道路和透湿的屋顶可以判断，这不是阵雨，至少已经下了半个月，正在往物体的深处渗透，仿佛没有一年半载没法干燥。我到汽车站打听，开往八腊公社的唯一一趟班车已在上午八点钟开出。没有别的办法，我只能步行。我爬过一座又一座山坡，走过一大片金黄的稻田，穿过阴沉沉的森林，所过之处，没有一个地方不浸泡在雨中。那些饱满的稻穗被雨水压倒在田里，有的开始腐烂；山洪在黄泥小路上冲出大小不一的壕沟，就像树叶的脉络；长条的、成块的雾在山间和树梢飘荡，有的像破布那样掉到了地面；就连鸟的翅膀也淋湿了，它们只飞了几丈远就落进了树叶。

　　这是我步行的"世界之最"，好像把以前走过的路全部加起来，也没有这一天的长度。还有那些讨厌的雨，它让我的身体没一处干爽，连鸟仔都淋得缩了进去。好几次尿急，我找不到工具，只看见一线尿从肚脐眼下面射出。现在我经常看见电视剧一表现爱情，主人公就在窗口外面淋雨，只要这么一淋，屋子里的人准会感动。但是他们哪里知道，那一天我足足淋了六个多小时，如果加上回公社的两个小时，一共是八个多小时，一秒钟都没打闪。

　　晚上九点多钟，我像一只落汤鸡到达谷里，找到了小池的屋子。窗户还是亮的，里面点着煤油灯。我借着门缝透出的光线，把每只鞋子上差不多两斤重的泥巴刮在门前的石头上，才敲开门。小池先是一愣，接着声音像一盆水迎头泼出："你怎么现在才来？我还以为你死了。"

　　"我是走路来的。"

　　"不是说今天，我是说当初。"

　　"现在来不行吗？"

"晚了,就连你的信也晚了!"

"出什么事啦?"

"……我恨你!"

小池咬住嘴唇,咬了好久,才往湿柴上倒了一点煤油,在屋子里点起一堆火,让我烘烤湿透的衣服。我想脱下上衣来挤水,她说:"别脱,你就穿着烤,离火炉近点。"热气逼近我的身体,腾起团团水雾,我像一台造雾的机器,坐在火炉边,让衣服上的水蒸气源源不断,让白色占领整个房间。已经夜深人静了,小池也没关门。期间吹来一阵风把门合拢,她跑过去拉开,门敞得比原来的大,还支上一根棍子。这哪像小池的风格,我一再追问发生了什么事,她不说,只是紧咬嘴唇,低头看她的脚尖,好像答案写在脚趾头上。房间里沉默着,我写信时的滔滔不绝不见了,小池耍流氓的胆量也没有了,只有炉火里的木柴不时地"噼啪"一下,让我的心里产生那么一点点暖和。等身上的衣服接近干燥,小池抬起头来:"你到王队长家去睡吧,荣光明和于百家都住在那里。"

"我不想睡,就想看你。看到天亮我还得赶回去上班。"

"明天生产队要收稻谷,我没力气陪你坐一个通宵。"

"为了看你,我连假都没请,是路过铁道口时跳上火车的,差一点就摔死了。"

这时,小池的目光才全部集中到我身上,把我从头到脚看了一遍,仿佛在找她丢失的发卡或者橡皮筋。我说:"过去我不懂事,对不起了。"

"现在说对不起有什么用,"她拿起一张塑料布,包了两个烤红薯,放到木箱上,"你走吧,再不走就赶不上明早回县城的班车啦。"

"你还没告诉我出了什么事?"

"该发生的都发生了,就是告诉你也没办法改变。"

"你不告诉我,我就去问百家和光明。"

"你真难缠,"她又抓起一块塑料布,拿起一把手电筒,"走吧,别在生产队里放广播了,路上我会把一切都告诉你。"

21

我和小池分别顶着塑料布,走在回公社的泥泞路上。我刚刚烤干的衣服,不到几分钟又被细雨湿润。那是雨声和脚步声交织的长夜,但是小池的说话声把所有的声音都盖了。她说暗恋她的人多得像蚂蚁,如果排起队来,起码有一里多长。平时连风纪扣都扣得严严实实的数学老师冯劲松,一有机会也冲着她眨眼。但是,她从来没认真地打量过那支长长的队伍,而偏偏把目光集中到我的身上。她也不知道看上我什么,就觉得我的卷头发好看,像外国人,身上有一种特别的东西,可能是臭资产阶级家庭遗留给我的,就连我身上的气味儿,她也特别喜欢。怪不得在插队之前,她的鼻尖经常要搭着那块沾上我汗水的手帕。

走过牛塘坳那棵大枫树,小池问我:"你还记得我出发的那天早上吗?"

"记得。"

"那你记不记得我伸出半个身子跟你挥手?"

"难道你不是跟你爸妈告别吗?"

"才不是呢,他们都没能力把我留在城里,我的手是挥给你看的。"

"我怎么一点也没看出来?"

"你骗谁呢?当时我对着你喊'曾广贤,你要给我写信啊',开始你听不见,当我喊到第三声的时候,你点头了,也把手举起来了。你分明知道,还假装。"

"我要是知道,就让我坐大牢。"

"那你为什么要举手?还点头。"

"我没举手,也没点头。"

"点了!举了!你连这个都不承认,我们就没什么话可说了。"

反正我也争不过她,就"好好好"地承认。正是因为这个误会,她到谷里生产队之后,每天都伸长脖子等待,总是第一个奔向邮递员。可是百家的信来了、光明的信来了,就是没有她的信。要知道一个人生活在那鬼地方,是多么渴望一封信,它甚至比一餐饭一顿猪肉都重要。当百家和光明拿着女同学的来信在她面前晃动时,她恨得直咬牙。百家他们看信,她就看村口的山梁,好像那些树会突然变成我。山梁一天矮下去一截,她没等到我的信,更没看见我的身影,就趁去县城的机会,模仿我的口气和笔迹给她写信。她在信里替我道歉,替我求婚,替我表扬她的美貌和善良,甚至没征求我意见,就私自在她的名字前加上了"亲爱的"。她幻想这么糊弄一阵,也许我的信真的会来,可是半年过去了,我连半个字都没写给她。她抱着那些假信大哭一场,就把它们全部烧了,一边烧一边给自己下命令,今后再也不许想我。

给她的信早就写了一床铺，只是我这个超级傻瓜没及时投递。收不到我的信，她就得面对现实，其实，从坐上开往八腊公社班车的那一刻起，她就得面对现实。县城到八腊公社的路全是弯的，起码有二十几个大弯，坐上车她就感到晕，车一动她就呕吐，一路上连胆汁都吐了出来了。吐得她一点也不觉得风物还是天乐好，差点就从窗口跳下去，一头撞死。后来她去县城给自己寄信也是这么个吐法，为了虚构一个人来爱自己，她每次走上班车全身都在发抖。

她和百家、光明是在深夜到达谷里生产队的，王队长把两个男的领到他家，把她一个人带到那间泥房，说女的单独住方便些。王队长甩手就走，也不管她害不害怕。那是一间单独的泥屋，周围没有人家，如果不是点着灯，就没有一丁点儿光源，连自己的手指都看不清楚。可想那一夜她是怎么熬过来的……她坐在蚊帐里，眼睛一直睁着。外面的刮风就像鬼叫，甚至有好几次她听到脚步声都到了窗口下，吓得她的毛根都立了起来。当时她多么需要一个不怕鬼的男人陪伴，她甚至想如果谁来给她壮胆，她就嫁给谁。不管这个人年龄有多大，样子有多难看。窗外的脚步声越来越重，她脊背发凉，出了一身冷汗，眼看就要晕倒，就大叫一声，拉开门逃出去，没想到撞上了一个人。那人说："别害怕，我是来帮你守门口的。"

在生产队劳动大都是分块块，比如挖土，每人划一块，谁挖完了谁就坐在一旁看别人挖。她从来没拿过锄头，哪挖得过农民？只挖一次手就起了水泡。起泡了不能休息，第二天接着挖。她手里的泡被锄头把磨破，整个掌心血肉模糊，痛得就像刀割。但是她不能叫痛，叫痛就是怕劳动，就是不接受贫下中农的再教育，所以她得缠着纱布挖。凡是挖土，她总是落在最后，开始别人还帮帮忙，多次帮忙之后他们也累了烦了，就不再帮了。只有一个人，就是那个站在门口帮她守夜的人一直帮她，哪怕别人嘲笑，他也帮她。当那个人的锄头抢在她的前面，把她没挖完的土全部挖完之后，她就觉得那个人像她的男人，是毛主席给她派来的丈夫。

有一天，那个人走进她的泥屋，对她说："跟我好吧。"她摇头拒绝，尽管那个人帮了她许多，她还是拒绝，原因是她对我还心存幻想，她还想嫁回城里来。她一直用我来排斥那个人，甚至拿出她冒充我写的信让那个人看。但是那个人不相信，说："要是他真爱你，早就来看你了，而不只是写几封酸溜溜的信。"她的拒绝没有打击那个人，他照常帮她挑水、打柴、洗衣服，帮她到公社去买红糖。

　　就在我信件到达的前两天，也是下大雨，她屋前的柴火全淋湿了。晚上收工回屋，肚子饿得呱呱叫，她急着生火做饭，但是柴火湿了，怎么也烧不燃。她低头吹火，浓烟熏得眼泪直流，后来泪水越流越多，再也分不清哪些是烟熏的，哪些是委屈的。这时，那个人来了，往湿柴上泼了一点煤油，划了一根火柴，火便熊熊起来。她的眼睛一下就睁大了，就像看见发明蒸汽机的瓦特那样满脸惊喜，一头扑进那人怀里。用煤油生火尽管看似简单，但她却根本没想到，现在她一直用这种方法生火，省去了许多麻烦，至少不用流眼泪。

　　万万没想到，就在她扑向那个人之后的第三天，我的信到了。我的信早不到，晚不到，偏偏在她扑向那个人之后才到，这是不是命呢？假如她在扑向那个人之前收到我的信，那她就不会扑得那么草率，至少还要犹豫三两天。怪只怪我当时没在信封上贴邮票，没大起胆子把信早一点寄出去。

　　天色微亮，我们才走到八腊公社，细雨的街道空无一人，轮廓模糊的班车停在革命委员会门前，所有的门窗都关着，公社广播站的新闻从喇叭里断断续续地传出来。我们坐在门前的台阶上。我问："那个人是谁？"

　　"暂时不想告诉你。"

　　"是百家或者光明吗？"

　　她摇头。

　　"那就是当地的农民？"

　　她仍然摇头。

　　"我还有机会吗？"

　　"没了，我都已经……"

　　"已经什么了？是不是跟他睡了？"

　　她的脸一沉，提高声音："就是睡了，和你也没关系。"

　　"我不想回去了，就留下来陪你，跟你一起插队。"

　　"算了吧，当初我求你报名，你是怎么说的？你说你不愿下乡。"

　　我的鼻子一酸，泪水涌了出来，仿佛比下着的雨还要滂沱。她说："你真是个孩子，也不怕丢人现眼。这事是哭得来的吗？如果哭得来，当初我早就把你哭来了。"她这么一说，我哭得更厉害，不知道为什么，我就想哭，哭了心里好受。她背过身，抹了一把眼睛："城里有那么多姑娘，哪一个不比我好。"

　　"除了你，我谁也不要。"

"这又不是糖果,可以随便抓一把给你。这是感情,我没有办法分成几瓣。你走好,我得赶回去出早工了。"她把袋子里的红薯塞给我,转身走去。我喊她的名字,以为能够把她喊住,但是她越走越快,渐渐地被雨水淹没。

22

听了这么久,你累了吧?喝口饮料吧。对不起,我没带香烟,我不知道你抽烟,叫服务员上一包吧,没关系,只要你能听我把故事讲完,再点一盘水果都没问题。

回到动物园,我把席子下的每一封信都贴上两张邮票,投进邮筒。从那时起我养成了在信封上贴两张邮票的习惯,就是正面贴一张,反面贴一张,即使有一张掉了另一张还在,以确保信件不被耽误。十天之后,小池寄回一个包裹,打开一看,里面全是我的信,就连信封也没撕开。晚上,我抱着那些信件入眠,半夜里常常被自己的喊声惊醒。我还在梦里喊"池凤仙",胸口不定期地痛么一下,有时太痛了,我便朝着天乐县的方向久久地瞭望,仿佛能看见小池用煤油生火,看见她的泥屋上炊烟袅袅。

一天晚上,我潜入仓库,坐在那些条凳中间发呆。周围一片漆黑,连轮廓都看不清楚,唯有小池站过的那张条凳若隐若现,渐渐地明亮,好像铺了一层荧光。小池的裙子在凳子上飞旋,忽地落下,露出她光滑丰满的大腿,一次又一次……假如当时我不回避,而是像老虎那样扑上去,那就不会造成当前的遗憾,小池也不至于恨我。那张条凳越来越明亮,小池时而消失时而出现。我喊了一声"池凤仙",忽然听到一串狗的呜咽。我打开电灯,看见一只脏乱差的小花狗趴在凳子下面,已经气息微弱。我把它抱起来,带回宿舍,喂了糖水,喂了米饭,它的喘息声才慢慢壮大。两个小时之后,它有了一点剩余的力气,就不停地舔我的手,让我冷却的心头一热。我利用工作之便,为它打针,给它开小灶吃肉,半月之后它就毛色油亮起来。从此,我的脚步后面多了这团生命,它每天跟着我在动物园的铁笼子边晃来晃去,由害怕到不害怕,由乱叫到一声不吭,有时胆大得敢把头伸进老虎的地盘。开始我给它取名"小花",是想纪念我们家死去的那两只狗,但是我马上就否定了。它是在我喊小池的时候出现的,所以我叫它"小池"。只要我一喊"小池",它就会跳到我的怀里。怄气的时候,我会跟它说话。想小池的时候,我呆呆地看它。晚上,我用肥皂给它洗澡,把床铺的一半让给它睡。这么"小池、小池"

地喊着、睡着，无数个刹那便误认为小池真的就在周围，胸口的痛像冰块那样慢慢地融化。

秋天到了，动物园里落了许多黄叶。每天上下班，我都有可能被何园长的堂妹何彩霞拦住。她是动物园的会计，看看前后左右没人，就一把揪住我的脑袋："长卷发的不是美帝国主义就是苏修，说不定你妈跟美帝国主义睡过，你是你爸的野仔，是美帝国主义的儿子。如果你不听话，哪天就拿你来批斗。"说着，她的另一只手往我的裆部抓去，痛得我双腿夹紧，有几次甚至痛得连尿都拉不出来。每次见到她就像见阎王，吓得我全身筛糠。好在我还有一只摇尾巴的狗，还有邻居赵敬东，要不然你让我怎么相信世界上还有温暖？

赵敬东不喜欢说话，却喜欢听，听的时候从不插嘴，该惊讶的时候惊讶，该叹息的时候叹息，该拍大腿时拍大腿，听到精彩处，他的耳朵竟然会动。那时候，我憋了一仓库的话，特别想找人倾诉。不过，请别忘记，我是个在嘴巴上吃了大亏的人，开始只跟他说说天气和动物，后来发现他的嘴巴比锁头还紧，就是我说了何园长跟我妈的事他也不外传，我就越说越具体，越说越生动。赵敬东给我一个启发，那就是：想要成为别人的朋友，就得先做一名好听众。一天晚上，我把小池在仓库里脱裙子的事说了出来，他不停地咂嘴，不停地拍大腿，很难得地插了一句："一个姑娘当着你的面把裙子脱了，你竟然不给面子，太让人伤心了，太让人失望了。听说我们动物园的何寡妇经常勾引男人，谁不去应卯就告谁的黑状。有时候只要不满足别人的要求，就把别人得罪了。"

这之后，他经常提醒我："你该抽空去看看小池，至少你们还有革命的友谊。你骗人家去了那么远的旮旯，就不关心了，太对不起人了吧。"这话就像闹钟，不时在我耳边叮咛。其实，他叮不叮咛我都要去。到了冬天，我攒足了去看小池的路费，打算抽时间动身。赵敬东听说后，好像是自己去相亲那样坐立不安，手搓得比往时勤快，话也比平时多了。他不止一次问我："天乐离这里有多远？"根据我的回答，几天工夫他就画出了一张去天乐的路线图，地图上的箭头拐来拐去，从动物园一直延伸到谷里，仿佛小池是一个军事目标。除了那张路线图，他还买了三瓶红烧肉罐头，五把面条，托我一并送给小池。我跟单位请了病假，把狗委托给赵敬东，便登上了去天乐县的火车。

冷风像玻璃碴子呼呼地打着车窗，两三公里之后窗玻璃上就水汽朦胧。黑暗围了上来，火车的颜色由浅而深，慢慢变成铁的颜色，但是前方的天空却一片深红，那是满天的霞光。

23

第二天晚上，我刚走到谷里村头，就听到开会的声音。社员们在几盏马灯的照耀下，围着一个台子。台上低头跪着小池和于百家，他们的脖子分别挂着两双破鞋。小池头发零乱，脸上有划痕，嘴角有血印。于百家的左眼肿了，上面浮起半个黑圈。到现在我才知道，那个为小池淋煤油生火的就是于百家，于百家就是小池的瓦特。

围着台子的人墙慢慢地往里收缩，越来越小，越来越紧，社员们抢着发言，这个声音高起去，那个声音低下来……从社员们的发言得知，小池和于百家在草垛里被抓了现场。那是稻草垛，是留给生产队的牛过冬吃的，但是小池他们竟然钻进去干那种事。干那种事不要紧，关键是他们把草弄脏了，谁敢保证耕牛吃了这些草不怀上孩子？

我的脑袋整个木了，像放进了速冻的冰箱。有那么一段时间，我听不到声音，只看见社员们笑得前仰后合，嘴巴张得像鲨鱼，牙齿利得像钉耙……我的身子颤抖，牙齿打架，手心里为小池捏了一把汗。一个妇女拿起一束稻草，在小池的嘴巴上扫来扫去。旁边的人一起喊："吃，让这两个牲口吃。"小池把脸歪过去，有人把她的脸扭过来，"吃！吃！吃！"的喊声越来越响亮。于百家一把抢过稻草，喂到自己嘴里，像牛那样嚼了起来。社员们拍响巴掌，笑成一片，几乎把整个会场都要掀翻。

小池的肩膀一抽一抽的，虽然竭力克制，但哭声还是泄漏了。哽咽，抽泣，伤心得像个被拐卖了的。于百家发出一声干呕，把稻草"哇"地吐掉。有人喊："让他吃了！让他吞下去！"荣光明从竹竿上拿走一盏马灯："今晚就让他吃了，明晚还看什么？就斗到这吧。"直到马灯分别被人拿走，社员们才慢慢散开，他们一边走一边回头，脚步有点粘，像是恋恋不舍。

我尾随小池到了她住的泥屋。她的眼角还没擦干。我说："对不起，知道是这样，当初我就跟你来插队。我不会像百家这么莽撞，这么不负责任……"话没说完，我听到叭的一声，小池的巴掌落在我脸上。我的身子一抖，手里的网兜掉下去，赵敬东买的那三瓶罐头全部破碎。我摸着脸，以为她还没从批斗会现场回过神来，便大声地："小池，我是广贤。"

"扇的就是你。你别来这里当救世主，我不需要你的同情！跟百家是我自愿的，哪怕他们拿我去坐牢，拿我去枪毙，我也不后悔。你给我滚远点，不要管闲事。"

"我只是来看看你，没想到……"

"没想我这么惨是吧？对不起，这么狼狈的事都让你碰上了。你回去告诉城里的同学吧，就说我池凤仙有多可怜，多流氓。感兴趣的话，你还可以去告诉我们的老师，不过，我要告诉你，你就是把我和百家的事拿去广播了，我池凤仙也不害怕。你什么时候看见我害怕过？"

"……"

她变得有点歇斯底里，我站在了一会，就捡起打碎的罐头，把红烧肉洗干净，再用锅头烧热，放到床头的木箱上，然后轻轻地离开。

第二天下午，我坐上了回城的火车。在火车的哐啷声中，我的胸口一直急速跳动。我伏在边台，写了一封信：

百家：

你好！小池是不是精神出了问题？你们受到那么大的刺激，情绪激动是可以理解的。但是，如果情绪激动过了头，没准就会崩溃，希望你和小池保重身体！

从城市到乡村都在抓作风问题，看了你们的批斗会，不要说接触女人，就是想我也不敢想了。在我写信的这一刻，对面就坐着一个非常漂亮的姑娘，要是过去，怎么样我也会多看她几眼，甚至会帮她打开水，跟她聊天，还有可能产生那么一点邪念，但是现在我不敢了。我在跟自己打赌，如果到她下车我也没正眼看她，就说明我的意志已经坚强，足够抗拒各种不健康的念头。你在这方面也要坚强起来，别花心，要小心，千万千万别再去钻草垛了。既然你有能力从我手上把小池夺走，那你就得替我保护好她，关心她，多多为她着想。你万一憋不住，就用手自己解决吧，这是我爸教我的，不妨一试。

让我们共勉。

祝革命的友谊万古长青！

曾广贤

你别笑话，那时写信都得来上这么一句，也不管你跟对方是不是真的存在友谊。你不是笑这个？那你笑什么？哦，我明白了，你是笑"自己解决"是吧？这一点也不好笑，反而很悲哀，你想想不是万不得已，谁会用手来解决？没办法呀，那时候不像现在这么开放。

第三章　冲动

24

我跟赵敬东的关系够铁了吧，但是他从来不告诉我他有一个表姐，一个长得比你漂亮的表姐。我这么说请你不要介意，他的表姐确实长得漂亮，究竟漂亮到什么程度呢……对不起，我竟然找不到恰当的字来形容。这么多年来，我只管说他的表姐漂亮，事到临头了却找不到具体的形容，原来漂亮也是空气，摸不到、抓不着。不过仔细想想，好像还有可以表达的东西，比如他表姐的额头上有一个美人尖，就是头发在额头中间伸出来那么一个小尖尖，这个小尖尖长得恰到好处，和她的眼睛、鼻子一搭配，看上去不要说男人，就是像你这样的女人也会心动。她的眼睛不是特别大，像电影里女特务的眼睛，弯弯的，眯眯的，什么时候看都像是在挑逗你、勾引你，再加上长长的睫毛，别提有多撩人了。她的嘴巴小巧玲珑，是被称为"樱桃小口"的那一种，就是不擦口红也是红的。那时候人们都喜欢女人长一张小嘴，不像现在喜欢大嘴美人。我第一次见她，不，准确地说我第二次见她，是在赵敬东的葬礼上。

还是先说赵敬东是怎么死的吧，要不然这事扯不清楚。我从天乐回来的那天晚上，那只狗就不理我了。它站在赵敬东的裤子边，舔着赵敬东的脚背，连看都没看我一眼，完全一副小人得志的样子。我叫"小池"，它没抬头。我说："哎，这狗到底怎么了？"赵敬东咧嘴一笑："你叫它闹闹试试。"我大喝一声："闹闹。"它抬起头，"汪汪"地叫了两下，又低头去舔赵敬东的脚。赵敬东踢了一下："过去。"它低头朝我跑来，但是只跑了几步，便扭头而去，钻进了赵敬东的屋子。

"敬东，你是不是天天给它吃肉呀？"

"我想肉想得都流口水了，哪有钱给它买肉。"

"那就奇怪了。没想到狗也会叛变。"

"哎，你见到小池了吗？她还好吧？"

"挺好的。"

我不想再谈小池，抓起一根木条，跑进赵敬东的屋子，对着那狗就是一鞭。它跳出门槛，回头看我。我追出来，又抽了它一鞭。它在我的鞭子下仿佛有了记忆，一闪一闪地跑进我的屋子。我把门关上，用石头堵住它平时进出的洞口，然后倒到床上。我实在是太困，连洗漱的力气都没有了。

早上醒来，小池不在屋子里，堵住洞口的石头竟然扒开了。我敢打赌，如果小池没有出去的雄心壮志，它是绝对扒不开那块石头的，要扒开那块石头，不说它，就是我也得动用三根以上的指头。我跳下床，冲出门去。晨光落在赵敬东的窗户上，这时我才发现，那扇几天前还歪歪斜斜、裂缝开口的窗户，已经换了新框和新玻璃，里面贴了一层旧报纸。我凑到窗前，什么也看不见，赵敬东忽然神秘了。我拍拍门，传来小池的叫声。它真还在里面。赵敬东打开门，揉着眼睛："怎么这么早呀？"小池在他的脚边蹿来蹿去。

我问："闹闹是什么意思？为什么你叫它闹闹它就不认我了？"

"就是太闹了，你把它叫回去吧。"

"除非把它拴起来。"

"那也太残酷了，要不我帮你照看个把月？"

"敬东，你有父母，还有兄妹，我可是连个伴都没有。"

"嗨，它又不是女人，怎么说得这么悲惨，难道哥俩还要为一条狗翻脸？"

"奇怪啦，它原来那么黏我，怎么就……"

"我也被它搞糊涂了。"

25

我这个人从来都不勉强别人，哪怕是一条狗我也不勉强。开始我故意不当一回事，就让闹闹住在赵敬东那边，他们的嬉闹不时传来："闹闹，打个滚。""汪汪。""闹闹，再来一个。""汪汪汪。""闹闹，洗澡啦。""汪汪汪……"这样听着，我的心里先是堵，后来就感到空，空得就像死了亲人。我在屋子里走过来走过去，哼唱当时流行的红歌，凡是我能唱的都唱上一遍，甚至连那些只记得半截的也捡起来唱。这些歌你连听都没听说过，那旋律好听得能让你的细胞活跃。唱完之后，活跃之后，屋子显得比原来安静、宽大，显得比我的心里还空，我看什么都不顺眼，总想发脾气，总觉得少了点什么。

我踢翻一个盆，失手打烂一个杯子，手脚才静止下来。

　　白天，我提着一篮子牛下水去喂老虎和狮子，一边走一边说："闹闹，今天你要是敢把头伸到笼子里去，我就奖励你一截肠子，哪怕是挨处分我也要奖励你。"但是一回头，闹闹并没有像从前那样跟着，心里顿时乱乱的。这时，我不得不承认我很在乎闹闹。我看四周没人，便偷了一截大肠，这是我第一次干这种偷鸡摸狗的事，尽管周围没人，还是被老虎和狮子的目光吓得脸热心跳。

　　晚上，我往锅里倒了一些油，把偷来的大肠放到油里去煎，肠子慢慢焦黄，香得我都想吃上几口。但是我咽了咽唾液，没舍得吃，而是舀起来，摆到门前。我用铲子敲着饭盆，喊："闹闹，加菜啦。"闹闹从赵敬东的门框蹿出，跑到我面前，一头埋进盆子，几大口就把肠子吃光了。我以为它会感谢我，至少会对我摇摇尾巴，可是很遗憾，它只瞥我一眼，就夹着尾巴跑了。我不相信收买不了它，第二天从老虎的午餐里偷了一根骨头，用绳子系着，摆到洞口。闹闹来了，它用鼻子嗅着，我把骨头往屋里轻轻一拉。它把头伸进来，一口咬住，我又往里一拉，骨头从它嘴里脱出来。我以为它会追赶骨头，但是没有，它只趴在洞口看着，一半身体在屋里一半在屋外。我把骨头丢过去，拉回来，勾引它，它静静地看了一会，竟然退了出去。没吃的也就罢了，这么好的骨头摆在面前，它竟然连家都不进，你说它的心肠硬不硬？

　　到了周末，我更闲得慌，手脚多余得不知道往哪里放。赵敬东的门上挂了锁头，不知道去了哪里，连个说话的人都没有。我坐在门前，看虫子飞来飞去，远处的黄叶一片两片地落，没有风它们也落？忽然，那只狗低头走了回来，趴在赵敬东的门口。我看着它，它看着我，就这么静静地看着。我想它一定是失去了记忆，要不然它不会不理我。我叫它："小池、小池……"我不停地叫着，希望某一刻它跳起来，扑到我的身上。但是我叫了几百声"小池"，它也没动一动。它一定是没有记忆了，要不就是喜欢好听的名字？我对着它叫"红花""幸福"，叫"工资""肥肉"，叫"吃得饱""穿得暖"，叫"美女""司令"，叫"万岁"，叫"彩霞"，叫"何园长"……凡是好听的我都叫了一遍。这次它有了动作，就是用舌头不停地舔它的嘴巴，但是这个动作好像和我叫它什么名字没关系，也就是说我不这么叫它，它也会那么舔。

　　难道它要我把它当亲人？难道我对它投入的感情还不够多？我的嘴唇颤抖着，犹豫着，终于对着它叫了一声"妈……"，就是叫了"妈"它也没感动，我又叫它"爷爷""奶奶",叫得我的心里一阵阵刺痛,它也没跳起来,干脆连眼皮也耷拉下去。这下我总算明白,好吃的和好听的都没法打动它。我走过去,拎起它的脖子,一直拎进屋里,用绳子把它套住。它呜呜地叫着,不停地转圈,转了好久才安定下来。我想这么固定几天,不信它不像从前那样亲我。

这一夜,我睡得很踏实,就像把私奔的老婆找回来那样踏实,心里莫名其妙地暖和。说真的,当时已经没有人值得我生气了,只有这只狗还能影响我的情绪。你是不是觉得特别可笑?现在我回想的时候偶尔也会笑出声。我不否认我夸大了狗的作用,但那时我的周围几乎没有亲人,连小池的友谊也失去了,我最缺的就是暖和,所以哪怕那只狗身上只有一丁点火星,我也会把它想象成燎原的大火,更多的时候生怕自己连一丁点火星都没有。

我万万没想到,第二天早上,狗不见了,地上只留下一截被它咬断的绳子。我像被谁打了一棒,有气无力地躺在床上。既然绳子都拴它不住,那还有什么能够拴住?知道它这么无情,当初我就不应该收养。

26

那段时间我逢人便说狗,说它变心,说它忘恩负义。何园长听了,咧嘴一笑:"不就一只狗吗?干吗弄得像死了老娘似的。"何园长不但不同情,反而取笑,我算是白说了,就觉得即使说也得找准对象,如果碰上这种没同情心的,还不如不说。沉默几天,我在飞禽区遇到了陆小燕,觉得她应该是个善良的人,便把这只狗当初如何奄奄一息,我如何救它的命,现在它如何背叛我说了一遍。陆小燕听罢,既不惊讶也不感叹,只面无表情地问一句:"是吗?"根本就没听出我的悲伤。连陆小燕都这样,我还有什么说下去的必要。我只有在给老虎和狮子喂食的时候,跟它们说一说了。

有一天,我正埋头清扫铁笼子外面的树叶,看见何彩霞远远地走过来。我丢下扫帚绕到铁笼子后面,本能地回避。她越走越近,似乎没发现我。眼看她就要从铁笼子边走过去了,我忽然冒出来,叫了一声:"何阿姨。"她停住,快步走近我,以毫不商量的架势往我的下身摸去。我急忙闪开:"想跟你讲件事。"

她眯起眼睛打量:"什么破事?"我说我的狗如何如何……说到一半,她哈哈大笑,然后神经质地张望,把嘴凑到我耳边:"你怎么还蒙在鼓里?动物园的人都知道了，你怎么还不知道？那个赵敬东，他……他跟狗搞男女关系，再过几天单位就要拿他来批斗，有的人连发言稿都写好了。你真的不知道吗？"

我起了一层鸡皮疙瘩，定在那里。何彩霞又摸了我一把，跳跃而去，一边跳跃一边哼唱："麦苗儿青来菜花黄……"当时我真的吓蒙了，不要说想不到，就是连想都不敢想，一个是人一个是狗，怎么可以搞在一起？就像木头怎么接电表？泥巴怎么煮米饭？他们本来就不是同类项。但我又不得不相信这是事实，要不，那只小母狗不会无缘无故地抛弃我，赵敬东也不会换窗户，贴报纸，把自己的家遮得像晒相的暗室。我定在那里，等鸡皮疙瘩从身上一消退，就看不起赵敬东了。

我再也不跟赵敬东说话，看见他就远远地躲避，像过去躲何彩霞那样躲避。有时候他拍我的门，我也不开，假装没听见。但是抬头不见低头见，我们不可避免地会碰到一起，我当场把脸扭开，匆忙地走过去。次数多了，他感觉气氛不对，一看见我就低下头，再也不主动打招呼。我给何园长递了一份申请，说不想跟赵敬东做邻居，要求他重新给我安排一间房。何园长说："不要说房，现在连床位都没多余的，除非你愿意跟动物住在一起。"

何彩霞开始在不同场合说赵敬东跟狗的事，每一次都说出一两个精彩细节，听众们不仅笑弯了腰还笑出了眼泪。一次，大家在财务室领工资，何彩霞又扯开嗓门，说赵敬东为了润滑，竟然在狗的屁股上抹猪油。有人问："你是怎么知道的？"何彩霞双手捧腹，自个先笑了一轮，然后才说："我、我捅破他的后窗，亲眼看见的。"大家就骂何彩霞："流氓。"何彩霞说："谁流氓了？他做都做得我还看不得呀？"众人笑得前仰后合，连手里的工资都数不清楚。赵敬东走到门外，仿佛听到了什么，扭头而去。他的步子零乱，身体摇晃，背影孤单到了极点。我忽然觉得何彩霞有些过分。

晚上，我敲开赵敬东的门，想跟他好好谈谈。他一看见我脸就红了："广贤，我不配做你的朋友。"

"知道何寡妇说你什么吗？"

"知道。"他紧咬嘴唇，手掌在闹闹的头上轻轻抚摸。

"难道……她说的是真的？"

赵敬东点点头："没想到让她看见了，我遮得这么严实，还是让她看见了。她什么都想知道，什么都爱打听，眼睛比小偷的还雪亮。"

"这么丢脸的事，亏你做得出。"

他躲我的目光，低下头，差不多低到了裤裆："没办法，我实在熬不住。如果你是我也会熬不住的。"

"我不是熬过来了吗？"

"你这算什么熬？你没看见过美女算什么熬？你面对的是何彩霞那样的丑女人，能算是熬吗？要知道，我面对的是仙女。"

我朝四周看看："美女在哪里？仙女在哪里？"

"在我外婆家里，我叫她表、表姐，是省文艺思想宣传队的演员，屁股翘翘的，胸口挺挺的，骚得不得了。每次洗澡她都忘记拿香皂，经常叫我帮她递。我把香皂递进去，她就掀开帘子，露出一身的白，让我闭眼睛都来不及。晚、晚上睡觉，只要我闭上眼睛，她就在我的头顶上飞，就像洗澡那样一丝不挂。难熬呀！我只好用闹闹来代替，哪晓得被何寡妇看、看见了。"

想不到他的内心这么激烈，我被他说得一处硬起来，全身软下去。我说："你得有思想准备，何寡妇说单位要批斗你，就像批斗我爸那样批斗，她还说有的人连发言稿都写好了。"

赵敬东的脸唰地变青，身子立即打战："这是真的吗？"

"反正何寡妇是这么对我说的。"

"这事要是拿来给大家批斗，我的脸往哪儿搁呀？广贤，你说我是不是该找个地缝钻进去？"

"要么厚起脸皮让他们批，要么逃跑。"

"我又不能偷渡，能跑到哪里去呢？"

27

第二天，赵敬东没去上班。他饲养的猴子们发出凄厉的叫声，叫声惊动了何园长。何园长来到赵敬东门口，用力拍门，拍了许久都没把门拍开，最后拍得脸红脖子粗，一抬脚把门踹了。

赵敬东直挺挺地躺在床上，嘴角两边全是血迹。后来法医解剖鉴定，说赵敬东是喝农药死的。烧他的那天，单位只去了几个人，其中包括陆小燕和房子鱼。赵家来了一堆人，大家抱成一团，哭声一个比一个长。在他的家属中间有一位漂亮的姑娘，那不是一般的漂亮，看上去真的就像仙女，比现在好莱坞的那些女明星都还漂亮。从身体的曲线判断，她应该是赵敬东的表姐。

我只偷偷看了她几眼，胸口就开始跑马了，好像有一团力量随时准备喷薄而出。她走过来，伸出一只手："你是曾广贤吧？敬东跟我说起过你。我是他表姐，叫张闹。"我愣住，竟然忘记跟她握手，等她转身而去才回过神。难怪赵敬东要给那只狗取名"闹闹"，原来是他表姐的名字。

我总觉得张闹面熟，仿佛在哪里见过，但一时又想不起来，便认为是赵敬东说多了造成的印象。我为没能跟张闹握手懊悔了好长一段时间，她的表情，她悬空的手就像黑暗中的电筒，老在我面前晃动，直到现在都还不时地晃那么一下。好长一段时间，我偷偷地拿自己的左手握自己的右手，想填补跟张闹留下的空白。有时我的两只手紧紧相握，握得难解难分，嘴里便不自觉地模仿张闹说话："你是曾广贤吧？敬东跟我说起过你……"握着，模仿着，就像狗尾续貂，心里追悔莫及，暗自祈求张闹再给一次握手的机会。

一天，我躲到离屋子不远的灌木丛后面撒尿，看见闹闹躺在那里。它已经硬了，嘴角像赵敬东那样血迹斑斑。估计赵敬东给它喂了农药，它受不了才从狗洞爬了出来。我用麻袋包住它，放在单车的后架，来到铁马东路的仓库。既然闹闹来自这里，我就把它埋在这里。我绕到仓库后面，挖了一个坑，在即将覆盖闹闹的时候，忍不住用铁锹撩开它的后腿。说出来不怕你笑话，当时我身上同时产生了两种反应，就像分裂了似的。我的鸟仔直了，但是我的脑子却感到恶心。我一边直着一边干呕，仿佛自己跟自己打架，自己扇自己巴掌。直到泥土完全把闹闹掩盖，我身上的这种现象才消失。好像当时我说了一句"安息吧，闹闹"，好像还说了"永垂不朽"什么的，也好像没说，反正现在我记不清晰了。

赵敬东的宿舍没人敢住，一直空着，屋门半闭半开，风来时吹得哐啷哐啷的响，胆小的人还以为是闹鬼。但是我不害怕，闷得发慌就钻进空空的屋子，呆呆地坐上一阵，好像赵敬东没死，会随时回来跟我聊上几句；好像那只狗也没消失，还在屋子里跳跃……我只在空屋里发了几次呆，屋前的荒草就青了，树叶就绿了，动物们开始叫春了。我感觉身上发生了一点小变化，那就是胆子比从前大了，逼急了仿佛也可像武松那样打老虎。有一天，何彩霞又张开大嘴，跟一群人说赵敬东在狗屁股上抹猪油……我当即挺起腰杆："何彩霞，你知不知道，赵敬东是你害死的。"

她用手捂住嘴巴，顿时没了语言。

我乘胜追击："每天晚上，我都听到赵敬东回屋子来哭，他一边哭一边控诉，说是你舔破窗口，才让他的事情暴露；是你到处说他，动物园的领导才决定批斗……他哭得一声比一声凄凉，比死了母亲还要凄凉，经常在半夜里把我哭醒。"

何彩霞的脸吓得发白，好像罪犯被警察逮住那样紧张、恐惧。她结结巴巴地："你……你在宣扬迷信。"

"是不是迷信，你半夜到赵敬东的屋外听听再下结论。"

你干吗缩脖子？是不是害怕了？这都是三十年前的事，又不是现在，你用不着发抖。烟来了，你抽支烟镇静镇静，来，我给你点上。第二天晚上，情况发生了逆转，估计何彩霞得到了高人指点，要不她的嘴里不会一套一套的。她站在我门前扯开嗓门："曾广贤，你小小年纪竟然学会了陷害，你去问问，动物园的人哪个不知道赵敬东是你害死的。"

我倚住门框："才一个晚上，你怎么就赖账了？昨天不是说好了是你害死赵敬东的吗？"

"昨天是昨天，今天是今天，你别想蒙我。你摸着胸口想想，是哪个告诉赵敬东单位要批斗他？"

"不是你说的吗？"

"是我说的，但是我说了一个多月，他都没自杀。我再怎么说他也听不到，他没听到，就等于我没说，是你这个传声筒把话传给他，他才吓死的。更何况，你还送给他那只小母狗，要是没那只狗，他哪有犯错误的条件。你用狗给他施美人计，给他下圈套，现在你明白是谁害死赵敬东了吧？"

我指着赵敬东的屋子："是谁害死赵敬东，只要到屋里坐坐就明白，你说不是你害死的，你敢进去吗？"

她黑着脸，在门前走来走去。我跨进屋，坐到布满灰尘的凳子上。她转身欲走，忽地又转过身，试探性地跨进来，坐在门槛上："坐就坐，谁怕谁呀。"

"有本事你坐到里面来，最好坐到床上去。你敢坐到床上，就说明赵敬东不是你害死的。"

"那就是你害死的。"她说着，真的坐到床上，床板"呀"了几声。

"赵敬东死的时候流了许多血，那些血就在你的屁股底下，你好好看看吧。"

"随便你怎么吓，我都不怕。赵敬东要报复，也会报复那个真正害死他的人。你说过的，只要我坐到床板上，就说明我没害他。"

"那要看坐多长时间,坐得越久证明你越清白。"

屋子里静悄悄,好多小虫在灯下飞舞。我们不时地对视一眼,但更多的时间是在打量墙壁、瓦片和蜘蛛网。我说:"你敢让我熄灯吗?"

她摇了摇床板:"为人不做亏心事,半夜不怕鬼叫门。"

我站起来,叭地把灯熄灭。屋子里除了黑什么也看不见,她摇床板的声音越来越响。我说:"再过一阵子,你就会听到赵敬东的哭声。如果你听到哭声也不怕,说明他的死真和你没关系。"床板忽然不响了,一道黑影蹿出去,在门外喘息。我说:"心虚了吧。"

"反正我已经坐过床板了,已经证明我的清白了。"说完,她扬长而去。

我坐在黑暗里,回忆何彩霞说过的话,感觉脊背凉飕飕的,身上的汗毛都竖了起来,屁股下的凳子开始颤抖、摇晃。要是我不去问赵敬东跟那只狗的事,要是我不告诉他别人连批斗的发言稿都写好了,他会喝农药吗?也许……还有那只狗,为什么偏偏要委托他看管?如果是委托陆小燕或者房子鱼,哪怕是厚起脸皮委托何彩霞,也不至于发生这样的事呀。我越想脑袋越大,越想越害怕,忽地尖叫起来。

28

第二天上午,我路过河马馆,看见何彩霞在帮河马饲养员胡开会捞水池里的浮物。她一边捞一边大声说话,除了想让每一个路人听见之外,似乎还有用高分贝来漂白自己的嫌疑。

她说:"昨夜一试,就试出谁害死了赵敬东。"胡开会说:"是谁?"她说:"除了曾广贤那小毛孩还会有谁。他以为我做贼心虚,不敢坐赵敬东的床,没想到我不仅坐了,还在床板上闪了几十下。要不是我清清白白,打死也不敢坐到赵敬东的血迹上。"

这事被何彩霞放油,加盐,撒上味精,以最快的速度传遍动物园。胡开会和陆小燕他们在路上碰见我,还专门求证事情的真假,就连修草坪的哑巴也拦住我比画了半天。开始我怎么也不明白哑巴想说什么,后来他学狗爬,倒在地上装死,我才知道他也在关心赵敬东的事。你看看,你看看,连哑巴都管起闲事来了,还有谁不管闲事?整个动物园有上百来号职工,几乎每个人都向我打探:"赵敬东真是你害死的吗?"

那么烫手的问题,叫我怎么回答?历史的经验告诉我,除了闭嘴还是闭嘴，但没想到我的沉默激怒了何彩霞。一天下午，趁大家开会学习，何彩霞站起来问我："曾广贤，那天晚上我们是不是去赵敬东的屋子里坐过？"众人扭过脸，把目光整齐地落到我肩头，我感觉到了一些重量，站起来，想溜出去。何彩霞一把扯住我的衣袖："不说清楚，就拿你来批斗。"

我赶紧说："坐了。"

"你是不是说只要我坐到赵敬东的床上，就说明他的死和我没关系？"

我点点头。

"别光点头，说出来让大家听听。"

"我说过。"

"大声点。"

我大声地："我说过！"

她松开手："大家都听见了，赵敬东不是我害死的，今后谁要是再斜着眼睛看我，我就骂谁的祖宗。"

我跑出会议室，对着门前的那棵树大声地："如果不是你害死的，那你干吗害怕熄灯？"

会议室传出一阵哄笑。"你这个死野仔，想断胳膊缺腿呀……"何彩霞骂骂咧咧地追出来，抓起一块石头。我撒腿便跑，她举起石头追赶。

嗨！她那身材，要追上我还得请几个长跑教练。从此以后，我凡是看见她，总是扭头就跑。她呢，只要看见我，雷打不动地要追。这么折腾一阵，双方都有些疲倦，她那中年微胖的身体竟然有了点苗条样，这也许是她追赶我得到的唯一好处。有一次，她边追边喘大气，边喘大气边求我："广贤，你说句良心话，赵敬东是不是我害死的？"

"不知道，反正不是我害死的。"

她呸了一声，把手里的石头丢到地上，咬着牙齿："曾广贤，你的良心给狗吃了，你根本就没有良心！"

晚上，何彩霞提着一网兜苹果来到我的宿舍。我有点想不到，也有点受宠若惊，一时间不知道是坐好还是站好。她打量一遍屋子，慢慢坐下："广贤，我们别再争了。如果你认为我的苗条是因为追你，那就错到太平洋里去了。信不信由你，自从赵敬东死后，我没睡过一个完整的觉，半夜里常常惊醒，后背不停地冒虚汗。后来你添了一把火，说赵敬东是我害死的，这更让我睡不踏实，心里像躲着个小偷，成天提心吊胆。你说得对，我的确不应该到处说他的坏话,毕竟他还没结婚,是一个连开会都不敢发言的小伙。但是……你呢,难道你就不想承担责任吗?一千个、一万个原因,归根结底赵敬东的死还是你造成的……"

"如果你是来说这个,就给我滚蛋。"

"你别抵赖,先听我把话说完。我们是不是可以这样分析,其实赵敬东早就有了轻生的念头,人是不可能说死就死的,他一定早就有了念头,只不过在等待时机……"这几句还算中听,几乎要把压在我胸口的石头搬开了,但是她话头一转,"那么,是谁给了他时机呢?没有第二个答案,是你。如果你不告诉他单位要批斗,他肯定不会急着喝农药……这是他的转折点,就像炸药包的导火线。你承认也罢,不承认也罢,事实明摆着。假若你还有针尖尖那么一点良心,那就承担一点责任,把这副担子接过去,不要再让我受折磨,让我一辈子睡不好觉。"

我抓起苹果,扔到门外。

"其实单位根本就没打算批斗他,不信,你去问何园长。"说完,她拍拍衣襟,走了出去,仿佛把一身的重担拍下来,毫不吝啬地让我全部继承。

其实,在发出尖叫的那个夜晚,我曾经想到过找何园长问一问。但是我害怕,害怕听到何彩霞说出来的这种答案。如果单位真的没打算批斗赵敬东,那就等于他是被谣言吓死的,而我正是谣言的传播者,是把赵敬东推向死亡的最后一巴掌。我以为这事只有我知道,没想到何彩霞也知道。这样的女人真难对付。她把我逼到悬崖边上,我开始失眠,不停地打自己的嘴巴。半夜里我真的听到赵敬东的哭泣,像下雨那样,忽高忽低,时近时远,有时在屋顶,有时在床下,有时仿佛钻进了耳孔。我再也无法忍受,从床上爬起来,一口气跑到何园长家。

何园长说:"你的脸干吗那么苍白,是不是生病了?"

我摇摇头:"你千万要跟我说真话。"

"我什么时候说过假话了?"

"那你告诉我,你们是不是决定过要批赵敬东?如果没有决定,心里是不是也产生过这种想法?你们肯定决定过,是吧?"

"瞎扯!你是不是嫌还不够乱?直到现在我都还把赵敬东那事当笑话,笼子里的动物都瘦了,谁有闲工夫去批他呀。"

尽管这是意料中的答案,但还是把我的眼睛撑大了,甚至有撑爆的危险。

我感觉一场雪下到了身上，牙齿最先颤抖，紧接着双腿也抖，全身都抖。何园长给我披上一床厚厚的被子。我把脑袋藏在被子里，想真不该多嘴，一多嘴就欠了条人命！

29

之后，我在小屋的门上加了一个铁闩，睡觉前不忘在铁闩下面顶一张板凳，窗户也关得死紧，连风都很难吹进来。但是夜越深，我的眼睛睁得越大，生怕一闭上就看见赵敬东。我哪还有脸见他！这样熬了几晚，白天走路我也打瞌睡，清扫虎笼时竟然靠在铁条上睡熟了，要不是小腿发麻，蚊虫叮咬得厉害，估计睡到天黑也不成问题。当时我皱起了眉头，皱得脑门上像长了大鼻子，难道非得做死鬼的邻居吗？

星期天，我找来一辆板车，把睡的和用的全部搬到车上。何彩霞正好从门前路过，她满脸放光："广贤，你要搬走呀？"

"再不搬走，就要被赵敬东吓成神经病了。"

她哈哈大笑，就像发现我破了裤裆那样哈哈大笑，最后笑得不好意思了，就直起腰来："我还以为只有我害怕，没想到你也害怕。你害怕好呀！你一害怕，我就不用害怕了。来，我帮你。"

她在前面拉起板车，我在后面推，但怎么也跟不上她的速度，其实不用我推，她一个人就把板车的轮子拉得飞了起来。

我搬进我们家仓库的小阁楼，就是铁马东路37号被改成礼堂的那间仓库，小池在里面脱过裙子，我在里面出生，对，小狗也是在里面捡的。顾不上蜘蛛网和楼板上的灰尘，我铺了一张席子，倒头便睡。那才叫真正的睡，原来绷紧的身体像沙子那样松开，除了中途听见两次自己的鼾声，其余的什么也不知道。那时候我懵懵懂懂，一点也不晓得分析、总结，就想找个能睡的地方，不害怕的地方，却没想到自己给自己找了一个陷阱。现在回头看，才发现后来的所有失误都是因为搬家惹的。唉！要是我不搬过来……

睡到晚上，我被一阵音乐吵醒，却找不到往下看的地方。阁楼里的板壁贴满了发黄的报纸，我撕开透出灯光的那张，一扇窗口露了出来。窗口的大小和书本差不多，就像电影院里放映机前的口子那么宽窄。从窗口看下去，省宣传队的演员们正在舞台上排练革命现代芭蕾舞剧《红色娘子军》。张闹饰演吴琼花，她时而踮起脚尖，时而腾空劈叉，怎么看怎么英姿飒爽。

第二天上班，我跟胡开会借了一个望远镜。到了晚上，我把望远镜架在小窗口，这下清楚多了，张闹白生生的脖子和胸口上的那道沟忽地送过来。一刹那，我血脉贲张，两边的太阳穴突突跳动，吓得眼睛都闭紧了。我在斗争要不要再往下看？用当时的标准衡量，如果往下看思想就不健康，我就是货真价实的流氓；如果不往下看，我便是正人君子，便有纯洁的灵魂。内心就像有两个人在扭打，一个是好人，一个是坏人，双方打得鼻青脸肿，嘴角出血，最后好人占了上风。我把撕下来的报纸重新贴到窗口，让下面射来的灯光变得昏暗，让张闹的身影模糊，让我再也看不到她白生生的胸口。但是我的裤裆里却像支了一根木棍，久久地没有软下来。我拍着裤裆骂："你怎么就没有一点觉悟呢！"

白天我按时骑车到动物园上班。何彩霞一看见我就问："睡好了吗？"就像别人问"吃好了吗"那样问我。她的表情是一副睡足了的表情，是富翁问乞丐的表情。她说："奇怪了，自从懂得你害怕赵敬东以后，我就成了冬眠的动物，睡得比石头还实，要不是为了领工资，我一觉能睡上一年。"你知道她这话什么意思吗？是卸下了担子的意思，是把害死赵敬东的责任全部推给我的意思。果然，不出半月，她苗条下去的身材又恢复到原来的水平，这就叫心宽体胖。只有她那偶尔的一声招呼"睡好了吗"还提醒我她曾经有过失眠的历史。

可是我却睡不着了。从傍晚开始，我就坐在阁楼里，张耳听着楼下的音乐，盯住那扇纸糊的窗口。无数次我把手伸到窗边，试图揭开贴在上面的报纸，但是想想我爸被打的模样，想想小池和于百家吃草挂鞋的情形，我害怕地把手一次次缩回。有天晚上，我实在忍无可忍，就撕开了报纸的一角，趴在窗口往下看。张闹穿着一件雪白的衬衣，衣襟扎在皮带里，旋转的时候、劈叉的时候还是那么英姿飒爽。我拿起望远镜，看清楚张闹有两颗扣子没扣，就是领口处那两颗关键的扣子。这让我看得更宽，更清楚，差不多把她胸前的那两坨全部看完了。顿时，我感到呼吸困难，转身靠在窗口上喘气。等到气息均匀，狂跳的心脏平静了，我又扭头往下看。从那时候起我就这样反复无常，晚上撕开窗口上的报纸，白天又用新的报纸糊住，在做好人和做坏人之间犹豫，就像写了错别字，不停地用橡皮擦了写，写了又擦，最后窗口上的报纸越糊越厚，而经常撕开的那个位置却只有薄薄的一层，成为最亮点。

看得越清楚我就越睡不着，深夜躺下，张闹就在屋顶上飞，像赵敬东说的那样一丝不挂地飞。有时我几乎就要睡着了，她的双乳从屋顶垂落下来，一直抵达我的鼻尖。我被这样的挑逗一次次弄醒，干脆打坐起来，一遍遍回忆赵敬东对张闹的描述。慢慢地，我的立场倒向了赵敬东，就觉得面对这么撩人的张闹，即使是钢打的身体、铁做的心脏，也有可能犯他那样的错误，就觉得当初不应该看不起他，指责他，就觉得喉咙干燥发痒，想找一个人掏掏心窝子。

30

后来我的目光从仓库里伸到了仓库外，看着排练结束的张闹骑着单车离去。我偷偷地跟踪她，一直跟到红星巷省文化大院门口。一个深夜，巷子里比平时寂静，我那辆破单车呱嗒呱嗒的响声实在难听。她忽然刹住车，警惕地扭过头。我双手捏紧刹把，但怎么也刹不住，单车从她身边溜出去好远，才吱的一声停住。她看看我，惊讶地问："曾……曾广贤，你怎么会在这里？"

"去、去看一个同学。"

她走过来，站在我面前，距离不超过半米，高高地挺着胸口，弄得我的呼吸道又紧了一次。我说："有、有个事不知道该不该告诉你？"

"什么事？"

"敬东的事。"

"时间不早了，改天再聊吧。"

她偏腿上了单车。直看到她的背影消失，我才调转车头，一边飞车一边扯开嗓门唱："大海航行靠舵手，万物生长靠太阳……"我不知道哪来的干劲，唱得很用力很大声，仿佛不撕破自己的嗓门誓不罢休。

忍了几天，我来到红星巷的路灯下，支起单车张望、等待。巷子里人来人往，几双木板鞋把地板打得嗒嗒响。对面的墙根爬满了青苔，墙壁上有一半的灰浆脱落，露出里面的砖块。一团虫子在路灯下飞舞，开始还看得见它们细小的翅膀，但是看久了它们就变成了无数个黑点。我站得双腿发麻，才看见张闹骑着单车驶来。我叫："张，张闹。"

她停住："原来是你，有事吗？"

"想跟你说说敬东。"

"能不能再找个时间？"

"都等你五天了，再不说我的喉咙就发芽啦。"

她支起车，斜靠在后座上。

"敬东是我害死的，我不应该打探他的秘密，不应该告诉他单位要开批斗会……"

"啊，敬东还有我不知道的秘密？"她惊讶地张大嘴巴。

我把赵敬东如何想她，如何改狗的名字原原本本地说了一遍。她听得脸一点点地板结，就像铺了水泥。

"他要不是想你想得快发疯了，就不会做出那种下流的事。"

"放屁！怎么把我也扯上了？难道敬东是我害死的不成？"

"那也不能全怪我一个人，你和何彩霞都应该负点责任。"

"让敬东安息吧，你别再胡说八道了。"

她推着单车慢吞吞地走去，背影甚至有些摇晃。后来，我在巷子里等了她好几次，但每一次她都扭过脸去，加快单车的速度，假装没看见我或者装着根本不认识。只要我一喊她，她的单车就骑得飞快，仿佛我的喊声是她单车的加速器。从那时起我便明白人是听不得坏话的，尤其是漂亮的女人更听不得反对的意见。如果早几天知道这个真理，那我死活都不会跟她提赵敬东。我真他妈的笨，还以为赵敬东永远活在她的心中。但是张闹还是给我留下了"纪念品"，让我在动物粪便的熏陶下不时爆出笑声。她的纪念品不是别的，是那句粗话。几乎每天我都要问：她怎么可以说"放屁"？她那么漂亮怎么可以发出这种粗俗的声音？一想起她说这话时的模样，我就忍不住哈哈大笑，就像在美人脸上发现假鼻梁，在贪官身上看到奖状那样大笑。这么多年过去了，许多重要的事情我都已经忘记，单单这件事像放电影似的，时不时从我脑海闪过，你说这是不是钻牛角尖？

从那时起，我就断定张闹不是一个好演员。她动不动说"放屁"，这说明她还没有脱离低级趣味。她的心里连她表弟都装不下，怎么可能会装着观众呢？所以我断定她成不了人民艺术家。一气之下，我把小阁楼上的那个窗口封死，这次我不是用报纸，而是钉上了一块薄木板。我再也不看张闹的排练，连后来盛况空前的演出我也没看。

尽管我贬低她，但一到深夜，她还是厚颜无耻地跑到我梦里来，让我继续失眠，让我逐渐消瘦，让我走路像飘，甚至我的头皮也隐隐地痛了起来。我去医院开了几次药，觉睡得踏实了一点点，头皮却越来越紧，仿佛勒着个孙悟空那样的紧箍咒，有时箍得我在阁楼上打滚，汗水像豆子一颗颗地冒出来。我痛得实在没办法，偷偷跑到三合路六巷去问九婆，她说那是因为恶鬼缠身。我妈不会是恶鬼，如果她要惩罚我也不会等到今天，那么恶鬼只有一个……赵敬东。他是不是开始报复我了？

我决定清明节那天去杯山墓园给他烧纸，并详细列出那天必须带去的物品清单，比如香、纸、玩具狗、猪油、花糯饭、肉、工资条、连环画什么的，争取把敬东生前喜欢的全部带上，以求他松开我。在列清单时，总觉得少了一样最严重的东西，但是我怎么也想不起来，便翻开席子，拉开抽屉，掏空衣兜，目光搜索瓦片，期望能把那件东西找到。那是一件什么东西呢？我到敬东住过的屋里去找，低头在巷子里找。有一天，我照样低头搜查路面、墙根、砖缝，忽然听到一团叽叽喳喳的女声迎面而过。抬起头，我看见张闹也在人群里，就叫了她的名字。其余的姑娘都扭过头来，只有张闹还继续踩车前行。几位姑娘同时喊："张闹，张闹，有人叫你。"张闹这才回过头，刹住单车："叫我干吗？"

"后天就是清明节了，我想去给敬东磕个头，你去吗？"

"你管事也管得太宽了吧。"

"再不给他送点吃的去，他就要把我的头整破了。难道你的头一点也不痛吗？"

张闹送我一句"神经病"，便跨上了单车。我一拍脑门，忽然明白原来我要找的东西不是东西，而是张闹。你想想，还有什么比张闹更让敬东喜欢的？没有，敬东最喜欢的就是他的这个表姐了。我拔腿朝张闹的背影追去，追了几百米才拦住她的单车。她来了一个急刹，气呼呼地跳下来："你烦不烦呀？"

我抓住单车："对不起，看在敬东想你的分上，清明节那天请你一定去给他烧个纸。他最喜欢的人是你，如果你能去看他，也许他会高兴得重新活过来。请你答应我一定要去，就算我求你了。"

张闹扭了扭单车，我紧抓不放。

"你想耍流氓呀？"

"除非你答应我。"

张闹瞥我一眼，急得脸红脸白，嘴唇动了动又把话咽下，仿佛不屑于告诉我什么。

"我把玩具狗、猪油、花糯饭、肉、工资条和连环画统统准备好了，这都是敬东最喜欢的。如果你能去，敬东就没什么遗憾了。"

张闹嘟起嘴巴:"我早就答应姨娘清明节一起去看敬东,他又不是你的表弟,你操什么闲心?"

一口气跑回小阁楼,我在清明节的物品清单上添了"张闹"两个字。

31

从杯山墓园回来,我有两个多月的时间没机会看见张闹。但是我从来没忘记她,特别是我的头痛稍稍减缓之后,她更加让我过目不忘。她身体的各个部位不时从半路跳出,让我在床上辗转反侧。但是,我忍着不去见她,后来忍得牙龈都肿了,便偷偷跑到宣传队的练功房,趴在窗口上看她压腿、劈叉、翻跟斗。我坚信她没有察觉,因为在我偷看的时候,她始终没往窗外瞟上半眼。但十年之后,她却对我说我怎么不知道你偷看?我瞥一眼练功房的镜子就把你看得通通透透,当时你穿着一套半旧的军装,两边的衣袖挽得都超过了胳膊肘。天哪!万万没想到她会把一个秘密装了十年,真他妈的能装!

正当我满脑子都是张闹的时刻,于百家拄着一副三角拐杖,左腿绑着夹板,突然出现在我面前,大声宣布:"老子回来了!"

"插队结束啦?"

"腿都断了,还插什么鸟队。"

"这腿不是挨贫下中农打断的吧?"

他摇头否认。

"在火车上给你写的信收到了吗?"

"收到了。你有闲工夫劝我,还不如多看几眼对面那个姑娘。"

"什么姑娘?"

"你信上不是说对面坐着一个漂亮的姑娘吗?因为改邪归正你故意没看她。"

我"啊"了一声,忽然想起坐在对面的那个姑娘就是张闹,怪不得她那么面熟,原来在赵敬东的葬礼之前,我早就见过她了。

于百家闲得慌,每晚都到仓库的小阁楼里来跟我聊天。他告诉我想回城想得都犯了相思病。开始那半把年,因为有初恋顶着,日子还算熬得下去,心里像落了块石头挺充实。自从恋爱被贫下中农破坏之后,他和小池再也不敢往来,就连单独待在一起的机会都没有,即使有也害怕别人盯梢,那种感觉就像自己携带巨款,随时都有可能被小偷察觉,而没完没了的批斗会,更让他对那个小山村产生厌恶。他讨厌那些拿他取乐的人，讨厌他们的腔调和烟草熏黑的牙齿，讨厌他们的脖子以及裤腰带，甚至讨厌那里的空气。于是，别人批他的时候，他就回忆炒面的味道。炒面是于伯妈的拿手戏，不是节假日她根本不做，啧啧，好吃得不得了，几乎是我们童年最爱吃的食物。我看她炒过，就是先把面条煮熟，冲凉，拌上油，然后切瘦肉丝，切卷心菜，再准备木耳、胡萝卜丝、芹菜和葱段……你别拍沙发扶手，我知道你是怕我说跑题，但是这绕不过去，它关系到我后来的命运。

于百家除了怀念他们家的炒面，就是怀念街道上汽车的喇叭声，那简直就是他回城的冲锋号，时隐时现，时远时近，就是在梦里他也常常被汽车的喇叭吹醒。有了这个念头，他仿佛胸有大志，变得不爱说话。锄地的时候，收稻谷的时候，他表面上不声不响，心里面却在谋划怎么能够回城，最直接的办法就是把自己弄成一个肺结核病患者，只要染上这个病，那就百分之百地能回城治疗。为此，他到公社买了两把面条，跟大队的赤脚医生秦仁伦换了一本医书。他在详细地阅读《如何防治肺结核病》那一章之后，开始接近村头的王大妈。他给她挑水给她劈柴，跟她拉家常，甚至跟她一起喝稀饭。白天在地里干活，他跟王大妈肩并肩地干，晚上要是开会，他就坐在王大妈的对面。千万不要以为他是美术大师，喜欢看王大妈那张皱纹纵横，也可以说是布满沧桑的脸，如果你这样认为，那就错得没有谱了。他喜欢坐在王大妈的对面，完全是因为王大妈能咳嗽能打喷嚏。

王大妈是村里有名的咳嗽大王，天气稍微变冷，她会咳得全身弯成一张弓。半夜里，她的邻居经常被她咳醒。有时她咳得连气都喘不上来，有时她会咳出一口痰，叭地吐到地上。种种迹象表明，王大妈就是一个标准的肺结核病人，于百家想被她传染。尽管于百家用王大妈的碗吃饭，用王大妈的葫芦瓢喝水，也没能染上咳嗽。怎样才能够咳嗽？成了他当时的苦恼。他冷天里打赤膊，故意不盖被窝，希望自己能够咳起来。没想到他越是这样，身体越结实，除了故意咳之外基本上看不到咳嗽的影子。他一咬牙，睡到了屋外的青石板上。

那是初冬的季节，大地微微寒气吹，石板上很快就起了露水，他的脊背泛起一阵透心凉。几声喷嚏打过，几串清鼻涕流过，他终于在下半夜咳了起来。即使咳了，他也没立即起身，仍然躺在石板上巩固咳嗽。直到他的喉咙咳痛，直到他认为这咳嗽再也不可能停止，他才爬起来。这样，他一边劳动一边咳嗽，走路吃饭的时候也咳嗽，好像咳嗽是他的奖章，必须时刻佩戴着。为了加重病情，他洗了几次冷水澡，抽了不少烟，慢慢地咳得有模有样，像是那么回事了。

书上说如果咳到第三周，出现发热、咳痰、胸闷那就有可能感染上结核杆菌，就得赶快到医院去拍X光片。于百家细心地体会着，以上症状在第二周就提前出现，他的心里仿佛放了焰火，别提有多高兴。他到县医院拍了X光，医生告诉他肺部没问题，只给他开了几瓶治咽喉的药。他质问："我的头发都快烧起来了，怎么会是咽喉炎？"医生摸了一把他的脑门："没烧呀。"他不信，叫医生再量一次体温。医生又量了一遍，温度还是正常。他认为那根体温计有问题，医生又换了一根来量，结果体温还是三十六摄氏度。他于是怀疑医生的水平。医生一拍胸口："站在你面前的是全省著名的结核病专家刘原，因为作风问题才下放到这里，要是两年前你找我看病得排一个星期的队。"

"那是怎么回事呢？我全身发烫，经常想晕倒。"

"你这是臆想病，是想发烧。不就想回城吗，犯不着拿自己的身体来折磨，你这样的病我见多了。"

于百家吓出一身冷汗，赶紧拿起那几瓶治咽喉的药，回到了谷里生产队。几天之后，谷里生产队又只剩下一个咳嗽的了。于百家承认他的咳嗽不是药治好的，是刘专家吓好的。既然内科有个刘专家守着，于百家就不想再在这方面下功夫，他想还不如跌上一跤，摔个手断腿断来得痛快。但是手断治愈的时间短，腿断治愈的时间长，既然横竖都是断，干吗不来个时间长的？另外，选择什么时间断也有讲究，最好是工伤。

大雪封山的隆冬，他抱着刚刚出生的牛崽走了五里多山路，腿没摔断，连崴都没崴着。他参与两次扑灭山火的行动，尽往危险的地方扑，腿也还是好端端的，连腿毛都没烧着。他认为靠这种方法回城是没指望了。一天，村里的姑娘胡少芳出嫁，她穿得一身花，跟着迎亲的队伍走出村口。人们站在竹楼上瞭望，于百家也在他们中间。随着迎亲队伍的远去，站上竹楼的人越来越多。忽然，竹楼一闪，轰地倒塌，上面的人全部像倒栽葱，跌成一堆，流血的流血，破皮的破皮。那个竹楼仿佛是于百家的亲戚，它让于百家伤得最严重，跌下去后再也爬不起来。他的腿终于跌断了，可惜不是工伤。

32

　　你别笑，当时回城就这么难，不像现在只要买两张车票，谁都可以进进出出。忘记问了，你是哪里人？让我猜，我猜不着，反正你不会是本地方的人。好了好了，不为难你了，我还是接着讲吧。

　　一天晚上，于百家不愿回去，就跟我并排睡在阁楼里。半夜，他突然喊小池的名字，就像过去我喊小池那样充满感情。我照着他的胸口拍了一巴掌。他打坐起来，点燃一支烟，慢慢地吸了几口："我梦见豆腐了。"

　　"不是吧，你好像在喊一个人的名字。"

　　"你知道个屁，那个人就是豆腐，平时我就叫她豆腐。你没碰过你不知道她的身体有多软，多嫩，好像没骨头，一口咬下去出好多的水。我第一次伸手抱她，都还没抱紧，她就软倒在我胸口，像一磨没有结的豆腐，要不是我小心捧着，早就从指缝漏下去了。一钻进草垛，我就像拿刀子捅豆腐，一边捅一边喊她的名字。捅了歇，歇了捅，从晚上捅到早上，我以为她的豆腐全部挨我捅烂了，结果，拿手电筒一照，她的豆腐还好好的。我就奇怪了，明明感觉捅烂了，怎么毫发未损？她打掉我的手电筒，一把搂住我，就像箍桶的铁线那样搂住我，紧得我都没法出气。"

　　我忽然感到呼吸不畅，欠起身，大口大口地喘气。

　　于百家说："又没有女人搂你，干吗装成这样？"

　　我支支吾吾。

　　他拍一下我的裤裆："是不是受不了啦？真硬了！你没做过吗？没做过肯定受不了。受不了就自己放出来，你不是写信教我这样做嘛。"

　　"小、小池也这么搂过我，就在阁楼下的仓库里，在她去天乐县之前的那个夜晚，当时我感觉她的手也像铁线，我也被她搂得喘不过气来。"

　　他骂了一句"骚货"，把烟头狠狠地掐灭："你动没动过她？"

　　"要是我敢动她，那后来就没你的份了。"

　　"我不是说底下，底下你肯定没动过，要是底下有人动过，她就不会流那么多血，就不会糟蹋生产队的稻草。我是说上面，她上面那两坨也像豆腐，软软的，柔柔的，摸上去像摸棉花，难道你没感觉吗？"

　　"哪敢啊，我吓得直骂她流氓，逃得比飞机还快。知道她有你说的这么好，当时我就应该把豆腐吃了。"

他按住我的头："小流氓，我就不信你连摸都没摸。"

"我向你发誓，到现在我都没摸过女人，连手都没摸过。有一次，我差点就摸上了，但是等我回过神，张闹已经把手缩了回去。"

"真他妈可怜，"于百家松开手，又点了一支烟，"我喜欢有点肉的女人，像小池这样的，睡上去准如垫了两床棉胎。不过睡了棉胎就没法再睡硬板床，人天生就是贱骨头，上去了下不来，会上瘾，吃第一口想吃第二口，吃了第二口想第三口，现在贫下中农不让我吃了，我才尝到苦头。知道现在这么难熬，当初我就不应该开戒……哎，刚才你提到张闹，张闹是谁呀？"我把张闹描绘了一遍，还把赵敬东跟她的关系、我看见她在屋顶上飞也顺带说了。他拍拍我的肩膀："放心，我一定会让你跟她接上头，弄不好还会成夫妻。"

"夫妻不敢想，能跟她说上几句话，这辈子就没遗憾了。"

那天晚上，于百家简直就在给我上生理卫生课，而小池便是他活生生的解剖图。他告诉我什么时候才不会让女方怀孕，碰上流血不要惊慌等等。看着他滑动的喉结，听着他"豆腐、棉花、嫩葱、泥塘、杀猪、鬼哭狼嚎"的形容和比喻，我恨得差不多杀了自己。当初只要我把手放到小池的胸口，只要轻轻地抱她一下，那后来发生在于百家身上的事，全都会发生在我的身上，而且提前两年。多好的机会，多美的豆腐，我竟然没下手，真是笨到家了。这么悔了恨了几天，我对张闹的想象日渐丰富，其实也就是移花接木，把"豆腐"当成她柔软的肢体，把"棉花"放到她的胸口，把"嫩葱"贴上她的脸皮，把"泥塘"装在她的下身，然后再把自己当成屠夫，把她当成待宰的猪，这么一来她不"鬼哭狼嚎"才怪呢。

按照于百家的吩咐，我事先打听到了张闹的住处。六月二十四日那天，我求于伯伯疏通关系，在食品门市部买到了一个大蛋糕。晚上，我和于百家梳好头发，穿上熨过的衬衣，提着那个蛋糕，来到文化大院八号楼二层右边第三间。事先商量好了，我走前，百家走后；我是主角，他做配角。"咚咚咚"我敲了三下，张闹打开门，探出头来："你们找谁呀？"

我说："找你。"

"你们这是……"

我竖起指头，嘘了一声："进去再说吧。"

她把门敞开，顶了一把椅子。我们走进去，坐在一张条凳上。她说："来就来了，还带什么礼物。"

"这是百家，敬东的朋友，今天刚从插队的地方赶回来。"

她看着百家的左腿："受了伤还赶回来？"

百家说："每年的今天，我都赶回来。"

我把蛋糕摆在书桌上，点了两根蜡烛。

张闹说："今天不是我的生日，你是不是搞错了？"

我掏出赵敬东的遗像，摆到蜡烛旁："今天是敬东的生日，百家以为他还活着，就从乡下赶回来，没想到敬东已经……"

张闹的脸顿时严肃起来："你们，还挺够朋友的嘛。"

我说："即使敬东不在了，我们也要像过去那样给他过生日。我们不想让你一个人伤心，就赶过来了。"

蜡烛静静地燃烧，我们谁也没说话。张闹坐在门边的椅子上，扭头看着外面，偶尔回头瞥我们一眼。我们坐了一会，百家说："走吧，别再打搅张闹同志了。"

张闹站起来，从门口闪开，一看就知道她是想让我们尽快滚蛋。我收起敬东的照片，走出去，百家跟着走出来。

张闹说："不送了。"

百家用胳肢窝撑住三角拐杖，双手握住张闹的手："对不起，张闹同志，看见敬东的表姐，我就准如看见了他。不是因为想念敬东，我们不会冒昧地登门。广贤老弟没什么别的优点，就是太义气太善良，一直对敬东耿耿于怀。"百家久久地握住张闹的手，一点也不正常。而张闹始终没表态，等百家的手松开，她才不停地甩手，好像是被握痛了，也好像是想把手甩干净。

回来的路上，百家得意地："这样跟张闹打交道，她就是讨厌也不敢发脾气，除非她想做个没心没肺的表姐。"我板着脸，没有一点说话的兴趣。尽管开始是想用这种办法跟张闹接触，但是蜡烛一燃，遗像一摆，我真的就陷入了对敬东的怀念。于百家说："跟张美人都说上话了，怎么还板着个苦瓜脸？"我说："这么一来，我更对不起敬东。我不应该骗张闹，更不应该拿敬东糊弄她。"

33

介绍于百家跟张闹认识，让我这辈子后悔到了骨髓。隔不了几天，于百家就到阁楼来找我。我一听到楼梯响，便提前关了灯，锁了门，假装不在阁楼里。他在门外吸了一支烟，站了一会，骂了一声"狗日的"，就挂着拐杖下了楼梯。

第二天，他竟然来到了动物园，那只肉腿和那只木腿配合得天衣无缝，走路的速度几乎要超过我。我去给老虎喂食，他在后面跟着，那只木腿戳得地皮都颤动起来。我从兽笼边走过去拿铁锹，他也跟着走过去，最后又回到笼子边，终点回到起点，他一点也不节约路程，甚至走了许多废路。我在笼子里铲粪，他站在笼子外说话，根本不在乎粪便的气味。他说："广贤，你得趁热打铁，要不然张闹就把你忘记了。"我用铁锹噩噩地铲着地板，把动物的排泄物集中到一个角落。他说："百货大楼来了一款蓝色的连衣裙，很适合张闹，如果你敢买来送她，她一定会高兴得亲你几口。女人就喜欢打扮，喜欢漂亮的外表，喜欢小恩小惠。那天晚上不知道你注意没有，张闹挂在阳台上的两条裙子已经旧了，而且颜色也不鲜艳。你没钱我可以借给你，要是你不敢去送，我帮你送过去。这个主意怎么样？广贤。"

我把动物的粪便铲进推车，从笼子里推出来，往储粪池推去。他紧紧地跟着："如果你觉得这个主意不好，那么我再教你一招，就是找人写一篇文章，鼓吹省文艺宣传队的革命芭蕾舞剧演得出神入化，特别是女主角张闹，一招一式都对革命充满感情，然后拿到报纸上去发表。这个文章其实你自己都可以写，也不是写，就是抄，把报纸上表扬样板戏的句子稍微拼凑一下，就是一篇好稿。如果一篇不行，你就写两篇，两篇不行再写第三篇，甚至可以专门写张闹的表演才华。有这样的攻势，再坚硬的女人也会融化。广贤，这个你做得到吗？"

我把粪便倒进储粪池，用铁锹敲了敲车斗，又推着空车往回走。他不屈不挠地跟着："要不，你去求求赵万年，他不是铁马区革命委员会的主任吗？再怎么风光，他也是你们家的仆人，是从我们仓库里出来的。你让他找关系，给张闹评个先进，或者干脆提拔她当宣传队副队长。没有多少女人包括男人顶得过这一关。只要你求得动赵万年，那保准你能吃上张闹这块水豆腐。这么好的主意，广贤，你该请客了吧？"

因为有过给敬东做生日的馊主意，我对于百家以上的计划既不惊讶，也不摇头，把他的每个声音都当成空气，让它左耳进，右耳出。于百家发现自己白费口舌，连我在食堂打的午餐都没吃，便挂着三角拐杖上了公交车。但是他并没有就此罢休，不时到我的阁楼来，催促我去见张闹，显得比我还迫切。他说:"你再不去,我就自己去了。"我不知道为什么不听他的,仿佛是故意跟他对着干。假若当时按他说的去做,没准张闹真会成我老婆,也许后来就不会出现那么多的麻烦事。

一天晚上,于百家把两封来自天乐县的公函丢在我床上。我拿起信笺,看见每一页上面都分别盖着大队、公社、县革委会的公章,它们红彤彤地排在一起,圆圈里的每个字清晰得可以看见毛边。信的内容是叫于百家尽快回农村,腿断又不是耳聋眼瞎,并不影响接受贫下中农再教育,如果不回去,就等着挨处分。于百家抱头抽了一支烟,问我:"你说回不回去?"

"一下盖了三个公章,不回去恐怕将来就没前途了。"

"无所谓,我对前途看不到一丈远,已经没什么信心了。我哪怕在城里坐牢,也比回农村强。"

"那豆腐怎么办?你不是说你喜欢豆腐吗?人家把身体都交给了你,你总得负点责任吧。"

他骂了一句"狗日的",继续闷头抽烟,不到两小时就抽空了一盒,熏得阁楼里的蚊子都掉了下来。他说:"知道我握张闹的手是什么感觉吗?"

我摇摇头。

"就像触高压电,手上噼噼啪啪地直冒火花,连火花的蓝色我都看见了。"

"我没握过她的手,没有发言权。"

"这一去,也不知道什么时候回来。要不是那边催得急,我真想把张闹干了。"

我瞪大眼睛:"原来你在打她的主意,怪不得冒出那么多鬼点子。你想坐牢呀?"

"睡一次这么漂亮的姑娘,哪怕立即消灭也不冤枉。"

"你还是快点离开吧,要不然又得浪费社会主义国家的一颗子弹,还得浪费小池和于伯妈她们的眼泪。"

"不瞒你,那天晚上我作了详细观察,她宿舍的窗口共有八根木条,其中一根是松的,估计她经常忘记带钥匙,要抽开那根木条把头伸进去开门。她的窗口离门锁不到半个身子,只要把头伸进去就能打开。她的窗门虽然每晚都会关上,但上面没有锁闩,只有生锈的锁绊,只有拉手,这说明她的两扇窗门可以从外面拉开。只要把窗门轻轻拉开,就可以抽出那根木条把头伸进去。你放心,凡是女人都爱面子,你干她一定要干成,只要干成,她就认命,就会做你的老婆。不信你看看马路上那些烂仔头,哪一个的老婆不如花似玉,哪一个的老婆不是这么弄到手的?要不是他们催我回农村,就是灌辣椒汤我也不会把这个秘密告诉你。"

我的全身被于百家说得颤抖不止,连阁楼的木板也跟着抖动。他狠狠地拍了一下我的脑袋:"看你软成这样,一辈子都别想做男子汉。"

34

第二天于百家就走了。他的身影一消失,他说过的话立即变成了铁钉,一字一句地钻进我的脑袋。这也没什么好奇怪的,就像格言警句,总是要等到说它的人死去,才会脱颖而出,仿佛语言一定要离开身体,才值钱,才配获奖,才会被牢记。事实正是这样,于百家离去的时间越久,他的话就越大声、越有力量,像是高音喇叭里放出来的,让你不得不听他的吩咐。我犹豫了几天,竟然真的跑到百货大楼,把那件蓝色的连衣裙买了下来。

但是我找不到送给张闹的理由,害怕她把裙子砸到我脸上,还害怕她骂我"臭流氓"。我把裙子挂在阁楼里,从不同的角度欣赏,甚至把电灯泡捏在手中,对着裙子慢慢地照,仿佛手里拿着一个放大镜。星期天,我会举起裙子做几个动作,就是张闹在《红色娘子军》里的动作。起风的日子,我把裙子挂在阁楼外的阳台上,让风吹得翻腾飘扬,仿佛张闹正穿着那裙子舞动。一天傍晚,风又起了,我坐在阁楼的门口看裙子,那裙子先是扭扭腰踢踢腿,然后来了个碎抖肩,来了个点转,来了个变身跳,紧接着来了个凌空跃,又来了个双飞燕,让我看得眼睛发直,怎么也不相信裙子里面没人。看着看着,裙子的下摆伸出了两条白花花的腿,裙子的衣袖滑出了两只手臂,裙子的领口露出了一个脑袋。那是张闹的脑袋,她冲着我做了一个鬼脸,忽地就消失了。我跑过去,把裙子捂在脸上,深深地吸气,仿佛能从上面闻到张闹的体香。

星期六晚上,我这个癫仔再也控制不住,大起胆子拍开了张闹的门。她伸头往走廊上看了看:"就你一个人呀?"

"于百家走了。"

她靠在门框:"那个人眼睛斜斜的,一看就不像正派人,今后你别带他来。"

我把收在身后的纸包拿到前面,往她眼皮底下一递:"送给你。"她接过去,打开纸包,抖开裙子,眼睛忽地闪亮:"哇,好漂亮呀!是你送给我的吗？"我点点头。她把裙子拿到胸口上去一比，长短大小正合适。她笑开了："你为什么要送给我？你得说个理由，要不然，我没法收这么贵重的礼物。"我的嘴里像含了一枚玻璃球，支支吾吾地找不到说法。她把裙子递过来："没理由就拿回去吧，谢谢你了。"我赶紧说："敬东是我的好朋友，他的表姐就是我的表姐，这裙子算是我替他买的吧。这也是他的遗愿，他不止一次对我说等有了钱，就给你买条裙子。"

张闹的脸忽地变黑，把裙子砸到走廊上："别老是敬东敬东的，好像只有你天天想着他，只有你才是高尚的，而我这个表姐就是没心没肺的家伙。他死了那么久，你还在利用他。除了敬东，你就不能说点别的？这不是你的真话，你骗不了我的眼睛。有胆子，你把想说的说出来，让我高兴高兴。"那时候，谁都不敢说真话，哪怕是说声"我爱你"都会成为别人的笑料，甚至被扣上"耍流氓"的大帽子。我这个笨蛋当时吓得连连说了几声"对不起"，转身跑下楼去。她站在走廊上不停地跺脚，好像不把那件裙子跺烂誓不休息。

后来我才知道自己是天底下傻瓜中的第一名，完全可以收入《吉尼斯世界纪录·弱智篇》。我想当然，自以为是，铁定地认为张闹已经把那件裙子跺烂，以为她铁定地会生气，铁定地会对我破口大骂，甚至恨死我。当时我哪会想到女人生气就是撒娇，更不会明白张闹的质问其实就是想听一句"我爱你"。假如那时我敢这么表白，那我就是爱情的先驱，她就有可能成为我的老婆，我爱什么时候吃豆腐就吃豆腐。可惜，我这个笨伯竟然不会说。直到以后看见她穿着那件蓝色的连衣裙，我才悔恨交加，可是当我看见的时候已经没有退路了。

张闹的怒斥让我很受伤，怎么也想不通好心为什么没有好报？我错在哪里呢？错在嘴巴上，我一边往回走一边扇自己的耳光，噼噼啪啪的，好像打蚊子。深夜，我还坐在归江边，耳朵里全是于百家的声音："她宿舍的窗口共有八根木条，其中一根是松的，估计她经常忘记带钥匙，要抽开那根木条把头伸进去开门。她的窗口离门锁不到半个身子，只要把头伸进去就能打开。她的窗门虽然每晚都会关上，但上面没有锁闩，只有生锈的锁绊，只有拉手，这说明她的两扇窗门可以从外面拉开。只要把窗门轻轻拉开，就可以抽出那根木条把头伸进去……"

来来回回也就关于窗口这一段的声音，好像录音机的倒带，让我听得都烦了。但是烦了也没用，别的声音就是进不来，哪怕流水的声音、动物的号叫都进不来,我像戴着个取不掉的耳机,时刻聆听着。

35

一天深夜,我再也睡不安稳,好像床上长出了密密麻麻的铁钉,没有半寸地方容得下我。我爬起来,溜下阁楼,朝红星巷走去。马路上没有人,只有路灯照耀下长长的树影。我掐了掐胳膊,感觉到痛,才确信这不是在做梦。走着走着,我忽然听到一声呵斥:"你去找死呀!"这不是于百家的声音,也不是我爸的声音,那会是谁的声音呢?我的脚步在巷子口停了下来。路灯是明亮的,夜风是凉爽的,树叶是亲切的,就连暗影里的建筑物,也仿佛是我的财产,再不多看几眼就没机会似的。我从来没这么仔细地注意过深夜,也从来没觉察夜风、树叶、路灯和建筑物会让我这么舍不得。我的脚步想往巷子里走,我的脑袋却命令它停住,命令它:"回去!"胳膊拧不过大腿,脚步拗不过脑袋。我在巷子口站了一会,便灰溜溜走回仓库。

但是,就像女人的周期,过了二十多天,我的身体又烦躁不安,脑海里全是张闹。这么说也许有点夸张,其实挤在我脑袋里的也不是完整的张闹,只是张闹的局部,比如脸蛋、脖子、胸口、小腿、手臂,凡是露出来的、凡是白的,一起往脑袋里挤,你推我拥,挤得我的脑袋都快爆裂了。没办法,我只好爬起来,又往红星巷走去。

这个深夜,我没有停在巷口,而是继续往前。我举起左手:"这是犯法,你知不知道?弄不好要挨挂牌游斗,还要吃枪子。"我的右手扬起来反驳:"睡一次这么漂亮的,哪怕立即消灭也不冤枉。"你听出来了,这是于百家的观点,有时难免要用他的观点。左手又举起来:"如果被当场抓获,他们会问你事情的详细经过,会打伤你的器官,把你折磨得死去活来。"右手举起来:"做什么都得付出代价,我爸不是挺过来了吗?于百家不是挺过来了吗?"左手:"可是,他们已经没前途了。你现在回去还来得及,还有光明的前途,没准将来还可以当动物园的领导,还可能评上先进。"右手:"凭什么说一做这事就没前途,万一张闹同意呢?难道她就不是人吗?于百家说了,凡是女人都爱面子,只要把事情干成,她就认命,就会做你的老婆。不信你看看那些烂仔头,哪一个的老婆不如花似玉,哪一个的老婆不是这么弄到手的?"左手:"你千万别上当!于百家是说着玩的,你千万别当真!要是他真那么想,干吗还怕那三个公章?"右手:"我实在熬不住了,就像敬东那样熬不住,谁叫她长得比仙女还漂亮呢？不是我坏，是她太好看了。"左手："别、别、别，广贤，你爸不是教过你万一熬不住就自己解决吗？你为什么不自己解决？哪怕是一边想着她一边自己解决，也总比你去送死强！不信，你扭开旁边的水龙头，用冷水冲冲脑袋。"

这时我才发现旁边真的有个水龙头，平时我根本就没把它放在眼里。我扭开它，让水哗哗地冲刷头皮，全身连续打了几个冷战。好险呀，还差十米我就走到了省文化大院门口。我比上次多走了三百多米，要是没有这一顿冷水，也许我就控制不住了，我就不是我了。我从水龙头下站起来，用力抹了抹头上的鬈发，回头走去。

几天之后，我收到了于百家的来信。他在信上说如果真要去开张闹的窗户，最好闭上眼睛，因为闭上眼睛之后，耳朵就会竖起来，会特别敏感，就不会发出任何声音。但是到了信的结尾，他却板起脸劝我千万别去干那种蠢事，这只不过是一个玩笑，前次说的也算不得数，只是一时的狂言乱语。他说如果我听劝就是他的好兄弟，如果不听劝等到某一天我被押赴刑场，他绝对不会去看我半眼。我惊出一身细汗，暗自庆幸没把他的狂言乱语当作最高指示，要是我真按他说的去做，也许我早已像兰兰那样被关进笼子了。

又过了二十天，月亮从窗口照进来，白生生的一片，像女人压扁了的身体摊在我床上。我这个傻B、癫子、蠢货又管不住自己的腿脚，从床上爬起来，去了红星巷，进了文化大院，直接来到张闹的宿舍前。那晚，我的脑子好像已经睡着了，没对我的腿脚提出半点批评，或许已经提出了，只是声音太微弱，盖不过身体的冲动。我掏出一块黑布蒙住眼睛，开始用手指去感受窗户。我把手指抠进窗缝，轻轻地拉，窗门很配合，没发出一点声音就打开了。我伸手去摸靠门边的窗条，摸到了，轻轻地抽，窗条也像是自己人，没反抗就滑了出来。这时我拿掉黑布，把头伸进去，扭开门锁，门锁非常理解，一点也没吵闹。我轻轻地推门，那门就像内奸，无声地闪开一条缝欢迎我。进入张闹的宿舍，我没有遇到半点阻力，那些窗呀锁呀门呀好像商量好了似的，合伙起来收拾我，竟然没给熟睡中的张闹一点暗示。如果当时我不照于百家信上说的蒙上眼睛，说不定就会弄出响声，张闹就会惊醒，我就会逃跑，后面的事就不会发生……

我屏住呼吸，盯着窗前的床。床上铺满月光，可以看清张闹长长的眼睫毛、直挺的鼻梁、小巧的嘴巴、雪白的脖子。天哪！她竟然穿着那件我买的蓝色连衣裙。这说明她并不恨我,说明我还有跟她发展下去的大好机会。难道她的生气是假的?我顿时傻了,像老鼠掉进了铁桶,抓哪里哪里都没把把,急得不知道从什么地方爬出去。我后退两步,嘭地撞翻一张椅子。张闹忽地打坐起来,惊叫:"谁?"紧接着就喊:"救命!"她的喊声逼得我没有退路,只好扑上去捂住她的嘴。她撕我、推我,嘴里不时漏出"救命"的号叫。我说:"张姐,张姐,我是广贤,我只想看看你,没别的意思,求你别叫了。"她反而叫得更大声,我不得不把她的嘴巴捂得更紧。讨厌的是她不光嘴巴呜呜地叫唤,身体还滚来滚去,双腿把床板打得叭叭响。为了让她安静,我动用了全身的重量,让我的腿压住她的腿,让我的胸膛压住她的胸膛,用我的双手压住她的嘴巴。这样,她的动作幅度稍微小了一些,但是走廊上已经传来密集的脚步声,我明知道末日就要到了却毫无办法。有那么一刹那,我想放开她,从窗口跳下去,可是不知道为什么,这个想法的产生和遗忘是同时进行的,竟然没有多停留哪怕万分之一秒钟,好像我的手捂住的是一个炸弹,只要一松开就会没命。当时我最关心的是不让她发出声音,别的任何想法都被推后,因此我又一次失去了对命运的选择。

屋门乓的一声被人踹开,电灯嗒的一声闪亮,几个男演员扭起我的双臂,毫不吝啬地把拳头、脚尖、膝盖、胳膊肘送到我的屁股、胸口、脑袋、鼻子、眼睛、脊背等地方。我的双臂被他们扭得嘎嘎响,好像要扭断了。开始,我这个傻B还尽量理解他们,觉得他们就应该这样保护张闹。张闹就像是他们头顶的一株葡萄,平时他们连酸的都吃不上,现在怎么能容忍一个小毛孩把葡萄连根拔起。但是慢慢地,我发觉他们并不理解我,他们的手越来越重,我身体迎接的再也不是肉体,而是一些硬物,好像是凳子、皮带和砖头。他们把我的嘴角砸破了还没有停止,把我的腿打瘸了,还在往上面扔凳子……我的胸口一阵麻,我的头皮一阵麻,我的大腿一阵麻,最后我什么也不知道了,倒下去的瞬间,我仿佛听到张闹的哭声。我又没伤她半根毫毛,她怎么哭得比挨了强奸还要伤心?

36

醒来的时候,我已经躺在看守所里,就是北郊的路塘看守所。我的身上到处都是紧的,头皮、舌头、嘴角、胸口、屁股和小腿肚无一处不紧,也就是说我全身都肿了,仿佛把自己的每个器官都放大了一倍。同室的几个强奸犯告诉我，医生已经给我擦了好几次药，还用听诊器听了我的胸口。下午，那个中年男医生走了进来，他一边给我擦药，一边和蔼可亲地：“广贤，你只是外伤，过几天就好了。”他说话的口气慈祥，擦药的手轻柔，每擦一个地方就问我痛不痛。我从来没有被人这么侍候过，迷糊中已经把他当成亲人。我甚至轻轻地喊了几声"妈妈"，只是因为嘴巴还肿着，声音没有传出来。要不是已经有了一点人生经验，我当时就想坦白，甚至愿意夸大自己的罪行，以报答他对我的治疗。

看着天花板上的黑斑，我问自己当时为什么不从张闹的后窗跳下去？如果我跳下后窗，脚底一抹油，张闹也就有了下来的台阶，没准她会说："对不起，我只做了一个噩梦。"还有，我在送张闹裙子之后，为什么不去探探她的口风？哪怕偷偷地去观察她几眼。假若事先看到她穿上那件蓝色的连衣裙，我不高兴得翻跟头才怪呢，怎么会蠢到溜进她的房间。更不用说于百家这个魔鬼了，他好像已经深入到我的内部，随便说什么在我身上都能起化学反应。你想想，假如他不说小池像豆腐，我会把张闹联想成豆腐吗？假如他不写信来叫我闭上眼睛，我敢大起胆子去开张闹的窗口吗？

这么说，于百家似乎要负主要责任，但是公正地讲，千错万错还是我自己错。百家明明写信警告我不要干这种蠢事，我却没有听。百家当时想留下来，不愿意回去接受贫下中农的再教育，我却死劝他回去，还拿三个公章来吓他，还要他对小池负责任。如果我不吓他，不提小池，没准他就留了下来，没准会比我提前溜进张闹的房间，哪怕是提前几秒钟，有他在，根本轮不到我。再说，当初我就不应该跟于百家说张闹，我就是想得下身软不下来，也不应该告诉他。只要不告诉他，我就听不到他的鬼主意，就不会把自己弄到笼子里。千错万错还是嘴巴错，我扬手打了一下罪魁祸首，嘴巴传来一阵钻心的痛，刚刚结痂的伤口又破了，下巴流满了血。

负责本案的公安两次提审我，因为我的嘴巴还肿着，舌头还大着，便没法回答他们的提问，想说什么也只是一股散开的气，根本扭不到一块，形成字和句。我想，假如我是一个哑巴，那就不用他们审来审去了，该怎么判就怎么判，大不了头点地。我宁可一声不吭地被押赴刑场，也不愿去回答他们的问题。不瞒你说，那时候我还怕羞，还不敢去跟陌生人谈论身体的器官。跟于百家谈是一回事，跟赵敬东谈是一回事，就是不敢和陌生人谈，特别是不敢跟板起脸的人谈。我忽然想起了于百家，如果说他只给了我反面的指引，那是不公正的，至少他折磨自己身体的行动，在我身上发挥了积极的作用。每天晚上，我偷偷地把结了痂的嘴巴抠破，让它长久地血肉模糊。我还故意咬伤自己的舌头，让它在相当长一段时间里肿着、大着。这样做的目的，就是不想回答问题。果然公安又提审了我一次，他问我叫什么名字，我摇摇头，张开嘴巴。那是一张百孔千疮的嘴，嘴唇和嘴角全是脓泡，一边嘴角高一边嘴角低，上唇下唇只有少量没肿没破的地方，那也是亮晶晶的，撑得像透熟的葡萄，轻轻一碰就会流出点内容来。舌头大得顶住了上颚和牙齿，想分担鼻孔的出气都不可能。这么色彩丰富、形状怪异的器官，若是有人骂它"歪嘴、烂货"一点也不冤枉。在过去，这可是一张吐字清晰、惹是生非的嘴，现在它总算得到了报应。公安一看就知道，要提问这样的嘴巴，恐怕连个标点符号都问不出来。他们一挥手，把我押回监室。

李家庭又提着药箱来给我治嘴巴，我终于想起了那位医生的名字。他给我上药、贴纱布，轻言细语地："广贤，你这样的人我见多了，有撞墙的，有吞药瓶的，有想上吊的，有咬舌头的，结果没一个有好下场。要想有好一点的结果，就老老实实地交代错误，尽管有人歪曲坦白从宽抗拒从严，但我可以证明它还是基本准确的。你按我说的去做，相信会有公正的判决。"他的话像毛毛雨，每次给我换药总要下一阵，我抵触的情绪被他慢慢地泡软。刚好同室的一个强奸犯因为摆事实讲道理，被放了出去，这让我见证了嘴巴的好处。我开始配合治疗，不到一个月，嘴巴就痊愈了。

但是、可是，万万没想到再也没人提审我。我这个笨伯每天对着窗外喊"冤枉呀冤枉"，却没有任何人理睬我。他们都忙着贴大字报、揭批反动派去了，像我这样的偏房再也没有人宠幸。我喊了一个月、一年、两年，从20世纪60年代末喊到70年代初，都没有人提审我。我想当初也许不应该搞烂嘴巴，要是配合他们提审，没准早就无罪释放了。这是何苦呢？自己把自己弄得白白关了两年多时间。

37

关了两年零三个月，法院开庭审理我的案子。我交代完全部事实之后，法官认为我不老实，因为我的交代和张闹提供的材料相距十万八千里。法官当场声情并茂地朗读张闹提供的材料，材料上说我撕烂了她的裙子，并强行进入她的体内。读完材料，法官把那件撕破的蓝色连衣裙举起来，裙子的下摆已经撕成四瓣，它要是再回到风里也只能跳草裙舞了。我说："撕破了裙子不是还有衬裤吗？"旁听的人们哈哈大笑。法官说："张闹说了，那天晚上她没穿衬裤。"又是一阵笑声。凭什么他们只相信张闹而不相信我？张闹为什么要提供假证据？于百家说女人都爱面子，张闹为什么不爱？她那么漂亮那么有名那么前途无量，怎么就不要名声了？我的脑袋像被张闹亲手操起的木棍狠狠地敲了几下，顿时满地都是闪光的金子。

　　接下来我听到法官宣读张闹已经不是处女的证明。天哪！我连她的裙子都没打开，连她的衬裤都没脱，处女膜怎么可能隔着两层布就没有了呢？更何况事情已经过去两年多时间了，在近七百天的日子里，每一天都是她处女膜的天敌，都有可能让她不是处女，这张纸怎么能证明两年前的事件呢？法官说这张纸是当时开的，也就是我"强奸"张闹的第二天医院检查的结论。有人把那张纸递到我眼前，让我看清楚上面的日期。我低下头，不想再争辩，也找不到更好的理由争辩。法官问我："曾广贤，你记得你的生日吗？"我说："九月二十六号。"法官说："那么你进入张闹的房间是哪一天？"我说："九月二十九日。"法官说："你能确认吗？"我说："确认。"

　　最后我被判了八年有期徒刑。你不要惊讶，也不要不理解，强奸罪是重罪，情节严重的还会枪毙，就是强奸未遂也会被判个五年六年的，哪像现在这样不在乎处不处女。你能戴这么粗的项链，穿这么薄的衣服，开这么低的领口，挺这么高的胸膛，穿这么短的裙子，得感谢社会的进步。我真羡慕你！你是不是听困了？困了就喝点饮料。很好听是吗？那我就继续讲。被判八年我认了，我没埋怨法官，甚至也没埋怨张闹，虽然我生过气。我发誓我没有强奸张闹，不要说强奸，就是连她大腿的皮肤我也没碰过，充其量隔着裙子用身体压了那么一下。不过话又说回来，我毕竟有了强奸她的念头和强奸前的动作，我想这也应该是犯罪，不能不坐牢。所以，我没埋怨法官，甚至也没埋怨张闹，只埋怨自己知识贫乏，当时我竟然不知道处女膜是可以自己撕破的，只要做剧烈的运动就有可能撕破，更何况张闹是一个芭蕾舞演员，一个经常要劈叉的演员。不知道这个常识我还心安理得，当我知道后就悔得用头去撞墙。

　　而这还不是我最后悔的。后来我去了杯山拖拉机厂劳动改造，脑子里一直在想法官为什么要问我生日？有一天我忽然掰起指头算清楚了，九月二十六日前我才十七岁，而九月二十六日之后我就满十八岁了。十八岁之前犯法是可以减刑的。我这个癫仔这个傻瓜这个笨伯，竟然不懂得提前四天去找张闹，假若提前四天，哪怕是真正去强奸她，也有可能不会被判这么久。十年里，我天天问自己为什么会忘记生日？我连敬东的生日都没忘记，怎么会忘记自己的生日？

耳光响亮（选章）

叙述者档案

姓名：牛翠柏

是否党团员：不是

性别：男

身高：1.67 米

体重：70 公斤

血型：B 型

特长：能喝

文化程度：大专

业余爱好：猜谜

最喜欢的食物：辣椒

最喜欢的运动：引体向上

最喜欢的书：《毛泽东选集》

最喜欢的歌手：崔健

第一章

从现在开始，我倒退着行走，用后脑勺充当眼睛。那些象征时间的树木，和树木下纷乱的杂草，一一扑入我的后脑勺，擦过我的双肩，最后消失在我的眼皮底下。我看见时间的枝头，最先挂满冰雪，然后是秋天的红色叶片，然后是夏天的几堆绿色和春天的几簇鲜花。我马不停蹄地倒走着，累了就看看电视或倒在席梦思上睡觉，渴了就从冰箱里拿出易拉罐止渴。我沉醉在倒走的姿态里,走过二十年漫长的路程。一顶发黄的蚊帐拦住我的退路。它像一帧褪色的照片,虽然陈旧但亲切无比。我钻进蚊帐,躺到一张温热的床上,想好好地放松一下自己。

我睡在二十年前某个秋天的早晨,一阵哀乐声把我吵醒。我伸手摸了摸旁边的枕头,枕头上空空荡荡。我叫了一声妈妈,没有人回答,只有低沉沙哑的哀乐,像一只冒昧闯入的蝙蝠,在蚊帐顶盘旋。窗外不太明朗的光线,像是一个人的手掌,轻轻抚摸对面的床铺。我伸了一个懒腰,打了两声哈欠,朝对面的床走去。父亲已不在床上,只有哥哥牛青松还睡在迷蒙的光线里,鼾声从他的鼻孔飞出来。

我对着门口喊牛正国,何碧雪,你们都哑巴了吗?牛正国是我父亲的名字,何碧雪是我的母亲。这是我第一次直呼他们的大名。屋外静悄悄的,他们好像从这个世界消失了。我抓起床头的衬衣,匆忙地穿到身上,把第五颗纽扣塞到第四颗扣眼,用第一颗扣眼套住了第三颗纽扣,胸前的衬衣乱得像一团麻,正如我乱七八糟的心情。呜呜地哭着,我走出卧室,看见母亲坐在一张矮凳上。她坐得很端正,双手伏着膝盖,两只耳朵夸张地晃动,认真地聆听收音机里的声音。收音机像一只鸟悬在她的头顶,声音如雨点浸湿她的头发和眼睫毛,仿佛有一层薄薄的烟灰慢慢地爬上她脸蛋,她的脸愈来愈难看、愈来愈严肃。她轻轻地对我说:毛主席逝世了。

说这话时,她并不看我,试图从凳子上站起来,但她的身子晃了几晃,几乎又跌到凳子上。等她终于站稳,我发觉她的双腿像风中的铁丝不停地颤抖。我突然感到全身发冷,对母亲说爸爸不见了。母亲的目光扑闪一下,说他可能去学校了吧,但他从来没走得这么早。我朝窗外望了一眼,夜色在我凝望的瞬间匆匆逃走,白天的光线铺满街道,窗口下那团光线照不到的地方,依然黑沉沉的,像是夜晚脱下的一堆衣裳。

中午,朝阳广场上聚满了悼念毛主席的人群,我跟随母亲坐在兴宁国营棉纺织厂的队列里。太阳像一个快要爆炸的火球,烤干了木器厂的粉末,烧烂了路旁废弃的单车轮胎。许多人把书本和报纸盖在头上,他们的脸膛一半明亮一半阴暗,撕报纸的声音和放屁的声音混淆在一起。悼念大会还没有正式开始,我站在母亲的肩膀上,看见整个广场被黑压压的人头淹没,妇女们结着辫子,男人们留着小平头,偶尔有几个光脑袋夹杂在人群中,像是浮出水面的匏瓜。会场的右角,静静地裂开一道口子,杨美一丝不挂地朝会场中央走来，用一张破烂的报纸蒙住双眼，身上的污垢像鱼的鳞片闪亮。在朝阳路、长青巷，几乎所有的人都认得这个从不说话从不穿衣服脑子里有毛病的杨美。没有人阻挡他，他所到之处人群纷纷闪开。眼看着他要走进棉纺厂女工的队列了，几个未婚的女工发出尖叫。这时，一位肥胖的公安从人群中闪出，像一座山堵在杨美的面前。杨美撞到公安的身上，就像撞到一只吹胀的气球上被弹了回去。杨美撞了几次，没有把面前的气球撞倒，便扭过身子准备改变路线。

公安用他宽大的手掌扯下杨美脸上的报纸，问他为什么蒙住眼睛？杨美的两颗眼珠望着天空，眼眶的下半部填满了白眼仁。一群小孩围住杨美喊：聋子、哑巴、坏蛋、神经病！公安说你也懂得害羞，懂得害羞就赶快回家去穿裤子。公安推了一下杨美。杨美突然蹲下身子，大声地哭起来。杨美的哭声中，飘出一串清晰的话：主席不只是你们的主席，也是我的主席。你们可以悼念他，我为什么不可以悼念他？你们可以叫我坏蛋、神经病、流氓，不可以不让我参加追悼会。公安伸手去拉杨美，杨美的胳膊拐了几拐。公安说我不是不让你参加追悼会，只是你这样太不雅观。如果你真要悼念毛主席，那么请你先穿上裤子。杨美抬起头，望了公安一眼，说真的？公安说真的。杨美抬手抹泪，从地上站起来，说我这就去穿，我这就去穿裤子。

公安护送杨美走出会场。杨美用手掌盖住他的鸟仔，他的双脚已经跨出去几大步，但他的眼睛还留在女工的队列里。他的嘴角飞出几声傻笑，双手举起来做了一个猥亵的动作。我偷偷发笑，被母亲扇了一巴掌。我用双手捂住左脸，疼痛在我的掌心跳来跳去。这时，我看见兴宁小学校长刘大选朝着我们走来。

刘大选站在我母亲面前，双手背在身后。他说牛大嫂，牛老师呢？母亲说他不是到学校去了吗？刘大选说没有，学校里根本没有牛老师。全校的老师都到齐了，只差他一个。这么大的事情，他怎么不参加呢？母亲低下头，说也许他病了，他到医院看病去了。刘大选说是真病还是假病？母亲说真病，一大早他就上医院去了。说不定这一刻，他正站在病人的队列里，和大家一起开追悼会哩。刘大选说这样就好。说完，他转身走开，可是我的左脸还在火辣辣地痛。

追悼会的最后一个仪式，每个人都要走过毛主席像前，向他老人家三鞠躬。白色的头、花白的头、黑色的头、没有头发的头低下去又昂起来，他们脸上挂着泪水，慢慢地离开毛主席像，爬上单位的货车。货车弹了几下，伤心地离开广场。母亲的眼泪像断线的珠子，她用手帕怎么也抹不干。我对母亲说，你的眼泪把你的脸都洗干净了。母亲说你是小孩，懂什么？你的外婆她死得好惨呀！

回家的路上，江爱菊伯妈不停地用衣襟抹泪。她说我怎么哭也哭不过何碧雪，因为我只有一双眼睛，而她和她的儿子共有四只眼睛，你想想两只眼睛怎么哭得过四只眼睛呢？母亲突然破涕为笑，说老江呀，我们家老牛不见了，我真害怕出什么事。江爱菊说不会的，好好的太平世界，怎么会出事呢？母亲说好几个领导人在这一年死了，1月8日周总理逝世了，7月6日朱德逝世了，现在毛泽东也逝世了。他们都逝世了，我们可怎么办？江爱菊说怎么办？我们可不能跟着他们死。何碧雪，你可别想不开啊。母亲说怎么会呢。

我们并没有把父亲牛正国的失踪当一回事，我们包括我的姐姐牛红梅、我的哥哥牛青松。我们想品行端正言行一致胆小如鼠的牛正国，绝对失踪不了，他那么热爱这个世界，何况他的妻子何碧雪风韵犹存，那么美丽动人，更何况他的三个孩子，也就是我们，那么出类拔萃。这样想过之后，我们决定杀一盘军棋。我们在餐桌上摊开塑料棋盘，然后为谁执红子谁执白子发生了争吵。那时候我们十分崇拜红军，连做梦都想当一次红军。我从牛青松手里抢过红色的军旗、司令和军长，牛青松说拿去吧，你把红的都拿去吧，红军也有吃败仗的时候。牛青松很快就把那些棋子竖起来，每一颗棋子都荷枪实弹充满杀气。摆着架势正准备厮杀的时候，我们才发觉没有公证。我们对着牛红梅的卧室喊牛大姐，快来给我们做一盘公证。牛大姐并不答应我们，她原先开着的卧室的门，在我们的叫喊声中嘭的一声关闭。那扇咖啡色的门板，在我们的眼皮底下晃了几晃，冷冰冰的，像九月里的一根冰棒。我们不约而同地站起来，挤到门板前，从裂开的门缝朝里张望。为了争抢门缝，我们彼此动用了胳膊肘子和嘴巴。牛青松骂了一声我操你妈。我骂他野仔。骂过之后，我们又相视一笑。我们说她在换裙子。她在打扮。她又要去会她的男朋友了。

我们同时从门板边退回来，然后同时用肩膀撞过去。我们嘴里喊着一、二、三，肩膀便撞到门板上，沉闷的撞击声擦过我们的耳朵。门板一动不动。我们说再来。我们于是又喊一、二、三，又把肩膀撞向门板。门板还是一丝不动。我们便站在门前，齐声对着门里喊：牛红梅，请你给我们做一盘公证，仅仅一盘，我们求你了！我们已经摆好了棋子，现在我们斗志昂扬，开弓没有回头箭，拉开了架势就得杀。希望你认清当前的形势，为我们做一盘公证。我们现在是请你，等会儿我们会强迫你。不管你愿意不愿意，你都得给我们做一盘公证！牛红梅，你听到了吗？

　　门哗的一声拉开，牛红梅像一只母狮子从卧室里冲出来，吓得我们忙向后退。牛红梅说听到了、听到了、我听到了！你们要拿我怎样？她把手里的木梳子当作武器，在我们眼前劈来劈去，然后劈到她的头发上，开始认真地梳头，把我们给彻底地忘记了。她突然变得温驯起来，一边梳头一边说，我没有时间给你们当什么公证，我还得出门办事。我们说办什么事？你一定又是去会那个男人。牛红梅笑了笑，脸上的两个酒窝像两个句号深深地烙在我的脑海里。她说会男人又怎么样？你们长大了还不是要会女人。这时，我们才发现牛红梅已经换上了一套裙子。淡蓝色的裙子上，布满了大大小小的白点。我们说你打扮得像一只花母鸡。牛红梅把头一甩，长长的头发飘起来又落下去。她丢下梳子走出家门。我们对着她的背影喊牛红梅、牛红梅。她根本不理我们。在我们的呼喊中，她显得很得意，屁股一扭一扭的，就像现在舞台上的那些时装模特儿，一扭一扭地走向大街。

　　母亲突然从我们的身后钻出来，对着走向大街的牛红梅喊道，你给我回来！都什么时候了，还有心思去约会！牛红梅转过身，眯着眼睛望了一眼西斜的太阳。我们发觉那一刻的阳光全部落在她的脸上，我们已经看不到她的脸蛋了。几秒钟之后，她的脸蛋又才从阳光里露出来。她说不就是下午四点吗？为什么不能约会。母亲说不能约会就不能约会，你给我回来！

　　牛红梅穿着那身漂亮的裙子走回家中。我们对她做了一个鬼脸，说给我们做一盘公证吧。她说去你妈的！说完，她把我们餐桌上的棋子全部掀翻。我们只好跨出家门，跑到巷子里打架。牛青松鼓足气，先让我在他的肚皮上打一拳。然后我再鼓足气，让他在我的肚皮上打一拳。我们像两位气功大师，你一拳我一拳地打着。母亲的声音从家里飘出来，她在叫我们的名字。我们肚皮下的气一下子就漏光了，像泄气的单车轮胎，懒洋洋地滚回家里。母亲说都什么时候了，你们还在打架！我们说不就是四点半吗，为什么不能打架？我们想下军棋，但又没有人给我们当公证。我们不打架我们干什么？母亲说你们就知道打、打、打，你们知不知道你们的爸爸失踪了？

母亲的脸上布满了乌黑的阴云,她刚刚哭过毛主席的眼睛,现在红肿得像熟透的桃子。牛红梅突然大笑起来,说我还以为出了什么大事。说完,她用手拍了拍裙子,准备继续去会她的男朋友。母亲说你给我好好地待着,这不是大事什么才算大事?母亲只说了半截话,眼泪便一颗接一颗地掉下来。我说爸爸没有失踪,他的单车还放在车棚里。我的发现像一丁点儿火星,照亮了母亲的脸膛,她双目圆瞪,问我真的吗?我说真的。母亲说真的就好。母亲一边说着真的就好,一边跑出家门扑向车棚,我们紧紧地跟在她身后。

父亲的那辆旧单车乖乖地站在车棚里,单车的坐包已经掉了一半,车头的铃铛锈迹斑斑。很难想象就在昨天,我们的父亲还骑着它穿街过巷,到兴宁小学去上班。我用手按了一下铃铛,铃铛被铁锈紧紧卡住,没有发出声音。我用脚踢了一下单车的前轮,前轮一动不动,像是焊牢在铁架上似的。牛青松返回家里,从父亲的书桌上找来一把钥匙。他把钥匙插进车锁里,扭了好久都没把车锁打开。我们每个人都试着扭了一次,车锁像一口咬紧的铁牙纹丝不动。我们的手上全都沾满了铁锈。

牛青松说再扭不开,我就把锁头砸了。他的话音未落,锁头嗒的一声自动弹开,我们都大吃一惊。牛青松想把单车推出车棚,但单车的轮子根本不能转动,车刹、泥巴、铁锈已经把车轮黏死。看上去,它就像一辆几年没有人动过的单车,它仿佛在一夜之间衰老了,显得白发苍苍、老态龙钟。可是就在昨天下午,我分明看见父亲踩着它回家,清脆的铃声犹在耳畔。

母亲像一个受骗上当的人突然醒悟,说这说明不了什么问题,单车不能证明你们的爸爸没有失踪。牛青松把单车丢回车棚。然后,我们跟在母亲的身后,她走我们也走,她停我们也跟着停。但是我们没有跟着她哭。她搬过一张板凳拦在门口,像一位英雄坐在板凳的中央,说从现在起,没有我的命令,谁也不准离开家门半步。我们待在各自的位置上,耐心地等候父亲归来。

我认真看着每个从我家门前走过的行人,他们的面孔有的陌生有的并不陌生。夕阳已经从高楼的另一面落下去了,世界寂静得可以。我的胸口像一只老鼠在蹦蹦跳跳,生怕天突然塌下来、地突然陷落下去等,害怕高楼被风刮倒、汽车撞死行人等,害怕冬天打雷、夏天落雪。那一刻我像被雨淋湿的病孩,胆战心惊、浑身发抖地守望我家的大门。母亲一声不吭,牛红梅和牛青松也一言不发。他们不时地朝大门之外望一眼,什么也不说心中有团火。渐渐地我有些困倦了,像一只猫伏在母亲的膝盖上睡去,把那些重要的事情,

长篇小说

全部丢到了后脑勺的后面。

睁开眼,天已经全黑。我想怎么一眨眼工夫,天就黑了呢?天黑了,我的父亲怎么还不回来?忽然,母亲推了我一把,摇摇晃晃地站起来,大声地喊道,快来看,你们的爸爸他回来了。我们全都挤到门口,朝巷道张望。我们看见父亲正从巷道的那一头走来,昏暗的路灯轻轻地落在他的头发上、衣服上。他时而明亮时而阴暗地走向我们,我们已经听到了他那熟悉的脚步声。我甚至提前享受了一下父亲迈进家门时的喜悦。

母亲急不可待地扑出家门,把头偏向左边又偏向右边,她好像要仔细地看一看,来人是不是父亲。看了一会儿,她便迈开大步咚咚地迎上去。我们一个接一个地冲出家门,紧跟在她的身后。远远地,我朝着那个人叫爸爸。那个人没有回答,越走越近,他的眉毛、眼睛、鼻子和嘴巴清楚地摆在我们面前。他说谁叫我爸爸?然后友善地低下头,伸出他的右手扣在我的头顶。母亲说你不是他们的爸爸。他们的爸爸今早出门,到现在还没有回来,我们等了他一天,他还没有回来。我是他的妻子,他们是他的儿女。我们没有跟他吵架,也没有跟他过不去。他工作积极,身体健康,尽管家庭收入一般,但日子还过得下去。不知道什么原因,他突然就失踪了。我想了一天都想不明白。母亲一边哭着一边跟那个陌生的男人倾诉。我们都觉得她说得太多了,但没有人阻拦她。那个人说问题也许没有你说的那么严重,也许他到亲戚家办事去了,也许他喝醉了酒,正躺在朋友家睡大觉。母亲说不会的,他从来不喝酒。那人说可惜我不是他们的爸爸,我得先走了。

那个人从我们的身边离开,愈走愈远,快要走到小巷尽头的时候,他转过身来朝我们挥了挥手。这时的小巷空无一人,路灯依旧昏黄着,风扫动着地上的废纸和几块白色的塑料布。母亲不停地揉着她的眼睛,说我怎么就看花了眼呢?我分明看清楚了,他是你们的爸爸。可是走近一看,他不是。我们也学着母亲的样子,不停地揉我们的眼睛。我们一边揉着眼睛一边有气无力地往回走,所有的激情从我们的脚板底下溜走了。牛青松说睡觉吧,也许睡一觉起来,爸爸就回来了。

牛青松合衣倒到床上,只一分钟便鼾声四起。母亲在他的床板上拍了几巴掌,说起来起来,你怎么能够这样。你们想一想,你们的爸爸有没有不回家的时候?我们说没有,爸爸从来没有不回家的。母亲说现在他不回家了,这说明什么？说明你们的爸爸死了。牛青松从床上弹起来，打了一个长长的哈欠，说不会的，人又不是蚂蚁，说死就死。母亲说怎么不会？你起来，你们都给我坐好了。

我们严肃认真地坐在母亲的面前。她严肃认真地扫了我们一眼，说现在你们三个人，加我一起共四个，我们一起来举手表决，看你们的爸爸死了没有。你们认为你们的爸爸死了，就把手举起来。你们认为他还没有死，就不用举手。大家都沉默着，眼珠子转来转去。牛红梅东瞧瞧西望望，双手突然掩住嘴巴想笑。母亲说笑什么，这有什么好笑的，如果你爸爸真的死了，你还笑得起来？母亲说着，把她的右手缓慢而又庄严地举过头顶。母亲像举一把沉重的铁锤，脸上的五官全部扭曲，仿佛铁锤的重量全部压在她的脸上。没有人跟着她举手，母亲很失望。她把目光落在我的脸上，说牛翠柏，我算是白疼你了。你爸爸对你好不好？我点点头说好。我对你好不好？我继续点头说好。那你为什么不举手？我说爸爸也许还没有死。母亲说现在不是他死不死的问题，而是你的立场问题。你是站在牛红梅一边呢？还是站在我这一边。我说我站在你这一边。我把我的右手呼地举起来。母亲的脸上掠过一丝微笑。但是牛红梅和牛青松仍然没有举手的意思。母亲举着手臂对他们说，这是你们应该享有的权利，举或不举你们自己考虑。我和母亲举着手臂等待他们的手臂。他们的手臂一动不动。母亲说两票对两票，打平。母亲准备收回她的手臂，我忙举起我的左手。我说三比二。牛青松说不算，一个人只能算一票，你把两只手举起来，好像是向我们投降。我说我双手赞成妈妈，我百分之两百地相信爸爸已经死了。牛青松说我弃权。母亲说既然你弃权，那就是两票对一票。现在我们再来表决一次，看去不去找你们的爸爸。同意现在去找你们爸爸的，把手举起来。我和母亲几乎是同时举起了手臂。牛青松从凳子上站起来，准备溜走。母亲说你要干什么？牛青松说我弃权。母亲说弃权并不意味着放弃责任，你得跟我们一同出去找你爸爸。牛青松朝门外望了一眼，说黑不溜秋的，我们去哪里找他？母亲说牛红梅先到省医院，去问问那个医师，那个医师叫冯什么？我说叫冯奇才，在内科门诊。母亲说对，你就去找冯奇才，然后到各大医院查一查，看你们的爸爸是不是出什么意外事故住院了。牛红梅，你明白了吗？

牛红梅从凳子上站起来，双腿一并，说明白。母亲说牛青松，你到兴宁派出所报案，把你爸爸失踪的情况跟他们说清楚。牛青松说好的。母亲最后指着我说，你好好地待在家里，不让任何人踏进家门，除非是你爸爸。我要到你舅舅家、姑姑家以及所有的亲戚家和你爸爸的朋友家去，听明白了吗？我说明白了，但我有点儿害怕。母亲说怕什么？我摇着头说不知道，反正我有点儿害怕。母亲用手在我头上摸了摸，说坚强一点儿，邱少云被火烧了还一动不动，黄继光敢拿自己的胸口去堵敌人的枪眼，董存瑞敢手举炸药包炸敌人的桥，你守一下家有什么好怕的？如果你真的害怕了，就不停地念毛主席的语录：下定决心，不怕牺牲；排除万难，去争取胜利。在毛主席语录的鼓舞下，我向母亲坚强地点了点头。我说人在阵地在，我在家在，妈妈你放心。母亲说好样的。

  他们都出去了，我像一只孤单的羊在家里走来走去。我的头顶上悬着一只15W的灯泡，灯光像西下的夕阳，照亮我家的客厅。有许多细小的虫子，围着夕阳翩翩起舞。窗外黑咕隆咚，路灯仿佛在一瞬间熄灭。我决定找一把刀捏在手里。刀在何方？刀在厨房里。我从厨房里拿出一把菜刀，菜刀泛着寒光冰凉我的手掌。一阵敲门声传来。我说谁？是我，江爱菊伯妈说，是你妈叫我来的，你妈说就你一个人在家，要我来给你做伴。我说我妈说了，除了我爸爸，谁也不能踏进我家半步。江伯妈说那你一个人怕不怕？我说不怕，我有菜刀。江伯妈说牛翠柏乖乖，把门儿开开。我说不开不开，爸爸没回来。

  江伯妈的脚步声渐渐消失了。我突然记起我父亲有一把匕首，那把匕首长年锁在父亲书桌的左边抽屉，它和父亲的日记、备课本以及考试题锁在一起。走进卧室，我碰了碰书桌的锁头，锁头无声地弹开了。父亲没有把锁头锁好，这是极不正常的现象。拉开抽屉，我看见父亲珍藏的那把匕首和匕首下面压着的一张纸条，它们像两把铁锤，锤向我的眼球。一瞬间，那白纸上的黑字，全变成了匕首，戳向我：

碧雪、红梅

青松、翠柏：

  永别了！希望你们好好生活，珍惜家庭。青松、翠柏要好好学习，天天向上。红梅要学会自强自立。碧雪，这个家全靠你啦。我爱你们！

牛正国
1976年9月9日

直到这一刻，我才完全彻底地相信，父亲永远地离我们而去。我把纸条揣进怀里，把匕首捏在手里，像一只被遗弃的狗崽，静静地蜷缩在门角，等候母亲归来。那只15W的灯泡，在我的头顶嗞嗞地燃烧着，像一只明亮的眼睛穿透黑暗，窥视我的内心。我决定把灯关掉。叭的一声，屋内一片漆黑，路灯突然变得明亮，它们的光线透过玻璃和门缝，到达我的脚边。好长好长的时间过去了，我听到急促的敲门声。我对着门外喊，你是谁？门外说是我。我说我是谁？门外说我是你老子。我从门角站起来，握着匕首的掌心已冒出细汗。门外说你开不开？不开我就砸门了。我说除了我爸爸，谁也不能踏进我家半步。但是爸爸已经死了，你们谁也别想进来。

我是牛青松，门外一声怒吼。我说才不管你是牛青松或是马青松。我是你哥哥，门外又说。我说我哥哥已经出去了。门外说现在他又回来了，他就站在你的门外边，请你开门。我说妈妈说过，谁也不能进来。沉默了一会儿，门外传来一声巨响，外面的人开始搬石头砸门，他一边砸一边说开不开？我说不开。又一声巨响传来，我家的门板快被砸破了。

这时，门外响起了另外几个人的声音。他们说牛翠柏，你快开门，我们是派出所的。你可以从门缝看一看，看我们是不是派出所的，我们有帽徽、有手枪，你仔细看一看。我把眼睛凑到门缝上，看见牛青松和三个公安站在门外。我拉开大门，说终于把你们盼来啦。

他们把屋内所有的电灯拉亮，然后认真地看我递给他们的纸条。他们说这很明显，你们的爸爸自杀了，你们等着收尸吧。牛青松问他们去哪里收尸？他们说不是跳楼就是跳河，当然也可以触电可以吃安眠药，发现尸体我们会及时告诉你们。他们还说小朋友，不要悲伤，爸爸死了妈妈还可以帮你们找一个。他们说着笑着，在我们的卧室里翻箱倒柜，像是翻他们自己的东西。他们翻了半个小时，才走出我们的卧室，手里拿着父亲的三本日记。他们说我们要把这些带走，还有这个这个。他们说这个这个的时候，从我的手上抢过纸条和匕首。

他们终于走了。牛青松说把卧室的灯关掉。我说你自己去关。牛青松坐在木沙发里跷着二郎腿，眯着眼睛看我。他说你关不关？我说不关。他从沙发上跳起来，举起右掌准备扇我，但右掌只举到一半便收了回去。他说今天是非常时期，否则我必扇你半死。关了卧室的灯，他又坐到沙发里，把两只臭脚丫架在一张小板凳上，用手拍拍沙发，说牛翠柏，给我倒一杯开水来。

我站在原地不理睬他。他的眼珠像吹胀的气球，突然向外一瞪，又用手拍拍沙发，比第一次拍得响亮。他说老子这么辛苦，需要休息休息，你给我倒一杯水来，我口渴了。我为他倒了一杯水。他说这才像我的弟弟。

我说爸爸已经死了，妈妈和牛红梅还不知道，我们得想办法通知她们。牛青松说怎么通知她们？反正人已经死了，她们晚知道一两个小时，希望就多延长一两个小时。闭上眼睛，我都能想象出妈妈和牛红梅焦急的模样。让她们焦急去吧。我说你真卑鄙。他说卑鄙是卑鄙者的证件，高尚是高尚者的招牌。我说你说什么我不懂，我只懂得应该尽快把爸爸的消息告诉妈妈。他说要告诉你自己去告诉，我不知道她们在哪里。

我像热锅上的蚂蚁，在客厅里坐立不安，我一次又一次地跑出家门，朝静悄悄的巷口张望。我对着巷口喊，妈妈，你在哪里？我对着大海喊，妈妈，你在哪里？我对着森林喊，妈妈你在哪里？你在哪里啊你在哪里？我在心里这么默默地喊着，突然想这喊声很像诗，这喊声一定能写一首诗，如果我是诗人的话。

深夜 11 点 27 分，母亲迎着我期待的目光走回家门。母亲蓬头垢面一只裤脚高一只裤脚低地站在我们面前，好像是刚刚经受了沉重的打击，仿佛被人强奸或者遭人打劫。大姑牛慧站在母亲的身后，她淡红色的连衣裙一尘不染。她用未婚女青年特有的喜悦的目光望着我们，似乎是希望我们给她一个较为完满的答案。但是，我们并不幼稚，我们争先恐后地对牛慧说，爸爸死了，他留下一张遗嘱，被派出所的拿走了，他们还拿走了爸爸的三本日记。

母亲的目光突然一直，好像一截木棍打到我的脸上，但仅仅一秒钟，她的目光便松软下来，像一摊水散开。母亲先是弯下腰，弯到一定的程度后，想重新站起来，但她怎么也站不起来了，双手紧紧捂住腹部，然后像一只垂死的虾倒在地上。一声锐利的尖叫从她的嘴里吐出来，那声音锐利了好久，才变成淅淅沥沥的哭声。大姑牛慧的眼里，象征性地掉了几颗眼泪。大姑的眼泪，就像鳄鱼的眼泪。

最后一个回家的是牛红梅。她回来时已是凌晨 3 点了，我们全都躺在床上，似睡非睡。她拉亮电灯，把水龙头开得哗啦哗啦，她的凉鞋响亮地落在地板上，一张板凳从她脚边飞起来，然后痛苦地栽到门角。她默默无语地做着这一切，没有人跟她说话，她也没有带回来什么，甚至连父亲永别的消息，我们也没有告诉她。晚安，牛红梅，我在心底里默默地为她祝福。

第二天早晨，我蹲在母亲的身边，同她一起洗脸。昨天发生的事，好像大风已吹过头顶，现在母亲的脸显得风平浪静。母亲在脸盆里浸湿毛巾，然后用毛巾抹我的脸。我的鼻子、眼睛被她那藏在毛巾后面的手捏得生痛。我余痛未消，母亲已把毛巾移到她的脸上。当毛巾从她的脸上滑落到盆里的时候，她的泪水便像雨点一样跌落下来。在我的印象中，那简直是一场倾盆大雨。雨水注满脸盆，溢出盆沿流向地板。我清楚地记得那是一只搪瓷剥落的脸盆，盆底印着毛主席的头像。

洗完脸，母亲把我们叫到她面前。我们的队伍里少了牛红梅。牛青松说她早早地便出门了，说是去找工作。母亲说，你爸爸对你们好不好？我们说好。母亲说你爸爸死得可怜不可怜？我们说可怜。母亲说那你们为什么不哭？你们好像一点儿都不悲伤。母亲这么一说，我的鼻子就一阵酸，泪水从眼眶里一点一滴地渗出来，眼前一片迷蒙，客厅和屋外细雨纷飞。母亲去了一趟派出所，把父亲的三本日记和遗书取了回来。她在上班之余，开始认真研读父亲的日记。许多个傍晚，我泪眼蒙眬地看见母亲坐在沙发上，手捧父亲的日记自言自语。她说如果不看这些日记，我还不知道你们的爸爸有这么善良。如果你们抽空看看，就知道爸爸多么爱你们。母亲把我拉到她身边，说翠柏，你看一看这段，说你的。我抬手抹了一把眼睛，说我看不见。母亲说为什么看不见？我说泪水一刻也没有停过，它总是流。母亲说在你刚满一岁的时候，我又怀上了一个弟弟或妹妹，我叫你爸爸跟我去医院做手术。他死活都不愿去，说怀上了就把他（她）生下来。我说不能再生小孩了，我们养不活他（她）。你爸爸说要去你自己去，妇产科里有好多医生是我的学生，我总不能在学生面前炫耀自己的播种能力。我说我们可以换一个医院。你爸爸说换医院也不去，他要在家带你。他说又不是什么光彩的事业，何必夫妻双双进医院。

那天早晨，我自己去了医院，你爸爸请假在家带你。也许是他的心情烦躁，也许是你要妈妈的哭声惹火了他。他一气之下在你稚嫩的脸上扇了几巴掌。你的哭声愈来愈大，最后你把吃下肚里的三个小笼包全部吐了出来。看着你双目圆瞪，口吐白沫，你爸爸的恻隐之心油然而生，他在日记里写道：我为什么在欢乐的时刻，忘记了隐患。我是个不懂得爱妻子疼孩子的畜生。我是流氓我是地痞，应该千刀万剐，天该诛我，地应灭我……母亲读到这里，又伤心地哭起来。看着母亲难受的模样，我真恨不得替她难受。

好久没有看见母亲的笑脸,听到母亲的笑声了,我们决定要让母亲笑起来,哪怕是象征性地笑一笑。牛青松用毛笔在他的嘴角画了几撇胡须,满以为母亲会情不自禁地笑起来。但是他想错了,母亲看见他的胡须非但没笑,反而想哭。母亲痛斥他不好好学习,不但糟蹋了自己的脸蛋,还浪费了墨水。我对愤怒的母亲说,妈妈,我为你表演一个魔术。母亲说什么魔术?我钻进卧室,找出一顶帽子戴在头上,把左手捏成拳头,用拳头堵住嘴巴。我说只要对着拳头吹气,我头上的帽子便自动膨胀并且慢慢升高。母亲用怀疑的目光打量我。我憋足劲朝我的拳头吹了一口气,腮帮子鼓凸起来,头上的帽子也慢慢膨胀,慢慢地往上升。母亲说把你的右手放到前面来。我说我喜欢把右手背在身后。母亲说这种把戏骗不了我,你的右手里捏着一根棍子,吹气的时候,你就用棍子顶你的帽子。母亲识破我的秘密,我把右手和棍子伸到她面前。母亲没有笑。我说坦白从宽,抗拒从严。母亲仍然没有笑。

这时,牛青松已洗干净他的胡须,重新站到母亲的面前。牛青松说妈妈,我给你说一个笑话。母亲不置可否。牛青松说有一天早晨,我们的语文老师正在给我们讲作文,教室里突然弥漫一股臭气。大家都知道有人放屁了,但大家都不知道是谁放,因为没有发出响声。语文老师站在讲台上,用书本在他的鼻尖前扇了几扇,然后望着台下的同学们说,明枪易躲,暗箭难防。母亲挥了挥手,把牛青松的笑话轻轻地赶跑了。

我们发誓一定要让母亲笑起来。牛青松向我递了一个眼色。我们同时扑向母亲。我抓住母亲的左手,牛青松抓住母亲的右手。在母亲毫无防备的情况下,我们用手指去挠她的胳肢窝。母亲大概是痒痒了,嘴里终于发出零零星星的笑声。她的笑声没有达到我们预期的效果,于是我们继续挠她。她终于忍无可忍大笑不止。在我们的夹击下,母亲缩成一团,一边笑着一边说别挠了别挠了,我快笑死了。目的已经达到,我们在母亲的求饶声中,松开手。母亲终于笑了,父亲刚死,母亲怎么能够开怀大笑呢?

星期天,母亲买了几张红纸。她把那些红纸裁成两指宽的纸条,在纸条上写了如下几条标语:

  珍惜家庭!
  青松、翠柏要好好学习!

红梅要学会自强自立！

母亲把第一张标语贴到我家客厅的窗口边，只要我们坐到餐桌前吃饭，准会看到"珍惜家庭"这几个醒目的大字。母亲把第二张标语贴到我和她的卧室里，具体地说，是贴到我的床头。第三张标语，母亲想把它贴进牛红梅的卧室，但牛红梅不在家，她总是不在家，把卧室锁上了。母亲只好把标语贴到她卧室的门板上。

我们知道，这些标语是从父亲的遗嘱上抄下来的，它们像父亲遗留下来的声音，绕梁三日不绝。趁母亲进厨房做午饭的时机，我们把她刚刚贴上的标语全部撕掉。母亲好像预感到了我们的恶作剧，她提着一把菜刀从厨房里冲出来。当看到她精心制作的标语不翼而飞之后，她把菜刀举过头顶，开始追杀我们。她说你们这些败家子，忘恩负义的家伙，专门跟老娘作对。你们的爸爸尸骨未寒，你们就想翻天了。你们都给我滚出去，老娘不想看见你们。我们在卧室、客厅窜进窜出，一会儿爬上饭桌，一会儿钻到床底。母亲追了一阵，怎么也追不上我们，她把手里的菜刀摔到地上，说你们都滚出去，老娘不想追你们了。

我们从她的面前溜出家门，跑到巷口，把我们的口袋翻了个底朝天。我们从口袋里翻出九分钱。拿着九分钱，我们昂首阔步跑到书摊去看小人书。街道上的阳光垂直地照着树木，我们的肚子里发出几串响声。估计母亲已经做好了午饭，我们一边舔着嘴唇一边往家走，快到家门时，闻到了从窗口飘出来的饭菜焦味。推开门，我们看见母亲垂头丧气地坐在沙发上，掉在地上的菜刀仍然趴在地上。母亲说我不会给你们做饭的，饿了，你们自己做。抽了抽鼻子，饭菜的焦味不见了，我们看见十几条崭新的标语，贴满了家庭的四壁，除了原先的内容以外，还多了一条内容，那就是：

向牛正国同志学习！

这条标语贴在厨房的门口，贴在沙发的右上方，贴在我和母亲卧室的门板上。我们举起双手，对母亲说，妈妈，我们向你投降。母亲好像要验证我们投降的真诚度，用愤怒的目光审查我们。我们赶紧把手举得更高。母亲弯腰从脚边拾起菜刀，说知错就好，今后你们不许再乱说乱动。我们说明白。

母亲提着菜刀走进厨房，一个动荡不安的星期天上午就这么结束了。但是这仅仅是表面现象，我们为了吃到母亲做的午饭，不得不向她投降，然而骨子里并没有放弃对那些标语的破坏。我们首先撕掉标语的主语，比如撕掉青松、翠柏、红梅等，于是，墙壁上只剩下"要好好学习！""学会自强自立！"等字样。要做好这项工作并不容易，我们必须避开母亲的目光，用小刀慢慢地在墙壁和门板上刮。由于我们刮得小心谨慎，母亲没有发现标语有什么异样。然后，我们开始从事改变标语的工作，把"要好好学习！"改成"不能不学习！"，把"学会自强自立！"改成"不能软弱无能！"这样的篡改，并没有引起母亲的异议。

我们把修改"向牛正国同志学习！"这条标语，作为重点工作，留到最后来改。那大概是母亲贴出标语之后的两个星期，我们先把"正"字改成"振"字。母亲没说什么，或许是没有发现。一天之后，我们又把"牛"字改成"何"字。依然没有阻止我们行动的信号，第三天，我们把"振"字改成"碧"字。第四天，我们把"国"字改成"雪"字。把"国"字改成"雪"字的这一天，正好是星期天。那天艳阳高照，空气中流动着醉人的芬芳，大马路和小巷道上车来车往。母亲出门买菜去了；她的那双胶皮拖鞋和黑不溜秋的篮子，此刻正晃动在飞凤菜市里。我们焦急的目光钻出家门，跑到巷口，迎接母亲。

母亲右手提着菜篮，左手抱着西瓜，兴冲冲地往家走。我们敞开家门欢迎她。当母亲一迈进门槛，我们便指着标语请母亲看。母亲眨了眨眼睛，似乎是还没有适应室内的光线。适应了几秒钟，母亲的嘴角裂开两道皱纹，皱纹沿着她的两颊往上爬，爬到一定高度时，母亲的嘴巴完全彻底地张开，一串发自心底的笑声从她的嘴里流出来。母亲说我有什么好学习的呢？那是母亲最真诚的笑。从此以后，我再也没有看见那么美丽的笑容，听到那么优秀的笑声。

但是，母亲的嘴巴还未合拢，笑容还未从她脸上消失，一个重要的事件介入了我们的生活。我们听到一连串嘈杂的幸灾乐祸的声音，像洪水猛兽淹没了巷道，正大踏步地涌来。我们从客厅跳到窗口边，看见漂亮的姐姐牛红梅头戴纸做的尖尖帽，双手反剪，被二十几个人挟持着朝我家走来。一些淫秽的字眼，像挥之不去的蚊虫，从小孩们的嘴里飞出，在牛红梅的头顶盘旋，恶臭顿时弥漫街巷。

被同时推入我家大门的，是牛红梅的男朋友冯奇才。开始，他们试图拒绝进入，但他们被一股强大的力量抬了进来。我家的客厅里一下子站满了陌生的人。有人指着牛红梅的鼻尖说，你把你的事情当着大家的面，向你的母亲说一说。牛红梅说我已经说过了。那人说再说一遍，让你母亲听听。牛红梅低下头，纸做的尖尖帽子掉到了地上。母亲抢先一步捡起那顶帽子撕碎，然后把纸屑砸到牛红梅的头上，说不要脸！母亲说完转身欲走，被人群拉住，要她留下来做牛红梅的听众。

冯奇才与牛红梅并排站着。正当母亲被人群拦住的时刻，冯奇才向前迈了一小步，说还是让我交代吧。不行！几个声音同时喝令。他犹豫了一会儿，终于又退回到原来的位置。有两只粗糙的手抓住牛红梅的头发。有人问牛红梅，你到底说还是不说？牛红梅的头发像是被扯痛了，她的嘴巴往两边咧开，发出一声尖叫。那两只糙手更加用力地往上一提。牛红梅说只要你们放手，我就说。头发上的两只手慢慢松开，牛红梅的头回到正常位置，她咧开的嘴皮全部回位。她说我是妓女我是娼妇，我是流氓我是地痞，我不应该今天早上去找冯奇才，我更不应该跟他那个。那两只手再次聚拢，拉扯牛红梅的头发。他们要求牛红梅交代得更详细一点儿。牛红梅说今天早上9点，我的胃痛。胃痛总得找医生吧？于是我去找冯奇才看病。因为是星期天，门诊部只有冯奇才一个人值班。他问我哪里痛？我说胃痛。他把我叫到门诊部的里间，拉上了门帘，用手按着我的腹部，问是这里痛吗？我摇摇头说不是。他的手在我腹部移动了一下，说是这里痛吗？我说不是。他好像急了，说这也不痛那也不痛，到底是哪里痛？我说你再往下按一按。他的手开始慢慢地往下移动，我说再往下一点儿，再往下一点儿。他的手在我的指导下，按到了他不应该按的地方。

后来呢？人群里发出了质问。牛红梅说后来就那个了。你们是怎么那个的？又有人问。牛红梅说那个就那个了，就像你爸和你妈那样那个。人群开始骚动起来，母亲趁乱溜进厨房，拿出一把菜刀，大义凛然地站在牛红梅身边。所有的人都懵了，他们不知道母亲手里的菜刀，是拿来砍牛红梅的或是砍他们的。母亲说牛红梅，现在我来问你，你跟他……母亲用手指了一下冯奇才，你跟他那个，是你自愿的还是他强迫的？牛红梅说自愿。周围响起一片笑声。他们说牛红梅，你不为自己着想，也应该为你母亲着想，为你的弟弟们着想，你把牛家的脸丢尽了。牛红梅说我是我，他们是他们。

母亲走到冯奇才面前，说那你呢？你是牛红梅强迫的，还是自愿的？冯奇才说自愿的。周围再次响起笑声。母亲在笑声中举起菜刀，像电影里的慢动作那样转过身，说他们都是自愿的，没有犯法。你们谁再捉弄他们，我就跟谁拼命。母亲向前迈一步，围观的人群就往门外退一步。母亲说滚！有几个人从门口滚出去。双手抓住牛红梅头发的那个人，双手依然抓住牛红梅的头发。他说他们犯法了。母亲说他们犯什么法？那个人的眼珠转了几转，很自豪地说中央有文件，主席逝世期间，停止一切娱乐活动。母亲说主席都已经逝世一个多月了，这和他有什么关系？母亲提着菜刀走向那人。那人从牛红梅的头发里把手抽出来，然后捡起屋角的一张小板凳，准备和母亲一决高低。母亲说你不滚开，我就砍死你。那人说我倒要看看你怎么砍死我？

母亲的菜刀像一道闪电劈过去，我们都发出了惊叫。好在那人眼明手快，用凳子一挡，菜刀劈到了凳子上。冯奇才和牛红梅拉住母亲。母亲说你们不要拉我，他们已经把屎拉到我们的头上，我们再不反抗和自卫，今后他们就会得寸进尺。母亲挣脱冯奇才和牛红梅，往前一扑，菜刀准确地落到那人的左臂上。凳子从那人手里滑落，那人的右手捂到左臂的伤口处，鲜血渗出他的指缝。他一边往门外走一边说，你等着瞧，你等着瞧。

是我最先打破客厅的沉默，说妈妈真勇敢，像贺龙元帅一把菜刀闹革命。我不仅看到了血，还听到了刀子切肉的噗噗声。没有人附和我，也没有人反对我，客厅里依然沉默着。我看见冯奇才脸色惨白，嘴唇不停地抖动。好不容易从他抖动的嘴唇里冒出一句话：我们惹祸了。细汗不停地从冯奇才的脸上冒出来，母亲用手在他脸上抹了一把，说不用惊慌，天塌下来老娘顶着。冯奇才说被砍的这个人叫金大印，是省医院住院部的门卫。他有一大帮朋友，肯定不会善罢甘休。

在冯奇才的指挥下，我们用书柜顶死大门，然后每人手里拿一样武器。母亲仍然拿着那把带血的菜刀，站在书柜的后面。她说如果大门被他们攻破，我就是一扇怎么也攻不破的门板。他们进来一个我就劈一个，进来十个我就劈五双。我们被母亲的大无畏精神逗乐了。但是我们在战略上虽然藐视金大印，在战术上却十分重视他。手执木棒的牛红梅和手捧砖头的牛青松守卫左边的窗口，我和冯奇才守卫后门。冯奇才一手执棍一手提刀，我的手里捏着两个酒瓶。

左等右等，时间一秒一秒地过去，我们还看不到金大印的影子。许多大货车、自行车、吉普车从街巷驰过，车上也没有跳下金大印。我们等得有些不耐烦了，但是不敢放松警惕，生怕金大印耍什么阴谋诡计。我看见两个掏粪工人推着粪车，戴着草帽朝我家走来。太阳很烈，他们的草帽压得很低。我想他们会不会是金大印？我刚刚这么一想，他们就推着空空荡荡的粪车走过我家的窗口，一股粪便的臭味从门缝里灌进来。我突然感到饥饿。在大家一致推荐下，冯奇才成了炊事员。

先是闻到一股饭香，然后是肉香，再后是一股焦味。冯奇才第一次在我家烧饭，就把饭烧焦了。他有些不好意思，但我们却吃得津津有味。我吃着烧焦的饭，对着窗外喊金大印，你在哪里？你怎么还不来？大家于是就笑。只有冯奇才严肃着面孔，说他会来的，他是个无赖。牛青松说要来就来快一点儿，我等得手都痒了。当时，我觉得金大印是扬起来的巴掌，我们是等待他扇耳光的脸蛋。我们的脸蛋已经准备好了，他的耳光却没有扇下来。他让我们一直提心吊胆地生活着，仿佛生活在水深火热之中。

等到晚上，金大印还是没有出现。当我们把菜刀、棍子、酒瓶和砖头堆到门角的时候，星期天就这么无聊地滑走了，时间就这么平平淡淡从从容容地溜掉了，从我们的指缝，从我们的眼皮底下。为了以防不测，冯奇才被我母亲留下来。母亲在客厅里铺床，我们包括牛红梅都偷偷地发笑。半夜，我被一种奇怪的声音惊醒，仔细一听，奇怪的声音来自牛红梅的卧室。我问姐姐你在干什么？牛红梅说不干什么。我说不干什么为什么有声音？牛红梅说那是我在说梦话。我溜下床跑出卧室，看见客厅里的床上没有冯奇才。我沿着吱吱呀呀的声音，走到牛红梅卧室的门前，说姐，我听出来了，这声音是你的床铺制造出来的。牛红梅没有回答，她的床板愈来愈响。牛青松偷偷钻到我的前面，从门缝往里看，说我看见了，我看见你们了，你们真流氓。牛红梅说我们已经结婚了。牛青松说你们什么时候结的婚？牛红梅说今天，现在。牛青松说你们再不起来，我就把门板砸烂。牛青松开始拍门，他的拍门声和屋内的床板声成正比，把卧室里的母亲吵醒。母亲并不阻拦我们，她躺在床上不停地咳嗽。冯奇才在我们的干扰下，拉开卧室的门，对着我们吼道干什么？你们要干什么？我们说流氓，你流氓。我们在他面前吐了无数泡口水，口水沾满他的衬衣和裤子，几乎要把他整个淹没。他一跺脚，带着我们的咒骂拉开大门走出去。牛红梅提着裤子紧跟其后。

第三天下午，也就是母亲在家休息的那个下午，金大印终于出现在我家的窗外。他没有带上他的狐朋狗友，只身一人来到窗前，左手臂绑着纱布，白衬衣的袖子空空荡荡地吊着。炽热的阳光下，他站在自己的影子上，对着我家喊何碧雪，有种你就出来，老子今天跟你算总账。他在屋外叫阵，母亲躲在屋内大气都不敢出。母亲当时很奇怪，金大印怎么会知道她的名字，并且知道她在家休息？母亲下定决心不出声，想金大印叫骂一阵之后，发现屋里没人，就会自动撤退。

但是，母亲想错了。金大印不仅没有撤退，反而越骂越凶。一些过往的行人停下来听他骂街，听了一会儿，发觉他在骂空荡荡的房屋，根本没有对手，于是把他当作疯子，匆匆地闪开。然而，他并不根据听众的多寡来决定他的斗志。母亲后来对我们说，金大印始终斗志昂扬。他说借债还钱，杀人偿命，何碧雪，你砍了我一刀，流了那么多血，你拿什么补偿我？何碧雪，我知道你刚死了丈夫，你是一个寡妇，你的女儿牛红梅又丢尽了牛家的脸……但是，你可怜你悲伤，你就能够随便杀人放火奸淫掳掠吗？我三十八岁还没有结婚，只是一个临时工，没有人看得起我，没有人愿意嫁给我，我就不可怜吗？就不值得同情吗？大家都是工人，你是正式工，我是临时工，你不仅不同情我，不仅不给我介绍对象，反而举刀相向，你是何居心？

骂到这里，我家的窗口突然裂开一条缝，一顶草帽从窗缝里飞出，正好落在金大印的脚下。金大印眯着双眼，看看天上的太阳，用右手抓抓头皮，捡起草帽戴到头上。金大印戴上草帽之后继续开骂，何碧雪，你的草帽就像是糖衣炮弹，它只能给我挡太阳，但堵不住我的嘴巴，你的这点儿虚情假意，掩盖不了你故意伤害他人的罪恶。你聪明，但我也不是傻瓜。你四十岁、我三十八岁，你还可以嫁人，我也可以娶妻，不存在谁同情谁的问题。我们公事公办，绝不会因为你的小恩小惠，丧失我的原则和立场。

我家的窗口再次裂开一条缝，窗缝愈开愈大，母亲的手在窗缝晃动，一只苹果从她的手里飞出。金大印用他没有受伤的右手接住苹果，狠狠地咬了一口。苹果把他的嘴堵住，大约有两分钟时间，他没能开口说话。

吃完苹果，金大印仍然没有停止对我家的攻击，他似乎越来越得意了。他说医药费我不要你出，精神损失费我也不要你出，我唯一的要求是，在我嗓子发痒的时候，就到这里来臭骂你，不管我怎么臭骂，你都不要还口，否则我也用菜刀砍你一下……我骂了半天，口也渴了，腿也麻了，何碧雪，你能不能让我到你家坐一坐，喝一杯水？

我家的门无声地打开，金大印走进去。他看见我家客厅的餐桌上放着三杯凉开水。他自言自语我只需要一杯，你却给我准备了三杯。他放开肚皮，喝了两杯之后，觉得再也喝不下另一杯凉开水了，但他揉了揉肚皮，一咬牙，还是把第三杯凉开水灌了下去。一串咕咕咕的响声从他的肚皮里冒出来，他抹了一把嘴皮，很知足地走出我家客厅。

一天中午，我的姐姐牛红梅走过朝阳中学校门的时候，遭到了她的四个女同学的围攻。她们是陆丽萍、唐茹、东荣和王美月。因为没有拿到高中毕业证，她们仍然在朝阳中学补习。和往常一样，她们经常在校门口打发午休时光。那天，当她们看见牛红梅从远处走过来的时候，兴奋得像发现了外星人似的。牛红梅被她们围住。她们说牛红梅你真流氓，刚一毕业就和男人睡上了。牛红梅说这是迟早的问题，你们都得这样。呸！我们才不做这种丢人现眼的事，陆丽萍说，其余的人附和。牛红梅觉得跟她们说这事，简直是对牛弹琴，她哼了一声，表示对她们不屑。她们朝牛红梅逼近。牛红梅试图从她们的包围中突围，但她们的手已拉成了一个圆圈，牛红梅怎么也跑不出去。牛红梅说干什么？你们要干什么？她们说我们要收拾你，要听你这个贱货说说怎么跟男人睡觉。牛红梅说我今天没时间，改日再说。她们说不行，你不说清楚，休想从我们面前通过。牛红梅说你们这些流氓、地痞、恶霸，你们想拿我怎样？她们异口同声地说：打！

陆丽萍抓住牛红梅的头发，唐茹抱住牛红梅的腰部，东荣拉住牛红梅的双腿，王美月捏住牛红梅的奶子。她们像是事先商量好似的，一下就把牛红梅摔到地上。牛红梅刚一抬头，她们的脚尖像雨点一样落到牛红梅的脸部和腿部。打斗中，双方开始对骂。但是牛红梅寡不敌众，她的一张嘴骂不过四张嘴，她的一双手打不过四双手。在一比四的情况下，牛红梅终于屈服了，趴在地上任凭她们摆布。王美月说她的奶子成熟了。唐茹说她的屁股结实了。陆丽萍说她的脸蛋尽管漂亮，但现在不像脸蛋了。她们每人又在牛红梅的脸蛋上掐了一下，牛红梅的脸更加赤橙黄绿青蓝紫，上面不仅印满了脚印，还有两条蚯蚓一样的血从鼻孔里滑出来。四个女同学的脚尖沾满牛红梅的鲜血，她们被眼前的景象吓怕了，朝四个方向跑开。

牛红梅在地上躺了十分钟，才找到力气从地上爬起来。人们用奇怪的眼光看着她。她伸手往脸上一抹，手上全是血。这时，她才知道伤得不轻，脸上一定很难看。在往家里奔跑的过程中，她从一闪而过的橱窗上证实了自己的想法，看到了那张流血而难看的脸。

我是在放晚学之后，才看到牛红梅那张难看的脸。当时她正在跟母亲叙述她挨打的经过，但她没有说明挨打的原因。母亲鼓励牛红梅到学校去告状，说可惜你把脸上的血洗掉了。牛红梅顿时感到茫然失措。不过，我有补救的办法，母亲说，为了让学校看到你受伤的严重程度，我必须在你的脸上动一动手脚。母亲从厨房端来一碗水，然后把她的食指和中指浸泡在水里，用湿水的手指夹住牛红梅脸上的皮肉，用力拉扯。如此扯了几次，牛红梅的脸上又多出几块乌点。母亲看着布满乌点的牛红梅的脸蛋，满意地点点头，说现在，你可以去告状了。

牛红梅在同学们上晚自习的时候，走进校长叶玉生的办公室。叶玉生说男大当婚，女大当嫁，你的事我都知道了，没有什么了不起的。牛红梅以为她挨打的事，校长已经知道了，所以她可怜兮兮地坐在办公室的角落。叶玉生朝她招手，说你坐过来一点儿，你把事情的经过跟我说一说。牛红梅往前挪动几步。叶玉生把他的右手按到牛红梅的腹部，说他是不是这样，当时就这样用手按住你的腹部，然后问你是这里疼吗？你摇摇头，说再往下一点儿，再往下一点儿。叶玉生的手跟随他的语言往下走，牛红梅感到叶校长的手快要移到冯奇才摸过的地方了，便朝叶校长的手打了一巴掌。叶玉生从椅子上跳开，说别忘了我是你的校长，姓冯的摸得，我为什么摸不得？牛红梅转身走出校长办公室，说我要去告你。叶玉生追出来，说告我什么？牛红梅说告你的学生打我，告你调戏少女。叶玉生说你给我回来，谁打你了？牛红梅说陆丽萍、唐茹、东荣、王美月。叶玉生说我会处分她们的。

告状归来，我们看见牛红梅的衬衣上贴着一小块白纸，白纸上画着一只乌龟。因为小纸片贴在牛红梅的背部，所以她自己并没有发现。我和牛青松看着她背部的乌龟，总忍不住发笑。她问我们笑什么？我们说不笑什么。到脱衣服洗澡的时候，她才发现那只乌龟。她的这个发现，使她对我们产生了深深的失望。她说别人欺负我，我还可以忍受，但我不能容忍你们对我的欺负。她认为我和母亲以及牛青松合谋看她的笑话，她甚至怀疑那只乌龟是我们贴到她背上的。

第二天晚上，牛红梅又从她的裤子上发现一只乌龟。从此以后，她每次回家，都要在门口认真地检查她的衣服和裤子，但是她防不胜防。我们从她的头发上、胳肢窝发现那些小纸片,纸片上画满乌龟和毒蛇。面对纸片,牛红梅愁眉锁眼,要我们跟她一同分析,是谁在捉弄她。认真地对比纸片之后,我们认为这不是一个人的恶作剧,而是一种集体的行为。纸片上有的画毒蛇,有的画乌龟;有的用圆珠笔画,有的用毛笔画;有的技法娴熟,有的用笔生硬,这绝不是一个人所为。我们说姐姐,有许多人讨厌你。牛红梅说真的吗?他们讨厌我什么?我们说他们讨厌你跟男人睡觉。牛红梅说这有什么可讨厌的,他们不是也睡吗?我们说他们也睡,但他们没有被当场抓获,而你被别人当场抓住了,被抓获与不被抓获是完全不一样的。牛红梅说啊,原来如此。

叶玉生校长带着牛红梅的四位同学到我家向牛红梅道歉,他们带来一盒饼干、三包糖果。我看见牛红梅的四位同学个个长得腰圆背阔。她们的鼻梁很塌,她们的鼻孔很大,她们的嘴巴很宽,她们基本没有下巴。在她们的道歉声中,牛红梅原谅了她们。但她们刚一离开我家,就骂牛红梅是婊子、娼妇。

有一天,牛红梅收到唐茹写来的一封信。牛红梅像宣读文件一样,把唐茹的信读给我们听。唐茹说她过去是多么多么地羡慕和嫉妒牛红梅,那时她很自卑,生怕找不到男朋友。现在好啦,她终于找到男朋友了。她说男人是女人的灯塔,她现在已拥有一座灯塔,东荣和王美月也分别拥有了灯塔,只有陆丽萍,还在夜色茫茫的海上漂流,在没航标的河流上等待。她希望牛红梅给陆丽萍送去一座灯塔,最好是牛青松。牛红梅终于找到复仇的机会,把唐茹的来信贴到朝阳中学的黑板报上。唐茹、王美月、东荣和陆丽萍一夜成名,被校方开除。走出校门的那一天,她们每人从自己的手腕割出几滴鲜血,滴到白酒里。她们举起酒杯,说不求同年同月同日生,但求同年同月同日死,杀掉牛红梅,解开心中恨。

有好长一段时间,牛红梅穿着花花绿绿的服装,静静地站在兴宁小学的校门口,等我放晚学。我被她的这种行为感动,问她为什么要这样?她不吱声,只顾低头看她的裙子和皮凉鞋。在长长的兴宁路上,我们手拉手什么也不说。5路公共汽车从我们身边驶过,我们也不去坐它,宁可步行。一拐进我们居住的长青巷,姐姐变得有些紧张,她用力捏住我的小手,东瞧瞧西望望。我说你是不是怕你的同学找你算账?她摇摇头,说不是。但她的目光仍然警惕地注视着周围。

在我们走过的两旁楼上楼下,窗户次第打开,周年不见阳光的居民好奇地伸出他们的脑袋和手臂，对我们品头评足指指点点。他们大都是退休的老头和老奶，皮肤像老树苑上的树皮，手臂像古树的干枝。有人向我们扔破鞋、塑料瓶和废旧的电池。牛红梅说他们总是这样，自从我被抓挨打以后，他们总是这样。现在我像一只过街老鼠，人人喊打。现在我不想回家不敢回家，我真恨。

四五个小孩紧跟在我们身后，他们齐声喊道：流氓的爸爸流氓的妻，流氓的姐姐流氓的弟。他们的声音十分嘹亮高亢，仿佛是一列奔驰而来的火车，快要把我们压扁了。我下定决心对他们进行反击。我挣脱姐姐的手，弯腰从地上捡起半截砖头，准备冲向他们。但是姐姐尖叫了一声，死死地把我抱住。我被姐姐拖回家里。

那时，牛红梅已在制药厂找到一份清洗药瓶的工作。每天早晨上班，她总拉着我的手，小心地穿越近三百米长的小巷。每天下午下班，她便站在兴宁小学的门口等我。那段时间，她买了许多鲜艳的服装，几乎每天换一套新衣服。我们问她哪来那么多钱？她说是冯奇才，也就是我未来的姐夫给的。与她同行的那段时间里，她像一位新娘不离我的左右，而我则始终捏着那半块砖头，保护她。晚上我把砖头放在我家的门角，早晨我把砖放到兴宁路与长青巷的交叉路口。跟随我们的人愈来愈少，我们可以从容地走过长青巷了。更多的人开始注意牛红梅的服装，她们用手小心地摸着牛红梅的衬衣或裙子，试探性地问是什么布料？多少钱一尺？在什么地方买的？在哪家裁缝店做的？牛红梅对她们的询问一一回答。而我手里的那块砖头，则始终没有派上用场。看着两旁明亮的窗户，我很想把砖头砸过去，然后像欣赏音乐一样欣赏玻璃的碎响。但是一直到现在，我都没有这样做过。我喜欢看玻璃上不规则的破洞以及裂缝，我喜欢听玻璃的碎响。如果你现在问我，我最想干什么？我会说我想砸玻璃。

读高中之后，我才知道雄孔雀开屏是为了向雌孔雀示爱。身着艳丽服装的牛红梅，那时像一只开屏的孔雀，吸引了许多男士的目光。一丝不挂的杨美，常常跟在牛红梅的身后叽里咕噜地叫喊。早晨他跟着姐姐走到兴宁路口，下午，他跟着姐姐从兴宁路口走回来。他十几年如一日，风雨无阻地重复着这项工作。

当姐姐的身边没有什么威胁的时候，她开始疏远我。她说从明天开始，我不去学校等你了。我的心里突然像缺少了点儿什么。姐姐说告诉你一个秘密，千万别对别人讲。我问她是什么秘密。她说你猜猜看，我最爱谁？我说冯奇才。她很失望地摇头，然后轻轻地对我说毛泽东，我最爱毛泽东，他是中国最男子汉的男子汉，我把我的"初恋"全部献给了他，只可惜他死了。

　　姐姐这么一说，我的脑海里填满了毛主席的画像和像章。在我姐姐的卧室里，到处都有毛主席的身影。她的蚊帐上挂满了各种类型的像章，蚊帐顶上，还贴了一张巨大的毛泽东头像，那是毛泽东在延安时，由美国记者、作家斯诺摄影的。毛泽东头戴八角帽，神采奕奕，容光焕发。姐姐像现在的追星族一样，追天上那颗最亮的星星。姐姐问我，你知道我为什么跟冯奇才好吗？我说不知道。姐姐说因为他下巴上有一颗痣，他的那颗痣和毛泽东下巴上的那颗几乎一模一样。姐姐这么一说，我就恨不得下巴上也长出一颗痣来。我为我没有那么一颗痣痛恨我的父母、亲属，同时感到自卑。

　　我看见姑姑牛慧和母亲坐在客厅里，她们只象征性地瞟我一眼，便继续她们的谈话。牛慧说你应该恨她。母亲说在这几个孩子当中，只有红梅长得像她爸爸，我想恨她但怎么也恨不起来。我不仅不恨她，为了她我还砍伤了别人的手臂。牛慧说你这就不对了，严是爱，松是害，不管不教要变坏。她才十八岁，你对她如此放任自流，将来怎么收拾？你不为你着想，也得为我死去的哥哥着想。母亲说那你教一教我，怎么样恨她。

　　牛慧说大嫂，到门外去，我给你剪剪头发，你的头发也不短了。母亲和牛慧提着椅子，拿着镜子和剪刀以及毛巾走出客厅，她们在门外找了一块地方剪发。牛慧是一位剪发能手，我们家所有人的头发，都由她负责。她一捏住剪刀和头发，就无比兴奋。她常常说我把你们的头发剪漂亮了，可是我的头发反而要到理发店去剪，理发店的技艺远不如我。我们都知道，牛慧在烦躁的时候，特别喜欢帮别人理发。有一次，她跟同事吵架，下班之后直奔我家。她说她要给我父亲理发。父亲说他的头发刚理两天。她转而要给我和牛青松理。我们说我们已在学校理过了。她站在客厅里，拿着剪刀和理发剪暴跳如雷，说难道牛家上下，就没有一个人需要理发吗？母亲听到她的喊叫，乖乖地从厨房里走出来，用手拢了拢头发，说妹子，你就给我理吧，尽管我的头发刚理几天，但你想理你就理吧。姑姑牛慧一边给母亲理发，一边诉说她的委屈。

　　我看见母亲的头发纷纷扬扬地掉下来，原先乌黑的青丝里夹杂一根根白发。牛慧说像牛红梅这样的年龄,根本还不到谈恋爱的年龄,你想想我都年近三十了还没谈恋爱,她着什么急?母亲说你还没谈啊?牛慧说没有。母亲说你也该谈了。牛慧说姑姑我都还没有谈恋爱,她怎么先谈了?哥哥刚死不久,她竟然跟别人那个了。跟别人那个不要紧,她还被人捉住了。被人捉住不要紧,她还把事情的经过全说出来了。你说她该恨不该恨?哥哥尸骨未寒,她没有一份正式的工作,她和牛青松、牛翠柏的生活负担,全压在你一人身上。作为长女,她不仅不为你排忧解难,反而给你添那么多乱子。你说她该恨不该恨?母亲突然从椅子上站起来,说该恨。牛慧说你别激动,你坐好,来,我先给你理完发。

牛红梅正好在这时从巷子那边走过来,她一看见姑姑牛慧,眼角眉梢全都裂开。她问姑姑是谁给你取的名字?姑姑没有回答,甚至没有回头。牛红梅说你的名字真好。牛慧,牛慧,为什么不叫杨开慧?牛红梅就这么自我陶醉着走进家门,一头钻进她的卧室。

母亲和姑姑站在客厅里,对着牛红梅的卧室很严肃地喊道:牛红梅,你给我出来。牛红梅双手抱到胸前,有气无力地靠在门框上。她对着喊她的人说出来干什么?母亲望了一眼姑姑。姑姑想了想,说你把你的事情跟我详细地说一说。牛红梅说我都说了差不多一千遍。姑姑说可是你没有对我说过。牛红梅整理一下嗓子,仿佛整理她的发言稿。她说那么,你听好了。那是一个星期天,我的胃痛,我到门诊部去看病。当时只有他一个人在门诊部里。他问我哪里痛?我说胃痛。他把我叫到里间,并拉上了门帘。他叫我躺到床上,然后用手按住我的腹部,问我是不是这里疼?我说下边一点儿,再下边一点儿。然后,他的手摸到了他不该摸的地方,然后我们就那个了。这就是事情的全部经过。牛红梅说完返身走进卧室,咔嚓一声锁上卧室的门。她像背语录或者公文那样,把她的那件事一字不漏地背诵完毕,之后,任凭姑姑和母亲怎样叫门,她始终沉默。母亲说牛红梅,我恨你。牛红梅,你不知道我有多么恨你,恨得简直无法用语言表达。牛红梅……母亲突然转过身来,对姑姑说我想理发。

从此以后,我很少听到姐姐说话。大部分时间,她在制药厂里清洗药瓶、床单和跟冯奇才谈恋爱。晚上,她把自己反锁在卧室里。许多次,我发现她脱光衣服,呆呆地站在镜子前,端详自己的身体。她的乳房像两座高耸的山峰,高高地挺着。从镜子里,我看到了女人的全部秘密。姐姐用一支圆珠笔,在她洁白的身上写下流氓、娼妇、妓女、婊子等字眼,然后在卧室里走来走去。等我们都上床睡觉了,她才到卫生间去,把她身上那些污秽的字迹冲洗掉。夜深人静的时候,我家卫生间里会传出长时间的水龙头的哗哗声。姐姐一洗就是半个小时,母亲常常在睡梦的间隙里,骂她不知道节约用水。姐姐把别人强加给她的那些称号加以强调,然后用大水冲洗,然后全部遗忘。

一天下午,母亲买了两担煤。母亲早早地叫醒我们,要我们跟她一起打煤球。她说今天是星期天,你们谁也别偷懒,跟我一起劳动。

牛红梅说她是临时工,没有星期天,少一天不上班就少领一天工资。母亲拿着铲子站在煤堆边,望着牛红梅远去的背影,说你的工资在哪里?为什么不交给我?牛红梅说我自己都还不够用。母亲说那我怎么办?你们三个人吃我一个人的工资。平时里我连一根雪条都舍不得吃,你却买了那么多好衣服。遍身罗绮者,不是养蚕人。我在棉纺厂工作,衣服还没有你多。没有工资,没有工资你别回家来。我恨死你了。母亲自言自语,牛红梅早已走得无踪无影。母亲根本就不是说给牛红梅听,而是说给她自己。

紧接着我和牛青松也走出家门。我们的肩上挎着书包。母亲已在煤堆里搀杂少量的泥巴和水。看到我们的装扮,她说怎么,你们也要出去?牛青松说今天学校补习。母亲说那么,你呢?我说我们学校跟七星小学搞乒乓球比赛,我是乒乓球队队员,要为我们学校争光。我从书包里掏出一块球拍,拿到母亲的面前晃了晃,说这是学校发的。母亲说可是,你们谁为我争光?

母亲开始用铲子搅拌煤堆,她一边搅一边用手抹汗,她的脸上沾满煤渣。我们从煤堆边小心翼翼地走过,生怕煤渣弄脏我们的裤子和凉鞋。看着母亲弯腰铲煤的身影,我的脚步犹豫了,站在原地不动。牛青松拉了一下我的衣角。母亲正好抬头,看着我们说,你们怎么还不走,迟到了怎么办?牛青松拉着我往兴宁路走去,书包在我的屁股上一起一落。我的脚不停地往前走,头不停地往后看。突然,我们听到母亲呵斥:回来,你们都给我回来!母亲的呵斥像一阵风,从后面追赶我们。我们看见母亲举着铲子,朝我们奔过来。牛青松说快跑,她识破我们的诡计了。我们撒开腿拼命地往前跑,书包高高地飞起来,又重重地打在我们的屁股上。母亲被我们远远地甩在身后,在"妈哟"声中跌倒了,手中的铲子摔出去好远。母亲在地上挣扎着,怎么也爬不起来。我问牛青松是不是回去扶她一把?牛青松说你一回去,就得跟她打煤球。我不想打煤球,所以我没有往回走。我听到母亲趴在地上说,你们合谋骗我,你们学校不可能补课,也不可能有球赛。你们全都跑了,我一个人怎么能把煤球打完,明天我们拿什么烧饭?跑吧,你们跑吧,你们永远别回来。

我们去了一趟西郊动物园,用我们身上仅有的五角钱,买了一包劣质花生,然后把花生一颗一颗地丢给猴子吃。我偷偷地剥了一颗花生塞进嘴里。牛青松伸手捏住我的两颊,命令我吐出来。他说你把花生吃完了,等会儿我们用什么跟猴子玩。我说已经吞下去了。他不相信我的话,把手指伸进我的嘴里,抠出那颗香甜可口的花生,丢给猴子。猴子们看见牛青松的右手一挥,全都跑动起来。牛青松的手挥到哪里,猴子们便跑到哪里。牛青松把一颗花生丢到假山上,说你们上山下乡去吧。猴子们全都爬到假山上争抢。抢到花生的那只猴子跑到偏远的地方,独自享用。牛青松把一颗花生丢进水洼里,说你们下海去吧。猴子们便纷纷扑到水里。我突然觉得牛青松很伟大,他挥手的时刻很像美国元首。

花生丢完了,我们去看老虎。我们坐在铁栏杆上和老虎对视。我问牛青松长大以后想干什么?牛青松说不想干什么,只要不洗衣服,不打煤球,不考试就行。我说长大了我想当作家,写一部像《艳阳天》或《金光大道》那样的小说。牛青松对我的想法不感兴趣,他只关心老虎的一举一动。我说老虎现在想干什么?牛青松说它想如果没有笼子,就把我们吃掉。

我们在动物园待到中午,突然感到肚子饥饿。我们已没有钱乘坐公共汽车,只好步行回家。我们一路走一路骂,我说都怪你,把钱拿去喂猴子了,牛青松说是你叫我买的花生。我们无聊地争论着,穿过大街小巷。看着街道上穿梭的车辆,牛青松说长大了我想当官,当了官就有吉普车坐了。我们在憧憬中大约走了四十分钟才走到长青巷口。牛青松害怕母亲的惩罚,把我推到前面,用双手扶住我的肩膀,把我当作他的挡箭牌。我们小步小步地往家走,生怕前面埋着地雷。渐渐地我看见我家了,家门口的阳台上摆满煤球,铲子和打煤机依然躺在煤堆上,这两种工具墨染一样的黑,全身上下没有一处干净。我突然发软,对牛青松说走不动了。牛青松骂我没出息,说要走给我看。他刚一挺胸,我家的门打开了,先是一个中年男子走出来,那个男人走到煤堆边,抓起铲子搅煤。我们觉得他很面熟,想了一会儿才想起,他叫金大印,省医院住院部的门卫,就是他当场抓获了牛红梅和冯奇才,是他被母亲砍了一刀。紧接着母亲也走出家门,她的手里捏着一个塑料袋,塑料袋里装着十几个馒头。她对正在打煤球的金大印说，我去学校找一找他们，他们不敢回家，一定饿坏了。母亲说的他们，正是我和牛青松。

我们躲在屋角，看着母亲走过来。母亲碰到的第一个人，是我们的邻居江爱菊。母亲说江伯妈，你看见青松和翠柏了吗？他们一大早跑出去，现在还没回来吃午饭。江爱菊说没看见。母亲拦住第二个行人问：你看见青松和翠柏了吗？那个行人说没有。母亲继续往前走，碰到了第三个行人。第三个行人名叫李昌宪，母亲问他看没看见我们？他说没有。母亲说知道你们都没看见，我就不问你们了。母亲继续往前走，碰到了第四个行人夏宗苏。母亲问他看见青松和翠柏了吗？夏宗苏往我们的方向一指，说他们不就在那里吗？手提馒头的母亲朝我们大步走来。我们低着头，不敢看她。她扬起手，说你们，我想打你们。我的脸已做好了挨打的充分准备。等了好久，母亲的巴掌没有打下来。我看见她的手虽然收了回去，但还不停地颤抖着。我那准备挨打而又没挨打的脸，一阵又一阵地发痒。

在这个我家阳台摆满煤球的傍晚，金大印坐在我父亲的遗像旁边。他已为我们劳动了一天，现在很疲惫地坐在那里。父亲的遗像前摆着四个杯子，它分别代表母亲、牛红梅、牛青松和我。每天吃晚饭前，我们各自在代表自己的杯子里添一点儿酒，以此纪念父亲。金大印在等待吃晚饭的这段时间里，没有人跟他说话，他也许感到无聊了，便闭上眼睛打盹儿。他一闭上眼睛，我们便大胆地观察他。他的头发粗壮乌黑，皮肤上还沾着零零星星的没有洗去的煤渣。他的手臂结实有力，手指有笛子那么粗。他的鼻翼像蝴蝶的翅膀那样扇动了两下，眼皮弹开了。他闻到了我父亲遗像前的酒味，趁我们不注意，把那四小杯酒全都灌进嘴里。

几口淡酒下肚，金大印的脸膛微微泛着红光，他也似乎恢复了元气，很想跟我们攀谈，但我和牛青松极力回避他的目光。准备开饭的时候，牛红梅回来了。牛红梅看见金大印坐在客厅里，先是惊讶转而愤怒。牛红梅踏着响亮的脚步从金大印面前走过，一直走进卧室，她目不斜视，身后烟尘滚滚。金大印对着她的背影说回来啦。牛红梅用关门声回答。

母亲把饭菜端到桌上，然后命令我们吃饭。金大印也坐到餐桌旁。母亲说你们得感谢金叔叔，是他为我们打了那么多煤球。我们朝金大印冷冷地望一眼，丝毫没有感谢他的意思。母亲发觉气氛不对，便偷偷地瞪我们。我们夹上菜端着饭碗离开餐桌，餐桌边只剩下母亲和金大印。母亲对着卧室喊，牛红梅，你，出来吃饭了。牛红梅的卧室里寂静无声。母亲说难道我错了吗？我打煤球错了或是我烧饭侍候你们错了？母亲抓起一个酒杯摔在地上，酒杯的碎片在地板上弹了几弹，飞到我们的脚边。牛青松说你百分之百地正确，谁说你错了？母亲仿佛被牛青松的回答激怒了，又抓起一个酒杯，朝着牛青松的头部砸过来。牛青松稍一偏头，酒杯碰到墙壁，瓷片四处飞扬。母亲说我算是白养你们了，劳动的时候，你们一个接一个走开，吃饭的时候，你们一个又一个地回来。我就是钢筋铁骨的身子也会累垮，我就是宰相肚子也难撑你们这三只船。母亲控诉着，仿佛字字血声声泪，又抓起一个酒杯，砸到牛红梅卧室的门板上，门板上像开了一朵花，然后迅速凋谢坠落。父亲遗像前的酒杯已经被摔碎三个。我想牛红梅破碎了，牛青松破碎了，何碧雪破碎了，现在母亲捏在手里的那只杯子，代表牛翠柏，千万再别破碎。我还没有想完，母亲已把酒杯摔到她的脚前。到此，父亲遗像前的四个酒杯，已经完全彻底地被母亲摔碎。母亲好像完成了她的使命，坐在沙发上大口喘气。

关键时刻，金大印出来说话了。金大印说何嫂，还是我走吧。母亲说老金你不能走，你学习雷锋并没有错，吃饱了再走吧。金大印说我哪里吃得下饭。金大印起身拉门，从门缝里闪出去。母亲说牛红梅，现在我正式把这个家交给你，我可要跟老金去啦。母亲也从门缝里闪出去。

我们跑到窗前，看见金大印在前面走，母亲在后面跟。金大印向母亲挥了挥手，说嫂子，你回去吧。母亲说你走到哪儿我跟到哪儿。金大印说孩子呢？你还有孩子呢。母亲说他们都长大了，我不能管他们一辈子。金大印说回去吧，别孩子气了。母亲说谁孩子气了？我这是当真的。金大印好像不太相信母亲的话是真的，转身继续往前走，母亲继续紧跟他的步伐。金大印停，母亲也停。金大印走，母亲也走。金大印摇摇头，再不管身后的母亲。我们看着母亲的背影愈走愈远。我对牛红梅说，姐，妈妈真的走了。牛红梅的卧室依然沉默着。牛红梅事不关己，高高挂起。

牛青松说不好啦，我们快去拦住妈妈。我们飞出家门，追赶母亲的背影。我们堵在母亲的面前，说妈妈我们错了。母亲没有理睬我们，从我们的缝隙走过去，就像水一样流过去。我们向前跑了几步，再次堵到母亲的面前，整齐地跪到地上。母亲还是不理睬我们，从我们的肩膀上跨过去。

我们只好跟踪她，她走一步我们走一步，她往哪儿我们往哪儿。金大印再次停下来阻止我们，但我们就像革命的洪流不可阻挡。我们从金大印的身边走过，金大印像一个革命的落伍者，从前面一下掉到了最后。

母亲停在邕江边。我们生怕她跳到江里去。我想如果母亲跳下去，她的身后就会有一大批人跟着跳下去。此刻的邕江上，有几只汽艇正顺流而下，天边最后一抹夕阳落在汽艇的顶端。惊涛拍岸，夕阳戏水，我突然觉得邕江是那么的可爱，世界是如此的美好。我说妈妈，你千万别跳。牛青松说妈妈，你别想不开。金大印说何嫂，跳不得呀。母亲转过身来，对我们说，谁说跳了，我根本就没想过要跳下去。青松、翠柏，你们要我回家，就得把牛红梅叫来。如果她来叫我，我就回去。如果她不来叫我，说不定我真的一咬牙一闭眼，就从这里跳下去。

我们把母亲交给金大印看管，然后飞快地跑回去叫牛红梅。推开门，我们看见牛红梅正坐在餐桌边独自享用晚餐。她对我们说，别去追她，如果她真的走了，我养活你们。牛红梅说这话时，打了一个饱嗝。我们问她拿什么养活我们？我们还要读书，还要结婚。牛红梅说车到山前必有路，你们可以去偷去抢，还可以去投机倒把。我们说我们可不干这些坏事，如果你真要让我们活着，就请你抬一抬腿，去把母亲叫回来。牛红梅说她自己会回来的。牛红梅说完，又把自己关到卧室里。

我们每人吃了一碗饭，再赶到江边，母亲和金大印均不在原来的地方。我们在江边坐了一会儿，看着夜色从天空一点一点地落下来，像雨愈落愈厚。牛青松拍拍屁股，说回家吧。我说回家吧。我们于是回家。回家途中，我们路过星湖电影院，买了两张票，钻到电影院去看电影。我记得那晚的电影叫《地道战》。

第二天早晨，我们醒来的时候，母亲已为我们做好早餐。昨天傍晚的那一幕，仿佛是一场电影，在我们一眨眼之间，很虚幻地从我们眼前晃过。我们追问母亲昨天晚上的行踪。母亲说老金请我到饭店吃了一餐饭，还请我看了一场电影，我已有好几个月没看电影了。我们问她在什么地方看什么电影？母亲说在星湖电影院，看《地道战》。我们说我们也看了，也是在星湖电影院。母亲张开血盆大嘴，露出惊讶的神情，说你们没有看见我们吧？我们说没有。母亲说这个老金，真是好玩。你们根本想不到，他有多好玩。母亲还没把话说完，便用手捂住肚子哈哈地大笑起来。她的笑声里夹杂着说话声，她说你们哈哈根本哈哈哈不知道哈哈哈哈他有哈哈哈多好玩哈哈哈……

笑过一阵之后，母亲发觉我们都没有笑，她的嗓子像有一块骨头，突然把笑声堵住。我很惊讶母亲的克制能力，她怎么一下子就把快速奔跑的笑声刹住了？一个快速奔跑的人，是不可能一下子收住自己的脚步的。而母亲，却出色地把她的笑声堵住了。母亲望一望我们，咳了两声，说其实也没什么好笑的。

老金是十足的乡巴佬，母亲这样评价金大印。昨天傍晚，你们回家叫牛红梅的时候，老金邀我进馆子吃饭。我说你帮我打了一天的煤球，怎么能让你破费呢？他说他肚子饿了，他还说我的肚子也一定饿了，既然大家都饿了，何不进馆子里去填填肚子呢？至于破费，谈不上，那是我自己愿意的。他这样一说，我就跟着他走，那时我也感到特别饿。我说老金呀，我们就到路边的小摊上随便吃一点儿什么吧，馆子就不用进了。我还在学生时代，跟同学进过馆子，跟你们的爸一结婚后，我就再也没进饭馆吃过饭。昨天晚上，算是我结婚以后，头一次正式进饭馆吃饭。从这个意义上讲，我还得感谢老金呢。

我跟着他走过中山路又走过桃源路，中山饭店、桃源饭店、红星饭店、邕江饭店从我们眼前一一晃过，我知道这些饭店我们都不敢进去。我们走呀走，走过了春天到冬天，终于在七星路口找到一家大众餐馆。我们郑重其事地走进去，在角落找到一个位置坐下来。服务员过来点菜，服务员是一位女的。老金问她，你的肝多少钱一盘？服务员说不是我的肝，是猪肝，三块钱一盘。老金的嘴巴有点儿不干净，他每说一句话之后，总爱附带说一句鸟毛，在老金的嘴里，鸟毛两个字就像他的标点符号。比如应该说猪肝多少钱一盘时，他不这样说，他说猪肝，鸟毛，多少钱一盘？服务员问老金还要什么菜？老金说鸟毛，炒韭菜。服务员说我们这里只有鸡蛋炒韭菜。老金说那就要鸡蛋炒韭菜，鸟毛。服务员瞪着眼睛看老金，瞪了一会儿，服务员自个也笑起来了。

老金点了很多菜，有排骨、羊肉、鸡蛋炒韭菜等。起先老金不敢放开肚子吃，他害怕菜不够，但等我宣布已经吃饱以后，他把盘子里的菜全部扫进他的嘴巴。他说不能浪费，节约光荣，浪费可耻。当桌子上的东西一点儿也不剩的时候，老金已经饱嗝连天了。我看见他试着站了三次，才从椅子上站起来。他站起来不为别的，就为松裤带。他的裤带刚一松开，我听到他放了一个响亮的屁，所有的吃客都看着我和老金。当时，我恨不得找一个缝钻到地里去，老金却一副若无其事的样子，大大咧咧地又坐下来。你们想想，在那种场合，况且跟一个女同志在一起，怎么能够放屁呢？稍微理智一点儿的人，怎么样也会把那个屁憋回去。

不仅如此，老金在看电影时还向我求爱了。老金的求爱也很特别，你们猜猜看他怎么向我求爱？我和牛青松摇着头说不知道。母亲说老金对我说，如果你愿意的话，我愿做你的仆人。这话我一听起来就特别别扭，那么俗气的老金，怎么突然变得文绉绉起来了？何况这文绉绉的话，好像是从哪部外国电影照搬过来的，老金绝对想不出来。老金见我不回答，又说今晚你就不用回去了。我说不回去，去哪里？老金说去我那里。我想人又不是牲畜，刚吃一餐饭就要去他那里，这怎么能行呢？我刚这么一想，老金接着说你睡床上，我睡沙发。我说别痴心妄想了，老金，我还有孩子，我爱他们，这一辈子我永远不会结婚了。有一位伟人说结婚是人生的坟墓，我才不会再进坟墓呢。青松、翠柏，请你们相信，我绝对不会爱上金大印，我从心底里瞧不起他。

母亲的誓言还在我的耳边回响的第三天，也就是星期三的下午，我因打乒乓球扭伤了胳膊，所以提前回家。我知道这天下午母亲轮休。打开我家的大门，我看见有一条褪色的军裤放在客厅的椅子上。军裤的裤裆裂开了一道口子，有一根针连着线，别在裤裆处，似乎是要把那道口子缝起来，但缝口子的工作只进行到一半，针和线的主人不见了。我站在客厅里叫妈妈。我看见妈妈从卧室里慌慌张张地跑出来，跟在她身后的是金大印，他只穿着裤衩。我想他们一定干什么坏事了。我说你们真流氓。金大印捡起那条旧军裤，连针带线套到腿上，然后跑出我家。母亲说翠柏，你看见什么了。我说我看见军裤、针和线。母亲说我在给金叔叔缝裤子，但我忘记拿剪刀了，我们是在屋里找剪刀。我说你不是说瞧不起他吗？母亲说我什么时候瞧得起他了？我根本瞧不起他。他算什么东西。翠柏，你答应妈，今天你看见的，不要对任何人说。我对母亲说，你背叛了爸爸，你把他彻底地遗忘了。母亲说没有。

我和母亲从此以后拥有了一个秘密，我下定决心不出卖母亲。但是我认为的所谓的秘密，在第二天就传遍了长青巷和兴宁路。他们说昨天下午，金大印来找何碧雪聊天。聊着聊着，金大印的裤裆莫名其妙地破裂了。何碧雪说老金呀，你把裤子脱下来，我给你补一补。金大印说现在？何碧雪说现在。金大印于是脱下裤子，让何碧雪缝裤裆。缝着缝着，金大印的裤衩又突然裂开了一道缝。何碧雪和金大印再也坐不住了。何碧雪说老金，还是到卧室里去，我先给你缝裤衩吧。金大印说嫂子这样热情，那我就不客气了。金大印和何碧雪就这样，双双走进卧室。

牛红梅把这个故事说给牛青松听，牛青松把这个故事传给我。牛青松特别强调，这个故事是金大印自己说出来的，绝对真实可信，没有半点儿虚构。

第二章

一辆救护车停在我家窗前，我们被深夜里的引擎声惊醒。隔着玻璃窗，我看见金大印走出车门面窗而立。母亲挽着一个鼓胀的帆布包，站在客厅里欲去不去，她的头一会儿扭向门外一会儿扭向我们。牛青松说你非得这样吗？母亲点点头，说我已经等了半年多时间，可是你们始终不愿意老金走进这个家庭，既然你们不愿意，我只好跟他走。我说你不是说老金是土包子吗？你不是说你看不起他吗？母亲低下头，看着帆布包，说那是过去，跟老金接触半年多，我觉得他不错。

牛青松说是不是他逼你这样做的？如果是，我马上把他赶走。母亲说这是我自己的选择，你们不能怪老金，生活费我会按时送给你们。说完，母样抬手抹一把眼窝，然后迈开革命的大步走了。我们推开窗，对着救护车喊，我们还不满十八岁，我们要控告你们，你既然生下我们，为什么不把我们养大？为什么抛下我们不管？

金大印从上衣口袋里掏出一件东西递给母亲，母亲犹豫的身体转向我们。金大印伸手推推母亲，犹豫的母亲不再犹豫。母亲像头一次回家的新娘，小心翼翼地走回来，把一个信封放到餐桌上。母亲说我只是到那边去住住，两边都是我的家，欢迎你们跟我过去。我过去并不是不管你们，而是为了更好地管你们。不仅我要负责你们，老金也帮忙负责你们，你们又有了一个爸爸。你们不要控告我，这是老金给你们的一千元钱，你们拿着吧。牛青松抓过信封，把钱撒在地上，说谁要你的臭钱！

母亲一跺脚，嘹亮的哭声跑出她的嘴巴，填满整个客厅和夜晚。牛红梅从卧室走出来，蹲在地板上捡钱，把那些散落的钱一张一张地叠在手心。那些钱面值不等，有十元一张的，也有五元一张，甚至还有五角、两角一张的。母亲说红梅我走啦。牛红梅没有回答也没有抬头，仍然在捡那些零星钞票。母亲背着我们的目光走出去。

那么说你同意她走啦？姐姐。牛青松问牛红梅。牛红梅说天要下雨，娘要嫁人，随她去吧。你们看，这些钱来之不易。我们看见牛红梅的手上捏满钞票，钞票仿佛是她手上冒出的花骨朵。

牛红梅有一根粗黑乌亮的发辫，在阳光不太强烈的日子里，她喜欢用温水和劣质的洗发水漂洗她的头发，然后背对阳光，把她的头发铺在阳台上晾晒。她的头发像瀑布一样从阳台上飞流直下，差不多垂到了地面。从长青巷走过的男人或女人，无不被她的头发吸引。

在我们看来，牛红梅的头发好像一望无边的大森林。她挺拔的鼻梁像祖国版图上的某座山脉。她那两只明亮的眼珠是西湖和青海湖，或被称作清水湾、淡水湾。她的乳房像珠穆朗玛峰。她的臀部是华东平原或华北平原。而频繁出入我家的冯奇才，好像是日本鬼子。

牛青松对冯奇才说，你要跟我的姐姐恋爱，就必须为我们家报仇。家仇未报，怎言恋爱！冯奇才说你有什么家仇？牛青松说金大印抢走了我们的妈妈。冯奇才说不是金大印抢走了你们的妈妈，而是妈妈为你们找了一个爸爸。牛青松说我不需要什么爸爸，我需要你和我一起共赴家难，收拾金大印。冯奇才说我不干，我是国家干部。牛青松说不干拉倒，今后你别让我看见你。

牛青松开始去找他的狐朋狗党，尽管他只满十四岁，但他已经是一位出色的活动家。他在江山家楼前吹了一串口哨，江山从楼道里走出来。江山显得十分肥胖，他像一只母鸭晃动着从楼道里走出来时，手里捏着一根铁棍。他对牛青松说，今晚的目标是哪里？牛青松说金大印。江山倒抽一口冷气，说要收拾金大印，必须叫上刘小奇。他们朝兴宁小学走去。

刘小奇靠在他家的窗前，张望学校里空荡荡的操场。他的父亲刘大选，也就是兴宁小学校长，此刻正端坐在门前的椅子上拉二胡。牛青松朝刘小奇招手，刘小奇无奈地摇了摇头，好像是怕他的父亲。江山举起铁棍不停地舞动着，刘小奇再也按捺不住，朝牛青松他们跑去。刘大选被跑步声惊动，从曲子里抬起头，对着刘小奇喊，你去哪里？你给我回来，你永远别回来。刘小奇愈跑愈远，刘大选手提二胡，在后面紧追不舍。

刘小奇说金大印是省医院的门卫，他的皮带上挂着枪。牛青松说那不是手枪，是防暴枪，没有五四手枪厉害。刘小奇说防暴枪也是枪，真要收拾他，还得叫上一个人。牛青松说谁？刘小奇说宁门牙。牛青松和江山说我们不认识宁门牙。刘小奇一拍胸口，说我认识，他原来是我爸的学生，读完小学后就专门帮别人打架，已经打了六七年，现在他很可能在人民电影院门口倒电影票。

牛青松、江山、刘小奇三人来到电影院门口，他们看见宁门牙在人群里走来走去。宁门牙已经十七岁，高出他们半个脑袋。刘小奇把他从人堆里引出来，他那两颗特别宽大特别焦黄的门牙，暴露在牛青松他们的眼里。刘小奇说大哥，有人找你打架。宁门牙眼皮一抬，摊开右手掌，说钱呢？刘小奇说他是我的朋友，我们没有钱。宁门牙说烟呢？刘小奇说烟也没有。宁门牙说连烟也没有，怎么打架？刘小奇说尽管我们现在没有烟，但将来我们一定会有烟，面包会有的，烟也会有的。宁门牙说那就等你们有了面包，我再跟你们去打架，现在我要倒票。刘小奇说牛青松的姐姐很漂亮。宁门牙说真的很漂亮？刘小奇说真的很漂亮。宁门牙说我不是问你，我在问他。牛青松往宁门牙身边靠了一步，说真的很漂亮，如果你帮我打架，我让她跟你谈恋爱。宁门牙说谁会要一个丑八怪。牛青松说你才是丑八怪。

宁门牙用左手托起牛青松的下巴，说哟，你小子还敢跟我顶嘴。说完，他右手的巴掌叭地印到牛青松的左脸上，宁门牙的五根手指在牛青松的脸上慢慢鲜亮。牛青松转身离开电影院，他感到有两把火在他的身上燃烧，一把火烧着他的左脸，一把火烧着他的胸口。他说这架老子不打了。

走过人民电影院的宣传橱窗，走过华艺摄像馆，江山他们追上来。刘小奇拍拍牛青松的肩膀，说宁大哥是跟你闹着玩的，他现在同意跟我们去打架了。牛青松说老子说过，这架不打了。宁门牙堵在牛青松面前，说我偏要打。牛青松说我偏不打。刘小奇说那你不报仇啦？牛青松说不报了。刘小奇说牛青松，现在不打架干什么？我们的手已经发痒，难道你的手就不发痒吗？你抬头看一看钟楼，现在才八点钟，如果不打架，今夜我们怎么消磨时光？牛青松不停地搓动他的手掌，说架可以打，但你们不许说我姐姐是丑八怪。宁门牙说丑八怪，丑八怪，猪八戒的肚皮，孙悟空的脑袋，这个人呀，她丑得实在可爱。他们四人的嘴巴，像爆炸的气球，一个接一个地漏出笑声。

宁门牙他们跟随牛青松走进我家时，姐姐牛红梅正在裁裙子，绿的花布堆满餐桌，牛红梅的双手埋在布堆里。江山在餐桌上响响地拍一巴掌，牛红梅吓得上身肌肉颤动，拿着剪刀的手从布堆里抽出来，戳向江山。牛红梅说你想死呀，你。江山嘿嘿地笑两声，径直走进我们的卧室，去寻找小说和连环画。他把我们家的每个抽屉都拉开，像特工一样放肆地搜查着。

刘小奇则站在牛红梅的身后，抚摸牛红梅那条粗黑乌亮的辫子。刘小奇用手掂着辫子说，宁门牙，你说这条辫子漂不漂亮？比李铁梅的那条还要粗。宁门牙的目光一个闪亮，但立即又收回去，放到他的脚尖上。刘小奇说宁门牙，你看我们的姐姐是不是很漂亮？宁门牙你怎么不说话？你哑巴啦？你低着头是怎么回事？像是害羞的样子，我可从来没见你这么温驯过。你打了那么多架，抱过那么多姑娘，难道你还怕我们的红梅姐姐？你是不是爱上她了？宁门牙说闭上你的臭嘴，否则我就……宁门牙扬起他的铁拳，朝刘小奇晃动。牛红梅说你们要打架呀，你们可别在屋里打架。牛红梅说话时，眼睛始终盯着布料，手里的剪刀正以每秒一寸的速度向前推进。

　　刘小奇从我家的餐柜里找出半瓶白酒和两个杯子，邀宁门牙坐在沙发上开始喝酒。我并不知道餐柜里有半瓶白酒，但是刘小奇知道。刘小奇和江山什么都知道，他们知道我父亲失踪，知道我姐姐漂亮，知道我母亲改嫁，知道我家的抽屉里塞满连环画、避孕套，知道餐柜里有酒、床底下有一只偷来的皮球。他们知道的，有时我还不知道。

　　金大印和母亲何碧雪踏进门来，母亲手里提着几个香甜可口的面包。看到满屋子的人，母亲略略有些惊讶。尽管如此，母亲还是向所有陌生的面孔点了点头。母亲解开手里的塑料袋，面包的香气破袋而出，整个客厅里的空气快要燃烧和爆炸了。我感到那些香气不是来自母亲的口袋，而是来自四面的墙壁。我咂着嘴，拼命地吞食香气。母亲掰开半个面包递给我，说我们不知道有这么多客人，只买了三个面包，你们每人吃半个，我们已经吃过了。

　　除了金大印和母亲，我们每人拿着半个面包。面包香气扑鼻。母亲和金大印的目光在我们的手上滑来滑去，从他们的眼珠里我看到了他们的思想。他们舔着嘴唇的舌头告诉我，他们没有吃过面包。

　　没有人跟金大印说话。金大印说我先走一步。母亲说你先走吧，等会儿我自己回去。金大印健康的身体晃了出去。刘小奇的身影晃了出去。牛青松、宁门牙和江山也先后晃了出去。我紧跟他们的步伐。客厅里只剩下母亲和牛红梅，她们像谈论天气一样，开始谈论餐桌上的布料。

　　江山抡起铁棍横扫金大印的双脚。金大印一声惨叫扑倒在地，像一条被火烧着的虫子，身体慢慢地弯曲，嘴里不停地叫着妈哟，妈哟……他年纪那么大了，还念念不忘他的妈妈。宁门牙冲到马路中间，像踢足球一样踢金大印，说你们都快过来踢球。我跟随牛青松他们围上去，每人在金大印的身上踢了一脚。

金大印双手抱头，在马路上滚动着。他说你们是什么人？为什么打我？宁门牙把脚踏在他胸口，说老子是宁大爷，从今晚起，不许你再去勾引女人。金大印说你是哪家的宁大爷，我怎么不认识你？宁门牙的脚往金大印的胸口跺下去，金大印再次发出妈哟的喊声。喊叫中，金大印双手抓住宁门牙的一只脚，眨眼之间，宁门牙被掀翻，金大印站立起来。宁门牙说你敢打老子！金大印说让你尝尝金大爷的厉害。宁门牙翻身站立，双脚尚未踏稳，脸上便接住金大印重重的一拳。宁门牙口吐血沫，一颗明亮的硬物从嘴里飞去。宁门牙说你们站着看什么？老子的门牙被他打掉了。我们一哄而上，像饥饿的人争夺面包，金大印的头发扑进我的手掌，牛青松俘虏他的双脚，江山抱住他的腰杆，刘小奇抓住他的手臂，每个人都生怕自己的双手落空。我们把他抬起来，然后重重地摔到地上，如此反复数次，就像扔一只装满水泥的纸袋。纸袋发出尖厉的声音：妈哟，我的骨头断了。妈哟，我的头快裂开了。妈哟，你们杀了我吧，妈哟妈哟妈哟……

宁门牙指挥大家抬着金大印往共和路走。金大印的喉咙不停地发出哼哼声。宁门牙从路边的墙壁上撕下一团标语，塞住金大印的嘴巴，金大印的声音被堵住，手脚却不断地挣扎着。拐过几个弯，在宁门牙的领导下，我们把金大印抬到一座无人看管的小礼堂。小礼堂的门没有上锁，宁门牙脚起处，两扇门彬彬有礼地分开。金大印像一头猪被扔到地上。宁门牙打开礼堂的电灯，我们发觉礼堂空空荡荡。宁门牙说这里过去曾斗争过许许多多的坏人，现在我们要好好教训一下这个打掉我门牙的兔崽子。

牛青松说我们怎样教训他？宁门牙说把你们在批斗大会上学到的本领全部拿出来。江山说首先要给他戴一个纸做的尖尖帽，上面写着"反革命分子金大印"或"大流氓金大印"，"金大印"三个字要用红笔画上一个"×"。刘小奇说让他晒太阳，让他面向电灯躺在地上，双脚和双手必须离开地板，向上高高举起来，也就是四脚朝天。我说让他像小狗一样在地上爬。牛青松说让他坐飞机，你们知道什么叫坐飞机吗？就是用绳子把他的双手反绑在身后，然后把他吊在横梁上。宁门牙站在舞台上四下张望，说工具都堆在舞台后面，你们到化妆室把它们搬出来。

我们朝舞台后面奔去，在断腿的桌椅之间和蛛网之间，认真地搜寻着。

很快，我们便找出了绳子、棍子、帽子和一把锈迹斑斑的剃刀。那顶尖尖帽上布满灰尘，"女流氓艾静"五个字依稀可辨。由此可以断定，几年以前，一个名叫艾静的女流氓，曾经在这个舞台上接受人民的批斗。

我们把金大印推上舞台。宁门牙举着锈迹斑斑的剃刀说先剃阴阳头。江山和刘小奇每人扭住金大印的一只胳膊，宁门牙左手抓住金大印的头发，右手拿着剃刀。宁门牙的剃刀刚碰到金大印的头皮，金大印便喊道痛死我了，妈哟痛死我了。你们这是要干什么？你们杀了我吧。我一不偷二不抢三不强奸民女，你们为什么这样收拾我。金大印的喊声一声比一声尖利，头顶上的瓦片仿佛被他的声音震破。金大印摆动着手臂，扭动着腰杆，双脚从地板上撑起来，然后像一架纸飞机扑下舞台。江山、刘小奇和宁门牙被他牵拉纷纷落马。金大印被他们三人压在地下。

宁门牙说你想死呀。金大印说让我自己死吧，免得你们动手。宁门牙说没那么容易，我们不会让你死，我们只要你痛。宁门牙的手轻轻往上一提，金大印的头部昂起来。我看见一缕鲜血从金大印的额头汩汩涌出，鲜血上沾满尘土。

宁门牙坚持要给金大印剃阴阳头，但他手里的剃刀已不锋利。他对着我们喊尿，你们谁在这头发上撒一泡尿。没有人回答他，他的目光落到我的身上，说牛翠柏，你站到舞台上去，对着这颗头撒一泡尿。我的腿杆子开始颤动。他扬起手里的剃刀威胁我，说你怕什么，你不撒老子宰了你。我走上舞台，看着跪在舞台下那堆沾满鲜血乱如衰草的头发，心里一阵阵矛盾。我的腿抖得十分厉害，我扯开嗓门哇的一声，泪水涌出来，汗水流出来。我说我撒不出尿。宁门牙示意牛青松，说你上去撒吧。牛青松站到我的旁边，从裤裆里撒出一线热尿，热尿淅淅沥沥仿佛落下悬崖深谷，最后淋到那一蓬乱草。风吹草动，千山万水长流，斜阳燕子暮色苍茫。我听到乱草下发出狮子般的吼叫：你们这些牲畜，你们不得好死。"文化大革命"刚刚结束，你们还想发动第二次吗？你们有没有爸妈？你们是不是肉长的？你们……金大印在"你们"声中，缓慢地倒下。

倒下的金大印安静了，礼堂里突然没有声音。金大印的头发丝冒着牛青松的热气。宁门牙开始为金大印剃头发。剃刀在金大印的头皮上艰难地滑行，金大印睁开眼皮。牛青松问他，你还愿不愿意做我们的爸爸？金大印无力地摇头，说不愿了。牛青松说你还勾不勾引我们的妈妈？金大印怒目圆瞪，说那不叫勾引，叫恋爱，我爱你妈妈。牛青松的脚尖落到金大印的脸上。牛青松说我叫你爱。金大印把目光转向我，说翠柏，我在这个城市没有亲戚，没有人能救我，你快去把你妈妈叫来，你快去呀！你告诉她我金大印即使被他们整死了，也仍然爱她，快去呀。金大印再次昏迷。

牛青松说宁大哥，还是不剃阴阳头了吧，他好像死了。宁门牙伸手在金大印鼻孔试探一下，说放心吧，他这种人生命力特强。他打掉我一颗门牙，我剃他半边头发，这样谁也不欠谁的。我们围坐在宁门牙身边，看金大印粗壮的头发一片片地掉落到地上。宁门牙像在完成一件杰作，每一块肌肉都充满激情，最后他把剃刀摔到舞台上，说我们走吧。我们全都走出礼堂，只留下金大印一个人在礼堂里呻吟，他的一半边头皮上寸草不生，而另一半边的头发却像疯长的茅草。

姐姐举着一个白色的信封对我们说，你们快来看，妈妈给你们来信了。自从我们殴打金大印之后，母亲彻底地离开了我们。

撕开信封，我看见一页信笺和五十元钱。母亲在信笺上对我们说：你们是我生下来的禽兽不如的孩子，我永远也不想看见你们。老金的身心备受你们摧残。你们的行为给我，也就是给一个热爱老金的人添了许许多多的麻烦。你们或许不知道，老金是爬回家里的，他的双手和双膝都爬烂了。当我从他留下的半边头发里，闻到我儿子的尿骚味的时候，你们不知道我有多痛心。我对老金发誓再也不理你们了，但老金说你们是小孩，你们毕竟是我身上掉下来的肉。听听这话，你们就知道老金有多善良。对比一下你们自己的行为，你们难道不羞愧吗？从这件事情来看，我认为老金完全配做你们的爸爸，而你们根本不配做他的儿子。五十元钱是你们的生活费，你们吃饱喝足后，可别再干出什么损人不利己的事来。我不想见你们，我恨你们。

牛青松看信的时候，脸上的表情没有一丝一毫的变化，好像母亲说的事与他无关。他把信笺顺手扔到沙发上，然后坐到牛红梅的身边，用手掌轻轻玩弄牛红梅的辫子，说宁门牙很喜欢姐姐的这根辫子，希望姐姐能够剪下来送给他。牛红梅说这怎么可能，他算老几？牛青松说他不算老几，但他是流氓地痞，什么事都干得出来，公安局的都不敢惹他。我问牛青松答应送宁门牙辫子了没有？牛青松说没有答应，不过世上没有宁门牙办不成的事，没有他要不到的东西。

几天之后，牛青松又对牛红梅说，宁门牙想要你的辫子，我快招架不住了。宁门牙说如果我不把辫子剪给他，他就要自己上门来剪。我说姐姐，你还不如把辫子剪来卖掉。她说那卖不得多少钱。我说与其送给宁门牙，还不如卖掉。牛青松说那绝对不行。牛红梅说还有没有其他办法？牛青松说有什么办法？冯奇才又打不过他，而公安局的又不敢管他。他没有单位没有领导，他又不是党员，你拿他根本没有办法。现在，他不强奸你就算阿弥陀佛了，你还在乎一条辫子。牛红梅说我就不相信，这个世上没有王法。

就在我们争论不休的夜晚，牛青松潜入牛红梅的卧室，悄悄地剪断了牛红梅的辫子。

宁门牙拿着牛红梅的辫子去找冯奇才。冯奇才问宁门牙，你是谁？你找我有什么事？宁门牙像甩动马鞭一样，甩动着牛红梅的辫子，说认得这辫子吗？冯奇才说什么意思？宁门牙说没什么意思，这是牛红梅的辫子，她把它送给我了。冯奇才说你是谁？宁门牙说别问我是谁，我来找你，主要是想告诉你，今后你不要再去缠牛红梅，她不爱你，她爱我。冯奇才说这是你的意思，还是她的意思？宁门牙说我的意思也是她的意思。

冯奇才的脸一下子惨白起来。他对宁门牙说你滚吧，我需要安静。宁门牙吹着口哨，甩着辫子走出门诊室。看着宁门牙走远，冯奇才泪往心里流，他突然想做出一点儿强烈的反应。他吃下一粒镇静片，折断一支圆珠笔，打碎三只空瓶子，然后向医院制药厂跑步前进。在牛红梅平时洗药瓶的地方，他没有看到牛红梅的身影。有人对他说牛红梅今天不上班。他从制药厂跑出来。他跑步的时候，上身绷直挺胸收腹，双手握拳提至腰间，双目直视前方，两脚匀速地向医院方向运动。内科部主任陈一强叫他，他没有停下脚步，也没有回头，好像没有听见。护士姜春拿着一张处方喊他，他仍然没有停下来。姜春说冯医生，你开的这个药，药房里没有，你给我另开一张。姜春一边喊着一边在身后追赶他。追了一阵，姜春说你跑这么快，你这是在练习跑步呀。冯奇才仿佛哑巴了，没有回答，他跑出医院的大门，跑上桃源路、教育路、古城路、兴宁路，正一步步向我家靠近。路上的行人都睁大眼睛看他，并且纷纷为他让道。

冲进我家全身透湿的冯奇才，像一位疲惫的马拉松运动员。当他看见牛红梅完好无损地站在他面前时，他的嘴巴开始磨动，他的嘴角堆满白色的泡沫。他说水水水，他只说了三个水字，便栽倒在牛红梅面前。

被水灌醒的冯奇才问牛红梅，你的辫子哪里去了？牛红梅说卖掉了。冯奇才说真的卖了？牛红梅说真的卖了。冯奇才说可是，我看见你的辫子被一个陌生的男人捏着，他说是你送给他的。牛红梅双手拢了拢头发，说我可没有把辫子送给别人，我的头发是牛青松剪掉的。他没有告诉我送给什么人，只说要把头发拿去卖，需要钱买作业本。冯奇才说这么大的事情，为什么不和我商量？牛红梅说他是趁我熟睡的时候偷偷剪掉的，根本没有商量的余地。冯奇才突然变得严肃起来，说牛红梅，你真的爱我吗？牛红梅说我不知道，应该说我是爱你的。冯奇才说用什么证明你是爱我的？牛红梅用一种好奇的目光看着冯奇才，她的嘴里爆发出几声冷笑，说用什么证明？你说要用什么来证明？我把最宝贵的东西都献给了你，这还需要证明吗？冯奇才说我是希望你永远爱我，我害怕别人把你抢走，因为我已经闻到了不祥的气味，感到危机四伏。我恨不得现在就跟你结婚！

牛红梅把冯奇才拉到一张毛泽东同志的像前，庄严地举起右手，说现在，我向毛主席保证，我爱冯奇才。冯奇才的眼皮频频闪动，一些湿润的东西填满眼眶。他庄严地举起右手，说我也向毛主席保证，我爱牛红梅。宣誓完毕，他们相视一笑，像两只皮球一样滚到一起。正当他们准备甩开膀子大干的时候，突然响起了敲门声。

牛红梅打开门，看见宁门牙拿着她的辫子站在门外。牛红梅一阵恶心，觉得宁门牙那双肮脏的手，不是捏着她的辫子，而是抠着她的喉咙。她说你找谁？宁门牙说找你。牛红梅说我现在没空。宁门牙嘿嘿一笑，露出漏风的门牙，说不管你有空没空，我都得进去。宁门牙用力推动门板，从门缝里强行挤进去。

宁门牙像一位经常出入我家的常客，坐在沙发上跷着二郎腿。他的眼睛瞪着冯奇才的眼睛，说你比我还快，我骑自行车还跑不过你的双腿。冯奇才说红梅，他是谁？为什么拿着你的辫子？牛红梅说他是牛青松的朋友，叫宁门牙，有名的流氓烂仔头。宁门牙并不因为牛红梅叫他流氓烂仔头而感到不快，他对这样的称呼甚为满意。他说红梅姐，今天你在冯奇才和我之间必须做出选择。牛红梅拍拍宁门牙的脑袋，说选择什么？你还不懂得什么叫恋爱，你还是去打架吧。宁门牙说怎么不知道？我第一次看见你就发誓要跟你结婚。牛红梅说这不是恋爱，恋爱要有基础，要有共同的理想和爱好，要有共同的语言。恋爱需要时间，需要互相了解。你了解我什么？宁门牙说我虽然不了解你的业余爱好，你的理想、你的血型、你喜欢的格言、你爱读的书、你偏爱的食物，但我知道你漂亮，我喜欢一见钟情。牛红梅说这是典型的流氓习气，平时你在街上横行霸道，爱谁是谁，轻易就把女孩弄到手，根本没有投入感情，赢得感情，你还不懂得什么是爱。宁门牙说爱就是喜欢，我喜欢你，我想得到你，这就是爱。红梅姐，我求你了。牛红梅说求我什么？宁门牙说求你爱我。

牛红梅突然打了一个喷嚏，喷嚏夹杂笑声。

牛红梅说爱又不是什么东西，你求我，我就能给你。你求我给你辫子，我可以剪下来给你。你求我要一件衣裳，我可以脱下来给你。可是爱情，我不爱你我怎么能给你呢？爱情在我胸口里，我不可能单独把它掏出来送人。宁门牙从沙发上滚到地板上，面朝牛红梅跪下，然后用膝盖充当脚板，一摇一晃地走到牛红梅面前，说我求你爱我，不管你爱不爱我，你都得爱我！冯奇才冲到宁门牙的身后，对准宁门牙的屁股稳准狠地踢了一脚，说你这个典型的流氓加无赖，滚出去。宁门牙像弹簧一样从地板上弹起来，说你敢踢我？冯奇才说我怎么不敢踢你？！宁门牙说你知道我是谁吗？宁门牙从口袋里掏出一把小刀，刀面寒光闪闪。冯奇才说你想打架吗？宁门牙说不！今天我不想跟你打架。

宁门牙把他的左手放到餐桌上，然后扬起他捏刀的右手，说红梅姐，如果你不爱我，我就用这把小刀扎穿我的手掌。牛红梅说千万别这样！你先放下刀，我们再商量商量。宁门牙说没有商量的余地！牛红梅说假如我爱你呢？宁门牙放下刀，说这样就有商量的余地。牛红梅说不是我不爱你，只是我已经爱上了他。宁门牙说我哪一点不如他？牛红梅说你没有工作，没有工资，你拿什么来养家糊口？宁门牙说你想要什么，我马上就给你要来，我不需要工资。牛红梅说我需要你有一份工作。宁门牙再次举起小刀，说我不跟你商量这个。说完，他的小刀扎进他左手的手背，一股暗红的血从刀尖的四周缓慢地冒出。他用求助的目光望着牛红梅，说爱不爱我？你到底爱不爱我？牛红梅说爱、爱、爱你。宁门牙把小刀抽出来。牛红梅说是不可能的。宁门牙又把小刀扎进肉里。牛红梅和冯奇才都感到束手无策，他们对视一下，彼此发出苦笑。

宁门牙的血沿着餐桌的边沿往下滴。牛红梅用双手捂住脸，准备大哭一场。冯奇才从抽屉里翻出纱布、棉花，然后坐在一旁吸烟。冯奇才说我是医生，救死扶伤是我的天职，你什么时候抽出刀子，我就什么时候给你包扎。但我不能医治你的内伤，你是一个病入膏肓的孩子。

不许你叫我孩子！宁门牙大吼一声，终于把刀抽了出来。冯奇才走过去为他包扎伤口，说天下那么多女人，你为什么独爱她？宁门牙说不知道，自从我见她以后，我就吃不下饭、睡不着觉，时时刻刻想跟她在一起。冯奇才说但是她不爱你。宁门牙说这没关系，我有的是时间和耐心，她不说爱我，我就不离开这里。伤口你不用包扎，休息一会儿，我还要用刀子刺它，反正闲着也是闲着。冯奇才说你这是何苦呢？宁门牙说不为别的，只为爱情。

我和牛青松破门而入，牛红梅仿佛看到救星。她说你们都过来。我们犹豫着，目光在他们之间穿梭。当看到宁门牙那一只受伤的手时，我们都感到了问题的严重。

牛红梅说青松和翠柏，你们都知道，我跟冯奇才已经恋爱好长一段时间了，现在，宁门牙又要我爱他。尽管他扎破了自己的手，我对他还是毫无好感，但是我同情他，同情并不等于爱情，你们劝一劝宁门牙吧。在我们关切的目光中，宁门牙摇风摆柳地站起来，抓起带血的小刀，用衣袖把血迹擦干净。我不需要同情……宁门牙的喊声像一把刀划破了窗口的一块玻璃。

两天之后的傍晚，牛青松和宁门牙带着一个姑娘找到冯奇才。宁门牙说冯奇才，你看这个姑娘可以打多少分？冯奇才的目光像一道闪电，划过姑娘的脸膛，说你们又准备糟蹋谁家的姑娘？宁门牙说她叫蒋红，朝阳百货大楼的售货员。她说她喜欢医生，所以我们把她带来和你认识一下。蒋红说认识你很高兴。

冯奇才预感到这不会是什么好事，所以他对蒋红不感兴趣。宁门牙攀住冯奇才的肩膀，说你好好看一看，她的鼻子比牛红梅的挺拔，她的皮肤比牛红梅的细嫩，她的嘴巴比牛红梅的小巧。她才十七岁，还是一个处女，你现在就可以和她谈恋爱。冯奇才说人又不是牲畜，你怎么可以这样？恋爱怎么能够随便？恋爱不是交易！宁门牙说如果不是给牛青松一个面子，我根本不会考虑你的什么狗屁恋爱。我做事从来没像今天这样善良过，谈不谈是你的事，反正我已经被我的举止感动。你想一想，除了我还有谁舍得把这么好的姑娘让给别人。

宁门牙不想听冯奇才争辩，把自己的耳朵用手堵住，一边向冯奇才和蒋红点头哈腰，一边朝门外退去。退到门外，他和牛青松在冯奇才的门扣挂了一把新锁。冯奇才像一位囚犯在屋子里咆哮,你们这是陷害!宁门牙说你们就好好谈谈吧。蒋红扑到窗前,眼泪吧嗒吧嗒地流。蒋红说你们怎么能这样?!宁门牙吹出一声口哨,把挑着钥匙的食指递到窗口边。蒋红伸手抓钥匙,宁门牙迅速缩回手指。宁门牙说走喽!宁门牙和牛青松揣着钥匙一步一回头,告别了冯奇才和蒋红。

牛家大门今夜为宁门牙而开。下半夜,宁门牙用牛青松偷配的钥匙,轻易地打开牛红梅卧室的暗锁。当我听到牛红梅的惊叫准备翻身下床的时候,我被牛青松死死地按在床上。我想呼喊,但牛青松的手堵住了我的嘴巴。那边的卧室里,牛红梅的喊声也被堵住了。我听到脚后跟敲击床板的声音、镜子破碎的声音、电灯绳拉断的声音、手掌堵住嘴巴发出的咕嘟咕嘟声,仿佛有一场细雨落在瓦片上,细心聆听,才知道那是牛红梅抽泣中夹杂的呻吟。牛红梅身下的床板,像一根不堪重负的扁担,嘎吱嘎吱地歌唱。我挣脱牛青松的手掌,使出全身的气力,叫喊一声姐姐!这是一声迟到的叫喊,姐姐牛红梅已无可挽救地被宁门牙糟蹋了,而牛青松则是宁门牙不折不扣的帮凶。

宁门牙走出牛红梅的卧室,牛青松为他拉亮客厅的电灯。灯光落在宁门牙的额头,他的眼皮不停地眨动,看见我们在客厅里窥视,他的脸上慢慢地浮起一层红色。他说青松,我们出去喝两杯,庆贺我们的胜利。牛青松像一只狗跟着他走出去。我跑进牛红梅的卧室。

打开台灯,我看见牛红梅被凌乱的蚊帐覆盖,地上遍布玻璃。她出乎我的想象,显得十分平静。我叫她,她没有回答,剥掉裹着的蚊帐,把身体暴露在我眼前。她的身体到处是牙齿咬过的血印。每一个血印上都缺少一颗门牙。我说姐,你痛不痛?她摇头,把我揽进怀里。我听到她胸口之下急迫的心跳。她说翠柏,你给我拿个主意,我到底嫁给谁?我说不知道。她说我也不知道,我现在六神无主。知道什么叫六神无主吗?这是一个成语,老师曾经考过我。六神无主,形容惊慌或着急而没有主意(六神:道教指心、肺、肝、肾、脾、胆六脏之神)。我说我们可以去问问妈妈。牛红梅说我都十八岁的人了,怎么连一点儿主意都没有?主意就像一根头发,不知不觉地从我的头上脱落了。

我们没有把这个晚上发生的事情告诉冯奇才,冯奇才依然频繁地出入我家。许多时候,他会和宁门牙同时出现在我家的客厅里。宁门牙常常当着冯奇才的面，用手摸我姐姐的头发甚至于奶子。为了保护自己的女朋友，冯奇才痛下决心，准备跟宁门牙决斗。

姐姐被冯奇才的这个决定吓破了胆，她在冯奇才和宁门牙之间奔走游说。但没有人听她的劝告，他们像丢破烂似的把她的话置于脑后。他们忙着准备武器，招兵买马，随时准备战斗。

姐姐逢人便说怎么办？他们要打起来了。别人问她谁要打起来了。她就把冯奇才和宁门牙要打起来的前因后果，向熟悉的或不熟悉的人详详细细地说一遍。好心的人劝她去找公安局。她去找公安局，公安局的说你去找派出所。她去找派出所，派出所的说现在人手很紧，管不了那么多，过去关错的人现在要给他们平反，要一个一个地放出来，我们要为他们搞平反材料。这几年，打架的事情太多，我们也没办法。姐姐拖着疲惫的步伐，找到了母亲何碧雪。母亲说老金的伤刚好，他也帮不上你的忙。我是一位妇女，打架的事更是一窍不通。这是你自作自受，你自己想办法吧。母亲拒姐姐于千里之外。

决斗前夜，牛红梅再次踏进冯奇才的宿舍。她在这个她熟悉得不能再熟悉的房屋里，差不多昏倒过去。牛红梅说只要你不去决斗，现在我就跟你去领结婚证。冯奇才说不用着急，先决斗后结婚。牛红梅说你打不过他，他是流氓地痞。冯奇才说东风吹战鼓擂，这个世界谁怕谁。牛红梅说你们两人，只要谁先放弃决斗，我就跟谁结婚。牛红梅双腿一软，跪到冯奇才的面前，说我求你了，求你还不行吗？冯奇才开始磨刀。在嚯嚯的磨刀声中，冯奇才义正词严地说不行，你这是长他人的志气灭自家的威风。牛红梅艰难地站起来，身子一晃，几乎跌到地上。牛红梅说我只好去找他了。冯奇才说你去找他吧，反正你已经跟他那个了。牛红梅说那是强迫的，我根本不爱他。冯奇才说一样的，强迫和不强迫实质是一码事。牛红梅说他强迫我的时候，我的脑子里晃动的全是你的身影。冯奇才说这只有鬼才知道。牛红梅说你会后悔的。冯奇才说我做事从不后悔。

牛红梅叫牛青松把宁门牙找来，劝他别跟冯奇才决斗，谁被打伤都不好。宁门牙说要停止决斗可以，但你必须跟我结婚。牛红梅说你还不到结婚的年龄。宁门牙说不结婚也可以，你必须跟冯奇才一刀两断，永远不要来往。跟你往来的男人不能姓冯，也不能姓赵、钱、孙、李，他只能姓宁。牛红梅说我答应。宁门牙说真的？牛红梅说一言既出，驷马难追。宁门牙说那我不决斗了。

　　宁门牙堂而皇之地进入我家,他和我美丽漂亮善良的姐姐厮混。但是他们只厮混两天,便到了决斗的日期。宁门牙背着姐姐,带上二十名他的弟兄,于晚上 8 点到达朝阳路拖拉机厂的废旧仓库。冯奇才的二十名弟兄在仓库里等候多时,他们的手里刀光闪闪。宁门牙的身后,二十名兄弟同样满脸横肉,抬胳膊捶胸膛。双方在不断地靠近。

　　谁也想不到,队伍会在这时发生哗变。人群中有人喊道:弟兄们,我们不要受骗上当,不要去为他们两人芝麻绿豆大的事情厮杀。如果真打起来,得益的是他俩,伤亡的将是大家。许多的声音附和一个声音。有人说我们跟日本鬼子打了八年,国民党和共产党又打了那么多年,"文化大革命"我们文攻武斗十年,我们还打得不够吗?教训是深刻的,我们不能再打了。人们纷纷放下手中的凶器。有人建议让宁门牙和冯奇才徒手搏斗,让他们最终解决恩恩怨怨。一片喊声中,他们两人被围到中央。

　　很快他们扭成一团,宁门牙抓住冯奇才的头发,冯奇才抓住宁门牙的耳朵。宁门牙卡住冯奇才的喉咙,冯奇才捶伤了宁门牙的下巴。他们像两只疯狗在地板上滚动、撒野,尘土和油污沾满他们的头发、手臂和大腿。有人问他们为什么要开打?有人说为一个女人。参加决斗的人大都不知道他们为什么而战,他们只知道朋友遇到了麻烦,需要帮忙。于是,朋友们从四面八方赶来,朋友的朋友也赶来。当得知双方是为一个女人而发生战斗时,他们顿时有了一种受骗的情绪。他们像一群夜鸟从仓库的窗口飞走。仓库里只剩下宁门牙、冯奇才和牛青松。

　　三十分钟后,牛青松宣布决斗结束。宁门牙手捧发肿的下巴,像捧着一尊金灿灿的奖杯。冯奇才吊着扭伤的胳膊,像吊着一枚发亮的金牌。仓库里一望无际空空荡荡,他们像失去权力的将军,显得十分可怜。休息一会儿,他们朝着两扇不同方向的门走出去。门外的风很冷,夜色灰暗,路灯昏黄。

　　牛红梅对我说翠柏,我怀孕了。我睁大眼睛表示怀疑。牛红梅察觉到我的疑惑,拉过我的手按在她的腹部,说你不相信,你摸摸,我仿佛听到他(她)在叫我妈妈。我粗糙肮脏的小手抚摸着她细腻光滑的皮肤,就好像在抚摸一件精美的瓷器,我似乎听到瓷器被我手掌割痛的喊叫。牛红梅轻轻地闭上双眼,长长的眼睫毛勾引我的欲望。我很想亲她一口,但我忍住了。

凡是我和牛红梅单独在一起的时刻，她总这样轻轻地闭上眼睛，把她怀孕的腹部交给我，让我随意玩弄。这样的时刻，她仿佛逃到一个无人知晓的地方，静静地享受幸福。但是有一天，她突然对我说，你好好地摸摸吧，这是最后一次了。我问她为什么？她说因为孩子没有父亲。我说孩子的父亲不是冯奇才吗？牛红梅说冯奇才他不认账，他说是宁门牙的。我说你可以去找宁门牙。牛红梅说宁门牙也不认账，他说是冯奇才的。他们都不认账，好像这孩子是自个长出来似的。三岁的孩童都明白，没有种子长不出庄稼。

我向学校请假之后，便跟着牛红梅上医院。牛红梅的右手紧紧地抓住我的手臂，我感到她的手和整个身体都在颤抖。看到妇产科三个猩红的大字，她开始犹豫并且停步不前。她要我先到妇产科看看，看有没有她的朋友、邻居和认识的人。对妇产科进行一番观察后，我跑回来告诉她，没有发现敌情。听了我的报告，她仍然木头一样站着。我拉她的手，她把手飞快地抽回去。她的双脚不停地原地踏步，说我还是没有勇气，我想再问他一次。

我们掉过头去门诊部找冯奇才。牛红梅对冯奇才说你是不是再考虑一下？像这样把孩子打掉，太残酷，他（她）也是一条生命。冯奇才说没有什么可考虑的，我跟你那么久，从没出过事，一直都采取措施。只有宁门牙跟了你以后，才出现这种情况。牛红梅说有几次，你并没有采取措施。冯奇才说那是安全期。牛红梅说安全期有时不安全。冯奇才说你嚷嚷什么？你千万别污蔑我，你给我滚远一点儿。委屈的眼泪从牛红梅深深的眼窝滚出，她拉上我默默地走开。她说翠柏，你要记住这个糟蹋你姐姐长达一年之久的人，长大之后你要为我报仇。我不停地点头，泪水哗哗地直往下掉。

为了陪牛红梅上医院，我向班主任请了三次假。但是每一次走到妇产科门前，牛红梅都改变主意，像逃避瘟疫一样从医院逃出来。而每一次逃出来，她嘴里总是不停地说我再也不来了，我再也不来这种地方了。她开始在家里缝制小孩的衣裳，似乎是铁下心肠要把这个小孩生下来。她问我，你说小孩生下来以后，给他取个什么名字？我说你不能把他生下来，除非你给他找个父亲。她说我已经决定了，无论是男孩或女孩，我都给他（她）取名牛爱，你说牛爱好不好？我说好是好，但你必须结婚，必须给孩子找一个父亲。牛红梅满脸惊讶，结婚？谁会跟我结婚？我说你可以试着找一找，你的长相是你的优势。牛红梅说你这个主意不错，现在我们分头出去找一找，看谁愿跟我结婚，谁愿做你的姐夫。我说到哪里找去？她说你到你的学校找去，我到街上去找一找。

我挎上书包，往学校去。我认真观察兴宁小学的每一位单身老师，对他们进行仔细的筛选和考核，发觉只有体育教师杨春光配得上我的姐姐。他身高一米七，体重七十五公斤，五官端正，头发自然卷曲，喜欢打篮球。我对他突然产生了难以言说的好感，决定放学之后，把杨春光的情况向牛红梅作详细的汇报。

放学回到家，牛红梅还没有下班，牛青松也没有回来，我像一个孤儿站在门口，等待亲人。我看见夕阳微弱的光线打在我家的门板上，薄薄的尘土笼罩着骑自行车的人们。一根水泥电杆横卧在马路边，前面不远处，工人们正在拆一座旧楼房，喊声和哨子声此起彼伏。终于我看见牛红梅提着一网兜蔬菜朝家里走来，她的旁边跟着一位身穿绿衣裤的小伙，一看就知道是一位邮递员。邮递员推着一辆自行车，他跟牛红梅不停地说着话，不时还仰头大笑。我想牛红梅一定为我找到姐夫了。

临近家门，我才发现邮递员长得十分丑陋。他的鼻子出奇地大，像一片肥肉向两边展开，而他的眼睛却像黄豆那么小。他的额头上有巴掌那么大一块没长头发，看上去充满智慧。牛红梅说这是曹辉，我的同学。这是我弟弟，牛翠柏。曹辉支起自行车，点头向我问好，还在我的头上拍了两下。

牛红梅叫我跟曹辉聊天，她要下厨房做饭。曹辉说红梅，你的弟弟长得好漂亮，你们牛家的人个个长得像演员。牛红梅说是吗？曹辉说你知道吗，高一的时候，我们班有一半的男生都想跟你谈恋爱。牛红梅得意的笑声响彻厨房、客厅。牛红梅说可是现在，却落得个红颜薄命。曹辉说我就属于想跟你谈恋爱的那一类。牛红梅说那现在就谈吧，你说怎么个谈法？曹辉跌跌撞撞地跑进厨房，说我来给你打下手。

曹辉洗菜，牛红梅掌勺，厨房被他们说话的声音填满。他们的语言像一种气体，冲击厨房的墙壁，厨房像一只鼓胀的气球，随时都可能爆炸。但只一会儿工夫，气体开始泄漏，他们的声音变得模糊松散。他们在争论一个问题。曹辉说如果不打掉这个孩子，肯定会影响将来的生活，甚至会影响我们的感情。牛红梅说你说得多么轻巧，他（她）毕竟也是一条生命，因为你看不见他（她），所以你说得那么轻巧。曹辉说你一定要坚持你的观点，我们就没法谈下去了。牛红梅说曹辉，你也不撒泡尿自己照一照，如果不是因为我怀上孩子，我会跟你结婚吗？曹辉气急败坏，从厨房冲出来，他的脸上像涂了一层淡墨，眼睛里冒着火。他说外表美不算美，心灵美才是真正的美，这是我们的班主任冯绍康说的。牛红梅手拿勺子，靠在厨房的门框上说，曹辉，真的生气啦。曹辉气冲冲迈着坚定的步伐走了。牛红梅追了出去。牛红梅说你吃完饭再走吧，曹辉，我求你吃一餐饭，行不？曹辉说我还有点儿急事。牛红梅说老同学，吃一餐饭算不了什么，又不是非要跟你结婚不可。牛红梅拉住曹辉的自行车后架，不让他走。曹辉把牛红梅的纤纤十指一根一根地从自行车后架上掰开，然后骑上自行车义无反顾。我和姐姐牛红梅目送着这个丑陋的小气的热爱心灵美的差一点儿成为我姐夫的人的背影渐渐地远去，他自行车的铃铛声像街上甜饼的气味，敲打着我的鼻子。

有好长一段时间我没有看见牛青松，预感到他正在脱离我们，猜想他已和宁门牙打成一片，其他情况不详。直到有一天，我看见塞进我家门缝的一张纸条，才知道他被学校开除了。我拿着朝阳中学发给他的通知，到他可能出现的场合去找他。最后我发现他和江山、刘小奇在宁门牙家打麻将。我把纸条递给他，他的目光在纸条上轻轻滑动一下，双手便按捺不住愤怒，把纸条撕得稀巴烂。他说我早就不想读了。我问他不读书干什么？他用奇怪的眼神望着我，说干什么？打麻将、打架、谈恋爱什么不可以干。翠柏，别浪费时间了，跟我们一起干吧。只要你跟着我干，你至少可以提前十年享受美好的生活。宁门牙说这叫提前登上历史舞台，康熙八岁做了皇帝老子，我们比他差远啦。世界是属于他们的，也是属于我们的，我们好像八九点钟的太阳，希望寄托在我们身上。

我转身欲走，突然听到卧室里有人叫我小鬼。宁门牙说老爷子要拉屎，你去给他打点一下。我走进卧室，看见一位老人躺在床上，他的身子覆盖着一床薄薄的军用棉被。他说小鬼，不用害怕，到我身边来，我像你这么大的时候，已经为红军送鸡毛信了。他从被窝里伸出他干枯的手臂，在我的脸上摸了一把，说爸爸呢？我说死了。他说怪不得没人管教他们，我猜想跟宁门牙打麻将的这群孩子，肯定不是缺爸就是缺妈的孩子，是没有人管教的孩子。我说那你为什么不管一管他们？他说我的腿残废了，不能走路了，拉屎和撒尿都依靠他们，我的话就像他们的耳边风。你知道吗？他们成天赌博，钱全是偷来的。你去派出所告他们，让公安把他们全抓进笼子里去。我说我不敢。他说小鬼，勇敢一点儿，不要害怕，如果我能行走，他们早挨抓了。我说你可以叫阿姨去报案。他说你阿姨生怕她的宝贝儿子挨抓，她把孩子宠坏了。

我告辞老人，说我害怕。他恨铁不成钢地闭上眼睛。宁门牙看见我走出卧室，说老爷子拉屎啦？我说拉啦。宁门牙说你打点好啦？我说好了。宁门牙说回去告诉你姐，等我一到结婚年龄，就跟她结婚。我说好的。

我怀揣着三张姐姐的照片上学，想在适当的时候把它们介绍给杨春光。我知道杨春光的宿舍里贴着许多演员的巨幅照片，床底下有三只皮篮球，抽屉里有一本大相册。一副哑铃躺在他的门角，挂在窗口边的那把长剑发出寒光。我怀揣姐姐的三张照片走进他的宿舍。他说牛翠柏，篮球在床底下，你自己拿。我说我不是拿篮球的，我想跟你玩个游戏。他说什么游戏？我说你从你的相册里选出三张姑娘的照片，然后我们比一比，看谁手上的姑娘漂亮。他的嘴里不断地发出哟嗬声，手在相册里搜寻着。他说这张怎么样？他先丢出一张照片。我说不怎么样。我把姐姐的一张全身照片压在那张照片上。他的眼睛发出嗖嗖的响声。他似乎是不甘心失败，双手快速地翻动相册，又拉出一张女孩子的照片，说这张绝对压过你的那张。我又丢出一张姐姐的半身像，姐姐含情脉脉，一条粗壮的辫子从她胸前划过，像是一道黑色的闪电。杨春光的嘴里发出啧啧声，问我这是谁的照片，口袋里还有没有？他把手强行伸入我的口袋，掏出姐姐的那张大特写。姐姐迷人的酒窝呈现在他的眼前。他突然沉默，目光死了一般，僵硬在照片上，一丝口水从他的嘴角缓慢地流出，灌溉他的下巴。他说是谁？她是谁？我说她是我姐姐。他说结婚没有？我说没有。他双手开始抓挠他的脑袋，仿佛要从脑袋里抓出点儿馊主意来。他征求我，能不能介绍我们认识？我说姐姐要先看你的照片。

我用姐姐的三张照片换取三张杨春光的照片。姐姐看到杨春光的相片时，眉头打结，捏在她手里的茶杯当啷落地，她像遭遇木棒突然打击，右手捂着额头，身子前后晃动，而她的左手不停地在空气中抚摸着，终于摸到一张椅子。她站稳了，模糊的眼睛渐渐地明亮。她告诉我她感到头重脚轻，怀孕的人都有这样的反应。但很快就发现姐姐不能自圆其说，往洗衣盆里放洗衣粉时，她把一包满满的洗衣粉都撒进盆里，而且在洗衣粉撒完之后，她的手仍然捏着空袋子发呆。我说姐姐，你怎么了？她仿佛大梦初醒，停在半空中的手臂和紧闭的嘴巴像有一根线在拉动，开始找回失去的动作。她说我该怎么办？是打掉孩子呢或是把孩子留下来？我说如果你想跟杨老师结婚，就得打掉孩子。她的眉毛往上跳动，面带惊讶，说你怎么这么残酷，你才11岁，怎么这么残酷？我说我是为你考虑。

姐姐在孩子和杨春光之间犹豫着。她带着杨春光的相片敲开了江爱菊伯妈的门。江爱菊说傻姑娘，你没有结婚养什么孩子？你知道没有爸爸的孩子将来会多艰难，赶快去把孩子打掉。江爱菊几乎是在命令牛红梅。而在牛红梅征求意见的时间里，杨春光每一天都把我叫进他的宿舍。我发现牛红梅的照片被他整齐地压在书桌的玻璃下。杨春光说你姐姐愿不愿见我？我说她需要一段时间。杨春光说我几乎天天都在拿放大镜看这些相片，发现你姐姐的皮肤十分细腻，脸上找不出一颗斑点，但在她左边耳垂下有一个极为细小的凹坑，大约有针尖那么大。

我撩开牛红梅的头发，把她的左脸摆到灯光下。我说姐姐，你的左耳垂下是不是有一个针尖大小的凹坑？牛红梅说没有，谁告诉你的？我的脸上没有什么凹坑。我说是杨老师告诉我的，他每天拿着放大镜看你的相片。像有一堆火在牛红梅的脸上燃烧，甚至燎原到我抚摸着她左脸的五根指头上。我说姐姐，真的有一个小凹坑，在这儿，我终于找到了。牛红梅双手捂着她发烫的左脸，走到穿衣镜前，说这算什么凹坑？只针尖那么小，我天天在镜子里观察我的脸蛋，观察了十几年，都没有发现它。我说还是杨老师看得仔细。牛红梅说杨老师他怎样，想不想见我？我说想。牛红梅说那我现在该怎么办？我说你自己拿主意吧。

时间一秒一秒地过去，牛红梅始终没有下定决心。她拉着我的手站在十字街口，眼睛扫描过往的行人和车辆，似乎下定决心要在人流中找到一个答案。但是人流匆匆，没有谁舍得把目光落到我们身上，他们的目光十分有限，他们没有富余的目光。等了好长一段时间，牛红梅终于发现一位昔日的朋友，她举起右手朝马路的那一边不停地挥动，嘴里叫着小谢小谢。小谢横过马路，拉着牛红梅的双手，说哎呀呀哎呀呀，牛红梅你这个死鬼，我还以为你出国了呢。我们差不多三年没见面了，你都忙了些什么呀？有没有工作？在什么地方上班？怎么？这是你弟弟，读几年级了？长得真不错。哎呀呀哎呀呀，你知道我有多想你。

牛红梅说小谢，我怀孕了。小谢脸一沉，嘴巴张得有乒乓球那么大。小谢说你结婚了？牛红梅说没有。小谢说那就赶快结婚。牛红梅说跟谁结？小谢说孩子的父亲呀。牛红梅说孩子没有父亲，他们都不承认，都不愿意留下这个孩子。小谢说那就赶紧处理掉。牛红梅说小谢，感谢你给我出主意，你先走吧，我还得问其他人。小谢摆摆手，说那我走啦。

我跟牛红梅在十字街口站了大约一个小时,她先后拦住小谢、张秋天、李天兰、王小妮征求意见。她不断地向她们诉说她的遭遇,她们表示同情,并象征性地掉泪。我说姐姐,回去吧。牛红梅说她们的意见几乎一致,都说要把孩子处理掉,看来,我只好如此。翠柏,她们的意见怎么那么一致呢?好像她们事先商量好似的。我说她们是在为你将来着想。牛红梅说那好吧,明天你陪我去医院,但这事不能让杨春光知道。

妇产科医生黄显军为牛红梅检查完毕,拍了拍牛红梅的腹部,说你最后一次来月经是什么时候?牛红梅说出一个日期。黄医生说恐怕你得住院。牛红梅从床上坐起来,说为什么?黄医生说因为孩子已经三个多月了,现在不能刮宫,要引产。你为什么不早一点儿来?这种事情不能超过三个月。

牛红梅看见黄医生手里的针头渐渐地变长,她的身体正在长高,手臂也在变粗。牛红梅看见的物体全都放大了两倍。那根长长的针头刺入牛红梅的子宫,牛红梅发出一声惊叫。她想刽子手的屠刀已经举向她的孩子。她感到子宫里一阵拳打脚踢,钻心的痛由子宫波及全身。她像一个临产的女人,发出刺耳的尖叫。她说我错了,我再也不跟男人睡觉了。

当牛红梅醒过来时,她看到守候在床头的我。牛红梅说翠柏,牛爱长得漂亮吗?我说不知道。牛红梅说也许他(她)还没有脸蛋,还没有手脚,但他(她)已经懂得动弹了。牛红梅嘴角一撇,双目紧闭,泪水和哭声同时产生。她用双手捂着日渐消瘦的面孔,肩膀不停地抽动着,说牛爱啊牛爱,我亲亲的牛爱!

每天,牛红梅只给我一元钱。我要把这一元钱掰成几瓣来使用,要用它来买菜,用它来乘公共汽车。我很想买一只鸡,给牛红梅补补身子,但是我没有钱。一天中午,我撬开了牛红梅装钱的抽屉,怀揣几张崭新的钞票,到市场买了一只公鸡。我用半个小时杀死公鸡,一个小时扒光鸡毛,四十分钟炖出一锅鸡汤。当我把鸡汤送到牛红梅床头时,牛红梅的鼻子抽了两下,说这么香的鸡汤,我不是在做梦吧。我说不是的。她似乎不相信,便用她的右手指掐她的左手臂,掐着掐着她的眉头舒展了,说真的,是真的。她从我手上抢过鸡汤,往嘴里灌,喉咙发出噗噗的响声,鸡汤溢出嘴角。突然,她的所有动作都凝固了。她把头从饭盒里昂起来,说你哪来的钱?我说从你抽屉里拿的。她把饭盒掼到床头柜上,兴奋的脸变成愤怒的脸。她说你是小偷,你怎么和牛青松一样,那么让我失望。你把钱乱花了,这个月拿什么生活?我说我想让你补补身子。她说我的身子不要紧,过几天就恢复,可是钱一花掉,怎么也要不回来,你呀你……这鸡汤我不喝了,一想起那些钱,我就喝不下去。你喝吧。我说我好好的身体,喝什么鸡汤。

我们都沉默着,看饭盒里的热气袅袅地升腾,它们带着清香带着营养爬上窗台,飘出窗外。沉默好长好长一段时间,牛红梅说你也能杀鸡?我说我杀了几刀,它都不死。它轻伤不下火线,带着鲜血在厨房里扑腾,到处留下它的脚印。我关上厨房的门,想让它流尽最后一滴血,然后再扒它的毛。但是它的生命力特别强,伏在地上一动不动,等我打开门它又从地上飞起来。最后我不得不举起刀,咔嚓一下,把它的头砍了。牛红梅捧起饭盒,喝了一口鸡汤,然后哈哈大笑。她把饭盒递给我,说你也喝一口吧,钱算什么东西,喝!我喝了一口,又把饭盒推过去。就这样,我和牛红梅一边喝着鸡汤,一边发出笑声。同室的产妇说,红梅呀,你的弟弟真好。

我捧着那个喝空的饭盒往家走。夜色已彻底地征服了城市,长青巷散落恹恹欲睡的灯光。自行车的铃铛发出凄凉的声响,从远远的那边过来,又从我的耳边擦过。这样的夜晚,我的脚步像被一件重物拖着,害怕回家。我想父亲已睡在土里,母亲正陪着金大印,牛红梅躺在医院,牛青松不知在哪里。他们像长满羽毛的鸟,纷纷飞离旧巢,而我,今夜却要独自睡在巢里。我掏出钥匙正准备开门,一个硕大而且重量级的巴掌突然落到我的右肩上,仿佛从天而降的夜鸟。我惊叫着从门边跳开,看见杨春光站在我的身后,他的两只眼珠一闪一闪,像深夜里猫的眼睛。

杨春光说你终于回来了,我已经等了你两个多小时,你上哪里去了?你姐姐呢?我说她病了。他马上变得焦急不安,抓住我的手臂,命令我带他去见牛红梅。我说不是她病,是妈妈病了,她在医院看护。他说别骗我了,牛翠柏,我从你的眼神里看出你在撒谎。我有一种预感,一定是她病了,快告诉我,她生了什么病?我说我没撒谎。他在客厅里踱着方步,双手不停地搓动,十根指头六神无主。突然,他用手掐住我的耳朵,一股痛闪电似的流蹿我的全身。他说快告诉我,她现在在哪里?她住在哪个医院?我必须见到她。我咬紧牙关,说不知道。他的手稍微往上一提,我的耳朵快被他扯裂了。他板着面孔再次逼问姐姐的下落。我想我不能告诉他姐姐引产的事,如果他知道,就不会对姐姐感兴趣。我用痴呆的目光盯着他的目光。他说你还充当好汉，我看你招不招？他的手又往上提了一点儿，我的耳朵再次被拉长。我踮起脚跟，全身的重量系于一只耳朵，汗珠豆子一下子从我的额头滚出。所有的声音消失，我看着他开合的嘴唇，像看一部无声的电影。我的耳朵暂时失去听力，牙关愈咬愈紧，几滴生动的眼泪滚出我的眼眶，无数革命的先烈和英雄闪过我的脑海。

杨春光从我的嘴里得不到什么口供，终于松开手，我的耳朵又慢慢地缩回我的耳根。他说你不告诉我，我也会找到她。我把本市的医院找遍，就不相信找不到牛红梅。他拉开门冲进黑夜。

第二天中午，我捧着盛满饭菜的热气腾腾的饭盒，去医院给牛红梅送午饭。推开病房的门，我看见杨春光坐在牛红梅的床头，他正在喂牛红梅喝汤。

杨春光告诉我，昨天晚上我离开你后，就直奔医科大学附属医院，我从一楼找到四楼，护士们都说病房里没有姓牛的病人。当时我看了看手表，才九点钟。我不想这么早回去，渴望见到你姐姐，发誓今夜一定要找到她。出了医科大学附属医院，我径直往西走。你知道，西边是省医院。我从内科病房问到外科病房，始终没有牛红梅的消息。可以想象，那时我有多么灰心。我分析，牛红梅住省医院的可能性极大，因为她是省医院制药厂的职工。可是整幢住院楼我都问遍了，值班的护士们不是对我摇头，就是对我翻白眼。

我夹着尾巴垂头丧气地走出住院大楼，想今夜要见牛红梅是不太可能了。这么伤心地想着，我回过头万般留恋地望一眼楼房，楼房里灯火通明。我对着楼房喊牛红梅，喊到第三声时，二楼的一扇窗子推开了，一个女人伸出头来说谁在喊牛红梅？我说是我。她说你是谁？我说是牛红梅的朋友。她说你上来吧，她就住这里。我像一位短跑运动员朝着目标冲刺，很快就发觉跑进了妇产科，这是我在寻找牛红梅的时候，唯一没有询问的科室。我没有想到，她会住进妇产科。

当我走进她病房的时候，她的目光先是一亮，然后像一盏欲灭的蜡烛慢慢变弱。她说你是，你是杨春光。我朝她点头。她说你怎么来了？我说我是自己找来的。她说真想不到，我们会在这种地方见面。我说没什么大不了的事情。就这样我找到了你姐姐。

经牛红梅批准，杨春光从我手上获得一把牛家的钥匙，从此他可以自由出入牛家。为了照顾牛红梅，杨春光耽误了许多课程。校长刘大选问他，杨春光呀杨春光，你是要事业还是要爱情？杨春光说生命诚可贵，事业价更高，若为爱情故，两者皆可抛。

晚上，杨春光和我睡在同一张床上。他在床上翻来覆去，整夜整夜地失眠，向我打听牛红梅的逸闻趣事，问牛红梅最喜欢吃的食物。深更半夜，他把我从床上叫起来，要我协助他装扮我家的客厅和门楣。他反复强调不要告诉牛红梅，等她出院的时候，给她一个惊喜。为了这些让牛红梅惊喜的工作，我的双手沾满油漆和糨糊，杨春光则多次从两张重叠的椅子上摔下来，把膝盖都摔破了。

终于等到牛红梅出院的日子，杨春光借了一辆人力三轮车。他当车夫，我和牛红梅坐在靠椅上，三轮车徐徐驰向街道。他的肩膀无边宽阔而厚实，像遥远的地平线，在我们的眼前晃动、起伏。他把三轮车踩得飞快，铃铛声像一串欢快的音乐滑过街道。许许多多的行人侧目仰望我们，我们像幸福的王子和公主。车速渐渐地减慢，杨春光回头望我们一眼，咧开嘴角送我们一个笑容，然后又拼命地蹬车子再次飞起来。他的汗珠子像金色的黄豆，洒落到马路上，衣服被汗水湿透。

车子停在我家的门口，牛红梅首先看到油漆一新的门板，然后是门板两边的标语。左边写着：热烈祝贺牛红梅出院！右边写道：欢迎牛红梅凯旋！跨进大门，牛红梅的头部碰出叮当叮当声，她看到门楣上吊着一串风铃。客厅的四壁，贴满了大幅的电影宣传照，李玉和、李铁梅、杨子荣、沙奶奶、小常宝全都睁大眼睛，从墙壁上俯视牛红梅。牛红梅在众目睽睽之下，搂住杨春光，在他湿漉漉的脖子飞快地咬了一口。笑声像清脆的鞭炮，噼噼啪啪地炸响。杨春光用手捂着刚被牛红梅咬过的地方，心潮起伏浮想联翩。

几天之后的傍晚，一位肥胖的女人走进我家。她坐在椅子上喘了好长时间的气，才开口说话。她说杨春光在不在你们家？牛红梅说不在。你是谁？找他干什么？她说我是杨春光的妈，知道你们家目前困难，这是一千块钱，你收下吧。牛红梅说我干吗要收你的钱？她说请你不要毁了杨春光的前途，他现在不宜谈恋爱，国家已经恢复高考，杨春光还要考大学，现在不能谈恋爱。牛红梅说谈恋爱并不影响高考，有的人结婚了还可以读大学。杨春光的母亲拍了拍钞票，又开始喘大气。她说我的心脏不太好，你们不要惹我生气，不管怎样，我不赞成你们结合。你们门不当户不对，何况在这之前，你还有过两个男朋友。牛红梅说你把钱拿走，如果杨春光同意，我马上和他分手。

肥胖的女人从椅子上艰难地站起来，她身上的那些肉像灌了水一样左右晃动，整个身子像一个大大的水袋。她抓起桌上的钱，塞回衣兜，说这样就好，你真是个可爱的姑娘。

牛红梅和杨春光并没有因此而中断往来，他们像浇上汽油的干柴，熊熊燃烧着他们的激情。有好几次，他们被杨春光的母亲堵在杨春光的宿舍里。杨春光的母亲对着上晚自习的学生们喊，同学们，你们快来看，这就是你们的老师杨春光，他不学无术，不求进步，年纪轻轻却谈上恋爱了。他哪是我的儿子，他是地痞流氓！现在他被狐狸精缠上了，连他老娘的话都不听了。当杨春光母亲的骂声响彻校园的时候，杨春光和牛红梅就像两只受惊的兔子，蜷缩在宿舍的角落。他们既不开门，也不反抗，等外面的人骂累了，从学校撤退之后，他们才悄悄地溜出来。久而久之，骂声成为他们恋爱的背景音乐，他们在音乐声中那个。他们甚至觉得这样更刺激，更富有挑战性。杨春光说现在如果没有我妈的骂声，我会感到索然无味。

一天下午，杨春光的母亲撬开了杨春光的宿舍，砸烂杨春光的几面镜子，并从他的抽屉里搜出一沓相片。下午，兴宁小学全校老师正在会议室里开会。杨春光的母亲高举着一沓相片闯入会场，把正在讲话的校长刘大选推开，然后站在主席台上。她扫视全体教师，清理一下嗓音，说我来说几句。刘大选返回主席台，拉住她的手，说田波同志，你不能这样，我们现在正在开会，你出去吧。田波同志把手一甩，说老师们，你们大家看，这是杨春光和牛红梅拍的相片。这是些什么相片呀？简直是黄色录像。他们拥抱、接吻，甚至穿三点式。作为人民的教师，杨春光怎么能够这样？而作为杨春光的领导，刘校长，你为什么不管教他？为什么不阻止他们恋爱？刘大选说恋爱自由，自由恋爱。田波同志，请别干扰我们开会。

兴宁小学全体教师看见田波同志把那些相片一张一张地举起来，杨春光和牛红梅的幸福瞬间从他们的眼前一一晃过。健美的大腿、丰满的乳房、发达的肌肉、疯狂的拥抱和接吻，像磁铁一样吸引众人的目光。田波同志举起最后一张相片时，像完成了她的历史使命，脸色突然由红变青，身子变成虾状。她用双手捂住胸口，在主席台上挣扎着，最终倒到地板上，那些相片像风中的落叶覆盖她的身体。战士死于沙场，学者死于讲座，田波死于主席台。

四位身强力壮的老师把田波抬上救护车。杨春光已不知去向，他在他母亲发言到一半的时候，就低头溜出了会场。等他得到消息赶到医院时，他母亲已躺到太平间里。牛红梅陪着杨春光守灵。夜半三更，他们都感觉到冷，于是，他们在太平间里拥抱。他们突然觉得他们的拥抱枯燥无味，像是缺少了一项重要的内容，想来想去，他们才想起缺少的是杨春光母亲的咒骂声。

　　刘大选把那些散落的相片一张一张地捡起来，装到他的衣兜里。闲着没事的时刻，他就从衣兜摸出相片来仔细地欣赏。一张相片有时他能够看上一个小时。刘大选基本上没有什么业余爱好，他不抽烟、喝酒、打牌，现在他把看牛红梅的相片，当作唯一的业余爱好。有时，他和杨春光在校园里相遇，他想把相片还给杨春光，但犹豫了一下，他仍是舍不得奉还。他让相片躺在他的衣兜，感到无比充实。直到有一天，杨春光向他索取相片，他才依依不舍地从衣兜里掏出来，递给杨春光。他说有一张我留下了。杨春光说哪一张？他说三点式那张。杨春光说你留下它干什么？他说时不时看一下。杨春光说她又不是你的女朋友，你干吗看她？你真流氓。他说美是全人类的，你看真的，我看假的，嘿嘿。刘大选满脸淫荡之色。

　　后来，牛红梅在清理相片时，发现少了一张。在她再三追问下，杨春光才告诉她实情。牛红梅说现在，我怀疑你是否真心爱我，一个爱我的人是绝不会允许我的三点式落入别人之手。杨春光说他是校长，是我的领导，我拿他没办法。牛红梅说那我去跟他讨回来。杨春光说千万别这样，为了爱你，我已经失去了一位亲人，难道你还要我失去工作吗？牛红梅没有把自己的观点坚持到底，她的那张相片流落校园。

　　牛红梅像是一只受过惊吓的鸟，她对目前所获得的爱情常常表示怀疑。在她的梦中，杨春光多次背叛她，和别的女人混在一起。每一次做到这样的梦，她就会惊叫着从床上坐起来，向我重述梦境。她说那是一条清得不能再清的小河，河滩上有牛和拖拉机还有大客车，许多人都下到河里去洗澡，我也下去了。河里的男女老少全都赤身裸体，他们的体形千姿百态。但是洗着洗着，我发现杨春光不在人群里。我从河里走到岸上，对着树林里喊杨春光。树林里没有杨春光的踪影。我爬上大客车，客车的座位都空着，只有最后一排的长凳上有两个赤身裸体的人紧紧拥抱在一起，男的是杨春光，女的是我怎么想也想不到的人。翠柏，你猜那个女的是谁？我说是你的同学？牛红梅摇头。我说是小谢？牛红梅说不是，她不是我们身边的女人，是电影《红灯记》里的李铁梅。他们看见我，忙从凳子上爬起来。他们不仅不感到羞耻，反而笑我没穿衣服。你给评评理，这是怎么一回事？

牛红梅愈说愈愤怒，她牙齿紧咬，双拳紧握，仿佛要跟谁拼命。我说这不过是一场梦，它不是真的。牛红梅说它分明是真的，甚至是彩色的。我担心杨春光不是爱我，而是同情我。明天，我要考一考他。

第二天晚上，牛红梅神秘兮兮地拿出一张考卷，发给杨春光，并要求杨春光半个小时把试题做完。考卷内容如下：

爱情测试

①当你的母亲和恋人同时跌入河中，你先救谁？

答案：A 母亲（　　）　　B 恋人（　　）　　C 同时救两人（　　）

②当你和恋人在密林里约会时，有一持刀歹徒朝你们走来，你该怎么办？

答案：A 逃跑（　　）　　B 搏斗（　　）　　C 投降（　　）

③当你的恋人移情别恋时，你希望你的情敌长相如何？

答案：A 一般（　　）　　B 英俊（　　）　　C 丑陋（　　）

④你希望恋人的经济状况怎样？

答案：A 好（　　）　　B 无所谓（　　）　C 差（　　）

⑤当你有好消息需要告诉恋人，而你此刻又不能离开办公室时，你选择什么方式传递消息？

答案：A 写字条托人转交（　　）　　　B 等下班后告诉（　　）

　　　C 打电话（　　）

⑥你希望你的恋人政治面貌是什么？

答案：A 团员（　　）　　B 党员（　　）　　C 非党团员（　　）

⑦你希望你的恋人美在何处？

答案：A 相貌美（　　）　　B 心灵美（　　）　　C 语言美（　　）

⑧你喜不喜欢你的恋人有异性朋友？

答案：A 喜欢（　　）　　B 不喜欢（　　）　　C 无所谓（　　）

⑨你崇拜哪种人？

答案：A 商人（　　）　　B 艺术家（　　）　　C 政治家（　　）

⑩你喜欢什么人种？

答案：A 黑色（　　）　　B 黄色（　　）　　C 白色（　　）

不到十分钟，杨春光便做完了考卷。他把考卷交给牛红梅，牛红梅拿着它躲到卧室里去评分。杨春光忐忑不安地坐在客厅里，等待最后的结果。随着一声惊叫，牛红梅破门而出，她左手拿着试卷，右手拿着杂志说，书上说选择十个 B "最爱"，七至九个 B 是 "爱"，五至六个 B 是 "一般的爱"，一至四个 B 是 "不爱"。春光你一连勾了 10 个 B，这说明你最爱我。春光，如果我和你母亲同时跌入河中，你真的会先救我吗？杨春光说我母亲刚死，她不可能跟你同时跌入河中，永远不会。牛红梅说今夜，我感到幸福。

杨春光的母亲死后，世界突然变得安静，再也没有人阻挠杨春光和牛红梅的爱情。西北风呼呼地刮着，恢复高考的日子近在眼前。一天深夜，有人敲响了杨春光宿舍的门板。

敲门声很微弱，在强劲的西北风中显得微不足道。但是很快地，微弱的声音逐渐膨胀，黑夜像被一只粗壮的手拍破了。是谁在深夜里敲门？杨春光穿好衣服，站在门后问：谁？是我，向敌，快开门！门外的人说。电灯亮了，门打开了，向敌袒胸露背，肩扛一只麻袋站在门外，像走进自家一样那么随便，把那只沉甸甸的麻袋摔到屋角，从衣兜里掏出一包劣质的香烟，疯狂地抽起来，烟雾像一顶帽子盖住他的头发。他说客车抛锚了，我走了十多里路，现在才赶到你这里。有吃的吗？杨春光对着蚊帐里喊有吃的吗？牛红梅。这时向敌才知道蚊帐里还躺着一个人，他朝杨春光做一个鬼脸，目光落到自己的脚上。

向敌说明天就要考试了，我本不应该在这个时候打扰你，但是你知道，在这个城市我没有更好的朋友。下午，我跟你嫂子说我要进城考试，她为我装了满满一袋东西，说是要送给你。不巧，客车抛锚了，我扛着这袋东西走了十多里路，走走停停，有好几次我都想把麻袋摔掉，但是一想到这是你嫂子的一片心意，我一而再、再而三地咬紧牙关，终于把它扛来了。杨春光说麻袋里是些什么？向敌说红薯，满满的一袋红薯。杨春光说那我们就煮红薯吃，现在我的宿舍里一样吃的都没有。

在临近高考前的这个晚上，牛红梅生火为向敌煮红薯。杨春光和向敌围坐在火炉旁，抽动着鼻子饱尝铝锅里飘出的清香。面对明天的高考，他们没有压力和失眠。杨春光说老同学，如果明天的作文题是记一个人或一件事什么的，我一定把你和这一袋红薯写到试卷上去。向敌双手抱住膝盖，说如果我考上大学，我做的第一件事是跟你嫂子离婚，离婚不要紧，只要有决心。离了她一个，还有后来人。炉火被牛红梅照料得一片通红，通红的炉火映红他们的脸膛。

第二天早上，吞咽了大量红薯的杨春光和向敌分别走进他们的考场。监考员宣布考场纪律，发完试卷，杨春光便举手请求上厕所。监考员说如果你现在上厕所，你的试卷就要作废，你能否再忍受一下？杨春光双手抱住肚子，坚强地点了点头，他感到肚子里翻江倒海，那些来自郊区的红薯此刻全都变成勇士，在他的肚子里寻找出路。他放出一长串屁，红薯的气味弥漫考场，绕梁三日。汗珠子一颗一颗地从他的额头沁出，他的牙齿敲打牙齿，发出咯咯声。他感到那些红薯快要破门而出了，再次举手，说我快拉出来了。考场里发出海浪般的嘲笑。监考员说你不想考啦？杨春光说我不考了。监考员说不考也得再坚持一下，你必须遵守考场规则，三十分钟之后才能出场。杨春光想我不能让一泡屎憋死。他勇敢地站起来，朝门外走去。监考员问他去哪里？他说上厕所。监考员说你还考不考？他说怎么不考？我方便一下就回来。监考员说那不行，我得跟着你。

于是杨春光上厕所，监考员也跟着他上厕所。两个小时，杨春光上了三趟厕所。他对监考员说这才是我真正难忘的一天。

中午，杨春光吃了几颗土霉素，他的头皮发热全身发冷。他说向敌，都是你的红薯害的。向敌说现在怎么办？杨春光说我不考试了。向敌和牛红梅同时惊叫起来。牛红梅说这怎么行？你爬也得给我爬进考场。牛红梅从医院里请来了一位医生。医生说最好是吊针，否则这样拉下去会脱水，甚至威胁生命。牛红梅说你先给他屁股上打几针，万一止不住再说。医生按照牛红梅的吩咐办，给杨春光屁股上打了一针。

杨春光的拉肚没有止住，下午他上了两趟厕所，身子明显瘦了一圈，眼窝深深地陷落，单眼皮变成了双眼皮。医生说现在必须给他输液。整整输液一个晚上，杨春光的拉肚止住了。第二天早晨拔掉针头，杨春光又摇摇晃晃地走进考场。牛红梅借来一辆三轮车，负责接送杨春光。杨春光进考场后，牛红梅就坐在三轮车上，遥望考场的大门和窗口。陪考的人们在考场之外行走，他们有的白发苍苍，有的如花似玉，焦急的面孔全都倒影在玻璃窗上。牛红梅从玻璃窗上看到了自己的身影。冷风和嘈杂之声滑过她的肩膀，玻璃里的景象渐渐模糊。

当杨春光走出考场时，牛红梅已经靠在三轮车上睡去。昨天晚上她一夜未眠，现在她正进入梦乡。杨春光叫了一声，她睁开眼睛，打出一个喷嚏。她感到冷，于是把三轮车踏得飞快，热气慢慢回到身上。到了家门口，杨春光连下车的力气都没有，他已在考场耗尽了气力。牛红梅蹲下身子，让杨春光伏在她苗条的脊背上，背着他一步一步地走进家门。杨春光说红梅，你的身子在抖，你快把我放下，我再也不考了。牛红梅说如果你真的爱我，你就得把试考完。

　　中午，牛红梅给杨春光又吊了两瓶盐水。她按照医生的吩咐，已学会扎针。杨春光躺在牛红梅的床上，幸福地闭上眼睛，鼾声从他的鼻孔飞出。牛红梅已经一天一夜没合眼了，她觉得杨春光的鼾声都带着香味。

　　考到最后一科的下午，天气突然变得美好起来。牛红梅想靠在三轮车上小睡一会儿，但她怎么也睡不着，她想再等一个小时，杨春光就考完了，到那时云开日出，再睡他个三天三夜。她这么胡思乱想着，眼睛死死盯住考场的门口。终于，交卷的铃声铺天盖地地敲响了，杨春光从考场摇出来。牛红梅跳下三轮车，喊杨春光。她只喊了一声，便栽倒在三轮车旁。

　　牛红梅拍着我的脸蛋说，翠柏，我要结婚了，你打算送一份什么样的礼物给我？我说什么时候？她说等杨春光接到大学录取通知书的时候。于是，我们都在期待那张录取通知书的到来。

　　母亲何碧雪似乎也听到了牛红梅要结婚的消息，她在一天晚上回到家里。那时，我们正在吃晚饭，母亲没有敲门，她直接用她手上的钥匙扭开大门。看见我们正在吃饭，母亲说你们，吃饭吧，我不打扰你们。母亲坐在沙发上，看着我们吃饭。等牛红梅吃完，母亲说红梅，听说你要结婚了。牛红梅说不一定，要看杨春光考不考得上大学，他说哪天拿到通知书，哪天就跟我结婚。母亲说他能考得上吗？

　　她们正说着话，牛青松从门外闯进来。他假装没有看见母亲，说我看见金大印了，他扶着一辆单车，站在屋角的阴影里，像是在等什么人。母亲说老金他被提拔了。牛青松说提拔了？母亲说医院提拔他做保卫科长。牛青松把手一挥，说这算什么提拔，赶快叫他滚。母亲从沙发上跳起来说，红梅，你结婚的时候，最好叫上老金，他现在是科长，参加你的婚礼不会给你丢脸。牛青松高举起拳头，说要想让金大印走进我们家，我们一千个一万个不答应。牛红梅说他也曾经羞辱过我。母亲气得双手发抖,一跺脚走出家门。金大印从暗处推着单车走出来,母亲坐上单车的后架,肩膀一抽一抽地,好像是哭了。

不久,杨春光接到了大学录取通知书,他把通知书揣在衣兜,逢人便掏出来炫耀一番,就在他和牛红梅领结婚证的那一刻,他也没有忘记掏出来给民政助理瞧一瞧。民政助理瞪大双眼,举起的公章迟迟没有落下。他说年轻人,考上了大学,干吗急着结婚?杨春光说考上大学干吗不能结婚?"文化大革命"耽误了我们整整十年,现在我们要一边读书一边养育后代。民政助理嘿嘿一笑,说你真幽默。公章响亮地落在结婚证上。

这天晚上,由姑姑牛慧采买,杨春光的父亲杨正伟掌勺,在我们家办了一桌极其简单的酒席。母亲抱着一床崭新的棉被,最后一个赶到。杨正伟、何碧雪、杨春光、牛红梅、牛慧、牛青松和我,一共七人围坐在餐桌边,每个人都为新婚的夫妇拿出自己的礼物。杨正伟拿出一张存有两千元人民币的存折。母亲送给他们一床棉被。牛慧送给他们一对白色的围巾,并且当场围到杨春光和牛红梅的脖子上。在围巾的衬托下,他们立即显得美丽生动。牛青松从衣兜里掏出一块女式手表,戴到牛红梅的手腕子上。牛青松能送这么贵重的礼物,大家表示惊讶。母亲说这不会是偷来的吧?牛青松说我向毛主席保证,绝对不是偷来的。牛红梅说那你从哪里得来的?牛青松说捡来的,我是在电影院捡到的。

众人的目光落到我的身上,他们说翠柏呢?你给姐姐准备了什么礼物?我说我送给姐姐这个。说到这个的时候,我把手里的白纸打开。白纸上,是我咬破指头用我的鲜血写成的四个红光闪闪的大字:祝姐幸福!所有的人都闭上了嘴巴,他们捏着自己的手指,仿佛感到指尖在疼痛。牛红梅低下头,眼角滚出两串热泪。她说我终于结婚了,我真的结婚了。你们对我这么好,我感到幸福,我真的很幸福!

第三章

两个公安押着牛青松进入我家时,我的两条腿像发动机一样颤抖。牛青松说牛翠柏,你给我站稳来。我说我站不稳。牛青松说你已经读初中了,怎么还站不稳?他们抓的是我,又不是你。我说我很想站稳,但我的腿不听指挥。牛青松扇了我一巴掌，说你真没出息。我的腿突然停止颤动，好像牛青松的那一巴掌碰到了发动机的开关，突然让我变得风平浪静。我想不就是要我站稳吗，为什么要扇我一巴掌？我站不站稳害不害怕，和你们有什么关系？我就是把屎拉到裤裆里，那也是我的自由，干吗要扇我一巴掌？

在我、牛红梅以及两个公安共八只眼睛的注视下，牛青松打开他拥有的那个抽屉。他把抽屉里的手表、海鸥牌照相机、手镯、粮票和一些过期的布票一一摆放在书桌上。公安人员对这些赃物作了详细的检查和登记。他们问牛青松，还有吗？牛青松说没有了。这时，我看见牛红梅的身子也像发动机一样颤动起来。她从手腕子上脱下那只戴了两年多的手表，说这里还有一块，是我结婚的时候牛青松送我的，当时我不知道他有偷东西的毛病。其中一个公安接过手表，对着窗口晃了晃，说你还不老实。

牛青松站在原地往上跳，他连续跳了四下，而且一下比一下高。他说冤枉，你们真是冤枉。这一桌子的东西是我偷的，但那只手表却是我在星湖电影院捡到的。公安说谁给你作证？谁会相信你？牛青松说我自己可以给自己作证，我可以对天发誓。公安说如果发誓可以管用，那你可以说这些东西全是捡来的，而不是偷的。牛青松说我不是说所有的东西，我只是说我送给姐姐的那块表。你们知道最坏的人，有时也还有优点，为什么你们就不相信我会捡到手表？两个公安发出冷笑。牛青松抓起桌上的一把小刀，唰地一下，割掉了一节左手的小手指，鲜血染红我家书桌。牛青松同样发出冷笑，说我牛青松一人做事一人当，我打过架、赌过钱、调戏过姑娘，但我从来没有说过一句假话，你们为什么不相信我？公安说相信你又有什么用？即使我们相信你是捡到的，但这块手表仍然要没收。牛青松说我不是舍不得这块表，而是要你们相信我说的是真话，你们干吗对真话那么恨之入骨？

牛红梅为牛青松包扎了伤口，还为他收拾了一个小包，小包里塞满牛青松的衣裳和一些日用品。牛青松接过小包，抬腿出了家门，头也不回地对我们说，姐姐、翠柏你们不要哭，你们也不要到少管所来看我，这样会丢你们的脸。你们就当我还在跟宁门牙他们赌博，就当我还在那些街道里打架和偷摸，就当我出了一趟远差。爸爸莫名其妙地失踪了，那时你们没有哭，现在你们也不要伤心，你们就当压根儿没有我这个兄弟。牛青松愈说声音愈嘹亮，后面几句几乎是喊出来的，把整条长青巷都闹翻了，仿佛要通知所有的邻居，他这就去少管所。

几天之后，正在洗药瓶的牛红梅突然感到有一只巴掌拍到她的肩膀上。沿着那只温暖硕大的巴掌看过去，她看到贾主任笑眯眯的脸。贾主任说请你跟我走一趟。牛红梅说去哪里？贾主任说办公室。牛红梅以为贾主任是在开玩笑，依旧清洗那些药瓶。过去贾主任曾多次邀请牛红梅到办公室去坐一坐，牛红梅知道那是黄鼠狼给鸡拜年不安好心，所以一直没有接受贾主任的邀请。但是，这一次真的有要紧的事找你，贾主任说。

有两个自称是公安局的坐在办公室里等牛红梅。他们穿着便服，手里捏着笔记本，上衣口袋里插着钢笔。他们示意贾主任回避，贾主任不停地点头，倒退着走出办公室。他们在问过牛红梅姓名、年龄、工作单位、家庭住址之后，说我们找你，主要是想了解一下宁门牙的情况，听说他强奸过你，我们想核实一下。牛红梅说什么叫强奸？我从来没有被人强奸过。其中一位公安从凳子上站起来，一只手抱在胸前，另一只手捏住下巴，在办公室里走来走去，就像我们在电影里看到的公安一样，仿佛遇到了难题，正在思考解决的办法。走了一会儿，他把捏住下巴的手突然松开，并且挥动了一下，说牛红梅，怎么对你说呢？强奸就是男子使用暴力跟女子睡觉。睡觉你知道吗？这里不是指一般的睡觉，这里的睡觉具有特殊意义。你结婚了吗？牛红梅说结了。他说结婚了就好，我告诉你，强奸就是男子使用暴力跟女子干她丈夫干的事情，具体地说，宁门牙跟你睡过觉没有？牛红梅说你们干吗问这个？你们是什么人？他说我们是公安局的。牛红梅说公安局的就可以随便问这个吗？他说宁门牙在强奸一位姑娘的时候，被我公安人员当场抓获。我们负责这个案子，希望你配合。

那位坐着的公安拍了一下沙发的扶手，说他到底跟你睡过没有？牛红梅说他跟我谈过恋爱。公安说睡过没有？牛红梅说睡过。公安说在睡觉的时候，他有没有强迫你？牛红梅说没有，是我自愿的。公安说你怎么会自愿呢？你难道不知道他是流氓地痞吗？像你这样的女人什么样的男人不可以找，比如我们公安战线，就有许多优秀的青年。牛红梅说这个也必须回答吗？公安说不用。他们让牛红梅在谈话记录上按了个手印。

牛红梅冲出办公室，她看见贾主任站在窗口边，耳朵贴着墙壁偷听。

又过了一些日子，市法院召开宣判大会，宁门牙被宣判枪决。召开宣判大会那天，朝阳广场的人像蚂蚁那么多，一堆一堆地堆得像一片小山堡。

十八名不是同年同月同日生的罪犯，将同年同月同日被枪决。许多人伸长了脖子，为的是看一眼罪犯。小孩子骑到大人的脖子上，大人的脚下垫着砖头。我看见宁门牙的脖子上吊着一块纸牌，纸牌上写着抢劫、强奸犯宁门牙。宁门牙三个字打了个红"×"。

牛红梅没有参加宣判大会。有一天她站在兴宁路的一面墙壁前，看到法院刚刚贴出来的布告。在众多的死刑犯名单中，她看到了宁门牙的滔天罪行：

抢劫、强奸犯宁门牙，男，二十岁，广西南宁市人，捕前住南宁市星湖路北二里八号。

罪犯宁门牙于一九七六年至一九七八年十月间，先后单独或伙同刘小奇（在逃）在本市持刀抢劫行人六次，抢得现金人民币捌百捌拾捌元捌角、手表等财物一批。此外，罪犯宁门牙还强奸妇女三人、少女四人、幼女一人。

罪犯宁门牙，目无国法，以非法占有为目的，采取胁迫的手段多次抢劫公民财物，并多次强奸妇女、幼女，轮奸少女，且情节特别严重，其行为已分别构成了抢劫罪、强奸罪，应从严惩处，依法判处如下：

罪犯宁门牙犯抢劫罪，判处死刑，剥夺政治权利终身；犯强奸罪，判处死刑，剥夺政治权利终身；数罪并罚，决定执行死刑，剥夺政治权利终身。

本院遵照广西壮族自治区高级人民法院院长下达的执行死刑命令，于一九七九年六月十五日在南宁市召开宣判大会，依法将罪犯周才文、黄明其、莫金、杨友家、宁门牙……验明正身，押赴刑场，执行枪决。

牛红梅脑袋轰地响了一下，像有一枚炮仗在耳边爆炸。她感到胸口堵了一团东西，呼吸困难。她想呕吐，但她只吐出一串声音和几丝口水。她伸手撕烂那张布告，然后往家里走。在她走过的街道两旁，到处贴满了布告。那年代，布告就像现在的畅销书一样流行，它是市民们茶余饭后的读物。牛红梅想宁门牙竟强奸了八个女的，其中一个还是幼女。被他强奸的妇女，到底是姓蒋还是姓汪？如果把我也算在内，那宁门牙强奸的女人不仅仅是八个，应该是九个。九个女人,这是一个多么可观的阵容,她们是或即将是九个男人的妻子,九个孩子的母亲。她们是十八位父母的女儿,是一个通讯班。

回到家里,牛红梅依然打不起精神,她说胸口里像堵了一个红薯,全身上下都起了鸡皮疙瘩。我说你可以试着唱唱歌,你一唱歌,那些堵着的东西就跑出来了。牛红梅于是张嘴唱歌。她唱东方红太阳升,中国出了个毛泽东;九九那个艳阳天来哟,十八岁的哥哥想把军来参;洪湖水呀浪呀么浪打浪呀,洪湖岸边是呀么是家乡呀;一条大河波浪宽,风吹稻花香两岸,我家就在岸上住,听惯了艄公的号子,看惯了船上的白帆……几首歌唱下来,牛红梅的额头冒出一层细汗。我问她怎么样,堵着的那团东西出来没有?她用手摸了摸胸口说,没有,它还堵在这里。我说那你可以试着朗诵,你把你想说的话全都像诗歌一样分行朗诵,这样那些堵着的东西就会被你全部朗诵出来。

牛红梅面对着我开始朗诵:宁门牙\你这个大坏蛋\强奸民女抢人钱财\五脏六腑全腐烂\腐烂就腐烂\可怜我弟弟牛青松\被你带坏送少管\可恨我男朋友冯奇才\弃我而去寻新欢\当初不是你\我牛爱差不多一岁半\当初不是你\我早已成为医院家属\并转干\\

你这个大冤家\夺我辫子\占我身子辱我后父\缺颗门牙\想当初\为博我欢心\你用刀子戳手把血洒\好像是真心爱我\洁白无瑕\可谁知到后来\你把我当猴耍\我爱你恨你\恨你爱你\不爱不恨\你这个大冤家\\

牛红梅朗诵完毕,喘了一口大气。我说好了吗?牛红梅说好多了。我说你真是个了不起的诗人,你的诗比报纸上那些我读不懂的诗要强一百倍。牛红梅说一日夫妻百日恩,我还是为宁门牙烧几张纸吧。牛红梅拿着几张火纸和一杯白酒走到阳台,面对火葬场的那个方向,点烧火纸洒了几滴白酒,说宁门牙,你这个大流氓,你就放心地去吧,天堂或地狱里有没有花姑娘?牛红梅话音刚落,一阵风把那些纸灰全吹到她的身上。阳台之外,细雨正从远处姗姗而来。

金大印一直想要一个孩子,他渴望在这个世界上,有人真心诚意地叫他一声爸爸。他像醉汉渴望酒,没有爱情的人渴望爱情一样,渴望这个美好的日子到来。但是四十出头的母亲何碧雪尽管在生孩子的问题上,积极配合勤奋工作,却始终没为金大印生出孩子来。金大印拍着何碧雪的肚皮说快有了吧?何碧雪说你再耐心地等一等,我就不相信这么好的土地长不出庄稼。业余时间，金大印别着那支刚领到的五四手枪，到火车站、汽车站和商场去抓小偷。一年多来，他在不同的场合抓了无数个小偷。不知出于何种原因，他对小偷有一种说不清楚的仇恨，下手也特别狠。有时他会把小偷的鼻梁揍扁，把小偷的骨头揍断。当他听到小偷的求饶声时，会感受到无比的快意。熟悉他的惯偷常常在被他抓住的时候，不停地叫他爸爸，饶了我吧，爸爸，我的好爸爸。听到这么仁慈的叫声，他的心肠一软手一松，便放小偷一条生路。

　　我的母亲何碧雪会从金大印回家的具体表现，判断他是抓了小偷、放了小偷或是揍了小偷。如果是把小偷抓到派出所，金大印回到家里一般不说话，只是独自喝一杯白酒。如果是揍了小偷，他会先洗一把脸，有时何碧雪会从他手上看到鲜血。洗完脸，他常常会说今天我把小偷的骨头揍断了。何碧雪说你揍了那么多小偷，你就不怕？金大印说怕，有什么好怕？揍坏人又不犯法。如果是放了小偷，金大印会格外兴奋和自豪，会不停地笑着说小偷叫我爸爸，哈哈，他叫我爸爸了。这样的日子，他甚至会跟何碧雪过上一次具体生动的夫妻生活。

　　上班的时候，金大印坐在值班室里，他除了观察每一个进出医院的人外，还抽空阅读报纸。他看报纸就像抓小偷，每一个字和每一个标点符号都不会放过。锲而不舍的阅读，终于使他看到了一封令人振奋的读者来信。

编辑同志：

　　您好！我是天峨县八腊乡洞里村谷里屯的农民。今年七月，我到部队看望儿子途经南宁，在汽车站排队买票的时候，衣兜里仅有的100元钱被小偷扒走了。正当我举目无亲无计可施脸色发白嘴唇发紫的时刻，一位40岁上下、方脸、浓眉大眼、穿着旧军装的男人，拧着小偷的耳朵来到我面前。他问小偷是不是偷了这位大爷的钱？小偷连连求饶说是的。这位中年男人把那100元钱还给我，说大爷，你要提高警惕。我说谢谢你啦，好人，你叫什么名字？在哪个单位工作？我要写信到报社去表扬你。他说我姓雷，你就叫我雷锋吧。说完，他拧着小偷的耳朵走了。我为我们的社会主义国家，我们的省会南宁有这么好的同志而自豪。所以，特借贵报一角，向这位勇擒小偷的同志表示我深深的谢意！

秦方好

看完这封读者来信，金大印从椅子上跳起来，把报纸抓在手里，跳出值班室跳出医院大门，逢人便说这是写我，这封信是在写我。这天下午，他提前半个小时下班。远远地，他就对着自家的阳台喊何碧雪。他一路喊着走进家门，家里空空荡荡，何碧雪还没有下班。他坐在客厅里又把来信读了一遍，然后到食堂买了一碗扣肉和半只烧鸭。当何碧雪推门而入，看到桌上的扣肉和烧鸭时，吓了一个倒退，说我还以为走错门了呢？金大印说怎么这么晚才下班？何碧雪说没晚啊，和往时是一样的，5点30分下班。我抓小偷的事登报了，金大印故意用平静的语调说道。真的？何碧雪又惊又喜，把喝到嘴里的凉开水全部喷到地板上。金大印说不信你自己看，白纸黑字，清清楚楚。

何碧雪抓过报纸，一字一句地读起来，但只读到一半，金大印便把报纸夺了回去。金大印说还是我读给你听吧。金大印又从"编辑同志您好"开始往下读。读完之后，何碧雪说这是写你吗？金大印说是的，这件事我记得一清二楚，只要一闭上眼睛，那天的情况就像电影一样，从我的脑子里一一闪过。

很快地，烧鸭和扣肉塞满了他们的嘴巴，他们已顾不上谈论这件事情，但是他们的脸上挂满笑容，嘴角不时漏出饱嗝。一句话从何碧雪的嘴里挣扎而出：明天，你到报社去告诉他们，这封信写的就是你。也许，他们正急着找你呢。

第二天上午，金大印找到了编发读者来信的责任编辑马艳。马艳大约30来岁，脸上架着一副黑边眼镜。金大印指着报纸说这封信写的是我。马艳说你怎么知道写的是你？金大印把他一年多时间在火车站、汽车站和商场抓小偷的事重述了一遍。马艳听得耳朵摆动双目瞪圆嘴巴张开，说但这也不能说明这封信说的就是你，一位四十岁上下，方脸，浓眉大眼，穿着旧军装的男人就是你吗？似乎不太像，你的眼睛并不大，眉毛也不浓。金大印说你这是侮辱，我做好事不留名，你反而奚落我。金大印转身欲走，马艳叫住他，说不必生气，即使这封信真的是写你，我也百分之百地相信它是写你，你又怎么样？金大印说不怎么样，我只是说说而已，不怎么样。马艳说像你这样的人，现在不多了。在没有英雄的年代，你愿不愿意做一位英雄？金大印说你这话是什么意思？马艳示意金大印坐下，并摆出一副慈祥的笑容，像一位母亲面对儿子那样面对金大印，就英雄的话题全面系统地谈论起来。

临走的时候，马艳封了三个信封交给金大印，要求金大印按照信封上标明的顺序，先打开第一个信封，在完成第一个信封里的任务之后，再打开第二个信封。当三个信封里的任务都完成之时，也就是大功告成之时。马艳说到那时，我自有主张。金大印领令而去。

打开第一个信封，金大印看见信封里滑出一张纸条，纸条写道：照顾一位孤寡老人。经过多方打听，金大印在桃源路找到了一位七十岁高龄的邢大娘。邢大娘住在一间临街的窄屋里。星期天，金大印买了十斤面条、十斤白米，推开邢大娘紧闭的房门。邢大娘像是不适应跟随金大印一同进入的阳光，眼睛眨巴了四五下才睁开。她说你是谁？你到这里来干什么？金大印说我是来看你的，给你送粮食来了？大娘说你是我儿子赵兴吗，怎么这么久才来看我？你还喝酒吗？我这里有酒，自己倒来喝吧。我不是你儿子，我是金大印。啊，你不是赵兴，你怎么会是赵兴呢，他早就死了，是被汽车撞死的。他喝了很多酒，最后在马路上被汽车撞死了。那么说你是我的老伴？也不是，我是省医院的职工。我又糊涂了，我老伴十年前因为肝癌死掉了，就死在你们医院里。我还有个女儿，九岁那年她不听我的劝告，到邕江边去游泳，被水淹死了。我常常看见她扎着两只羊角辫，在我面前晃来晃去，永远都那么漂亮那么年轻。有时我听到她叫唤我，有时我也叫唤她。你不是我的亲戚，你是政府派来的吗？我是自己找上门来的，从今天开始，你有什么困难我会帮助你。

邢大娘拍着那袋面条和白米，张开缺牙的嘴似笑非笑，说这些白米和面条是送给我的吗？金大印说是送给你的。邢大娘竖起大拇指，说你真是一个好人，好人有好报，像你这样的好人，如果没结婚，会找到一位贤惠漂亮的爱人；如果结婚了，你会生养聪明健康的孩子。像你这样的人如果没有当官，那也是暂时的，将来会官运亨通，长命百岁。

从此以后，金大印把自己所有的星期天都奉献给邢大娘。他为邢大娘拆洗被褥、打煤球、擦窗户。邢大娘说大印呀，你擦那些窗户干吗？擦得再干净又不能当饭吃，你还是陪我说一说话吧。于是，金大印便成为邢大娘的忠实听众。邢大娘的话题无边无际，她的童年、她的丈夫、她的儿女都是信手拈来的题材。有一次她对金大印说你像我的儿子，我也不该隐瞒你了，曾经，我背叛过我的丈夫。金大印终于碰上了一点儿有趣的话题，便接过话头问邢大娘是如何背叛丈夫的？邢大娘说也就那么一次。金大印说一次就够了。邢大娘说其实也没什么，像一场梦，那还是1949年以前的事，如果是在新社会，我就不会那样做。金大印说你到底做了些什么？邢大娘说那一年发生饥荒，有一天晚上我路过冯记烧饼店。烧饼冯正在关门，马路上的行人稀少。烧饼冯看见我朝他的店铺张望，就用手举起一个大大的烧饼。我的肚子里一阵怪叫，口水忍不住从嘴角流了出来。我看着烧饼冯手里的那个大大的烧饼，咽了几泡口水，两只脚就走进了他的店铺。他先是用手动我，然后又用嘴巴咬我。这些我都没在意，眼睛只盯着柜台上的那些烧饼。他说只要你同意，我会给你五个烧饼。都饿到那种地步了，我还有什么不同意的。好在烧饼冯没有纠缠得太久，一下子就把事情干完了。完事后，他还没洗手就从柜台上抓起五个烧饼递给我，叫我快走。我接过那些烧饼，拼命地往嘴巴塞。回到家里，我的手上只剩下了一个烧饼，我把它分成三瓣，一瓣给我的丈夫，一瓣给我的儿子，一瓣给我的女儿。幸好我没有把五个烧饼全都拿到家，要不然我就会遭到丈夫的怀疑。

后来呢？金大印问。邢大娘说没有后来了，我就那么一次。那么一次我都后悔得不得了，怎么会有后来呢？你看，我说得脸都发红了。金大印真的看见一层淡淡的红润从邢大娘脸上的褶襞里轻轻地浮起来。

邢大娘说大印，你把我家的窗户、地板和桌椅全都擦了一遍，但你还没帮我擦过身子。金大印犹豫了一下，想邢大娘真会得寸进尺，自己可以洗澡为什么要我擦身子？金大印产生了拒绝的念头，但看着邢大娘张开而没有合拢的嘴，他又不得不答应邢大娘的请求。

邢大娘像一条干鱼躺在床上，准确地说她更像一条倒空的布袋。金大印用毛巾给她擦脖子，她竟然笑了起来，说我年轻的时候，可丰满啦。金大印想象不出邢大娘当年丰满的景象，脑海里塞满了马艳的面孔，渴望从邢大娘身边尽快地逃离。他想马艳的第二个信封会是些什么内容？擦完身子，邢大娘说大印，你把马桶拿出去倒了。金大印又提着邢大娘的马桶，往公厕方向走，古怪的气味从马桶里往上飞扬。金大印想倒完马桶我就打开第二个信封，我不可能吊死在一棵树上，成天围着马桶转。

金大印从邢大娘的那间窄屋里走出来，外面阳光灿烂，马路上车闹人喧。邢大娘还在屋子里呼叫金大印，她说大印，你这就走啦。大印，我的皮鞋你还没有擦……

马艳的第二个信封被金大印打开了。金大印看见纸条上写着：救人一命。

救人一命，救谁的命？金大印首先想到医院里那些垂危的病人。那些病人患的都是癌症，医师尚且救不了他们，何况我金大印。马路上也不可能，况且你根本无法预测什么时候，马路上会出现一位冒失的行人或冒失的司机。那么，只有邕江边了，说不定有什么人会掉进江里。

金大印养成了在邕江边散步的习惯，他脚踏江岸心系江心，常常呆呆地望着江水。但是江水里静悄悄的，一些垂钓的人和往来的船只构成和平的图案。河滩边赤条条的洗澡的孩童，从来也不喊一声救命，他们的水性好极了。有时，金大印恨不得自己掉进江里。他想如果当年也有一位想做英雄的人守候在江边，那么邢大娘的女儿就不会遭遇不幸。可惜呀可惜，金大印不禁悲叹自己生不逢时。

一天，他正在值班，救护车送来一位溺水的儿童。儿童大约有十二三岁，赤条条躺在救护车上，他的母亲哭倒在车边，再也站不起来。医生们对儿童进行急救，在一些机械的作用下，儿童僵硬的身体抽动着，但心脏始终没有跳动，脸色也一点一点地变黑。金大印像死了儿子一样，不停地用巴掌扇自己的脸。别人问他干吗扇自己？他面色严肃目光呆板，嘴唇紧紧地咬住。回到家里，他像一截木头坐在沙发上。何碧雪问他发生了什么事？他不回答。何碧雪叫他吃饭。他也不吃。何碧雪就自个儿坐在桌边，嚼饭声吧嗒吧嗒像拍巴掌那么响亮。何碧雪吃完饭，金大印还一动不动地坐在沙发上。何碧雪感到事情不妙，便用匙子撬开他的嘴巴，往里面灌了一勺汤。随着汤的进入，金大印的嘴巴开始磨动，身子慢慢活跃。他说那孩子，他不该死，如果我在江边的话。

走过来走过去的金大印，看见邕江两岸的树木和草丛由青变黄，江水一天又一天地消瘦，冬天到了。元旦节，市体委在江边举行一年一度的冬泳比赛。白发苍苍的老人和十几岁的孩童露出他们黄灿灿的身体，一个接着一个跃入冷水中。邕江像一口铁锅，浮在水面的脑袋像铁锅里滚动的汤圆。随着一声哨响，他们一齐朝对岸滚去。两岸成堆的人群朝着河中呐喊。按照以往的经验，金大印估计这样的活动会发生一些事故。他站在人群拥挤的江岸，做了一套入水前的准备动作。

两个小时的活动，邕江两岸平安无事。比赛结束，围观者像水流流向大街小巷。金大印沿着江滨路往回走，来到一家小卖部前，发觉香烟没了，便站在柜台前买烟。他一边伸手从裤兜里掏钱，一边看着马路的对面。他看见一个人站在邕江饭店的三层高楼上，正用沥青修补楼顶。金大印看他的时候，他也在看金大印。那个人的眼睛就像是架设在楼顶上的摄像机，镜头对准了下面的一幕。

他看见一位大约六岁的小男孩，正朝着一辆疾驶而来的面包车奔去，车头即将撞到小孩身上。金大印扔下香烟，大叫一声扑向马路，双手推开孩子，车头撞到他的臀部。他像一包水泥飞离地面，然后重重地跌落到马路旁。柜台后面那位中年妇女几乎和金大印同时扑向马路，她从地上抱起孩子，把孩子从头到脚摸了一遍，发现小孩没有受伤，便对着远去的面包车谩骂。骂过之后，她开始拍打孩子身上的泥土，一下两下三下，她拍了十几巴掌，才把小孩身上的泥土拍净。这时，她直起腰，对着躺在马路旁的金大印喊，喂，你怎么还不站起来？你受伤了吗？她走到金大印的身边，推了一下他的肩膀。金大印说腿，我的腿好像不行了。她扶起他，他试着走了两步，他们的身子都不停地摇晃着。他说我不能再走了。她拦住一辆出租车，把他塞进车里，然后从裤兜抓出一把钞票丢了进去。车子往前滑动，那些钞票被一只手撒出车窗，像秋天的落叶在风中飞舞。

金大印住进省医院外四科，也叫骨科。他的骨头被车撞断。医生们在他的髋骨钉上钉子。他整天躺在病床上，看着白色的天花板，聆听骨头拔节的声音。可是，在这个时代，谁还会为骨头的拔节而激动？

对于金大印来说，医生们的每天查病都是例行公事，他们穿着白大褂，戴着盖住半边脸的口罩来到病床前。他们不问金大印为什么被车撞伤？在什么地方被撞？什么时候什么原因造成了这起事故？还有金大印救人的动机是什么？在即将撞车的一刹那，金大印的脑子里想没有想到什么格言或重要的语录？没有人详细地寻问金大印，在医生们的眼里，金大印仅仅是一位急需生长骨头的人，他们根本不知道金大印是为了救一个孩子而受伤。只有买菜煮饭倒屎倒尿的何碧雪每天都在反复地问他，你当时是怎么想的？您想没想到我会因为请假照顾你而被扣掉奖金？

等到领工资的日子，何碧雪到医院财务处替金大印领工资，发觉属于金大印的那个信封比往时的瘪了许多。一打听，才知道金大印住院期间，每个月的奖金也被扣掉了。何碧雪把信封拍到桌子上，说你们怎么能够扣他的奖金？他是为了救人才受伤的。张会计说你说什么？救人？你说金大印救人了。

哈哈，你们都听到了吧？何碧雪说金大印是为了救人才受伤的，我们为什么不知道？院领导为什么不知道？财务处的七八个会计出纳都用怪异的目光打量何碧雪，嘴里漏出零星的笑声。从他们嘴里飞出的唾沫，像雨点一样落到何碧雪的脸上。何碧雪说我去找你们的领导，我现在就去。她抓起桌上的信封，跑出财务处。

何碧雪开始往楼上跑，三步并作两步一副心急火燎的模样。当她跑进三楼江副院长的办公室时，她在楼梯上憋着的那口气像决堤的水从嘴里喷出来。她已经累得说不出话了。江副院长轻轻地拍着她的肩膀，说别着急别着急。何碧雪终于缓过气来，说你们为什么扣金大印的奖金？他是为了救人才受伤的。江副院长满脸惊讶，说救人？我怎么没听说。何碧雪说你们没有谁问他，他躺在病床上等你们去问他，可你们一个也没去。江副院长说他救了谁？何碧雪说他救了一个小孩。江副院长说叫什么名字？在什么地方？何碧雪说在江滨路，一辆面包车快要撞到小孩身上了，他把小孩推开，自己却受了伤，但是我不知道小孩叫什么名字？也许他也不知道。他受伤之后，是一辆出租车把他送到医院的。江副院长把他手中的钢笔丢到办公桌上，发出一声怪笑，说这就难办了，连小孩的名字他都不知道，谁能证明他是救人英雄？英雄和狗熊差不了多少，关键要看准时机，看谁的运气好。

何碧雪的脸一阵白一阵黑又一阵红，她的胸口明显地起伏着，外衣上的扣子似乎要绷落了。她说你这是天大的侮辱，你不配做领导。江副院长说我不配你配？有本事你来做。何碧雪用棉纺厂女工粗壮的手臂揪住江副院长的衣领，把江副院长揪出办公室，揪下楼梯，一直揪到金大印的病床前。在他们的身后，跟随了一大群医生、护士和病人。

江副院长整了整被何碧雪揪乱的衣领，问金大印你救人了？金大印把元旦节那天救人的事重述了一遍。但是他说不出小孩的名字以及面包车牌号，那辆撞伤他的面包车当时就逃走了。江副院长说除非你说出小孩的名字，或车牌号，否则你就不能当英雄，你的医药费也不能报销。金大印说这是你的决定还是医院的决定？江副院长说我的决定也是医院的决定。金大印试图从病床上坐起来，但疼痛迫使他抬起的上半身又跌回到床上。他说江峰，你是共产党员，你得摸摸你的良心。我拥护共产党热爱新中国，可是我恨你这种混进党内的坏人，让你这样的人当领导，共产党真是瞎了眼。

江峰仰天长笑，根本不把金大印放在眼里，他只管大笑着走出病房，对所有的围观者说这样的人怎么会救人？首先他就没有救人的思想境界。围观者的笑声附和着江峰的笑声，他们像合唱团，为了唱一支歌走到一起来了。

　　金大印用拳头徒劳地擂着床板，然后用后脑勺撞击墙壁。他的脑袋像皮球一样，在墙壁上弹跳着。何碧雪想这是自作自受，所以没有挡他。但金大印的脑袋撞击墙壁的声音逐渐响亮，病房的玻璃窗也随之抖动起来。何碧雪说老金，你要干什么？金大印说想死。何碧雪说你是想让我再做一次寡妇吗？何碧雪在金大印的脑袋和墙壁之间塞了一个枕头，金大印的脑袋被枕头包住了。金大印说他们都不相信我，他们都认为我在说谎，何嫂，你相信我吗？何碧雪说撒谎又换不了钞票，你撒谎干什么？我相信你。金大印抱住那个枕头，不时地用它来擦眼泪。

　　金大印抹掉最后一滴眼泪，心情由悲伤变为愤怒，他开始后悔当初听了马艳的话。如果没有马艳，我的屁股仍然是我的屁股，我的髋骨还是我的髋骨。金大印愈想愈气愤，对何碧雪说我想见马艳。

　　何碧雪按照金大印提供的号码，给马艳挂了个电话。马艳说你好！我是马艳。何碧雪说我是何碧雪，是金大印的妻子。马艳说哪个金大印？我不认识金大印。何碧雪说你怎么不认识？你给了他三个信封，他只拆了两个就差一点儿被车撞死了。马艳说曾经有好几个人从我这里拿走信封，他们像拿什么宝贝一样，拿走之后再没跟我联系，也许他们根本没按我的信封去做。何碧雪说可是，金大印却把你的信封当做最高指令。马艳说我实在想不起什么金大印了，不过我想见见你说的这个人。

　　马艳来到金大印的病房。当她看到金大印的时候，突然笑了起来，说想起来了，想起来了，你就是那个专门抓小偷的金大印。金大印把他如何照顾邢大娘，如何在邕江边寻找机会救人，又如何从车轮底下推出孩子的事详细地说了一遍，最后不无遗憾地说，我这一躺不知要躺多久，你的第三个信封我再也不敢打开了。马艳说你已经成为英雄，第三个信封就不用打开啦。金大印说我很想知道第三个信封里写了些什么。他一边说着，一边把手伸进他的上衣口袋，从里面掏出那个毛边的牛皮信封递给马艳。马艳撕开信封，在纸条上匆匆地瞥一眼，然后把纸条递给金大印。金大印拿着纸条的手不停地抖动。金大印说我的手抖动并不是因为害怕，而是因为激动。马艳抓过纸条撕碎，说好在你已受伤，不用去做这件事了。金大印和马艳看着那些撕碎的纸片,都从嘴里吐出了笑声。马艳说老金,你为什么那么喜欢抓小偷?金大印说非得说不可吗?马艳说非说不可。金大印说我痛恨小偷是因为他们不用劳动也有钱花,他们不用讨老婆也有女人睡觉。他们工资基本不用,老婆基本不动,烟酒有人送,所以我特别恨他们。马艳用手捂住嘴巴吃吃吃地笑,手指缝溢出了口水。马艳说那么,你为什么要救那个小孩?金大印说不是你叫我救的吗?你在纸条上写了救人一命。马艳说我是说当你准备救他的时候,你的脑子里想没想到什么?金大印说想到了,我当时想到了你。马艳用手拍了一下金大印,说讨厌,我不是这个意思,我的意思是你有没有想到其他,比如语录、格言或什么的?金大印说那时我嘴里不停地说着一句话。马艳把头往前一凑,长发全部滑到床单上。马艳说什么话?金大印说救人一命,胜造七级浮屠。马艳说不行,你这样回答绝对不行。当时,你有没有这种想法?如果不救这个孩子,你会感到一辈子不安。金大印拍拍脑袋,像是要把当时的想法拍出来。他说有,这种想法不仅当时有,现在也还有。马艳说这还差不多。

离开金大印之后,马艳对关于金大印的这篇文章已胸有成竹。现在她正骑着自行车朝江滨路方向前进。按照金大印的描述,她找到了2路车站牌,然后再往前走二十米。锁上自行车,她直起腰,挎包拍了一下她的膝盖。她看见邕江宾馆的一幢三层楼房的顶端,有一个人正在用沥青细心地修补楼顶。那个人像一只蹲在楼顶的猫,慢条斯理地从事他的工作。金大印告诉过马艳,当你看到邕江宾馆的楼房之后,你的脸必须向右转90°,然后你就会看见一排整齐的小卖部,其中有一间小卖部门前摆了一个香烟柜,香烟柜上的一块玻璃已经破裂,裂缝处贴了一条胶布。目光越过烟柜,马艳看见一位中年妇女站在柜台后面,懒散地望着自己。马艳跟她打了一声招呼。

那位中年妇女说我的小孩从来不到商店来玩,他现在身体健康万事如意,也没遇到什么危险。你是说车祸什么的,没有,绝对没有,更没有什么人救过他。如果真有什么人救过他,我怎么会不承认?我不仅承认,还要感谢救命恩人。但我的小孩他确实没有遇到过什么危险。你是说元旦节那天,元旦节那天我连商店的门都关了,我和小孩到西郊公园玩了整整一天。至于这里发生了什么事,我就不知道了。你要我好好想一想,你是什么人?为什么要我好好想一想?你看见我没有好好地想一想吗?我想过了,告诉你我想来想去想得头都裂开了,但还是想不出你葫芦里卖的什么药?

马艳从小卖部走出来,抬头看了看马路的对面,那个补楼顶的人还在补着楼顶。冬天的太阳暖烘烘地照在他身上,也照在马艳的身上。马艳一偏腿儿,骑着自行车往回走。她听到跑步声和喘气声像车轮从后面追过来,一个奔跑的身影越过她的自行车,拦在她前面。拦住她的人胸口大幅度起伏,额头上冒出一层细汗,双手沾满沥青。他说元旦节那天,是有一个人救过小卖部女人的孩子,我全都看见了。马艳说你是谁?他说补楼顶的,我那时正好在对面补楼顶。马艳说你怎么补了那么久的楼顶?他用沾满沥青的手抓抓头发,说因为没有补好,现在我被他们叫来返工。马艳说为什么她不承认?他说她是怕你跟她要医药费。马艳说不会的,你告诉她医药费全是公家报销,我们不会跟她要一分医药费。

马艳抱着一沓当日出版的报纸来到医院,对着从她身边走过的医生、护士和病人喊道:快来看快来看,今天刚出的报纸,请看金大印如何舍己救人,又如何与小偷做斗争……许多人从她的怀抱里抢过报纸,报纸像雨伞在她的身边哗啦哗啦地撑开。走到金大印的病房时,马艳的手里仅剩下一张报纸了。金大印看到自己的名字像钉子一颗一颗地钉在报纸上,竟神奇地坐了起来。他的目光在报纸上匆匆地走了一遍,嘴巴笑得差不多咧到颈脖。他从马艳的文章里抬起头,说马记者,这上面写的是我吗?马艳说怎么不是你?金大印说好像是又好像不是。

每天晚上,马艳都抽出一个小时训练金大印说普通话。她觉得金大印的普通话方言太重,n 和 l 不分,z 和 zh 混淆,说起话来支支吾吾,根本不像一个舍己救人的英雄。金大印并没有认识到学好普通话的重要意义,他只觉得马艳坐在他床边的这一个小时特别愉快。为了这一个小时,他必须先把屎尿排泄干净,以保证不出现难堪。何碧雪在倒完屎尿之后,总是悄悄地溜开。金大印轻装上阵,用特别轻松特别愉快的心情等候马艳光临。

在练习普通话的时候,马艳一般选择格言警句来进行训练。她说这样可以一举两得,既可以说好普通话又可以记住格言警句,把这两种东西学好了,对群众或记者的提问就会对答如流。现摘录马艳用来训练金大印的格言警句如下:

人固有一死,或重于泰山或轻于鸿毛。一个人做点好事并不难,难的是一辈子做好事。近朱者赤,近墨者黑。跟好人得好教,跟坏人成强盗。世上无难事,只要肯登攀。世上原本没有路,只是走的人多了才有路。

书籍是人类的阶梯。先天下之忧而忧，后天下之乐而乐。毫不利己，专门利人。为人民服务。宁停三分，不抢一秒。人为财死，鸟为食亡。自古雄才多磨难，从来纨绔少伟男。在家靠父母，出门靠朋友。明知山有虎，偏向虎山行。世上的人不能全善，也不能全恶。世上的国不能全强，也不能全弱。

在这些格言警句的包围中，马艳不时冒出一两句笑话，同时也在为金大印的发型而煞费苦心。金大印在床上躺了两个多月，他的头发现在已盖住了耳朵。一天晚上，马艳拿着理发剪来到病房，为金大印理发。理发之前，马艳详细地翻阅了一百多位中外名人的头像，试图从中找出一种理想的发型，放到金大印的头上。但挑来选去，马艳均不满意。最后她痛下决心，决定为金大印理一个光头。金大印的头发一片一片地飘落，马艳的手上沾满头发。马艳像捏皮球一样捏住金大印的脑袋，金大印感到六神无主，尿一阵急过一阵。一个小时很快过去了，但马艳还没有把金大印的头整理清楚。金大印觉得自己的尿泡快胀破了。马艳推一下理发剪，金大印就哐地叫一声。马艳说你怎么了？是不是剪到了你的耳朵？金大印说不是，是我的牙痛。牙疼不是病，疼起来真要命。马艳又推了一下理发剪，金大印又叫了一声。马艳说还疼？金大印说你能不能快点儿？马艳说这已经够快了，你要干什么？金大印说有时候，英雄也会被一泡尿憋死。

马艳放下理发剪，在她的手上和衣服上拍打了一阵，然后往金大印的被窝里塞进一个尿壶。被窝之下，传出泉水下山时的悦耳之音。马艳说你还挺幽默的，对啦，你一定要学会幽默，这样你才更有魅力。金大印说怎样幽默？马艳说比如有人问你，为什么现在还没有孩子？你就回答我都不着急，你着什么急？这就是幽默。金大印把尿壶从被窝里递出来，说这个我懂，假如别人问我，为什么要救这个孩子？我就说不入虎巢，焉得虎子？舍不得孩子打不到狼。这是不是幽默？马艳手提尿壶，捂着鼻子快速冲出病房。等倒完尿回到床前，她才说这不是幽默，这叫文不对题。金大印用他宽大的巴掌摩挲他光亮的头皮，说那我就不幽默了。马艳拿起理发剪，在金大印脑袋的边境上移动，她像一位剿匪司令认真搜索那些残留的头发。

金大印被一阵刺耳的声音惊醒，他的眼皮被声音强行掰开，蒙眬的天色中，嘈杂的声音像许多蚊虫勇敢地撞击窗玻璃板。经验告诉他，这声音来自于住院部楼底，但他不知道是什么机器制造了这么刺耳的声音？像是电锯正锯着坚硬的木头，又像是机器在打磨地板，总之这种声音很霸道，它强行钻入金大印的每一个毛孔。

　　同室的病友郑峰也被声音吵醒，他的腰部让医生割了一刀，现在还无法直立行走。金大印说小郑，你猜一猜这是什么声音？郑峰说好像是电钻机钻墙壁的声音。金大印说不像，好像是锯木头的声音，这种木头非常坚硬。郑峰说不可能，绝对不可能。金大印说那是什么声音？郑峰说不知道，但我可以把它想象成风声雨声读书声歌声哭声或领导作报告的声音，鉴于我们都不能起床这一实际情况，我们可以说它是什么声音就是什么声音，不是也是。金大印说我们可以问一问护士。郑峰说我们俩赌一赌，如果是钻墙壁的声音，你就请我喝一餐；如果是锯木头的声音，我请你喝。金大印说赌就赌，但现在最好把喝什么酒定下来。郑峰说那当然是喝最好的酒，茅台怎么样？金大印举起右手说我同意。他们两人的嘴巴同时发出啧啧声，仿佛真的喝上了茅台。金大印说我补充一点，这一餐酒喝过之后，不许开发票不许用公款报销，必须掏自己的腰包。我知道你是领导，有公款请客的权力。郑峰伸出他的右手，金大印伸出他的左手，他们像小孩一样拉钩上吊一百年不变。

　　他们正准备叫护士的时候，病房的门打开了。护士冉寒秋怀抱一簇鲜花走进来，说老金，又有女人给你送花了。金大印说漂不漂亮？冉寒秋说漂亮。金大印说为什么不叫她进来？冉寒秋说她不愿进来，只隔着门玻璃看了你一眼，就把鲜花交给我了。她说她长这么大从来没亲眼看见过英雄，现在她看见了，看见你和郑局长拉钩。她没有留下姓名、地址和电话。

　　门被一股强大的力量再次撞开，金大印看见电视台的记者扛着摄像机朝他慢慢走过来，记者双腿弯曲像是天生的瘸子，又像是承受不了摄像机的重量。他把镜头保持和病床一样的高度，寸步寸步地往前移动，直到镜头碰到了金大印的鼻子，才站立起来。金大印发觉他身材十分高大，原先弯曲的部分突然绷直。他身后紧跟着一男一女两位记者，女的很面熟，好像是电视台的播音员。他们向金大印提出了十六个问题，金大印咬紧牙关一个字也没吐出来。他们说老金，你知不知道，过分地谦虚就是骄傲。金大印说知道知道，但是你们提的这些问题起码有几十个人向我提问过，我已经没有说这些话的力气了，要想了解详细情况，你们可以去问马艳，她比我更清楚我的事迹。你们也可以问老郑，他跟我同住了这么长的时间，我的事情他基本上能够一字不漏地背诵。

记者们把镜头对准老郑。老郑对着镜头讲述金大印的感人事迹，并且伴以适当得体的手势。大约讲了半个小时，镜头再次调转过来对准金大印。扛着摄像机的记者说老金，现在我准备拍你几个镜头，请你配合一下。金大印做出一副准备配合的表情。记者说笑。金大印咧开嘴角露出两排不白不黄的牙齿，脸上的肌肉像河面上的冰块迅速裂开。金大印想：要想笑，嘴角弯弯往上翘。记者说思考。金大印的面部肌肉立即绷紧，上翘的嘴角拉下来，两道眉毛收紧。金大印想：要思考，有诀窍，两道眉毛中间靠。记者说开口说话。金大印说说什么呢？记者说随便，可以说说天气，也可以跟老郑聊天，只要做出说话的样子就行，我们会按照英雄的标准给你配音。金大印说老郑，楼下的声音是什么时候停的？郑峰说我也不知道。金大印的嘴巴按照记者的要求，不停地开合着，只为开合而开合，没有主题没有声音，像一部古老的发不出声音的电影。

第三天晚上，由马艳撰文、题为《被救的孩子你在哪里》的纪录片在省电视台播出。当时，马艳来到江滨路那家小卖部的柜台外面，她已经知道被救的孩子叫苏永，苏永的妈妈也就是那位中年妇女叫王舒华。马艳跟王舒华打过几次交道之后，彼此已经熟悉。马艳隔着柜台叫王舒华。王舒华像被针尖锥了一下，身子明显地抖动起来。她的儿子苏永此刻正蹲在柜台里的一个角落，把一辆玩具汽车推来推去。听到马艳的叫声，他好奇地抬起头。马艳说快，打开电视机。王舒华把摆在柜台一角的沾满灰尘的14寸黑白电视机打开，她看见荧屏上闪出九个大字：被救的孩子你在哪里？在字的背后，一张面孔渐渐清晰放大。字迹消失。一束鲜花填满画面。镜头推远，一个人躺在病床上。这个人的头部、胸部、臀部。画外音响起：这个名叫金大印的舍己救人的英雄，已经在省医院住院部骨科的病床上躺了两个多月，但至今我们还无法找到被他从车轮底下推出的孩子。被救的孩子你在哪里？看到这里，苏永突然指着荧屏说叔叔，那天把我从马路上拉出来的叔叔。

镜头一摇，摇到火车站、汽车站，摇到孤寡老人邢大娘家。画外音把金大印抓小偷、照顾邢大娘的事迹声情并茂地说了一遍。最后，镜头定格在江滨路，江滨路上车来车往。有人在门口叫买烟。王舒华走到烟柜边打开烟柜。卖完烟，王舒华回过头想仔细地看一看电视，但又有人叫买一斤酱油。王舒华只好又去打酱油。在播放这个专题片的十五分钟里，王舒华不是打酱油就是卖洗衣粉，始终未能安静下来看电视。但苏永和马艳却一动不动地站着，把这个片子看完。当画外音再次响起"被救的孩子你在哪里"的时候，马艳听到一连串的抽泣声。苏永稚嫩的肩膀一抖一抖的，他对着电视说金叔叔，我在这里。马艳的泪水也禁不住流了出来，被自己的解说词感动，也被苏永感动。

　　王舒华说你明明知道被救的孩子在这里，为什么还要在电视上找孩子？马艳说因为你没有承认你的孩子被救。王舒华说现在我承认了，你要我怎样？马艳说你带着孩子到医院去看一看他，他不会要你出医药费。

　　第二天早晨，马艳和电视台的记者在金大印的病房里架好摄像机，等候王舒华的到来。王舒华一手提着塑料包一手牵着苏永闯入预设的镜头。摄影记者吕成品说拉住老金的手。王舒华丢下塑料包，双手拉住金大印的手。吕成品说快，叫叔叔。苏永扑到床边，大声地叫了几声叔叔，叔叔声此起彼伏。吕成品说哭。叔叔声落地，哭声飘起来。苏永和王舒华拉开塑料包，香烟、酱油瓶、洗衣粉、牙刷、牙膏和香皂滚到地板上。王舒华说我没有更好的东西，不知道这些东西老金需不需要？金大印说需要需要，这都是些好东西呢。王舒华把散落的东西重新装好，放到金大印的床头。吕成品关掉摄像机，说了一声好。王舒华被好字吓了一跳。

　　在相当长一段时间里，报纸、电视台和电台，用相当大的篇幅连续报道金大印的事迹，他的名字排在报纸上，有拇指那么粗大，他的脸有电视机屏幕那么宽敞。他被人们扶上轮椅，在本市的各个单位巡回演讲，马艳成为他的特别顾问。

　　在金大印忙碌的日子里，何碧雪相对有了一点儿自己的时间。她拿着登载金大印照片和金大印事迹的报纸，回到阔别已久的家。她把报纸一张接一张地贴到墙壁上，要我和姐姐牛红梅细心地阅读，还要求我们抽空去看一看金大印。她说排除英雄不说，他毕竟是你们的爸爸。别人都去看他了，自己的孩子却不去，这太说不过去了。牛红梅说我没有时间。我说我们的爸爸叫牛正国，不叫金大印。何碧雪说你们那个爸爸呀，他已经死了。他算什么爸爸，说话不敢高声，名字出不了兴宁小学，那也配做爸爸。何碧雪的脸上洋溢着鄙视的表情。你看人家老金，多英雄多光彩，何碧雪朝着墙壁上的报纸指指点点。我说我姓牛，又不姓金。他英雄又怎样？他光彩又怎样？我们可以向他学习，但绝不叫他爸爸。英雄就可以随便做我的爸爸吗？

何碧雪的脸被我说得一阵青一阵紫，赤橙黄绿青蓝紫，她愤怒地走了。她刚迈出家门，我就开始撕那些报纸。她身后响起水流般的哗哗声，但是她没有回头制止我的行动，她的涵养很好。

在作了七七四十九场报告之后，金大印复归平静。鲜花和掌声潮水般退去，只留下金大印独自看着岸边的泡沫。他已从病房转移到家里，每天靠翻阅报纸打发时光，楼道里的每一阵脚步声，都能勾起他最美好的回忆和遐想。但随着脚步声的升高或下降，他感到胸口里被人挖走了一块肉。他渴望有人敲门。

何碧雪上班之前为他准备一根绳子，绳子的一头系住门锁，另一头系在金大印的手腕子上。如果有人敲门，金大印不用起床，只要轻轻一拉绳子，门就可以打开。金大印小心地捏着绳子，一次一次睡去又一次一次地醒来。一天上午，他终于听到了敲门声。听到敲门声的时候，他没有急着拉开门，而是张着耳朵细心地聆听。一声、两声、三声，他的耳朵和心里都听舒服了，才拉开门。江峰副院长从门外走进来，一直走到他的床边。江峰说我代表院领导来看你，你有什么要求，比如住房、奖金等什么要求可以向我提出来。金大印说我不会向领导提任何要求，不会给你们为难，我现在很知足。如果你们硬要我提点儿要求的话，那就让我作一场报告，好久没讲话了，我的喉咙一阵阵发痒。江峰说你该讲的地方都去讲过了。金大印说我们遗漏了一个地方。江峰说什么地方？金大印说少管所，我想去少管所作一场报告，救救那些孩子。江峰说这个问题很好解决，你就这么一点儿要求？金大印说就这么一点儿要求。

金大印被人从救护车上抬下来，坐到轮椅上。马艳推着他进入少管所的操场，操场上是一片黑压压的人头，哗啦哗啦的掌声像豆芽菜从人头上冒出来。金大印坐在轮椅上不停地挥手，似乎要把掌声压下去，但掌声一浪高过一浪，足足响了一百零九秒。

摆在金大印前面的桌子的四个脚都被锯掉了半截，这样桌子的高度正好适合金大印，他把头摆在桌面，清了清嗓子，开始对少年犯们讲话。他说孩子们。他刚说完孩子们，操场上又响起了铺天盖地的掌声，孩子们的手掌拍红拍痛了。掌声落定，金大印气沉丹田准备再喊一声孩子们，突然从黑压压的人头中站起一个人。整个操场是坐着的人头，而只有他一人鹤立鸡群，振臂高呼打倒金大印！

人头纷纷扭向那个站着的人，操场上一片嘈杂。金大印看清楚喊打倒他的人是牛青松，他比过去瘦削，声音洪亮，响彻操场。两个管教干部冲进人群，一个架住一只牛青松的手臂。牛青松的头低了下去，屁股翘了起来。管教干部像推手推车一样把牛青松推出操场。牛青松尽管低着头，仍然一路喊打倒金大印。他的喊声随着他的脚步走远，操场上搅起的波纹渐趋平静。金大印再次整理嗓子，对着黑压压的人群说孩子们，你们还年轻，你们像早晨八九点钟的太阳，希望寄托在你们身上。你们不要学刚才那位骂我的人，他算什么东西，竟敢骂我？金大印用他宽大的巴掌拍打桌子，桌子抖了一下。金大印突然从轮椅上站起来。他竟然站起来了！愤怒是骨折的良药。金大印在愤怒的瞬间挺立，他面前的桌子立即矮了下去。在他的眼里，矮下去的还有篮球架、楼房、树木和那些维持会场秩序的管教干部。在长达两个小时的报告会上，金大印一会儿站，一会儿坐，一会儿拍打桌子。

何碧雪推着自行车往车棚走，江峰迎面走来。何碧雪曾揪过江峰的衣领，所以想躲开江峰，掉过车头往另一个车棚走去。江峰不紧不慢地跟着她，始终保持十米左右的距离。何碧雪在车棚里锁好自行车，看见江峰像一只警犬站在十米之外盯着她。何碧雪整理一下头发，从坐包下掏出抹布擦车，她想等我把自行车擦干净，他也就离开了。自行车前轮的车盖被何碧雪擦得锃亮，她的表情映照在车盖上。何碧雪反复地擦着车盖，突然看见车盖上多了一个人头，江峰已站在她的身后。江峰拍了一下何碧雪的肩膀，说干吗躲着我？你尽管揪过我的衣领，但我是领导，领导肚内能撑船，我不计较。江峰说话的时候，他拍打何碧雪的手掌仍然拍在何碧雪的肩上。何碧雪感到他的手很沉重，重得快把她压垮了，她用了两只手的力气才搬掉肩上的那座大山。江峰收回自己的巴掌，说金大印犯错误了。何碧雪说金大印现在还在少管所作报告，他怎么犯错误了？江峰说他回来的时候，你叫他找我。江峰说完，背着两只手离开车棚。何碧雪觉得江峰走路的姿态很有领导风度。

金大印回到家里，全身洋溢着演讲后的激情，仿佛少管所里的掌声还藏在衣裳的某个角落，随时都会蹦出来再响几次。当何碧雪告诉他你犯了错误的时候，他几乎没有做出任何反应。何碧雪不得不重复一遍江峰说过的话。金大印说我犯错误？我犯什么错误？江副院长真幽默。何碧雪说不是幽默，他很认真也很严肃,他要你回来后立即去找他。金大印躺在床上,把自己这一辈子所做过的事认真地想了一遍,还是没有发现自己犯过什么错误。他想人一般都不善于发现自己的缺点,于是叫何碧雪一起跟他想一想,到底犯了什么错误?何碧雪说你是不是乱搞两性关系?金大印说没有。何碧雪说那么你是不是嫖过或赌过?金大印说这怎么可能?我差不多四十岁了,才跟你结婚,这之前,没有任何一个女人正眼看过我。你也知道,我们刚结婚的时候,我一点儿经验也没有,是你手把手地教我,我才知道那些事情。我怎么会嫖过呢?想来想去我唯一做错一件事,那就是抓了冯奇才和牛红梅。何碧雪摇着头,说江峰不会关心这个问题。我也替你拼命地想过了,你不做官,不可能受贿,也不可能吃喝嫖赌全报销。你不想做官,不可能行贿。坐轿车你够不上级别,女人们也不会拉你下水。总之,你没有腐败条件,不会犯这方面的错误。金大印用手一拍脑门,说我想起来了,十年前,我曾在公厕里拾到一个信封,信封上沾满尿渍。当时我没有带纸进厕所,解手后我正无计可施,突然发现了那个信封。我用两个手指头拾起信封,发现里面有一张过期的布票和六块钱。那时我的思想觉悟还没有现在这么高,没有把钱交给单位,用它买了一床棉胎。那时我家很穷,冬天里除了一床薄薄的棉被外,床上只铺一张床单。天气特别冷的日子,我常常感冒、咳嗽。有了一床新棉胎之后,我的床铺暖和多了。我躺在暖和的棉胎里,再也没感冒、咳嗽。第三年,我又买了几斤新棉花,把新棉花混到旧棉胎里,请弹棉花的重新弹了一遍,两床棉胎成了三床棉胎。再过几年,我又添了几斤新棉花,三床棉胎变成了四床棉胎。不瞒你说,我现在床上垫着的棉胎,就有那六块钱的功劳。我没有上交那六块钱,这算不算是犯错误?何碧雪说谁还会去管你的陈年旧账,江峰说的错误肯定不是这个错误。金大印说如果不是这错误,我就没有什么错误了。一个没有犯错误的人,是不怕人家说犯错误的。

金大印决定不去找江峰,他认为自己思想过硬、作风正派、完美无瑕,和平时一样,他依然喝茶、看报纸和回忆过去的生活。晚上,何碧雪从另一张床合并到金大印的床上,她想过一过久违的夫妻生活。

我们有几个月没睡在一起了,何碧雪推了一下金大印的臂膀。金大印的两只手高高地举着一张报纸,嘴里嗯了一声,眼睛仍然落在报纸上。何碧雪说你还不想睡啊?金大印说睡那么早干吗?反正又睡不着。何碧雪关掉床头灯,漆黑像什么东西突然闯入卧室,撞得金大印眼睛发痛,手上的报纸发出稀里哗啦的声音。他说我要看报纸，你干吗关灯？何碧雪说明天我还要上早班。金大印说这和上早班有什么关系，你怕灯光刺你的眼睛可以睡到另一张床上。金大印打开床头灯，看见何碧雪从被窝里钻出来，一丝不挂，两个奶子晃荡着，像两只熟透的木爪。尽管她腹部略有松弛，但她的臀部的肌肉依然绷得很紧。金大印想真不愧是工人阶级的臀部，劳动使她的大腿保持青春的活力。

一丝不挂的何碧雪弯腰从藤椅上一件一件地捡她脱下的衣服，准备到另一间屋子里去睡觉。金大印像读文件一样在她的脊背上重读了一遍，她的脊梁沟和凹下去的腰部重重地敲打金大印的胸口，他突然想干一番惊天动地的伟业。他说回来，你要到什么地方去？何碧雪说不是你叫我走的吗？金大印说我们好久没睡到一起了，我差不多把那些事情全忘掉了，今晚，我想复习一下功课。何碧雪抱着衣裳回到被窝。金大印扔掉报纸，问何碧雪关不关灯？何碧雪说过去你不是一直喜欢开着灯吗？金大印说今晚不行，今后也不行，我不想让你看到一个英雄的隐私。何嫂，你看我的动作规不规范？这样做会不会有失体统？金大印叭地关掉电灯。何碧雪说夫妻之间有什么隐私？你爱怎么干就怎么干，法律允许我们这样，谁也不会干涉我们。金大印说我现在有点儿名声了，一举一动都得加倍小心，你看我的手放在这里可不可以？这样会压痛你吗？你承受得住吗？我可有七十公斤。你愉快吗？你幸福吗？奉献是我的人生准则。何碧雪说你为什么不咬我的脖子，你快咬我的脖子呀。金大印说从今晚起，我准备把那些多余的动作全部省略掉，那样做极不严肃，婚姻法又没规定一定要咬你的脖子。何碧雪扑哧一声笑了起来。金大印说你笑什么？这有什么好笑的？你怎么把你的口水喷到我的脸上？这样很不卫生也不礼貌。

复习完功课，金大印突然问何碧雪我犯了什么错误？何碧雪已经沉沉地睡去，没有听到金大印的发问。金大印想我到底犯了什么错误？江峰为什么说我犯了错误？这些错综复杂的声音，像一辆又一辆汽车在他脑袋里奔驰，鸣叫，排放废气，制造工业污染。他平生第一次失眠。失眠是什么？失眠是睡不着。睡不着的时候，尿特别多。睡不着尿也多，寻思人生真蹉跎。他从床上轻轻地爬起来，把刚才何碧雪丢在地板上的卫生纸捡到手里，丢到卫生间，对着卫生纸撒尿。一想到江峰的话，他就觉得全身无力，连尿也没了平时的傲气。

一夜没有睡好的金大印，第二天早上早早地赶到江峰的办公室。江峰看着金大印挂着三脚架，一摇一晃地走进来，说你终于来了，我等了你一个晚上。金大印说我一夜没有睡好，不知道犯了什么错误？江峰点燃一支香烟，问金大印抽不抽？金大印说我不抽烟不喝酒。江峰说以前你好像既抽烟又喝酒的。金大印说现在不了。江峰把香烟叼在嘴里，吐出一团浓浓的烟雾，说你现在成名了，一举一动都受人关注，言行和举止都应该特别谨慎。金大印说我已经很注意很谨慎了。江峰说可是昨天你在少管所就不够谨慎，你还在作报告，就有人打电话向我汇报了你的情况。你说孩子们，你们好像早晨八九点钟的太阳，希望寄托在你们身上。你怎么能够对犯了罪的孩子们这样说话？他们都是罪人，中国的希望怎么能够寄托在他们身上？金大印说可他们还是孩子，我只是想鼓励鼓励他们，是谁告诉你的？江峰说不管是谁告诉我的，你不要问。你是不是想打击报复？你看你看，你这就不对了。你是一个英雄，不应该有打击报复别人的想法。我已经跟其他几个领导研究过了，从今天起不准你再外出作报告。你给我好好地待在家里，工资和奖金我们照发，你只管坐享其成。金大印说我不认为这是一个错误，公民有言论的自由。我只不过说了这么一句话，怎么就犯错误了？怎么就坐享其成了？

　　江峰拍了拍金大印的肩膀，他有拍别人肩膀的爱好或者说特长。江峰说你坐下来，听我慢慢说，如果是在"文化大革命"，你早就出事了，我在这方面吃过亏，不让你出去作报告，也是为了保护你。你知道我是怎样被划成右派的吗？金大印摇头。江峰继续往下说……

　　那时我在河池地区的一个县医院做医生，一天晚上，我问妻子，你说毛主席他老人家过不过性生活？我的妻子很漂亮，是县城里的一枝花。问这话时，我们正准备关灯睡觉。妻子没有回答我，她的脸突然发红，好像被这句话羞着了。当时我没在意，但是不久，我就被人揪斗。揪斗我的理由就是因为我说毛主席他老人家过性生活，我怎么会知道他老人家的情况，只不过随便问一问。随着揪斗次数的增加，我说的一句话变成了两句话，两句话变成了三句话，三句话变成了千言万语。他们说我污蔑领导，甚至把他们虚构的关于性生活的细节强加在我的头上，最后他们的心理活动全都变成是我说的……

　　你知道他们是怎样揪斗我的吗？金大印仍然摇头。江峰说县里有一位复员退伍军人，他在武装部工作，叫姚文章，是揪斗我的主要干将。他过去在特务连当的兵，擒拿格斗样样精通，学会了一种捆绑特务的本领，就是绳子从颈脖上勒过去，然后像捆粽子一样把我捆起来。不要说说话，我就是出气也感到困难。你想想一个人连出气都感到困难的时候，会是一种什么样的情况？那时我一个劲儿地想死，想杀了揪斗我的人和我的妻子。姚文章他没有用这种方法去捆绑特务，而用来捆绑我。我对他恨之入骨。

　　回到家，我问妻子为什么要出卖我？她说她没有出卖我，也许是别人在窗口偷听到了我们的说话。我不相信她美丽的谎言，用姚文章捆绑我的方法把她捆绑起来。她想哭，哭不出声，只要有声音企图从她的喉咙通过，她就会痛不欲生，我绝对有这方面的经验。捆绑了两次之后，她终于招了，说是趁我上夜班的时候，姚文章勾引她。而她又经不起姚文章的勾引，于是两人上了一张床。人一睡到同一张床上，什么话都说得出口。如果姚文章是一个有修养的人，那他不会把我妻子的话向领导汇报，说就说了，听就听了，谁不在背地里说一两句放肆的话。但偏偏姚文章是一个没有修养的人，他像抓住救命稻草一样抓住我的话不放。我对妻子说离婚吧。妻子说她没有离婚的思想准备。我说不想离婚为什么跟姚文章上床？她说只是因为好奇。我告诉她如果不是姚文章，换成另外一个有点儿文化档次的人，我尚且可以忍受，但跟了姚文章这样一个素质低劣的人，我怎么也不能容忍！我和妻子离婚了，她后来投入了姚文章的怀抱，现在他们还在那个县城里，过着猪狗不如的生活。如今一回忆起当时的情景，我就感到呼吸困难，颈脖一阵生痛。

　　金大印的额头上冒出一层细汗，他感到有一根绳子正勒住他的颈脖，愈勒愈紧，使呼吸成为问题。金大印说江副院长，幸好我没有在那样的时代说错话，否则我的遭遇也不会好到哪里去。江峰说现在好了，你在一个自由的时代可以自由说话了，但我们不要好了伤疤忘了痛，时刻提高警惕以防别人出卖。生活在这样的时代，你应该感到幸福。金大印说我感到幸福，它像空气一样现在就围绕在我的周围。

　　金大印从江副院长办公室的真皮沙发上站起来，紧紧地握住江副院长的手，说从此后，谁喊我去作报告我都不会去。说完，他挂着三脚架走下楼梯，江副院长站在楼梯口目送他。他一边走一边想应该跟江副院长说一句很重要的话，但那句话被他遗忘了。是什么话呢？一直走到楼下，江副院长还站在走廊上，他对着楼上的江副院长说我不会白领工资，我不会坐享其成。江副院长对着楼下喊什么？你说什么？金大印说你不能说我坐享其成。不知道江副院长听没听见，反正他站在楼上不停地点头。金大印自个儿笑了一下，自言自语原来是这么一句话，刚才我怎么把它忘记了呢？

下班铃声响过之后，金大印站在阳台上观看走向宿舍区的人流。他看见江副院长怀抱两板鸡蛋走在人流的前面，在他的身后，是无数怀抱鸡蛋的人群。金大印想单位又发鸡蛋了。

江峰十分小心地朝院长楼走去，由于鸡蛋挡住了他的视线，他的头微微左偏，以保证目光能够看到地面。到达楼梯口，他把鸡蛋架在楼梯扶手上，喘了几口长气，便朝他的四楼攀登。江峰攀登得十分谨慎，就像一台精确的机器，在一楼至四楼之间做匀速运动。走到四楼的家门口，他用脚踢了一下铁门，铁门打开，江峰走进去。楼梯上这时空无一人，一股炒鸡蛋的香味飘落到金大印的鼻尖上。

他说单位发鸡蛋了。一串钥匙的响声打断他的自言自语，何碧雪推门而入。金大印又对何碧雪说了一遍单位发鸡蛋了。何碧雪说鸡蛋在哪里？金大印说在办公室，他们会派人送来的。

金大印敞开家门耐心地等待单位派人送鸡蛋来，但是等了两天两夜，除了何碧雪下班回来时弄出一点儿声音外，门板上没有发出任何声音，没有谁的指头敲打他的门板。面对门前冷落鞍马少，鸡蛋无人送过来的状况，金大印开始感到伤心失望。而何碧雪每一次走进家门，总是一副急功近利的表情，说鸡蛋呢？他们送来了吗？金大印说他们会送来的，你急什么？不就是几个鸡蛋吗？你要学会耐心等待。金大印拍打着一张报纸，把报纸递到何碧雪面前，用食指在报纸上指指点点，说你看一看这篇文章，看别人是如何等待的，你们中国人就是没耐心。

何碧雪从餐桌上抓过半块冷面包塞进嘴巴，一边啃冷面包，一边看报纸。她的目光在报纸上扫了一下，终于发现金大印向她推荐的那篇文章：

耐心等待

［德］海因利希·施珀尔

一次，我为某事不得不等待，这时我想起了一个童话。

从前有个年轻的丈夫，他要与情人约会。小伙子性急，来得太早，又不会等待。他无心观赏那明媚的阳光、迷人的春色和娇艳的花姿，却急躁不安，一头倒在大树下长吁短叹。

忽然他面前出现了一个侏儒。"我知道，你为什么闷闷不乐。"侏儒说，"拿着这纽扣，把它缝在衣服上。你要是遇着不得不等待的时候，只消将这纽扣向右一转，你就能跳过时间，要多远有多远。"小伙子握着纽扣，试着向右转了一下，情人出现在他的眼前，还朝他笑着送秋波。他心里想，要是现在就举行婚礼，多好啊！他又转了一下纽扣：隆重的婚礼，丰盛的宴席，他和情人并肩而坐，周围管乐齐鸣，悠扬醉人。他抬起头，盯着妻子的眼睛，又想，现在要是只有我们两人该多好！他悄悄转了一下纽扣，眼前立即安静下来，所有庆贺的人都不见了……他心中的愿望层出不穷：我们应有座房子。他转动着纽扣，房子一下子飞到他眼前。我们还缺几个孩子，他有些迫不及待，使劲转了一下纽扣，日月如梭，顿时他儿女成群。他站在窗前，眺望葡萄园，真遗憾，它尚未果实累累。他又偷转了一下纽扣，飞越时间。脑子里愿望不断，他又急不可待，将纽扣一转再转。生命就这样从他身边急驰而过。还没来得及思索其后果，他已老态龙钟，衰卧病榻。至此，他再也没有要为之而转动纽扣的事了。

回首往日，他不断追悔自己的性急失算：我不愿等待，一味追求满足，恰如馋嘴人偷吃蛋糕里的葡萄干一样。眼下，因为生命已到风烛残年，他才醒悟：即使等待，在生活中亦有意义，唯其有它，愿望的满足才更令人高兴。他多么想将时间往回转一点啊！他握着纽扣，浑身颤抖：试着向左一转，扣子猛地一动，他从梦中醒来，睁开眼，见自己还在那生机勃勃的树下等待可爱的情人，然而现在他已学会了等待。一切焦躁不安已烟消云散。他平心静气地看着蔚蓝的天空，听着悦耳的鸟语，逗着草丛里的甲虫。他以等待为乐。

看完这篇文章，何碧雪把手一扬，报纸落到地上。她说那么你就耐心地等待吧，这样等下去，恐怕分给你的鸡蛋全都变成了鸡崽。

金大印说一个鸡蛋多少钱？何碧雪说两角钱。金大印说十个鸡蛋多少钱？何碧雪说两块。金大印说四十个呢？四十个鸡蛋多少钱？就算单位给每人分了四十个鸡蛋，也就是八块钱。我能为八块钱去找领导吗？你想一想，鲜花人家送给我了，荣誉人家送给我了，我还能去为八块钱计较吗？范仲俺（淹）说先天下之忧而忧，后天下之乐而乐，我们就不能后别人一点儿吃鸡蛋？何碧雪说这不是八块钱的问题，这是别人的眼里头还有没有你的问题。金大印像是被何碧雪抽掉了脊梁骨，一下子软倒在沙发上。他说他们怎么会把我忘记了呢？

又过了一个月，金大印依然是站在阳台上，看见下班的人流怀抱鸡蛋朝不同的方向走去。他的脑海突然蹦出一句话：这不是鸡蛋的问题，是他们眼里有没有我的问题，是一个极其严肃的问题。

第二天早晨，他找到行政科负责分鸡蛋的梁红，说梁红同志，你为什么不给我分鸡蛋？梁红的嘴巴像塞了一个拳头那样张了一会儿，说这可不能怪我。金大印说不怪你怪谁？梁红拉开抽屉，在一堆乱糟糟的纸张中翻找了一阵，终于从里面找出了几张名单，说你自己看，我两次都把你的名字列上去了，但被江副院长删掉了。金大印说他为什么删掉？梁红说我可不知道，你自己去问一问。金大印转身走出行政科。梁红说你不要说是我说的。

金大印想他凭什么删掉我的名字？我毕竟还是医院的一名职工。这么说，我已经被他们打入了另册，已经被单位抛弃和遗忘了。金大印胡思乱想着，心中像有一团火熊熊地燃烧。他在楼下碰上了要找的人，就大叫一声：江峰。这是他头一次直呼江峰的名字。江峰抬起头来，说什么事？金大印的脸色像铁板一样冰冷生硬，嘴唇急速跳动，愈跳愈快，把他想要说的话紧紧地锁在嘴巴里面。江峰说是不是鸡蛋的事？我正要找你解释。我们发的鸡蛋是用大家加班加点挣来的钱买的，不上班的同志一律不发。金大印说我和不上班的同志不一样，我是因公负伤。江峰撇了一下嘴巴，喷出一声冷笑。

金大印把江峰的这个细微的动作看在眼里，他说你冷笑什么？你这是对我的侮辱。江峰举起手，拍了一下金大印的肩膀，说老金，冷静一点儿，我算是对得起你了。你的工资我一分不少地发给你，鸡蛋是全体干部职工创收所得，我为什么要发鸡蛋给你？你创收了吗？法律有规定吗？金大印说法律也没规定我非救一个快被汽车压死的小孩不可。江峰说所以嘛……江峰的"嘛"字还未说利索，金大印就照着他的下巴打了一拳。江峰四仰八叉跌倒在地，很久都爬不起来。江峰躺在地上，用沾满泥土的手抹了一下嘴角，嘴角上也沾满了泥土。江峰说金大印，你竟敢打我？

金大印走了好远，回过头看见江峰仍然躺在地上。几个路过的人扶起江峰，江峰试图挣脱别人的搀扶，想再次躺到地上。但是搀扶者的手劲特别大，江峰不得不站起来，跟随搀扶者走上四楼办公室。金大印望着办公楼想我闯祸了。

　　第二天，人事处长林方和干事张远辉敲开金大印的家门，递给金大印一大堆化验单。从化验单上，金大印得知江峰被他打了一拳之后，下巴错位，大便带血，心脏病猝发，现正在住院治疗。金大印说如果我知道一拳打出他这么多毛病，就不会打他。林方说事情已闹到了这种地步，看来是无法收拾了。不就是几个鸡蛋吗？如果当初你跟我说一声，我会掏自己的钱给你买几十个。林方说得金大印的嘴唇再次颤抖起来，他拉开一个又一个抽屉，终于从抽屉里拿出一把扳手。他把扳手举过头顶，说你再这么说，我就砸烂你的狗头。林方和张远辉飞快地从沙发上爬起来，溜出金大印虚掩的家门。
　　金大印捏着扳手坐在沙发上发呆，家门完全彻底地敞开。何碧雪走进家门时，金大印仿佛没有看见。何碧雪问他出了什么事？他也不回答，只有他的喘气一声比一声粗重。何碧雪把散落在客厅的化验单一张一张地捡起来，说我早就说过，你不要做什么英雄，你好好地做你的保卫科长，就不会有今天。金大印从沙发上跳到何碧雪的面前，扇了何碧雪一巴掌，然后提着扳手从敞开的门走出去。何碧雪双手捂着被金大印扇痛的脸膛，说你干吗打我？你发癫了吗？说着说着，她的脸上一阵阵麻辣，泪水艰难地流出来，哭声轻松地喷出来。她孤独地站在客厅，大门敞开着，江峰的化验单捏着。
　　金大印来到江滨路王舒华的小卖部时，他的手里已经没有了扳手。他从省医院一直走到江滨路，不知道什么时候在什么地方把扳手弄丢了。王舒华看见金大印垂头丧气地走进来，问他出什么事了？金大印说如果我的手里还捏着扳手，就把你的柜台统统地砸烂。王舒华忙给金大印搬来一张椅子。金大印的屁股重重地落在椅子上，椅子摇晃了一下。王舒华说为什么要砸我的柜台？金大印跷起二郎腿，一心一意地抽烟，烟雾像他的头发和胡须，在他的头顶和嘴角边不停地生长。他只是抽烟，并不说话，眼睛看着小卖部之外川流不息的人群。
　　从中午到黄昏，金大印像坐在一个没有人类的角落，始终一言不发。王舒华把一条好烟放到他的右手边，他撕开烟盒，一支接着一支地抽。他把快要烧到手指头的烟蒂点到新的香烟上，整个下午他只用了一次打火机。香烟头遍布椅子的四周，地板上积聚了一层厚厚的烟灰。

王舒华开始关店门，她把门角的木板一块一块安到门槽上，说老金，今晚我请你吃饭。金大印没有回答，依然坐在椅子上一动不动，好像是过多的香烟把他醺醉了。王舒华合上最后一块门板，店里顿时明亮了许多，嘈杂的声音被关在外面，店里的灯光被关在里面，柜台里、货架上的日用百货变得比亲人还亲。王舒华走过椅子边时，把她的右手拍到金大印的肩膀上，说干吗闷闷不乐？金大印抓过王舒华的手掌，像玩弄香烟一样玩弄王舒华的手指。王舒华的脸一下子红了起来，出气的声音也愈来愈粗糙。王舒华说老金，你帮人帮到底，能不能再帮我做一件事？金大印说你还有什么事需要我帮助。王舒华说我已经好久没过那种生活了。金大印说什么生活？王舒华只笑不答，甚至装出害羞的模样。金大印说你的丈夫呢？王舒华说他长年在广东那边做生意，一年只回来一两次。名义上我是他的妻子，实际上我像一个未婚青年或者寡妇。

王舒华这么说着的时候，她的手已经在金大印的胸口和背膀上滑动。金大印掰开王舒华的手指，从椅子上站起来，说你要干什么？王舒华拦腰抱住金大印，也不管姓金的同不同意，嘴巴很饥饿地啃食金大印的脖子和下巴。金大印觉得全身的血液被烧开了，每个细胞都发出了哼哼声。

金大印的裤带被王舒华解开。王舒华的手正在拉金大印的拉链。金大印的裤子随拉链的分开而急速下滑，王舒华的手直奔主题，紧紧抓住金大印的命脉。金大印向后缩了一下，说你的手怎么这么冰冷？王舒华把手松开，拿到嘴边哈了几口热气，说现在不会冰冷了。王舒华再次把手伸向金大印。他们同时发出饥渴的声音，好像地板突然发生了偏移，他们的身子倒到了纸箱上。纸箱慢慢地往下陷落，金大印不停地追赶陷落的速度。王舒华的喊声愈来愈夸张。金大印说你痛了？王舒华停止喊叫，用手挡住自己的眼睛。金大印说你不愿意？王舒华伸出双手，把金大印的身子往她的身上扳。他们之间再没有距离，金大印的眼睛看不到王舒华的眼睛。金大印说这才叫业余生活，这才是真正的生活！

金大印在对生活的赞美声中结束行动。王舒华变得狂躁不安，试图搬动他的身子，再生活一下，但金大印没有任何反应。王舒华说你真没用。金大印从纸箱上立起来，看了一下自己赤条条的下身，好像看着别人的身体，说从来没有这样过，我从来没有这样过，这是我的第一次业余生活。他好像是被自己的身子吓怕了，牙齿开始敲打牙齿，发出咯咯咯的响声，身体也跟着颤抖起来。他弯了两次腰，想把滑到脚面的裤子提到臀部，但都没有抓住，于是坐到纸箱上，双脚翘向天花板，裤子沿着小腿滑回来。由于匆忙，他把拉链拉坏了。没顾得上跟王舒华说一声谢谢或再见，他就从后门跑了出去。跑了好远，他还感到害怕，感觉有人在追踪自己，仿佛每个行人的目光都充满了邪恶。跑着跑着，他发觉自己跑错了方向，停下来看一看周围，没有发现什么与众不同，世界仍然是世界，天也没有塌下来。这时候，他的嘴里冒出了一串悠扬的小调。

　　第二天，金大印到报社去找马艳。他对马艳说我不干了。马艳说什么不干了？金大印说英雄的不干了，再这样下去，我会变成疯子。你想一想，我不仅受了伤，还得罪了领导。老婆埋怨我，孩子们反对我。利益我不能去争抢，就连业余生活都没有。一个没有业余生活的人，活着还有什么意思？马艳用她的手背掩住嘴巴，笑得椅子不停地晃动。金大印说自从做了英雄之后，我什么都得问你，有时候跟老婆在一起睡觉，也想问一问你。马艳笑得更加得意，看见金大印没有笑，笑声便适可而止。她从抽屉拿出一个信封，在金大印面前晃动，说还想不想听我的？金大印的眼睛顿时闪闪发光，他伸出双手去抓信封，信封飞快地缩回去。他垂下双手，信封又扑到他的头上。他踮起脚伸长双臂努力去抓信封，信封从马艳的左手传到右手，然后又从右手传到左手。他一把抱住马艳，终于抓到了那个信封，但抓到了信封他也不松手，抱得愈来愈紧，愈来愈有力。马艳说你敢抱我？快松手，你敢抱我！

中篇小说

没有语言的生活

　　王老炳和他的聋儿子王家宽在坡地上除草，玉米已高过人头，他们弯腰除草的时候谁也看不见谁。只有在王老炳停下来吸烟的瞬间，他才能听到王家宽刮草的声音。王家宽在玉米林里刮草的声音响亮而富于节奏，王老炳以此判断儿子很勤劳。

　　那些生机勃勃的杂草，被王老炳锋利的刮子斩首，老鼠和虫子窜出它们的巢四处流浪。王老炳看见一团黑色的东西向他扑来，当他意识到撞了蜂巢的时候，他的头部、脸蛋以及颈部全被马蜂包围。他在疼痛中倒下，叫喊，在玉米地里滚动。大约滚了二十多米，他看见蜂团仍然盘旋在他的头顶，像一朵阴云紧追不舍。王老炳开始呼喊王家宽的名字。但是王老炳的儿子王家宽是个聋子，王家宽这个名字对于王家宽形同虚设。

　　王老炳抓起地上的泥土与蜂群作最后的抵抗，当泥土撒向天空时，蜂群散开了，当泥土落下来的时候，马蜂也落下来。它们落在王老炳的眼睛、鼻子和嘴巴上。王老炳感到眼睛快要被蜇瞎了。王老炳喊家宽，快来救我！家宽妈，我快完蛋啦！

　　王老炳的叫喊像水上的波澜归于平静之后，王家宽刮草的声音显得愈来愈响亮。刮了好长一段时间，王家宽感到有点儿口渴，便丢下刮子朝他父亲王老炳那边走去。王家宽看见一大片肥壮的玉米被压断了，父亲王老炳仰天躺在被压断的玉米秆上，头部肿得像一个南瓜，瓜的表面光亮如镜照得见天上的太阳。

　　王家宽抱起王老炳的头，然后朝对面的山上喊狗子、山羊、老黑……快来救命啊。喊声在两山之间盘旋，久久不肯离去。有人听到王家宽尖厉的叫喊，以为他是在喊他身边的动物，所以并不理会。当王家宽的喊声和哭声一同响起来时，老黑感到事情不妙。老黑对着王家宽的玉米地喊道：家宽……

出什么事了？老黑连连喊了三声，没有听到对方的回音，便继续他的劳动。老黑突然意识到家宽是个聋子，于是老黑静静地立在地里，听王家宽那边的动静。老黑听到王家宽的哭声搀和在风声里，我爹他快死了，我爹捅了马蜂窝快被蜇死了……

　　王家宽和老黑把王老炳背回家里，请中医刘顺昌为王老炳治疗。刘顺昌让王家宽脱掉王老炳的衣裤。王老炳像一头褪了毛的肥猪躺在床上，许多人站在床边围观刘顺昌治疗。刘顺昌把药水涂在王老炳的头部、颈部、手臂、胸口、肚脐、大腿等处，人们的目光跟随刘顺昌的手游动。王家宽发现众人的目光落在他爹的大腿上，他们交头接耳像是说他爹的什么隐私。王家宽突然感到不适，觉得躺在床上的不是他爹而是他自己。王家宽从床头拉出一条毛巾，搭在他爹的大腿上。

　　刘顺昌被王家宽的这个动作蜇了一下，他把手停在病人的身上，对着围观的人们大笑。他说家宽是个聪明的孩子，他的耳朵虽然听不见，但他已猜到我们在说他爹，他从你们的眼睛里脸蛋上猜出了你们说话的内容。

　　刘顺昌递给王家宽一把钳子，暗示他把王老炳的嘴巴撬开。王家宽用一根布条，在钳口处缠了几圈，然后才把钳口小心翼翼地伸进他爹的嘴巴，撬开他爹紧闭的牙关。刘顺昌一边灌药一边说家宽是个细心人，我没想到在钳口上缠布条，他却想到了。他是怕他爹痛呢。如果他不是个聋人，我真愿意收他做我的徒弟。

　　药汤灌毕，王家宽从他爹嘴里抽出钳子，大声叫了刘顺昌一声师傅。刘顺昌被叫声惊住，片刻之后才回过神来。刘顺昌说家宽你的耳朵不聋了，刚才我说的你都听见了，你是真聋还是假聋？王家宽对刘顺昌的质问未作任何反应，依然一副聋子模样。尽管如此，围观者的身上还是起了一层鸡皮疙瘩，他们感到害怕，害怕刚才他们的嘲笑已被王家宽听到了。

　　十天之后，王老炳的身体才基本康复，但是他的眼睛什么也看不见了，他成了一个货真价实的瞎子。不知情的人问他，好端端的一双眼睛，怎么就瞎了？他总是不厌其烦地回答：是马蜂蜇瞎的。由于他不是天生的瞎子，他的听觉器官和嗅觉器官并不特别发达，他的行动受到了局限，没有儿子王家宽，他几乎寸步难行。

老黑养的鸡东一只西一只地死掉。起先老黑还有工夫把死掉的鸡捡回来拔毛，弄得鸡毛满天飞。但是一连吃了三天死鸡肉之后，老黑开始感到腻味。老黑把那些死鸡埋在地里、丢在坡地。王家宽看见老黑提着一只死鸡往草地走，知道鸡瘟从老黑家开始蔓延了。王家宽拦住老黑，说你真缺德，鸡瘟来了为什么不告诉大家。老黑嘴皮动了动，像是辩解。王家宽什么也没听到。

第二天，王家宽整理好担子，准备把家里的鸡挑到街上去卖。临行前王老炳拉住王家宽，说家宽，卖了鸡后给老子买一块肥皂回来。王家宽知道爹想买东西，但是不知道爹要买什么东西。王家宽说爹，你要买什么？王老炳用手在胸前画出一个方框。王家宽说那是要买香烟吗？王老炳摇头。王家宽说那是要买一把菜刀？王老炳仍然摇头。王老炳用手在头上、耳朵、脸上、衣服上搓来搓去，作进一步的提醒。王家宽愣了片刻，终于啊了一声。王家宽说爹，我知道了，你是要我给你买一条毛巾。王老炳拼命地摇头，大声说不是毛巾，是肥皂。

王家宽像是完全彻底地领会了他爹的意图，掉转身走了，空留下王老炳徒劳无益的叫喊。

王老炳摸出家门，坐在太阳光里，他嗅到太阳炙烤下衣服冒出的汗臭，青草和牛屎的气味弥漫在他的周围。他的身上出了一层细汗，皮肤似乎快被太阳烧熟了。他知道这是一个伸手就可以触摸到阳光的日子，这个日子特别漫长。赶街归来的喧闹声，从王老炳的耳边飘过，他想从那些声音里辨出王家宽的声音。但是他一次又一次地失望。他听到了一个孩童在大路上唱的一首歌谣，孩童边唱边跑，那声音很快就干干净净地消逝了。

热力渐渐从王老炳的身上减退，他知道这一天已接近尾声。他听到收音机里的声音向他走来，收音机的声音淹没了王家宽的脚步声。王老炳不知道王家宽已回到家门口。

王家宽把一条毛巾和一百元钱塞到王老炳手中。王家宽说爹，这是你要买的毛巾，这是剩下的一百元钱，你收好。王老炳说你还买了些什么？王家宽从脖子上取下收音机，凑到王老炳的耳边，说爹，我还买了一个小收音机给你解闷。王老炳说你又听不见，买收音机干什么？

收音机在王老炳手中咿咿呀呀地唱，王老炳感到一阵悲凉。他的手里捏着毛巾、钞票和收音机，唯独没有他想买的肥皂。他想肥皂不是非买不可，但是家宽怎么就把肥皂理解成毛巾了呢？家宽不领会我的意图，这日子怎么过下去。如果家宽妈还活着，事情就好办了。

　　几天之后，王家宽把收音机据为己有。他把收音机吊在脖子上，音量调到最大，然后走家串户。王家宽走到哪里，哪里的狗就对着他狂叫不息。即便是很深很深的夜晚，有人从梦中醒来，也能听到收音机里不知疲劳的声音。伴随着收音机嘻嘻哈哈的，是王老炳的责骂。王老炳说你这个聋子，连半个字都听不清楚，为什么把收音机开得那么响，你这不是白费电池白费你老子的钱吗？

　　吃罢晚饭，王家宽最爱去谢西烛家看他们打麻将。谢西烛看见王家宽把收音机紧紧抱在胸前，像抱着一个宝贝，双手不停地在收音机的壳套上摩挲。谢西烛指了指收音机，对王家宽说，你听得到里面的声音吗？王家宽说我听不到但我摸得到声音。谢西烛说这就奇怪了，你听不到里面的声音，为什么又能听到刚才我的声音？王家宽没有回答，只是嘿嘿地笑。笑过数声后，他说他们总是问我，听不听得到收音机里在说什么？嘿嘿。

　　慢慢地王家宽成了一些人的中心，他们跨进谢西烛家的大门，围坐在王家宽的周围。一次收音机里正在说相声，王家宽看见人们前仰后合地咧嘴大笑，也跟着笑。谢西烛说你笑什么？王家宽摇头。谢西烛把嘴巴靠近王家宽的耳朵，炸雷似的喊：你笑什么？王家宽像被什么击昏了头，木然地望着谢西烛。好久了王家宽才说，你们笑，我也笑。谢西烛说我要是你，才不在这里呆坐，在这里呆坐不如去这个。谢西烛用右手的食指和左手的拇指与食指，做了一个淫秽的动作。

　　谢西烛看见王家宽脸上红了一下，谢西烛想他也知道羞耻。王家宽悻悻地站起来，朝大门外的黑夜走去，从此他再也不踏进谢家的大门。

　　王家宽从谢家走出来时，心头像爬着个虫子不是滋味。他闷头闷脑在路上走了十几步，突然碰到了一个人。那个人身上带着浓香，只轻轻一碰就像一捆稻草倒在了地上。王家宽伸手去拉，拉起来的竟然是朱大爷的女儿朱灵。王家宽想绕过朱灵往前走，但是路被朱灵挡住了。

　　王家宽把手搭在朱灵的膀子上，朱灵没有反感。王家宽的手慢慢上移，终于触摸到了朱灵温暖细嫩的脖子。王家宽说朱灵，你的脖子像一块绸布。说完，王家宽在朱灵的脖子上啃了一口。朱灵听到王家宽的嘴巴啧啧响个不停，像是吃上了什么可口的食物，余香还残留在嘴里。朱灵想我从来没有听到过这么贪婪动听的咂嘴声。她被这种声音迷惑，整个身躯似乎已飘离地面，她快要倒下去了。王家宽把她搂住，王家宽的脸碰到了她嘴里呼出的热气。

他们像两个落水的人，现在攀肩搭背朝夜的深处走去。黑夜显得公正平等，声音成为多余。朱灵伸手去关收音机，王家宽又把它打开。朱灵觉得收音机对于王家宽，仅仅是一个四四方方的匣子，吊在他的脖子上，他能感受到重量并不能感受到声音。朱灵再次把收音机夺过来，贴到耳边，然后把声音慢慢地推远，整个世界突然变得沉静安宁。王家宽显得很高兴，他用手不停地扭动朱灵胸前的扣子，说你开我的收音机，我开你的收音机。

村里的灯一盏一盏地熄灭，王家宽和朱灵在草堆里迷迷糊糊地睡去。朱灵像做了一场梦。在这个夜晚之前，她一直被父母严加看管。母亲安排她做那些做也做不完的针线活。母亲还努力营造一种温暖的气氛，比如说炒一盘热气腾腾的瓜子，放在灯下慢慢地剥，然后把瓜子丢进朱灵的嘴里。母亲还不停地说男人怎么怎么的坏，大了的姑娘到外面去野如何如何的不好。

朱灵在朱大爷的呼唤声中醒来。朱灵醒来时发觉有一双男人的手按在自己的胸前，便朝男人的脸上狠狠地扇了一巴掌。王家宽松开双手，感到脸上一阵阵麻辣。王家宽看见朱灵独自走了，屁股一扭一扭的。王家宽说你这个没良心的。朱灵从骂声里觉出一丝痛快，她想今天我造反了，我不仅造了父母的反，也造了王家宽的反，我这巴掌算是把王家宽占的便宜赚回来了。

次日清晨，王家宽还没起床便被朱大爷从床上拉起来。王家宽看见朱大爷唾沫横飞撸袖握拳，似乎是要大打出手才解心中之恨。在看到这一切的同时，王家宽还看到了朱灵。朱灵双手垂落胸前，肩膀一抽一抽地哭。她的头发像一团凌乱的鸡窝，上面还沾着一丝茅草。

朱大爷说家宽，昨夜朱灵是不是和你在一起。如果是的，我就把她嫁给你做老婆算了。她既然喜欢你，喜欢一个聋子，我就不为她瞎操心了。朱灵抬起头，用一双哭红的眼睛望着王家宽，说你说，你要说实话。

王家宽以为朱大爷问他昨夜是不是睡了朱灵？他被这个问题吓怕了，两条腿像站在雪地里微微地颤抖起来。王家宽拼命地摇头，说没有没有……

朱灵垂立的右手像一根树干突然举过头顶，然后重重地落在王家宽的左脸上。朱灵听到鞭炮炸响的声音，她的手掌被震麻了。她看见王家宽身子一歪，几乎跌倒下去。王家宽捂住火辣的左脸，感到朱灵的这一掌比昨夜的那一掌重了十倍，看来我真的把朱灵得罪了，大祸就要临头了。但是我在哪里得罪了朱灵？我为什么平白无故地遭打？

朱灵捂着脸反身跑开，她的头发从头顶散落下来。王家宽进屋找他爹王老炳。他说她为什么打我？王家宽话音未落，又被王老炳扇了一记耳光。王老炳说谁叫你是聋子？谁叫你不会回答？好端端一个媳妇，你却没有福分享受。

王家宽开始哭，哭过一阵之后，他找出一把尖刀，跑出家门。他想杀人，但他跑过的地方没有任何人阻拦他。他就这样朝着村外跑去，鸡狗从他脚边逃命，树枝被他砍断。他想干脆自己把自己干掉算了，免得硌痛别人的手。想想家里还有个瞎子爹，他的脚步放慢下来。

凡是夜晚，王家宽闭门不出。他按王老炳的旨意，在灯下破篾准备为他爹编一床席子。王老炳认为男人编篾货就像女人织毛线或者纳鞋底，只要他们手上有活，就不会出去惹是生非。

破了三晚的篾条，又编了三天，王家宽手下的席子开始有了席子的模样。王老炳在席子上摸了一把，很失望地摇头。王家宽看见爹不停地摇手，爹好像是不要我编席子，而是要我编一个背篓，并且要我马上把席子拆掉。王家宽说我马上拆。爹的手立即安静下来，王家宽想我猜对爹的意思了。

就在王家宽专心拆席子的这个晚上，王老炳听到楼上有人走动。王老炳想是不是家宽在楼上翻东西。王老炳叫了一声家宽，是你在楼上吗？王老炳没有听到回音。楼上的翻动声愈来愈响，王老炳想这不像是家宽弄出来的声音，何况堂屋里还有人在抽动篾条，家宽只顾拆席子，他还不知道楼上有人。

王老炳从床上爬起来，估摸着朝堂屋走去。他先是被尿桶绊倒，那些陈年老尿洒满一地，他的裤子湿了，衣服湿了，屋子里飘荡腐臭的气味。他试图重新站起来，但是他的头撞到了木板，他想我已经爬到了床下。他试探着朝四个不同的方向爬去，四面似乎都有了木板，他的额头上撞起五个小包。

王家宽闻到一股浓浓的尿臭，以为是他爹起床小解。尿臭持续了好长一段时间，并且愈来愈浓重，他于是提灯来看他爹。他看见他爹湿淋淋地趴在床底，嘴张着，手不停地往楼上指。

王家宽提灯上楼，看见楼门被人撬开，十多块腊肉不见了，剩下那根吊腊肉的竹竿在风中晃来晃去，像空荡荡的秋千架。王家宽对着楼下喊腊肉被人偷走啦!

第五天傍晚,刘挺梁被他父亲刘顺昌绑住双手,押进王老炳家大门。刘挺梁的脖子上挂着两块被火烟熏黑的腊肉,那是他偷去的腊肉中剩下的最后两块。刘顺昌朝刘挺梁的小腿踹了一脚,刘挺梁双膝落地,跪在王老炳的面前。

刘顺昌说老炳,我医好过无数人的病,就是医不好我这个仔的手。一连几天我发现他都不回家吃饭,觉得有些奇怪,就跟踪他。原来他们在后山的林子里煮你的腊肉吃!他们一共四人,还配备了锅头和油盐酱醋。别的我管不着,刘挺梁我绑来了,任由你处置。

王老炳说挺梁,除了你还有哪些人?刘挺梁说狗子、光旺、陈平金。

王老炳的双手顺着刘挺梁的头发往下摸,他摸到了腊肉,然后摸到了刘挺梁反剪的双手。他把绳子松开,说今后你们别再偷我的了,你走吧。刘挺梁起身走了。刘顺昌说你怎么就这样轻轻松松地打发他?王老炳说顺昌,我是瞎子,家宽耳朵又聋,他们要偷我的东西就像拿自家的东西,易如反掌,我得罪不起他们。

刘顺昌长长地嘘了一口气,说你的这种状况非改变不可,你给家宽娶个老婆吧。也许,那样会好一点儿。王老炳说谁愿意嫁他呀。

刘顺昌在为人治病的同时,也在暗暗为王家宽物色对象。第一次,他为王家宽带来一个寡妇。寡妇手里牵着一个大约五岁的女孩,怀中还抱着一个不满周岁的婴儿。寡妇面带愁容,她的丈夫刚刚病死不久,她急需一个男劳力为她耙田犁地。

寡妇的女孩十分乖巧,她一看见王家宽便双膝落地,给王家宽磕头。她甚至还朝王家宽连连叫了三声爹。刘顺昌想可惜王家宽听不到女孩的叫声,否则这桩婚姻十拿九稳了。

王家宽摸摸女孩的头,把她从地上拉起来,为她拍净膝盖上的尘土。拍完尘土之后,王家宽的手无处可放。他犹豫了片刻,终于想起去抱寡妇怀中的婴儿。婴儿张嘴啼哭,王家宽伸手去掰婴儿的大腿,他看见婴儿腿间鼓胀的鸟仔。他一边用右中指在上面抖动,一边笑嘻嘻地望着寡妇。一线尿从婴儿的腿中间射出来,婴儿止住哭声,王家宽的手上沾满了热尿。

趁着寡妇和小女孩吃饭的空隙,王家宽用他破篾时剩余的细竹筒,做了一支简简单单的箫。王家宽把箫凑到嘴上狠劲儿地吹了几口,估计是有声音了,他才把它递给小女孩。他对小女孩说等吃完饭了,你就吹着这个回家,你们不用再来找我啦。

刘顺昌看着那个小女孩一路吹着箫,一路跳着朝她们的来路走去。箫声粗糙断断续续,虽然不成曲调,但听起来有一丝凄凉。刘顺昌摇着头,说王家宽真是没有福分。

后来刘顺昌又为王家宽介绍了几个单身女人。王家宽不是嫌她们老就是嫌她们丑。没有哪个女人能打动他的心,他似乎天生地仇恨那些试图与他一起生活的女人。刘顺昌找到王老炳,说老炳呀,他一个聋人挑来挑去的,什么时候才有个结果,干脆你做主算啦。王老炳说你再想想办法。

刘顺昌把第五个女人带进王家时,太阳已经西落。这个来自异乡的女人,名叫张桂兰。为了把她带进王家,刘顺昌整整走了一天的路程。刘顺昌在灯下不停地拍打他身上的尘土,也不停地痛饮王家宽端给他的米酒。随着一杯又一杯米酒的灌入,刘顺昌的脸变红脖子变粗。刘顺昌说老炳,这个女人什么都好,就是左手不太中用,其实也没什么,就是伸不直。今夜,她就住在你家啦。

自从那次腊肉被盗之后,王家宽和王老炳就开始合床而睡,这样做的目的,是为了防止再有小偷进入时,他们好联合行动。张桂兰到达的这个夜晚,王家宽仍然睡在王老炳的床上。王老炳用手不断地掐王家宽的大腿、手臂,示意他过去跟张桂兰。但是王家宽赖在床上死活不从。渐渐地王家宽抵挡不住他爹的攻击,从床上爬了起来。

从床上爬起来的王家宽没有去找张桂兰,他在门外的晒楼上独坐,多日不用的收音机又挂到他脖子上。大约到了下半夜,王家宽在晒楼上睡去,收音机也彻夜不眠。如此三个晚上,张桂兰逃出王家。

小学老师张复宝、姚育萍夫妇,还未起床便听到有人敲门。张复宝拉开门,看见王家宽挑着一担水站在门外。张复宝揉揉眼睛伸伸懒腰说你敲门,有什么事?王家宽不管允不允许,径直把水挑进大门,倒入张复宝家的水缸。王家宽说今后,你们家的水我包了。

每天早晨,王家宽准时把水挑进张复宝家的大门。张复宝和姚育萍都猜不透王家宽的用意。挑完水后的王家宽站在教室的窗口,看学生们早读,有时他一直看到张复宝或者姚育萍上第一节课。张复宝想他是想跟我学识字吗？他的耳朵有问题，我怎么教他？

张复宝试图阻止王家宽的这种行动，但王家宽不听。挑了大约半个月，王家宽悄悄对姚育萍说，姚老师，我求你帮我写一封信给朱灵，你说我爱她。姚育萍当即用手比画起来。王家宽猜测姚老师的手势。姚老师的大意是说信不用写，由她去找朱灵当面说说就可以了。王家宽说我给你挑了差不多五十挑水，你就给我写五十个字吧，要以我的口气写，不要让朱灵知道是谁写的，求你姚老师帮个忙。

姚育萍取出纸笔，帮王家宽写了满满一页纸的字。王家宽揣着那页纸，像揣一件宝贝，等待时机交给朱灵。

王家宽把纸条揣在怀里三天，仍然没有机会交给朱灵。独自一人的时候，王家宽偷偷掏出纸条来左看右看，似乎是能看得懂上面的内容。

第四天晚上，王家宽趁朱灵的父母外出串门的时机，把纸条从窗口递给朱灵。朱灵看过纸条后，在窗口朝王家宽笑，她还把手伸出窗外摇动。

朱灵刚要出门，被串门回来的母亲堵在门内。王家宽痴痴地站在窗外等候，他等到了朱大爷的两只破鞋子。那两只鞋子从窗口飞出来，正好砸在王家宽的头上。

姚育萍发觉自己写的情书未起作用，便把这件差事推给张复宝。王家宽把张复宝写的信交给朱灵后，不仅看不到朱灵的笑脸，连那只在窗口挥动的手也看不到了。

一开始朱灵就知道王家宽的信是别人代写的，她猜遍了村上能写字的人，仍然没有猜出那信的出处。当姚育萍的字换成张复宝的字之后，朱灵的心情变得复杂起来。她看见信后的落款，由王家宽变成了张复宝，不知道这是有意的错误或是无意的？如果是有意的，王家宽被这封求爱信改变了身份，他由求爱者变成了邮递员。

在朱灵家窗外徘徊的人不止是王家宽一个，他们包括狗子、刘挺梁、老黑以及杨光，当然还包括一些不便公开姓名的人（有的是已经结婚的、有的是国家干部）。狗子们和朱灵一起长大一起上小学读初中，他们百分之百地有意或无意地抚摸过朱灵那根粗黑的辫子。狗子说他抚摸那根辫子就像抚摸新学期的课本，就像抚摸他家那只小鸡的绒毛。现在朱灵已剪掉了那根辫子，狗子们面对的是一个待嫁的美丽的姑娘。狗子说我想摸她的脸蛋。

但是在王家宽向朱灵求爱的这年夏天，狗子们意识到他们的失败。他们开始朝朱家的窗口扔石子、泥巴，在朱家的大门上写淫秽的词句、画凌乱的人体的某些器官。王家宽同样是一个失败者，只不过他没有意识到。

狗子看见王家宽站在朱家高高的屋顶上，顶着烈日为朱大爷盖瓦。狗子想朱大爷又在剥削那个聋子的劳动力。狗子用手把王家宽从屋顶上招下来，拉着他往老黑家走。王家宽惦记没有盖好的屋顶，一边走一边回头求狗子不要添乱。王家宽拼命挣扎，最终还是被狗子推进了老黑家的大门。

狗子问老黑准备好了没有？老黑说准备好了。狗子于是勒住王家宽的双手，杨光按下王家宽的头。王家宽的头被浸泡进一盆热水里，就像一只即将被扒毛的鸡浸入热水里。王家宽说你们要干什么？

王家宽顶着湿漉漉的头发，被狗子和杨光强行按坐在一张木椅上。老黑拿着一把锋利的剃刀走向木椅。老黑说我们给你剃头，剃一个光亮光亮的头，像100瓦的电灯泡，可以把朱家的堂屋和朱灵的房间照得锃亮锃亮。王家宽看见狗子和杨光哈哈大笑，他的头发一团一团地落下来。

老黑把王家宽的头剃了一半，示意狗子和杨光松手。王家宽伸手往头上一摸，摸到半边头发，就说老黑，求你帮我剃完。老黑摇头。王家宽说狗子，你帮我剃。狗子拿着剃刀在王家宽的头上刮，刮出一声惊叫。王家宽说痛死我了。狗子把剃刀递给杨光，说你帮他剃。王家宽见杨光嬉皮笑脸地走过来，接过剃刀准备给他剃头。王家宽害怕他像狗子那样剃，便从椅子上闪开，夺过杨光手里的剃刀，冲出老黑家大门，回家找出一面镜子。王家宽照着镜子，自己给自己剃完半个脑袋上的头发。

做完这一切，太阳已经下山了。王家宽顶着锃亮的脑袋，再次爬上朱家的屋顶盖瓦。狗子和杨光从朱家门前经过，对着屋顶上的王家宽大声喊：电灯泡……天都快黑啦，还不收工。王家宽没有听到下面的叫喊，但是朱大爷听得一清二楚。朱大爷从屋顶丢下一块断瓦，断瓦擦着狗子的头发飞过，狗子仓皇而逃。

朱大爷在后半夜被雨淋醒，雨水从没有盖好的屋顶漏下来，像黑夜中的潜行者，钻入朱家那些阴暗的角落。朱大爷担心的事情终于发生了，他抬头望天，天上黑得像锅底。雨水如天上扑下来的蝗虫，在他抬头的一瞬间爬满他的脸。他听到屋顶传来一个声音:塑料布。声音在雨水中含混不清,仿佛来自天国。

朱大爷指使全家搜集能够遮雨挡风的塑料布,递给屋顶上那个说话的人,所有的手电光聚集在那个人身上。闻风而动的人们,送来各色塑料布,塑料布像衣服上的补丁,被那个人打在屋顶。

雨水被那个人堵住,那个被雨水淋透的人是聋人王家宽。他顺着楼梯退下来,被朱大爷拉到火堆边。很快他的全身冒出热气,热气如烟,仿佛从他的毛孔里钻出来。

王家宽在送塑料布的人群中,发现了张复宝。老黑在王家宽头上很随便地摸一把,然后用手比画说张复宝跟朱灵好。王家宽摇摇头,说我不信。

人群从朱家一一退出,只有王家宽还坐在火堆边,他想借那堆大火烤干他的衣裤。他看见朱灵的右眼发红,仿佛刚刚哭过。她的眼皮不停地眨,像是给人某种暗示。

朱灵眨了一会儿眼皮,起身走出家门。王家宽紧跟其后。他听不到朱灵在说什么,他以为朱灵在暗示他。朱灵说妈,我刚才递塑料布时,眼睛里落进了灰尘,我去找圆圆看看。我的床铺被雨水淋湿了,我今夜就跟圆圆睡。

王家宽看见有一个人站在屋角等朱灵,随着手电光的一闪,他看清那个人是张复宝。他们在雨水中走了一程,然后躲到牛棚里。张复宝一只手拿电筒,一只手翻开朱灵的右眼皮,并鼓着腮帮子往朱灵的眼皮上吹。王家宽看见张复宝的嘴唇几乎贴到了朱灵的眼睛上,只一瞬间那嘴唇真的贴到眼睛上。手电像一个老人突然断气,王家宽眼前一团黑。王家宽想朱灵眨眼皮叫我出来,她是存心让我看她的好戏。

雨过天晴,王家宽的光头像一个倒扣的瓜瓢,在暴烈的太阳下晃动。他开始憎恨自己,特别憎恨自己的耳朵。别人的耳朵是耳朵,我的耳朵不是耳朵。王家宽这么想着的时候,一把锋利的剃头刀已被他的左手高高举,手起刀落,他割下了他的右耳。他想我的耳朵是一种摆设,现在我把它割下来喂狗。

到了秋天,那些巴掌大的树叶从树上飘落,它们像人的手掌拍向大地,乡村到处都是噼噼啪啪的拍打声。无数的手掌贴在地面,它们再也回不到原来的地方,要等到第二年春天,树枝上才长出新的手掌。王家宽想树叶落了明年还会长，我的耳朵割了却不会再长出来。

王家宽开始迷恋那些树叶，一大早他就蹲到村头的那棵枫树下。淡红色的落叶散布在他的周围，他的手像鸡的爪子，在树叶间扒来扒去，目光跟着双手游动。他在找什么呢？张复宝想。

从村外过来一个人，近了张复宝才看清楚是邻村的王桂林。王桂林走到枫树下，问王家宽在找什么？王家宽说耳朵。王桂林笑了一声，说你怎么在这里找你的耳朵，你的耳朵早被狗吃了，找不到了。

王桂林朝村里走来，张复宝躲进路边的树丛，避过他的目光。张复宝想干脆在这树林里方便方便，等方便完了王家宽也许会走开了。张复宝提着裤带从树林里走出来，王家宽仍然勾着头在寻找着什么，丝毫没有离去的意思。张复宝轻轻地骂道：一只可恶的母鸡！

张复宝回望村庄，他看到朱灵远去的背影。他想事情办糟了，一定是在我方便的时候，朱灵来过枫树边。她看见枫树下的那个人是王家宽而不是我，就转身回去了。如果朱灵再耽误半个小时，便赶不上去县城的班车了。

大约过去五分钟，张复宝看见他的学生刘国芳从大路上狂奔而来。刘国芳在枫树下站了片刻，捡起三片枫叶后，又跑回村庄。刘国芳咚咚的跑步声，敲打在张复宝的心尖上，他紧张得有些支持不住了。

朱灵听刘国芳说树下只有王家宽时，她当即改变了主意。她跟张复宝约好早晨九点在枫树下见面，然后一同上县城的医院。但她刚刚出村，就看见王桂林从路上走过来。她想王桂林一定在树下看见了张复宝，我和张复宝的事已经被人传得够热闹了，我还是避他一避，否则他看见张复宝又看见我出村会怎么想。朱灵这么想着，又走回家中。

为了郑重其事，朱灵把路经家门口的刘国芳拉过来。她叫刘国芳跑出村去为她捡三张枫叶。刘国芳捡回三片淡红的枫叶，说我看见聋子王家宽在树下找什么。朱灵说你还看见别人了吗？刘国芳摇摇头，说没有。

去不了县城，朱灵变得狂躁不安。细心的母亲杨凤池突然记起好久没有看见朱灵洗月经带了。杨凤池把手伸向女儿朱灵的腹部。她的手被一种感觉"刺"得弹起来。朱灵怀孕的秘密，被她母亲的手最先摸到。

每一天人们都看见王家宽出村去寻找他的耳朵，但是每一天人们都看见他空手而归。如此半月，人们看见王家宽领着一个漂亮的姑娘走向村庄。

姑娘的右肩吊着一个黑色的皮包，皮包里装满大大小小的毛笔。快要进村时，王家宽把皮包从姑娘的肩上夺过来，挎在自己的肩上。姑娘会心一笑，双手不停地比画。王家宽猜想她是说感谢他。

村头站满参差不齐的人，他们像土里突然冒出的竹笋，一根一根又一根。有那么多人看着，王家宽多少有了一点儿得意。然而王家宽最得意的，是姑娘的表达方式。她怎么知道我是一个聋子？我给她背皮包时，她一边说话一边用手比画，不停地感谢。她刚刚碰到我就知道我是聋子，她是怎么知道的？

王老炳从外面的喧闹声中，判断有一个哑巴姑娘正跟着王家宽朝自家走来。他听到大门被推开的响声，听到在大门破烂的响声里还有王家宽的声音。王家宽说爹，我带来一个卖毛笔的姑娘。她长得很漂亮，比朱灵漂亮。王老炳双手摸索着想站起来，但他被王家宽按回到板凳上。王老炳说姑娘你从哪里来？王老炳没有听到回答。

姑娘从包里取出一张纸，抖开。王家宽看见那张纸的边角已经磨破，上面布满大小不一的黑字。王家宽说爹，你看，她打开了一张纸，上面写满了字，你快看看写的是什么？王家宽一抬头，看见他爹没有动静，才想起他爹的眼睛已经瞎了。王家宽说可惜你看不见，那些字像春天的树长满了树叶，很好看。

王家宽朝门外招手，竹笋一样立着的围观者，全都东倒西歪挤进大门。王老炳听到杂乱无章的声音，声音有高有低，有大人的也有小孩的。王老炳听他们念道：

我叫蔡玉珍，专门推销毛笔。大支的五元，小支的二元伍角，中号三元伍角。现在城市里的人都不用毛笔写字，他们用电脑、钢笔写，所以我到农村来推销毛笔。我是哑巴，伯伯叔叔们行行好，买一两支给你的儿子练字，也算是帮我的忙。

有人问这字是你写的吗？姑娘摇头。姑娘把毛笔递给那些围着她的人。围观者面对毛笔仿佛面对凶器，他们慢慢地后退。姑娘一步一步地紧逼。王老炳听到人群稀里哗啦地散开。王老炳想他们像被拍打的苍蝇，哄的一声散了。

蔡玉珍以王家为据点，开始在附近的村庄推销她的毛笔，所到之处，人们望风而逃。只有色胆包天的男人和一些半大不小的孩童，对她和她的毛笔感兴趣。男人们一手捏毛笔，一手去摸蔡玉珍红扑扑的脸蛋，他们根本不把站在蔡玉珍旁边的王家宽放在眼里。他们一边摸一边说他算什么，他是一个聋子是跟随蔡玉珍的一条狗。他们摸了蔡玉珍的脸蛋之后，就像吃饱喝足一样，从蔡玉珍的身边走开。他们不买毛笔。王家宽想如果我不跟着这个姑娘，他们不仅摸她的脸蛋，还会摸她的胸口，强行跟她睡觉。

王家宽陪着蔡玉珍走了七天，他们一共卖去十支毛笔。那些油腻的零碎的票子现在就揣在蔡玉珍的怀里。

秋天的太阳微微斜了。王家宽让蔡玉珍走在他的前面。他闻到女人身上散发出的汗香。阳光追着他们的屁股，他的影子叠到了她的影子上。他看见她的裤子上沾了几粒黄泥，黄泥随着身体摆动。那些摆动的地方迷乱了王家宽的眼睛。他发誓一定要在那上面捏一把，别人捏得为什么我不能捏？这样漫无边际地想着的时候，王家宽突然听到几声紧锣密鼓的声响。他朝四周张望，原野上不见人影。他听到声音越来越急，快要撞破他的胸口。他终于明白那声响来自他的胸部，是他心跳的声音。

王家宽勇敢地伸出右手，姑娘跳起来，身体朝前冲去。王家宽说你像一条鱼滑掉了。姑娘的脚步就迈得更密更快。他们在路上小心地跑着，嘴里发出零零星星的笑声。

路边两只做爱的狗打断了他们的笑容。他们放慢脚步生怕惊动那一对牲畜。蔡玉珍突然感到累，她的腿怎么也迈不动了。她坐在地上津津有味地看着狗。牲畜像他们的导师，从容不迫地教导他们。太阳的余光洒落在两只黄狗的皮毛上，草坡无边无际的安静。狗们睁着警觉的双眼，八只脚配合慢慢移动，树叶在狗的脚下发出轻微的沙沙声。蔡玉珍听到狗们呜呜地唱，她被这种特别的唱词感动。她在呜咽声中被王家宽抱进了树林。

枯枝败叶被蔡玉珍的身体压断，树叶腐烂的气味从她身下飘起来，王家宽觉得那气息如酒，可以醉人。王家宽看见蔡玉珍张开嘴，像是不断地说什么。蔡玉珍说你杀死我吧。蔡玉珍被她自己说出来的话吓了一跳。她想我会说话了，我怎么会说话了呢？也许话根本就没有说出来，只是自己的想象。

那两只黄狗已经完事，此刻正蹒跚着步子朝王家宽和蔡玉珍走来。蔡玉珍看见两只狗用舌头舔着它们的嘴皮，目光冷漠。它们站在不远的地方，朝着他们张望。王家宽似乎是被狗的目光所鼓励，变得越来越英雄。王家宽看见蔡玉珍的眼不是眼，鼻子不是鼻子，它们全都扭曲了，有两串哭声从扭曲的眼眶里冒出来。

这个夜晚，王家宽没有回到他爹王老炳的床上。王老炳知道他和那个哑巴姑娘睡在一起了。

朱灵上厕所，她母亲杨凤池也会紧紧跟着。杨凤池的声音无孔不入，她问朱灵怀上了谁的孩子？这个声音像在朱灵头顶盘旋的蜜蜂，挥之不去避之不及。它仿佛一条细细的竹鞭，不断抽在朱灵的手上、背上和小腿上。朱灵感到全身紧绷绷的没有一处轻松自在。

朱灵害怕讲话，她想如果像蔡玉珍一样是个哑巴，母亲就不会反复地追问了。哑巴可以顺其自然，没有说话的负担。

杨凤池把一件小孩衣物举起来，问朱灵好不好看。朱灵不答。杨凤池说好端端一个孙子，你怎么忍心打掉？我用手一摸就摸到了他的鼻子、嘴巴和他的小腿，还摸到了他的鸟仔。你只要说出那个男人，我们就逼他成亲。杨凤池采取和朱灵截然相反的策略。

就连小孩都能看出朱灵怀孕了。朱灵轻易不敢出门。放午学时有几个学生路经朱家，他们扒着朱家门板的缝隙处，窥视门里的朱灵。他们看见朱灵像一只被关在笼子里的笨熊，狂躁不安地走来走去。从门缝里窥视人的生活，他们感到新奇，他们忘记回家吃午饭。直到王家宽和蔡玉珍从朱家门前走过，他们才回过头来。

学生们有一丝兴奋，他们想做点儿什么事情。当他们看见王家宽时，他们一齐朝王家宽围过来，他们喊道：

王家宽大流氓，搞了女人不认账……

蔡玉珍看见那些学生一边喊一边跳，污浊的声音像石头、破鞋砸在王家宽的身上。王家宽对学生们露出笑容，和着学生们的节拍跳起来。因为他听不见，所以那些侮辱的话对他没有造成丝毫的伤害。学生们越喊越起劲儿，王家宽越跳越精神，他的脸上已渗出了粒粒汗珠。蔡玉珍忍无可忍，朝那些学生挥舞拳头。学生被她赶远了，王家宽跟着她往家里走。他们刚走几步，学生们又聚集起来，学生们喊道：蔡玉珍是哑巴，跟个聋子成一家，生个孩子聋又哑。

蔡玉珍回身去追那个领头的学生，追了几步她就被一块石头绊倒在地上。她的鼻子被石头碰伤，流出几滴浓稠的血。她趴在地上对着那些学生咿哩哇啦地喊，但是没有发出声音。

王家宽伸手去拉她，笑她多管闲事。蔡玉珍想还是王家宽好，他听不见，什么也没伤着，我听见了不仅伤心还伤了鼻子。

在那几个学生的带领下，更多的学生加入了窥视朱灵的行列。学校离朱家只有三百多米，老师下课的哨声一响，学生们便朝朱家飞奔而来。张复宝站在路上拦截那些奔跑的学生，结果自己反被学生撞倒在路上。一气之下，张复宝把带头的四个学生开除了。张复宝对他们说，你们不准再踏进学校半步。

到了冬天，朱灵自己把自己从门里解放出来。她穿着鲜艳的冬装，比原先显得更为臃肿。她走东家串西家，逢人便说我要结婚了。人们问她跟谁结？她说跟王家宽。有人说王家宽不是跟蔡玉珍结了吗？朱灵说那是同居，不叫结婚。他们没有爱情基础，那不叫结婚。

许多人暗地里说朱灵不知道羞耻，幸好王家宽是聋子，任由她作践，换了别人她的戏就没法往下演了。

村庄的桃花在一夜之间开放。桃花红得像血，看到那种颜色，就似乎闻到血的气味。王老炳坐在家门口，说我闻到桃花的味道了。今年的桃花怎么开得这么早？还没有过年就开了。

那个长年在山区照相的赵开应走到王老炳面前，问他照不照相？王老炳说听你的口音，是赵师傅吧，你又来啦？你总是年前这几天来我们村，那么准时。你问我照不照相，现在我照相还有什么用。去年冬天我还看得见你，今年冬天我就看不见你了。照也白照。你去找那些年轻人照吧，老黑、狗子、朱灵他们每年都要照几张。赵师傅，你坐。我只顾说话，忘记喊你坐啦。赵师傅你走啦？你怎么不坐一坐？

王老炳还在不停地说话时，赵开应已走出去老远。他的身后跟着一群孩子和换了新衣准备照相的人们。

桃花似乎专为朱灵而开放。她带着赵开应在桃林里转来转去，那些红色的花瓣像雪，撒落在她的头发上和棉衣上。她的脸因为兴奋变得红扑扑的，像是被桃花染红一般。赵开应说朱灵你站好，这相机能把你喘出来的热气都照进去。朱灵说赵师傅，你尽管照，我要照三十几张，把你的胶卷照完。

朱灵特别的笑声和红扑扑的脸蛋，就留在这一年的桃树上，以至于后来人们看见桃树就想起朱灵。

朱灵是照完相之后走进王家宽家的。从她家遭大雨袭击的那个晚上到现在，她是第一次踏进王家的大门。朱灵显得有些疲惫，她一进门之后就躺到王家宽的床上。她睡王家宽的床，像睡她自己的床那么随便。她只躺下片刻，蔡玉珍就听到了她的鼾声。

蔡玉珍不堪朱灵鼾声的折磨，她把朱灵摇醒了。她朝朱灵挥手。朱灵看见她的手从床边挥向门外。朱灵想她的意思是让我从这里滚出去。朱灵说这是我的床，你从哪里来就往哪里去。蔡玉珍没有被朱灵的话吓倒，她很用力地坐在床沿。床板在她坐下来时摇晃不止，并且发出吱吱呀呀的响声。她想用这种声音，把朱灵赶跑。

朱灵想要打败蔡玉珍必须不停地说话，因为她听得见说不出。朱灵说我怀了王家宽的小孩，两年以前我就跟王家宽睡过了。你从哪里来我们不知道，你不能在这里长期住下去。

蔡玉珍从床边站起来，哭着跑开。朱灵看见蔡玉珍把王家宽推入房门。朱灵说你是个好人，家宽，你明知道我怀了谁的孩子，但是你没有出卖我。我今天是给你磕头来啦。

王家宽看见朱灵的头磕在床边上，以为她想住下来。朱灵想不到她美好的幻想会在这一刻灰飞烟灭。王家宽说你怀了张复宝的孩子，怎么来找我？你走吧，你不走我就向大家张扬啦。朱灵说求你，别说！千万别让我妈知道！我这就去死，让你们大家都轻松。

朱灵把她的双脚从被窝里伸到床下，她的脚在地上找了好久才找到她的鞋子。王家宽的话像一剂灵丹妙药，在朱灵的身上发生了作用。朱灵试探着站起来，试了几次都未能把臃肿的身体挺直。王家宽顺手扶了她一把。朱灵说我是聋子，我什么也没听到，我谁也不害怕。

朱灵在王家宽面前轻描淡写说的那句话，被蔡玉珍认真地记住了。朱灵说我这就去死，让你们大家都轻松。

蔡玉珍看见朱灵提着一根绳索走进村后的桃林，暮色正从四面收拢，余霞的尾巴还留在山尖。蔡玉珍发觉朱灵手里的绳索泛着红光，绳索好像是下山的太阳染红的也好像是桃花染红的。蔡玉珍想她白天还在这里照相，晚上却想在这里寻死。

朱灵突然回头，发现了跟踪她的蔡玉珍。朱灵从地上捡起一块石头，朝蔡玉珍砸过来。朱灵说你像一只狗，紧跟着我干什么？你想吃大便吗？蔡玉珍在辱骂声中退缩，她犹豫片刻之后，快步跑向朱家。

朱大爷正在扫地，灰尘从地上扬起来，把朱大爷罩在尘土里。蔡玉珍双手往颈脖处绕一圈，再把双手指向屋梁。朱大爷不理解她的意思，觉得她影响了他的工作，流露出明显的不耐烦。蔡玉珍的胸口像被爪子狠狠地抓了几把，她拉过墙壁上的绳索，套住自己的脖子，脚跟离地，身体在一瞬间拉长。朱大爷说你想吊颈吗？要吊颈回你家去吊。朱大爷的扫把拍打在蔡玉珍的屁股上，蔡玉珍被扫出朱家大门。

过了一袋烟的时间，杨凤池开始挨家挨户呼唤朱灵。蔡玉珍在杨凤池焦急的喊声里焦急，她的手朝村后的桃林指，还不断地画着圆圈。朱大爷把这些杂乱的动作和刚才的动作联系起来，感到情况不妙。

星星点点的火把游向后山，人们呼喊朱灵的名字。

第五天清晨，张复宝一如既往来到了学校旁的水井边打水。他的水桶碰到了一件浮动的物体，井口隐约传来腐烂的气味。他回家拿来手电，往井底照射，看到了朱灵的尸体。张复宝当即呕吐不止。村里的人不辞劳苦，他们宁愿多走几步路，去挑小河里的水来吃。而这口学校旁的水井，只有张复宝一家人享用。朱灵死了五天，他家就喝了五天的脏水。

那天早上学校没有开课，在以后的几天里，张复宝仍然被尸体缠绕着，学生们看见他一边上课一边呕吐。而姚育萍差不多把胆汁都吐出来了，她已经虚弱得没法走上讲台。

到了春天，赵开应才把他年前照的那些相片送到村子里来。他拿着朱灵的照片，去找杨凤池收钱。杨凤池说朱灵死了，你去找她要钱吧。赵开应碰了钉子，正准备把朱灵的照片丢进火炕。王家宽抢过照片，说给我，我出钱，我把这些照片全买下来。

一种特别的声音在屋顶上滚来滚去，它像风的呼叫，又像是一群老鼠在瓦片上奔跑。声音总是在夜深人静的时候准时地降落，蔡玉珍被这种声音包围了好些日子。她很想架一把梯子，爬到屋顶上去看个究竟，但是在睁着眼和闭着眼都一样黑的夜晚，她害怕那些折磨她的声音。

白天她爬到屋后的一棵桃树上，认真地观察她家的屋顶，她只看到灰色的歪歪斜斜的瓦片，瓦片上除了阳光什么也没有。看过之后，她想那声音今夜不会有了。但是那声音还是如期而来，总是在她即将入睡的时刻把她唤醒。她不甘心，睁着眼睛等到天明，再次爬到桃树上。一次又一次，她几乎数遍了屋顶上的瓦片，还是没找到声源。她想是不是我的耳朵出了什么毛病？

王老炳同时被这种声音纠缠。开始他对干扰他睡眠的声音做出了适应的反应。他坐在床沿整夜整夜地抽烟，不断地往尿桶里屙尿。但是，慢慢地他就不适应了。他觉得那声音像一把锯子，往他脑子里锯进去。他想如果再不能入睡，我就要发疯了！他一边想着一边假装平心静气地躺到床上。只躺了一小会儿，他又爬起来，伸手摸到床头的油灯，将油灯砸到地上。油灯碎裂的声音，把那个奇怪的声音赶跑了，但是它游了一圈后马上又回到王老炳的耳边。

王老炳开始制造声音来驱赶声音。他把烟斗当作鼓槌，不停地磕他的床板。他像一只勤劳的啄木鸟，使同样无法入睡的蔡玉珍雪上加霜。

啄木鸟的声音停了。王老炳改变策略，开始不停地说话，无话找话。蔡玉珍听到他在胡话里睡去，鼾声接替话声。听到鼾声，蔡玉珍像饥饿的人突然闻到了饭香。

屋顶的声音没有消失。蔡玉珍拿着手电往上照，她看见那些支撑瓦片的柱头、木板，没有看见声音。她听到声音从屋顶转移到地下，仿佛躲在那些箱柜里。她把箱柜的门一一打开，里面什么也没有。她翻箱倒柜的声音，惊醒了刚刚入睡的王老炳。王老炳说你找死吗？我好不容易睡着又被你搞醒了。屋子里忽然变得出奇的静。蔡玉珍缩手缩脚，再也不敢弄出声响来。

蔡玉珍听到王老炳叫她。王老炳说你过来扶我出去，我们去找找那个声音，看它藏在哪里。蔡玉珍用手推王家宽，王家宽翻了个身又继续睡。蔡玉珍走到王老炳床前，拉起王老炳走出大门。黑夜里风很大。

他们在门前仔细听，那个奇怪的声音像是来自屋后。他们朝屋后走去，走进后山那片桃林。蔡玉珍看见杨凤池跪在一株桃树下，用一根木棍敲打一只倒扣的瓷盆，瓷盆发出空阔的声音。手电光照到杨凤池的身上，她毫无知觉，双目紧闭口中念念有词。蔡玉珍和王老炳听到她在诅咒王家宽。她说是王家宽害死了朱灵，王家宽不得好死，王家宽全家死绝……

蔡玉珍朝瓷盆狠狠地踢去，瓷盆飞出去好远。杨凤池睁眼看见光亮，吓得爬着滚着出了桃林。王老炳说她疯啦，现在死无对证，她把屎呀尿呀全往家宽身上泼。我们穷不死、饿不死，但我们快被脏水淹死了。我们还是搬家吧，离他们远远的。

王家宽扶着王老炳过了小河，爬上对岸。蔡玉珍扛着锄头、铲子跟在他们的身后。村庄的对面，也就是小河的那一边是坟场，除了清明节，很少有人走到河的那边去。王老炳过河之后，几乎是凭着多年的记忆，走到了他祖父王文章的墓前。他走这段路走得平稳、准确无误，根本不像个盲人。王家宽不知道王老炳带他来这里干什么。

王家宽说爹，你要做什么？王老炳说把你曾祖的坟挖了，我们在这里起新房。蔡玉珍向王家宽比了一个挖土的动作。王家宽想爹是想给曾祖修坟。

王家宽在王文章的坟墓旁挖沟除草，蔡玉珍的锄头却指向坟墓。王家宽抬头看见他曾祖的坟在蔡玉珍的锄头下土崩瓦解，转眼就塌了半边，吓得脸都惨白。他神色庄重地夺过蔡玉珍手里的锄头，然后用铲子把泥巴一铲一铲地填到缺口里。

王老炳没有听到挖土的声音，他说蔡玉珍，你怎么不挖了？这是个好地盘，我们的新家就建在这里。我祖父死的时候，我已经懂事了。我看见我祖父是装着两件瓷器入土的，那是值钱的古董，你把它挖出来。你挖呀。是不是家宽不让你挖？你叫他看我。王老炳说着，比了一个挖土的动作。他的动作坚决果断，甚至是命令。

王家宽说爹，你是叫我挖坟吗？王老炳点点头。王家宽说为什么？王老炳说挖。蔡玉珍捡起横在地面的锄头，递给王家宽。王家宽不接，他蹲在河边看河对面的村庄及他家的瓦檐。他看见炊烟从各家各户的屋顶升起，早晨的天空被清澈的烟染成蓝色。有人赶着牛群出村。谁家的鸡飞上刘顺昌家的屋顶，昂首阔步，来来回回。

王家宽回头，看见坟墓又缺了一只角，新土覆盖旧土，蔡玉珍像一只蚂蚁正艰难地啃食着一块大饼。王老炳摸到了地上的锄头，他慢慢地把锄头举起来，慢慢地放下去，锄头砸在石块上，偏离目标，差一点儿锄到王老炳的脚。王家宽想看来他们是下定决心要挖这座坟了。王家宽从他爹手上接过锄头，紧闭双眼把锄头锄向坟墓。他在干一件他不愿意干的事情。他渴望闭上双眼。他想爹的眼睛如果不瞎，他就不会向他烧香磕头的地方动锄头。

挖坟的工作持续了半天，他们总算整出了一块平地。他们没有看见棺材和尸骨。王家宽说这坟里什么也没有。王老炳听到王家宽这么说，十分惊诧。

他摸到刚整好的平地上，抓起一把泥土，放到鼻尖前嗅了又嗅。他想我是亲眼看着祖父下葬的，棺材里装着两件精美的瓷器，现在怎么连一根尸骨都没有呢？

时间到了夏末，王家宽和蔡玉珍在对岸垒起两间不大不小的泥房。他们把原来的房屋一点一点地拆掉，屋顶上的瓦也全都挑到了河那边。他们原先的家，完全暴露在光天化日之下。

搬家的那天，王家宽甩掉许多旧东西。他砸烂那些油腻的坛子，劈开几个沉重的木箱。他对过去留下来的东西带着一种天然的仇恨。他像一个即将远行的人轻装上路，只带上他必须携带的物品。

整理他爹的床铺时，他在床下发现了两只精美的瓷瓶。他扬手准备把它扔掉，被蔡玉珍及时拦住。蔡玉珍用毛巾把瓷瓶擦亮，递给王老炳。王老炳用手一摸，脸色唰地变了。他说就是它，我找的就是它。我明明看见它埋到了祖父的棺材里，现在又从哪里跑出来了？帮忙搬家的人说是王家宽从你床铺下面翻出来的。王老炳说不可能。

王老炳端坐在阳光里，抱着瓷瓶不放。搬家的人像搬粮的蚂蚁，走了一趟又一趟。他们看见王老炳面对从他身边走过的人笑，面对空荡荡的房子笑，笑得合不拢嘴。

王老炳一家完全彻底地离开老屋是在这一天傍晚。搬家的人们都散了，王家宽从老屋的火坑里点燃火把，眼泪随即掉下来。他和火把在前，王老炳和蔡玉珍断后。王老炳怀抱两只瓷瓶，蔡玉珍小心地搀扶着他。

过了小木桥，王老炳叫蔡玉珍拉住前面的王家宽，要大家都在河边把脚洗干净。他说你们都来洗一洗，把脏东西洗掉，把坏运气洗掉，把过去的那些全部洗掉。三个人六只脚板在火光照耀下，全都泡进水里。蔡玉珍看见王家宽用手搓他的脚板，搓得一丝不苟，像有老茧和鳞甲从他脚上一层层脱下来。

村庄里的人全都站在自家门口，目送王家宽一家人上岸。他们觉得王家宽手上的火把像一簇鬼火，无声地孤单地游向对岸。那簇火只要把新屋里的火引燃，整个搬迁仪式也就结束了。一同生活了几十年的邻居们，就这样看着一个邻居从村庄里消失。

一个秋天的中午，刘顺昌从山上采回满满一背篓草药。他把草药倒到河边,然后慢慢地清洗它们。河水像赶路的人,从他手指间快速流过。他看到浅黄的树叶和几丝衰草,在水上漂浮。他的目光越过河面,落到对岸王老炳家的泥墙上。

他看见王老炳一家人正在盖瓦。王老炳家搬过去的时候,房子只盖了三分之二。那时刘顺昌劝他等房子全盖好了再搬走也不迟。但王老炳像逃债似的,急急忙忙地赶过那边去住,现在他们利用他们的空余时间补盖房子。

蔡玉珍站在屋檐下捡瓦,王老炳站在梯子上接,王家宽在房子上盖。瓦片从一个人的手传到另一个人的手里,最后堆在房子上。他们配合默契,远远地看过去看不出他们的残疾,看不出他们的破绽。王家宽不时从他爹递上去的瓦片中选出一些断瓦扔下来,有的被他扔到河里。刘顺昌只看到小河里水花飞扬,却听不到断瓦残片砸入河中的声音。这是个没有声音的中午,太阳在小河里静静地走动。王老炳一家人不断地弯腰举手,没有发出丝毫的声响。刘顺昌看着他们,像看无声的电影,也仿佛是自己的耳朵突然失灵。没了声音,他们就像阴间里的人,或画在纸上的人。他们在光线里动作,轻飘、单薄、虚幻。

刘顺昌看见房上的一块瓦片飞落,碰到蔡玉珍的头上,破成四五块碎片。蔡玉珍双手捧头,弯腰蹲在地上。刘顺昌想蔡玉珍的头一定被砸破了。刘顺昌朝那边喊话:老炳,蔡玉珍的头伤得重不重?需不需要我过去看一看,给她敷点儿草药?那边没有回音,他们好像没有听到刘顺昌喊话。

王家宽从房子上走下来,把蔡玉珍背到河边,用河水为她洗脸上的血。刘顺昌喊蔡玉珍,你怎么啦?王家宽和蔡玉珍仍然没有反应。刘顺昌捡起脚边的一颗石子,往河边砸过去。王家宽朝飞起的水花匆匆一瞥,便走进草丛为蔡玉珍采药。他把他采到的药放进嘴里嚼烂,再用右手抠出来,敷到蔡玉珍的伤口上。

蔡玉珍再次趴在王家宽的背上。王家宽背着她往回走。尽管小路有一点儿坡度,王家宽还能在路上一边跳一边走,像从某处背回新娘一样快乐惬意。蔡玉珍被王家宽从背上颠到地面,她在王家宽的背膀上擂上几拳,想设法绕过王家宽往前跑。但是王家宽张开他的双手,把路拦住。蔡玉珍只得用双手搭在王家宽的双肩上,跟着他走跟着他跳。

跳了几步. 王家宽突然反身抱住蔡玉珍。蔡玉珍像一张纸片,轻轻地离开地面,落入王家宽的怀中。王家宽把蔡玉珍抱进家门。王老炳摸索着也进人家门。刘顺昌看见王家的大门无声地合拢。刘顺昌想他们一天的生活结束了,他们看上去很幸福。

　　秋风像夜行人的脚步,在河的两岸在屋外沙沙地走着。王老炳和王家宽都已踏踏实实地睡去。蔡玉珍听到屋外响了一声,像是风把挂在墙壁上的什么东西吹落了。蔡玉珍本来不想理睬屋外的声音,她想瓦已盖好了,家已经像个家了,应该安安稳稳地睡个好觉。但她怕她晾在竹竿上的衣服被风吹落,于是从床上爬起来。

　　她拉开大门,一股风灌进她的脖子。她把手电摁亮,看见手电光像一根无限伸长的棍子,一头在她的手上,另一头搁在黑夜里。她拿着这根白晃晃的棍子走出家门,转到屋角看晾在竹竿上的衣服。衣服还晾在原先的位置,风甩动那些垂直的衣袖,像一个人的手臂被另一个人强行地扭来扭去。蔡玉珍想收那些衣服,她把手电筒叼在嘴里,双手伸向竹竿。她的手还没有够着竹竿,便被一双粗壮的手臂搂住了。那双手搂着她飞越一条沟,跨过两道坎,最后一起倒在河边的草堆里。蔡玉珍嘴里的手电筒在奔跑中跌落,玻璃电珠破碎,照明工具瞎了,河两岸乱糟糟的黑。

　　那人撕开她的衣服,像一只吃奶的狗仔用嘴在她胸口乱拱。蔡玉珍想喊,但她喊不出来。她的奶子被啃得火辣辣地痛。她记住这个人有胡须。那人想脱她的裤子。蔡玉珍双手攥紧裤头,在草堆里打滚。那人似乎是急了,腾出一只手来摸他的口袋,摸出一把冰凉的刀。他把刀贴在蔡玉珍的脸上。蔡玉珍安静下来。蔡玉珍听到裤子破裂的声音,她知道她的裤裆被小刀割破了。

　　蔡玉珍像一匹马,被那人强行骑了上去。挣扎中,她的裤裆完全彻底地撕开。她想现在攥着裤头已经没有用处。她张开双手,十根手指朝那人的脸上抓去。她想明天,我就去找脸皮被抓破的人。

　　强迫和挣扎持续了好久,蔡玉珍的嘴里突然吐出几个字:我要杀死你。她把这几个字劈头盖脸吐向那人。那人从蔡玉珍的身上弹起来,转身便跑。蔡玉珍听到那人说我撞上鬼啦,哑巴怎么也能说话?声音含糊不清,蔡玉珍分辨不出那声音是谁的。

　　当她回到床前,点燃油灯时,王家宽看到了她受伤的胸口和裂开的裤裆。王家宽摇醒他爹,说爹,蔡玉珍刚才被人糟踏了,她的裤裆被刀子划破,衣服也被撕烂了。王老炳说你问问她,是谁干的好事?王老炳想说也是白说,王家宽他听不到。王老炳叹了一口气，对着隔壁喊玉珍，你过来，我问问你。你不用怕，爹什么也看不见。

蔡玉珍走到王老炳床前。王老炳说你看清是谁了吗？蔡玉珍摇头。王家宽说爹，她摇头。王老炳说你没看清楚他是谁，那么你在他身上留下什么伤口了吗？蔡玉珍点头。王家宽说爹，她点头了。王老炳说伤口留在什么地方？蔡玉珍用双手抓脸，又用手摸下巴。王家宽说爹，她用手抓脸还用手摸下巴。王老炳说你用手抓了他的脸还有下巴？蔡玉珍点头又摇头。王家宽说现在她点了一下头又摇了一下头。王老炳说你抓了他脸？蔡玉珍点头。王家宽说她点头。王老炳说你抓了他下巴？蔡玉珍摇头。王家宽说她摇头。蔡玉珍想说那人有胡须，她嘴巴张了一下，但什么也没有说出来。她急得想哭。她看到王老炳的嘴巴上下，长满了浓密粗壮的胡须，她伸手在上面摸了一把。王家宽说她摸你的胡须。王老炳说玉珍，你是想说那人长有胡须吗？蔡玉珍点头。王家宽说她点头。王老炳说家宽他听不到我说话，即使我懂得那人的脸被抓破，嘴上长满胡须，这仇也没法报啊。如果我的眼睛不瞎，那人哪怕跑到天边，我也会把他抓出来。孩子，你委屈啦。

蔡玉珍哇的一声哭了，她的哭声十分响亮。她看见王老炳瞎了的眼窝里冒出两行泪。泪水滚过他皱纹纵横的脸，挂在胡须上。

无论是白天或者黑夜，王家宽始终留意过往的行人。他手里捏着一根木棒，对着那些窥视他家的人晃动。他怀疑所有的男人，甚至怀疑那个天天到河边洗草药的刘顺昌。谁要是在河那边朝他家多看几眼，他也会不高兴也会怀疑。

王老炳叫蔡玉珍把小河上的木板桥拆掉，王家宽不允。他朝准备拆桥的蔡玉珍晃动他手里的木棒，坚信那只饿嘴的猫一定还会过桥来。王家宽对蔡玉珍说我等着。

王家宽耐心地等了将近半个月，终于等到了报仇的时机。他看见一个人跑过独木桥，朝他家摸来。王家宽还暂时看不清那个人的面孔，但月亮已把来人身上白色的衬衣照得闪闪发光。王家宽用木棒在窗口敲了三下，这是通知蔡玉珍的暗号。

那个穿白衬衣的人来到王家门前，四下望一眼后，便从门缝往里望。大约是什么也没看见，他慢慢地靠近王家宽卧室的窗口，踮起脚伸长脖子窥视窗里。王家宽从暗处冲出来,举起木棒横扫那人的小腿。那人像秋天的蚂蚱从窗口跳开,还没有站稳就跪到了地下。那人爬起来试图逃跑,但他刚跑到屋角,王家宽就喊了一声:爹,快打。屋角落下一根木棒,正好砸在那人的头上。那人抱头在地下滚了几滚,又重新站起来。他的手里已经抓住了一块石头。他举起石头正要砸向王家宽时,蔡玉珍从柴堆里冲出,举起一根木棒朝拿石头的手扫过去。那人的手痛得缩了回去,石头掉在地上。

那个人被他们三人合力打趴在地上,再也不能动弹了,他们才拿起手电筒照那个人的脸。王家宽说原来是你,谢西烛!你不打麻将啦?你跑到这里来干什么?谢西烛的嘴巴动了动,说了一句含糊不清的话。王老炳和蔡玉珍谁也没听清楚。

蔡玉珍看见谢西烛的下巴留着几根胡须,但那胡须很稀很软,他的脸上似乎也没有被抓破的印痕。蔡玉珍想是不是他的伤口已经全部愈合了?王家宽问蔡玉珍,是不是他?蔡玉珍摇头,意思是说我也搞不清楚。王家宽的眼睛突然睁大。蔡玉珍看见他的眼球快要蹦出来似的。蔡玉珍又点了点头。

蔡玉珍和王家宽把谢西烛抬过河,丢弃在河滩。他们面对谢西烛往后退,他们一边退一边拆木板桥,那些木头和板子被他们丢进水里。蔡玉珍听到木板咕咚咕咚地沉入水中,木板像溺水的人。

自从蔡玉珍被强奸的那个夜晚之后,王老炳觉得他和家宽、玉珍仿佛变成了一个人。特别是那晚上床前的对话给他留下了怎么也抹不去的记忆。他想我发问,玉珍点头或摇头,家宽再把他看见的说出来,三个人就这么交流和沟通了。昨夜,我们又一同对付谢西烛,尽管家宽听不到、我看不见、玉珍说不出,我们还是把谢西烛打败了。我们就像一个健康的人。如果我们是一个人,那么我打王家宽就是打我自己,我摸蔡玉珍就是摸我自己……现在,桥已经被家宽他们拆除,我们再也不跟那边的人来往。

无聊的日子里,王老炳坐在自家门口无边无际地狂想。他有许多想法,但他无法去实现。他恐怕要这么想着、坐着终其一生。他对蔡玉珍说如果再没有人来干扰我们,我能这么平平安安地坐在自家的门口,我就知足了。

村上没有人跟他们往来,王家宽和蔡玉珍也不愿到那河边去。蔡玉珍觉得他们虽然跟那边只隔着一条河,但是心却隔得很远。她想我们算是彻底地摆脱他们了。

中篇小说

只有王家宽不时有思凡之心。夏天到来时，他会挽起裤脚涉过河水，去摘桃子吃。一般他都是晚上出动，没有人看见他。他最爱吃的桃子，是朱灵照相时曾经靠过的那棵桃树结出来的桃子。他说那棵桃树的桃子结得特别甜。

大约一年之后，蔡玉珍生下了一个活蹦乱跳的男孩。孩童嘹亮的啼哭，使王老炳坐立不安。王老炳问蔡玉珍，是男的还是女的？蔡玉珍抬起王老炳布满老茧的右手，小心地放到孩童的鸟仔上。王老炳捏着那团稚嫩的软乎乎肉体，像捏着他爱不释手的烟杆嘴。他说他要为孩子取一个天底下最响亮的名字。

王老炳为孙子的名字整整想了三天。三天里他茶饭不思，像变了个人似的。最先他想把孙子叫作王振国或者王国庆，后来又想到王天下什么的，他甚至连王八蛋都想到了。左想右想，前想后想，王老炳想还是叫王胜利好。家宽、玉珍和我终于有了一个声音响亮的后代，但愿他耳聪目明口齿伶俐，将来长大了，再也不会有什么难处，能战胜一切，能打败这个世界。

在早晨、中午或者黄昏，在天气好的日子里，人们会看见王老炳把孙子王胜利举过头顶，对着河那边喊王胜利。有时候小孩把尿撒在他的头顶他也不顾，他只管逗孙儿喊孙儿。王家开始有了零零星星的自给自足的笑声。

不过王家宽仍然不知道他爹已给他的儿子取了一个响亮的名字。他基本上是靠他的眼睛来跟儿子交流的。对于他来说，笑声是一种永远也无法企及的奢侈品。当他看到儿子咧开嘴角，露出幸福的神情时，他就想那嘴巴里一定吐出了一些声音。如果听到那声音，就像口袋里兜着大把钱一样愉快和美妙。于是，王家宽自个儿给儿子取了个名字，叫王有钱。王老炳多次阻止王家宽这样叫，但王家宽不知道怎么个叫法，他听不到王胜利这三个字的发音，他仍然叫儿子王有钱。

王胜利渐渐长大，每天他要接受两种不同的呼喊。王老炳叫他王胜利，他干脆利索地答应了。王家宽叫他王有钱，他也得答应。有一天，王胜利问王老炳，你干吗叫我王胜利，而我爹却叫我王有钱？好像我是两个人。王老炳说你有两个名字，王胜利和王有钱都是你。王胜利说我不要两个名字，你叫爹他不要再叫我王有钱了，我不喜欢有钱这个名字。王胜利说完，朝他爹王家宽挥挥拳手，说你不要叫我王有钱了，我不喜欢你这样叫我。王家宽神色茫然，不知发生了什么事。王家宽说有钱，你朝我挥拳头做什么？你是想打你爹吗？

王胜利扑到王家宽的身上，开始用嘴咬他爹的手臂。王胜利一边咬一边说，叫你不要叫我有钱了，你还要叫，我咬死你。

王老炳听到"叭"的一声耳光，他知道那是王家宽扇王胜利发出的。王老炳说胜利，你爹他是聋子。王胜利说什么叫聋子？王老炳说聋子就是听不到你说的话。王胜利说那我妈呢，她为什么总不叫我名字？王老炳说你妈她是哑巴。王胜利说什么是哑巴？王老炳说哑巴就是说不出话，想说也说不出。你妈很想跟你说话，但是她说不出。

这时，王胜利看见他妈用手在他爹的面前比画了几下。他爹点了点头，对爷爷说，爹，有钱他快到入学的年龄了。爷爷闭着嘴巴叹了一口气，说玉珍，你给胜利缝一个书包吧。到了夏天，就送他入学。王胜利看着他的爷爷、爹和妈，像一只受惊的小鸟，头一次被他们古怪的动作和声音吓怕了。他的身子开始发抖，随之呜呜地哭起来。

到了夏天，蔡玉珍高高兴兴地带着王胜利进了学堂。第一天放学归来，王老炳和蔡玉珍就听到王胜利吊着嗓子唱：蔡玉珍是哑巴，跟个聋子成一家，生个孩子聋又哑……蔡玉珍的胸口像被钢针猛猛地扎了几百下，她失望地背过脸去，像一匹伤心的老马大声地嘶鸣。她想不到她的儿子，最先学到的竟是这首破烂的歌谣，这种学校不如不上了。她一个劲儿地想我以为我们已经逃脱了他们，但是我们还没有。

王老炳举起手里的烟杆，朝王胜利扫过去。他一连扫了五下，才扫着王胜利。王胜利说爷爷，你干吗打我？王老炳说我们白养你了，你还不如瞎了、聋了、哑了的好，你不应该叫王胜利，你应该叫王八蛋。王胜利说你才是王八蛋。王老炳说你知道蔡玉珍是谁吗？王胜利说不知道。她是你妈，王老炳说，还有王家宽是你爹。王胜利说那这歌是在骂我，骂我们全家，爷爷，我怎么办？王老炳把烟杆一收，说你看着办吧。

从此，王胜利变得沉默寡言，他跟瞎子、聋子和哑巴没什么两样。

写于1995年3月15日

救命

1

孙畅回到六楼的时候，发现灰不溜丢的走廊比平时明亮。他以为路灯提前开了，眯起眼睛才看清，多余的明亮原来是那两个人衣服上的反光。他们站在铁门前，一个是警察，一个西装革履。真是蓬荜增辉！他们远远地伸出双手迎上来，让孙畅不得不怀疑自己走错了楼梯。

警察问："你就是孙老师吧？"

"你们是……"

警察掏出证件，说："我是派出所的。"

"那你们一定找错人了，我从来不敢惹派出所的。"

"哪里哪里，我们是来给你烧香磕头的。"西装革履说。

孙畅打开门，用手抹了一下沙发，示意他们坐。他们的腿都绷着，连弯一下的念头都没有，不像是上门找坐的。他们的脖子扭来扭去，目光从彩电移到冰箱，再从冰箱移到卧室，好像在找什么值钱的物件。孙畅拿起茶壶，警察一把夺下，说："没时间喝茶了，老郑你赶快说吧。"老郑就是那个西装革履，他把头从卧室的方向"嘎嘎"地扭过来，说他叫郑石油，自己的女朋友也是未婚妻，此刻就站在对面的楼顶上，随时都有可能飞下去。

"这和我有关系吗？"孙畅问。

警察说："相当于她得了癌症，你来做个偏方，也许有效。"

"这年头真药都治不了病，你还信偏方？"

郑石油说："她的面前就是你卧室的窗口，空中距离不超过十米。如果你能跟她搭上话，就能转移她的注意力。"

"你自己往窗口一站，注意力不就全部过来了吗？"孙畅说。

"不行。她说只要有人靠近，立即就往下栽。从中午到下午，四个多小时了，她的注意力一直很集中。"郑石油说。

"难道我就不是人？"

"这是你家的窗口，你爱怎么靠近就怎么靠近，谁也别想拿死来威胁你。"

"可是，我不认识她……从哪里说起呢？"

"就当你初恋，没话找话。万一卡壳，你就低头看我。拜托。"

郑石油庄严地鞠了一躬。孙畅顿时感到身体轻了，就像太空舱里的宇航员那样飘起来，也像水面的葫芦，怎么也按不下去。人家是往下跳，自己却往上飘，真没出息。他朝卧室走去，双腿严重发软，根本不听使唤。他说："不是我不想救人，而是没这项本领。"

警察说："别急，你先来个深呼吸。"

孙畅闭上眼睛，用力吸气，把整个肺部装得满满的，好像存了一柜子的钱，然后再一角一分地开支。就在肺里的空气快要放完的时候，他忽然发现了一道难题："如果她不买我的账，一头撞向地面，谁来负这个责任？"

郑石油说："当然不能由你来负。"

"那由谁负责？"

"我。谁也抢不走这份功劳。"郑石油拍拍胸膛。

"空口无凭，你还是写个字条吧。我这人胆小，怕猫就像怕老虎。"

"莱温斯基怀孕，赖不到你头上。人都站到楼边边了，还写什么字条？"

"老郑，我是认真的，别以为我想收藏你的书法。"

郑石油从包里掏出一张白纸，唰唰地写了一行，签上大名递过来。孙畅说："还缺一枚公章。"

"孙老师，我是来救人的，不是来订合同的，怎么会把公章带在身上？"

"难道你不明白有些人比公章还管用吗？"

郑石油把字条递给警察。警察说："想不到我在你们心目中，还有这么高的威信。"说着，他把名字唰唰地签了。孙畅接过字条揣上，用力地按了几下，顺便把夸张的心跳也按了下去。他好像重新找到了地球的引力，轻飘飘的身子有了重量。真幸运，他又会走路了。他走到卧室前，打开房门。郑石油立刻趴下，好像对面有一颗瞄准他的子弹。连窗帘都还没拉开，郑石油就急迫地趴下，足见他的一片诚意。孙畅朝窗口慢慢靠近。郑石油紧跟他的脚步爬行,一边爬一边说:"如果她还活着,你千万别告诉她我曾经学过狗走路。"

"那你也不能告诉任何人,说我吓得裤衩都湿了。"

2

扒开窗帘一角,孙畅看见麦可可站在楼顶的护栏上。她头发没乱,五官端正,好像不仅仅端正,还有几分媚气,看上去像个大学生。如果要给她写评语的话,应该是:该生着装整洁,勤洗手讲卫生,爱祖国爱劳动,有文艺细胞,喜欢唱歌跳舞,积极参加各项活动,如果再把鞋子穿上,那基本上就没什么缺点了……

"没消失吧?"缩在窗台下的郑石油轻声地问。

"但是,脚指头已经伸到护栏外面。"

"大慈大悲的孙老师,要是能把她救下来,我给你换套新房。"

孙畅拉开窗帘。麦可可警觉地抬头。孙畅说:"谁在挡我的视线?"麦可可面无表情。孙畅说:"原来是跳楼的呀,哪里跳不好,偏要到我的窗前来跳。"麦可可一动不动。孙畅说:"玩呀?"麦可可还是没反应。孙畅说:"还有没有别的选择?比如转过身,走下护栏。听到没?你妈喊你回家吃饭呢。"麦可可的眼皮微微一动。孙畅提高嗓门:"有人会想你的,不是父母,就是恋人……反正,在这世界上总会有一个人想你。他会一边哭一边喊你的名字。"

直到这时,麦可可的目光才有了焦点。孙畅说:"这么高,真要砸下去会很疼。我从小就怕疼,一到打预防针就哭。你不怕疼吗?你不怕疼水泥地板还怕疼呢。"

两行泪滑出麦可可的眼眶。孙畅想不到这么快就有了效果,吓得都忘了说话。他屏住呼吸暗暗使劲,希望泪水在麦可可的脸上多停留哪怕一会儿,好像眼泪能把她挽留似的。尽管孙畅的拳头都捏痛了,但泪水还是没刹住,它毫不犹豫地从对方下巴滚落。孙畅说:"年轻人,千万别着急,有什么困难我可以帮你,不一定非得摔成肉酱。"

"滚开!"麦可可终于开口。

"滚开容易,但我告诉你,人活着不仅仅是为了爱情……"

"那还能为什么?"

"理想、事业。小学生都懂。"

"每次都这么说,像唱卡拉OK。别以为你换了身衣服,我就不知道你是警察。"

"为什么不是老师?难道你的老师不也是这么教你的吗?"

"老师干吗要管闲事?"麦可可明显不耐烦了,"你给我闪开,否则我立马就跳。"

"等等,即使你死,我也要让你死个明白。"

孙畅转身拉开床头柜,拿出一个纸袋回到窗边。麦可可的眼睛微微扩大,仿佛有了一点兴趣。孙畅从纸袋里掏出一本证件,说:"你看好了,这是我的教师资格证。我是一名光荣的人民教师,不是什么警察。"麦可可闭上眼睛,好像是相信了,也好像是为跳楼准备情绪。孙畅赶紧掏出第二本证件,说:"这是我的房产证。"麦可可的眼睛没打开,孙畅却把房产证打开了。他指着上面的姓名,说:"确认一下吧,免得你把我当骗子。我这个人什么错误都有可能犯,唯独骗人这一条不会。这是正宗的房产证,请你高抬贵眼,只要你看一眼,再把眼睛闭到未来都没关系。我不是故意要跟你啰唆,我的嗓子在课堂上就已经疲倦了,疲倦了我之所以还要说,那是因为这是我的家,每天我都会站在这里看你背后的天空……"

麦可可似乎被"背后"提醒,忽然回头,看见楼门里没有任何动静,才又把头扭过来。孙畅说:"妹子,请你另找个地方吧。否则,我这窗口就'残废'了。知道什么后果吗?将来只要一站在这里,我就会怀念你。"

麦可可向右转,两只光脚丫沿着护栏踩去,好几次,她的左脚有一半悬空。孙畅惊叫:"我是说着玩的,你还真跳呀?"麦可可的步子更加勤快,似乎要远远地避开窗口。孙畅说:"再往前走就面对大街了,你想死得安静点就回来。"麦可可一怔,转过身,摇摇晃晃地又来到窗前。她低头看了一眼,说:"我是踩过点的,别以为你是老师什么都懂。"

孙畅问:"能告诉我为什么想死吗?"

"不幸福。"

"为什么不幸福?"

"因为郑石油不跟我结婚。"

"不就是结婚吗?我让石油同意就是了。"

"吹牛。他怎么会听你的?"

"他……"孙畅结结巴巴地低头,看见躲在窗下的郑石油举着"学生"两字,立即抬起头来,"他是我的学生。"

"不可能。这个城市里叫石油的有好几十个呢。"

孙畅又看窗下。郑石油举起的稿纸上写着"建政路23号6栋"。孙畅报上地址。麦可可皱皱眉毛,说:"你真是他老师?"

"我……还是他的班主任。"

"你保证他能给我婚姻吗?"

孙畅低声重复麦可可的疑问。郑石油在稿纸上写下"保证"。孙畅一下有了底气:"保证。"

"如果你说不动他,我还会站到这里。"

"放心吧,我的学生都尊师重教。"

"他答应结婚、结婚,可就是不跟我去领证,三年了。"

"他要是再敢骗你,我叫全班同学一起声讨。必要时,我让他见报。"

"当真?"

"我连手心都湿了,像开玩笑吗?"

孙畅松开拳头,把两只手掌举到窗前,就像投降。麦可可看见他的掌心全是汗,仿佛刚刚下过一场雨。她终于相信他,一屁股坐到护栏上。两个警察从楼门冲出来,分别拉住她的左右手。她拐了拐胳膊,抗议:"别碰。我有本事上来,就有本事下去,轮不到你们紧张。"

3

当麦可可和两名警察从对面楼门消失之后,孙畅才坐到床上。具体坐了多久,连他自己也不清楚,因为有一段时间,他的大脑里是空白,既没听到声音也没感觉到热。直到小玲拿着湿毛巾在他冒汗的额头连续擦了几把,他才回过神来,说:"好好一个人,为什么会想死?"

"被人欺负了呗。"

"……我没欺负你吧?"

小玲想了想,说:"好像没有。"

"那我就放心了。"

他开始看小玲的头发,然后再看她的脸和脖子,像打量陌生人那样由上往下打量。当他的目光移到小玲胸部时,小玲说:"干吗那么色?"

"我……怕你死。"

"我要是死了，谁给你和不网洗衣、煮饭？"

"所以，我们都得活着，千万千万不能跳楼。"

"神经病才会跳呢。"

孙畅一激灵，从床上跳了起来，说："你这么一点拨，我就明白了。没准儿，她就是个神经病。只要一归结到神经病，多少事情都迎刃而解。"

当晚，孙畅吻了小玲。他已经好久没吻小玲了。小玲也不甘落后。两人都有了进一步亲热的愿望。结果他们一共来了三次。这是一个久违的次数，几乎是他们一周的指标。他们都很投入，也舍得花力气，尽管开着空调，脊背上却全是汗。因为汗水过多，他们都感到手滑，抓不稳对方。于是，他们的手指都掐进了对方的身体。但是，无论手指掐进去多深，他们都不觉得痛，反而提醒自己还活着，还有人陪着……这么折腾了一夜，他们都觉得幸福，甚至同情起麦可可和郑石油来。

被干扰的心情就这样平静下来。孙畅每天按时到中学讲课，小玲除了去妇产科上班，还负责接送孙不网。买菜、拖地板的事归孙畅，其余的归小玲。他们的生活又有了秩序，准确得就像秒针。几天之后，麦可可领着四个民工，把一台立式钢琴送到孙家门前。孙畅挡在门口，说："你这不是成心让我受贿吗？"

麦可可说："和一条命比起来，这钢琴只算一根毛。"

"那我也不能见毛就拔。"

"我和石油就要结婚了，你给个面子吧。"

"即使我想给你面子，这房间也不答应。"

"不会吧？这么大一个家，难道连架钢琴都摆不下？"

孙畅闪开。麦可可指挥四位民工抬起钢琴。钢琴避过门框，来到客厅中间，轻轻地落下，但只落了一半就落不下去了，因为茶几挡住了钢琴的一只脚。钢琴赶紧起来，调了一个方向，又往下落，一头却被电视柜卡住。钢琴又起来，移到窗下，贴着墙壁往下落，这一次短沙发挡住了它的去路。麦可可说："小心，小心，快抬起来。"钢琴又慢慢地起来，刮掉了墙壁上不少的白灰，琴边有了一道白线。麦可可说："孙老师，你们家也太小户型了。"

孙畅说："买房的时候，我不知道你要送我钢琴，否则我就按揭一套八十平方米的。"

麦可可推开孙不网的卧室,说:"可以摆在这里面。"

孙畅说:"屁股那么大块空间,别浪费力气了。"

麦可可招手,示意民工把琴抬进来。民工没抬,而是拿了一把卷尺,先量钢琴,再量孙不网卧室的空余。横量竖量,空地就差那么五厘米。麦可可说:"现在我才明白,祖国其实一点儿也不辽阔。"

孙畅说:"心意我领了,把琴抬走吧。"

麦可可不甘心,推开主卧室,叫民工用卷尺量窗下的空间。民工蹲下,量了长又量了宽,说:"琴能摆下,但不能摆凳子。"

麦可可惊喜地说:"可以坐在床上弹。"

"乱弹琴。摆那儿,会阻碍交通。"孙畅制止。

麦可可只当没听见,和四个民工一道把琴抬进来摆在窗下。琴刚落地,小玲就领着孙不网回来了。她拍着琴面说:"问题是这个东西对我们没用。"

麦可可说:"它能陶冶下一代的情操。"

小玲说:"下一代已经学画画了,没时间再学这个。"

麦可可说:"嫂子,请你一定相信,学过或没学过琴的人,将来的素质绝对不一样。"

小玲说:"就怕这琴只是个摆设。"

"抽空我来教他。"麦可可弯下腰,拍着孙不网的脸蛋,"你愿意跟阿姨学琴吗?"

孙不网摇头。小玲挥手叫民工把琴抬走。民工不响应。小玲抓起琴的一头,想抬起来,但抬不动,便扭头向孙畅求助。孙畅搓搓手,走过来一推。琴向房门滑去。麦可可说:"本来我是想用钱来报答孙老师的,但是我怕你们笑我俗气,才想出这么个高雅的。这是我的一点儿心意,如果你们不收,那就是逼我送钱。"孙畅把琴停住。小玲说:"妹子,我不是这个意思。这么贵的物品,我是怕它怀才不遇。"

"现在用不上，你敢保证将来用不上吗？有的东西即使没用，它也必须摆着。我这辈子从来不欠别人的，这次也不想欠。如果连感谢都没人领情，那我还有什么资格活着……"麦可可说得眼泪"叭叭"直掉。

小玲把琴推回来，说："妹子，这琴我们收下啦。"

4

一天，孙畅正在教室里讲《拿来主义》，因为他把"网游"和当年外国人送来的鸦片进行了类比，学生们个个听得腰板挺直。忽然，有两个学生把头扭开。孙畅以为自己讲得不精彩，于是来了一句惊人的："要救将来之中国，必先禁现在之网游。"如此雷人的语言，也没把那两颗脑袋扳回来，反而让更多的脑袋扭了过去。孙畅没有跟风，也不呵斥，而是保持了一位优秀教师的冷静。他想继续用口才校正学生们逃跑的脑袋，但一时半会儿还想不出具有磁铁效应的句子，正在琢磨之际，有一学生喊："老师快跑，你女朋友找上门来啦！"

教室里不是一般的喧哗。孙畅再也装不成优秀，扭过头去，看见麦可可站在门口，其惊讶程度绝不亚于学生。他说："你……怎么来了？"

麦可可一字一句："姓……郑……的……跑……了。"

"啊！你们结婚的红包我都准备了，他不收彩礼啦？"

"骗子，"麦可可咬牙切齿，"你也是个骗子。"

孙畅四十来岁，活得也有些年头了，可他还是第一次听到有人咬着这两个字骂他，实在是不服气。他说："还不如骂我流氓更好听些。"

"没那么便宜，骗子就是骗子。"

"我到底是骗了你的钱还是骗了你的色？"

"你骗我不死！"

孙畅张开的嘴巴像卡了个乒乓球，久久没有合拢。他万万没想到茫茫骗海还有这么一个新骗种。麦可可说："本来我一心求死，可你偏要花言巧语，说什么保证他能给我婚姻。现在好了，婚姻跑外太空去了。"

"一点儿信用都不讲，成心让人崩溃。"孙畅嘟哝着，不停地在走廊上踱步。窗玻璃后面贴满了学生们压扁的脸蛋。麦可可问："你知不知道他窝藏的地点？"孙畅说："连你都不知道，我怎么会知道？他又不是我的恋人。"

"骗我？"

"骗你是狗。"

学生们都笑了。只有孙畅的脸黑得像黑板，既严肃又认真，不是行骗的表情。"又是一只气球。早知会破，何必吹得那么大。"绝望的麦可可突然爬上走廊的护栏，身子外倾。孙畅伸手一捞，动作飞快也只扯下半截衣袖。学生们惊叫着跑出教室，趴在护栏上俯视。麦可可已经不会动了，甚至有可能已经没有呼吸，好像是砸在草地上的一个蜡像。孙畅从楼道里冲出来，保护现场，拨了医院的急救电话。十五分钟之后，救护车就"呜啦呜啦"地驶进校园。一副担架把麦可可抬进了车子。孙畅跟着钻了进去。

5

因为是右肩先着地，麦可可还有呼吸，但右膀子的骨头或折或碎，医生们用了十多个小时才将其复位，并把右膀子打上石膏。麦可可躺在床上"四不"：不吃、不喝、不说话，再加上不停地流泪。由于泪水绵绵，枕巾换了一块又一块。孙畅说："再这么哭下去，眼泪就要在床上发芽了。"

小玲手里的勺子装满鸡汤，朝麦可可的嘴巴靠近。麦可可的牙齿立刻咬紧。勺子微微一偏。小玲以为流质食物会像暴涨的河水，总有办法渗透防洪大堤，却没想到麦可可的牙齿不是豆腐渣工程，而是滴水不漏。鸡汤沿着嘴角流下，在脖子处与泪水交汇。小玲用纸巾擦着麦可可的脖子，说："傻丫头，就算是真傻，你也不应该为一个骗子去傻。他都背信弃义了，你还赔上一条命，值得吗？你又不是他养大的，干吗要把命给他？只有把命送给珍惜你的人，命才值钱。不珍惜你的人，即使你死了，那也像死一只蚂蚁，他连眼皮都不会跳一下。"

"可是……他答应过娶我。"麦可可轻轻地说，嘴唇微微颤抖。

孙畅接过话头："答应不等于事实。小时候，妈妈答应和我永不分离，可是去年，她还是死了。你说，我是不是也应该跳楼？"

"你不跳是因为你不在乎，你不爱她。"

孙畅被呛住，但马上反驳："你越是爱他，就越不能死。"

"为什么？"

"因为你死了，他会伤心。"

"他要是懂得伤心，就不会人间蒸发。"

"所以……他不爱你。"

麦可可哭了。这是她跳楼之后第一次痛哭。小玲劝她别哭坏身子。孙畅用食指按住小玲的嘴巴。小玲收声，不停地往麦可可手里递纸巾，支持她哭个痛快。看着满地的纸巾，小玲鼻子发酸，泪水情不自禁地涌出。于是，她的两只手都忙了起来，一只给麦可可递纸巾，一只给自己抹泪。不知道是出于同情，或是勾起了某段伤心往事，她哭得比麦可可还伤心，好像全世界最可怜的人是她。两个女人相互感染，哭声此起彼伏。孙畅说："够啦，再哭就把我也拖下水了。"

麦可可抽泣，说："我不愿意怀念一个活人，还不如去死。"

孙畅说："你已经死过一次，知道为什么没死成吗？"

"楼……太矮了……"

"不是。是老天不让你死。"

"要是真有老天，它就应该把郑石油给我找回来。"

小玲插话："只要你不想死，我们一定帮你找到石油。"

麦可可停止抽泣，像看见救命稻草那样看着小玲和孙畅。她说："你们真的能帮我找到他吗？"

孙畅说："他又不是空气，哪能说蒸发就蒸发了。"

麦可可说："如果能找到他，我就不死。"

孙畅说："相信我们，活着没错。"

麦可可抹了一把眼泪，说："谢谢！"她终于懂得说"谢谢"了。

6

孙畅找到建政路23号6栋503室。他按门铃，门铃不响。他拍门，门不打开。邻居说这屋已经半月没人居住。他向物业打听房子的主人。物业说这房主不姓郑，是别人租给他住的。他不信，物业就把租金收据拿出来。白纸黑字，他想不信都难。

还有一条线索，就是那天陪郑石油上门的蒋警察。孙畅在110值班室找到他。他说那天的主题是救人，不是调查姓郑的。孙畅说："偏方已经失效，现在只有郑石油才是麦可可的速效救心丸。"蒋警察在内部网搜索，发现郑石油的身份证号是假的，也就是说他们认识的郑石油是个山寨版。蒋警察说："要找到这个人，恐怕比提拔你当校长还难。"

晚上，孙畅吃饭特别响，每一口都不让牙齿落空，好像嚼的不是黄瓜、大蒜，而是不共戴天的仇人。这种特殊的声音持续了大约一刻钟，小玲说："人家可是眼巴巴地等着消息。"孙畅忽然就不嚼了，问："你有什么主意？"

"还需要主意吗？"

"你的意思是来真的？"

"难道你还想骗她？"

孙畅摇头，说："多少好听的，都不如一刀断了她的念头，给她来个根治。"两人达成共识，都穿上正装，一本正经地来到病房，像大会合影的前排官员那样直直坐下，手掌分别按住膝盖。麦可可的眼睛一闪一闪，急于从他们的表情里找答案。大家都不开口，病房异常肃静。肃静啊肃静，孙畅终于忍不住，清了清嗓子，说："小麦……这个……事情……啊……这个这个……啊……"孙畅"啊"了半天也没"啊"出个内容来。小玲用力掐了一下他的后腰。他一龇牙，说："你掐什么掐？我这么说话是想给小麦一点儿思想准备。"麦可可的眼睛顿时停电。孙畅说："你骂得对，他是个骗子。"

"人呢？"麦可可问。

"连警察都找不到他，他的名字是虚构的。"

"这么说，我是没机会扇他了？"

"除非他愿意挨扇。"

"可你们说过，能帮我找到他。"

"什么人都可以找，但一碰上骗子我们就眼瞎。"

"那你干吗要救我？"麦可可忽地大叫，吓得孙畅和小玲笔直的上身都往后闪。孙畅说："我救你是因为生命比爱情重要。"

麦可可说："我宁可不要命，也要爱情。"

小玲说："生命只有一次，爱情可以重来。"

麦可可咆哮："就是可以重来一千次，他也不能骗我。谁都不能骗我。你不是说他是你学生吗？现在怎么变骗子了？"

孙畅和小玲都咬紧嘴巴，生怕又用词不当。病房里再次肃静，只有门外往来的脚步声偶尔打破沉默。他们已经若干年没这样体会安静了，静得都可以听到自己小时候的哭声。好久好久，他们听到一声轻轻的"对不起"，那是从麦可可的嘴里发出的。小玲说："非常抱歉，我们的能力有限。"

"你们走吧，我没事了。"

孙畅说："你挺得住吗？"

麦可可点点头。

孙畅说："如果悲伤是挑担子，我们可以从你肩上接过来。可偏偏悲伤不是，只能靠你自己消化。"

麦可可忽然一笑，说："放心吧，我不会自杀了。"

"你保证？"

"保证。"

孙畅和小玲分别跟麦可可拉钩之后，便离开了病房。因麦可可的忽然一笑，他们阴沉的心情像晒了太阳。看看时间已近凌晨，他们打了一辆出租车。两人都累，都没说话，但四只眼睛全落在计费器上。快跳到三十元的时候，孙畅忽然大叫："司机，掉头。"小玲吓了一跳，说："你发神经呀？"

司机调过车头，问："去哪儿？"

孙畅说："回医院。"

出租车跑着回头路。孙畅说："难道你不觉得她的那个笑有些诡异吗？"

小玲说："我也觉得勉强。"

"她是想把我们骗走。"

"可是孙畅，你不觉得累吗？也许，没你想得那么严重。"

"我有不祥之感。"

"也许，我们可以假装不知道。"

孙畅叫司机停车。他在犹豫是不是把车头又掉回去？小玲说："当然，我只是说也许……"孙畅想了一下，说："回不回医院？其实很好判断。"

"怎么判断？"

"万一今晚她真的出了事，我们能不能一辈子假装不知道？"

"我装不了。"

"我也装不了……"

7

半夜时分，住院部的窗户有的白有的黑，整幢大楼的正面就像一盘竖起来的围棋。

麦可可的病房还亮着灯。孙畅和小玲来到窗前，看见麦可可躺在床上，都松了一口气，都怀疑自己是不是有点神经质？但是，就在他们即将转身的时候，孙畅发现了异样。他指着床底问："小玲，那是什么？"

地板上聚积了一片黑色，有液体正从床板断断续续滴落。"不好啦！"孙畅叫唤着推开房门冲进去，掀开麦可可的被单。她的右手腕子已经被玻璃划破，鲜血正从伤口冒出来。小玲一手压住伤口，一手试探她的鼻息，说："快叫医生。"孙畅摁亮呼叫灯，喊着"救命"冲出去。

很快，护士来了，医生也来了。一群白大褂把床围得水泄不通。有人量血压，有人套呼吸机，有人输血……正在听心脏的大夫说："快不行啦，你们喊喊她，别让她睡过去了。"

小玲挤进来，趴在床头喊："可可，我是小玲，你醒醒……可可，你别急着走啊，傻妹子，我见过傻的，但没见过你这么傻的。你快醒醒呀，可可……你这么漂亮，这么好的年华，还怕没人爱你吗？你睁开眼睛看看，爱你的人都站在这里呢，可可……"喊着喊着，小玲泣不成声。

有人说："还怕没机会哭吗？快喊呀。"

小玲好像哑巴了，怎么喊都是抽泣。孙畅挤进来，喊："可可，你快醒醒……你说过你不会死的，你跟我们拉过钩下过保证，为什么我们一转身你就这样？可可，快醒醒呀……我们舍不得你。知道吗？你那一笑让我们高兴了好久。可可，你再笑笑，让哥和嫂子再看看……可可，快醒醒，别走啊……小玲……"

小玲哭着说："不是我，是可可。"

孙畅一愣，接着喊："可可，不就是郑石油吗？只要你醒，再难，我们也要把他找回来。你醒醒啊，可可……"

麦可可毫无反应，脸色苍白得就像一张白纸。有人在按她的胸部，有人在打强心针。那个听心脏的大夫急得汗水直冒。小玲喊："可可，快看，我们把郑石油给你找回来了。可可，快看呀，石油来了……"麦可可的嘴唇微微一抽。大夫说："加油！"现场忽然寂静，大家都在扭头寻找。大夫说："郑石油呢？快喊呀，再不喊就真没气了。"

孙畅喊："可可，我是石油。"

现场又热闹起来。所有的目光都落在孙畅的身上。大夫竖起大拇指。小玲一边哭一边点头。孙畅继续喊:"可可,对不起……我没心没肺,活该抽筋剥皮,你扁我扇我吧,可可,你是用命来爱的人,我迟钝,我身在福中不知福,可可,我保证再也不躲你了,你别走,只要你不走,我就跟你结婚……"

"嚯……"麦可可终于呼出一口微弱的长气。她从死神的手里逃回来了。在场的每个人都像突然松了绑,身心俱弛,抹泪的抹泪,擦汗的擦汗……

8

孙畅第一次出错是在菜市,他已经转身走了几步,忽然被卖葱花的叫住:"喂,你是没领工资或是故意装蒜?"孙畅羞得满脸通红,赶紧回头补交了两元葱花钱。他想俺老孙买了十几年的菜,忘记交钱还是头一遭,偶然而已。第二次出错是在早餐店,他拿起一瓶豆浆就走,出门之后才发觉没付费。他想这还是一次偶然,原因是忙晕了。第三次出错是在医院的单车棚,他取车时不仅忘了交保管费,而且是第二天才想起没交。他想再不注意,恐怕偶然就变必然了。

这天放晚学,他从办公室里出来,在走廊拐了几个弯,忽然就听到一声闷响,眼前的玻璃"哗"地散落,脑海里有悠长的回声。他一摸前额,手上全是血,再看地板,都是玻璃碎渣。此刻,他才确信脑门刚刚跟玻璃打了一架。学生们围上来,问:"老师,要不要去医务室?"他说:"我没欠你们钱吧?"

他捂着额头来到妇产科,把伤口交给小玲。小玲一边帮他包扎一边说:"现在,你又欠学校一块玻璃。怎么老是欠呀?"

"都是紧张惹的祸。"

"又没做亏心事,有什么好紧张的?"

"难道你就不怕麦可可跟我们要人?"

"救命时说的话,还能当真?"

"我敢保证她醒来的第一句,就是问郑石油在哪里。"

"未必。也许她忘了。"

"不可能。不信你现在叫她打靶,枪枪都是十环。"

"几天时间,就是神仙也找不到那个骗子。"

"所以,我急得大脑都出汗了……"

"谁叫你冒充郑石油?活该!"

"我要是不冒充,你那话就接不下去。大道理你不讲,偏说什么郑石油回来了,活活把自己人逼进死角。"

"旁边不是还站着好多男人吗,你急着哭什么丧?"

"人家不是她的孝子贤孙。"

"那你是她的孝子喽?"

孙畅气得发抖。他说:"汪小玲呀汪小玲,想不到你说话也不讲良心。我冒充郑石油的时候,你不是点过头的吗?"

"畜生才点头。"

"点头的是畜生。"

"就你嘴巴狠。"

小玲一生气,把手里的胶布按到孙畅的嘴上。两片横着的红嘴唇,外加一条斜竖的白胶布,就像数学的不等号,映在对面的镜子里。孙畅被刺激,一把扯下贴在前额的纱布,露出流血的伤口。护士惊叫:"孙老师,会感染的。"孙畅的嘴唇挣扎,想说什么却说不出来。他用双手慢慢地撕嘴上的封条,面部肌肉颤抖了几十次才把嘴巴打开。透了一口气,他说:"凡是汪小玲摸过的纱布都有剧毒。"

小玲一转身,跳脚出门。孙畅冲着她背影说:"你跳得再高,我也没欠你钱。"说完,他把胶布递到护士面前,说:"你参考参考,谁家的老婆会用这种方式给老公拔胡须?"护士抬眼一看,几根粗壮的胡须粘在胶布上。

9

麦可可开口说话那天,孙畅和小玲都在床边。她说的第一句是"对不起"。这让孙畅忽然有了久违的轻松。小玲在与孙畅对视的瞬间,脸上甚至都有了赌赢的表情。但是,轻松的心情只保持了几秒,麦可可就说了第二句:"郑石油在哪里?"

孙畅说:"我去找过蒋警察,求他发通缉令。他说只有重要犯人才能享受通缉待遇。我说郑石油害得麦可可差点儿没命,难道还算不上重要?他说感情的事不归他们管。"

"这么说郑石油没回来?"

"后来,我去了一趟报社,请他们登了这个。"

孙畅掏出一张报纸举到麦可可的眼前。报纸一角印着郑石油的照片，旁边一行字："请告诉他的确切消息，有酬谢。"麦可可发了一会儿呆，说："当时我就怀疑，可还是忍不住醒、醒了。"她抹着眼角，泪水眼看就要出来了。孙畅说："寻人启事已贴到网上，我现在是二十四小时开机。"麦可可鼻子一抽，似乎把眼泪也一并抽了回去。她说："你能把他拽回来吗？"

"有可能。他们用这种方法找到过失踪者。"

"那我就再等几天。"

"几天？抓个逃犯也没这么快，更何况我是业余的。"

"那要多久？"

"说不准。快的话十天半月，慢的话一年半载。你得有耐心。"

"谁能找到郑石油，我出十万元酬金。"

孙畅瞪大眼睛，接着斜视小玲，心里泛起一百个"不相信"。但麦可可马上说："我不缺钱。"从表情判断，她不是开玩笑，她本来就不是个爱开玩笑的人。孙畅说："有了这个数，找到郑石油的把握就更大，待会儿我在网上发布。"麦可可说："拜托。"

小玲比画着，说："这么高一摞钞票，为一个骗子，你舍得？"

"除了不服这口气，我……我还真离不开他，"麦可可说，"大学一毕业，他就把我锁定了。给我买房、买车，还给我存了一笔钱。他从不让我干活，连煮饭都请阿姨。除了他，我没有朋友、没有亲人，甚至没有氧气。"

"你父母呢？"小玲问。

"相当于死了。我混得越惨就证明他们越正确。"

"为什么？"小玲说。

"因为我没考上名校，没考托福，没跟郑石油拜拜，没按他们的意思生活，他们就说这辈子不想见我。"

孙畅说："也许他们后悔了，正盼你回家。"

"你要是拉他们入股，我会死得更迅速。"

"不会。我不知道他们在哪儿。"孙畅说。

小玲问："可可，郑石油对你这么好，干吗要跑呀？"

"只有他知道。"

回到家，孙畅立即趴到电脑前。小玲问："你真有那么大本事？"孙畅飞快地敲着键盘，说："人肉搜索，一般都躲不过的。他是大活人，又不是空气。"

小玲说:"再没成绩,可可就不信我们了,准出人命。"孙畅说:"就算是大海里捞针,也得捞……"他用力一回车,十万酬金的信息已贴到网上。

10

等待中的麦可可脸上现出红苹果色,皮肤恢复弹性,右手指伸缩自如,心跳和血压正常。她可以坐在床头上网了。孙畅把手提电脑掰开,摆在她面前,点出十几张照片。这都是渴望酬金的网友们发来的,每一张脸都是郑石油的模仿。其中有个女的,看长相、看表情,说不跟郑石油来自同一基因都没人信。麦可可说:"他是不是变性了?"孙畅说:"即使变性也没这么快。据网友搜索,此人独女,不是郑的妹妹。"麦可可的眼神又一次调暗。

孙畅点了一下鼠标,说:"请看这张。"

麦可可抬高眼睫毛。照片上,一群白人站在纪念碑前默哀,周围散立残缺的水泥桩和铁丝网,右边的远处是一片树林和两间半颓的房。麦可可问:"什么意思?"孙畅说:"波兰的奥斯维辛集中营。纳粹在这里屠杀了上百万的犹太人、波兰人和吉卜赛人。"

"太远了吧?"

"不远。"孙畅说着,把照片局部放大。两张黄色的脸从白人中间脱颖而出。麦可可惊叫:"是他。"

"你确定?"

"就是从焚尸炉里出来我也认得!"麦可可的呼吸变得急促,"狗屎,他不来悼念我,竟然去悼念外国人。"

"也许是旅游,也许移民了。"

"那还是够不着他。"

"只要他还活着,就有机会。导演波兰斯基躲了美国警方三十多年的通缉,最近还不是在瑞士被抓了。"

"等他三十年?我可没那个耐心。"

"运气好的话,也许三十天,也许三天就有消息。"

"旁边那女的是谁?"

"不知道。照片是一个摄影师发来的,他说一群白人中间就两个黄皮肤黑眼睛,所以印象深刻。但他跟他们只是偶然相遇,并不认识。"

"搜索那个女的,没准儿能找到郑石油。"

"网友们正在为十万元酬金加班呢……"

但是,一个星期了,那个女的还是没有被搜索出来,仿佛她是国家机密。孙畅、小玲和麦可可围住电脑,把她的头像放大,再放大,直到她的脸部出现粗大的颗粒。麦可可叫她"大灰狼",她认为是大灰狼抢走了郑石油。小玲反对,因为大灰狼不够年轻,且漂亮程度不及麦可可的一半,根本不具备抢走郑石油的实力。孙畅推测郑石油愿意跟一个半老徐娘私奔,唯一的可能就是她有钱。也许她是个富姐?麦可可说按这么推理,那郑石油给自己存的那笔钱,会不会就是大灰狼的?如果是,明天她就把钱统统烧掉。小玲阻止,说金钱无罪,有罪的是使钱的人,在没有确证之前,千万别亵渎钞票。孙畅猜测,没准儿大灰狼是郑石油的妻子。麦可可否认,她说自己至少审问过郑石油一百遍,他发誓没结过婚。

大灰狼变得越来越不确定。在他们三人的嘴里,有时她是婊子,有时她是权贵的女儿,有时她是通缉犯,有时她是导游……她就像一块橡皮泥,被他们捏成各种形状,而捏得最起劲的是麦可可。慢慢地,大灰狼什么职业,跟郑石油什么关系都不重要了。她只是他们说话的由头、放松的话题,是他们玩心理游戏的工具。在对她的猜测和污辱中,他们获得了快感和优越感。麦可可不止一次地嘲笑她,说她因为跨国卖淫,患了艾滋病,估计身体已经烂了。即便她没患艾滋病,谁又敢保证她没患癌症?即便她不患癌症,谁又敢保证她没贩毒?只要她贩毒,没准儿过海关的时候已经被擒,或者干脆在她逃跑的时候被乱枪射死。当然,被击毙的不止她一人,还有她的同伙郑石油。

看见麦可可笑了,孙畅想原来作践别人也是一种有益于健康的精神活动,此一活动放在麦可可的身上,那就是活下去的动力。

11

麦可可出院以后,非得请孙畅和小玲到她家里聚一次。她就住在对面楼房的五层。原来是准邻居,难怪那天她会站到对面的楼顶。这是一套三居室,地板是浅红色原木,刚打过蜡,亮得可以冒充镜子。黑色的真皮沙发,雕花的欧式原木餐桌。窗口挂着手绣的白色纱帘,配红色窗框。客厅的墙壁雪白,上面挂着十几张照片，有她青涩的高中，也有舞姿翩翩的大学。中间有一张照片倒挂，那是郑石油搂着她的开心合影。

他们给她带了一件礼物，是一根可以伸缩的钓鱼竿，外加一盒鱼饵。孙畅把钓鱼竿一节一节地拉长，直到钓鱼竿伸出窗外。麦可可问："有这么大的鱼塘吗？"孙畅说："你看你，一点也不了解郊区。"孙畅把鱼饵粘到钩子上，再把钩子甩出窗外，教麦可可如何握竿，怎么看动静，哪样收线。教授完毕，孙畅又把钓鱼竿一节一节地收回，他强调没有什么方式比钓鱼更能让人心情平静。

餐桌上的菜都是麦可可叫饭店送来的，有海参，有龙虾，还有南瓜羹什么的，唯一忘记叫送的是主食。她为这个疏忽犯难，最后眉头一皱，给每人泡了一碗方便面。她说她是吃方便面长大的，要是几天吃不到一口，背叛投敌的念头都会产生。席间，孙畅不时扭头看那张倒挂的照片。他问："郑石油是做什么的？"麦可可说："他说他做边贸生意。"

"你到过他办公室吗？"

"没有。"

"有没有他留下的名片？"

"没有。"

"也就是说，你只晓得进门后的郑，不知道出门后的石油。"

"第一次没经验。可是，我也不能没生病就先吃药吧？"

孙畅闭嘴。但是吃了几口，他又问："郑石油留没留下什么可疑物品？比如证件、笔记本和信用卡什么的……也许能从他留下的物品上找到更多的信息。"

"凡他碰过的我全都烧了。"

"为什么要烧？"

"祭奠死人的时候不都是烧吗？"

"他未必死了。"

"死了死了，"麦可可把墙壁上倒挂的照片摘下来，砸到地板上，"我说他死了就是死了。"

"你真不在乎他了？"

"不在乎。"

"也不怨恨？"

麦可可摇头，说："如果他身边那个女的比我年轻、漂亮，也许我会嫉恨……女人都是这样，受不了别人比自己好，却能原谅别人比自己差。"

"这回，你算是真醒了。"

孙畅举杯。三只盛着红酒的杯子响响地碰在一起。

12

估计是方便面吃腻了，麦可可登门跟小玲学做饭菜。小玲从淘米开始一步步教她，直到把生米煮成熟饭，然后，又教她切菜、炒菜。麦可可很上瘾，三天两头就跑过来练厨艺。每次她都不会空着手来，有时提鸡肉有时提牛肉，有时提一大篮瓜果蔬菜。饭菜做好，她留下来一同品尝，听每个人对饭菜的评价。表面上是开"学术会"，实际上是混吃混喝。晚餐后，她教孙不网弹琴。

琴是她先前送来的，还摆在主卧室的窗前。小玲在床边铺一块布，麦可可和孙不网便坐到布上，从"哆来咪"开始学。随着时间推移，琴声从牛叫慢慢变成鸟鸣。每次授课完毕，麦可可会情不自禁地演奏《月光奏鸣曲》。凡这样的曲子一起，孙畅和小玲不管在做什么，都会跑到卧室的门口，用崇敬的目光看，用谦虚的耳朵听。此刻的麦可可上身像个贵族，手指像个舞蹈演员，神情专注，整体优雅。听的人陶醉了，弹的人也陶醉了。孙畅和小玲经常提前鼓掌。显然，这样的曲子不是弹给学生听的，而是为了感谢家长的救命之恩。要知道她现在演奏的位置，就是当时孙畅对她喊话的地点。她的目光不可避免地会穿过窗户，落到对面的楼顶。那是她曾经差一点就跳下去的地方。

麦可可告辞，琴声仍厚厚地铺在床上。孙畅和小玲睡下时，能听见琴声从席子的气孔冒出来，像棉花一样把他们覆盖。有琴声铺床的夜晚，他们准会亲热一次，以至于他们亲热的次数，完全与麦可可演奏的次数相等。一天深夜，孙畅觉得脑袋里有点紧，就像在脑神经上铺了一层吸水纸，纸又干了的那种感觉。孙畅深呼吸，回忆郊区的鱼塘，想象山水树木和草香，暗示自己平静。但是，他越暗示脑神经就越绷得紧，仿佛拔河，一拉它就过来，一松它就过去，反正就是不能原地不动。孙畅碰了一下小玲，小玲翻过身来，速度飞快，眼睛是睁开的。原来她也没睡着。这时，他们才恍然大悟，麦可可已经好久没上门教琴了。他们也好久没过那种生活了。小玲说："她总算把我们给忘了。"

"她在和过去告别呢。"孙畅说。

13

半年后，孙畅在教室上课。讲到一半，他发现后排坐着一位成熟的女生，细看，原来是麦可可。她头发染黄，发型改变，鼻梁上还多了一副黑框眼镜。孙畅假装没看见，但讲着讲着就跑题，只好提前宣布下课。学生们散去，孙畅走过来，说："可可，我差点儿没把你认出来。"

麦可可低着头，说："最近，有点儿，伤感，想找你说几句。"

"去钓鱼了吗？"孙畅坐到她对面。

"我把钓鱼竿砸水里了。"

"为什么？"

"我钓了一条鱼，把它摘下来放回去，然后又钓，钓到的还是那条。我又摘下来，把它放回去，还挪了钓鱼的位置，没想到钓起来的又是它。"

"只能说那条鱼喜欢美女。"

麦可可的脸上没有出现预期的笑容。孙畅赶紧把自己的笑容打住。麦可可说："所以我想，人生很无聊。就像钓鱼，钓来钓去就钓那一条，还是自己放回去的。"

孙畅说："有的人钓了一天，连个鱼的影子都看不见，而你却能几次钓到同一条鱼，算是幸运。"

"别哄我了。"

"如果不是幸运，那就是幻觉。"

"你才幻觉。你说郑石油保证跟我结婚，你说你能找到郑石油，你说只要我不走就跟我结婚……你回车回车总回车，却没一条兑现。"

传来一阵哄笑。孙畅扭头，发现一群学生趴在窗外偷听。他挥手驱逐，学生们三三两两地走开。直到窗外没人，他才把头扭过来，说："有的话是抱着希望说的，但不是每个希望都能实现。"

"那不就是说谎吗？"

"必须澄清，你奄奄一息那天，我是在替郑石油喊话。"

"可我没把你当郑石油。你的每句都拍在我脑门，一句一个包。我是听到你说跟我结婚才醒的。要是郑石油这么说我早气死了，谁还信他呀？"

"这么说我喊错了？"孙畅有些着急。

"没喊错，"麦可可停了一会儿，"你是个好人，所以我一直忍住不语，以为自己能消化，可还是消化不良……其实，我也在找理由哄我。我说挺住，没准儿哪天郑石油会在我面前双膝落地。我还说加油，一定要活着看见大灰狼和郑石油一起悲惨。但这些理由能哄小孩，却不能哄大人。我对他们没兴趣了，再也找不到活下去的理由了……"

孙畅转动着眼珠子，似乎在帮她找理由。忽然，他把眼珠子定住，说："你该有份工作。人一忙，就没闲工夫想什么生死。"

"有个场招跳舞的，我想去，可人家说要脱衣。"

"你不是会弹钢琴吗？可以做家庭老师。"

"我那水平也就蒙蒙你们，蒙不了别的家长。"

"可以学。你这么年轻，没你学不会的。"

"我讨厌考试。从小到大，我都考烦了。"

"总有一两件你不烦的吧？"

"有。"

"什么？"

"死。"

孙畅眉头一皱，说："打住吧。也许你该去看看心理医生？"

"去了，他们说服不了我。你说，如果没有爱情，人为什么还要浪费粮食？不如让地球松口气。"

"你这么好的条件，还愁没人敲门？你完全有资格为爱情活着。这就是理由。"

"在网上Q了，没一个来电的。"

"眼角别太高，找个心好的吧。"

"就你这标准，高吗？"

"别拿哥开玩笑。"

"我是认真的，"麦可可盯住孙畅，"你要是不讲信用，我还得死一回。"

"那死的将会是我。"

孙畅一拍脑门，正好拍在那天撞破玻璃的伤口上。旧痛还在。

14

从校门出来，孙畅一路没捏刹车。他像即将分娩的产妇，用最短的时间赶到妇产科，把麦可可说的跟小玲全部吐了一遍。小玲气得胸腔一放一收，说："她一定是疯了。"孙畅问："你们医院一般用什么方法对付疯子？"小玲仿佛被针戳了一下，忽然有了主意。她带着孙畅去找精神科大夫。大夫听完他们长长的讲述，说："这样的病例，只能到康复医院强行治疗。"

小玲和孙畅都摇头，因为这不是他们的权力范围。他们唯一能做的就是惹不起躲得起。每天下班，他们都去不网的外婆家吃，到了深夜才悄悄回来。但是，他们回家的路线再也不是直的，而是从前楼绕过去，再从后楼绕过来，最大角度地回避那扇窗口。小玲再也不敢穿高跟鞋，生怕上楼的脚步惊动她。锁孔已经加了润滑油，开门时不会发出响声。进门之后，他们不开灯，也不开窗帘，摸黑洗完澡就上床睡觉。早晨，他们先透过猫眼看看楼道，发现确实没有可疑人物才出门，然后飞快地下楼，一路小跑而去，仿佛麦可可就在身后。

一天深夜，他们被门铃声惊醒。

孙畅一抽鼻子，说："是她。"门铃响了一遍又一遍。孙畅把小玲紧紧地搂在怀里，好像魔鬼就要钻进来了。待门铃停息，他们轻轻地下床，摸到门后，把耳朵贴在门板上。他们听到麦可可在低声抽泣。她一边抽泣一边说："我知道你们在家，你们是故意躲我。孙老师，小玲姐，开门呀……我又不是恐龙，你们干吗怕我？求求你们，让我进去。我不会给你们添麻烦，就想跟你们说说话……"

小玲凑到猫眼上，轻轻地说："怪可怜的，让她进来吧？"

孙畅说："你就不怕打开潘多拉的盒子？"

小玲把孙畅拉到猫眼上。孙畅看见麦可可手里抱着一大束鲜花。花束里没有玫瑰。他说："也许这会儿她没疯。"

小玲亮灯，把铁门打开。麦可可欣喜地："小玲姐，孙老师，我想死你们了。"她擦着泪痕走进来，把鲜花插在花瓶里，像打量老朋友那样打量客厅。小玲说："坐吧。"麦可可放松地落下去，在长沙发上弹了几下。孙畅和小玲分别坐在两边的短沙发上。麦可可说："孙老师，那天我情绪不好，吓着你了吧？"小玲说："他倒是没吓着，我差点儿吓得半死。"麦可可赶紧道歉。小玲说："妹子，我们家的什么东西你都可以拿，唯独不能拐卖人口。"麦可可的脸唰地红了。她说："对不起，我太急。"小玲说："这事慢也不行。"麦可可说："不是这个意思，我的急是指……"

小玲和孙畅都扭头看着她，急于知道她的意思是什么意思。她说："像我这种刚刚被欺骗过的，本该一遭挨蛇咬十年怕井绳，好好地消停消停。我真的努力了，每天都在心里加一块超厚钢板，使劲儿地压住那些冒出来的泡泡。我曾经发誓把爱情扔进冰箱，让它冻起来，发誓别相信、别爱、别结婚。但是……我做不到。少一分钟没有爱情，我心里就发慌、害怕。我需要婚姻，而且是越快越好。你们……能帮我介绍一个吗？"

小玲说："要找一个配得上你的，挺不容易。"

麦可可说："我的条件不高，心好就行。"

"这年头，不缺帅哥，就缺好心眼。"

"那就找个次好的，反正我也想明白了，不是每个人都能找到最好。"

"我帮你打听打听吧，说好了，只是打听打听。"

"整个太阳系，就你俩对我好。"说完，麦可可在小玲的脸上"叭"地亲了一口，惊得孙畅和小玲的眼珠子差点掉出来。

15

小玲在脑海里搜索她认识的未婚男子，范围从单位扩大到亲朋好友，结果发现没一个适合麦可可的。她问孙畅："你们学校有没有合适的男老师？"孙畅说："倒是有一个，但不敢介绍。"

"舍不得呀？"

"谁敢找个发神经病的？"

"她现在不是好了吗？趁她心情愉快，赶快找个男的填上去。万一她旧病复发，没准儿又要逼你还债。"

孙畅觉得小玲说的不是废话，就买了一瓶好酒，做了几个好菜，请匡老师到家里来交流。匡老师身高一米七几，五官摆得到位，虽然眼睛偏细鼻梁欠高，但小玲说："外表没问题。"孙畅介绍，匡老师上政治，知道伊拉克什么方位有石油，懂得美国次贷危机的来龙去脉，还为巴以和谈写过信，出过主意。小玲说："才华没问题。"孙畅又介绍，每次为灾区捐款，匡老师都没落下。去年，他还给贫困学生买过蚊帐。小玲说："心眼没问题。"孙畅说，匡老师是演讲比赛的评委，好多观众表面上是去看比赛，实际上却是去听他点评。小玲说："口才没问题。"

匡老师干了一杯酒，问："那问题是什么？"

小玲说："女方太优秀。一般男人征服不了她。"

匡老师说："先认识认识吧，如果征服不了，就算体验生活，反正吃亏的不是男人。"

正在饮酒的孙畅突然噎住，像喉咙里卡了鱼刺那样翻起白眼。他用力吞咽，直到把酒顺下去，白眼才消失。他说："匡老师，我特别希望你有个严肃的态度，因为她太不一般了。"

匡老师问："怎么个不一般？"

孙畅说："她像思想家那样追问生命，像校对员那样纠正错误，像商人那样认可合同，像季布那样一诺千金，像西施那样貌若天仙。如果你没有负责任的打算，那千万别跟她玩，否则准出大事。"

"既然你这么说，那我就来回真的。"

"好好地爱。爱能融化冰雪，催生万物。"孙畅语重心长，弄得比托孤还要悲壮。匡老师感动得眼圈发红。当他们干完那瓶白酒之后，匡老师就像电影里的"金刚"那样，"咚咚"地拍打着胸膛，说："如果全人类的良心都烂了，那唯一不烂的就在这里。把她交给我，你们一万个放心。"

星期天，小玲和孙畅把匡老师带到麦可可的住处。小玲介绍麦可可。孙畅介绍匡老师。介绍完毕，麦可可第一句就问匡老师："人为什么而活着？"匡老师回答："爱情。"这个回答就像对上了暗号，立即让麦可可的眼睛熠熠生辉。匡老师从地球变暖谈到北极冰川，从广岛原子弹爆炸谈到伊拉克难民。他感叹地球没了指望，生命已无呵护，人要幸福地活下去，只能依靠爱情。为什么？因为爱情是痛苦生活的麻醉剂。听到此处，麦可可的眼睛不单是生辉，已然"嗖嗖"放电。

孙畅和小玲悄悄地退出去，轻轻地掩上门。他们一转身，就以离开爆炸现场的速度往楼下跑。好像跑得越快就越跟这件事情无关。就在即将跑出楼道时，小玲的脚闪了一下。孙畅赶紧把她扶住，避免了一场扭伤。小玲双手合拢，看着麦可可的那扇窗口，说："阿弥陀佛，但愿他们能成。"

孙畅也抬头看着，说："没想到好口才还能治病。"

16

寒假，孙畅带领全家到南边的海滩旅游。躺在海水里看天，他有一种空前绝后的轻松，仿佛刚刚还完房贷。但是，他立即就否认了这个比喻，觉得这种轻松不是用钱可以购买的，它不是经济问题，而是人生内容，比还完钱更高级，更形而上。有了这种心情，海水就变成深蓝，天空一尘不染，水温恰当宜人。小玲和孙不网的嬉闹声从附近传来，轻轻拍打他的耳根。他像一块糖那样浮着、漂着，尽情地舒展四肢，仿佛被融化了。

从水里起来，他觉得海滩上的沙子也比过去来时柔软。忽然，他在人群中看见一个熟悉的背影，追过去，果然是匡老师。两人都不是一般的惊讶，张开的大嘴似乎能把对方吞掉。匡老师问："你怎么会在这里？"

"我怎么就不能在这里？"孙畅说。

"太巧，太巧了。"

孙畅的目光在人群里搜索，问："一个人？"

"还有一个，在阳台上观察敌情。"

"啊……"孙畅眉开眼笑，"这么说你们谈得还算顺利？"

"你说她怎么就那么爱思考？动不动就问为什么。"

"平时我们问你都抢答，现在有个爱问的，那不是瞌睡遇到枕头了吗？你本来就是个解答疑问的专家。"

"有点儿奇怪，"匡老师放眼茫茫大海，"也许，我能游过去。"

"拜托，一定要游过去，不管遇到多大的阻力。"

"试试吧。"

匡老师扎进水里，挥臂游去。孙畅一直目送他，直到他在海里变成了一个小黑点，才转过身来。小玲突然出现在他身后，问："你看谁呀？"孙畅说："匡老师。"

"他怎么来了？"

"来的不光是他。"

小玲张开的嘴巴丝毫不比匡老师的小。她说："怎么像个影子？走到哪跟到哪，成心不让我们放松。"

"算了吧，人家接了那么大一个包袱，真正需要放松的是他，他们。"

第二天，孙畅就退房了。他们坐长途汽车回家，把大海让给了匡老师和麦可可。一路上，孙畅都在夸姓匡的，说他是个好人，有机会一定要报答。但是，孙畅只是学校里的普通一员，基本上没报答匡老师的机会。新学期，上级派人到学校搞民主测评，让全体教职工推荐一位副校长。孙畅想都没想，就把匡老师给推荐了。结果，匡老师只得了一票，部分同事还以为是他自己推荐自己。

傍晚，孙畅在办公室里加班。匡老师大步走进来，一拍桌子，说："老孙，这恋爱没法谈了。"孙畅抬起头，问："什么情况？"

"你看看吧，"匡老师把上衣捞起来，"简直就像扒冬虫夏草。"

孙畅看见匡老师的背部、胸部全是纵横交错的爪印。他想到的第一个词就是"伤痕累累"。他问："你养宠物了？"匡老师把衣服砸下来，说："什么狗屁宠物？这都是女恐怖分子的杰作。"

"怎么会抓成这样？"

"电影看了，海水泡了，鲜花送了，甜言蜜语也灌了。但是，她竟然不让我碰她，还骂我耍流氓。"

"你是不是太急了？"

"都两个月了！你说这年代，还有谁谈了两个月没身体碰撞的？老孙呀老孙，人家两分钟干成的事，我两个月都没干成，算是对得起你了吧？"

"纠正一个字，你对得起的是她，不是我。"

"别以为我看不出来，她爱的人姓孙。"

"不是爱。"

"不是爱她干吗要到海边去追你们？"

"在海边，不是巧合吗？"孙畅真的糊涂了。

"她坚决要去，义无反顾，可到了海边，连门都不出，每天就站在阳台，像个军事专家那样举起望远镜。开始我以为她在看地形，准备跟对面打仗。后来碰到你，我才知道她在找人。"

"怪不得那天你嘴巴张得比鲨鱼的还大。"孙畅忽地皱起眉头，"问题是，她怎么知道我的行踪？"

"不是你告诉她的吗？"

"我没事找事呀？躲都躲不急，就差移民了。"孙畅提高嗓门。匡老师的双手下压，不停地按着空气。他说："你是不是在躲债？"

"算是吧。"孙畅忽然来了个低八度。

"所以，你们就想尽快把这笔债转到我的名下，也不管她正不正常，是不是神经病？"匡老师一边质问一边拍打桌子。

"我们以为……你能感化他。"

"原来你们是拿我去堵枪眼，还讲不讲人权呀？"匡老师拍打桌子的手立刻变成拳头，朝孙畅挥去。孙畅的脸一歪，嘴角流出血来。他抹了一把嘴角，说："你这么做，还怎么跟学生讲德育？"

"现在，我想跟他们讲决斗。"

匡老师气冲冲地走了。孙畅忽然对着墙壁咆哮："那我的委屈呢，又该向谁发泄？我好心救命，凭什么还要添这么多烦恼？我又不欠谁，干吗跟我要婚姻？救命时说的话能算合同吗？如果这也算，那骂人的话就该当法律。你们，都把垃圾扔到我这只桶里，难道我就那么能装？告诉你们，我也想找个地方，把这口恶气吐出去……"

骂着骂着，他啐了一口唾沫。

17

孙畅问小玲："是不是你告诉麦可可的？"小玲说出发前两天，曾在小区里遇见过麦可可，因为没话找话，就问她愿不愿意去海边散心？没想到她竟然当真了。那绝对只是一句礼节性的邀请，无论从表情或者语调都判断得出来。孙畅一下瘫在床上，像被谁定格似的久久不动。小玲挠他的胳肢窝，他没一点儿反应。小玲又挠他的脚板心，他还是没动。他好像已经变成了一块床板。小玲俯身吻他。他推开小玲，说："难道你还看不出来吗？我被人爱上了。"

小玲把他从头到脚打量一遍，然后抓起一面镜子举到他面前。他看着镜子里的脸，说："原来是个帅哥，难怪那么抢手。"小玲把镜子贴近，给他一个大特写。他闭上眼睛。小玲说："为什么不看鼻头？不仔细看还以为是大蒜。为什么不看鬓角？年龄都被花白暴露。你也太把自己当人才了吧？"

"没准儿人家爱的就是人才？"孙畅闭着眼睛说。

小玲一撇嘴："别太自恋了，把你当人才的脑子都有问题。"

"难道我是自作多情？"孙畅仍然闭着眼睛。

"你本来就不应该打开这个病毒！"小玲忽然呐喊，把镜子砸到地板上。孙畅睁开眼，飞快地坐起。地板上全是镜子的碎片。小玲的脸黑下来。卧室里的空气搞得很紧张。窗外，天空乌云翻滚，就差一道晴天霹雳。孙畅把小玲揽在怀里，轻轻抚摸她的后背。手掌一上一下，他感受到了脊背轻轻的震颤。一滴泪从小玲的眼眶率先掉下，接着就是数不清的眼泪。她说："什么世道呀？连爱情都活偷活抢。早知如此，当初还不如不救她。她的命是命，难道别人的命就不是命了吗？就不怕我也会站到楼边边上去？有没有同情心呀？"

"其实，我们对她的生命完全可以不负任何责任。"

孙畅拉开床头柜抽屉，找出那份《保证书》递到小玲面前。《保证书》上写着："如果营救麦可可失败，责任不属于孙老师。"上面有日期，有郑石油和蒋警察的签名。小玲的泪水立刻止住。她三下两下，把淋湿的脸蛋打扫干净，揣着《保证书》跑出去。孙畅从卧室追出来，说："我去给你保驾护航。"

他们来到麦可可家。地板上像刚下了一场雪，全是照片的碎屑。孙畅和小玲踮起脚走到沙发边坐下。他们发现茶几上还码着一摞新照，第一张就是麦可可与匡老师在海边的泳装合影。麦可可拿起照片，又撕了起来。照片上的匡老师和她都被肢解了，他们的脸和腿分别落在茶几的两边。小玲说："这么和谐的照片，你也舍得撕？"

麦可可撕得更起劲了。她说："为什么性不能在婚姻之后？"

"没有谁规定在婚姻之前。"小玲说。

"那他为什么要逼我？他明知道我被男人骗过，为什么就不能等到结婚那天？他不是来爱我的，而是想吃免费午餐。"

小玲说："从免费开始，然后再为一生买单，这就是爱情。"

"那当初你和孙老师，也是从免费开始的吗？"

"我们那时，没现在这么开放。"

"我要的是爱情，又不是开放。他如果能像孙老师对你那样对我，那今天我就不至于坐在这里撕照片。他比不上孙老师的一个小指头。孙老师幽默，他油腔滑调；孙老师稳重，他放荡；孙老师喜欢谈精神，他却三句不离肉体……"

"孙老师再好，那也是别人的丈夫。"小玲打断她的对比。

"所以，我一直在拍脑袋，提醒自己不要拿孙老师当标准。可是，我把脑袋都拍痛了，还是做不到。"

小玲掏出那份《保证书》。麦可可接过去看。小玲说："孙老师只是个救命的，没能力再救你的爱情。他的任务已经完成，希望你别再干扰他。"麦可可把《保证书》甩到茶几上，说："这是郑石油签的字，又不是我签的。"孙畅说："谁签都一样。反正它能证明不是我主动要跟你套近乎。我没那么善良，也没闲心跟你练口才，都是被他们逼的。"麦可可指着《保证书》上那行字，说："如果营救失败，你可以不负责任。问题是你没有营救失败呀。既然你没让我死成，那就必须负责到底。凡是你答应过的，都应该算口头合同吧。"

"你……"小玲气得扬起了巴掌，孙畅赶紧把她抱住。

18

孙畅在网上发帖，寻找愿意换居的户主。一星期之后，他在小玲上班的医院附近找到了一家。那是一幢老楼，外表虽然斑驳，但也可以说它历史悠久。楼梯尽管破旧，还堆满了杂物，但它能催人回忆。户主姓梅，梅花的梅，太有诗意了。房子在第三层，不用爬得上气不接下气。整套房子的面积比他家约小两平方米，这的确是个差距，但可以用"小玲上班方便"来弥补。每个房间都有瓷砖破裂的现象，但也可以忽略不计，眼睛是用来读书的，谁会持久地盯住瓷砖不放？室内灰暗，一是采光不好，二是墙壁偏脏，但可以用"更换灯泡和重新刮墙"来解决以上难题。沙发是仿皮的，虽然脱了一层壳，但不影响坐姿，更不影响休息。橱柜的两扇门虽已歪斜，幸运的是燃气灶还能点火，抽油烟机尚能转动。孙畅在看房的过程中，就已经把自己给说服了。

当晚，孙畅让小玲在电脑上翻看那套房子的照片。由于他拍的大都是局部，所以小玲没发现房子的缺点，反而看到了阳台上的鲜花、客厅的吊灯、卧室的窗门和卫生间的瓷盆。把这些闪亮的镜头一综合，小玲得出结论："房子不错。"孙畅立即举起两根手指，说："面积比我们家还多两平方米。"

小玲说："为什么要换居？我可不想占人家的便宜。"

孙畅指了指对面的楼房，说："唯一的办法就是躲，否则她会把我俩也培养成疯子。"

"凭什么？我就不信合法的还怕非法的。过去让着她，那是怕她撞地板。

现在她雄赳赳气昂昂，公开跟我抢老公了。我要是再不举起手术刀，她还以为我这个医生是假的。"

"不可能跟一个疯子讲逻辑。"

"什么疯子？我看她是装疯！"

小玲无意撤退。她给每个房间都换上了更亮的灯泡或灯管。只要在家，她就敞开屋门，把电视机的音量调到最大，既像是宣示主权又像是故意挑衅。孙畅每天回家的第一件事就是关门，接着是关电视，然后再关那些用不着的电灯。一天傍晚，孙畅刚把卧室的灯关掉，小玲立即跑过来把灯打开。两人一关一开，灯光忽熄忽亮，闪了几十下之后就再也不亮了。尽管卧室一片昏暗，但开关仍然"吧嗒吧嗒"地响着。两只手不断重复，只为按开关而按开关，完全忽略了天花板上的灯早已烧瞎。孙畅说："难道你不觉得我们的行为很像疯子吗？"小玲悬在开关上的手像遭了电击，忽然停住。孙畅继续说："发疯一定是在不知不觉中，就像今晚我们比赛按开关，就像那天，你一会儿挠我胳肢窝，一会儿砸镜子，一会儿哭，情绪一时数变。"

"我只是生气，我很正常。"小玲说。

"再正常也顶不住她的胡搅蛮缠，相信我，发疯也会传染。"

"那你的意思是我们还得当逃兵？"

孙畅在黑暗中点了点头。他们开始利用茶余饭后的时间打包，书柜和衣柜慢慢被腾空。一星期下来，客厅里到处都是纸箱，有好几摞已经码到了天花板。夜深了，他们还蹲在纸箱中间捆着绑着。忽然，门铃响了。小玲警觉地："是她。"孙畅说："别吭声。"两人又低头绑手里的纸箱。他们绑了一道又一道，直到把一卷绳子全部绑完。打结的时候，他们才发现纸箱已被绳子覆盖，就像草绳覆盖螃蟹，于是都笑了。门铃又响了一下。小玲起身开门。麦可可走进来，看了看零乱的客厅，说："你们要搬家呀？"

孙畅说："不、不是，是清理废旧物品。"

"你们家的废品真不简单。"

麦可可坐到纸箱上。小玲像盯贼似的一直盯着她。她似乎也感觉到了不友好的气氛，屁股还未坐稳又站起来。孙畅问："有事吗？"她弱弱地说："我是来跟你们告别的。"

"去哪儿？"孙畅有些惊讶。

"我爸已经签字，这辈子他就为我签了这一次。"

"是移民吗?"孙畅问。

麦可可摇头,说:"是去康乐医院。"

孙畅和小玲都有些意外,同时也有了几分轻松。孙畅说:"也许这是个明智的选择。"麦可可说:"我这么做,并不是因为我真的患了精神病。我想跳楼,是因为郑石油一直不跟我结婚;我割手腕子,是因为你们没帮我找到那个骗子;我跟你们要婚姻,那是因为孙老师曾经斩钉截铁地向我保证。我的所有要求其实都有根据。"

"那你干吗还要去康乐医院?"小玲问。

"因为我不忍心破坏你们的家庭。"

小玲说:"这和我的家庭八竿子都打不着。"

"有因果的,"麦可可忽然激动,但立刻压低嗓门,"就算没关系吧,反正我已经决定去医院了。我这么决定,是不想再打扰你们。放心吧,我会好起来。你们,其实没必要搬走,何必弄得那么辛苦?"

孙畅说:"看到你能控制情绪,我很高兴。"

"孙老师、小玲姐,除了你们,我没什么人值得告别。拜拜。"

麦可可转身走了。直到她的脚步声彻底消失,孙畅才把门轻轻关上。小玲说:"她要是早点儿觉悟,我们就不用绑这么多纸箱了。"

19

生活平静了两个多月。孙畅和小玲基本不提麦可可。这天,一家三口坐在餐桌边共进午餐。他们的面前分别摆着:一盘每百克含蛋白质 23.3 克的鸡肉、一盘有生血功能的菠菜、一盘防癌的红薯,外加一碗解表散寒的香菜豆腐鱼头汤。正当他们吃得起劲的时候,邮递员给小玲送来了一封特快。她把特快打开,里面躺着一把钥匙,还有一封信。信是麦可可写的,她拜托小玲抽空帮她开开门窗,淋淋盆栽,让家里保持透气和生机。小玲被这份信任感动得鼻子发酸。

下午,小玲和孙畅打开了麦可可的家门。他们推开所有的窗户,让光线和空气进来。阳台上,盆栽全部都枯死了,一片灾后景象。小玲惋惜地说:"没得救喽。"孙畅拿起花洒,往枯干的盆栽上淋水。他每淋完一壶,就会抇起盆里的泥土,放在手掌里搓搓,看看它们是否已经湿透。一盆淋透了,他又才淋下一盆。每次来给房间放风，孙畅都这么坚持着。小玲说："一个人不断地往枯死的盆栽上洒水，请问这是什么人？"

"疯子。"孙畅回答，"但是，也许它们能活过来。"

孙畅淋了两个星期的水，一盆迷你蕨类盆栽由黄变绿，枝叶渐渐舒展，先后扬起。它竟然复活了！孙畅举起这盆唯一复活的植物，请示小玲："我们是不是应该去看看她？"小玲说："其实，我天天都在想她，只是不愿意相信而已。"

他们按照信上的地址，找到了康乐医院。医生告诉他们，麦可可不像一个病人，甚至连药都不用吃，大部分时间都在散步看书。医生让孙畅和小玲在接待室等着。不一会儿，麦可可推门而入。她惊喜地扑过来，同时搂住孙畅和小玲，说："总算有人来看我了。"三人相互拍了拍肩膀，然后分别落座。麦可可的脸红扑扑的，眼睛里没有乌云。孙畅从包里掏出那盆蕨。麦可可双手捧接。她把鼻尖凑到叶子上，深深地吸了一口气，吸得蕨的枝叶都抖动起来。

小玲说："妹子，该出院了吧？"

麦可可说："我还不能完全克制，有些想法还不能从脑子里清除，比如，我为什么要活着？"

孙畅说："要弄清这个问题，恐怕你得在这里待一辈子。"

麦可可说："不想清楚，我就不敢出去。我一直认为，活着就是为了得到爱情。可是，医生们都给我的试卷打叉叉。他们说只为一件事而活，很容易走极端，也就是说假如这件事没办成，就会产生悲观情绪，甚至有轻生的念头。"

"那医生们有没有正确答案？"孙畅问。

"牛医生说，想活着就别想事，一想准得死。"

孙畅说："我不同意这个观点。"

"马医生说就像投资，不能只投股票，还必须分一点钱来投资楼市、黄金，甚至投资感情。这样一来，即使某个投资亏损了，别的投资还可以弥补。他说一个人要为自己多找几个活着的理由，就像多找几份兼职。只有这样心理才会平衡。"

孙畅说："我同意。活着的理由就是不为一个理由活着。"

"说得真好！"麦可可由衷地赞叹，"但是，要相信起来却不容易。如果哪天我能说服自己，真的相信这句话，那你们就可以来接我了。"

小玲说："到时我们租一辆高档轿车，像别人接新娘那样来接你。"

"谢谢！"

彼此又说了一会相互鼓励的话，孙畅和小玲就起身告辞。幸好他们还能赶上末班车。由于这是郊区，坐车的不是太多，小玲尚能靠着孙畅的肩膀。他们的身子随着汽车晃荡，似乎把刚才压抑的情绪也一同晃走了。小玲问："孙畅，你为什么而活着？"

孙畅说："为了你和孙不网能过上有尊严的生活。"

"其实这就是爱情，只不过附加了一个结晶。也许，麦可可的想法没错。"

孙畅反问："那你活着的理由是什么？"

小玲说："为了给你和孙不网洗衣服、煮饭。"

"我们的理由都不崇高，和年少时的想法大不一样。"

"但是实用。"

"什么都讲实用，包括理想。你说，世界上还有多少人在问活着的理由？"

"不知道。也许有百分之五十的人会问，也许只有百分之十，也许就麦可可一个人。为什么问这个问题的人会发疯呢？"

"所以，牛医生的处方才是真高明，只是我不愿承认。"

汽车在他们的讨论声中"哐啷哐啷"地前行。他们很快就看见了城市的灯火。眨眼间，暮色就要降临。他们透过尾窗望去，康乐医院的上空还有一抹余光。余光里飘着一团棉絮似的云。

20

午睡的时候，孙畅做了一个梦。他梦见麦可可又站到了对面的楼顶，冲着窗口喊他的名字。他吓得当即坐了起来，发现小玲也跟着醒了。虽然不在梦里，他却还能听到梦里的声音："孙畅，你要是再不给我婚姻，我就真的跳下去了。"

小玲飞箭似的扑向窗台，拉开窗帘。孙畅看见麦可可穿着病号服，怀抱那盆迷你蕨，站在对面楼顶的护栏上。她头发凌乱，五官扭曲，正对着这边咆哮。原来是真的！时间仿佛被谁倒了回去。孙畅的脑袋"轰"地炸了。他像另一支箭射到窗口，喊："非得跳吗？还有没有别的选择？"

麦可可说："别像前次那样骗我，我已经不信你了。"

"想知道我们为什么而活着吗？"

"我只为爱情，别的理由都进不来。"

"因为我们随时可以死，所以才敢活着。"

麦可可一愣，仿佛被触动。孙畅说："什么叫作随时？就像你拿着一个遥控器，主动权在你手里，想关就关，想开就开。既然你有主动权，为什么不可以把死先放一放？就像存钱那样先放在银行，存它个几十年的定期，不到万不得已绝不使用。"

"已经万不得已了。"麦可可轻轻一跺脚，差点闪下去。

孙畅说："别着急，深呼吸，也许你可以先闻闻盆栽，也许我们可以先听听音乐。"说着，他拍响了钢琴。琴声节奏混乱，高低音不准，仿佛被手抹住，手松时声音流淌，手紧时声音断流，但勉强还能辨别它们改编自《月光奏鸣曲》。麦可可似乎在听。孙畅吃力地弹着，反反复复就那么一小段。麦可可忽然尖叫。孙畅说："对不起，我没学过，我只能凭记忆，模仿你弹到这里。"

"你在浪费时间。"麦可可说完，手一松，盆栽直直坠落。她的目光被盆栽牵引。她的身子也慢慢斜出了栏杆，仿佛要去追赶那盆蕨类。小玲吓出一声惊叫，说："妹子，你别跳，我们可以给你婚姻。"

麦可可倾斜的身子刹住，回调，重新垂直在栏杆上。孙畅看着小玲。小玲已泪流满面。麦可可抬头看过来。孙畅说："听见了吗？只要你不死，我们就给你婚姻。"

麦可可说："你骗人。"

"要怎么做你才相信？"孙畅问。

"发誓。除非你们举手发誓。"

孙畅举起右手，说："我发誓。"

"还有小玲姐。"

小玲把左手慢慢举起，轻轻地说："我发誓。"

麦可可看着窗后两只庄严的手，犹豫了一会，才从栏杆上小心地爬下去，回到屋顶平台。小玲的双腿一软，身子歪斜。孙畅及时把她抱住，不停地叫着小玲小玲……他用手指探了探她的鼻孔，好像已经没有呼吸。他掐她的人中，为她做人工呼吸。她的嘴唇微微一抽，鼻孔里喷出一丝弱气。他的嘴唇没有离开，而是轻轻地吻了起来。她的嘴唇有了响应，舌头也动了。两张为了呼吸的嘴纵情狂吻，好像要把一生的吻全都用完。

21

夜深了，风有些冷。孙畅还伏在楼顶的栏杆上，看着对面的窗口。一共两个半星期，总计十七天半，窗门始终闭着，窗帘也不打开。但是，每当天黑，总会有光从窗帘的边边像水或像琴声那样漏出来。那些光非常非常暖和，把整个窗口烧热，甚至烧出了光芒。从这个角度看，他才发现窗口美得揪心。它有一股磁铁的力量，直接扯着他的心脏。每天晚上，他都会站在这个位置，这个麦可可曾经想跳楼的位置，持久地看着那扇窗口，经常会看到天亮。窗口像一张银幕，不断地闪现他过去的生活：他像投降那样举起两只出汗的手掌，他和小玲在床上翻来覆去，麦可可教孙不网弹琴，两个人在墙壁上比赛按开关……但是，他看见次数最多的画面，就是自己和小玲在窗框里肩并肩地举手宣誓，像一张永久的合影。那两只分别举起的庄严的手，仿佛就是人类最后的希望。

漆黑的身后传来脚步声。孙畅没有回头。脚步声越来越近。他仍然没动。一件大衣落在他的肩头，他的身子吓得一抖。

"回家吧，老公。"

这个声音比小玲的嗲，是麦可可发出来的。

目光愈拉愈长

刘井推了一把马男方的膀子，说你怎么还不起床，太阳已经照到你的屁股上了。马男方像一根木头在床上滚了一下，说你的手怎么这么冰凉？刘井说我能不冰凉吗？我从起床到现在已经挑了三挑水，煮了一锅猪潲，熬了一锑锅稀饭，我的手能不冰凉吗？我的手不冰凉才怪呢？这时太阳正穿过屋顶破烂的瓦片，照到马男方的屁股上，他像河马一样张开宽大的嘴巴，然后扬起宽大的手掌重重地拍打屁股。他像是拍打蚊虫又像是拍打阳光，哔哔叭叭的声音比放炮仗还响亮，似有一颗打不到蚊虫誓不下战场的决心。尽管他这么拍打着，已经在屁股上拍出几根香肠一样的手印，但是他还没有醒来，好像那只巴掌不是他的巴掌，那个屁股也不是他的屁股，好像是一个屠夫正在拍打案板上的猪肉。

刘井说今天太阳这么好，我们去把南山上的稻谷收了，如果再不收回来，它们就会全烂在地里，明年我们就没得吃的。马男方好像没有听见，他的鼾声竟然在大清早响亮起来。刘井想这哪里是农民的鼾声，这明明是干部的鼾声。马男方啊马男方，你打出了干部的鼾声，却没有干部的命运。马男方在床上又滚了一下，说我喝醉了。听他这么一说，刘井真的闻到了一股浓浓的酒味。刘井说你总是说喝醉了，好像喝醉了就可以不劳动，就可以睡大觉，就可以心安理得地剥削我，你就不能不喝吗？马男方扬手在耳朵边不停地扇着，仿佛要把刘井的声音赶跑。刘井知道现在要马男方起床，除非是太阳从西边出来。这么些年为了叫马男方起床，她差不多把嘴巴都说烂了。但是我不得不说，我要生活，我们全家都要生活，刘井嘟囔着，我先去南山的田里割稻子，中午你送饭给我，顺便跟朱正家借打谷机，叫上几个人把谷子全收了。马男方说好的。这一声马男方说得十分清脆响亮，有一点儿男人的样子。等刘井准备好镰刀背篓快出门时，马男方突然在床上叫了起来。刘井说你叫什么，有话你出来跟我说。马男方说现在我还不想起床，我喝醉了，我只是想问你一定怎么办？谁负责带一定？刘井说我带，现在我就把一定带上，这样我也有一个伴。

刘井站在门口喊一定，马一定……她的喊声刚刚落地，马一定就站在她的面前，手里捏着一团黄泥。他的脸上、屁股上、手上到处都是黄泥，整个人像是用泥巴捏出来的，而不是她从肚子里生下来的。刘井在马一定的屁股上拍了一巴掌，许多灰尘朝着她的鼻子冲上来，落在她的头发上。她本来是想把马一定身上的灰尘拍掉，但是现在她只不过是把马一定身上的灰尘转移到了自己的身上。她说一定我们走吧。马一定于是跟着他的母亲往南山的方向走去。他的手里仍然捏着那团泥巴。泥巴是他最喜欢的玩具。

八岁的马一定只有刘井的腰部高，他的头正好碰到他母亲的背篓底。他们每向前走一步，背篓就敲打一下马一定的头。刘井说一定，你在前面吧，你的头又不是铁做的，怎么经得起背篓的敲打。马一定说不。马一定不愿走在她母亲的前面，他一手捏着泥巴，一手拉着他母亲的裤子。

南山的稻田在五里地之外，路愈走愈长愈走愈小。山坡上除了虫子的叫声，没有一点儿多余的声音。太阳照着茅草和树木的头顶，肥大厚实的叶片像打破的玻璃，反射出细碎的光芒。那些被太阳照着的地方，很快就要烧起来了，并且发出奇怪的吱吱声。这种声音比虫子的声音更响，比人的声音更亲。刘井感到自己的裤子被什么咬了一下，脖子很快地扭了回去。她看见一定倒到地上。一定说妈，我走不动了。刘井蹲下来，说一定，你爬到我的背篓里来。马一定爬进他妈的背篓里，咿咿呀呀地叫喊着，不停地伸手去抓路边的树叶。他的手里除了那一团泥巴，现在又多了一把树叶。他说妈，我要撒尿。刘井说撒你就撒。马一定站在背篓里，对着后面撒尿。他母亲一边往前走，他一边往后面撒尿，路上便留下一道淋湿的水痕。

刘井在稻田里割了一个上午，山路上仍然不见马男方送饭的身影，打谷子的人也没有来。她想马男方一定是睡过头了，或者又喝醉了。她的肚子里堆满气，并且发出一串古怪的叫声。她感到从来没有过的饿，像有一只长着长长的指甲的手，在她的肚子里不停地抓。她伸长脖子在田野里找一定，没有一定的身影。她叫一定……声音小得连她自己都听不见。她又叫了一声一定，一定从别人家已经收获过的稻草堆里钻出来，头上沾着几丝稻草。刘井说一定你饿了吗？马一定说我已经饿了很久了。刘井说饿了你先喝几口水，田角那里有一窝水，你先喝喝，一会儿你爸爸就给我们送饭来了。一定说我已经喝过好几次了，现在我的肚子里全是水，再喝肚子就会胀破。刘井说那你给我用树叶包一点儿水过来。马一定从稻田边摘了几张树叶，在水洼里给刘井包水。他刚把树叶从水洼里提起来，水就全漏光了。他又重新把树叶放入水中，这次他手里的树叶包住了一点儿水。他小心地拿着水走向刘井。刚走几步水又全漏光了，他把树叶扔在地上，说你自己过来喝吧。刘井说你怎么能够这样，你没看见我忙吗。既然你不给我包水，那你就来割稻谷。刘井把镰刀丢在田里，朝田角的那个水洼走去。她伏下身体看见自己额头上除了汗就是稻草皮。她把嘴巴放到水洼上拼命地喝了几口，感到肚子一片冰凉。喝水后，她感觉有了一点儿精神。她说一定，你怎么还不去割稻谷，你不要和你爸爸一样懒，你们都懒了，我怎么养活你们。

　　马一定拿着镰刀仍然站在那里。刘井说你实在割不了，你就过来给我捶捶背。马一定跑过来给刘井捶背。刘井闭着眼睛，说你猜猜你爸爸会给我们做什么菜？马一定说酸菜，除了酸菜还是酸菜。刘井说那不一定，也许我们家的鸡正好下蛋了，你爸爸会给你做个煎鸡蛋。

　　刘井和马一定到水洼边的次数越来越多，他们喝过之后便不断撒尿。刘井已经没有力气割稻谷了。刘井说马一定你回去叫你爸爸送饭来，你告诉你爸爸如果他今天不来收稻谷，明天我就跟他离婚。这已经不是第一次了，他太欺负人了。一个大男人整天躺在床上，靠一个女人养着，这算怎么一回事？

　　马一定提着裤子往家里跑。刘井说你要快一点回去，不要在路上玩，要快去快回。马一定嘴里哎哎地答应着。

　　刘井继续割着稻谷，她一边割一边想一定现在应该到枫木坳了，现在已经到紫竹林了，现在肯定进家了。马男方或许还睡在床上，我就算他还睡在床上。马男方还睡在床上不要紧，他本来就是一个靠不住的人。而一定是个聪明的孩子，他会把我的话转告马男方。听到离婚，马男方准会从床上跳起来。跳起来之后他就会记住要给我送饭，就会到南山来收谷子。即使马男方不跳起来，他喝醉了仍然睡在床上，一定也会从锅头里装好饭送给我。

　　刘井这么想了一次又一次，她故意放慢马一定行走的速度，在脑海里为马一定制造几个困难，甚至想象马一定刚刚出发，以便自己能够耐心地等待。但是等啊等，马一定还没有送饭来，马男方也没有来。她想我不能再这样等下去了,再这样等下去我就会饿死。她捆好一捆割倒的稻谷,放在背篓里,双手试了试重量,看了看回家的路程,然后又多捆了几把。她想回家的路程很远,而我的力气又只能背这一点点。她看着那些割倒的稻谷,心里痛了一下。

刘井背着稻谷来到枫木坳。她看见马一定睡在一块石板上,马一定的脸上爬着几只蚂蚁。听着马一定均匀的鼾声,刘井心里一下就硬了。她大声吼道你原来在这里睡觉,你差不多把我饿死了。她扬手打了马一定一巴掌,马一定从石板上爬起来,摸摸被刘井打过的头部,好像突然记起了自己的任务。他说妈妈,我实在是走不动了,其实我和你一样饿。刘井的肚里一阵乱叫,她刚才喝下去的水现在直往外涌。她往地上吐了一口水,说我现在不想见你,你和你爸爸一个样,你们快把我气死了。马一定的眼睛里含着泪水,他很想哭但最终没有哭。

刘井背着稻谷往前走,马一定跟在她的身后。他们谁也不说话,默默地走着。走了好长一段路,刘井没有听到脚步声。她回头一看,灰色细小的土路上,没有马一定的身影。她放下背篓往回走,走了大约半里路,才发现马一定又倒在路边的石板上睡着了。她背着熟睡的马一定往前走,走到背篓边,她把马一定放下来,说走吧,现在你走在前面。马一定一边打瞌睡一边往前走,有好几次他差不多走到路坎下。走着走着,刘井突然听到马一定喊痛。刘井说哪里痛?马一定说脚。刘井现在才看见在马一定走过的路上,有几滴血迹。马一定的脚板磨破了。马一定站在说痛的地方,血还在流着。刘井说你为什么不穿鞋子?你出门的时候为什么不穿鞋子?马一定说我没有鞋子,从天气热之后,我就没有穿过鞋子。刘井说我不是不想给你买,只是家里没钱,现在你坐到我的背篓上来。刘井把背篓靠到土坎边,等待马一定坐到稻谷上。马一定看看刘井背篓里那捆大大的稻谷,摇晃着头说不。刘井说那怎么办呢?你又不上来,你又不能走。马一定说我能走。刘井说真的能走?马一定说真的能走。马一定像一只受伤的狗,提着左脚一歪一倒地走着。刘井看着他走出去好远,才跟了上去。

回到家里,大门敞开着,天上已经没有太阳了,几只鸡在屋子里走来走去。刘井看见马男方还躺在床上没有起来,屋子里的酒气比早上出门时还重。

马男方好像醉得很厉害，连刘井回来他都不知道。刘井故意把声音弄得很响，马男方仍然不知道。刘井想现在我没有力气跟你吵架，等我吃饱了再收拾你。刘井揭开锅头，早上她煮的稀饭一粒不剩。炉子自她离开后没有人动过，猪潲也没有人动过。看到猪潲刘井才听到猪的号叫，现在猪的叫声比有人用刀杀它还难听。这么说马男方除了起来喝稀饭、喝酒，一直躺在床上，刘井想。

  刘井煮了一锅雪白的米饭，它把马一定的眼睛都雪白得痛了。刘井说一定，今晚我们比赛吃饭，能吃多少吃多少，别亏待了自己。刘井还没把话说完，马一定已经把头埋到了碗里。刘井说你也别吃得太猛了，如果自己噎着自己，那才亏上加亏。刘井慢慢地吃下三碗米饭，感到力气又回到自己的身体。她想现在要吵要打我都不会怕谁。她走进卧室，在马男方的膀子上狠狠地拍了一巴掌。马男方的身子抽搐一下，说你要干什么？是不是欠打了。刘井说打吧打吧，再不打你就没有机会了。马男方从来没有看见刘井这么强硬过，他睁开眼睛，有点不相信地看着刘井，说你要干什么？马男方的口气明显疲软了。刘井说我要跟你离婚。马男方说不就是离婚吗，我以为是什么大不了的事，离就离。马男方说完，又继续睡觉。

  一个小时之后，马男方突然从床上爬起来说你为什么要离婚？你得找出个理由。刘井说还要找什么理由？你最清楚我的理由。马男方说我冤枉啊我冤枉。马男方叫喊着，跳跃着，好像有天大的冤枉无处申，一点儿也没有醉酒的痕迹。马男方说你的理由是不是因为我今天没有给你送饭？可是我告诉你，今天我病了，只要是人都会有病，你敢保证你没有病吗？敢不敢保证？打仗的时候抓到俘虏，如果俘虏有病都要关心他，何况我不是俘虏，而是你的丈夫。在你丈夫有病的时候，你不仅不关心你丈夫的病，而且还要提出跟他离婚，你有没有一点儿良心？你以为我不想给你们送饭吗，我不给你送也得给我的儿子送，当时我躺在床上想到你们还没有吃饭，心里比谁都急。只是我怎么也爬不起来，我当时一点儿力气都没有，真的，一点儿力气都没有。如果有的话，我就爬起来给你们送饭了。我不仅会给你们送饭，还会给你们杀鸡、煎鸡蛋。你想想天底下哪里还有这么好的丈夫？刘井说你的病除了懒，还是懒。你的这个病有好几年了。

  第二天早上，刘井认真地梳了一回头，用香皂抹过脸，从柜子里找出一套平时舍不得穿的衣服穿在身上，然后对着床上的马男方说我先走啦。马男方说你要去哪里？刘井说去乡政府离婚。马男方说你真的要离？刘井说我说话算话，你是大丈夫说话更要算话。

刘井朝乡政府的方向走去。她的脑子里现在全是那些她昨天割倒的稻谷。她看见那些稻谷随着时间的推移正在腐烂。但一想到马上就要跟马男方离婚了，她浑身是劲。稻谷算什么明年算什么饥饿算什么？！她离乡政府愈来愈近，离稻谷愈来愈远。在快要进入乡政府的时候，她回头看了一眼她走过的地方，没看见马男方。她想他是不是不来了？她站在街头等马男方。街市上基本没什么人，只有几个卖菜的和几个干部在街上走来走去。她从衣兜里掏出一面小圆镜，偷偷照了一下自己，没有发现不满意的地方。她看着自己满意的脸蛋，想马男方现在你知道我的厉害了，现在你要后悔了。她把镜子偏了一下，身后的土路也照到了镜子里。她看见马男方提着一只酒壶正从镜子里朝她走来。她张大嘴巴，吐了一下舌头。她想我为什么要吐舌头呢？难道我害怕了吗？我一点都不害怕。

他们在乡政府二楼找到民政干事谢光明。谢光明大约有四十岁，头已经秃顶。在刘井的印象中，他们结婚也是他给登的记。谢光明说你们要干什么？离婚，离婚干什么？是不是吃饱了没事干？是不是认为离婚好玩？是不是觉得乡里的事情太少了？首先我问你们，你们晚上在不在一起睡？在一起睡。在一起睡为什么还要离？你们还睡在一起这说明你们的感情还很好，感情不好的人会睡在一起吗？你们见过没有感情的人睡在同一张床上吗？没有。对吧，没有，绝对没有。所以你们不能离婚。还有你们有没有小孩？你们考虑过没有，离婚对小孩有多么大的伤害。小孩是跟爸爸呢还是跟妈妈，你们考虑过没有？没有考虑。没有考虑怎么来离婚？还有家产什么的都得考虑，你们把这些都考虑好了再来找我。刘井说谢干事，你说一张床是怎么回事？谢光明说就是说你们要离婚的话，两年之内不能睡在一张床上。刘井说我们家只有一张床，我们的儿子也跟我们一起睡。谢光明把手一挥说那就别离了。

他们从乡政府的二楼走下来，马男方竟然吹起了口哨。刘井说你别太得意了，离是迟早的问题，不就是两年吗，谢干事说只要两年不睡在一起，我们就可以离婚。从今天起，你睡你的我睡我的。马男方说想离，没那么容易，谢干事不同意我们离，你就别想离，还有孩子，我要他永远姓马不姓刘。刘井说你连自己都养不活,还有什么资格提孩子。刘井想还有两年时间,我还要被他剥削两年时间,还要为他种两季水稻、四次玉米。刘井突然想起田里没有收割的稻谷,那是他们的稻谷,既然没有离婚那就是他们一家人的稻谷,是全家明年的口粮。如果我知道是白跑一趟乡政府,还不如叫人去把稻谷收了。刘井挽起裤脚,开始往家里跑步前进。马男方站在小卖部打酒,他对着奔跑的刘井说马一定是属于我的,如果你愿意把马一定让给我,我就跟你离婚。刘井说君子报仇,两年不晚。

刘井手里提着镰刀,站在朱正家的门口。朱正坐在堂屋抽烟,烟雾像一团乱麻缠着他的脑袋,而且愈缠愈大,好像他的脑袋正在生长。但是他的眼睛是明亮的,他能透过烟雾看见刘井的脸。他说刘井你的眼睛红得快出血了,你的镰刀磨得那么锋利,你是不是想把谁杀了?我们朱家可没有人得罪你。刘井举起镰刀说我想把马男方杀了。朱正说杀不得杀不得,他是你的丈夫。朱正从烟雾里走过来,夺下刘井的镰刀。

刘井借了朱正和朱正的弟弟朱木朗两个劳力,还借了朱家的打谷机。他们一行三人朝南山的稻田走去。朱家兄弟抬着打谷机走在前面,刘井背着背篓提着镰刀走在后面,许多碰上他们的人都问马男方呢?马男方怎么不去收谷子?刘井说马男方已经死了。

等马男方从乡里回到村里,人们告诉他朱家兄弟为他收谷子去了。马男方说去就去了,有什么大惊小怪的。中午,朱木朗送回来一担谷子,顺便回来拿午饭。马男方问朱木朗现在田里还有些什么人?朱木朗抹着汗水,张大嘴巴很久说不出话来。他的嘴张了很久,终于合到了一起。他说你让我喘一口气,你先让我喘一口气再问好吗?马男方看着朱木朗的这副模样,竟然笑了起来。马男方说你真不中用,我像你这年纪的时候,一天来回跑六趟也没有累成你这副模样,现在的年轻人愈来愈不像劳动人民了。朱木朗正在喝一大瓢冷水,他的脸和头全被瓢瓜盖住。当他听到马男方说他不像劳动人民的时候,他被水呛了一下,瓢瓜里没有喝完的水从他的两个嘴角流出,就像瀑布一样飞流直下。朱木朗说你像劳动人民你为什么不去收你家的谷子?为什么还要我们帮你收?要说不像你才不像。

马男方突然记起了刚才的话题,他再次问稻田里还有什么人?朱木朗说我哥,还有你老婆。马男方双手拍着屁股,像被人捅了刀子,原地跳起一尺多高。他在跳跃中张大嘴巴，做出一副要哭的样子，说你怎么能把他们两个留在田里？你这不是害我吗？你不是成心要使我们夫妻关系破裂吗？他们两个在田里不知道要闹出些什么名堂？你难道还不知道他们的关系吗？他们一直在找这样的机会，现在你把机会白白地送给他们了。这种机会用钱都买不来，打着灯笼都找不到。如果你给我这样的机会，我愿意出钱收买你。你为什么不让朱正回来，你留在田里？朱木朗说你不放心，现在你就到田里去。马男方说现在去还有什么用？那只不过是几分钟的事情，该做的他们已经做了，我去还有什么用？为了他们的几分钟，我要跑五里路。马男方看看天上的太阳，好像是在计算一下为了那几分钟跑五里路划不划算。马男方甚至站到阳光之下，朝南山的方向张望。他说现在一切都晚了，都没有办法补救了，你快一点儿回到田里去，最好是跑着回去，愈快愈好，否则他们会来好几个几分钟。那样田里的稻谷今天收不完，明天也收不完，后天也收不完，子子孙孙都收不完。

　　马男方对着朱木朗的背影喊朱木朗，你走快一点儿，你怎么有气无力的像一头瘟猪。你走快一点儿，我求你了。朱木朗带着刘井和他哥的午饭往南山方向走去。他故意放慢脚步，让马男方着急。他想要跑你自己跑，刘井又不是我的老婆，为什么要我跑步前进？

　　朱木朗走了大约半个小时后，王桂林迈进了马男方家的门槛。王桂林的身上冒着热汗。他用一把树叶充当扇子，不停地给自己扇凉风。王桂林说这鬼天气，怎么这么热？马男方问王桂林刚才去了什么地方？王桂林说去南山看了一下我的稻田。马男方说你看见刘井和朱正了吗？王桂林不阴不阳地笑了一下，说怎么会没看见？马男方说你看见他们怎么了？王桂林又笑了一下。马男方好像被这一笑刺痛了，说他们是不是那个了？王桂林说我不知道，你自己去看一看吧，你一去什么都知道。马男方说他们肯定那个了，你这么一说我就知道了。王桂林说我可没告诉你什么。马男方说不用你告诉，我要宰了他们。马男方说要宰了他们的时候已经从墙壁上拉下一把刀，在空中做了一个劈砍的动作，好像已经把他想要劈的人劈成了几截。王桂林说你现在就去劈他们？马男方说不，让他们把稻谷收回来了我才劈他们。

　　王桂林走后，马男方站在门口朝南山的方向张望，其实他什么也望不见，南山太遥远了，他只是这么望着心里才感到舒服。望着望着，他感到自己的脖子不够用了，脖子上的皮肤把他的咽喉勒得生痛，连出气都十分困难。这时他看见李民兵拿着一根长长的竹竿，从南山方向走来。李民兵把竹竿举在手里，就像举旗杆那样举着，于是他手里的竹竿高出路旁的树木好大一截。有时竹竿会碰着树木横生的枝叶，李民兵照样坚强地直挺地举着，把挡住他的树枝扫断，许多树叶落到他走过的路上。李民兵渐渐地走近马男方，马男方看见李民兵举着的竹竿上刻着尺寸。马男方说你去了南山是吗？李民兵说去了，我去丈量我的稻田。马男方说你看见什么了？李民兵说我看见他们，唉，太不像话了。李民兵摇晃着脑袋，一直往前走。马男方想拦住他了解一些情况，但李民兵没有停下来交谈的意思。他说我没你那么闲，我还要去北坡量我的地。李民兵手里的竹竿仍然高高地举着，在走过屋角时，碰落了马男方屋檐上的一片瓦。

　　又过了一个多小时，太阳往西边下落一竹竿，马男方看见赵凡骑着一匹枣红色大马走过他的门口。拴马的绳索稍长，所以赵凡就着绳索的长度骑到了马屁股上。赵凡说我刚买了一匹好马。马男方说你路过南山时看见什么了吗？赵凡撇撇嘴，什么也没说就晃了过去。整个下午南山的消息源源不断地到来，马男方想他们由暗示到不说话，事情已发展到不必说话的地步。赵凡连话都不想说了，可见事情是多么的严重。马男方爬上屋顶，站在瓦梁上。他的脖子愈伸愈长。他想我就不相信看不见你们。他的目光越过山梁，看见朱正和刘井钻进稻草堆里，看见刘井肥大的臀部，听到刘井发出被捅了刀子似的号叫。他还闻到了禾秆和新谷的气味。马男方终于看到了这么一个答案，他的眼睛一黑，双腿一软，跌坐在瓦梁上，差一点就从屋顶上摔了下来。

　　马男方从火坑里钳出一个烧红的铁块，在刘井的眼前晃动着，说你跟朱正到底那没那个？铁块由红色变为暗色，这已是马男方第三次威胁了。刘井说我已经说过了不知多少遍，没有就是没有，你难道要我睁着眼睛说瞎话吗？马男方把铁块往前靠近一步。刘井已感觉到铁块的热气，正烙着她的某个地方。马男方说你再不说我就下手了。刘井的脸往前动了一下，说来吧，你下手吧，即使你杀了我，我也没和朱正那个。马男方想你是不见棺材不掉泪，不被火烧不承认。马男方把铁块朝刘井的大腿按下去，一股焦味自下而上，刘井发出一声惨喊，倒在地上，被铁块烙过的那条腿抽搐着，像一只垂死的鸡那样抽搐。马男方说现在你还说没有吗？刘井的眼睛和嘴巴紧紧地闭着，仿佛马上就要死了。马男方把一盆冷水泼到刘井的身上。刘井慢慢地睁开眼睛，说没有就是没有。说完，她又闭上眼睛，痛得连睁开眼睛的力气都没有了。

夜已经很深，刘井还没有从地上爬起来。马男方坐在一旁看她，他看得眼皮叠上眼皮，最后他睡了过去。到了后半夜，马男方被刘井的哼哼声吵醒，他问她你们到底那个没有？只要你告诉我实话，我就会放过你。刘井的嘴巴尽管动着，但发不出一点儿声音。马男方把她的手和脚捆住，把她的头发悬在梁上。他说你什么时候招了，你什么时候叫我。你不招我也知道，只有你们两个在田里，就像干柴和烈火，岂有不那个之理，是我，都忍不住会那个，何况是你们。马男方扔下刘井，躺到床上睡大觉去了。

马男方和马一定几乎是同时醒来的，他们听到刘井喊一定，快来救我。马一定翻身下床，被马男方抓了回去。刘井听到马一定在卧室里哭。马一定哭着说爸爸你为什么要捆我，你为什么要捆我？马一定被马男方用绳子捆到床上，他不知道刘井出了什么事。马男方说你是我的儿子，现在你不要浪费你的眼泪，现在我不准你哭。听见了吗，不要哭，你的每一滴眼泪都是马家的。她早已不是你的妈妈了，她的儿子姓朱不姓马。马一定的哭泣声渐渐消失，他在哭泣声中睡了过去。

马男方听到刘井说，姓马的你给我松绑吧。马男方说我为什么要给你松绑？刘井说我招，我都快要死了，我想我还是全招了。马男方给刘井松绑。刘井晃动着脖子，说你把我扶到椅子上去。马男方哎了一声，把刘井扶到椅子上。刘井说你去找药来敷一敷伤口，现在我的伤口还像烧着那样难受，连出气都痛。马男方说痛是没得说的，不说是你，就是我们大男人也会受不住。马男方一边说着一边在柜子里找草药。他把找出来的草药捶细，敷到刘井的伤口上。他说如果你早一点招，就不会受这么多苦。刘井说如果我知道你对我这么好，我早就招了。马男方说么说你们那个啦？刘井说那个了。马男方右手握成拳头，打了一下自己的左手掌。他说你终于招了，嘿嘿，你还是招了，嘿嘿。

马男方从地上跳起来，他突然意识到问题的严重。他说这不公平，这一点儿都不公平，你们都可以那个，我为什么不可以那个？你们这是欺负我。从明天起我也和你们一样，跟别人那个。刘井说你只管那个，我没有意见，我绝对不会像你这样用烧红的铁块去烙你的大腿。马男方说真的？

刘井说真的。

马男方从床上爬起来的时候，天还没有完全明亮。马男方伸头看看窗外，门前的那条土路已经灰得像一条带子，飘动着召唤他上路。他带着一本算命书和他的酒壶拉开了大门。刘井被大门的呀呀声吵醒，她说马男方，你要去哪里？马男方说我要去找女人，去做你和朱正做的事情。刘井说你能不能晚两天再去？马男方说我为什么要晚两天再去？刘井说我不是不让你去，我绝对没有这个意思，只是我的伤口还没有好，我还不能下床行走。你能不能等我的伤口好了再去，这种事情也不在乎一天两天。马男方说我一天也不能等了，我恨不得现在就那个。我如果把你服侍好了再去，那你不是太幸福了吗？你做了这么好的事情，还不想付出一点儿代价，那是不可能的。我如果现在不走，那就太便宜你了。

马男方就这么走了，他没有洗脸没有关上大门。刘井感到他走的时候门口特别明亮，等他的脚步声消失，灰蒙蒙的天空又合拢起来，挡住了马男方远去的背影。

这天中午，刘井想爬下床做饭，但她那条被烙伤的腿像不是她的腿，一点也不听她的使唤。她只好用嘴巴指挥马一定干活。她说一定你先把水烧开。马一定说什么叫把水烧开？刘井说就是用火把锅头里的水烧得滚动。马一定说妈，现在水已经烧开了。刘井说你往锅头里倒上一碗米。马一定说我已经倒了。刘井说现在你不停地用铲子搅拌锅子里的米。马一定说现在我已经搅拌米了。刘井说现在你把锅头盖好，等锅子里的水再滚了，你就把水舀出来，舀到锅里只剩下一点水为止。马一定说一点水是多少？刘井说高出米一筷条。马一定说然后呢？刘井说然后你把火弄小，让火慢慢地把饭烤熟。

厨房里没有一点声音，马一定坐在火炉旁看那些明亮的火子，静静地烤着锅底，锅底被火子烤红了。马一定说妈现在饭已经熟了。刘井说你从坛子里掏出几根酸辣椒。马一定说我已经掏出来了，它们都是红的。刘井说你这么一说，我就想吃饭了，现在我的口水都流出来了。马一定说我马上把饭送到你的床头去。刘井说你送进来吧。马一定舀好一碗饭，准备送进卧室。刘井突然叫道一定，你先把饭放下，给我送一只尿盆进来，我的尿胀得很厉害。马一定送了一只尿盆进去。刘井说不行，你还是帮我拿一根拐杖来。马一定说你要拐杖干什么？刘井说我要上厕所。马一定说我不是给你拿盆了吗。刘井说我不习惯，我非上厕所不可。马一定找来一根拐杖，刘井慢慢挪到床边，差点就从床上跌了下来。

刘井拄着拐杖往前挪动，她那只烫伤的右腿不敢使劲。只要那只脚触到地面，她的嘴角就像被什么刺了一下，夸张地裂开。她的拐杖摇晃了几下。她站在原地一动不动。她丢掉拐杖把手扶到马一定的肩膀上，这让她多少有了一点安全感。现在马一定成了她的拐杖，成了她的右脚。她每向前迈一步，马一定就要裂一下嘴角，嘴里发出咝咝声。刘井不知道马一定摇摇晃晃的肩膀能够支撑多久，但是她又不得不上厕所。她想还是走一步算一步吧。刘井说一定，你的肩膀受得了吗？马一定说受得了。马一定说受得了的时候，双腿晃动着像是被风吹得快要倒下去的禾草。他们就这么摇晃着，朝厕所走去。刘井一边走一边说都是你爸爸作的孽，你爸爸不是人，他连禽兽都不如，怪只怪我没有给你找到一个好爸爸。

一个时期内，马一定成了刘井形影不离的拐杖。刘井常常让这根拐杖带着她来到大门口乘凉。他们望着门前灰白的土路和那些远处的山，一句话也说不出来或者一句话也不想说，而且这样一望就是一个下午。刘井说马一定你玩一玩泥巴吧。马一定说我不玩。刘井说你不玩泥巴干什么？马一定说不干什么，就陪你这么坐着。刘井说你的爸爸不知道到哪里去了，你猜你爸爸现在在干什么？马一定望一眼山那边的村庄，村庄传来一阵孩子们的喊叫，像是送给他们一个模模糊糊的消息。马一定说我怎么知道他在干什么？刘井说如果我嫁的不是现在你这个爸爸，而是一个勤劳的爸爸，那么我们的生活说不定会和现在不一样，说不定会和皇帝差不了多少。那样你既可以读书，我也不用下地劳动，你是少爷我是太太，一定，你说那样的生活会有多好？马一定说我想读书，我做梦都想读书，但是我们没有钱。刘井说这事都怪你的外公，因为你的外公喜欢喝酒，所以他把我嫁给了一个酒鬼。

一提到外公，马一定就朝村外跑去。刘井看见他跑的时候，那件没有扣好的黑衣服往身后飞了起来。他像一只鸟那样飞了起来，双脚几乎离开了地面。刘井只看到他在跑，却看不清他是怎么样跑。刘井对着他的背影喊一定，你要到什么地方去？从土路上吹过来一阵风和一片尘土，风和尘土把马一定的声音灌进刘井的耳朵。刘井听到马一定说我要去找外公。刘井的目光跟随马一定的背影跑了一里多路。马一定站在外公的面前，说外公你是一个坏人，我和我妈都恨死你了。你为什么把我妈妈嫁给一个喜欢喝酒的，你为什么不给我找一个好爸爸？如果你不把妈妈嫁给我爸爸，我们就会过上皇帝一样的生活，我就会有钱读书，我现在就不用光着脚板走路，你就会有好多酒喝。外公，我们现在后悔都来不及了，我们现在无比地恨你，恨得我都不想喊你外公。马一定看见外公坟墓上的青草，像老人们长长的胡须在风中摆来摆去。外公只不过是一堆泥巴，他在几年前就变成泥巴了，现在他根本听不到马一定的声音。

　　渐渐地刘井看见出村的道路上，有几个稀稀拉拉的人在走动。他们肩扛农具背着水壶，从劳动的地方归来，脸上沾满黄色的泥巴。只有极少数人穿着崭新的衣服，迈着平时不迈的细小步伐，由里向外走去。一天又一天，在一个迷迷糊糊的秋天下午，刘井看见一个人来到门口，放下肩上的担子，说刘嫂借一口水喝。他的担子里装着斧头、刨刀、凿子、铅笔、磨刀石、圆规、木尺等用具，刘井由这些用具想起木匠，由木匠想起聂文广这个名字。刘井说文广，你去哪里做木工回来？聂文广的嘴里含着瓢瓜，他听到了刘井的询问，却不能回答。他的喉结上下移动着，把水快速地送进食道，像是好几天没喝水了。喝饱水后，他长长地出一口气，说水还是家乡的甜。刘井说你尽管喝吧，这些水都是一定用盆一点一点地端回来的，我有好长一段时间都不能干活了。聂文广抹了一把湿漉漉的嘴皮，说对啦，我在太阳村做木工时，看见你们家的马大哥了。刘井问他，马男方在那里干什么？聂文广说好像也没干什么，好像在给别人算命。我不太清楚他在那里干什么，他只待了三四天就离开了那个地方。他说如果我回家的话就向你们问好，就说他过得很好。刘井说他还说了些什么？聂文广说他再也没对我说什么了。

　　第二天，兽医苟日给刘井带来了关于马男方更确切的消息。苟日说马男方的身边多了一个女人，好像是老凤山王恩情的大女儿王美兰。他们手挽手从这个村走到那个村，给别人算命，其实那哪里是给别人算命，分明是在骗人家的吃。我在好几个村子里与他们相遇，转来转去总碰在一起，世界真是太小了。我看见他时，都为他感到脸红害羞，都不好意思认他做老乡，但是他却无所谓，照样和那个女的手拉手，从这个村庄走向那个村庄。有时他们就在路边……简直太不像话了。我都不忍心说给你听。刘井说说吧，我不会怎么样的。苟日说还是不说的好。刘井说你既然说了一半，为什么不把情况说完？要不说，你就应该一点儿也不说。现在我只听了一半，就像饥饿的人只吃了半碗饭,你却把他的碗抢走了,这还不如当初不给他吃,还不如当初一点儿也不说。苟日闭紧嘴巴,生怕嘴里再漏出点儿什么。刘井说你难道要我给你磕头吗?

刘井真的想伏在地上给苟日磕头,但是她那只受伤的腿仅仅能让她身子动一下,就再也不理睬她了,她的腿无法实现她的想法。苟日被刘井的举动吓了一跳,转身欲走。刘井说一定,你抱住苟叔叔的大腿,千万别让他走了,除非他把他知道的全部说出来。马一定追上苟日,双手像铁夹子一样抱住苟日的大腿。苟日每想前进一步,就必须用马一定抱住的那条腿把马一定从地上抬起来,这样走了三步,马一定愈来愈重,他的腿愈来愈沉,再也走不动了。苟日说马男方要我告诉你,他回来后就跟你离婚。这也不是什么好消息,为什么一定要我告诉你?刘井呜的一声哭了,眼泪从两个眼角涌出,像是天空突然被划破了口子,雨水大颗大颗地掉下来,就像血脉被刀片割断,再厚的棉花也被浸透。苟日说不能怪我,是你自己要我告诉你的,这不能怪我。马一定,你把手松开,去看看你妈妈,她怎么哭了?马一定把手松开,听到他妈妈哭着说,他不配,他不配做爸爸,也不配做丈夫。苟日回头看了一眼,撒腿便跑,好像有谁用刀子抵住他后腰,愈跑愈快。路面扬起一行尘土。

刘井常常坐在门口往远处看,有时天边白得像纸,那些飞过的雁或鸟就像是写在纸上的消息,让她的眼睛愉快心情愉快。有一天下午她终于睡过去了。她用手撑住脑袋,口水从她的嘴角不自觉地流出,舌头在嘴唇上舔来舔去,好像是在梦中吃到了什么好东西。有一个人走到她面前,叫了她一声嫂子。她没有听见。来人再叫了一声嫂子。刘井睁开眼睛,看见马红英站在她的面前,她弯着腰,身上挂着三个旅行包,头发上全是汽油的味道。刘井想站起来牵住她的手,但是刘井的腿晃荡着,怎么也站不起来。马红英说嫂子你怎么了?刘井挽起她的裤管,露出烫伤的大腿。在马红英看到她伤口的瞬间,她的眼泪哗哗地流出。红英呀,她说,你终于回来了。马红英说这是怎么搞的,伤口都化脓了,也不去医一医?是谁把你搞成这样?刘井说还有谁?除了你哥哥,还会有谁?

马红英从衣兜里掏出两张大钱递给刘井,说你快到医院去治治你的伤口吧。刘井把钱推回来,说怎么能要你的钱呢?这是你打工的钱,是你用汗水换来的,我怎么能要呢?伤口烂了还会长出肉来,但是钱花出去就再也回不来了。马红英和刘井把钱推来推去，像是在较量她们的手劲，那两张钱差不多被她们的手揉烂了。马红英的手最终软下来，她捏着那两张皱巴巴的钱，从张家走到赵家，从赵家走到李家，从李家走到朱家，她要请人把她的嫂子抬到乡医院去。

朱家兄弟做了一副担架，跟着马红英来到刘井面前。刘井看见担架，问是谁叫你们做的？朱正说马红英。刘井说她给你们多少钱？朱正说二十元。刘井说你们回去吧，医院我不去了。马红英说为什么不去？刘井说我的药费都用不到二十元，何必要坐担架呢？马红英说那你怎么去医院？刘进说让一定扶着我去。马一定像一根拐杖，被刘井捏在手里，他们都拒绝坐担架，开始往乡医院的方向走。朱木朗扛着担架跟在刘井和马一定的身后。朱木朗说钱已经付过了，我们是不会退的，你不坐白不坐。刘井他们走得很慢，她每向前迈进一步，马一定的牙齿就会打一次颤，走了大约一百米，马一定快支持不住了，他像一根即将被折断的拐杖，在刘井的手里晃动。刘井坐到路边的草地上伸伸腿，说朱木朗，你回去吧。朱木朗说即使扛着空担架，我们也要走到乡医院再走回来，做人就讲个信用。刘井说我不坐你们的担架，你把钱还给她。朱木朗说那是不可能的，担架我们编了差不多一个小时，现在不是我们不抬你，而是你自己不愿坐。不坐担架的责任在你，不在我们，如果你怕吃亏的话，就赶快坐上来。刘井说早知道你们不退钱，我就不走这一百多米。朱木朗把担架放到地上，说现在你后悔了吧，后悔还来得及。刘井坐到担架上，说你们让一定也坐上来吧，这孩子为我受了不少苦，你们也给他享受享受。朱木朗说两个太重了，我们抬不起，除非你叫马红英加钱。刘井望着担架下的马一定，说一定，等我有钱了，专门请人给你做一副担架，把你抬来抬去。

朱正在前，朱木朗在后，他们把刘井抬起来。马一定没有担架高，他走在担架的下面，远远看过去，好像是三人抬着一副担架往前走。刘井说一定，你一定要记住，马家没有一个好人，只有你的姑姑马红英对我们好。你一定要记住，是谁给我们请担架哎，是姑姑马红英；是谁给我们医伤口哎，是姑姑马红英。你一定要记住，这个世上没有几个好人，有的人他占了你的便宜还要收你的钱。

一个星期后刘井出院。马红英和马一定到山坡上采了一大堆野花。他们抱着野花往乡医院走。野花撑着马一定的下巴，他一手抱着野花，一手提着下滑的裤子。直到把花递给刘井，他的一只手才解放出来。

马红英说嫂子，不给一定读书实在是可惜。刘井说我没有办法，我连钱的一个角角都拿不出来。你又不是不知道你哥哥，他好吃懒做，找不出一分钱来给一定读书。一定摊上这样一个爸爸真是倒霉。我恨不得跟你哥哥离了。马红英和刘井一边说一边由乡医院往家里走。马一定走在前面，他一手抱着野花，一手提着下滑的裤子。

晚上，马红英给刘井一个信封。刘井说这是什么？是谁写来的信吗？马红英说不是信，是钱。刘井说你为什么要拿钱给我？马红英说我要把一定带走。刘井说你要带他到什么地方去？马红英说带他到城里，让他读书，我不能眼睁睁地看着你们把一定的前途给毁了。刘井说带你就带，干吗要给我钱？我又不是卖儿卖女。马红英说钱也不多，你收下吧，我知道你现在很困难。你拿这钱去买一条裤子，你的裤子已经破了好几个洞，它已经不能为你遮羞。刘井拍拍自己的裤子，说这有什么可羞的，脱了衣服人和人都一样。马红英把信封留在桌子上，说不一样，绝对不一样，你还是去买一条裤子吧。我明天就走，再拖一天就超假了，只要一超假就不能在厂里打工了。

刘井打开信封，看见信封里装着五十元钱。她把这钱缝在马一定的衣兜里。她一边缝一边说，一定，你的姑姑真是个好人，像她这样的人，现在打着灯笼也难找。你跟着她将来有吃有穿有文化，说不定还会当上大官。如果你有钱了，就给妈妈做一幢房子；如果你当官了，就让妈妈到你的单位去扫地。这五十元钱我把它缝在你的衣兜里，不到关键的时候不能用，不能因为嘴馋而用了，不能因为玩具而用了，除非是生病或者是姑姑不理你的时候才能用。尽管她是你的姑姑，但她毕竟不比妈妈亲，久了她也会讨厌你，会生你的气，会打你。但是无论怎么样她都是为了你好，你不要惹她生气，听她的话，跟她走。她指到哪里你走到哪里，她叫干什么你就干什么。马一定说我走了你怎么办，谁跟你讲话谁扶你走路谁跟你去南山收谷子？我不跟姑姑走，我宁可不读书也不跟她走。

第二天早晨天还没亮，刘井就被马红英叫醒了。刘井伸手去摸马一定，床上空空荡荡的，马一定已经不见了。刘井想天都还没有亮，一定会去什么地方呢？刘井一边穿衣服一边叫马一定，等她穿好衣服时，仍然没听到马一定的声音。于是来不及洗脸的刘井站在门口对着大路喊，对着高山喊，对着森林喊：一定，你在哪里呀，你在哪里？你别错过了这样的好机会，你会后悔一辈子的。你难道不想发财吗？你难道不想升官吗？如果不是你姑姑这么好心，你会有这样的机会吗？其实我也舍不得你，但是为了将来，为了你好，我不得不这样。你快出来吧，再不出来就误了你姑姑的时间，她就去不成广州了。

村庄静悄悄的，只有刘井的声音被夸大了好几十倍在空中飘荡。等她的声音一停，村庄里什么声音也没有了。马红英说他再不出来，我就要走了。刘井说你再等一等，我去把她找出来，他一定躲到牛棚里去了。

刘井发现马一定睡在牛棚上的稻草堆里。她把他从牛棚里抱出来，他仍然熟睡着。他试图睁开眼睛，但像有什么东西粘住了他的眼皮，无论怎么努力也睁不开。马红英说嫂子，你把他放到我背上来，我背着他走。刘井说这怎么行？你还要拿行李。这个仔好像一夜没睡，现在刚刚睡着，还是我背着他送你一程吧。马红英说等会儿他醒来看见你，他又不走了，还是我背着他走。刘井把马一定放到马红英的背上。马一定的脑袋在马红英的背上晃来晃去。天愈来愈亮，他们的脑袋愈晃愈远。他们的脑袋愈远刘井看得愈清晰。渐渐地他们的脑袋变成了一个脑袋，马红英的行李包再也不飞起来落下去了。刘井看不见他们了。刘井踮起脚后跟，才又看见他们的背影。他们继续往前走，他们愈来愈小。刘井向前跑了几步，站在一个土坡上。他们的背影又清楚起来。现在她可以看着他们走很长的一段路。终于，他们转了一个弯，从刘井的目光里彻底消失。刘井说一定，你就这么走了，你连一句话都没有跟我说就走了。

突然，刘井看见路的尽头出现了一个小黑点，在小黑点的后面出现了一个大黑点，两个黑点都朝着她飞跑过来。她知道那个小黑点是马一定，那个大黑点是马红英。刘井手里捏着一根细小的鞭子，站在大路的中间。凉风穿过她破开的裤洞和头发，她的手上一片冰凉。马一定的面孔愈来愈清楚了，刘井听到他叫了一声"妈……"，看见他正扑向自己。刘井闭上眼睛，举起鞭子狠狠地刷去，马一定发出一声叫喊，转身跑开。刘井举着鞭子追赶马一定。马一定往他跑过来的方向跑。他一边跑一边回头，双脚被鞭子抽得一跳一跳的，好像路面成心不让他落脚。刘井说你为什么要回来？你爸爸是个懒汉，是个酒鬼，我都不想跟他过一辈子，你还想跟他过一辈子吗？你爸爸从来不下地劳动，你回来喝西北风吗？你不是我的儿子，你给我滚。如果你是我儿子的话，就不要回来，就去过你的好生活，就去读书去发财。刘井在说这一连串的话时，始终没有睁开眼睛，她害怕一看见马一定心就软。她的鞭子上下横飞。马一定站在路上再也不跑了，他像承受雨点一样承受着刘井的鞭子。终于刘井听到了哭声，她的鞭子刷到了马一定的眼角上。马一定用手掌捧着眼角，离开刘井往前走，紧追而来的马红英拉住马一定再一次离开。刘井说你滚吧，你给我滚得越远越好。刘井听着哭声慢慢地变小变细，以至消失，但她始终不敢睁开眼睛，她像盲人一样捏着鞭子一动不动地站在那里，站了差不多一个上午。

　　刘井对着这个上午从她身边走过的每一个人说，如果你们碰上马男方，那么你们给我告诉他，他的孩子跟他姑姑去城市了。

　　第二年春天，当山上的树叶和青草全都长起来的时候，刘井的脸上也开始有了红色。她在另一间屋子里铺了一张小床，跟马男方过着分居的生活。她相信只要分居两年，就能跟马男方离婚。一天中午，她看见屋角的那棵李树上挂了许多青色的细小的李子。她的嘴里突然冒出好多口水。她想吃那些没有成熟的李子。她爬上李子树去采摘它们。她只吃了一颗，就被李子酸得裂开了嘴巴，感觉李子已酸到了牙根。她正准备下树，忽然看见一个警察朝村子走来。警察一边往村子里走一边吹着口哨，还一边摇晃着手铐。警察警察你拿着手枪，口哨口哨你吹得嘹亮，我没有偷也没有抢，我不怕你的手铐也不怕你的枪。

　　刘井呆呆地站在树丫上忘了下来，她被人民警察的身姿、口哨、大盖帽吸引了。她折断眼前的树叶，看着警察的步伐和他身上摆来摆去的挎包。警察来到她家门口，眼睛往四周望了望，像是观察地形。他看见刘井站在树上，说这是马男方家吗？刘井的身子突然抖动起来，像是被警察的声音吓怕了。警察又问了一句，这是马男方的家吗？刘井说是的，你找他干什么？他犯了什么错误？警察说你是谁？刘井的身子抖得更加厉害。刘井说我是他的老婆。警察说叫什么名字？刘井说叫刘井。警察说我告诉你，不过你先下来。刘井往树上缩了一下，说我不下来，你要干什么？你要抓我吗？如果是马男方犯错误，你可不能抓我。警察说我怎么会抓你呢，我只是要告诉你一个消息。刘井说什么消息？是好消息还是坏消息？警察说你先下来，我才告诉你。刘井说我不下来，你不先告诉我我就不下来。你别骗我了，你肯定是想抓我。

警察笑了一下，说我骗你又没有什么好处，我干吗要骗你，下来吧，刘井同志，下来吧。警察甚至向刘井伸出了一只手。

说不下来就是不下来，我说话算话，刘井抱住树枝看着警察说。警察说那么好吧，你们是不是有一个儿子，叫……警察翻了一下笔记本，咳了一声嗽接着说，你们是不是有一个儿子叫马一定的？刘井说他怎么了？警察说他被一个名叫马红英的拐卖了。刘井眼睛一黑，从树上栽了下来。

从邻村赶回来的马男方冲进家门，说什么什么，一定被谁拐卖了？你为什么让他被拐卖了？你是不是故意让他被拐卖的。马男方在屋子里走来走去，想找点儿事情干干，他想我应该惩罚一下刘井，她怎么敢把我的儿子卖掉？他从屋角拿起一根棍子，来到刘井的床前，说我要把你的身子戳烂。刘井张开大腿躺在床上，说戳吧戳吧，我早就希望有人戳了，有人戳了我会好受一些，我早就希望有人戳了。是我卖了一定，他本来不想跟她的姑姑走，是我用鞭子把他赶走的。我打伤了他的眼角，还叫他滚，滚得越远越好。可是谁会想到他的姑姑会卖掉他？

马男方丢下棍子朝乡政府跑去。他的屁股上晃动着一只酒壶，他跑得越快，酒壶飞得越高。很快他就坐到了乡派出所的门口。他对着所里唯一的警察说，你把马红英给我抓回来，我要拿她下油锅，要拿她来点天灯，要拿她来喂狗，要拿她来给所有的男人强奸。警察说她已经被关到笼子里去了。但是她毕竟是你妹妹，你真的舍得给别人强奸？马男方说可是她把我的儿子卖了，她做得初一，我做得十五。警察笑了笑，说你先回去吧，有什么消息我会及时告诉你。马男方说你不把我的儿子找回来，我就不走。马男方干脆睡到了地板上，他说你快点儿给我找啊。警察说我到哪里找去？马男方说你不去找你不是白拿国家的工资了吗。我们每年都要上交公粮，你吃了我的公粮，为什么不去给我找孩子？马男方说着说着慢慢闭上眼睛，他不知不觉在地板上睡着了。

马男方醒来时，天已经完全黑了，街上除了有两只狗走动，已没有其他动物。他拍拍派出所的门板，里面没有任何反应。汪警察不知道到哪里去了。马男方骂了一声，便开始摸黑回家。还没有进村他就对着村子喊刘井，我回来了，现在我一点都看不见，我的眼睛黑黢黢的什么也看不见，你快点拿手电筒来接我，听见没有，快点来接我。他的喊声不仅刘井听见了，村子里的人都听见了。刘井以为马男方找到了马一定，立即跟赵凡家借了电筒去接马男方。好多人从自己家钻出来，站在村头观看。马男方从人群中穿过，好像是一位刚从战场上归来的英雄，还对着大家挥了挥手。找到了吗？找到了吗？周围全是找到了吗的声音。马男方只挥手，一句话也没说，脸上挂着十分生动的悲伤。

　　刘井说怎么样了，有消息吗？马男方说有，但我不会告诉你，除非你给我煎一个鸡蛋。刘井说现在我就给你煎鸡蛋，我知道你忙了一天也该喝一杯了。一阵油的尖叫之后，屋子里飘散着鸡蛋的味道。马男方开始用煎鸡蛋下酒，喝了起来。他一边喝一边说我已经跟汪警察说过了，要他把马红英找回来，我要拿她来下油锅，要拿来她来点天灯。他说一句话就狠狠地喝一口酒，仿佛已把马红英下了油锅。刘井说那一定呢，有没有一定的消息？马男方说我已经跟汪警察说了，一有一定的消息就立即跟我们讲，他现在就在跟外面联系，说不定明天就有消息了。

　　第二天，第三天，一天又一天，马男方从不下地干活，每天都到乡派出所门口睡觉。汪警察进出的时候总会用脚轻轻地踢他一下，说喂，起床喽。马男方睁开一道眼缝，接着又睡。汪警察说你总这样睡也不是个办法，你先回去吧。马男方说不，我不回去，我要等我的儿子。每次说到这里，他总会用力地哭几声，并流下几滴眼泪。马男方就这样不停地给刘井带来消息。马男方说睡到我的床上来。刘井说我们还是各睡各的好，我们已经分睡了那么久，现在睡到一起，前面的分睡不是没有用了吗？早知道今晚要睡在一起，又何必当初呢。刘井这么说着的时候，已经来到马男方的床前。马男方说上来吧。刘井说你先告诉我消息，我才上来。马男方说不，你先上来我再告诉你。刘井说上来就上来，这床本来就是我的，我又不是没上来过。马男方说汪警察说了，只要能找到的，他们都会设法找到，万一找不到他也没办法。

　　马男方说汪警察今天打了三次电话，都是说一定的事情。

　　马男方说汪警察是个好人，他今天给我喝了一杯酒。

　　马男方说那些干部都很同情我，他们下班的时候总问我找到了吗？就像问我吃过了吗一样。

　　刘井从床上爬起来，说这些消息都没有用，我跟你白睡了好几个晚上，明天晚上我要回到我的床上去。我的一定，你的消息怎么一点儿都没有？刘井坐在床上又哭了起来。她哭的时候没有眼泪,她已经没有眼泪了。

刘井睡到自己的床上。马男方每晚回来看到的是刘井紧闭的房门。马男方拍打刘井的门板,说开开门吧,刘井,你给我煎鸡蛋,你睡到我的床上来,我有重要的事情告诉你。刘井说你不会有什么重要的事情告诉我,你每天只不过是去派出所门口睡觉,他们已经全部告诉我了。马男方说不过今天确实有重要的消息。刘井说那你说吧,说出来看是不是重要。马男方说你得先打开你的房门。刘井说我不会打开。马男方说你真的不打开?刘井说真不打开。马男方说那我可要说了。刘井说你说吧。马男方说汪警察说他们已经把一定的眼珠挖出来卖掉了。刘井像是被刀子戳了一下,从床上滚到地上。马男方似乎已听到刘井跌到地上的声音。马男方说他们还砍断了一定的一只手。刘井感到心脏紧缩,呼吸困难。她试图站起来,但只站起半条腿又跌倒了。马男方又一次听到刘井跌倒的声音,而且这次比上次跌得更响,好像连脑袋都撞到了地上。马男方说然后他们每天把一定放在城市最显眼的地方,让他讨钱。讨得钱以后,他们把钱全装进他们的口袋,一定吃不饱穿不暖,一天一天地瘦了,现在瘦得就像个猴子。房门无声地打开,刘井像一根木头从屋子里跌出,像一根木头横躺在地上。刘井躺了好长一段时间才醒过来,她说马男方你不要说了,我的气已经出不来了,我的胸口快要裂开了。

刘井从地上爬起来,朝乡政府走去。她没有借电筒也没打火把,只走出村庄几百米就跌下路坎。她感到头被什么敲了一下,然后什么也不知道了。等她知道了的时候,她觉得额头冰凉,伸手一摸是湿漉漉的血。休息一会儿,她又开始往前走。她不停地走不停地跌,在两公里长的路上,一共跌倒十次。当她扑到汪警察的门上时,她已经没了拍门的力气。战士死于战场,刘井倒在汪警察的门口。刘井没说一句话就晕倒了。

第二天早上,汪警察开门时被刘井吓得往后退了一步。汪警察说怎么了,你怎么了?谁打破了你的额头?刘井说汪警察我问你,马一定是不是被别人挖了眼睛?是不是被别人砍断了一只手?是一只还是两只?是不是在为别人讨钱?汪警察说是谁告诉你这些?刘井说是马男方。汪警察说真是岂有此理,我对他说在国外,有的坏人简直不是人,他们买到儿童后就像你刚才说的这么干。我们是社会主义国家,怎么会有这样的事?何况我们还没有马一定的消息。刘井说你说的都是真的?汪警察说看在你跌破额头的份上,我会跟你开玩笑吗？刘井啊了一声，说原来没有，原来是这样。刘井出了一口长长的气，出了一口像公路那么长的气。她的双腿由硬变软，身体由站着变为坐着。

坐着的刘井突然听到远处传来救命的喊声。喊声像从发出喊声的地方伸过来的一条路，她沿着这条时断时续的路往前走，看见一个水库，水库上有几个人撑着竹排正在打捞什么。有几个人脱光衣服，在水面上浮起来又沉下去。他们说有一个小孩掉进水库了。刘井问他们是不是一个八到九岁的孩子？他们说是的。刘井说他是不是有这么高？刘井用手比画了一下。他们说是的。刘井说那一定是我家的一定，一定哎，我来救你来了。刘井喊着准备往水库里跳。一个陌生的男人一把拉住她，说她不是你的孩子，她是我的女儿。你来凑什么热闹？刘井说掉下去的是你的女儿？拉住她的人点了点头，眼睛红得像出了血。刘井说你的女儿掉进去了，你为什么不往里面跳？那个人好像是被刘井问得不好意思了，低头看自己的裤裆，两只手抱住后颈。

刘井坐到水库边，太阳正好出来。水面被太阳照得红红的，一个波浪就像一面镜子。刘井想太阳出来得真不是时候。那个拉过她的男人说我不知道她来这里干什么？这么早她来这里干什么？她如果不是专门来跳水库，她来这里干什么？在男人哭泣的伴奏下，刘井看见他们从红彤彤的水面捞起一个女孩。她的目光在这个女孩的脸上抹来抹去，一直抹了九遍，才把目光从女孩的脸上拿开。

汪警察踢了一下睡在门口的马男方，说我真的不想踢你，我一踢你我的皮鞋就像喝了酒一样。现在踢你，不，严格地说这不是踢，而是碰，现在碰你是因为不得不碰你。你带个口信给你老婆，前几天县公安局从外地解救了几个被拐卖的儿童，但是没有马一定。加速村一农户的儿子被拐卖后，自己出去寻找，也在前几天把儿子找了回来。可见你们的儿子并不是没有回到你们身边的可能，只是我们在寻找的同时，你们也想办法找一找。

刘井望了一眼天边，说可是我们去哪里去找他？我们去哪里找找他的钱呢？坐在门口已两个多小时的刘井，坐在一块冷冰冰的石头上。她的皱纹像众多的蚂蚁瞬间爬满她的脸皮，那些皱纹又像是裂开的土地，现在正一点一点地裂着，并且发出喊喊喳喳的声音。她感到皮肤绷得像快要扯断的橡皮筋，皮肤已经不够用了。她像一只破裂的瓷碗，在碎片分开之前的几万万分之一秒内，勉强地凑合着。她的目光从她的眼眶里飞出，看着前面山梁上一排高矮不齐的树，那些树叶以及树叶上的纹路都像摆在眼前一样清清楚楚。她不太相信自己有这么好的眼力，于是用手揉揉眼睛。揉过之后，她的眼睛看得更远了，她看见山那边的一个村落，看见一条大河波浪宽，风吹稻花香两岸。那个村落就是加速村，她曾经到过那里，听马男方说那里的一个小孩失踪之后又找了回来。她想如果我的眼睛一直能看到城市，看到一定那该多好。

她绷紧眼皮，拼命地想往更远的地方看，但是她的目光像一支飞箭的末尾，被一排瓦檐挡住了去路，再也无法翻越那道屋梁。她的目光在屋梁上挣扎一阵，就倒下了，就像一个累坏了的长跑运动员倒在跑道上，心里不停地想跑，身体却没有力气让她再跑下去。那个屋顶是被拐卖的孩子家的屋顶，现在他们全家把孩子锁在卧室里，不让他乱说乱动，以免再次走失。刘井把目光收回来，放到自己的脚尖。她的目光像一团火，烤着她的脚尖，她看见左脚的鞋子开了一个破洞，大脚趾伸出来，它的指甲慢慢变大，就像操场那么大。

这时木匠聂文广挑着他的工具往村外走，他又要外出做木工去了。聂文广走过刘井的身旁时说刘嫂，我听说城市里的人吃的都是黑色的馒头，他们没有肉吃，像狗一样天天啃食骨头。啃过一次的骨头他们舍不得丢，他们把骨头再次放到锅里熬，熬啊熬，他们一共熬了三次啃过三次，才舍得把骨头丢掉。他们个个脸色发黄，瘦得皮肤贴着骨头，眼窝深得像酒杯，走起路来像苇草，风一吹就倒。他们没有土地，所以他们比农村困难一百倍。他们每天要用一半的时间来睡觉，比你们家的马大哥还要懒惰。他们从来不洗澡不梳头，最可怕的是他们只有四个脚趾。聂文广也不管刘井听不听，相信不相信，他低着头一边说一边往前走，好像他刚从城市回来，他的说法千真万确不容置疑。

等聂文广走远了，刘井想马一定现在是不是坐在一座天桥上，正在捡地上的骨头啃食？那些被别人丢掉的骨头，就像是被剥光树皮的树，已经没有什么东西可啃了，马一定捡起来又丢下去，不知道内情的人又把它捡起来。马一定明知道骨头没什么啃头，但还是啃着，这说明他实在是饿得不行了。马一定的眼睛还是眼睛，马一定的手还是手，它们都完整地保留在马一定的身上，只是比原先小了一圈。刘井想谣言不可信。刘井刚把谣言不可信想完，就出了一身冷汗，因为刚才她没有看见马一定膝盖以下的两只脚，马一定的脚被剁掉了，现在正坐在天桥上讨钱。他的面前放着一个纸盒，钱已经堆到了纸盒口，纸盒再也装不下钱，钱就落到桥面上。刘井一辈子都没见过那么多钱。有一个肥胖的女人，这是城市中唯一肥胖的女人，她躲在人群中监视马一定的工作。每当纸盒里的钱满得不能再满的时候，她就提着包跑过来把钱收走。马一定说我饿，你给我吃一个黑馒头吧。胖女人说少啰唆。马一定的眼睛就跟随胖女人走，他的舌头舔着干裂的嘴唇。一定，她怎么连一个馒头都不给你吃，你给她挣了那么多钱，她怎么连一个馒头都不给你？刘井闭上眼睛大喊一声，呜呜地哭了。刘井说马男方，我们还是把我们的牛卖了。马男方从屋子里冲出来，说为什么要把牛卖了？刘井说我们需要钱找一定。

　　刘井把卖牛所得的钱和跟别人借的钱堆在一起，推到兽医苟日的面前，说苟大哥，马一定就全拜托你了。刘井感到这一沓钱是那么的重，那么的真实可信，那么的可亲，它使拥有它的人一下子有了富裕的感觉。苟日用衣袖抹一抹沾满油花的嘴角，那个嘴角是刘井家的鸡肉给涂油的，它现在闪闪发光，比他身体的任何一个部位都光彩夺目，嘴角简直不是嘴角而是招牌。苟日用衣袖又抹了抹嘴角，说放心吧刘井，还有马男方，你们放心吧，马一定的事情就包在我的身上。你们的事也是我的事。你们也知道我在外边有熟人，你们只管放心地睡觉，放心地喝酒，等着我把马一定带回来吧。苟日把钱揣进衣兜里，马男方的嘴角裂开了一下，好像是得了牙痛。苟日揣好钱，按紧衣兜倒退着出门。他的头不停地点着，小心得像是他求刘井和马男方办事，而不是刘井和马男方求他办事。

　　等苟日退出大门，马男方就用手在刘井的大腿上狠狠地拧了一下，刘井发出一声尖叫。尖叫未毕，马男方又扇了刘井一个耳光。刘井说你怎么了？马男方竖起两个指头说，两千，那可是两千元啦，我一分都没有花，他就把它全拿走了。刘井说是你叫我拿给他的，你怎么打我？

　　马男方紧跟着苟日出了大门，他一直跟着他。苟日说你跟着我干什么？马男方只是笑。苟日走，他就走。苟日停，他也停。苟日说你到底要干什么？你说出来，你不要光笑，你一笑我的心里就没底。马男方说也没什么，只是，只是……苟日说只是什么？你说呀。苟日急得双脚在地上跺来跺去。马男方说只是，你一下子就拿走我们那么多钱，能不能给我一点回扣？我曾经割草喂过那头牛，卖牛的钱我也是有股份的。但为了找马一定，我一分钱都舍不得花，就全给了你。你把钱拿走时，你猜我怎么样了？苟日摇摇头。马男方说你刚把它揣在怀里，我的心就痛了一下。我想那么多钱被你拿走了，还不知道你找不找得到一定。我没留下几十元钱给我自己，实在是亏了。你能不能给我一点打酒喝，只一点点。苟日从口袋里抽出二十元递给马男方，说你要留钱为什么不在给我之前留下来？马男方说当时只想到要你去帮我们找儿子，没想到喝酒，能不能再给一点？苟日说你还找不找你的马一定？马男方说找，找。

马男方拿着二十元钱走回家里。他进门之后，又扇了刘井一个耳光。刘井说扇吧扇吧，现在不扇将来你就没机会了。只要一定一找回来，我就跟你离婚。

第二天早上，苟日出发了，他的肩上挎着兽医药箱。马男方说你是去找马一定，又不是去出诊，干吗挎着药箱？苟日打开药箱让马男方检查。马男方看见他的药箱里装满衣服和洗漱用具以及钱。在药箱的一角藏着一包避孕药，它使药箱成为名副其实的药箱。

苟日每到一个地方就给汪警察打一个电话，汪警察再把他的电话内容告诉马男方，马男方再转告刘井。苟日的电话内容如下：

我已到县城，你们放心。

我已到达柳州。

我已到广州，正在托亲戚熟人设法寻找马一定，估计要不了几天就会有好消息告诉你们。

根据别人提供的线索，今天我到一所学校去看了一个被拐卖来的孩子。刚一看有点儿像马一定，但仔细一看……汪警察说苟日的电话突然断了。

但仔细一看，他长得一点儿也不像马一定。我很失望。

我不得不求别人，我送他们烟酒，请他们吃喝，钱已经全部花光了。但他们告诉了我一个好消息。

我已经知道马一定的下落。

马一定被拐卖到一个工人家庭。昨天我已悄悄观察了他们的家。估计要把马一定领走得花几万块钱。你们赶快筹钱，过两天我再告诉你们把钱汇到哪里。

这个晚上马男方没有回家，消息到此突然中断。刘井想他会回来的，说不定他得到了好消息，多喝了几杯；说不定一定已经找到，他去接他们去了。他总是很晚才回来，他会回来的。刘井觉得这个晚上过得很慢，村庄也比往日安静了几百倍，安静得连狗都不发出叫声。屋子外没有脚步走动，会走的似乎都死了。他会不会因为喝多了，栽倒在什么地方？他是不是已经栽死了。刘井愈想愈感到不对，好像哪里出了差错，不是一定就是马男方。她从床上爬起来，打着火把沿着通往乡政府的路找马男方。她一路喊着马男方的名字。她这样喊道：马男方你死了吗？你躲在什么地方？你快点儿出来。你别吓唬我。你是不是去别的村睡女人去了？你要死也等我们离婚之后再死，现在死了我可说不清楚。而且我们还要找一定，我需要你帮忙。刘井用这些喊声壮胆，一直喊到乡政府门口，也没发现马男方。刘井拍拍汪警察的门板，拍了很久都没有反应。隔壁的人被刘井的拍门声弄烦了，他们隔着窗玻璃大声喊道，拍，拍，你拍什么？死人了吗？你拍得那么响。姓汪的去县城去了，你拍得再响也没有人给你开门。

　　刘井又打着火把往家走，回到家时，天已经大亮。她坐在门口歇了一会儿，看着早起的人们下地的下地，干活的干活。她对着那些走过她面前的男人们说，你们谁给我找到一定，我就嫁给谁。有的年轻人对着她发笑，说你都结过婚了，谁还会要你。刘井说我和马男方很快就要离婚了。马男方不是一个好丈夫，你们看看他，一点也不关心我的感受，在这么关键的时刻，在一定就要找到的时刻，他不仅不把消息告诉我，而且还跑了，跑得连人影子都不见了。年轻人说你年纪太大，不适合我们。刘井说不结婚也可以，只要你们给我找到一定，你们爱怎么样就怎么样。有人说又能怎么样？说完大家就约好似的大笑。

　　笑声从刘井的耳边消失，人们渐次离开刘井。刘井想一定现在过得怎么样？苟日和马男方他们都在什么地方？他们为什么不把消息告诉我？刘井从石凳上站起来，突然发觉自己的眼睛又能往远处看了。她看见山梁上的树，看见加速村的屋顶，看见乡政府，看见长长的公路，看见县城旅馆里的一个房间。房间的窗口上遮着一张窗帘，窗帘之后隐约可见两个不穿衣服的男女。那个男的像是苟日。

　　刘井想进一步看清楚里面的情况，但她目光有限，没办法穿透那一层薄薄的窗帘。她踮起脚后跟，发现里面的情况清楚了许多。于是她搬来一张椅子。她站到椅子上，里面的情况全部袒露在她的眼前。她简直不想看，简直不忍看，简直愤怒到了极点。她说好个苟日，你竟敢拿我的钱来包女人？你竟然没有去找一定？你竟然骗了我们？刘井紧紧地闭上眼睛，恨不得把苟日夹死在眼睛里。她闭了很久，估计苟日被夹死在眼睛里了才睁开眼睛。苟日消失了，县城消失了，她的目光正一点一点地缩回来。刘井想再往远处看，但是她什么也看不见，她只看见自己的脚尖。

  两天之后的中午，马男方跑回家里。他没有看见刘井，便向邻居打听刘井的去向。邻居告诉他刘井到南山的稻田干活去了。马男方又跑了五里多路，来到南山的稻田。他看见刘井站在稻田里耘田，秧苗遮住了她的下半身。刘井说马男方你跑到什么地方去了，怎么现在才回来？马男方没有回答刘井，跑到田角伏下身子喝了几分钟的水。他喝水时发出的咕咚咕咚声，十分响亮。响亮之后，他从田角站起来，嘴巴张着，舌头吊着，像是大热天里的一只狗那样吊着舌头。站了一会，他说刘井，我们被苟日骗了。刘井说我已经知道了。马男方说你怎么知道？刘井说我看见了。马男方抹一把脸上的汗，发出一声冷笑，说不管你是怎么知道的，反正苟日骗我们是真的。我去了一趟县城，在街上碰见他了。他一看见我就跑，根本没有去广州帮我们找一定。刘井说他不仅没去广州，还用我们的钱养了一个女人。马男方说我们不能就这样被他骗了，我们要找他算账。刘井说怎么个算法？马男方说我们去把他家值钱的东西全搬了。

  第二天上午，马男方和刘井来到苟日家。苟日的老婆杨花坐在门口，说你们谁想搬我家的东西，得先把我搬掉。说着，她从身后亮出一把斧头，斧头磨得十分锋利，上面可以照见人物和树木的影子。马男方和刘井谁也不敢靠前，他们和杨花对骂着，说一些陈谷子烂芝麻的往事，说你家会怎么怎么样，杨花你跟谁谁睡过……杨花说刘井你也不是好货，你想一想你的腿是怎么被你的丈夫烫伤的……架越吵越没有意思，他们只是为吵而吵。他们把太阳从东边吵到西边，谁也没有吃喝拉撒。

  几个爬在树上看热闹的小孩突然大叫：马一定回来了。喊完，小孩全都从树上滑到地面，然后朝村头跑去。刘井说什么？他们说什么？杨花说马一定回来了，我们家苟日帮你把马一定找回来了，现在我看你们还有什么话说？你们用你们的手掌打你们自己的嘴巴吧。刘井和马男方呆呆地站在那里。杨花说打呀，快打呀。

汪警察把马一定送到家门口，全村的人都围了上来。他们像一个句号围着汪警察和马一定。刘井说这是真的吗？这是真的吗？刘井不停地用衣袖抹着眼泪，同时也腾出手来把马一定从头到脚摸了一遍。当她的手摸到马一定那双厚厚的鞋子时，她就把手停在了那双鞋子上。许多人都望着马一定的那双鞋子，它是那样的白，那样的厚实。刘井说一定，他们没有打你吧？他们是怎么找到你的？你想妈妈吗？他们没有从你的身上拿走什么吧？

刘井用她的右手掐了一下她的左手，她的嘴巴歪了一下，好像是感到痛了。她说这是真的。说完，她又捡起一块石头，狠狠地砸在自己的脚背上。石头刚一落下，她便惊叫，双手捧着被砸的脚背，用另一只没有受伤的脚在地上跳着，像金鸡独立。她跳了一会儿，把脚放下来，说这是真的，这真是真的。哈哈，这是真的。哈哈哈哈……刘井笑得喘不过气来了。

马男方问汪警察，马一定是苟日帮着找回来的吗？汪警察说什么苟日？是公安局找回来的，你在这上面签个字，说明我们已经把马一定送到家了。马男方说我不会写字。汪警察说按一个手印也行。马男方在汪警察的本子上按了一个手印。马男方按完手印，对着人群喊杨花，你听到了吗，马一定是公安局找回来的，不是苟日找回来的。苟日他骗了我们两千块钱。

马一定回来的这个下午，刘井高兴得搓着手走进走出，不知道要干点儿什么。她见人就笑，笑过之后就说一定回来了。光这样说一说她还不过瘾，她说一定，我们到村子里走一走吧。她牵着一定的手，从张家走到李家，从李家走到赵家，从赵家走到聂家。她问一定，城市里的人是不是只有四个脚趾？没有，他们和我们一样，每一只脚都有五个脚趾，五个，知道吗？马一定举起五个手指说。刘井说我也不相信，是聂文广放的屁。

从在村子里串门开始，刘井的手一刻也没有离开马一定的手，她生怕马一定再走丢了。马一定说妈，我要撒尿。刘井说妈妈跟你去。马一定说我要玩泥巴。刘井说妈妈跟你玩。马一定说我想吃鸡肉。刘井说爸爸正在杀鸡。这一切都做过之后，刘井还是觉得没有高兴够。她说一定，今晚我们应该高兴，你最想做的事是什么？什么样的事能使你高兴？马一定说我想捉迷藏。刘井说那就捉迷藏吧。马一定和刘井开始在家里捉迷藏，他们躲在门角，藏在床铺下、被子中、水缸旁……到处都是他们的声音和跑动的身影。有一次，刘井怎么也找不到马一定。她说一定，你在哪里？你发出一点儿声音，要不然我不找你了。马一定叫了一声。刘井听到声音是从卧室里传出来的。但是她在卧室里转来转去,始终找不到马一定。她说马一定你躲在什么地方?你无论躲到什么地方,都逃不过我的眼睛,你给我出来,我看见你了,你在楼上,你在床铺底,你在尿桶边。不管刘井怎么喊马一定就是不出来。刘井也没有真的看见他,她只是虚张了一下声势。匆忙中刘井碰翻了一个酒瓶,马男方听到酒瓶破碎的声音,像刀子割他的心脏一样难受。他说你们别躲了,你们把我的酒瓶碰烂了,再躲下去我的酒瓶会被你们全部打烂的。一定,你再不出来,我就用鞭子抽你。马一定大叫一声,从米桶里跳出来,吓得刘井跌倒在地上。刘井说原来你躲在米桶里,我怎么没有想到呢?你赢了,一定,妈妈输了。

刘井和马一定从卧室走出来,看见马男方黑着脸,好像要下雨的天气。刘井说一定刚回来,今晚谁也不准生气,我们高兴过了,你也应该高兴高兴。马男方说一定你去给我拿酒来。马一定从卧室里拿出一瓶酒。马男方说一定过来,今晚我要跟你喝一杯。马男方真的灌了一小杯酒进马一定的嘴里。马一定不停地咳着,又把酒吐出来。马男方说可惜呀可惜,你怎么吐了出来,我有时想喝都没有。

马一定的那双鞋子慢慢地变黑了。一天,刘井带着马一定去南山第二次耘田。快走到南山时,马一定的鞋裂开了一个大大的口子,脚趾头从裂口钻出来。他把裂开的鞋提在手里,一只脚穿着鞋一只脚光着,一只脚高一只脚低地往南山走。他看着那只破鞋想哭。刘井说晚上我给你补一补又可以穿了。马一定说补了就不好看了。马一定终于哭了起来。刘井说要不我再给你买你一双,再穷也不能穷了你的这双鞋子。马一定说这种鞋这里根本没有卖。

马一定赤脚站在稻田里,秧苗遮住了他的身子。他只有秧苗那么高。他的裤子上沾满了稀泥。太阳像火一样烤着他们。马一定站在稻田里打瞌睡。刘井说一定,你困了就到树荫下睡一会。马一定把腿从稀泥里拔出来。他的腿上沾满厚厚的泥巴,像是一层脱不掉的铠甲。看着田坎上张开大口的鞋,马一定说妈妈,你还我鞋子,我要我的鞋子。刘井说哭什么哭,不是有一只鞋还是好的吗?马一定说我又不能只穿一只鞋,我要两只一样新的鞋子。刘井说你不是说我们这里没有这样的鞋卖吗。马一定说如果你不叫我来南山,那我的鞋子就不会走烂。刘井说一双鞋子不可能穿一辈子,它总会被穿烂的。

马一定说我才不管穿不穿烂，我只要你还我的鞋子。说完，他开始往家里跑。刘井说你要去哪里？马一定说我要去找新鞋子，我要和你再见了。马一定愈跑愈快，一种不祥之兆涌上刘井的心头。刘井想莫不是马一定又要离开我了？她从田里冲出来，追赶马一定。他们像两个在小路上赛跑的运动员，拼命地往前面跑着。但是，刘井很快就被马一定甩到了身后。刘井的脚绊到了一块石头，整个人摔倒在路上。刘井说一定，你给我回来。马一定站在远处回头看着刘井，看了一会，他扭头跑开了。他的脚上、腿上带着稻田里的泥巴，就像带着铠甲。刘井的嘴里发出老马一样的嘶鸣。

　　一定出走之后，刘井就躺到了床上。她已经这样躺了半个多月。夏天正在悄悄地过去。夏天的最后一场暴雨现在落在瓦片上，雨点穿过屋顶上的空隙滴下来，滴到刘井的下巴上、眼睛上。刘井怎么也想不到马一定会离开她。她的脑袋想痛了，还是想不清楚。她的目光透过瓦片上的大洞，看着雨水落下来的天上，怎么也想不清楚。她想屋顶上开了那么多的洞，好多地方已无法挡住雨水了，等身体好的时候，要到屋顶上去整一整那些滑落的瓦片。

　　刘井不知道现在是什么时候，一束阳光从屋顶的漏洞跑进来，打着她的脸，天不知道什么时候放晴了。刘井说马男方，现在天晴了，你爬上屋顶去整整那些瓦片，免得再下雨时，雨水淋坏我们的衣服和粮食。刘井没有听到马男方的声音，她想他也许已经跑到什么地方喝酒去了。刘井从床上爬起来，来到门口。太阳很明亮。她想天气怎么这么好？一点灰尘都没有。这么透明的天气，我能不能看到一定？

　　她伸长脖子，没有看见马一定。她踮起脚后跟也没看到马一定。她站到椅子上，仍然看不见马一定。她找了一把梯子架到屋檐上。她想屋顶那么高，如果站在屋顶上，肯定能够看得更远一些，说不定能看到一定。她沿着梯子爬上去，站在屋顶上，由于阳光太强烈，她的眼睛一时半会还不太适应。她歪头看了一下太阳，觉得眼睛好了一些。她站在自家的屋顶上，感觉自己特别高大。她伸长脖子，拼命往远处望。她看见山梁上的树，看见加速村，看见乡政府、县城，看见长长的铁路，看见高高的楼房。她的目光愈拉愈长，看见马一定坐在一张好看的餐桌旁吃午饭。餐桌上摆满了鱼虾和洁白的米饭。马一定的身上穿着一件白得像白纸那样的衣服，脚下穿着一双白得像白纸那样的球鞋。刘井不相信这是真的，就用手在额头上搭了一个凉棚，又仔细地看了又看，然后自言自语：真的，这是真的，他妈的马一定，你比我们还吃得好，穿得好。

　　刘井刚一说完，就感到脚下打飘。瓦片哗啦哗啦地往下滑，还没等反应过来，她就从屋顶摔下去。瓦片争先恐后地掉落，砸在她的头上、身上，她被掩埋在瓦片之中。她把头从瓦片里拱出来，头上鼓着一个大包。她说他竟然比我们还吃得好，穿得好，他竟然过着比我们还好的生活，真是岂有此理。

痛苦比赛

我对着仇饼、马哈哈和肖丽一挥手说你们看了吗？今天的报纸。我像过去问朋友们"吃了吗"一样问你们看了吗？我挥手的时刻，手中的报纸哗啦哗啦地响起来，像是一面白旗在风中飞舞。他们说看什么，现在的报纸有什么好看的？我说报纸上登了一则征婚广告，现在我来跟你们复述一下，当然我必须向你们申明，我并不认识这个名叫阳爽朗的女人，只是觉得这个征婚广告非常特别。

说这些废话的时候，挥动自己手臂的时候，我正站在十八层高的地方大厦楼顶。那时我们刚喝完一箱啤酒，从铺满报纸的地板上摇摇晃晃地站起来，带着满肚子的坏水和心眼一样细小的醉意来到护栏边。我们四个人八只鼠眼一齐往楼下看，看见轿车们色彩丰富的坚硬的背，看见一辆警车闪着红灯呼啸而过，看见渺小如蟑螂的行走的人群，电线成群结队不怀好意地划破灰蒙蒙的天空，远处的一列火车像儿童们手中的玩具在楼房的夹缝中无声地快速地滑翔。我们站得高看得远，女人们肥美的长腿和高耸的胸脯，男人们的头发或秃顶扑面而来清晰可认。

一阵风抬起一张我们刚才坐过的报纸，它像一位老熟人来到我的脚尖。我踢了一下报纸，它没有走开的意思。我又踢了一下，它不但不走反而在风中飞了起来。我仿佛看见一个女人飞了起来，于是一把抓住，看了一会儿便对仇饼、马哈哈和肖丽说你们看了吗？今天的报纸。阳爽朗要找的对象，可以没有端正的相貌，没有高大的身材，没有文凭、工作和人民币，但必须拥有痛苦。她决定明年三月八日上午九点在市人民大会堂举行一次应征者痛苦比赛，胜者获得她的爱情，联系地址建设路72号，电话5337788。

仇饼、马哈哈和肖丽的嘴巴慢慢地张开，他们嘴巴张开的程度和我说话的速度成正比，和他们所拥有的信息成正比，最后他们的嘴巴都张得和乒乓球一样大。我看见三个乒乓球挂在我的面前。不……马哈哈的乒乓球最先破碎,不,不,不太可能,现在哪还有这么傻的姑娘。在说话的过程中马哈哈的手臂逐步变长,一直延伸过来抓过我手中的报纸。咪的一声,报纸被他断为两截。他的目光像饥饿的嘴巴,很快地在他抓过去的半张报纸上舔了一遍。

仇饼说真是岂有此理,不用比赛,我就是阳爽朗的最佳人选。我说我也是。肖丽说我也是。我们说肖丽你又不是男的,怎么也是?肖丽说她的征婚广告上又没注明女选手不准参赛,它注明了吗?我的痛苦就不是痛苦吗?而且我的痛苦一点儿也不逊色于你们的痛苦。仇饼说马哈哈,你怎么看?马哈哈摆动着他的头部说这不是真的,这是个货真价实的骗局,你们千万别被骗了。

我们决定对阳爽朗进行调查。这个晚上我们相约来到马哈哈的办公室。马哈哈是《方方面面》杂志的编辑,他的办公室里有一部白色的免提的经得起时间考验的电话。我们把马哈哈围在中间,就像围住一个重要人物。尽管天气有些凉了,马哈哈的额头上还是咕咚咕咚地冒出了一层细汗。我们谁也不敢说话,生怕因为说话影响了大家的情绪。准备拨电话之前,马哈哈不停地搓着他的手掌,他的手掌因为搓着发出沙沙声。这种声音就像空气无孔不入,从我们的左耳到达我们的右耳。我说马哈哈请你别搓你的手掌了,再搓下去就要搓出火来了。马哈哈清清嗓子,说那么我就不客气啦,那么我就拨电话啦。肖丽说拨吧拨吧,反正天要下雨娘要嫁人。

马哈哈在我们的注视下,庄严地抬起他的右手。我想起森林般的手臂庄严的拳头神圣的时刻……眼看右食指快要触到按键了,他忽然回过头来,说那我真的拨啦?但必须声明,拨过之后我们哥几个就得有难同当有福同享,无论发生什么事情,无论贫穷或是贵贱,无论祸福或是疾病,无论好的或不良的后果大家都得共同承担。仇饼用双手蒙住眼睛,说马哈哈你再等几分钟,让我考虑考虑。马哈哈的手指悬挂在电话上方,好像他面对的不是电话按键而是核武器按钮。悬挂的手指等待着仇饼的再考虑,但是等啊等啊考虑仍然没有成熟。肖丽推开马哈哈坐到那个重要的位子上,她的手指在电话按键上跳了几跳。我们终于听到了一串期待已久的标准的声音:您好!这里是阳爽朗征婚办公室,留言请按1,征婚请按2。我们看见肖丽的手指在2键上按了一下。参加比赛请按1,不参加比赛请按2。肖丽按了一下1。领导请按1,

商人请按2，一般职工请按3，无职业者请按4。肖丽按了一下4。电话里又传来一声您好！马哈哈说爽朗在吗？电话说阳经理不在，我是她的秘书，有事请讲。马哈哈说我要找爽朗。秘书说你是不是征婚的？如果是征婚的找我就行了，不必找阳经理。马哈哈说我不是征婚的，我是她的大舅。秘书说请等一下。

　　电话里传来一声大舅，你好！听得出这是一个富有情感的声音，声音有血有肉鲜活跳跃，像磁铁一样吸引我们的心脏。我们的心脏因为磁场的干扰一度停止跳动。我敢肯定从出生到现在我们还没有听到过这么好听的声音。这个声音把马哈哈和我们快到嘴边的话吓了回去，像缩头乌龟再也不敢出来，使我们嘴里的口水飞流直下却无话可说。大舅，大舅，我是爽朗，我是爽朗，你有什么事？你怎么不说话？大舅……电话在彼此的沉没中挂断。

　　我们谁也没有发出声音，办公室像这里的黎明静悄悄，连一张纸片落地都能听见。和阳爽朗的声音对比起来，我们有自知之明。谁敢在听完阳爽朗的声音之后发音？谁敢？所以我们谁也不敢说话。谁说话谁没有自知之明，谁说话谁暴露缺点。仇饼冲到阳台上，对着楼下的马路喊阳爽朗……我爱你，我爱你群山巍峨，我爱你秋日的硕果，我爱你的征婚广告，我爱你呼唤大舅的声音朝气蓬勃。马哈哈在仇饼呼喊声中用拳头擂一下电话，然后转身拍一下墙壁。一张长期挂在他头顶的奖状，在他的拍击下匆匆地脱落，稀里哗啦地堆到地板上。玻璃的破碎破坏了我们对阳爽朗声音的美好回忆。我们在一瞬间从遥远的地方回到原来。我说从声音判断，阳爽朗长得不错。马哈哈说那不一定，就像有的歌手，你宁愿听她唱一千首歌，也不愿见她一面。

　　我提前半小时来到建设路72号的对面。前后左右看了一下没有发现情况，我把目光锁定在72号门口。这是一个极其普通的门口，没有招牌没有看门的老头，只有两扇漆成绿色的铁门敞开着。偶尔进出一两个人，他们的脸色、服装都和这个门口一样平凡。我想我不能浪费目光，得寻找优秀读物。我开始注意那些骑车的女人，她们在这个上午表现一般。我转身，看见电线杆上贴满了专治性病的广告。一口气看了两遍，忽然听到有人在身后叫我。叫我的人是马哈哈和肖丽，他们刚从出租车里钻出来。马哈哈手里拿着一副象棋，他一边跑一边看手表。他说晚啦，我来晚啦。

　　马哈哈把象棋摆在电线杆下。我们蹲在马路边开始专心致志地下象棋。

我们的头上是性病广告，风儿偶尔吹动那些纸片，就像吹动我们的头发。从马路上匆忙而过的人流中不乏棋坛高手，他们对我们的偶尔一瞥使棋艺平常的我们心里没底。我们身在棋盘心在72号。尽管肖丽看不懂象棋，但她还是一副不懂装懂的样子，与我们并肩蹲在马路旁。马哈哈高举着他的一颗"马"说将军。肖丽一挥手挡住马哈哈的手臂，使马哈哈的那颗棋子无法下落，让我的棋子延年益寿。马哈哈说肖丽你要干什么？肖丽说他来了，他来了。肖丽轻轻拍着巴掌，激动得差不多跳起来。马哈哈说谁来了？谁来了也得等我们把这盘棋下完。肖丽说仇饼来了，你们看他紧张得大腿都分不开了。

新民路的邮递员仇饼推着他的自行车往建设路72号走来，现在他准备跨地段投递邮件。报纸和信件把他的邮包塞得鼓鼓囊囊的。他好像看见了我们，故意打了两下铃铛。我们仍然装着下棋，但是说句心里话，我们的眼睛已不属于我们，我们已把它全部奉献给了仇饼，就像有一根线把我们的眼睛和仇饼的身体连在一起，高山和大海连在一起，就像藕的丝连在一起，因此仇饼动一下，我们的眼睛就动一下。

仇饼用一个邮递员的口吻对着楼上喊阳爽朗……阳爽朗的挂号。二楼的阳台上伸出一个女人的头，头对着楼下问谁的挂号？仇饼说阳爽朗的挂号。头缩了回去，楼道里传来一阵脚步声，我们想象着阳爽朗的奔跑。女人很快来到仇饼的面前。仇饼从邮包里掏出我们事先准备好的那封挂号信。那封信上写着我们几个的名单和地址以及电话号码。我们跟仇饼有约：如果阳爽朗长得漂亮就把信拿给她，算是我们正式报名参赛；如果阳爽朗长得不怎么的就不给，也就是我们不参加她的痛苦比赛。我们今天到这里来就是想看一眼阳爽朗。

趁那个女人伏在自行车后架上签字的时机，仇饼回过头来看我们。我们三人同时向他摇头。女人签完字，看见仇饼在看我们，她也顺着仇饼的目光往这边看。她看见什么了？我们想大不了她看见几个人在马路边下象棋，在马路边下象棋是司空见惯的画面，要看你就看呗，只要你不把信拿走，我们就让你看个够。女人看过我们之后伸手等仇饼拿信。仇饼说你就是阳爽朗同志吗？女人说不是，我是她的秘书。仇饼说这封信必须得阳爽朗亲自拿。秘书说为什么？你是新来的邮递员吗？过去阳经理的挂号信总是由我拿的。我们的仇饼急中生智，说这是一封从美国寄来的信，比较重要，所以得由阳爽朗同志亲自拿。秘书啊了一声，说那我去叫阳经理，你得等一会儿。仇饼说没问题，你快去叫你们的阳经理吧。

那人返回大院，仇饼不停地向我们摆头摇手。他想推着自行车跑掉。我们全都愤怒了，一时间愤怒的脸、恨铁不成钢的脸、翻脸不认人的脸、想打人的脸——呈现在他的眼前。他不得不抬起自行车的后架，重新支好自行车，对着楼上又喊了一声阳爽朗……挂号。听得出他的这一声喊是为了给自己壮胆。他的喊声刚落地，楼上就传出"来啦来啦"的应答。我们在电话里听过这个声音，我们的心脏咚咚的好像快马加鞭。阳爽朗就要出场了，我们还是低下头吧。

阳爽朗从漆成绿色的铁门走出来，仇饼后退了两步。我们想仇饼你为什么害怕？为什么样要后退两步？刚这么一想我们就看见了阳爽朗。我们也差不多后退了两步。不看不知道，一看吓一跳。阳爽朗长得极像一位节目主持人，鼻梁和嘴巴巧妙搭配，身材呀、三围呀什么的都特别标准。她的皮肤很白，就像纸那么白。由于她的上衣领口开得低，我们的目光在白纸上画来画去，画最新最美的图画。她的眼睛微微眯着，好像是在笑又好像是在挑逗谁。我们压低目光，看见阳爽朗裹着肉色丝袜的匀称的腿，腿的流线就像进口轿车的流线，看上去特别流畅特别爽心悦目。我们的目光顿时流氓起来。仇饼看得目瞪口呆，竟然忘了把信递给人家。阳爽朗说真有美国的来信吗？我跟美国毫无关系，怎么会有信件？是不是我的征婚广告让美国人感兴趣了？仇饼说我不知道，我不知道，这事与我没有关系。仇饼把信递给阳爽朗，他的嘴角流出一串口水。他像饥饿的人突然闻到烤面包的香味那样流出了口水。他用手抹抹嘴角，说对不起，我不是故意的。阳爽朗说什么故不故意的？仇饼说口水，我是说口水，我不是故意让它流出来的。阳爽朗嘻嘻地笑了两声，一排整齐的牙齿露出来，使我们有了看见秘密的快感。她拿着信转身走了，也没有证实是不是美国来的，她就拿着信走了。

仇饼推着车子向我们这边跑，几大步就来到我们面前。我们看见他的脸上吓出了一层细汗。他用帽子擦着脸，想把那些汗擦干净。我们谁也不跟他说话，眼睛看着对面二楼的阳台。马哈哈对着阳台唱：姑娘姑娘／你漂亮漂亮／警察警察／你拿着手枪／我不能偷也不能抢……马哈哈反复地唱这几句，唱得我们都会唱了，最后我们也跟着他唱。

中午，马哈哈请我们吃饭。他破例点了几个好菜，并要了一瓶好酒。尽管菜好酒好，我们的胃口却不怎么好。马哈哈说吃呀，你们怎么不吃？我们在他的督促下又吃了一点儿东西。但这离马哈哈对我们的要求还很远，他把筷子往桌子上一拍，桌子发生地震，汤和酒洒在桌布上。他往仇饼嘴里灌了一杯酒，说你今天不给我好好地吃，今后别再想要我请你。还有你闻达，马哈哈把手挥向我，今后你别想要我给你发表文章。还有你肖丽，马哈哈的手臂转向肖丽，这是我们男人的事你凑什么热闹？我们不想吃是因为阳爽朗，你没胃口又是怎么回事呢？马哈哈夹起一块鸡肉塞进肖丽的嘴巴，肖丽摇头想把那块鸡肉吐出来，但是马哈哈有一只铁钳一样的手，它紧紧地卡住肖丽的嘴巴，让她欲吐不能。肖丽只好伸长颈脖像吞食毒药一样咽下那块鸡肉。

马哈哈又夹起一块鸡肉准备塞进我的嘴巴，我一偏头躲掉了，于是他把鸡肉指向仇饼。他的手一挥，挥到哪里鸡肉到哪里。仇饼伸手抓住马哈哈的手腕子，让马哈哈手上的鸡肉一点一点地往后弯过去，一直弯到马哈哈的嘴边。仇饼说你吃呀，你怎么不吃？马哈哈瘫坐在椅子上，骂了一声他妈的，说这就是痛苦，没有人吃你的鸡肉就是痛苦，我准备了一桌丰富的菜却没有人吃，这不是痛苦又是什么？我要拿这个痛苦参加比赛，你们说阳爽朗会满意吗？我们发出一串冷笑。马哈哈说你们笑什么？谁再笑我就揍谁。仇饼说我们不是故意笑你，而是你这个痛苦实在算不了什么，要说痛苦你们在座的没有谁比得上我。你们知道吗？你们听说过吗？我妈妈生我那天还在地里劳动，我现在一闭上眼睛就能感受到那时的痛苦。我妈妈快要生我了，还站在凛冽的寒风中和村民们一起挥动着铁锹修水利。尽管当时我还没生下来，但我已经提前听到了铁锹碰击石头的声音，已经感受到了外面寒冷刺骨的天气。妈妈挥一下铁锹，我就动一下身体。她挥动多少次我就动多少次。当时她只想做一个好村民，却没有发现我正在慢慢地往下掉。就在我从她的身上掉下来的时刻，她还在挥动铁锹。如果不是她的铁锹差不多戳到我的脑袋上，她还会把铁锹挥舞下去。你们想一想，我一生下来脑袋就跌到石头上，就像鸡蛋碰到石头上。谁要是说这不是痛苦谁就试一试。

马哈哈不停地喝酒。他把酒杯重重地放到桌上，说仇饼，谁家没有几笔痛苦的历史，要说过去，你这点儿痛苦只能算是小儿科。马哈哈抬起酒杯想喝酒，但杯子里已经没有酒了。他说小姐拿酒来。我们全都反对他再喝。他举起空酒杯，几滴可怜的酒滴进他的嘴巴。他用舌头舔舔嘴唇，说我爷爷的痛苦那才叫痛苦……在一次赌博中，我爷爷输了很多钱，他一气之下把赢钱的人杀了。爷爷因此被关进监狱,你们不会知道那有多痛苦。作为一个重犯,他被单独关在一间铁笼里,没有谁跟他说话,没有人跟他赌博。他不能行走不能过性生活……我爸爸说他从早到晚就对着铁笼子说话,他说只要让我过上一天自由的生活,我愿马上死掉。可见,自由是多么的重要。爷爷被关了一年多时间,管事的才允许我奶奶去看他最后一面。当我奶奶走到他面前时,他竟然不认识奶奶了。他说你是谁?是人还是猴子?说你是人嘛,你和我又不一样,你的头发比我的长,你的奶子比我的大;说你是猴子嘛,你又能说人话,又能直立行走。你到底是什么?我奶奶说我是你老婆。爷爷说老婆?老婆是干什么用的?他连老婆都不认识了,你们说痛不痛苦?然而他的痛苦没就此结束,第二天他就被押送刑场执行枪决。在枪决之时,别人问他你还有什么话要说?他说让我再吸几口新鲜空气吧。他在用力吸气的时候枪忽然就响了,据说他最后说了一句"能不能让我再吸两口?就两口……"可是,子弹没给他机会。

马哈哈盯着我们,似乎在期待我们对他的这个痛苦进行评价。我们全都沉默着,不敢发出一点儿声音,就连那些餐具也谦虚谨慎起来。马哈哈得寸进尺,逼我们回答。他说闻达,你先说一说,这个痛苦算不算痛苦?我说阳爽朗的痛苦比赛肯定不是要你比赛你爷爷的痛苦,而是要你自己的。仇饼说哈哈,想不到你家也有痛苦的光荣历史,但我从你身上一点儿也看不到这种光荣的传统,真是一代不如一代。马哈哈一拍桌子,桌子和我们一起颤抖。马哈哈说放屁,我爷爷他们痛苦就是为了我们不痛苦,干吗一定要比赛痛苦?再说,痛苦也不是什么光荣的事,我退出。

他带着满肚子的酒水离开我们走出餐馆。他每走一步就打一个饱嗝,明显吃饱了、喝足了、幸福了。仇饼说你们看他那副熊样,明明没痛苦偏要说自己如何如何痛苦,痛苦是能随便装的吗?说这话时,仇饼撇了撇嘴,好像全世界只有他才配拥有痛苦,好像只有他的痛苦才是最正宗的,并以此为荣。我说我的痛苦可多啦,没有住房,没有工作,没有恋人,经常生病,不会英语,不会开车,买不起车子,请不起客。肖丽说千言万语汇成一句话,痛苦就是没有钱。仇饼说总算讲到了点子上,比马哈哈的痛苦切题。其实,世界上没有无缘无故的痛苦,也没有无缘无故的不痛苦。仇饼像老师一样教导我们鼓励我们。

第二天，马哈哈把我带到建设路72号。我们仍然站在昨天站着的地方，朝阳爽朗的二楼阳台张望。马哈哈像在观察地形，来来回回地走着。我说你到底要干什么？马哈哈指着二楼说前面就是一座碉堡，现在我要冲上去把它炸掉。马哈哈拉开上衣的拉链，露出一个被绳子扎紧的纸包。我说你真要炸掉它？马哈哈说我可不是闹着玩的。我伸手拉住他的上衣，他像一条狡猾的鱼滑出去。我的手里只剩下他的外套。他甩开膀子以最快的速度冲向对面。我说马哈哈你要冷静，千万要冷静，昨晚你刚讲退出比赛，今天怎么突然想搞爆破？马哈哈说你别管我，如果得不到她，我就不活了……我看见那个疑似炸药包别在他的皮带上，现在正得意地晃动着。

刚冲进第一间办公室，马哈哈就被阳爽朗的秘书张笑和追赶而来的我阻挡。在制服马哈哈的过程中，我和张笑有多次的合理冲撞，甚至我的胳膊肘还碰击了她的乳房。马哈哈大吼一声挣脱我们的手臂，说你们谁动一动我就引爆炸药。我们只好一动不动地站住，眼睁睁地看着他推开第二间办公室的门。

马哈哈冲到阳爽朗的办公桌旁时，阳爽朗的头已钻到了桌子底，但她那丰满厚实的臀部还露在桌子的外面。马哈哈在她的臀部拍了一巴掌，突然大笑起来。他的笑声响彻办公室，震动窗帘和吊灯，办公室里能够摇晃的这时都在他的笑声中摇晃。窗外匆忙划过警车的尖啸，它暂时掩盖住马哈哈的笑声。尖啸过去，马哈哈一声断喝，你给我出来。阳爽朗从桌子底爬出来，她的头上沾满了蜘蛛网，脸像刷了三次石灰。马哈哈说你不用害怕，前提是你要答应嫁给我……阳爽朗说我不认识你。马哈哈说现在我们就开始认识。说完，他朝我招手。我走到他的身旁。他拍拍我的肩膀，说你把我的情况跟她说一说，我再弱智也不能自己夸自己，自己夸自己肯定会被别人耻笑。

我说站在我们面前腰里别着炸药包的人名叫马哈哈，是《方方面面》杂志社的记者、编辑，他大学文凭，是杂志社的骨干。他写的稿子全国人民爱看，他唱的歌曲同事们爱听。他很有责任心，有时为了一个字词会查三四遍字典，有时为了撤换一篇好稿，他会加班一个通宵。当然他加班会有一点儿奖金，但他绝不是为了奖金加班。他家有的是钱，他从来不为钱发愁。他经常请我们下馆子，出入舞厅、咖啡馆。他喜欢读书，不抽烟、不吸毒，没有艾滋病，未婚。他是我的老师，我的所有文章都是他帮我发表的。

我每说一句就看马哈哈一眼，生怕出什么差错。我在介绍他的时候，他的手始终没有离开那个炸药包。我的声音、嘴唇和双腿在抖动。我说我的话完了。马哈哈鼓了鼓掌,他的脸全面地舒展,每一个毛孔和每一条纹路都十分活跃。怎么样?马哈哈眉头一扬说,条件不错吧。阳爽朗说一定得跟你结婚吗?马哈哈说一定得跟我结婚。阳爽朗说如果我不同意呢?马哈哈说那我现在就把我自己给炸了,得不到你,我就不活了。阳爽朗说可是我已经登了征婚广告,你如果真的喜欢我,就应该参加比赛。马哈哈说我不想比赛。阳爽朗说不想参加比赛,我怎么能够嫁给你,我怎么向那么多的应征者交代?马哈哈往前迈出一大步。阳爽朗举起双手说你别激动,我们还可以商量,要说爱你其实也很容易。马哈哈拍着别在他皮带上的纸包,说我并不反对你搞比赛,只是我的痛苦肯定比不过别人的痛苦,如果一定要我参加比赛的话,你得跟评委打个招呼给我打最高分?这是两万块钱,算是我对你这个活动的赞助。

马哈哈终于从皮带上取下那个纸包摔在桌子上,两万块钱破纸而出四分五裂。阳爽朗像一个濒临死亡的人突然抓住了救命稻草,"哇"的一声哭了。她哭着说你把我的细胞全部吓死了,你以为你的两万块钱就比天大比地大比谁的恩情大,呸!谁要你的臭钱。她从屋角站起来,走到桌旁把那堆钱扒到地板上。

我在星湖路租了一间房子,马哈哈、仇饼和肖丽是我的常客。自从那次求爱失败之后,马哈哈已经好长一段时间没来我这里了。朋友们都说马哈哈正在寻找素材,准备迎接比赛。

有一天仇饼买了一箱啤酒来看我。我环顾一眼空空的四壁,说在我的屋子里没有任何一样食物配得上你的这箱啤酒。仇饼似乎是不相信,也跟着我看了一眼四壁。不过,我说,昨天晚上我打死了一只老鼠,我已经用电炉把它的肉烤干了。仇饼一拍手掌说我最爱吃老鼠肉了。我在用啤酒、大蒜、生姜、辣椒焖老鼠肉的过程中,向仇饼复述了马哈哈求爱的经过。我想仇饼一定会在听完这个故事时发出一串笑声。但是故事讲完了,锅里正腾起一股热气,邻居的收音机调高音量,我预料中的仇饼的笑声却没有响起来。他正严肃认真地看着我,眼珠子像死了一样。他说你会不会也把我的故事说给马哈哈听?我说你的什么故事?仇饼从上衣口袋里掏出一沓稿子。我问他那是什么?他把稿子塞回口袋,说我希望你暂时保密。我说你把我搞糊涂了,我不知道要为你保密什么？仇饼说你保证不对马哈哈说？我说保证。仇饼说你用什么保证？我举起菜刀砍掉椅子的一角，说如果我出卖你的秘密就同这椅子一样。仇饼说你真是我的好弟兄。仇饼握了一下我沾满油盐酱醋的手，还在我的额头做了一个亲吻的动作。做完这些附加的动作，他才掏出稿子，让我帮他看一遍。这是仇饼准备参加痛苦比赛的演讲稿，内容是痛说家史，从他出生的那一刻写起，一直写到现在，大都是一些陈谷子烂芝麻鸡毛加蒜皮。我说先喝酒，喝完酒再说。

　　我和仇饼坐在纸箱拼成的餐桌旁，除了每人手里拿着一瓶啤酒，纸箱上只有一碗正冒着热气的老鼠肉。一张当日的报纸铺在纸箱的上面，报纸的上面是碗，碗的上面是肉，肉的上面是筷子，筷子的上面是我们的嘴巴。我们相互碰了一下酒瓶，玻璃碰撞的声音像金属碰撞的声音在屋子里摇摆出一条波浪。我们尽量张大嘴巴，全身的每一个细胞都张开，像女人或者男人张开胸膛，那些啤酒的泡沫以及它丰富的味道正沿着瓶口向我们的嘴巴缓慢地流动。

　　突然，我们听到了敲门声，在啤酒还没到达我们嘴巴的时候，我们竟然听到了敲门声。我们把啤酒瓶从嘴巴里拔出来，磨动着干巴巴的充满期待的嘴唇，张着耳朵听门外的动静。门外传来了第二次敲门声，我们的耳朵都被敲门声锥了一下。我们猜想敲门的人一定是马哈哈，只有马哈哈的嗅觉才这么敏锐，他总是在最关键的时候出现在我们的面前。

　　拉开门，果然看见马哈哈站在门外，他的头发结成了几个疙瘩，脸上灰溜溜的，一只衣袖挽着，一只衣袖不挽着，像是刚刚出狱的模样。我们把他让进屋来，他坐在那张我刚刚砍去一只角的椅子上，说我在寻找痛苦，我爬到新闻大厦的楼顶，想从上面跳下去，但是我只朝下面看一眼就不敢跳了；我也曾试图割手腕子自杀，但我只用刀片在手腕子上划出一条路子，就不敢再割了。你们看看我的手腕子。马哈哈举起那只挽着袖子的手臂，那是他的左手臂。我们看见他的左手腕子确实有一道口子，现在口子已经结痂。

　　我们邀请马哈哈跟我们一同吃老鼠肉。我们三个人谁也不说话，只有吃老鼠肉的声音夸张地响着。很快我们每人喝掉了一瓶啤酒，马哈哈的脸上再也不灰溜溜了。他说闻达你为什么不参加比赛？你有的是痛苦，比如你没工作，每天靠吃老鼠肉度日，这就是最好的痛苦。我举起啤酒瓶，说可是我还有啤酒啊，世界上比我痛苦的大有人在，我这点儿痛苦算得了什么。马哈哈，其实你也有痛苦,比如你为什么不能做副总编?马哈哈一扬手,差一点儿就碰翻了仇饼手里的酒瓶。马哈哈扬着手说这哪里能算痛苦?比我业务强的好几个编辑都还轮不到,这哪里能算痛苦?不瞒你说我也曾经考虑过这一点,但一想想那些老编辑,我的心里就平衡了,就像你抓住啤酒瓶就想起劳苦大众一样。你们,马哈哈用瓶子分别跟我和仇饼碰了一下,谁能给我找出一个痛苦的故事来,我付你们五千元稿费。

仇饼的眼睛像电压过高的灯泡突然加倍明亮。他说多少稿费?马哈哈举起一只巴掌说五千。仇饼一拍胸膛,说我卖给你,但必须一手交钱一手交货。马哈哈说你的故事要让我满意,我才买。仇饼说包你满意,不满意不收你的钱,我实行三包。闻达你把我的稿子拿给他看一看。我把仇饼交给我的稿子拿给马哈哈。马哈哈问我这个稿子怎么样?我说你自己看吧。

不知不觉中,我们已把一箱啤酒喝完。马哈哈打着啤酒饱嗝摇摇晃晃地走了。仇饼斜躺在我的地铺上。不瞒各位,我现在睡的还是地铺,因为我没有多余的钱来买床架和席梦思。仇饼躺了一会儿,突然从床上弹起来,好像是做了什么可怕的梦,不停地摇着头说马哈哈呢?马哈哈到什么地方去了?这个没心没肺的马哈哈抢走了我的阳爽朗,都什么年代了他还敢抢人?我用我刚洗过碗的冰冷的巴掌拍一下仇饼的额头。他从梦境回到现实,问我这是什么地方?我怎么会在这里?没等我回答,也不需要回答,他接着说马哈哈真不是个东西,不就是有几个臭钱吗。我说不是东西的是你。仇饼扬手拍了自己一巴掌,说对,对,不是东西的是我,为了五千块钱,我竟然把我的心上人给卖了,我竟然把我最爱的人卖给了他。仇饼坐在床上不断地自责,他的拳头像雨点一样落在他的脸部、胸部,偶尔也落在我的地铺上。但是不管他的拳头落在什么地方,都没有引起我对他痛苦的响应。他似乎也发现了这一点,于是他的拳头照着我的鼻子扑过来。我感到鼻尖里像搭了一盆酸菜,酸菜撑得我的鼻子快破了。我用手捏住快破了的鼻子。血从鼻孔流出来,它新鲜酸咸可口。

仇饼说你像一根水泥电线杆,没有一点儿同情心。我用手不停地把鼻血转移到墙壁上,墙壁上的血有的站着,有的躺着,它们像是谁写的血书。仇饼说为什么不说话?电线杆。我感到一阵心酸,好像全身的每一个细胞都酸了。我要让我的血酸起来,让我的头发酸起来,在谁都可以施我拳脚的时代,在我连席梦思都买不起的现在，我只想让我的血快一点流干。我想我干吗要说话，说话又不能换取稿费，我干吗要说话？仇饼看出了我不说话的决心，他双手抓住头发从地铺上站起来，为我献上一团卫生纸。他的手里捏着卫生纸，心里想着他刚才的拳头。他说我生气，是因为你没有表现出作为一个朋友应有的同情。我说你怎么知道我没有同情？仇饼说你没有哭也没有笑更没有叹息，你像一根电线杆那样眼睁睁地看着马哈哈把我的心上人抢走，在我自责的时候你也没有安慰我，能够证明你同情我的一切都没有发生。

我捂着鼻子无话可说。我想一想刚才，确实没有做出同情他的相应动作。没有相应的动作即使我一百倍地同情他，他也看不见摸不着。我就这样捂着鼻子看着仇饼。仇饼被我看急了。他说你去把肖丽 Call 来。我说你自己去 Call 吧。仇饼说看在那箱啤酒的份儿上，你去吧。我捂着鼻子，看在刚才仇饼送我一箱啤酒的份儿上，下楼去 Call 肖丽。可是那箱啤酒，那箱啤酒已经被他们喝完了呀，现在它已经从我的住处消失了呀。

肖丽来到了我的住处。仇饼扑通一声跪到肖丽的面前。他的双手抱住肖丽的双脚，头部正好埋在肖丽的双腿间。肖丽被仇饼的举动吓得跳起来。其实肖丽并没有跳起来，说她跳起来是我的想象，因为她的双腿已被仇饼紧紧抱住，根本没有跳的余地。肖丽发出一声尖叫，说仇饼你这是干什么？仇饼说我这是向你求婚，肖丽，我爱你，真的，我爱你。肖丽说起来吧，别让闻达看你的笑话。鉴于刚才被打的教训，我必须开口说话。我说我是无关紧要的人，我不会笑话你们，你们爱怎么做就怎么做，这事与我无关。为了表明真的与我无关，我把脸扭向墙壁，我用眼睛打量那些鼻血，鼻血翩翩起舞，灯光里蚊虫飞动。

我的身后出现冷场。我不敢看他们。冷了一会儿，肖丽突然发出一串长长的冷笑。肖丽说你不是爱阳爽朗吗？仇饼说从今天起我爱你，以前的爱一笔勾销。肖丽说可是我并不爱你。仇饼说那你爱谁？是爱马哈哈吗？肖丽摇摇头。仇饼说是爱闻达吗？肖丽仍然摇头。仇饼松开抱住肖丽的手，说生活在这个世界上，你总得爱一个人吧，我们三个中你总得爱一个吧。肖丽说我爱阳爽朗，我和你们一样准备参加阳爽朗的比赛。肖丽从她的口袋里掏出几张稿子，高高地举着说，你看，这是我的比赛讲稿。我看见肖丽的讲稿差不多碰到了灯泡，她的讲稿在灯泡的照耀下一片光明。

仇饼从地板上一跃而起，伸手抢肖丽的讲稿。肖丽把讲稿收到身后。仇饼的膝盖上沾满尘土，他每跳跃一下，膝盖上的尘土就往下掉落一点。他把膝盖上的尘土抖干净了，仍然没有抢到肖丽的讲稿。忍无可忍的时候，仇饼挺身而出抱住肖丽，除了还没有接吻，抱在一起的他们简直就像一对恋人。肖丽嘻嘻哈哈地笑着，把讲稿递给我。仇饼并没有因为讲稿的转移，放弃对肖丽的拥抱。我把讲稿拿到仇饼的眼前舞动，说仇饼讲稿在这里。仇饼试探性地看着我手里的讲稿，目光飘浮，生怕丢了芝麻捡不到西瓜。我又说了一次仇饼讲稿在这里。仇饼的脸上露出讨好人的表情，好像是想把我手里的讲稿讨好到他的手里。我把讲稿放到他的眼睛上、鼻子上、嘴巴上，不停地挑逗他，但是他坐怀不乱，始终不为讲稿所动。他的手这一刻开始收缩，我想肖丽已经感觉到他的力量了。

没有办法，我只有朗诵。我开始声情并茂地朗诵肖丽的讲稿：

这个世界上有太多美丽的东西，凡是美丽的我们都想拥有，比如蓝天、花朵、金钱、服装、别墅、汽车……但是我最想拥有的却不是这些。是什么呢？你们谁也猜不到。

我出生在一个艺术之家，爸爸是歌舞团的小提琴手，妈妈是艺术学院的声乐教师。我们家就住在艺术学院里面。很小的时候我常常趴在窗口看艺术学院的学生唱歌跳舞，他们的歌声无比优美，舞姿是那么的美丽动人。我十分羡慕他们，羡慕他们能唱好听的歌，能跳好看的舞，能穿最美丽的衣服。我想我长大后一定要像他们那样，做人要做他们那样的人。可是后来因为我的身体条件局限，具体地说是我的手臂不够长，五官不够整齐，所以没有能够成为一名光荣的艺术学院的学生。但是我仍然喜欢看他们排练。随着年龄的增长，我发现那些女学生比男学生长得漂亮，她们就像鲜花开放满三月，万紫千红总是春。

每年新学期开学，我的眼前就会出现一批新生。当然每年的夏天，我所熟悉的一批学生也会离开校园。许许多多我喜欢的女生从我的眼皮底下溜走了，肥水流向外人田。我愈来愈喜欢她们，也很失落。我想如果我是一个男人的话，我会多么幸福。如果我是男人，我会把她们中间最美丽的那位拿来做我的新娘。但是我是个女人，这种可能性天生就注定没有。我不是一个男人，这便是我最大的痛苦。

仇饼终于放手。他扑到我的怀里抢过讲稿，说想不到世界上还有这么生动的痛苦。他仿佛没有过瘾，埋下头自己读了起来。读着读着，他双手一扬把讲稿撒在地上。他说我受骗上当了，马哈哈买我讲稿是假，要我退出比赛是真，他想减掉一个竞争对手。你们说是不是？五千块钱就想把我打发了，有那么容易吗？更何况我还不一定拿得到这五千块，至少目前它还是个泡影。我要把我的讲稿要回来，既然肖丽不爱我，那我就得参加比赛。仇饼说话时，双手像翅膀不停地拍打臀部，嘴巴像音乐喷泉喷出大小不一质量各异的唾沫。他裤子上的尘土这一刻也高高在上，钻进我们的鼻孔，让我们大打喷嚏。

　　仇饼请求我和肖丽跟他去马哈哈那里要回讲稿。看看时间已经不早了，我们说明天再去要回来不迟。仇饼坚持现在去要，他怕晚了马哈哈不让他反悔，即使让他反悔也怕马哈哈抄袭他的痛苦。他说只要我们愿意跟他去，他可以再买一箱啤酒给我，甚至还可以请我们上一趟酒楼。

　　就这样我们跟着仇饼出发了。夜已经很深，街道上冒着凉气，冷风吹着我们的额头，三个人分别打了三个寒噤。茶馆的灯光比白天明亮，几辆出租车正在茶馆门前等待。肖丽朝前面长长的马路伸长脖子，说仇饼闻达，有种你们不打出租车，跟我走到马哈哈的宿舍。她这么一说，我就感到胃里发酸，唾液脱口而出。仇饼说今天你怎么了，是不是想写诗歌了？肖丽说你们走过这么长的马路吗？我们说没有。这就对了，肖丽说，你们每天都从这条马路经过，可是你们不是用脚经过，而是用车轮子。今夜你们就让脚回到脚，权当是长征一次。仇饼说你这么一说，我的牙齿就发酸，但我不知道这和牙齿有什么关系？仇饼捂着发酸的半边脸庞，朝马路上吐了一泡口水。看得出他的这泡口水充满仇恨，当然他的这种仇恨还意犹未尽，如果允许，他还会在马路上撒上一泡尿。

　　我们最终采纳了肖丽的意见，沿着南湖路朝马哈哈的和平路进发。肖丽一边走一边哼唱流行小调。我和仇饼比赛着往马路上吐口水，看谁吐得远。肖丽看见我们比赛，她一下就来劲儿了，也学着我们的样子加入我们的比赛。走着吐着笑着，我们突然被三个手执扫帚的大汉拦住。他们像梁山好汉拦住我们的去路，并要我们为他们扫地。他们问我们这路你们铺过没有？我们说没有。他们说那么现在你们给我们扫一扫，把你们吐的口水扫干净，把你们丢的垃圾扫干净。你们一直往前扫，扫多远走多远，否则你们就别想往前走一步。我们往前往后看了一眼，没有发现可逃的机会，只好接过他们的扫帚，就像接过雷锋的枪,老老实实地扫地。我们一边扫一边往前走,走在自己扫干净的大道上。我们从马路的角落和缝隙里扫出蟑螂、老鼠、甘蔗渣、红薯皮、奖券、矿泉水瓶、碎玻璃、餐巾纸、烂球鞋、瓦片、塑料管、玩具手枪、子弹头、项链、手表、金戒指、钞票、避孕套、春药瓶、围棋子、小说封皮、半边影碟……我说一二三,肖丽、仇饼快跑!我们丢下扫帚拼命地往前跑。风声滑过我们的耳朵,铁栅栏跑出我们的眼角。

我们跑到马哈哈的单位,嘴巴里能够喘出来的气已经不多了。其实我们早知道身后已没有人追赶我们,只是我们奔跑的脚步怎么也停不下来,我们在暗暗地比试。我们站在马哈哈的门前喘气,把那些粗糙的气喘干净了,才敲他的门。我们同时举起三只手,同时敲到马哈哈的门板上。房子里没有动静,表面上看里面好像没有人,马哈哈好像没有睡在里面。于是我们再敲,相信马哈哈不会有我们这么坚决的意志。我们刚刚跑完步因此身体健康;我们深夜来访表明意志坚强。门终于被我们敲开了,马哈哈伸出脑袋,眯着眼睛看我们。他说你们是干什么的?我就一个人睡,你们敲,敲什么?我们没有回答他,三个人一齐往他的房间里挤。他哎哎地叫着,说原来是你们,你们要干什么?你们给我出去。

我们是专门来找他的,怎么会出去?肖丽叭地拉亮电灯,我们看见马哈哈竟然一丝不挂。肖丽发出一声尖叫,双手迅速盖住自己的双眼,好像是掩耳盗铃。至于她的手指分没分开,因为当时比较混乱无法考证。马哈哈未等我们的眼睛适应环境,叭地关掉电灯,他把灯绳都拉断了。他伸长脖子发出号叫,出去,你们先出去。我们被他赶出房间。房间里传出打扫战场的配音。配音完毕,我们在马哈哈的台灯照耀下,重新回到房间。这时我们看见床上躺着一个女人,说她是女人是因为我们看见她一头长发。她面对墙壁盖着被子,只让我们看见她的头发。仇饼说你都那个了,还买我的讲稿干什么?马哈哈说这是两回事,我们不是爱情,她是来跟我讨论讲稿的,我们讨论得太晚了,就把她留下来了。被留下来的人此时发出均匀的鼾声,从她的鼾声里我们还感觉到她刚才的劳累。

仇饼说那个讲稿我不卖了。马哈哈说我正想还给你。仇饼说为什么?马哈哈说文字一窍不通,也没有太多深刻的痛苦,不过还可修改。马哈哈把讲稿递给仇饼。原先我们以为很难办的事,就这么轻而易举地解决了,我们已丧失待下去的理由。马哈哈扫视我们,希望我们尽快离开此地。如果再不找出新鲜的话题,我们还有什么理由待下去?千钧一发之际,仇饼发言了。他快速地翻动讲稿,说这样的讲稿你还不满意?你认真看过了吗?马哈哈说看过了。仇饼说既然你不买,为什么要在我的讲稿上画那么多红线。马哈哈说那是帮你修改,我是编辑,一看见病句手就痒。仇饼说可是我的讲稿是完美的,你何必多管闲事?你不买就不要改嘛。马哈哈拍拍大腿做出一副痛苦状,说你们看,你们看,他明明错了,还不让别人修改,难道你想永远错下去吗?闻达、肖丽其实我真傻,我到处去寻找痛苦,痛苦就在眼前。我明明为他做了一件好事,他竟然冤枉我,这不是痛苦是什么?马哈哈从椅子上站起来,在房间里走来走去,一只手的手指插入头发,另一只手的手指解开刚刚扣好的衬衣纽扣。他的手渴望做点儿什么。

仇饼把讲稿放进衣兜,说反正这稿子你已经看过了,你已经记住了它的情节,已经摸清了我的痛苦,讲稿的内容已经不知不觉地深入你的骨髓,谁敢保证你在比赛的时候不受我的讲稿影响?原来你根本就不想买我的讲稿,只是想骗来看一看以便抄袭。马哈哈的手终于有了去处,一只手抓住仇饼的衣领,一只手握成拳头。我们已经听到他捏拢的手指发出叽里嘎啦的声音。仇饼说你想打吗?马哈哈放下拳头,说我不参加比赛了,这样你们满意了吧,我不参加什么狗屁比赛了。床上传来一阵响动,女人把正面形象对着我们。她说马哈哈,你真的不参加比赛了?马哈哈说参不参加与你无关。女人说嗨,怎么与我无关?只要你参加比赛,我就死给你看。女人说话时已经开始用她的头敲打墙壁。她敲打墙壁时发出的咚咚声一声比一声清脆,墙壁在她的敲打下掉落数粒粉尘,大有马哈哈不退出比赛誓不罢休的决心,当然也有催促我们离开的含义。这时我们才发觉这个女人长得一点儿也不比阳爽朗差,我们在走出房间时还不停地回头看她。我们几乎是退着走出去的。

我们走到大街上时,天已经完全彻底地亮了,店铺里开始冒出食物的热气。拉蔬菜的人力车上,踩车者的脊背弯成括号,他的脊背起伏着,每起伏一下车子就前进一步。仇饼指着人力车叫马哈哈,你们快看,他真像马哈哈。我附和他发出淫荡的笑声。肖丽说他怎么会像马哈哈?仇饼说现在马哈哈的姿势和那个踩车的姿势是一样的。肖丽好像是明白了仇饼的意思,说你们真不健康!这个踩车人的姿势确实让我们刚刚离开马哈哈又想起了马哈哈。我们说了一会儿马哈哈的闲话,在《方方面面》杂志社门口吃罢早餐。我问仇饼还有什么地方可去吗？只要有地方可去，我就不会发困。肖丽说我也是。仇饼说都回家去睡大觉吧，你们不用上班，我还得上班。肖丽说我不想回家。我说不想回家就到我那里去。肖丽和我钻进一辆红色出租车，车轮刚一转动我就睡着了。

  我和肖丽第一次同躺在一张床上。我们隔得那么近，连她的气味都铭记于心。我说你是第一次睡地铺吧，你就那么相信我？肖丽说有力气你就上来，不必费那么多口舌。我试了试觉得力气不足，便暂时没有动她。我还在尝试的时候她的鼾声就响起来了。

  一直睡到下午，我们才起床。她站在窗前梳理头发，光线照亮了她的半边脸庞，她的皮肤发出阴天里特有的蓝光。窗外又驰过一辆警车，它的叫声吸引肖丽扭过脖子，灰尘和噪音扑面而来。我打燃火机，准备让肖丽的讲稿付之一炬。她听到打火机的嘎嗒声，眼睛对着我，双手扑到我的手上，说你要干什么？我说把她烧了，这个讲稿对你已毫无意义。她说你以为我会跟你结婚？你能养活我吗？你有多少存款？我说我们不是相处得很好吗？她说你以为睡过了就一定结婚吗？我说但是阳爽朗也不可能跟你结婚，也不可能养活你。她说重在参与，你干吗不参加比赛？我不停地打着火机，火苗一次比一次蹿得高，它燃烧我的眉毛和头发，一股焦味环绕着我。我说宁要手里的麻雀，不要天上的天鹅，比我痛苦的大有人在，我干吗要去凑这个热闹。肖丽说那你是把我当成麻雀啦？我说我这个人比较现实。肖丽说我比你更现实，谁都不会得到阳爽朗，我只是想说说我的痛苦。但是一个人的痛苦毕竟有限，一个人的痛苦不是痛苦，四个人的痛苦那才叫痛苦，干脆我们几个联合起来参加比赛，这样也许会获胜。我说如果这样获胜还有什么意义？阳爽朗又不能分成四块。肖丽说我这个人从小就争强好胜，喜欢刺激喜欢比赛，这样吧，如果我们获胜，我就嫁给你。我说真的？我说真的时眼睛一亮，几乎看到了光明。肖丽说真的。我说那马哈哈怎么办？肖丽说他已经有了女朋友，他的女朋友不会放过他，我们就算是为仇饼做一件好事吧。我说这个主意不错。一个人做点儿好事并不难，难的是一辈子做好事。

  我把肖丽的意思转达给仇饼和马哈哈，他们都举双手赞成。只是马哈哈提出如果赢的话，我们之间还进行一次比赛，也就是大家齐心协力先把阳爽朗夺过来，然后哥们儿几个再分享胜利果实，这叫肥水不流外人田。我提醒马哈哈，你的女朋友怎么办？马哈哈说她只是一般性的朋友，并没有提到结婚的高度。

一个星期天，我把他们约到我的住处。大家还未讨论讲稿，仇饼和马哈哈便吵了起来。无论我和肖丽怎么劝解，他们都骂不停口。他们说如果不赢就权当是玩一把，但最不好处理的是万一我们不小心赢了，阳爽朗跟谁就成了问题。马哈哈坚持他的主张，如果赢了，我们三人再进行一次比赛。我说我不比赛，要比你们自己比。他们对我的态度均感到意外。马哈哈说这是何苦呢？我说一个人活在这个世上总得有一点高风亮节，我协助你们完全是为了朋友，而肖丽更是大公无私，即使赢了她也不会得到任何好处，所以我建议你们向我和肖丽学习。仇饼说既然这样还不如各干各的，免得除了应付比赛，还欠你们一份人情，还得向你们学习，我从来不向别人学习，我一向别人学习就感到累。

马哈哈马上反驳了仇饼的意见。马哈哈认为在强手如林的比赛中，光凭一个人的实力是不可能取胜的，一个人的痛苦算不了什么，必须联合起来才有出路，才有可能取胜，与其让别人夺走阳爽朗，不如哥们儿联合。他的意见立刻得到肖丽的响应。仇饼似乎是被这些理由打动了，他用手拍打着脑袋说，但是，我们必须订一个协议。马哈哈和仇饼凑在一起订协议，他们热烈地讨论着那只没有射下来的雁是烤来吃或是煮来吃？经过长达一个小时的争论，双方一致同意：如果比赛获胜，仇饼和马哈哈再来一次比赛，由我和肖丽为他们裁决，谁胜谁获得阳爽朗。鉴于我的高风亮节，如果获胜也不能亏待我，允许我跟阳爽朗接吻一次，接吻时间不得超过五分钟。不管是仇饼、马哈哈或者肖丽不得嫉妒。至于肖丽，我们确实没有更好的办法报答她，只好让她彻底地大公无私一盘。

仇饼要求把上述意见形成文字。我找来纸笔，交给他们。他们的眼睛这一刻都扩大了，扩大的眼睛里还微微布着血丝，生怕一不小心被对方算计。他们正一点一横一撇一捺地写着，突然看见一个人高举水果刀冲进来。要知这个人是谁？且听下文分解。

首先我告诉你们，举着水果刀冲进来的这个人是个女人。我想你们也许猜到她是谁了？她不是别人，是马哈哈的女朋友梁艳。我们以为她想用水果刀戳马哈哈，于是我们三人全都紧密团结在马哈哈的周围，用我们的血肉筑成一道屏障，阻止梁艳的刀向马哈哈戳来。梁艳看见我们四人抱成一团，突然没了主意，她的手明显地抖动起来，刀子几乎脱手而出。她说马哈哈，如果你不退出比赛，我就把我的手腕子割了。梁艳真的把刀口对着她的手腕子，来回割着。由于刀口不太锋利，刺刀没有马上见红。她像在用一把不锋利的刀杀鸡那样，慢慢地割着。一滴血在我们的等待中冒出来，就像早晨的太阳升起来。马哈哈扒开我们冲上去，夺过梁艳手中的刀，低下他骄傲的头颅，带着下流的哭腔说我不参加比赛了，听见没有？我不参加比赛了。

马哈哈捏着梁艳割伤的手腕子，手挽手地走了。走下楼梯时，马哈哈不停地给梁艳抹眼泪，他们的背影十分恩爱，让我顿时想起了朱自清先生的《背影》。在我的眼中他们的背影愈来愈远，愈来愈高大。如果只从背影来判断，他们无疑是最甜蜜的一对。

为了不破坏马哈哈和梁艳的爱情，我们只好把马哈哈从应征小组里开除。我们三人不存在分歧，于是直奔主题，讨论我们的讲稿。我们以仇饼的痛苦为框架，补充我和肖丽的痛苦以及我们的虚构。讲稿从仇饼出生在某个冬天修水利的工地开始，说仇饼的母亲还在举着铁锹的时刻，仇饼从他母亲的裤裆里钻出来一头砸在石头上，这好比鸡蛋碰石头，暗示了仇饼未来的命运。然后我们把我靠吃老鼠肉度生活的痛苦嫁接到仇饼的身上，说仇饼童年时是如何如何的苦，因为家乡自然条件恶劣，仇饼从一生下来就吃不饱穿不暖。仇饼三岁时学会捉老鼠充饥，有一次他在捉老鼠过程中跌破了膝盖，由于没有钱买药，仇饼任凭膝盖感染，一直等到膝盖长出新肉了，他才又能够行动。他能行动之后的第一件事，就是到田地里去捉老鼠。一个多月不捉老鼠的他，看见田地里到处都是捉老鼠的人群，一些野狗混杂其间。仇饼好不容易从地洞里捉到一只老鼠，他高兴地举着。但是在他得意的时候，一只野狗跑过来把他手里的老鼠叼走了。他撒手去追那只野狗，跑过了一山又一山，野狗再也跑不动了。仇饼卡住野狗的脖子，把野狗吞下去的老鼠又挤了出来。仇饼就在这样艰难困苦的环境中长大。长大后的他又遇到了新的痛苦。我们把肖丽的痛苦加了进去，只不过把肖丽做不成男人的遗憾，改成了仇饼今生不能成为女人的痛苦。在这一节里，我们特别强调仇饼从一生下来就想成为一个女人的强烈愿望。他羡慕女人能够穿漂亮的衣服，不用为找不到对象烦恼，不用挣钱也会有钱花，就像现在，如果是一个女人就不会绞尽脑汁写讲稿。而这么多男人参加比赛（我们设想有很多人参加比赛），仅仅是为了博取一个女人的喜欢，具体地说就是为了博取阳爽朗的喜欢。可见，做一个女人是多么幸福。

如此一来，仇饼的痛苦就像那么一回事了。我们对这个讲稿百分之百地满意，甚至觉得冠军非我们莫属。我们当然会把这个好消息告诉马哈哈。他在电话里听到我对讲稿的叙述后，激动得就像赌徒听到谁向他发出赌博邀请那样。他说一定要跟我们聊一聊，讲稿还可以改得更好。这个讲稿又煽动了他参加比赛的情绪。

我们不敢在我住的地方碰头，生怕梁艳再次找上门来割手腕子。仇饼说可以在他的宿舍，但马哈哈不能参加比赛，只能对讲稿提建议。我和肖丽则认为如果马哈哈对这个讲稿有新的贡献，可以让他入伙，但要以不破坏他和梁艳的爱情为前提。马哈哈听了我们的意见后，哈哈大笑，笑得话筒都快震破了。我仿佛看见他的唾沫从话筒里飞出来。马哈哈说谁都阻挡不了我参加比赛的步伐。我说那梁艳怎么办？马哈哈说我怎么会跟她结婚？现在我正式告诉你们，我爱的人是阳爽朗。我说其实梁艳长得相当不错，某些地方比阳爽朗还优秀。马哈哈说问题是阳爽朗已经吊足了我们胃口。

马哈哈看完讲稿后问仇饼家里还有什么人？仇饼说家里还有父亲、母亲、妹妹和外婆。马哈哈说现在你的家里还有没有困难？仇饼说怎么没有困难？现在家里最大的困难是没有钱，我的钱只够供我妹妹读书。马哈哈皱着眉头，整个脸的重心落在眉头上，让我们感到他的眉头里会蹦出一个惊天动地的主意。

这样可能会更好一些，马哈哈不负众望，眉头终于舒展了，我们在这个讲稿的后面再加上一段仇饼家没有钱的痛苦，这不仅是仇饼一个人的痛苦，也是大家的痛苦，容易引起共鸣。但是怎么没有钱？为什么没有钱？得由仇饼自己虚构。

仇饼在屋子里走来走去，想一下子把痛苦憋出来，但是痛苦啊它总是不到来。仇饼不停地上厕所，喝水，叹气，搞得我们都为他一阵阵急。他喝水的时候，发出咕咚咕咚的声音，我感到那些水不是喝进他的肚子里，而是进入了我的肚子。我不得不跟着他上厕所。我说仇饼你就快一点儿吧，我受不了啦。仇饼抓起大茶缸又猛喝了一气，茶缸里的水被他喝干净了。他把茶缸砸在地上，说有一天我家的后墙突然倒塌，我妈当时正在墙根下剥玉米……

玉米你们知道吗？玉米又名苞谷，是别人用来生产玉米锅巴的那种玉米。我妈当时正在墙根下剥玉米，她的一条腿被压断了，妈妈从此瘫痪。为了给母亲治病，我们家花了不少钱，借了许多债，以至于单位的同事一看到我串门，就说仇饼又在借钱啦。父亲要下地干活，照料母亲起居饮食拉撒的重任落到了妹妹的身上，妹妹因此辍学。而我为了节约开支，每天省吃俭用，身体状况愈来愈差，送邮件时常常从自行车上跌下来。想吃肉了我就重操旧业，在城市的角落和阴沟里打老鼠。你们说这样可不可以？

说真的，我们听得耳朵都竖起来了，想不到仇饼还有编故事的才能。马哈哈一拍大腿说就这么定啦。他的啦音还没有拖完，门外传来了敲门声。据我判断，敲门人有可能是梁艳。马哈哈不让开门。我们都不敢大口出气。这里的房间静悄悄，敲门人的脚步声慢慢离去。仇饼打开房门想看个究竟，一道寒光从门缝闪入，梁艳像前次那样高举着一把水果刀直冲进来。马哈哈未等她割自己的手腕，就把水果刀夺到手里。失去了水果刀的梁艳双手抱着头，蹲在地板上哭。她哭着说马哈哈你真是狼心狗肺，我这么爱你，你却不爱我。当初为了追我，你是怎么说的？现在你把我骗到手了，把我给糟蹋了，你就不爱我了。你摸着你的胸口想一想，还有谁会像我这样爱你？如果你说要我的心脏，现在我就可以剜给你。你到底还有哪一点儿不知足？你说我哪一点儿对你不好？马哈哈被梁艳说得眼睛圆瞪、嘴巴大张、脸色发青。马哈哈把水果刀插到书桌上，水果刀左右摆动着。马哈哈说我是来帮忙的，我已经决定退出比赛了，你吊什么嗓子？你……梁艳改蹲式为站式，走过来拉住马哈哈的手，好像刚才哭泣的人不是她。她擦干脸上的泪痕，在马哈哈的脸上连吻了四五下，那声音比放鞭炮还响。

梁艳摇着马哈哈的膀子说我们回去吧，饭我都为你煮好了，你说过这个世界上我煮的饭菜最好吃。我煮好了饭左等右等不见你回来，我想你一定又在骗我了。我打着出租车转了好几个大圈，才找到你。现在饭菜都凉了。只要你回去，只要你不参加比赛，不去追那个什么爽朗，饭菜凉了我还可以热。你知不知道我做了你最爱吃的菜。你猜一猜是什么菜？马哈哈低着头一言不发。我说是水鱼炖蛤蚧。梁艳说不是。仇饼说白灼虾。梁艳说不对。肖丽说扣肉，马哈哈最爱吃扣肉。梁艳摇摇头，脸上露出一丝得意之色，说不对。那是什么呀？我们不停地想，口水填满我们的口腔，仇饼甚至咂了咂嘴巴。马哈哈一拍书桌，说不用猜了，是土豆烧牛肉。梁艳说对啦对啦。她双手甩动两脚跳跃。他们手挽手跳跃着走了出去,他们的背影依然是那么动人。走到楼下,梁艳突然挣脱马哈哈的手跑回来,从仇饼的书桌上拔出那把水果刀。她一边拔一边说这刀是我临时买的,光买刀我就花了不少钱。我们说把这把刀留着,下次不用买了。梁艳说那是不可能的,我买一把马哈哈就会丢掉一把,况且下次我不一定用刀了。

　　仇饼让我对讲稿进行全面的润色,而肖丽则着重练习好普通话。我们决定比赛时由肖丽上场,所以她必须练习好普通话,练习好声调、节奏、吐字。我们每人打了一次电话给马哈哈,马哈哈在电话里果断地说不参加比赛。一个如此好色的人,一个如此暗恋阳爽朗的人,怎么会突然归隐呢?我们对他的退出表示极大的怀疑。但是怀疑归怀疑,马哈哈似乎是铁下了心肠,他连我们的聚会也不参加了,不知道梁艳如何把他调教得这么乖乖。仇饼为此松一口气,他失去一个竞争对手当然应该松口气。他在我和肖丽面前不断地打哈欠,打过哈欠之后忽然对着屋顶咆哮:马哈哈,你也有今天。

　　后来我去《方方面面》杂志投稿,私下和马哈哈谈了一次。谈话时他好像提不起精神,头发零乱面色青黄,五根手指像平时那样插在头发里,久久不肯出来。手指为什么不肯出来呢?因为他还没有把话说完。他说如果是你,你也会感动,会退出比赛,会不爱阳爽朗。梁艳其实是一个很漂亮的姑娘,不知道你平时注没注意,她长得很像美国影星黛米·摩尔。那天从仇饼那里回来后,我跟梁艳看了一盘黛米·摩尔主演的影碟,每当黛米·摩尔一出场,她就定格。她让我认真地看一看,她和黛米·摩尔谁长得漂亮?我说不用看,当然是黛米·摩尔长得漂亮。梁艳把嘴巴凑到我的耳朵边,当时我的耳朵麻酥酥的,她嘴里哈出的热气全部喷到我的耳朵里,你想一想那不麻酥酥才怪呢。我突然有了一种幸福的感觉。她央求我再认真看一看,她说我不要求你非说我漂亮不可,我只要求你公正地看一看,要看细部,也就是眼睛是眼睛,鼻子是鼻子地看。出于礼貌,我真的认真地看了一下她们。我发现她们确实有些相像。随着剧情的发展,黛米·摩尔身上穿得愈来愈少,她的许多部位浮出水面。她每露出一个部位,我们就定格一个部位,然后梁艳也露出那个部位,天哪,她们的部位竟然一模一样。当时我一下就兴奋起来,我想阳爽朗仅仅长得像电视台的一个节目主持人,而梁艳却长得像美国明星。谁都爱美国明星，我没理由不爱美国明星，也就是说我没有理由不爱梁艳。我说黛米不光漂亮还很敬业，前不久，为了演一部影片，她竟然剃掉了自己的头发。我这么随便说说，梁艳却把这句话深深地记在心里。第二天中午，她哼着歌曲走进我的房间。我说是什么使你这般高兴？她右手在头上一拨，一个光头展现在我的眼前。她的手里提着假发套，像提着一颗人头，简直一幅血淋淋的场面，但梁艳竟然还站在我面前笑。她说我也要改变一下形象，争取被你喜欢。我说头发呢？你那么好的头发呢？她说我已经把她剃掉了。我说现在它在哪里？梁艳说我把它卖了，我用卖它得到的钱，为你买了一条表链。梁艳从她那一千多元的真皮提包里掏出一条表链。我说我们又不是没有钱买表链，你干吗要剃掉头发？你干吗要全盘照搬黛米·摩尔？你可以吸收其精华弃其糟粕嘛，何必生吞活剥全盘西化。梁艳说不是你叫我剃的吗？现在剃了你又有意见。你真的在乎我的头发？我说在乎。这时我才确定我已经真的爱上梁艳了，我们从同居发展到爱情了。梁艳说没关系，一个月头发就会长出来。梁艳把表链系在我的扣眼上。

　　闻达你看一看，就是这条表链。马哈哈从上衣口袋里掏出表链让我看。马哈哈说现在我一看见这条表链，就会想念梁艳的那头秀发。

　　马哈哈在掏表链时把他的手指从头发里退了出来。我知道他的话说完了。我也知道他为什么在说这段故事时喜欢把手指放在他的头发里，是因为他在怀念头发。我祝贺他改邪归正。他要我跟着他去宿舍。我们来到他宿舍的窗口，他要我别出声。我们像两个小偷蹲在窗口下。他悄悄告诉我梁艳不希望有人知道她剃了头发，因为是朋友，他才让我躲在窗外偷偷地看一眼梁艳的光头。我们的眼睛贴着墙壁慢慢往上移动，额头移过了窗台，眼睛移过了窗台，我们看见梁艳的光头，还有……梁艳竟然还没穿衣服，她赤身裸体站在镜前梳妆。马哈哈及时发现问题，他把我的头按下窗台，嘴里不停地说你这小子占便宜了，你占便宜了，你得请客。我说请就请，我刚得了一笔稿费。我把钱从口袋里掏出来，向马哈哈炫耀。

　　我们去了附近的一个酒家。吃饭的过程中，马哈哈问我，你都看见了，你说一句公道话，她到底像不像黛米·摩尔？我说像，像极了。他似乎不太相信我的诚意，每吃一口菜或喝一口酒就问一句：她到底像不像？我说像像像……我们用"像"字来开我们的胃口，美美地吃了一餐。

马哈哈真的改邪归正了,他天天守着梁艳,要看着梁艳的头发一天一天地生长,就像一个园艺工人看着自己的花木生长。我们找了许多借口叫他出来玩一玩,他都用结结巴巴的语言拒绝。他对我们说梁艳的头发没有长好之前,基本不出去应酬。这样在一个多月时间里,我除了送稿到他的编辑部跟他聊一聊,很少跟他在一起。我把大部分的时间献给肖丽,她几乎是与我三同(同吃、同住、同劳动)了。

有一天马哈哈突然跑来找我,说不好了,出事了。我问他出什么事了?他说我们的总编李环绕要我参加痛苦比赛。我说你可以不参加,出生不由己,道路可选择。他说不参加说不过去,我已经推了好几次,我愈是推辞他愈是不放过我,就像你愈是不想做劳模他愈要让你做,你愈是想当官他愈是不让你当那样,他喜欢反其道而行之。我说你可以用梁艳去搪塞。马哈哈说这也没用,我已经试过了。李环绕要我代表《方方面面》杂志参加比赛,并且要拿最好的成绩。我对他说这会犯重婚罪的。他说拿最好的成绩是为杂志社争光,到时可以不跟阳爽朗结婚。他的目的是为杂志做广告,以扩大发行量。

一个星期前,李环绕拿着一张晚报在手上挥动着,说你们知不知道这件事?一个女人在晚报上登广告,说谁痛苦就嫁给谁,要搞一场轰轰烈烈的痛苦比赛。晚报除了登广告还作了追踪报道。我说我知道。李环绕问还有谁知道?办公室里保持高度的沉默,没有一个人敢吱声。他们知道半年没有召集大家开会的李环绕,现在不会从嘴巴里吐出什么象牙。他肯定要惹是生非。我看见大家保持沉默才知道说漏了嘴。我说我也是听说,具体情况不太清楚。李环绕把报纸摔到桌上,说我们的记者素质太差了,这么好的新闻不去炒,而让晚报大版大版地报道,我们明显不如人家,这样下去我们的杂志不倒台才怪呢。

为了对这一盲视进行弥补,李环绕把阳爽朗请到我们杂志社,为我们全体记者编辑做报告,并回答我们的提问。然后,我刊将以头条位置配巨幅照片报道此事。阳爽朗恨不得多有一点出风头的机会,她打扮得像一个新娘似的来到我们杂志社,就坐在离我们几米远的地方。知道吗?就离我们几米远,说到这里时马哈哈呱呱嘴巴,像是吃到了什么美味可口的佳肴,拼命地吞咽口水。我看见他的喉头蠕动了好一会,又才喷出崭新的话来。马哈哈说连她的气味我都闻到了。我生怕她认出我来。但是她没有认出我,也许是找她的人太多的缘故,她竟然没有认出一个曾经威胁过她的人。她会不会也忘记曾经强奸过她的人？人啊人，怎么那么容易遗忘？

　　阳爽朗就离我几米远，我真是大饱眼福。与其说我听她做报告，还不如说我是看她做报告。她说的什么内容我全不记得了，长达一个小时的报告，我只记住一句：像你们这些记者、编辑，生在新社会，长在红旗下，从出生到工作都没受什么苦，你们如果参加比赛，不是倒数第一也是倒数第二。她刚这么说的时候，大家还能够接受，但是她反复地说这个问题，搞得我们都有一些烦了。特别是李环绕，我看见他的脸色一阵青，一阵白，又是打喷嚏又是打哈欠，又是甩手又是摇头。他的臀部在椅子上磨动着，想站立又不敢站立。我把他的这一系列动作想象成他对阳爽朗按捺不住的热爱。他的这种心情我是能够理解的。你们想一想，一个年轻美丽的姑娘就坐在他的面前，好像唾手可得，其实咫尺天涯。他是整个编辑部最靠近阳爽朗的人。他有这个特权。在我们编辑部里，如果以职务大小来决定爱情，那他无疑是最先能够享受到爱情的人。但是他已经没有年龄优势了，已经结婚生子了，尽管他有权有钱。他肯定和在座的年轻人一样，对阳爽朗抱有不健康的想法，只是名不正言不顺。像他这样的人优势在于偷偷摸摸，可是阳爽朗偏偏是一个喜欢大张旗鼓的人。这一切决定了他必须打哈欠打喷嚏，甩手加摇头。但是五秒钟之后，我改变了这种看法。

　　李环绕站起来了。他挡住我们的视线。我们看见他的脊背宽阔肥厚，头发苍劲有力。他面对阳爽朗背对我们说那未必，小阳，我现在向你庄严地承诺，我们《方方面面》杂志社在痛苦比赛中一定会拿好成绩，为杂志社争光，也为你争光。办公室里响起噼里啪啦的掌声。掌声响起来，汗珠流出来。阳爽朗说好样的，有志气，我等着。

　　第二天李环绕为找一个有志气的人伤透了脑筋。他分别找了莫小成、雷德汉、黄一峰谈话，他们都不愿做有志气的人。最后李环绕找到了我。我说我已经有女朋友了。李环绕在找了四个人而又没有一个人买他账的情况下，拍响了办公桌，说我找你是看得起你，是觉得你除了相貌堂堂，还口齿伶俐，你竟然不买我的账。那么这样吧，我也不能太独断了，如果独断有效，我也不会把这样的好事让给你们，我自己就可以试试。但是我不想做一个独断的领导，这件事还是由全编辑部的人来决定吧。

　　李环绕召集大家无记名投票，选举参加比赛的人。也许是我的运气太差，或者说太好的缘故，我被大家选中了。全编辑部 21 人，我竟然得了 19 票，还差两票就是满票了。如果满票反而显得不真实，可是差了两票，你就不得不说这是多么真实的民意。我多次买过体育彩票，没一次中奖，但是这样的事却让我中了。我不得不准备了一个讲稿，以应付李环绕。当然这只是不得已而为之的事，不能让梁艳知道。我只是应付应付，并不想真参加。但愿比赛那天李环绕出差，或者最好他把这事给忘了。

真让马哈哈不幸而言中。在我们七嘴八舌的议论中，在我们的期待中，三月八号隆重到来。市人民大会堂挂出了一些彩旗，写了几幅标语，摆了几个花篮，气氛被搞热烈了。只可惜李环绕没有眼福。他好像是为了完成马哈哈的那句预言，出差去了。当然他去的地方很令人羡慕，法兰西共和国，说是去搞什么文化交流。我为马哈哈松了一口气，想他终于不用参加比赛了。

我和仇饼、肖丽挺直腰杆站在大会堂的门口，等待比赛开始。这时我们理所当然地放眼会堂前面的草坪。草坪上有人在放气球，有人在弯腰捡矿泉水瓶，有人正坐着轿车朝会堂门口奔来。这么好的日子，天气自然不会差。什么阳光、白云、蓝天我就不想写了，其实那一刻我们也没有心情去注意它们。我们只是感觉很好，也就是心情愉快，胸中有一种这个世界属于我们的感觉，有一种当家做主人的感觉。只是我们的身边少了一位马哈哈，这多少让我们感到有一丝遗憾。

会堂门前聚集了愈来愈多的人群，我们想参加比赛的人一定很多。我们要仇饼放下包袱开动思维，不要有任何心理负担。我为仇饼买了一瓶矿泉水，肖丽则忙着为他整理领带。因为我跟肖丽的关系有了突破性进展，所以我们把参加比赛的人选让给了仇饼。于是这个集体的赛事变成了他个人的比赛，我已经向他表白，如果他获胜，我绝对不吻他的新娘。朋友妻不可欺。他立即说闻达你真够朋友。立即，这句话他是立即说出来的，没有半点儿犹豫和含糊。仇饼站在我们中间咳了几声，也许是清理嗓子。我们都为他紧张起来。肖丽忙用手掌轻轻地、轻轻地捶他的背。我则用手抚摸他的胸膛，减轻他的难受。我们像帮助弟弟一样帮助他。而他的年龄实际上比我们大。我们就像是帮助一个不幸的孩子，希望他能得到意中新娘。仇饼挣脱我们的安慰，一趟又一趟地上厕所。我们站在厕所门口等他。他刚出来几分钟，又返身往厕所里走。他说我一紧张就想上厕所。我说不要紧张，团结向上，严肃活泼，不要紧张。我愈是这样说他愈是紧张。我看见他的两条腿竟然抖了起来。

比赛就要开始了，人们陆续地进入会堂，街道上的警笛一声高过一声。我们只闻其声，不见其车。会堂前的大道上有那么多奔跑的车子，分不清哪辆是警车，哪辆不是警车，但是其中肯定有一辆是警车。在我们快要走进会堂的瞬间，我们看见马哈哈从一辆的士上钻出来，因为匆忙他的衣服被的士的门钩挂住了。他扯下衣服朝会堂快步跑来，他一边跑一边回头望，好像有谁在身后追他。

我们拦住马哈哈，说你来了。他说我一忍再忍还是忍不住，我要参加比赛。我们说梁艳怎么办？他说我是偷偷跑出来的，梁艳不知道。

比赛马上就要开始，会堂里挤满人头。但是我们意料不到，坐在台上比赛的人只有两个，他们是马哈哈和仇饼。他们像稀有动物被人们看着、议论着。台下的人们张大着嘴，等待他们发言。仇饼用经过肖丽训练过的普通话朗读讲稿，不时获得观众的掌声。读到关键的地方时，也就是我们精心构思的地方，比如仇饼跟野狗抢老鼠、仇饼的母亲被倒塌的墙压断大腿等，一些观众竟然哭了。他们掏出手帕抹眼角，用手帕捂住鼻子，生怕他们制造的声音影响他们的形象。我看见坐在一旁的马哈哈也不失时机地用手抹眼泪。马哈哈抹眼泪的动作比较隐蔽，但是还是让我和肖丽看到了。我们认为马哈哈比不比赛已经没有任何意义，他的痛苦肯定无法超越仇饼的痛苦。会堂里掌声和哭声混合，许多人为仇饼的痛苦拍红了巴掌。我在这样热烈的环境下，基本没有听清仇饼后半部分的发言。我和肖丽都有一丝陶醉，她的头紧紧地靠住我的肩膀，她的手紧紧地抓住我的手。我们在仇饼的痛苦宣言中几乎合而为一。那是仇饼的痛苦，也是我们的痛苦。我们像看着自己的儿子成长那样兴奋。痛苦并兴奋一直持续到仇饼的讲话完毕。有人对着台上喊阳爽朗，嫁给他吧，嫁给他吧……

一片喧哗声中，主持人开始介绍马哈哈。马哈哈站起来向大家致意。我们突然听到有人叫马哈哈。一听到这个声音，我的心里就凉飕飕的，双腿自然发软。我想马哈哈没戏啦。这时，我们只有一条出路，那就是乖乖地转过身子。我们看见梁艳从会堂的侧门走进来，她不停地向马哈哈招手，说加油，马哈哈。她笑得牙齿全部露了出来，特别是两颗虎牙，我们从来没有看见她的嘴巴开得如此之大。马哈哈好像也看到了梁艳，他的舌头往外伸了一下，立即又缩了回去。梁艳的突然到来，使马哈哈失去了说话的功能。他像一个罪人一样低下头，目光明显发直。人们期待的声音没有响起，会堂里静悄悄的。主持人问马哈哈为什么不说话？马哈哈说我……我本来不想参加比赛，我已经下了好几次决心不参加比赛，因为我已经有了女朋友，我十分爱她，她也十分爱我。但是，我们单位的领导指派我代表全单位参加比赛，所以我不得不来。我来比赛没有其他意思，只是想检验一下我的能力。我并不想跟阳爽朗结婚，只是想检验一下我的能力。我其实没有什么痛苦，一生下来，我就吃得饱穿得暖，就能够进学校读书。我家的经济条件较好，也不缺钱花。父母健在，未患癌症。和刚才那位选手比起来，我的痛苦几乎没有，几乎不能算作痛苦。因此……我决定退出比赛。

马哈哈准备从台上走下来。台下响起一片嘘声。主持人拉住他，要他把讲稿念完再走。马哈哈说我没有讲稿，我只是想即兴发言。主持人问他那么你的即兴发言，想发些什么言？马哈哈说不知道，我也不知道。主持人说那么你的痛苦是什么？马哈哈说我很幸福，没有什么大不了的痛苦。参加比赛不是我的意思，是我们领导的意思。马哈哈像一个逃犯，从台上跑到我们的身边。我们看见他的额头上遍布汗珠。

我和肖丽、仇饼、马哈哈、梁艳坐在一起，等待评委最后宣布结果。我们提前向仇饼祝贺，祝贺他以这样的方式获得爱情。仇饼谦虚地笑着，好像现在已经抱着阳爽朗似的。他说怎么还不宣布，我的心快蹦出来了。仇饼已经没有耐心等待评委，左等右等，终于有一个白头发的评委出现在台中央。白头发说经过评委认真而又负责任地评选，现在痛苦比赛的第一名已经产生。他是……白头发故意卖了一个关子。他是……他是谁呢？你们大家也许已经猜到了，也许没有猜到。他是……他是……2号选手马哈哈。我们的周围一片喊声。马哈哈、仇饼和梁艳都从椅子上站起来瞪大双眼。仇饼说这怎么可能？这一定是搞错了。会堂里有些混乱，我们认为这是评委们开的一个玩笑，是故意逗乐。也许几秒钟后，白头发会突然来一个更正。

但是没有更正。仇饼像一摊水软在座位上。马哈哈和梁艳仍然站着，伸长脖子朝前望。观众纷纷退席。我们难过了五分钟，马哈哈被请到后台，梁艳紧紧地跟着他。仇饼想冲上台去，被警察拦住了。仇饼挣扎着说为什么？为什么会是这样？警察说这有什么好委屈的，谁不愿嫁给一个没有痛苦的人？仇饼被警察教导着推下舞台。仇饼的身子往前扑，差不多跌倒了。仇饼瞪了警察一眼，发觉警察长得很像阳爽朗。仇饼骂了一句粗话，说原来你们是一家子。你们在合伙行骗。警察举起电棍从台上跑下来，说你说什么？你说什么？你是不是在骂我？仇饼说没说什么，你是不是想打人？警察收回电棍，摇摆着肥大的臀部走开了。仇饼坐到木地板上，不想走，也好像是没有力气走。我和肖丽扶着他走出会堂。一些观众围住我们。他们握紧拳头。我听到他们的拳头和牙齿发出嘎嘎声。他们说告她，你到法院去告她。

我们的身后跟随着七个愤怒的男女青年，他们像一群苍蝇轰轰地叫着。他们强烈要求仇饼告状。仇饼一言不发，只是任凭我们摆布。跟随我们的人愈来愈少，我们每向前迈进一步就减少一个跟随者。我们一共向前迈了七大步。我想那七个跟随者一定被我们甩掉了。我们回过头仍然看见有一个人跟随我们。我们走了几十步，还没有把他甩掉。他说你们难道真的不告她吗？这太便宜她了。我说你是谁？我们并不认识你。他说我是一个同情你们的人，是一个有良知的人，我是律师。他掏出证件让我们看，说如果你们愿意，我可以免费为你们打这个官司。铁树开花，哑巴说话，仇饼像一位诗人突然仰天长叹，说打官司又有什么用？等法院判案的时候，马哈哈和阳爽朗恐怕已经生下小孩来了。我对仇饼的这一声长叹产生无限的敬重，觉得仇饼很有思想。我甚至想他的这一声长叹也许会成为著名的长叹。

打这个官司的意义不在于能不能得到阳爽朗的爱，而在于你能不能出一口恶气。只要这个官司一打，不知道有多少姑娘愿意嫁给你。只要你愿意打，我就免费为你打。在律师罗大超的挑拨下，仇饼向法院起诉阳爽朗。阳爽朗并不把起诉当一回事，她跟马哈哈闪电式地结了婚。梁艳为此又买了一把水果刀。梁艳举刀割手腕子时，马哈哈就坐在旁边看着。马哈哈说割吧割吧，只是你割手腕子太痛苦了，如果我是你会选择安眠药，那样会减少许多痛苦。其实割手腕子不是你的专利，在寻找痛苦的时候我也曾经割过。马哈哈举起他的左手臂让梁艳看。梁艳看见马哈哈的左手腕子有一条若隐若现的刀痕。梁艳突然丢下刀子，说我真傻，我怎么会为一个不值得我爱的人去割手腕子，我真傻。喜欢割手腕子的梁艳从此放下屠刀立地成佛，不再割手腕子了。她仿佛是一丢下水果刀，就跟着另一个男人去了澳大利亚。那个男人很有钱，也很爱她。

新婚不久的马哈哈给我写了一封信，想不到他在新婚的百忙中还记得给我写信。他说我们的关系已经断了，今后别再寄稿件给我。我和仇饼都是你的朋友，谁得到阳爽朗都应该祝贺。而你不但不祝贺我，反而跟着仇饼起哄，真不够朋友。你的文章要想在《方方面面》杂志上出现，除非我不做编辑。我捏信的手这时像发动机那样抖动着。

我的文章写得并不怎么的，平时主要靠马哈哈帮发表，现在他不发表我的文章，就断了我的生路。我把这封信读给肖丽和仇饼听。我说从此后我就没有稿费啦。仇饼说没有稿费不要紧，只要我仇饼有一口吃的，你闻达就不会挨饿。我说你妹妹都失学了，你母亲还要治腿伤，我怎么好意思用你的钱？仇饼说闻达你是不是疯啦？那是我们的虚构。我的母亲身体健康，我的妹妹也没有失学。我啊了一声，好像从天上跌到人间。

仇饼还在耐心地等待法院开庭。几乎每天他都要上一趟法院，那个负责此案的法官跟他混熟了，他们一星期上一次酒店。每次去酒店仇饼都叫上我和肖丽。但是酒喝了，兄弟也称呼了，肩膀也拍过了，法院还是不开庭。仇饼仍然在酒桌上重复讲他的故事，仿佛这个故事能够助他酒兴。当他讲过之后，他总要问一声我们，难道我的这个痛苦不比马哈哈的痛苦更痛苦吗？真是岂有此理。我们都附和着说真是岂有此理。仇饼还特别问法官，你说我的痛苦是不是比马哈哈的更甚？法官说当然是你的痛苦更痛苦。仇饼一仰脖子，说就是嘛。他已经从这种回答中找到了胜利。久而久之，仇饼把讲这个故事当作乐趣，而打不打官司似乎是不重要了。有一次仇饼喝醉酒，像一袋粮食倒在酒店的地毯上。我们好不容易把他扶起来。他说你们别管我，你们一关心我，我就想哭。你们再扶我，我就哭了。我们看见他的眼睛里真的躲藏着几颗眼泪。那位法官也喝醉了，他拍着仇饼的屁股说，兄弟你不要哭，我来给你擦眼泪。法官的手在仇饼的屁股上擦拭着，他竟然把仇饼的屁股当成了脸蛋。他一边擦一边说其实，你也没什么好委屈的，我们在办公室里讨论过了……我们认为……没有痛苦才是最大的痛苦。仇饼说是吗？你是我的好兄弟，你终于告诉我什么是痛苦了。我终于明白什么是痛苦了。过去我幻想的痛苦不是这样，现在我才知道什么是幻想。仇饼从地毯上爬起来，在餐桌上又摸索到一杯酒。他把那杯酒灌进嘴里。

好长一段时间，仇饼没请我们喝酒了。我问肖丽仇饼为什么不请我们喝？

肖丽说他已经有女朋友了。我说不可能,有女朋友他会告诉我们的。肖丽说骗你干吗?我在花店碰见过他们。他们认识不久,那天去花店买花,还以花店为背景照了几张相,是我为他们按的快门。当时仇饼还说要在城市里找个鲜花为背景的地方照相,只有花店。

在鲜花怒放的背景中,马哈哈和仇饼就要淡出了。他们跟我的接触愈来愈少,我慢慢地不太知道他们的事情。但是我知道仇饼带着他的女朋友回过一次乡下。他带女朋友回去的目的是想让他的父母看看未来的媳妇。于是,仇饼和他的女朋友走在野花开满的路径上,他们的身影在花丛中时隐时现。他们走向野花的深处,到达仇饼的老家。那是个风吹草动的下午,太阳时好时坏,有时出来有时不出来。太阳出来时,光线把仇饼家的房屋切割成无数块,有的明亮,有的幽暗。仇饼和他女朋友的身影也被太阳放大了好几倍。他们走到村头时,看见他的妹妹正背着书包上学堂。小呀么小儿郎,背着书包上学堂。仇饼说爸爸呢?他妹妹说爸爸在坡上放牛。仇饼说妈妈呢?他妹妹说妈妈在家里剥玉米。仇饼和女朋友加快步伐,朝家中奔去,他们的头发一齐向后飞扬。还没有推开门,仇饼就叫了一声妈……屋子里传出一声哎……他的妈妈回答得十分清脆。

仇饼在他女朋友身上打量了一下,没有发现什么漏洞。他嘱咐女朋友你一定要叫妈,知道吗?要叫得甜甜的。他的女朋友示范地叫了一声妈。仇饼表示满意,还在他女朋友的脸上捏了一把。仇饼推开门,阳光跟随他们闯入。他们看见他妈妈坐在后墙根剥玉米,她的面前堆满了一大堆已经剥好的白色和黄色的玉米棒子。他妈妈就坐在玉米棒子中央。他妈妈揉揉眼睛,说是谁呀?仇饼说是我,妈妈,我是仇饼。他妈妈说原来是仇饼回来了。说完,他妈妈想从玉米棒子中间站起来。突然,后墙轰地一响,倒向他妈妈。他妈妈的一条大腿,具体地说是他妈妈的左腿,被倒塌的墙压在下面。他们同时发出了惊叫。惊叫之余,仇饼听到警笛声从遥远的地方传来,好像是从山谷里传来。他想一定是哪里又发生了什么案件,要不然不会有一辆警车从山里开过。

慢慢成长

十年前我就认识马雄了。那时他正跟随一群公安人员在我家乡一带追捕杀人犯。夏天静谧的深夜，我听到马雄他们杂乱的脚步声。他们的脚步声像寄生于木头上的虫子，欢快地啃咬我的床板。我在脚步声和尿胀的夹击下突然惊醒，看见屋外风清月白。

我隔着漏风的墙壁叫我的父亲。父亲正鼾声四起，根本不管我的叫喊。我再叫母亲。母亲在父亲鼾声的笼罩下，打了一个长长的哈欠，问我有什么事？我说好多人包围了村庄。母亲闭紧嘴巴，竖起她的耳朵认真地听了一会儿，说外面只有月亮和风，没有人。我说有。母亲说没有。我说我想撒尿。母亲说你撒尿叫我干什么？我说我怕。母亲窸窸窣窣地爬下床，一边拉开我家的大门，一边自言自语。母亲说你都十三岁的人啦，还这么胆小怕事，我十三岁的时候，都差不多出嫁了。

在母亲的注视下，我走到白晃晃的月亮地，对着满地的月光撒尿。我看见村头的高坡上有一群人匍匐前进，他们的身上背着自动步枪。我惊叫一声跑进大门，对母亲结结巴巴地说有人，他们还背着枪。母亲不信，走到月光下朝村头瞭望，倒吸了一口冷气，跟跟跄跄缩回来。母亲说真的出事了。母亲掩好大门。我那憋回的半截尿像决堤的大水喷射而出，全部撒在裤衩上。

我清楚地记得尿撒裤裆的情景。那时我还是天峨县八腊乡中学初中一年级学生，那时我成绩优异，胆小如鼠。

父亲仍旧鼾声如雷，我和母亲却一夜未眠。我的上牙敲打我的下牙，我的右手环抱左手。夏天跑出我的身体，冬天爬上我的双脚。一丝青灰色的光线钻进门缝。随着光线钻进来的还有山坡上嘹亮的声音：

谷里村的群众，你们已经被我们包围了。请你们赶快起床，穿上衣服裤子，到村头集中。杀人犯秦世杰昨晚潜逃回村，你们千万小心，赶快行动。

秦世杰的身上带有一支五四手枪。秦世杰，你听到了吧？缴枪不杀。

我破门而出，朝村头的那块草地奔去。由于奔跑速度过快，凉鞋从脚上飞落。石头和泥巴潮湿冰凉，我赤裸的双脚被石头割破。草地上已站满了人群，他们衣冠不整浑身发抖，好像秦世杰就在某个地方用五四手枪瞄准他们的脑袋。坡地上临时架起了一个高音喇叭，周围站满了荷枪实弹的公安，他们像晨光初露时的树，渐渐地清晰和高大，肩章和服装的颜色比露珠都还新鲜。高音喇叭传出的声音穿云破雾，像乌鸦点缀早晨的天空。

太阳出来红彤彤。公安人员开始往秦世杰家搜索。八腊乡派出所所长马家军走在队伍的最前面，他儿子马雄混迹于队伍之中。马雄比我大四五岁，刚刚高中毕业，是个瘸子，走路时一摇一晃，平地像走高山。我公安干警们神情严肃、身子笔挺，而马雄仿如夹在其中的一个标点符号。因为马雄的介入，这支队伍立即显得奇形怪状起来，使站在潮湿的草地上的人群发出了一连串的笑声。他们（当然也包括我）不相信一个瘸子能抓到杀人犯。我想如果真的碰上持枪的秦世杰，第一个被打死的肯定是马雄。

忽然，从秦世杰家门前的草堆里冲出一个人，他的头皮闪闪发亮，上面沾着一根枯黄的稻草。他手持砍刀面带杀气扑向公安，说杀人的是秦世杰，又不是我，你们为什么要搜我的家？我看清说话的人是秦世杰的弟弟秦世界，他离马所长马家军只有一步之遥，砍刀眼看就要落到马家军的左肩上了。千钧一发之际，马雄从他父亲的皮套拔出手枪，对准那把砍刀，一束蓝烟从枪口喷薄而出，爆炸声惊天动地。秦世界的砍刀断成两截，一截掉到地上，一截还捏在他的手里。蓝光闪过之后，秦世界的双膝比砍刀落得还快。来不及眨眼，他便双膝跪下，向马雄求饶。眼前的这一幕让我无比惊讶，觉得秦世界山大无柴外强中干，丢尽了谷里村和他家祖孙三代的脸。但同时我又觉得马雄无比高大，从他手里喷出的那束幽蓝色的光芒，不时出现在我的脑海里和睡梦中。一想起它，我就血液欢畅，我就想破釜沉舟、破罐破摔。

马雄走到秦世界的身后，抬起他弯曲的右腿，朝秦世界的脊梁狠狠地踢了一下。他的右腿简直就是一截弯曲的树根，一些关键部位（比如脚背）始终碰不到秦世界的脊梁，与其说踢还不如说顶。马雄用膝盖顶了一下秦世界，秦世界纹丝不动，而马雄却倒在地上。马雄艰难地爬起来，用他父亲的手枪砸了一下秦世界锃亮的头皮，一股鲜血像早上的太阳从秦世界的头顶升起，光芒万丈。马雄对着那颗破烂的头颅骂骂咧咧，说你再敢动老子一根指头，老子就崩了你。他把崩字说得脆响，好像是嚼黄豆。秦世界不敢抬手抹头上的血，伤口因此愈开愈红，像深红色的玫瑰花。

马雄原来不叫马雄。据说马雄是在一个冬天的早上来到这个世界的，那时他的父亲马家军还不是乡派出所所长，只是一位普通而平凡的小学老师。马雄出世之前，天气一直很坏，在一个多月的时间里，八腊乡方圆几百里地下了十三场细雨，两场大雨和一场薄雪，气候严寒天空阴霾。马雄出生的那天早晨，天空突然晴朗，有了太阳即将升起的迹象。当马家军听到婴儿啼哭，看见婴儿胯下的鸟仔时，兴高采烈地走出乡医院那间阴暗的产房。天空是如此的湛蓝，小卖部的母狗是那么的爽心悦目。他想就给小孩取名马湛蓝吧。

从此，马湛蓝这个名字就伴随着马雄茁壮成长。可恨的是许多人擅自改变马湛蓝的颜色，他们嫌湛蓝难写，于是把马湛蓝改为马淡蓝，最后改为马蛋蓝，甚至简化为马蛋。如果有人要找马家军，他们就会意味深长地啊一声，然后说你是要找马蛋的父亲吧。马家军对这种叫法深恶痛绝。马雄五岁那年，患了一场小儿麻痹症，右腿眼看着弯曲了。马家军急马雄之所急，找到一位专攻《周易》的老师，给马雄排了一次八卦。那位老师说马雄命中缺火，必须用火一点儿的名字。马家军本不信邪，但出于无奈，还是在字典中像选美一样为马雄选了一个炎字。

马炎的父亲马家军调到乡派出所工作之后，突然有了一种荣耀，也滋生了一种失落感。他一下子由文人变成武官，原来拿粉笔的手整天不再拿粉笔，而是提着手枪东游西荡，文字跟他愈来愈生疏。但不管他如何威武英雄，内心始终压着一块石头，那就是他儿子残缺的腿。作为乡派出所所长的马家军本不该信什么气功和《周易》，但在一次性生活失败之后，他对这两样东西深信不疑。

八腊乡派出所简易的办公室楼上，有一间幽暗的屋子。马家军常常躲在楼上阴暗的角落窥视行人，也常常把那些放荡的妇女勾引到楼上。很小的时候，我们就知道那是一间恐怖的房子，正午或者深夜，那里会发出鬼哭狼嚎的声音。路过派出所门口，我总会抬起头朝那间房张望，被那些传说和莫名其妙的声音吸引,甚至于在课堂上,语文老师叫我用"鬼哭狼嚎"造句的时候,我不假思考脱口而出:马所长的房间鬼哭狼嚎。那一次我以为闯了大祸,但等了好久祸没来。后来我苦苦寻找无祸的原因,不外乎有二:一是马所长那间房子尽人皆知,人们见怪不怪;二是当时的八腊乡已拥有相当自由、民主的空间。

当然我们不能因为那间房子,就断定马家军是个坏人,从今后的表现可以看出他是一个基本称职的父亲。他不止一次对朋友们说,错误来自于那些放荡的妇女。他曾经痛下决心不再拈花惹草,因为每一次行为不轨之后,他都发觉儿子马炎的腿瘸得更加厉害。长此以往,马炎很快会变成一个瘫子。可是,马家军无可奈何地说,可是那些妇女,只要你在楼上轻轻地向她们一招手,她们便气喘吁吁地跑上楼来,眼睛水灵灵,脸上红霞飞。你拿她们根本没办法。

一个夏天的中午,护士小汪拿着调令走进马家军的办公室。在医院通往派出所的路上,小汪碰上三个熟人。她渴望朋友们分享她的喜悦,但朋友们只礼节性地打个招呼,便匆忙地走开。她们不知道小汪手上正捏着一纸调令,一纸来之不易的调令。马家军是小汪拿到调令后第一个与她对话的人。小汪对伏在办公桌上鼾声连天的马家军说我的调令来了。马家军的脸离开双臂,从睡意中抬起来。马家军说什么调令?小汪说我的调令。小汪发现马家军的脸像涂了胭脂似的红,脸上挂满汗珠、鼻涕,顿时觉得马家军好可怜。后来小汪曾对许多朋友说,那天我真的觉得马家军十分可怜,这种想法从前没有过,以后也没有过,只是拿到调令的那一天,这种念头像一道闪电,划破我的脑海。

小汪想安慰一下马家军,然后再谈户口的事。那时街道静悄悄的,只有阳光铺天盖地地照在树木和屋顶上,整个八腊街的人好像死绝了,没有人影没有声音,地球上似乎只剩下他们俩。马家军用右手抹一把脸上的汗,对小汪说想要办户口吗?先得和我睡一觉。小汪基本上没做出什么反应,只是轻声地说非得这样吗?马家军斩钉截铁地说非得这样。

可能小汪对马家军的行为早有所闻,所以并不感到惊讶。在接到调令的大喜日子里,她的手被马家军的手牵着,半推半就地走上了派出所吱吱呀呀的木板楼梯。她的嘴里不停地说着非得这样吗?非得这样吗?阳光猛烈、寂静无边的中午,这种声音等于呻吟,等于春药。但关键时刻,马家军朝楼下看了一眼。他的儿子马炎正一歪一倒地朝派出所走来。太阳当空，马炎的影子缩在脚下跟随脚步移动。从楼上看下去，马炎就像一个怪物。如果当时街道上有人群，马炎也许不会那么显眼，可是偌大的街道上除了马炎空无一物。马家军脊背一阵发凉，他对小汪说我不行了，你走吧。小汪从床上站起来，在马家军的脸上扇了一巴掌。马家军看见小汪像一条鱼，摇头摆尾从他的面前滑走。

从此马家军天天早晨练气功，似乎是想从气功中找回昔日的雄风。业余时间，他则细心研读《周易》。根据马炎的生辰八字，应该是命中缺水，为什么别人又说他缺火呢？同样一本《周易》，得出的结论却截然相反。思虑再三，马家军决定给马炎改名，改为马淼。马家军在户籍本上改名的一刹那，体会到了无穷无尽的快乐，就像阎王爷掌握着全乡的勾命簿，勾谁是谁爱谁是谁，要想改名字，就像打一声哈欠那么容易。他甚至想给自己改一个响亮的名字。

不管叫马炎还是马淼，马雄的病始终没有好起来。马雄摇摇晃晃进入课堂学习。那些熟悉他的老师有时叫他马湛蓝，有时叫他马炎或者马淼，无论叫哪一个名字，马雄都得答应。一个又一个奇怪的名字像一个又一个蚂蚱，被他那根分管姓名的神经串着。马雄也是从那时开始，有了篡改名字的嗜好。有好长一段时间，马湛蓝不叫马湛蓝，马淼不是马淼，今晚睡下去的是马淼，明天醒来时已变成马名扬。在我的记忆中，马雄的姓名总是和青草、雾气、和早晨联系在一起。他总是在晚上改名，第二天早上就向同学们宣布。当时我们很羡慕他拥有的权利和自由，他就像早晨八九点钟的太阳，希望寄托在他的身上。

为了想更好的名字，马雄的脑子出过问题。有一次上体育课，他爬到篮球架，坐到篮筐上。许多同学都为他的举动欢呼。马雄在欢呼声中从篮筐上跳下来。你们知道马雄是瘸子，他从那么高的地方往下跳，竟然未伤一根毫毛。于是同学们都叫他马英雄。起先他对这个名字不感兴趣，但老师和同学对于他频频更换姓名已流露出强烈的不满，再也不愿接受除了马英雄的新名字。由此我得出一个结论：不怕你有权改名，就怕我们不叫。渐渐地，马英雄的姓名已不再掌握在他手中，有时我们连马英雄也不买账，只叫他马雄，私下里还叫他马熊。

马雄他们那个夏天的突然出击,并没有抓到杀人犯秦世杰。夜深人静的时候,小孩和大人都不敢外出,黑夜变得枯燥无味。我们聆听每一声狗叫和每一串脚步,想象秦世杰从天而降,威胁我们的性命。马雄回到乡政府后无事可做,便整天到铁路边去转悠。

坐在八腊乡初中一年级的教室里,会看见从山脚驶过去或跑过来的火车。但是山脚那边多雾,两根笔直的铁轨经常会被乳白色深埋,轻易看不见。有时火车龇牙咧嘴叫喊着从雾中穿过,我们只闻其声不见其身,听起来显得十分遥远,好像火车和现实不发生丝毫的关联。晴朗的天空里,我们看见马雄沿着铁轨走来走去,瘸腿和笔直的铁轨形成鲜明的对比。我们不知道他在那里干什么?远远地看过去,他像是在练习步伐。从列车上倾倒下来的脏水、果皮、纸饭盒,不时地砸在他头上,他连骂都不骂一声。也许他骂了,我们听不见。

马雄常常顶着五颜六色的脑袋途经校园,回到家中,然后在水龙头下把他的头冲了又冲。冲过几次之后,他嫌麻烦,干脆就剃了一个光头。马雄的光头在太阳下光芒四射。没有阳光的日子,他的头又像一个在水里游动的葫芦。

马家军被马雄那个五颜六色的脑袋搞得头昏脑涨。好几次,马家军发现马雄的头上竟然挂着豆芽、鼻涕。马家军把马雄带到学校。同学们很快就把校长、马雄和马家军围在球场的中间。马家军用右手拧住马雄的左耳朵,问马雄补不补习?马雄说不补习。马家军抬脚踢了一下马雄的左腿,马雄扑倒在地上。马家军又问你到底补不补习?马雄说不补习,不补习就是不补习。马雄的态度十分坚硬,像一个行将就义的烈士大言不惭。马家军抬脚准备再踢马雄,但我们的校长眼明手快,及时地抱住马家军那条抬起来的右腿。校长说马所长,何必呢?如果马雄实在不愿读书,我们学校还缺一个门卫,他可以到我们学校来当门卫。马家军从校长手里收回他的右腿,转身走了。马雄在地上挣扎了好久,才爬起来。

马雄对那两根铁轨有一种天生的好感。他不愿补习也不愿到八腊中学做门卫,依然像一只发情的公狗在铁路边悠来悠去。一天中午,侯宝德站长发现马雄坐在枕木上打盹,急出一身冷汗。火车从远处鸣笛而来,马雄一动不动,根本不把火车放在眼里。大个子站长侯宝德冲到马雄身边,像拎小鸡一样把马雄拎出铁轨。但是小鸡拎起来了,却甩不出去。马雄紧紧抱住侯宝德的右手,并朝他的胳膊狠狠地咬了一口。侯宝德双手用力甩动,原地跳跃,马雄跌在地上。侯宝德捂住右胳膊上的伤口,骂马雄是浑蛋。马雄哇的一声哭了。侯宝德说哭,你有什么好哭的?老子救了你一条命,还赔了你一个伤口。马雄一边哭一边说,谁叫你救我,谁叫你救我?我算好今天中午去死的,你为什么救我?真是多管闲事。既然你救了我,那就得给我一份工作,给我一碗饭吃。只要你给我一份工作,我就给你磕头。

马雄当场跪下,给侯宝德磕头。他的头在石渣上重重地磕了一下,慢慢地抬起来,额头上沾满细小的石子和鲜血。你这个疯子,侯宝德说完,转身便走。马雄跟在他后面一步一磕头。但是侯宝德只管朝前走,一直走到火车站也不回头。马雄像一条狗远远地跟着。

马雄就这样一直跟随侯宝德。侯宝德回家吃饭或睡觉了,他就坐在侯宝德家的门口,嘴里不停地说你为什么救我?你救了我就得给我一份工作。这话说多了,他竟然像哼唱一首流行歌曲那样哼唱起来。

每一次拉开大门,侯宝德都看见马雄死皮赖脸地坐在门口。如果侯宝德手上提着垃圾袋,马雄便从他手上夺过来拿到院子里去倒;如果侯宝德手提菜篮,马雄便抢过菜篮挽在自己的手臂里。马雄自个走路都不稳,但手里却挽着侯宝德的菜篮子。马雄愿意为侯宝德奉献微薄之力。起先侯宝德并不适应,久而久之也就没什么不适应了。马雄对侯宝德说只要我能做到的,你尽管吩咐,但是你必须给我一份工作。侯宝德说我要你吃屎,你干不干?马雄说你保证给我一份工作,我马上吃给你看。

天气一点一点地凉了,铁轨两边铺满了从山上掉下来的黄叶。侯宝德吃罢午饭,喜欢穿过铁轨,跑到树林里的草地上去睡午觉,这个习惯是多年以前修铁路时养成的。秋天的阳光鲜亮,气候干燥,落叶、衰草蒸发出一股酒香。侯宝德静静地躺着,脸庞像晒在阳光里的腊肉,渐渐地发红。突然,侯宝德从地上坐起来,喉结拼命地蠕动,像是有什么东西堵在里面,呼吸变得困难。侯宝德的喉结蠕动了一阵,从喉管里终于蹦出一句话来。他说马雄,你给我抓一下背,我的背现在痒得难受。马雄说怎么抓?侯宝德捞起他的外衣,露出结实的臂膀,说抓左膀子。马雄伸手去抓侯宝德的左膀子,一道道指印留在侯宝德的背上。侯宝德说往下抓,马雄就往下抓。侯宝德说往右抓,马雄就往右抓。马雄听到自己的指甲跟侯宝德的皮肤摩擦后发出的哗哗声。随着马雄手指的移动,侯宝德嘴里发出愉快的哼哼声。抓了一阵,马雄觉得无聊,便把目光扫向乡政府门前的街道，他看见一位穿红衣服的女人在空空荡荡的街上游荡。

侯宝德从地上窸窸窣窣地站起来，也发现了街道上那个穿红衣服的女人。侯宝德说马雄，如果你把那个女人弄到手，我就在铁路上给你找一份工作。马雄兴奋地从树林里扑出去，只扑了两三下，就像一只受伤的鸟扑倒了。但是扑倒了马雄又站起来，他固执地朝着街道扑去。

姑娘的红衣服像一团火在马雄的眼前愈烧愈旺。马雄看清她的头上扎着两根发辫，手里捏着葵花子，一边走一边嗑，那些空了的葵花子壳飞过她的肩膀，落在地上。马雄跟了一段路程，大起胆子叫了一声李寒。姑娘像被谁拍了一下，迅速回过头来，说你叫我做什么？马雄说不做什么，我只是叫一声好玩，没什么事，你走吧。姑娘奇怪地哼了一声，掉头走开了。姑娘没有注意这位昔日叫她寒姐的马雄，今天却叫她李寒。

马雄独自在秋风里站了几秒钟，后悔刚才没抓住机会，想不能让李寒就这么跑了。于是，他沿着地上的葵花子壳追赶李寒。李寒先后走进百货商店、裁缝店、菜市、税务局，并不知道马雄在跟踪她。她在百货店里摸了摸柜台上刚到的一匹丝绸，又看了看一卷摆在地上的塑料布，然后在裁缝店里跟那位浙江来的老板开了句玩笑，在菜市买了一把青菜，在税务局里打了一个电话……快要走到家门口时，李寒才发现有一个人在跟踪，回头看见是马雄，便说你总跟着我干什么？是不是想吃我的屁呀？

马雄支吾了一阵，说我要工作。李寒说跟着我，你就有工作了吗？马雄说侯宝德说只要把你弄到手，他就给我一份工作。李寒说讨厌，你们怎么把我扯进去了。滚，你快点儿滚开，你们真下流！李寒说完撒腿便走。她打开门，又关上门。马雄想这门根本没有打开过，李寒是从门缝里钻进去的。

马雄坐在李寒家的门槛上，张嘴望着西下的夕阳。慢慢地太阳愈来愈弱，照耀的地方逐渐缩小，最后只照在李寒家的门板上和马雄的脸上。马雄靠在门板上彻底地睡着了，他在松软的阳光下做了一个梦，梦见杀人犯秦世杰持枪朝他射击，子弹从他的耳畔呼啸而过。他说李寒，你要注意，杀人犯秦世杰还没有抓到，你千万要小心。马雄被自己的梦话惊醒，从李寒家门槛上站起来。阳光突然消失，夜色铺天盖地。

李寒每天早上都要到乡政府旁边的水井里来挑水。马雄坐在井边等候李寒的到来。天慢慢地明亮，井里的水开始照得见天空和乡政府的瓦檐。但是李寒她还不来，马雄想万事已备，只欠李寒了。他开始想象李寒起床，然后打一个哈欠伸一下懒腰，然后拿起昨天穿过的红衬衣在鼻尖前嗅了嗅，觉得这件衬衣并没有脏，还可以穿上一天，于是她把衬衣穿在身上。穿好衬衣之后，李寒开始穿裤子，穿什么裤子呢？马雄想了想还是穿牛仔裤好，就是挂在窗前那条发白的牛仔裤。尽管早上穿那条又硬又冷的牛仔裤会割疼皮肤，但是李寒还是穿上了它。李寒走到窗前，拿起那把绿色的梳子，望了一眼窗外，开始梳头。李寒梳头梳得真有耐心，一点也不知道有人坐在井边等她。梳完头，李寒挑着锑桶拿上脸盆、香皂、毛巾跨出大门。李寒正式走出家门了，她觉得早上的风有些凉，打了一个寒战，后悔没有加一件外套。她想还是洗完脸挑完水再加衣服吧。她转了一个弯又转了一个弯，来到了街上。

马雄这么想着，李寒真的穿着红衬衣、牛仔裤，挑着锑桶端着脸盆出现在街口。她来了，低着头，望着脚步，快要走到井边时，抬头看见马雄，突然惊叫一声，扭头便跑。马雄想我又不是鬼，她干吗要像看见鬼一样发出尖叫？

李寒到街边的另一口井去挑水，因为马雄，她改变了多年的习惯。但是李寒走到哪里，马雄就跟到哪里。不过马雄心比天高，命比纸薄，手长衣袖短，他瘸着的腿怎么也跟不上李寒的速度。即使李寒挑着水，马雄也跟不上。到了夜晚，李寒钻进家门无处可逃，马雄就坐在李寒家的门槛上，不停地叫开门。李寒在大门上加了两道门闩。听着马雄类似于鬼哭狼嚎的声音，她怎么也无法入睡。有时她会从后门偷偷地溜出来，到女朋友那里去睡觉。不知内情的马雄仍然对着空荡荡的房屋叫开门，开门呀开门，快开门呀李寒。叫累了，马雄便对着门板撒尿。

至少有十个男人对李寒说结婚吧，李寒，跟我结婚吧。如果你跟我结婚，马雄就死了那条心，我就可以保护你，你就不用去跟张桂英、黄丹凤她们睡觉了，就可以睡到我的床上来了。李寒在这种嘈杂的声音里冷静地度过了十天。

最先想制服马雄的是他的父亲马家军。每天晚上十点，马家军准时打着手电，来到李寒家门前。马家军右手打着手电，左手拎住马雄的右耳。随着马家军左手的抬高，马雄尖叫着从李寒的门槛上直起来，直得不能再直了，便踮起脚尖，双手吊住马家军的左手。马家军像牵一头牛慢慢地牵着马雄往回走。

马雄说爹,你轻一点儿,我的耳朵脱出来了。马家军说谁叫你在这里给老子出丑,亏你还是一个高中毕业生。马雄双手捂住耳朵,说我要工作。马家军说工作,我给你找。马雄说我不要工作,我爱李寒,我要跟她结婚。马家军说你不能爱她。马雄说我为什么不能爱她?

马家军拿起一面镜子递到马雄的手上,说撒泡尿你自己照一照,看你能不能爱她?马雄对着镜子说我的头发很黑,牙齿很白,眼睛很大,耳朵很肥,不缺鼻子不缺嘴巴,我为什么不能爱她?马家军把马雄一下子推到穿衣镜前,说你再仔细看一看,看看你的模样。马雄从镜子里看到了那条弯曲的腿,看到倾斜的肩膀和空洞的裤管,脸色唰地发白。他说都是因为你,我妈说过,都是因为你,如果你不喝酒你不抽烟,我的腿不会这样。马家军说放屁。马雄说我没放屁,都怪你。马雄一头扎到镜子上,衣柜摇晃了一下,镜子纷纷破碎。碎玻璃上映着马雄的几十张面孔,每一张面孔上都挂着鲜血。

马家军飞快地扬起手,扇了马雄一巴掌,说你前世造的什么孽,今世才变成这样?马雄说你这辈子造了这么多孽,下辈子你和我一样。马家军说你竟敢诅咒我?马家军把马雄推出家门,说我再也不想管你了。

马雄捂着伤口走在无人的大街,想起他死去的爷爷和死去的母亲,就不停地问他们我为什么不能爱李寒?马家军他可以爱刘凤群、汪长梅、江小桃、黎秋、房胖子、英大脚,而我为什么不能爱李寒?爷爷和妈妈,你们回答我。走了一阵,马雄又坐在李寒的门槛上,眺望八腊乡的夜色。马家军非要把马雄带走不可,他的左手拎起马雄的右耳,马雄一动不动。马家军暗暗使劲。马雄的嘴巴裂开了,耳朵裂开了,鲜血从耳根流下来,一直流到下巴,滴落到他的脚背上。但是,马雄一动不动,不求饶也不喊叫。马家军终于松开了手,他似乎再也拎不走马雄了。

第二天晚上,马家军又来拎马雄的耳朵。他把拎耳朵当成了每天晚上例行的工作。马雄白天愈合的伤口被马家军又一次撕开。这一次,马雄忍无可忍,像被刀杀的猪一样尖叫起来,尖叫声中夹杂着伤心的哭泣。马雄说爹,你杀了我吧,我的心肝都痛烂了。爹你松一下手,让我喘口气吧,等我换了口气,你再扯我的耳朵。马家军说只要你回家,只要你不在这里丢人现眼,只要你不再骚扰你的李阿姨,我就不再拎你的耳朵。马雄说我要李寒,她只比我大四岁,不是我的阿姨。马克思可以娶比他大四岁的燕妮,我为什么不可以娶比我大四岁的李寒？马家军又用力提了一下马雄的耳朵，马雄再次尖叫。马家军说你不能爱她，你这是癞蛤蟆想吃天鹅肉，她连你的妈妈都不愿做，她怎么会做你的老婆？如果她愿意嫁给马家的话，她也绝不会嫁给你。

李寒的大门呀的一声打开。李寒说马所长，你别折磨他了，你走吧。马家军说我怕他折磨你。李寒说现在没有他的叫喊声，我还睡不着。我听惯了他的叫喊声，适应了。马家军说不怕就好。马家军说完，丢下马雄扬长而去，一边走还一边吹口哨，手电筒在黑暗里晃来晃去。李寒望着马家军远去的背影，说杀人犯秦世杰还没抓到，他就在附近，每天晚上都跑出来抢食和强奸妇女。马雄捂着耳朵，嘴里吸着丝丝凉气，像是痛了又像是害怕了。马雄说秦世杰会不会到这里来？李寒说我昨夜还看见他，他手里拿着枪，像一只野猫爬过我的屋顶。马雄说你撒谎。李寒说谁撒谎谁死。马雄说那……那我回去啦。

但是，每每遇见我们这些年龄比他小的，马雄就扬起他手中的拐棍说，这是我的车轮，这是我健壮的大腿，这是我征服李寒的武器。

有一天，被马雄追得无处可逃的李寒爬上了乡政府门前的那棵柿子树。马雄在柿子树下转来转去，说除非你不下来，只要你从上面下来，就得给我抱一抱。你曾经说过我一辈子也追不上你，现在我追上你了，你就得做出一点牺牲。李寒说除非你能爬到树上来。马雄哼了一声，围着柿子树顺时针转了一圈，又逆时针转了三圈，仰头看李寒。李寒仰头看天，始终不让马雄看到她的脸。马雄说再不下来，我就把这棵树砍了。李寒没有理会马雄，她只顾往上爬，并且腾出手来摘树上的叶子。她一边摘树叶一边唱歌，蓝蓝的天上白云飘，白云下面马儿跑……

马雄想跑回家里去拿斧头，但他刚走几步，发觉这是一个圈套，便对着围观的群众说，等我拿得斧头来，她早就跑了。群众笑了一下，马雄又得意扬扬地对着树上的李寒说，我才不回去拿斧头呢，现在我一步也不离开这里。李寒说你像一条狗。你为什么要追我？你爹追我都不答应，何况是你。你看看你手里的那根拐棍，连皮都没有削一削，那么难看。什么时候你手里的拐棍换成黄金的了，我才考虑嫁不嫁给你。李寒说话时，始终扬头看天，好像树下有什么肮脏的东西不忍直视。

许多人围着马雄起哄。他们说马雄赶快走吧，赶快去换一个黄金的拐棍，最好是纯度百分之九十九点九的，换好了再来娶李寒。他们说你还不走，你在这里等什么？马雄伸手抓了抓头皮。他们又说你爹也想娶她，你也想娶她。如果她嫁给你爹，她就是你的妈了，你怎么可以对你妈非礼呢？马雄又伸手抓了抓头皮，他的脸一点点地红，像有一只手在他脸上轻轻地涂红墨水。他在人群的起哄声中丢掉了那根拐棍。拐棍像是从他身上拆下来的一条腿，在地上坚强地弹了几下。马雄说那我走啦，我要去找侯宝德算账。

马雄越过铁轨，在树林里找到了侯宝德。凡是有阳光的中午，侯宝德总是在树林里睡午觉。从侯宝德煽动马雄追求李寒的那个中午至今，已有了半个多月的光景。马雄那天中午从这片树林里扑出去，现在他又飞回来了。马雄觉得侯宝德就一直这么睡着，从他离开到现在，就一直这么睡着，好像没有醒过似的。侯宝德真舒服，他除了睡觉什么事也不用干，不像我要找工作要追求李寒，最后连耳朵都被扯破了。

马雄叫了一声侯站长。侯宝德睁开眼皮，睡在他身旁的女儿和儿子也跟着睁开眼皮，六只眼睛仰视马雄，马雄头一次感到自己无比高大。他说侯站长，我追不上她，她连我爹都看不中，何况是我。侯宝德从草地上坐起来，他的孩子们也从草地上坐起来。侯宝德摇摇头，说你追不上谁？你说什么我一点也不明白。马雄说你叫我去追她的，就是李寒，你说只要把她弄上手，你就给我一份工作，可是连我爹都追不上她，何况是我。

侯宝德突然大笑起来，笑的时候全身颤抖不止。他说我是说着玩的，你真的去追她了？马雄说真的去追了，你看我的耳朵。为了追她，我的耳朵被我爹扯破了好几次。这种事你怎么能开玩笑？你得给我在铁路上找一份工作。侯宝德说凭什么要我给你找工作？马雄说你这个人说话怎么不算数？我想死你偏要救我，你叫我干什么我就干什么，可现在你连个工作都不给我。侯宝德说我救错你了，我向你检讨。现在火车快开过来了，你去死吧，我下定决心不再救你了，我向老天保证向毛主席保证。马雄说可是，现在我不想死了，我想跟你要一份工作。想死的时候你不让我死，不想死的时候你却叫我去死，你的良心大大的坏。

他们说着话，一列长长的火车从他们的眼皮底下飞过，列车上堆满木头、油罐、煤炭和水牛。站在列车尾部的那个人朝山坡上的他们挥挥手。侯宝德拍拍屁股，从草地上站起来。他的孩子跟着他往山下走。马雄跟着侯宝德的孩子走。走到铁轨上，侯宝德说马雄，你跟侯远方比赛跑一跑，看谁跑得快？

如果你跑得过我儿子，我真的给你找一份工作。马雄说你骗人。侯宝德说不骗你。

马雄比侯远方高出一个头，他们并排站在枕木上面。侯宝德一声令下，他们朝着前方跑去，身影逐渐缩小。马雄的身子一歪一倒地跑得十分吃力，但他还是把侯远方甩在了后面。看得出马雄十分需要工作，他拼足老命在争取这个机会。跑了一会儿，侯远方站着不跑了，他说这一次不算。马雄回过头来问他为什么不算？侯远方说不算就是不算。马雄抬头询问侯宝德。侯宝德说你们再跑一次吧，现在是谁先跑到我的身边，谁就是冠军。马雄和侯远方又并排站在枕木上，他们在侯宝德发出号令之后，一齐朝侯宝德跑过来。他们的身影愈来愈大。开始马雄还跑在侯远方的前面，但是跑着跑着，马雄跌了一跤，他的牙齿磕在了枕木上。他听到侯宝德说你跑不过侯远方，我不能给你找工作，你去找你爹要工作吧。侯宝德说完，离开了铁路。马雄捂着他的嘴巴慢慢地站起来。他在心里狠狠地骂了一句。骂声刚落，他的眼窝里涌出了咸的冰凉的泪水，鼻涕也跟着跑了出来，它们一同在秋风里悲伤。

马雄把他的两颗断牙拍到他爹马家军的手上。马家军看到了断牙上鲜红的血丝，甚至还感觉到了牙齿上的温度。马雄对马家军说，侯宝德明知道我跑不过侯远方，但他还叫我跟他比赛，他说只要我跑过了侯远方就给我找一份工作，结果我把牙齿跑断了。在这之前，他还对我说，只要我把李寒弄到手，就给我一份工作。他叫我做的每一件事都比登天还难……他还说如果我不去追李寒，你就要去追李寒，李寒很快会成为我的后妈。

马家军的脸色一点一点地黑下来，脸上阴云密布电闪雷鸣。马家军说，马雄，你给我好好地跟踪侯宝德，只要他进了铁路招待所，你就通知我。他在招待所里养有一个女人。

马雄像一条耐心的猎狗，站在八腊乡火车站站长侯宝德家的楼下。每天晚上侯宝德外出，总会看见马雄。侯宝德对马雄说，你是一条狗。马雄说我是一条狗。侯宝德又说你在这里找屎吃。马雄说我在这里找屎吃。说完，侯宝德哈哈大笑，马雄也哈哈大笑。侯宝德说你有什么好笑的。马雄说我笑你的末日快到了。侯宝德说你能拿我怎么样？马雄说只要你跨进铁路招待所半步，你的末日就到了。侯宝德说现在我就去铁路招待所，你能拿我怎么样？铁路又不归地方管，马家军又能拿我怎么样？

马雄发现侯宝德一个星期之内进了三次铁路招待所。每一次进去马雄都向马家军报告。马家军把头一昂，说一声知道了。说完了也就完了，他根本不采取任何行动，马雄感到深深失望。

第二个星期的星期三晚上，侯宝德第四次进入铁路招待所。这个晚上，侯宝德和那个外省的女人被马家军和两位公安干警抓获了。当时，侯宝德和那个女人正赤身裸体躺在床上。电灯像一道闪电照亮房间，也不像闪电，因为它亮了之后就没有熄灭。马家军、马雄以及干警们的目光在他们的身体上抚摸了一阵，口水迅速从他们的嘴角挂出来。他们被外省女人丰满的身体震住了。侯宝德显得很平静，说你们也太无能了，不去抓杀人犯，反而来抓我们老百姓。马家军说你身为国家干部，铁路站领导，竟敢在我们的眼皮底下嫖娼，在你老婆和孩子的眼皮底下嫖娼，不抓你抓谁？

录完口供按过手印，马家军问侯宝德还有什么要求，需不需要家属来见见面？今晚可要委屈你一下了。侯宝德擦掉悔恨的眼泪，说想不到我会栽在你的手里，如果我能重新做站长的话，我一定给你儿子安排一份最好的工作。马家军说你现在仍然是站长。侯宝德说那你的儿子需要做什么工作？马家军朝窗外招手。马雄走进派出所的办公室。马家军说儿子，你想做什么工作？马雄说我想做巡道工。马家军说你走路都还不稳，怎么能巡道？马雄说我要在铁路上走来走去，让所有看不起我的人看我走路。我要沿着那两根铁轨走到县城。马家军用手在马雄的头上拍了两下，说有志气。

从这个晚上开始，马雄又恢复了英雄本色。我们又看见他在铁路边走来走去，腰杆愈来愈挺，走路的姿态愈来愈有风格，愈来愈有气质。

第二年夏天，洪水像一群骏马从高高的山上从遥远的地方奔腾而来，八腊乡铁路两旁大水连着大水，深沟和凹坑一夜之间被大水填平，两根被雨水冲刷过的锃亮的铁轨像两束笔直的光线直指天边。火车在光线里往来穿梭，水花四溅。火车已不像火车，倒像浮游在大水里的船只。

马雄站在雨里对着往来的火车喊叫。他喊我爱你我想你我亲你。他的话音未落，火车已从他身边呼啸而过，浑浊的水溅满他的全身。为了让火车听得见他的呼喊，火车刚刚在远处拉响汽笛，他便拉开喊叫的架势。他看见车头像星星之火，从远处慢慢地冒出来。他喊：我爱你。他刚喊完我爱你，站着的地方就塌了一块土，紧跟着路基裂了一条缝。他对着那块塌陷下去的土骂道：我恨你。他刚骂完，脚边的土又塌了一大块。他说我操你我想你我亲你，他脚边的土跟随他的声音快速陷落，好像塌方不是洪水造成的，而是他的喊声震塌的。他飞快地举起手中的小红旗，喊叫着朝火车跑过去。他想火车就要开过来了，很多人就要死了。这么想着，他的嘴巴竟然发不出声音了，双脚也变得像木头一样僵硬。他心里一急，眼泪吧嗒吧嗒地掉下来，嘴里发出呜呜的哭声。

火车在离他几十米的地方戛然停住。他像泼出来的水散漫在地上。当乘客们知道是坐在水里的那位瘸子救了他们时，他们纷纷从窗口爬出来，把苹果、荔枝、葡萄、熟食面放在他的怀里。他的怀里放不下了，他们就把那些好吃的食品放在他的面前。他们说就算是我们支援灾区吧。

马雄及时制止一起重大事故发生的事迹上了电视和报纸。那列火车每一次从八腊经过，只要看见马雄，车上总会扔下一些东西，有时是果子有时是矿泉水。马雄依然对着那些匆忙的火车喊叫，仿佛他的声音会贴在火车上飘向远方。他愈喊愈起劲，有时还对着火车唱歌、撒尿。他逢人便说，我一看见火车喉咙就发痒。

当马雄快要把这件重大的事情忘却的时候，铁路局表彰了一批抗洪救灾先进集体和个人，马雄被划入表彰之列。马雄胸戴大红花脚蹬牛皮鞋到柳州去领奖。领完奖之后，马雄一言不发，默默地坐在铁路局的办公室里。有人说马雄，天气这么热，你还是把大红花先摘下来吧。马雄摇摇头。有人说马雄，你是不是嫌我们奖的钱太少了？马雄还是摇头。有人说那你有什么要求就赶快说。马雄抬起头来，说他们都有小车来接，而我却没有，我大小也算个先进，不能就这样偷偷摸摸地回去，我又不是小偷。

侯宝德接到电话后，第二天从乡里借了一辆吉普车，请司机韩延文到柳州市去接马雄。韩延文老大地不高兴，把车开得飞快，似乎是要把马雄颠出车外才解心中之恨。马雄坐在车上始终不说一句话。韩延文却说个不停。韩延文说我的年龄和你爹差不多，你在我面前没必要摆什么架子。你完全可以坐火车回去，为什么要来折磨我？先进算什么？十几年前我也得过先进，可现在我还是个司机。年轻人，不要认为自己一得了先进，尾巴就翘上了天。

到达八腊乡已是下午五点。马雄的头发和胸前的大红花都沾满了尘土。尘土让马雄青丝变白发，胸前红花蔫耷耷。韩延文把车停到乡政府门前，说到家啦，马先进，下车吧。马雄说请你告诉侯宝德，就说我马雄回来啦。我不是小偷，用不着偷偷摸摸回家。你叫他把仪仗队叫来，欢迎欢迎我才下车。韩延文说要叫你自己去叫，我可要去洗澡啦。韩延文跳下车，关上车门，大摇大摆地进了乡政府。

马雄一个人坐在吉普车上，路过车边的人都探头往里面望一眼。望过之后，他们轻描淡写地说是马雄呀，怎么一个人坐在车里面。他们不知道马雄得了先进，更不知道马雄坐在车上是为了等侯宝德组织仪仗队来欢迎他。马雄对着路经车边的每一个人说，去，你们去帮我把侯宝德叫来。你们告诉他，别的先进回到地方都有仪仗队欢迎，我们为什么没有？听到马雄吩咐的人纷纷跑开，他们一传十，十传百，说没有仪仗队马雄不下车。很快车边围了一大堆人。

韩延文洗完澡，喝了一碗稀饭后走出乡政府，对着围观的人群挥手，说你们都走开，马雄又不是马熊，有什么好看的？你们都给我滚。他像驱赶苍蝇一样驱赶人群。人群闪开一条道，韩延文跳到车上，说你下不下车？你不下车我就把你和车一起锁到车库里。马雄说不下。韩延文说真的不下？马雄说真的不下。

韩延文把车开到火车站，然后站在楼下喊侯站长。侯宝德听到喊声后把头伸出窗口，问韩延文有什么事？韩延文说我把你的先进接回来了，可是他不下车，他要你找仪仗队在街上搞一个欢迎仪式，不然他坚决不下车。侯宝德抬手看了一下表，说现在学生们都放学了，我去哪里找仪仗队？等我吃了晚饭再去张罗，你上来喝两杯吧。侯宝德和韩延文一边说话，一边暗送秋波。韩延文说不喝啦，我把车子停在这里，我可要去和他们搓麻将了。

侯宝德说请你等一下，帮忙帮到底，我这就下来，你送我到小学去。侯宝德咚咚地跑下楼，钻到吉普车的前座，对马雄点点头，说回来啦。马雄说回来啦。侯宝德说非要这样吗？马雄说他们都是这样。侯宝德说现在学生们都放学了，能不能简化手续？马雄说不行，我救了一火车的人，你连叫个仪仗队都做不到，你配做一站之长吗？侯宝德说总有一天，我会把站长这个位置让给你。

吉普车载着侯宝德、马雄往小学方向开去。韩延文问马雄能不能先下车，等他们把仪仗队找齐了，再请马雄上车，然后再请马雄从车上下来。马雄一千个一万个不答应。到了小学，侯宝德又叫冯校长上车。冯校长说你们是要欢迎什么人物？这么晚了还要我去找仪仗队。冯校长一边说话一边往车里钻，当他看见马雄时，声音卡住了。他说是不是欢迎你？马雄点点头说，是的。冯校长说我说马雄呀，我是看着你长大的，我也做过你的老师，看在我的份儿上，你就下车吧。马雄说冯老师，难道你不希望你的学生有出息吗？你不希望你的学生光彩吗？学生的光荣也是老师的光荣呀。

冯校长跟着吉普车一家一家地转，转了十几家，总算把仪仗队的大部分成员找来了。由冯校长儿子冯小宝等十六名小学生组成的仪仗队，站在乡政府门前敲锣、打鼓、吹号，他们一齐面对着吉普车的车门。夜色已经降临，人们看不见仪仗队成员的飒爽英姿，只听到乐器欢快的声音从夜的缝隙里传出来。马雄从车的缝隙钻出来。侯宝德和韩延文终于嘘了一口长气，他们异口同声地说这泡屎终于屙出来了，等他下车，比等女人生仔还难。

后来，八腊乡的许多高考落榜青年都学着马雄当年的模样，在铁路边走来走去。他们像在尘土里寻找针尖一样寻找机会。马雄看见他们就无奈地挥手和摇头，叉腰站在铁轨上对他们说你们别找了，那种机会一百年才有一次。

每次巡道路过桃村，马雄都看见一位白头发、白胡须的老头坐在尘土飞扬的村道上晒太阳。马雄有时看见他安详地睡在躺椅里，白头发上落着几片半黄的树叶，躺椅边围满几只咯咯叫的鸡。有几次马雄怀疑那位老头已经死了，但第二天路过这里马雄仍然看见他好好地坐在屋前。醒着的时候，老头会睁大眼睛往铁路上遥望。他遥望火车遥望马雄。马雄以为那个老头一定是被他走路的姿势吸引了。

马雄一直想进桃村去看一看那位奇怪的老头，这种想法在他心里埋藏了差不多一个月。有一天他走到桃村时突然感到口渴，想不如进村去喝一口水。他刚走到屋角，老头便从躺椅里站起来，说你是口渴了吧？马雄说你怎么知道我口渴？老头说两三个月来，我天天看见你从铁路上走来走去，你的头发有多少根我都差不多数出来了，怎么会不知道你口渴。

马雄进到老头的屋里喝了一碗茶。老头说我姓谢，叫谢新民。你别看我头发白，胡须白，其实我才六十多岁。从我长头发的那天起，我身上的每一根毛都是白的。知道为什么我每天都坐在门前看火车吗？马雄摇摇头，说不知道。谢新民说我有个儿子，叫谢东，六岁的时候被火车轧死了，就在你进村的路口被火车轧死了。尽管我现在儿孙满堂，但谢东是我最聪明的儿子。你知道他被轧死时最后喊了一句什么吗？马雄说不知道。谢新民抹了一把眼泪,说他喊爹,他喊了一声爹。别的孩子痛了或是受苦了总是喊妈,而谢东却喊爹。二十多年来,一有空我就坐在门口看着那边,相信总有一天他会从倒下去的地方站起来,或者从飞跑的火车上跳下来。等啊盼啊,我终于把他盼回来了。马雄说他在哪里?谢新民说他就是你,你长得像他。我看见你的腿不好使,就想当年谢东没有被火车轧死,只是被火车撞了一下大腿,所以现在走起路来才一歪一倒的。最初看见你在铁路上走的时候,我认为是我的眼睛花了,不相信那是真的,把你当成虚幻的影子,慢慢地你变得真实了,真变成我的儿子了。

从此以后,马雄每一次从桃村走过都要远远地对着谢新民喊爹,你在干什么?爹,你的身体好吗?谢新民听到喊声,从躺椅里爬起来,说好,好,儿子呀你要注意安全。喊过之后,他们两人都莫名其妙地笑,笑得泪花横飞。

彼此熟悉之后,马雄开始走进谢新民家吃午饭。吃了好几餐,马雄都没吃到猪肉。马雄对谢新民说,爹你怎么总炒素菜给我吃,为什么不炒一盘肉给我吃?谢新民说,我们已经三个月没吃上肉了。马雄说是不是水灾以后?谢新民说是的。马雄说有多少家没吃上肉?谢新民说整个桃村三个月没吃上肉的不下五六十家。马雄一拍胸口,说你们很快就会吃上肉的。

回到乡里,马雄写了一份材料,寄往县人民政府办公室,材料的题目是"桃村八十户农民水灾之后三个月不知肉滋味"。马雄在材料里详细地描述了桃村八十户农民在水灾之后三个月里吃不上猪肉的凄凉景象,文笔充满感情,成语一个接着一个,有的地方还进行了合理的想象。他尤其对十九个字的题目感到满意,认为这是世界上最好的标题。

县领导对这份材料十分重视,派人打电话找到马雄,问他情况属不属实?马雄说绝对属实,我可以用我的脑袋担保,用我的先进担保,不信,你们可以来调查。

放下电话,马雄直奔桃村。他对谢新民说你们真的没吃上肉吗?谢新民说真的。马雄说县里面就要派人来调查了,你去告诉所有没吃上肉的人,告诉他们如果真的想吃肉的话,就对来调查的干部说三个月来不仅没吃上肉,连油也没吃上。谢新民说这不用告诉,谁会没有吃上肉说吃上了?谁会没钱说有钱?谁会没有睡过女人说自己睡过?马雄说你一定要告诉他们,否则县里来的会说我们碗里放着一块,嘴里吃着一块,筷子夹着一块,眼睛还望着一块。

谢新民只好在前面带路，马雄紧跟其后。每到一个屯，马雄就扯着嗓门喊，大家听好啦，县里面准备派人来调查，问你们水灾之后三个月以内吃没吃肉？如果你们吃过了，你们就再也分不到县里面运来的猪肉了。如果你们没吃过，你们就会分到十斤、二十斤也许是三十斤猪肉。这三个月，你们谁吃过肉吗？吃一块不算吃过，吃一斤也不算是吃过。那吃了多少才算吃过呢？三个月内吃了十斤以上的才算是吃过。你们可要记好啦。

马雄的声音把桃村几百户人家一千多人的胃口都调动了起来。他们的喉结在静静地蠕动，胃酸在快速地分泌。有人告诉马雄，除非他们动刑，否则我们绝对不会说我们吃过肉。

经过县里派来的三个同志的详细调查，证实桃村共有一百零七户农民三个月来确实没有吃上肉。经过反复地讨论，他们认为报一百零七户还不如报一百零八户。一〇八，一定发。他们为这个吉祥的数字兴奋不已。

几天之后，县里用货车拉来十几头白白净净的肥猪，桃村一百零七户农民像过年一样，欢欢喜喜分猪肉。他们给马雄分了一份儿，还多分给他一个猪头。马雄提着那个猪头和十几斤猪肉站在阳光下，看着那辆货车和送肉的人哐啷哐啷地离开了桃村。马雄想他们就这样走了，他们连一句话也没跟我说就走了。马雄怀疑送肉的人一定是遗忘了什么，他们怎么没跟我说一句就走了？望着空荡荡的马路，虽然马雄左手提猪肉右手提猪头，心里还是感到不满足，空落落的。

马雄把猪肉和猪头堆到自己家的饭桌上。马家军说有这么多呀？马雄说这还算少了。马家军脱掉衬衣，动手烧那只猪头，猪头的焦味和香味弥漫了整条街。马雄抽了抽鼻子，说爹，这个猪头分外香，就像战地黄花分外香。马家军说是特别香。马雄说爹，这个猪头是不是特别大？马家军说是特别大，我从来没见过这么大的猪头。马雄说爹，为什么你的名字叫马家军？马家军的双眼被油烟呛出了眼泪，有些不耐烦了，大声地问马雄，你刚才说什么？马雄说这么多猪肉和猪头，算不算是我的稿费？马家军说当然是你的稿费，但这些稿费是生的，现在我要把你的稿费变成熟的，如果没事的话，你就滚到一边去吧。你吃了我几十年的稿费，今天我吃一回你的算不了什么。马雄像一条夹着尾巴的狗，在他爹的唠叨声中离开了飘荡着肉香的厨房。离开厨房时，马雄暗暗骂了一句：该死的马家军。

九月，我考上了县城高中，带着一口红木箱和一床被窝去挤火车。八腊乡火车站虽然不大，但挤火车的人却不少。父亲扛着那口油漆未干的木箱在人群中为我开路，他的颈脖和脸上沾满了红油漆。油漆与汗水混杂在一起，黄皮肤变成了红皮肤，脸上是那种喝了几斤酒之后皮肤正在燃烧的颜色。

马雄背着简单的行李爬上了火车，像是要远行的样子。他的背包上挂着一个口盅一条湿毛巾。他站在火车上向我们招手。

我们和马雄站在同一节车厢里，火车摇摇晃晃地离开了八腊。火车里的人屁股贴着屁股，胸膛贴着胸膛，车厢里异常闷热，飘荡着大森林里植物和动物发酵后的气味。我们都没有座位，在火车的摇晃中马雄几次险些倒下，但几次都让我扶住了。马雄用复杂的眼神打量我。

卖座位啦，十五块钱一个，谁要？谁买？喊声从我们的脚底下传上来。透过大腿组合的丛林，我看见一个裸着上身的肥胖男人正在叫卖。汗水像河流在他肥沃的臂膀上流淌，他的绿裤衩被汗水湿透了。马雄说我要，我买座位。胖子说拿钱来。胖子一边说着一边离开座位。马雄坐下去，胖子站起来，我们的空间又小了一点儿。胖子说拿钱来。马雄说没有钱。胖子说没有钱就给我滚。马雄说你没看见我是残疾人吗？你学一学雷锋行不行？胖子说你睁眼看一看，我这么胖，我也是残疾人。马雄说你站着更有利于减肥。胖子伸手去抓马雄的头发。马雄突然跳到座位上，说我是乘务员。胖子说乘务员也得拿钱。马雄说我是记者。胖子说我只认钱，不认什么记者。马雄说我是领导。胖子说你只领导你自己。马雄洁白的衬衣领已经被胖子的右手高高地拎起。马雄抓起一瓶啤酒，在桌上狠狠地砸了一下。啤酒瓶炸开了，玻璃和啤酒的泡沫四处飞扬。马雄的右手紧紧抓住半截酒瓶，酒瓶寒光闪闪锋利无比。马雄说我是流氓，你再不松手，我就把酒瓶戳到你的肚皮上。胖子终于放手，说你等着。马雄说我等着。胖子从缝隙里溜走了。

马雄安然地坐在座位上，不停地晃动他手里的半截啤酒瓶，说我爹是派出所所长，我怕他干啥？我是县委办公室的通讯员，我怕他干啥？到这个时候，我才知道他已调到县委办公室工作。他说调令已经来了几天，他一直犹豫着去不去报到。他怕我们不相信，从口袋掏出调令来给我看。我看见调令上的日期，确实已离今天有好些日子了。

马雄指着我的父亲说，等我当书记了，我给你们谷里修一条公路，建一所希望小学，路要修得笔直宽敞，学校要修得富丽堂皇。工程吗，就由你负责。父亲笔直地站着，不停地点头，也想哈腰，但父亲的腰被乘客们的腰顶着，没有办法哈。他竭力做出欲哈不能的模样，仿佛真的领到工程，满脸惊喜和感激。

火车到达县城时已是晚上七点钟。马雄说现在他们都下班了，我只好睡在县委大院的值班室里了。我问他们给你睡吗？他说怎么会不给，我有调令。我看着他的背包、口盅和毛巾离开了我们，离开大约有十米远了，他突然回过头来对我说，有什么困难的话就来找我。我说好的。

张书记对走进办公室的马雄说，调你来主要是要你来编简讯和写信息，我们县的信息被采用量目前在全地区排倒数第一，你要像写桃村人吃不上猪肉那样为我们县写信息，为我们县叫穷叫苦。什么时候为我们写出一笔拨款来了，我就给你转干。马雄说那要等到哪年哪月？张书记说运气好的话，半把年就可以了。

但是半年过去了，马雄一直没有写出一篇像样的信息来。他向报社、电台投去的新闻稿件一篇也没有被采用。半年来，他基本上不敢抬起头来走路。下班之后，他便坐在宿舍里，像一匹北方的狼不停地呜咽，回忆他英雄的时光以及传说中美丽的草原。

马雄的宿舍只有九平方米，在县委办公大楼的一层。尽管是白天，他的房间也像黑夜一样，所以他经常唱我的黑夜比白天多。他没有钱买床架，就用几块板子铺在地上，上面再铺一张席子，席子之上他经常和衣而眠。他不让任何人进入他的房间。有一次收发室的何志丽小姐跟马雄谈一本当时流行的书，说要找来看一看。马雄说他那里有。马雄带着何志丽往他的宿舍走，脑子里大概只想着那本书的封面、插图以及精彩的细节，完全忘记了不能让人踏进他的宿舍。打开门，拉亮灯，马雄被自己的床和自己的宿舍吓了一大跳，好像是闯入了陌生世界。他赶忙用身子挡住门口，不让何志丽进去，说他没有那本书，刚才的话都是吹牛皮的。何志丽说我想进去坐一坐，只坐一会儿。马雄说一会儿也不能。说完，他就把自己关在屋内，把何志丽关在门外。关于马雄房间的大致描写，是何志丽告诉别人，别人再告诉我们的。

天气渐渐变冷了，马雄不愿一个人待在宿舍里，就和保卫干事薛勇经常到各大饭店串来串去。哪个部门开会，在哪里就餐，他都了如指掌，并且在开饭时准点到达。吃完饭，用手抹一下油光可鉴的嘴皮，就对部门的领导说，我给你们的会议写个稿子，拿到县广播站去广播。有好几次，吃饭的人都走光了，只剩下马雄一个人孤零零地坐在餐桌边熟睡。他常常在服务员收碗扫地的声音中醒过来，醒来之后的第一句话就是我该回家了。

天气一冷，人们便开始谈论奖金，谈论哪些人发财了，今年每人能拿到多少钱，然后又如何把奖金花完，其中吃喜酒占多少，拜年占多少。马雄听着办公室的人们无边无际地谈论奖金，突然产生了一个念头。他跑进张书记的办公室。张书记正在接电话。放下话筒，张书记问马雄有什么思路？马雄说我们是不是要给他们拜年？张书记说给谁拜年？马雄说给地委办公室管信息的领导，给电视台、报社、电台的有关编辑、记者。我认为我们的信息工作和宣传工作上不去，主要一个原因是没有给他们拜年。张书记说你打一个报告来。马雄说连吃饭在内，至少要五千元。张书记说批你八千。马雄说书记，你真大方。张书记微微笑了一下，说你快点去办吧，赶在过年前把事情办妥。马雄说保证完成领导交给的任务。马雄说完，从书记的办公室跑出来。他竟然觉得自己奔跑的姿态十分优美。

马雄再次走进张书记的办公室是一个多月之后的某个下午。马雄走进去时，张书记正埋头看报纸。张书记的脸不阴不阳，咳了两声，仍然没有说话。马雄预感大祸临头，突然想跑，甚至想找个地缝钻进去。马雄站了好久，张书记才把头从报纸上抬起来。写这样的消息，也不问我一声，张书记一边说话一边用手指往报纸上戳，那张报纸被他的指头戳破了。马雄看见自己采写的百余名中学生食物中毒的消息赫然地登在报纸上，内心一阵狂喜。他想我的文章上报了，第一篇文章叫什么来着？叫处女作，我的处女作终于发表了。马雄忘记了张书记的愤怒，忘记了自己身在何处。他只看见张书记的嘴巴不停地翻动，但是没有发出任何声音。张书记提高嗓门，说我在对你说话，你听到了吗？马雄说听到了什么？张书记说我再说一遍，今后凡是你往外寄的信件，除了恋爱信之外，都要给我看一遍。这是关心你，也是对你负责。马雄说什么稿件都要看吗？张书记说都得看。马雄说前几天我寄了一篇散文，没有来得及给你看。张书记说什么散文？马雄说题目叫"遥寄母亲"，我一直没有见过我的母亲，也许我见过，但我记不得了。我不知道她什么模样，身高多少体重多少公斤？不知道她什么血型，喜不喜欢辣椒？是喜欢打人呢还是喜欢骂人？是喜欢唱歌呢还是喜欢劳动？她的业余爱好和她喜欢的格言是什么？真的，我一点儿都不知道。张书记说你没有母亲了？马雄说早就没有了。张书记把报纸摔给马雄，说你走吧，今后注意点。

马雄拿着那张被张书记戳破的报纸往楼下走，一边走一边看。到了楼下，他碰到了陈县长。他对陈县长说，你看，我写的文章被张书记戳破了。陈县长说你过我这边来，我保证在半年内给你转干。马雄说你说话算数？陈县长说君子一言，驷马难追。

马雄调到县政府办公室的时候，到处都在传说陈县长要调走，这个传闻吓了马雄一大跳。他想真是一失足成千古恨，县长一调走，我可就完蛋了。现在，不仅是库区人民需要陈县长，我马雄也需要陈县长。向阳县地处红水河畔，是苞谷滩电站库区。修电站的时候，向阳县搬迁了近七万人口，他们在背井离乡之际，特别特别思念他们的县长。他们的家园被大水淹没了，但他们永远不会忘记向阳和县长陈大光。移民的信从大海边从农场飞回到陈县长的案头，陈大光简直就是他们的亲人，是他们的靠山。于是，马雄写了一篇《库区人民需要陈县长》的文章，寄往地区、省城。不知道马雄的文章发没发生效力，反正陈县长没有调走。马雄对自己的转干又一次充满了信心。

只有马雄知道陈县长患有肝炎病，这是陈县长在一次酒醉之后自己对马雄说的。每一次在饭店里喝酒，马雄总抢过陈县长的杯子，替陈县长喝下那些必须喝下的酒。有一次，陈县长对马雄说，你替我喝那些剩在杯子里的酒，就不怕我把肝炎传染给你？马雄说如果科学能够发展到以肝易肝的话，我愿意把我的肝换给你。陈县长感激地拍了拍马雄的肩膀，说好兄弟，我的好兄弟，今后我有肉吃就有你的汤喝。你说，现在你最想做什么？马雄说我想开车。

马雄开着陈县长的本田车回八腊乡去看望他的父亲马家军。他的右脚踏不了油门，就为自己配了一根短木棍。他把木棍顶在油门踏板上，如果要加速，就用右手轻轻地推动那截木棍；如果要减速，他就把木棍一点一点地收回来。尽管这样能够把车开走，但马雄还是觉得不过瘾，觉得那截木棍把他和车子隔开了，他和车子仿佛没有发生直接关系。木棍没有感觉，所以马雄的油门愈轰愈大，没走出五里路，马雄就把车撞到了路边的石头上。车头烂成一团，像炸酱面。闯大祸了，我为什么不一头撞死呢？马雄想着，冷汗冒了出来。等身上的汗渐渐干了，他才想到挽救局面的最佳办法。

他请了一辆卡车，把轿车直接拉进修理厂。他对所有知道这件事的人说，不要告诉陈县长。他们真的没敢告诉。第二天，陈县长要用车的时候才找到马雄。马雄说我把车撞坏了。陈县长说现在车子在什么地方？能不能跑？马雄说现在车子在修理厂，最快也要一个星期才能修好。陈县长说你把车撞成什么样子了？带我去看一看。马雄说你千万别去看。陈县长说你还管得了我吗？马雄双膝落地，跪到陈县长的面前。陈县长说你这是怎么了？马雄什么也不说，头勾得快要触到了地面。陈县长说起来吧，把车修好就行了，何必做得那么可怜。马雄从地上爬起来，爬起来的时候，他没有忘记拍膝盖上的灰尘。

有一天马雄对陈县长说，你把何群撤了。陈县长说为什么要撤他？马雄说反正你得把他撤了。陈县长说你必须说出一个理由来。马雄说我叫他到修理厂去结账，他不去。他还说我是你的狗腿子。陈县长说车子一共修去多少钱？马雄说两万多块。陈县长说何群是我多年来的好朋友，叫他一下拿两万多块钱恐怕有难处。马雄说可是他说我是你的狗腿子。

两个月之后，供销社主任何群调到县文化馆工作。马雄碰见他的时候，对他说你知不知是谁撤了你的职务？何群说是张书记，是陈县长，是人事局，是领导们研究决定的。马雄说都不是，是我把你撤掉的。何群哈哈大笑，对周围的人说，你们都来看一看，这个小子连干部都不是，他却说是他把我的职务撤掉的。他如果能撤掉我的职务，他会是这副模样吗？他早就给自己找个干部当当了。马雄说正因为我不是干部，才只撤你的职，如果我是干部，那就不是撤职的问题，而是开除的问题，不信你睁着眼睛等。马雄说完，在地上吐了一口痰，仿佛是他给何群下的一份文件。

我们一致认为，那是马雄最英雄最辉煌的时期，他的苦日子似乎快要熬到头了，他的好日子就像一张大馅儿饼，马上就要从天上掉下来了。黑夜过后有曙光，噩梦醒来是早晨。一天，我在街上碰到他。他对我说，五个月的时间，我搞了一万块钱。我现在有一万块钱了。你知道一万块钱意味着什么吗？意味着可以买两部彩电，或者一辆摩托，或者两千斤猪肉。我爹干了一辈子革命工作，还没有一万元，我只干五个月就有了。

那时马雄烟酒有人送，工资基本不用。他常常到别的单位去拿钱，要钱的借口五花八门，有时说是给上面送礼，有时说是接待上面的朋友，有时说是宣传费，就连他那根金属拐杖的发票都是交警大队给他报销的。有些单位不买他的账，他就对他们说哪天我叫陈大光把你的职务撤了。但是马雄的好景不长，到了秋天，陈县长还来不及给马雄转干，便调到邻县去做县委书记了。

陈县长调走以后,马雄常到学校来找我们的班主任秦广州。秦广州刚从大学中文系毕业,和马雄一样喜欢写文章。他们坐在一起谈李白、杜甫、鲁迅、郁达夫、曹雪芹、施耐庵、蒲松龄、陈大光、张松阳、马家军、侯宝德、李寒、曾桂花、黄婷婷,偶尔他们会谈到我,谈到我的同班同学,包括最漂亮的那几位女同学。秦广州曾不止一次对我说,马雄很关心你,他要我给你的语文作业打一百分。我给你打一百分容易,但这对你毫无用处,高考的时候又不是我给你改卷。马雄怎么用这种方式关心你?他根本不懂得如何去真正关心别人。

此时的马雄已不是彼时的马雄,他除了关照秦广州给我打一百分,已不可能再有什么大的作为,反正给我打一百分又不要他上税。但是我还是被他这种助人为乐的精神所感动。

一天,马雄拄着那根金属拐杖走进保卫干事薛勇的宿舍。薛勇正坐在书桌前对着镜子挤他脸上的青春痘。薛勇说成败在此一举,我要把我脸上打扫干净。马雄说你打扫快一点,别人等久了不好。薛勇说你急什么,我都不急你急什么?

马雄和薛勇走出县委大院。马雄把那根金属拐杖拿到手里舞来舞去,许多人都奇怪地看着他。薛勇问今天你带这么根多余的东西干什么?马雄说拐杖,我的一条腿。薛勇说你不用它不是照常能走吗?马雄说可是它代表一种身份,你没看见拐杖上镀过金吗?就像有的人戴眼镜,他们根本没近视,但他们还是戴上一副眼镜,以此表明有学问,斯文不流氓,其实现在戴眼镜的比不戴眼镜的更流氓。薛勇说就像拿拐杖的比不拿拐杖的更流氓一样。马雄说我流氓了吗?我又不像你急着找对象。薛勇笑了笑说都流氓,都流氓。

马雄和薛勇一边说着一边往王子饭店走去。这是薛勇的第一次相亲,由马雄陪着。落座之后,薛勇不知道跟女方说些什么,只不停地劝她吃。起先女方只顾吃,吃了一阵,她好像发现了什么问题,用餐巾纸轻轻地擦着嘴巴,说薛勇,你以为我是酒囊饭袋,除了吃一样都不懂了吗?薛勇说没有这个意思,绝对不是这个意思,我们还是出去走一走吧。薛勇和那个女的离开了餐桌,他们邀马雄一起出去走一走。马雄说我的腿不好,不喜欢走路,我喜欢喝酒。薛勇给马雄添了一瓶白酒,然后走出了餐馆。

马雄把那瓶白酒喝干之后，扑到桌子上睡着了。服务员把桌上的酒瓶、碗盏弄得乒乒乓乓地响，但马雄仍然沉睡不醒。马雄听到有人叫他的名字，好像是女人的声音。马雄就问现在几点了？那个声音回答已经晚上十一点了，你怎么在这里睡觉？马雄说这里是哪里？那个声音说这里是饭店。马雄说现在我们去哪里？那个声音说回家去。

马雄感到自己被人搀扶着走出了饭店，钻进了出租车，然后又下车又上楼，然后就走进一间宽敞豪华的客厅。有人为他洗脸、洗脚，还帮他脱了衣服，最后把他放到一张松软的床上。朦胧中马雄叫了一声妈。马雄说妈，你是我的妈妈，我是不是回到了家里？

第二天早上醒来，马雄感到头有些微微胀痛。他看着厚实的窗帘、吊顶的天花板和地上的大理石，拍了拍自己的脑袋，我这是在什么地方？会不会是做梦？马雄飞快地穿衣起床，拉开房门，看见朱晶莹坐在客厅里。他叫了一声朱阿姨，说朱阿姨，你比我妈还好。朱晶莹说那你就把我当成你的妈好了。马雄说我把你的床铺和地板弄脏了。朱晶莹说没关系的啦，你把这里当作你家好了。马雄说谢谢，那我先走啦。朱晶莹说你先洗把脸吧。洗完脸，马雄说那我走啦。朱晶莹说你先坐一会儿吧。马雄坐到真皮沙发上。朱晶莹说你千万别消沉，你还年轻，前途无量，如果你在向阳县待不下去，将来还可以调到陈县长那边去工作。马雄说陈县长他还记不记得我？朱晶莹说怎么不记得，昨天他还打电话来问你的情况。马雄，我真的有你妈那么老吗？马雄说我没见过我妈，在我懂事之前我妈就死了。她死的时候才二十四岁，很年轻。朱晶莹说孩子，你很可怜，你就把我当成你的妈妈吧。

马雄想象自己从二楼飞奔而下，尽管他不能飞奔。此刻，他十分幸福也十分高兴，终于又看到了希望，仿佛自己的腿忽然不瘸了似的。但是，他刚一走出大楼，双脚货真价实地踏在大地上时，立即就想起了那根镀金的金属拐杖。他来到王子饭店，问服务员见没见他的拐杖？服务员们都摇着头说没看见。领班说整个向阳县就那么一根拐杖，如果是掉在餐厅里，谁都知道那是你的。我们王子饭店一贯拾金不昧，不会隐瞒你的拐杖，况且我们的腿都很好，用不着拐杖。马雄走到昨夜喝酒的餐桌，指着那桌子说，我的拐杖就是掉在这里的，你们谁看见了？她们坚决地说没看见。

没有拐杖也难不倒马雄，本来他就把拐杖当成一种象征。朱晶莹那里该换煤气了，马雄就瘸着腿一个人把煤气罐从一楼扛到二楼，多少次煤气罐都险些从他的肩膀上滚下来。其实，他也可以请人扛煤气罐，但他觉得如果请人扛不足以表达他的心情。朱晶莹被感动了，一边给他擦汗一边说，马雄呀马雄，你对县长这么好，将来我们全家搬过去了，我一定叫他帮你也调过去。我已经催他调我了，但是他说先别忙，等我们家陈红高考后再调过去。只要我调过去，你就能够调过去。陈红你知道吧？就是我的女儿，在县中读书，明年就高考。我调查过，那边县中的教学质量并不比这边的差，可你们县长就是不肯把我调过去。他不肯调我，是不是在那边有新欢了？马雄说不会的。朱晶莹说现在的男人呀，说不准。

　　朱晶莹那里该买米了，马雄就一个人把一袋四五十斤重的大米扛到朱晶莹家。朱晶莹一边为马雄擦汗，一边对他说马雄呀马雄，你看陈红她像什么话，她说学习太紧张，连星期天都不肯回来看我一眼。我一个人下班后，在这么宽的房间里走过来走过去，后背冷飕飕的。你有空的时候多来坐坐，陪我说说话。如果你愿意，就住在我家里，把我家当你家好了，把我当你妈好了。我比你大十几岁，别人也不敢说什么闲话。

　　一天深夜，陈大光心血来潮，突然思念自己的老婆朱晶莹，就从邻县连夜赶回家。打开门，打开灯，他看见马雄睡在他过去睡的地方，立即从腰里拔出手枪，把枪栓拉得咔嚓咔嚓。马雄从床上滚下，跪到陈大光面前求饶。但朱晶莹仍然躺在床上，一动不动。马雄说陈县长，你饶了我吧，我对不起你……我什么也没干，你都看见了，我们虽然睡在一张床上，但我们仍然保持着恰当的距离。我只是把她当作我的妈妈，不信你问她。马雄用手指着床上的朱晶莹。

　　陈大光朝天放了一枪。这使马雄突然想起杀人犯秦世杰。他想自己马上就要死了，马上就要被陈大光枪决了。但是，陈大光没有枪决他，只是运足了全身的力气，朝他的屁股愤怒地凶狠地势不两立地不共戴天地深仇大恨地踢过去。马雄叫了一声妈哟，便滚到墙角，脸蛋扭曲，泪水滂沱。马雄说我从小就没有妈，呜呜，我以为这是我的家，呜呜，我以为她是我的妈，呜呜……

　　马雄被陈大光踢出大门。大门嘭的一声关严，从门缝里传出朱晶莹的号叫。马雄仓皇奔跑，跑到保卫干事薛勇的门前，举手敲门，敲了好久门都没开。马雄正欲离去，门忽然开了。薛勇堵在门口，问什么事？马雄说进去再说。薛勇不让他进屋，说我准备结婚了。薛勇从门角抓起一根拐杖递给马雄，说那次我们散完步回到王子饭店接你，你不在，餐桌边只有这根拐杖。我把拐杖带回来了，一直想还给你，却没有时间。马雄说你准备和谁结婚？薛勇诡秘一笑，说就是那天晚上会面的那个姑娘。马雄说真是神速，你们才认识多久？薛勇赶紧捂住马雄的嘴巴，挥手叫他快走。

马雄抓过薛勇手上冷冰冰的拐杖，走入县城漆黑的大街。据说，当天晚上他爬上了北行的火车，回到八腊乡。以后的日子，他挂着那根金属拐杖，在八腊乡的街道上漫无目的地行走。碰见李寒了，他就举起手中的拐杖说，我已经配了黄金拐杖，你为什么不嫁给我？你说过的，只要我配了黄金拐杖，就可以娶你。马雄见一次李寒就这么说一次，不厌其烦。李寒看见他，便远远地闪避。但某些时候，比如夜深人静的时候，比如天气冷的时候，李寒会被马雄那些胡言乱语莫名其妙地感动，甚至两眼噙泪。李寒弄不明白这到底是感动还是同情？

后来我考上了大学，很少有机会再见到马雄。某年暑假，我和他在街上偶遇。他在阳光下摇摇晃晃地走过来，手中的拐杖金光闪闪，仿佛镶在嘴里的金牙。他一直走到我面前，堵住我的去路。我突然记不起他的名字，抓了一会儿脑袋，说马湛蓝，你还好吧？他问马湛蓝是谁呀？我说是你。他愣了一下，嘴角渐咧，眼睛渐闭，笑容堆满他的脸蛋。

写于 1996 年

不要问我

1

正处在睡眠中的卫国,梦见自己的臀部被一只硕大的巴掌狠狠地拍了一下。他翻了一个身,想继续做梦,但臀部又挨了一巴掌。他睁开眼,看见顾南丹的手高高地扬着,快要把第三巴掌拍下来了。卫国说我还以为是做梦呢。顾南丹说到站了。

所有的旅客都往门边挤。卫国跳到下铺穿好鞋,弯腰去拉卧铺底下的皮箱。但是,他把腰弯下去却没有直起来。他的头部钻到了卧铺底,整个身子散开,再也没有力气爬起来了。顾南丹拍了他一下,说怎么了?卫国的头从里面退出来,额头上全是汗。他说我的皮箱呢?我的皮箱不见了。顾南丹弯腰看了一下,没有看见皮箱。她说是谁拿走了你的皮箱?顾南丹扑到车窗边,望着那些走下车厢的乘客,重点望着乘客手里的皮箱。

卫国的心脏像被谁捏了一下,紧得气都出不来了。他从车窗跳下去,追赶走向出口的人群。他的目光从这只皮箱移向那只皮箱,一直移到出口,也没发现他的那只。他又逆着出去的人流往回走,眼睛在人群里搜索。人群一点一点地从出口漏出去,最后全都漏完了,站台上只剩下他孤零零一个人。他坐过的那列车现在空空荡荡地驶出站台,上面没有一个旅客,下面也没有一个旅客。他看了一眼滚动的车轮,想一头扎到车轮底下。但是那会很痛,还不如选择一种不痛的。

当列车的尾巴完全摆出去后,卫国看见顾南丹还站在列车的那边,她的脚下堆着行李,身边站着一个男人。卫国想她为什么还不走?顾南丹笑了一下,朝他挥手。卫国想她怎么还笑,都什么时候了她还笑?她一笑,我的双腿就软。卫国蹲到地上。顾南丹和那个男人拖着行李朝他走来。顾南丹指着那个男人说,张唐,我的表哥。张唐向卫国伸出一只大手。卫国没有把手抬起来。张唐的那只手一直悬而未决。顾南丹也伸出一只手。他们每人伸出一只手,把卫国从地上拉起来,然后托着他的胳膊往外走。从顾南丹咬紧的牙关,我们可以断定卫国现在并没有用自己的力气来走路,他的胳膊和大腿都僵硬了。

　　他们把他架到车站派出所,让他坐到条凳上。值班警察杜质新拿出一张表格,开始向他们问话。杜质新说是什么样的皮箱?卫国比画着,说这么大,长方形的,棕色。顾南丹补充说皮箱上有两把密码锁,是他爸爸留下来的,知道他爸爸吗?卫思齐,著名核能专家,参加过中国的第一颗原子弹爆炸试验。顾南丹以为杜质新会对她的话题加以重视,至少也应该露出一点儿惊讶。但是没有,杜质新平静地问里面有些什么?卫国说有现金、证件、获奖证书和衣裳。杜质新说多少现金?卫国说三万。杜质新说怎么会有那么多现金?卫国说那是我的全部家产,我把几年的积蓄全部领了出来。杜质新说有那么多吗?卫国从凳子上站起来。顾南丹想他怎么有力气站起来了?刚才连路都不会走,现在怎么呼地一下站起来了。是愤怒,他的脸上充满了愤怒,出气粗壮,身体颤抖。他说怎么会没有?请别忘了,我是工业学院的教授,堂堂一个教授,怎么会没有三万块钱?

　　没有愤怒就没有力气。卫国一说完,就像一只漏气的皮球,重新跌坐到条凳上。杜质新说看来你们学院的奖金还不少。既然有那么多奖金,还来这个地方干什么?卫国说这个可以不回答吗?杜质新一合笔记本,说可以,就这样吧,有消息会及时告诉你。

2

　　张唐走出派出所,顾南丹也正在往门外走去。他们就这样走了,背影一摇一晃,还相互拍着肩膀,只留下卫国一个人坐在派出所的条凳上。看着他们远去的背影,卫国很想跟他们说一声再见。但是他的舌头发麻了,张了几下嘴巴都发不出声音。随着顾南丹他们的身影往外移动,卫国感到环境正一点一点地残酷起来。我是不是跟顾南丹借点儿钱?她会相信我吗?没有钱我将怎么生活?我连晚饭都吃不上。我会被饿死吗?可不可以讨饭?有没有人施舍？身上还有一件衬衣，一双皮鞋，它们可不可以换两餐饭吃？如果要跟顾南丹借钱，现在还来得及吗？卫国抬头看着顾南丹他们走出去的方向，他们的身影已经叠进别人的身影。完啦！卫国的身体里发出一声尖叫。

　　杜质新说你怎么还不走？想在这里睡午觉吗？卫国说我在这里等皮箱。杜质新说哪有这么快就给你找到皮箱的，找不找得到还是一回事。卫国抬头看着派出所墙壁上的奖状和锦旗，说我没有地方可去，你就让我在这里等吧。杜质新说那你就在这里等吧，看你能等到什么时候？这时，卫国才发现自己的身子在发抖，他把微微颤抖的手伸到杜质新的面前，说烟，能不能给我一支烟？杜质新递给他一支香烟。

　　狠狠地抽了一口，卫国把吞进去的烟雾咳出来。他试探性地叫了一声杜警察。杜质新看着他，说什么事？卫国说你的烟真好抽。杜质新扬着手里的香烟，说知道这是什么烟吗？卫国摇摇头。杜质新喷了一个烟圈。卫国看着那个慢慢往上飘浮的烟圈，说你能不能先借点儿钱给我？杜质新说什么？你说什么？卫国说你能不能借点儿钱给我？杜质新又喷了一个烟圈。现在他的头顶上飘着两个烟圈。他对着那两个烟圈说笑话，我知道你是谁呀？如果你是骗子我怎么办？卫国说我怎么会是骗子呢？你认真地看一看，我像骗子吗？杜质新点点头，说挺像的。卫国说你才像骗子。杜质新从桌子的那边走过来，盯着卫国看了好久，说你说我像骗子？骂我骗子就别抽我的烟。杜质新夺过卫国嘴里的烟，丢进垃圾桶。一股烟从垃圾桶里冒出来。卫国想不就是一支烟吗？我怎么就沦落到了这种地步？如果我的皮箱不掉，一支烟算什么？

　　杜质新看着冒烟的垃圾桶，说不是我不肯借给你，只是我不知道你是谁？卫国说我是卫国。杜质新掏出自己的证件，说你有这个吗？你能证明你是卫国吗？你能证明你是卫国，我就借钱给你。卫国说你不是不知道，我的证件和皮箱一起掉了。杜质新说那我就没有办法了。卫国站在那里想我不是卫国又是谁？没有证件，我就不是卫国了吗？卫国发了一会儿呆，走出派出所，刚走两步，就觉得双腿发软，于是席地而坐，头部靠在派出所的门框上。行人从他的眼前晃过。他不知道他们是谁，就像他们不知道他是谁。下一步我该怎么办？卫国闭上眼睛，感觉时间飞了一下，也不知道自己飞到了哪里？他让自己的身体放任自流，就像水花四溅，溃不成军。放吧，流吧，我根本就不想把你们收回来。

放纵了一会儿，卫国突然听到有人叫他的名字。睁开眼，他看见顾南丹站在面前正低头叫他。卫国说你怎么还没走？顾南丹说我们一直在等你。等我干什么？等你一起走。我没有地方可走。我给你安排了一个住的地方。我的口袋里一点儿钱也没有。不要你花钱。算了吧，我们只是萍水相逢。如果你真的同情我，就借几百块钱给我，等我一找到皮箱就还你。只是怕你把钱花光了，还没找到皮箱。走吧，我们旅行社有一个宾馆，随你住到什么时候。卫国抬头，看着顾南丹。顾南丹说走呀。卫国说我站不起来，我这里没有一个亲人，在西安也没有，从来没有人对我这么好，突然有人对我好，我就站不起来了。顾南丹说你站给我看看。卫国用手撑着派出所的门框，慢慢地延伸自己的身体，当他快要伸直时，双腿晃了一下，身体滑向地板。顾南丹伸手拉了卫国一把。卫国重新站起来，拍打着屁股上的尘土。

　　卫国虽然站起来了，但身体却还有些僵硬。顾南丹绕到他身后推了推，就像机器突然发动，他的双腿徐徐向前迈进。为了加快速度，顾南丹又推了他一把。卫国说别这样，你的男朋友会有意见的。顾南丹说谁是我的男朋友？卫国说他不是你的男朋友吗？顾南丹说我不是跟你说过了吗？他是我表哥。卫国啊了一声，仿佛重新有了记忆，跟着顾南丹钻进张唐的轿车。卫国说谢谢，真是太麻烦你们了，如果皮箱不掉，我就可以打的。顾南丹说可是，现在它已经掉了。

3

　　顾南丹在迎宾馆为卫国开了一间房。卫国跟着顾南丹走进房间。她按着墙壁上的一个开关说，这是空调开关。她走到床头，指着床头柜上的一排开关说，这是电视开关，这是门铃开关，只要按一下，就可以不受门铃的干扰。这是电话，拨一下9，就可以打外线电话，有事可以Call我的BP机。如果要打长途必须到总台去交押金。这是壁柜，里面有晾衣架，衣服可以挂在里面。这是拖鞋，这是卫生间这是马桶，这是卫生纸，这是梳子、香皂、浴巾、淋浴开关，这是洗发液，这是淋浴液，记住千万别搞混了。正说着，顾南丹突然大笑，笑得腰都弯了下去。卫国发现她在尽量抑制笑声，但是笑声却势不可挡地从她嘴里冒出来。卫国以为自己忘了拉上裤裆的拉链，对着镜子检查了一遍自己，没发现什么可笑的。但顾南丹仍然笑个不停，她笑着说有的人，特别可笑，他们……竟然拿洗发液洗身体，拿沐浴液洗头发，身体又不是头发，想想都觉得……卫国想这有什么好笑的，这一点儿也不好笑。

傍晚，宾馆服务员给卫国送了一份快餐。卫国几大口就吃完了。吃完之后，卫国摸着鼓凸的肚子想回忆一下快餐的味道。但是他怎么也回忆不起来，快餐根本就没有味道，快餐有味道吗？没有，就像木渣，没有任何味道。卫国想我的鼻子是不是出了问题？他跑进卫生间，坐到马桶上。坐马桶有气味吗？没有。

在没有任何气味的房间里，卫国沉沉地睡了一觉。第二天早上睁开眼，他最先看见搁在床头柜上的电话。一看见电话，他的手就痒，就想给谁挂个电话呢？顾南丹？杜质新？他想还是先给杜质新挂吧。杜警察吗？我是卫国。卫国？卫国是谁？是昨天报失皮箱的人，是想跟你借钱的人，是教授的那个人。啊，想起来了。我想问一问皮箱找到了吗？放屁也没这么快呀，你就耐心地等吧。卫国放下电话，看见一个牛仔包静静地立在沙发的角落。这是顾南丹的牛仔包，昨天她没拿走，会不会是留给我的？卫国小心翼翼地打开，里面是化妆品和一些洗漱用具。不是留给我的。他把鼻子伸到包口嗅了嗅，嗅觉功能还没有恢复。但是他看见了那把缠满头发的牙刷。他掏出牙刷，把上面的头发一根一根地解开，然后又一根一根地缠上。解开。缠上。卫国就这样打发了一天。

第二天早上醒来，卫国搓搓手，一再提醒自己不要操之过急，不要给杜质新打电话。那么，现在我干什么呢？他拉开窗帘，在房间做了四十个俯卧撑，泡了一个热水澡，看了一会电视，所有的动作都比平时慢半拍，故意不慌不忙，但心里却一直惦记着电话。他的手又痒了。现在看来右手比较痒，他用左手掐住右手，想拖延一下时间，仿佛越拖延越有可能听到好消息。可是，他的右手不听左手的劝阻，急猴猴地伸向电话。电话拨通了，杜警察吗？我想打听一下我的皮箱。杜质新说这就像大海里捞针，你要理解我们的难处，这比登天还难。那么说你们是不想找了？不是我们不想找，实话告诉你吧，是根本就找不到。那怎么办？我的全部家产，我的全部证件，你得帮我想想办法。我只能对你表示同情。

对方把电话挂断了，卫国举着话筒迟迟不肯放下。他发现床头柜上放着一盒火柴，打开数了一遍，一共有二十根。这是宾馆里特制的火柴，是专门为二十支香烟服务的。他把火柴棍向着房间的四个角落撒去，火柴盒空了。

他开始弯腰在角落里找那些撒出去的火柴棍。他发誓要把它们全部找回来。如果我能把这二十根火柴棍全部找齐,那么杜警察就没有理由找不到我的皮箱。由于角落里摆着桌子、衣柜、沙发,他必须搬动它们。于是他的头上冒出了汗珠,身上愈穿愈少,最后只穿着一条裤衩,像一个正在做家具的民工,正努力地使那些家具摆得整齐有序。

这样忙了半天,他躺在床上就睡着了。醒来时,也不知道是什么时间,窗外阳光像火一样烤着马路。他没有放弃希望,又给火车站派出所挂了一个电话。对方问他找谁?他说找杜质新。对方说他已经调走了。卫国一惊,说他调走了,那就拜托你接着帮我侦破,忘了告诉你们,我的皮箱里还有一个重要证件。什么证件?政协委员证,我是政协委员,请你们一定要对一个政协委员的皮箱负责。对方啊了一声。卫国说记下了吗?对方说记下什么?卫国说请打开你们的记事本第十五页,在我的遗失物品后面补上政协委员证一本。对方说记下了,你的名字叫卫国吗?卫国说没错。

4

天刚发亮,卫国就来到市人事局门口。还没有到上班时间,他只好站在门口等。等了几秒钟,他的身后站了一个人,两个人,三个人,站在他身后的人愈来愈多。他已经数不清是多少个了。一个小时之后,人事局的大门打开,卫国第一个冲到三楼处级招聘考试报名处。

接待者说请你出示一下有关证明。卫国摸了一遍衣裳,说我的所有证件都装在皮箱里。接待者说请你打开皮箱,把证件拿出来。卫国说我的皮箱在火车上被盗了。接待者说没有证明就不能报考,我们不可能让一个不明不白的人报考处级干部。卫国说我是不明不白的人吗?接待者说我只是打个比喻。卫国说可是我的皮箱真的掉了,我的皮箱里不仅装着证件,还装着三万多块钱。接待者说多少?卫国说三万。接待者摇摇头,说不可能,这么重要的皮箱怎么会掉?卫国说可是它真的掉了,里面不仅有钱,还有政协委员证、教授资格证,有人可以为我证明。接待者说你的皮箱与我无关,我只要能够证明你的证明。卫国说要证明这个容易,你知道牛顿吗?接待者摇摇头。卫国说牛顿是力的单位,使质量为一千克的物体产生一米每二次方秒的加速度所需的力就是一牛顿。一牛顿等于十的五次方达因,这个单位名称是为纪念英国科学家牛顿而定的,简称牛。这个牛,能不能证明我是物理系的教授?接待者哈哈大笑。卫国说如果你不信,我还可以用英语跟你对话。接待者说下一个。

卫国回头,看见身后排着一条长长的报考队伍。他们的手里要么摇着扇子,要么摇着杂志,反正他们的手都没闲着。卫国从办公室里走出来,才发现这支报考者的队伍从三楼排到一楼,又从一楼排到马路上。卫国已经走到马路上了,还没有看到队伍的尾巴。报考者们贴着楼房一直往下排,排到路口处还拐了一个弯,就像一条河流在那里拐了一下。阳光直接晒着楼外这群人的头顶。他们大部分是秃顶,一看就像处级干部。他们手里的扇子像虫子振动的翅膀,摇动的速度比室内的那些人要快一倍。有的人干脆把扇子顶在头上,充当遮阳伞。

卫国对着那些排在楼底下的人喊,有没有从西安来的?排队的人全都把头扭向他,他们顶在头部的扇子纷纷坠落,但没有人应答。这时他感到额头上有一点儿冰凉,一点儿冰凉扩大成一片冰凉,一片冰凉发展为全身冰凉。排队的人群出现混乱,有的人从队伍里跑出来躲到屋檐下。卫国抬头望天,雨点砸进他的眼睛。他在屋檐下找了一个地方。有一个人挤到他身边,说我是从西安来的。卫国说那我们是老乡?我的皮箱掉了,一分钱也没有了,证件也全没了。老乡摆摆手说我不是西安的,我是宁夏的。他一边说一边冲进雨里。卫国看见在瓢泼的大雨中,还有人在坚持排队。因为雨的作用,队伍缩短了一大截,坚强的人因而离报名处愈来愈近。那些怕雨的躲到屋檐下的人,看见排在自己身后的人挤了上来,又纷纷跑入雨中抢占自己的位置。但是他们已回不到原先的位置,那位先称西安后说宁夏的人,就排到了队伍的尾巴上。

卫国走入雨中,让雨点像皮鞭一样抽打自己。地上蒸起一阵热浪,雨点出手很重,卫国有一种遍体鳞伤的感觉。他的眼睛和嘴巴里灌满雨水。当他走到宾馆门前时,雨点来势更为凶猛,把门前的棕榈树打得噼里啪啦的响,几盆软弱的海棠已经全被打趴。他离宾馆只十步之遥,但却不走进去,像一根孤独的电线杆站在雨里,让雨鞭抽打。几个大堂的服务员跑到门口,看见卫国裤裆前有一巴掌宽的地方尚未被雨淋湿,现在正被雨水一点一点地侵吞。有人向他递了一把雨伞,他未接。雨伞落在地上,被风吹到离他十米远的地方躺着。所有的服务员都朝他招手,有的还急得跳来跳去。她们说你这样淋下去会出人命的。卫国像是没有看见，也像是没有听见。在雨水的冲刷下，衣服和裤子紧紧地贴到卫国的肉皮上，他的身体渐渐地缩小，愈来愈苗条。

半个小时过去了，一个小时过去了，一个小时又三十一分过去了，雨水终于打住。卫国走回宾馆，他走过的地方留下一条粗糙的雨线，一个服务员拿着拖把跟着他走。他走一步服务员就拖一下地板。卫国的全身没有一处是干的。他把衣裤脱下来拧干，挂到卫生间里，想还是好好地睡上一觉吧。他刚睡下，就听到一阵门铃声。他以为是服务员要打扫卫生，按了一下"请勿打扰"。门铃声消失了，门板却急促地响起来。卫国跳下床，从猫眼里往外看，看见顾南丹手里提着一个塑料袋站在门外。卫国想糟啦，现在连一件可穿的衣服都没有。他抓了一条浴巾围到身上。

顾南丹从塑料袋里掏出一沓衣服，说穿上吧。卫国说不穿。顾南丹说服务员打电话告诉我，说你淋得像个落汤鸡，穿上吧，不穿会感冒的。卫国双手抓着浴巾，站在地毯上发抖。顾南丹看见他的嘴唇都已经发紫了。顾南丹说难道要我帮你穿上吗？卫国说我的皮箱里有许多衣服，全是名牌，有一套法国的黛琳牌，两件日本的谷里衬衣，我只穿自己买的衣服。顾南丹说你的皮箱找到了？卫国说没，那么好的衣服都丢了，现在我连穿衣服的心都没有了。顾南丹说我买的服装比你的牌子还有名。卫国说不是名不名牌的问题，而是自我惩罚的问题，除非找到我的皮箱，否则我再也不想穿衣服了。顾南丹坐到沙发上，说你会感冒的。卫国抽了一下鼻子，身子愈抖愈厉害。

顾南丹打开一件衬衣的纸盒，又打开塑料袋，拿下衬衣上的别针，把衣服披到卫国的身上。一股浓香扑入卫国的鼻孔。他嗅到了顾南丹身上特有的气味，这种气味使他快要跌倒了。他抱住顾南丹。顾南丹发出一声惊叫，脑袋缩进肩膀，双手合在胸前，身子比卫国还抖。卫国说你好香，然后用他的嘴巴咬住顾南丹的嘴巴。卫国说南丹，我想和你睡觉。顾南丹把嘴巴从卫国的嘴巴里挣脱出来，说你好流氓。卫国心头的伤疤，现在被狠狠戳了一下，颤抖于是加倍了。他在颤抖中沉默，沉默了好久，才小心翼翼地说如果不是我父亲，我不敢这样。顾南丹说这和你父亲有什么关系？卫国说我一直保存着父亲的一封信，信上说如果哪一位姑娘给你买衬衣，又愿意把衬衣穿到你身上，那么你就娶他为妻，这样的女人一定是贤妻良母。顾南丹说骗我，一个搞原子弹的人哪会有这么浪漫？卫国说别忘了，他留过苏。顾南丹说信呢？让我看看。卫国低下头，说你又不是不知道，我的皮箱丢掉了，信就在皮箱里，它们一起丢掉了。

5

卫国只穿着一条裤衩在房间里走来走去,他不出门,也拒绝穿顾南丹给他买的衣服。顾南丹临走时用那个牛仔包把卫国湿透的衣服席卷而去,并留下一句话:你什么时候把我买的衣服穿上了,我就什么时候来看你。卫国说除非我能找回皮箱。顾南丹说那你就等着皮箱从天下掉下来吧。

一天晚上,正在弯腰捡火柴棍的卫国听到房间里铃声大作。铃声是欢快的,他想这一定是一个好消息,也许是关于皮箱的。卫国扑到床头拿起话筒,电话却忙音了。卫国耐心地等着,相信它还会响第二次。等了好久,电话没响,卫国后悔刚才因为捡火柴棍没能及时把脑袋从柜子后面退出来,因而耽误了接电话的时间。他看着手里的十几根火柴棍,想我再也不能捡火柴棍了,我这是玩物丧志。他把火柴棍丢进纸篓,也想把顾南丹遗忘在床头柜上的那把牙刷丢进纸篓。他举起缠满发丝的牙刷,电话铃再次响起来。他迅速抓起话筒,听到顾南丹说快下楼吧。下楼干什么?我带你去见一个人。我的衣服呢?我不能赤身裸体地去见人吧?我不是给你买新的了吗?对,对不起,我只穿自己的。下不下来由你,是关于考试的事情。听说是关于考试的事情,卫国手脚并用,赶紧把顾南丹买给他的衣裤往身上套,衣裤发出轻微的撕裂声。他一边穿一边往外跑,跑到走廊上,手还在拉裤子上的拉链。

顾南丹坐在一辆白色轿车里。卫国走到车边。顾南丹打开车门,把卫国从上到下扫描一遍,说穿上我买的衣服,你并没有哪里不对劲。卫国说只是心里有点儿不习惯,从小到大我都是自己买衣服,不到两岁,母亲就病死了,我对她没有一点记忆。顾南丹说这情有可原,我还以为碰上了一个精神不正常的。车子晃了两下,冲出迎宾馆,跑上马路。顾南丹从反光镜里观察卫国,发现他的一只手放在衬衣的风纪扣上,把风纪扣扣上了又解开,解开了又扣上。卫国说你要带我到哪里去?

车子停在一幢住宿楼前。顾南丹叫卫国跟她一起上楼。卫国跟着她一步一步地往上走,走到三楼,顾南丹按了一下门铃。一颗秃顶的脑袋从门缝里探出来,对着顾南丹傻笑,说来啦。顾南丹说主任,我把人给你带来了。主任偏着头看顾南丹身后的卫国,看了一会儿,他关上门。当他再次把头探出来的时候，鼻梁上多了一副眼镜。他戴着眼镜看了一会儿卫国，说进来吧。

他们跟着主任穿过宽大的客厅，走过两扇木板包过的房门，进入第三个房间。卫国看见一位老太太睡在床上，眼睛闭着，上身光着，下身穿着一条宽大的花短裤，手里拿着一把扇子正在摇。主任说这是我母亲，她特别怕热，但又不适应空调。顾南丹说你去接电话吧，这事就交给我们了，最好把伯母叫出去。主任用粤语叫他母亲。他母亲连眼皮都不抬一抬，嘴里嘟哝着。主任说她不愿出去，你们干吧，不会影响她的。主任走出房间，顺手把门关上。

顾南丹指指门角，说我们干吧。卫国看见门角摆着锤子、老虎钳、三角梯和一个装着吊扇的纸箱。卫国说原来你是叫我来干这个？顾南丹摆摆手，生怕惊动睡在床上的老太太。卫国用英语骂了一声狗屎，我是教授，不是装吊扇的，我根本就没装过吊扇。卫国想不到顾南丹竟然也会英语。她用英语说，我说你的证件掉了能不能先考试，然后再回去补办证明？主任问我你是干什么的？我说你是物理系的教授，是学物理的。他说学物理好，我家里正需要装一台吊扇，你叫他给我装装。

尽管难看，甚至有可能还有口臭，卫国还是张大了惊讶的嘴巴，说你怎么会说英语？顾南丹说你以为光你会吗？卫国咂咂嘴，打开三角梯，拿着老虎钳爬上梯子，开始扭天花板上那根裸露出来的垂直的钢筋。他要先把这根钢筋扭弯，才能把吊扇吊到上面。但这根钢筋很硬，卫国用老虎钳夹住它，用锤子敲打它，一心想把钢筋敲弯。汗水很快就浸湿了卫国的衣背，他敲打钢筋的速度愈来愈快，愈来愈有力量，像是在敲打自己的仇人。顾南丹手扶梯子，不断地提醒卫国慢点儿，小心点儿。由于钢筋弯得太慢，再加上顾南丹的不停唠叨，卫国变得有点烦躁。他已经把锤子敲到了天花板上，上面已敲出几个凹坑。顾南丹轻轻地叫道别把天花板敲烂了。卫国说想别敲烂就让他自己来，为什么不到街上去找一个民工？顾南丹说他害怕，有许多找民工的，后来家里都挨偷了。卫国说狗屎。卫国说"狗屎"的时候，铁锤从木把上脱离朝着老太太睡的方向飞去。锤子还在飞翔，卫国已经从梯子上滑下来，吓得双腿哆嗦，跌坐在地板上。顾南丹的目光跟着锤子一起飞到老太太的床头，看见铁锤落在离老太太枕头一厘米远的地方，差一点儿就砸到她的头部。

就在这么危险的关头，老太太也没有睁开眼睛，她摇扇子的手明显慢了下来，好像是已经睡着了。卫国说我从来没装过吊扇。顾南丹把脱出去的锤子递给卫国。卫国说就连我自己装吊扇都请民工，我从来没干过这活。顾南丹拿稳锤子，爬上三角梯，说你非得要我亲自干吗？卫国没想到她还能干这个，正迟疑，顾南丹已举起柔软的手臂。铁锤朝着钢筋狠狠地砸去，锤子没有砸着钢筋，却砸到了顾南丹的手。鲜血从她的手指涌出，她痛得像含了一只鸡蛋那样张开嘴巴，却没有发出声音，有痛不敢喊，惊叫被控制在嘴里。卫国赶紧把她从梯子上拉下来，在老太太的床头拿了一包纸巾，为她包扎手指，不停地往她的手指上吹风，想以此减轻她的疼痛。顾南丹说别吹了，它已经不痛了。卫国说你这一锤，好像是我砸的。顾南丹说要干就上去，不干就走人。卫国说你好好坐着，我这就上去，不把它干好我就不下来。卫国提着锤子重新爬上三角梯，屋子里又响起了单调的敲打钢筋的声音。尽管敲打声很响，但老太太并没有醒，她手里的扇子已掉到床下，她已经彻底地进入了梦乡。

一个小时以后卫国装好吊扇，他打开开关，闷热的屋子里突然灌进一股凉风。老太太终于睁开眼睛，这是她在卫国他们进入房间后第一次睁开眼睛。她对他们说"先克由"。卫国以为她是在说粤语，但认真一听，才知道她是在用英语向他们说谢谢。卫国想难道老太太也会英语？卫国和顾南丹对望一眼，彼此都笑了。

主任推开门，仰头看看转动的电扇，说还是学物理好呀，小顾，明天你就去办准考证吧。顾南丹说了一声谢谢，向主任告辞。主任把他们送到楼梯口，拍着卫国的肩膀说，你知道钦州港是谁最先倡导修建的吗？卫国摇摇头。主任说毛泽东，回去以后好好地复习一下，多了解这里的历史。卫国说好的。顾南丹说主任，我想问一问伯妈过去是干什么的？主任说国民党的时候，她是英语老师。

6

带着一身劳动的臭汗，卫国钻进顾南丹的车子。他打开箱盖，把那些磁带翻了一遍，又低头看坐凳的底部，差不多把坐凳都撕开了。顾南丹说你找什么？卫国说白药。顾南丹说没有。卫国说我的皮箱里就长期备有一瓶白药，如果它不丢掉，我就可以给你包扎伤口。顾南丹说我早把伤口给忘了，只不过砸破了一点儿皮。我们去游泳吧。卫国说先去医院包扎你的手指。顾南丹说我的手指不用包扎。卫国说包扎。顾南丹说游泳。

在他们的争论声中，车子停到了一家桑拿健身中心门口。顾南丹说下去吧，里面可以游泳可以桑拿。卫国坐在车上不动。顾南丹推了他一把，说下去呀。卫国说你自己去。顾南丹说为什么？卫国说你不包扎手指，我就不去游泳，你不包扎连我的手指都痛。顾南丹说你不去，我可去了。卫国说去吧，我在车上等你。顾南丹提着泳衣，朝健身中心走去。卫国看见大门就像一个黑洞，把顾南丹一口吞了进去，但是立即又把顾南丹吐出来。她回到车上，狠狠地撞了一下车门，说你真固执。

　　医生捏着顾南丹的手指，说这么一点儿伤口包不包无所谓。卫国说怎么无所谓？如果感染呢？医生说你是她什么人？卫国说我是她家属。医生说那就包一包吧。卫国说我建议你还给她打一针。医生说不用了。卫国说怎么不用，如果得了破伤风怎么办？医生说那就打一针吧。顾南丹听医生这么一说，五官都扭曲了。她说我最怕打针，还是不打吧。卫国说怎么不打？打。医生把长长的针头对着顾南丹，顾南丹看见针头就哎哟哎哟地喊起来。医生说你喊什么，针头都还没有碰到你的屁股，你喊什么？顾南丹刚一停止喊叫，医生就把针头扎下去。顾南丹的眼睛、鼻子、嘴巴长久地凑到一块，卫国几乎认不出她了。

　　打完针，他们重新回到健身中心。顾南丹走路的姿势发生了翻天覆地的变化，重心总向刚打针的那半边屁股倾斜。由于刚刚包扎伤口，她不敢游泳，戴着一副墨镜，要了一瓶饮料，坐在泳池旁的一张桌子边看卫国游。卫国的身体很结实，胸前那一撮毛尤其显眼。泳池里有许多人，他们有的游得很专业。卫国只会狗刨式，于是在泳池里拼命地刨着。他刨一会儿，就看一眼顾南丹。卫国发现在离顾南丹不远处坐着一位头发花白的妇女，她的手里拿着一副望远镜。她不时地把望远镜放到眼睛上，对着卫国看。

　　在顾南丹开车送卫国回宾馆的途中，顾南丹的BP机响了两次。顾南丹说我爸爸Call我，我得赶快回去。她飞快地掉转车头，叫卫国自己打的回宾馆。卫国说我跟你一块儿回去。顾南丹说那怎么可能？没经过爸爸妈妈的同意，我根本不敢带人回家。卫国说你那么怕你爸爸？顾南丹说怎么会不怕？我怕死我爸爸了。她打开车门示意卫国下车。卫国把车门拉回来，想吻一吻顾南丹。顾南丹躲过卫国的吻。卫国钻出车子，头在车门框碰了一下。

7

　　面向全国招聘二十名处级干部的考场，设在市一中新起的教学楼里。顾南丹开车把卫国送到一中门口。卫国看见考场外站满了考试的人，他们三五成群，有的手里还拿着复习资料。大家都在交头接耳，由无数细小的声音组成的巨大声浪，在他们的头顶嗡嗡地盘旋。好多人的脸上提前挂上了处级干部的表情。卫国说我有点儿紧张。顾南丹从包里掏出一支钢笔递给卫国，说希望你能考上，我爸爸说了，只要考上他就见你。卫国说考不上呢？顾南丹说就不见你。卫国说你这样一说我就更紧张了。顾南丹说我爸讲最先倡导修建钦州港的是孙中山，千万别答错了。卫国说你爸的答案和主任的答案有出入呀，到底听谁的？顾南丹说当然是听我爸的。

　　顾南丹把卫国推下车，推着他朝考场的方向走，就像做游戏的孩童，她只管埋头推着，前边的路交给卫国指引。好多考生都扭头看着他们。卫国说别这样，他们在笑话我们。卫国这么一说，顾南丹突然就笑了。她的笑声很清脆，就像文学作品里比喻的那样，简直就是银铃般的笑声。她的笑声划破了考生们头顶上严肃认真的气氛。但考试的哨声没有让她的笑声延长，哨声打断了她活泼可爱的笑。

　　等待者们都心情复杂、野心勃勃，她们大都是女性，大都是考场里男人们的妻子。校园有限的铁门把这群充满无限希望的妇女挡在外面。她们站在铁门外默默地祈求自己的丈夫官运亨通。很快从考场里出来一副担架，第一个昏倒在考场里的考生被抬出来，人群发生骚乱。一看见担架，顾南丹担心起来。她率先冲出人群，跑到担架边，喊了几声卫国，才看清躺在担架上的人不姓卫也不叫国。她转过身，看见比她慢半拍的人群像一股洪流拥向担架，每个人的嘴里都呼喊着一个名字。

　　一阵混乱之后，人群纷纷散开，最终只有一个哭声留下来。这个声音这样哭道：你怎么这么不争气呀，你怎么昏倒了呀？你昏倒了孩子怎么上重点中学呀？我们怎么住上三室一厅呀？我们春节回家怎么会有小车坐呀？你昏倒了我们的钱不是白花了吗？我们哪里还有脸回东北呀……顾南丹想不到这一场考试会和这位少妇哭出来的这么多事情有关，她突然感到身上发冷。

　　卫国几乎是垂头丧气地走出考场的。他在试卷上看到了那道题目：最先倡导修建钦州港的人是谁？卫国为这个题目浪费了整整十一分钟。让我们来呈现一下卫国的十一钟吧：从感情上讲，他愿意相信最先的倡导者是孙，这种相信缘于他对顾南丹的相信，尽管他没有查过资料。但是那个秃头主任说是毛，不能不说有一定道理，在相当长的一段时间里都是毛说了算，他说了那么多话，难道就不会不小心说到修建钦州港吗？再说主任也有可能看到我这张试卷，那会产生什么样的结果？当主任看到这张试卷和他的答案不一致时，他会怎么想？他一定会心潮澎湃。他会想姓卫的这小子，竟敢不听我的。不听我的你听谁的？卫国想既然会产生这么一些后果，那我为什么不填毛呢？经过十一分钟激烈的思想斗争，他终于写上主任提供的答案。写上这个答案后，他的心就乱了，他不敢保证他的答案就一定正确。

铁门外是黑压压的人群，卫国没有看见顾南丹。他看见许许多多只少妇白皙的手从铁门的空隙伸进来。她们的头快挤扁了。她们的手里拿着面包、健脑液、心血康、毛巾和清凉饮料。卫国从那些混乱的手臂中，接过一瓶清凉饮料慢慢地喝着。等他把这瓶饮料喝完，人群散去三分之一，被困在人堆里的顾南丹才渐渐地鲜明。她一下就撞到了卫国的眼睛上，问考得怎样？卫国说没有把握，如果皮箱不掉，我会考得更好。顾南丹说为什么？卫国说皮箱里有几本复习资料，今天考卷上的题目大部分都在上面，我原本想到北海后认真复习复习，谁想到它会丢失。顾南丹说快把你的烂皮箱忘掉吧，新生活就要开始了。

8

卫国提心吊胆地等待着考试结果。顾南丹一个电话也不打来。卫国等得喉咙都干了。一天，顾南丹提着一套新买的夏装来到宾馆，命令卫国赶快换上。卫国问是不是考上了？顾南丹点点头，从挎包里掏出一把自动剃须刀。卫国接过去，剃须刀像掘进机那样哗哗哗地在他嘴边转动，屋子里响起铺张浪费的声音。顾南丹又掏出一瓶摩丝喷到卫国的头上，为他定了一个发型，空气中飘浮着奇怪的味道。

一幢一幢的小楼晃过卫国的眼前，卫国说是不是这幢？顾南丹说不是。卫国说一定是这幢？顾南丹说不是。卫国说那我就不猜了。卫国一不猜，车就突然刹住。卫国的头撞到车玻璃上。顾南丹说到了。卫国跟着顾南丹往一幢门前栽着紫荆花的楼房走去,他的目光跨越顾南丹的肩膀,看见一位头发花白的大妈和一位腰间系着围裙的姑娘站在门口,她们用力拍打双手,欢迎卫国的到来。卫国觉得这位大妈十分面熟,但一时又想不起在哪里见过。顾南丹指着大妈说,这是我妈妈。大妈进一步微笑,脸上的皱纹堆得更多,表情更为慈祥。她说小伙子,你的身体很结实,我很满意。卫国说你是说我吗?大妈说不说你说谁呀?卫国说你怎么知道我的身体很结实?大妈说我连你的汗毛都看清楚了。卫国奇怪地看着顾南丹,怎么也想不起在哪里见过这位大妈。他把童年生活过的地方想了一遍,把父亲的同事想了一遍,把自己的亲戚和朋友都想一遍,还是没有想起这位大妈。卫国说阿姨,我好像在哪里见过你。大妈说见过见过,在游泳池见过。卫国的脑袋像被谁敲了一下。他终于明白,在游泳池里拿着望远镜盯住自己不放的人,就是顾南丹的妈妈。卫国忽然感到腿软。

他跟着顾南丹往楼上走,每往上走一步肩上就约重五公斤。他用双手托住栏杆,一步一步把自己拉上去。二楼有好几间房,还有一条长长的走廊和一个卫生间。卫国听到第三间房里传出一声断喝:口令。顾南丹说黄河。里面说进来。卫国和顾南丹走进房间。卫国看见顾南丹的爸爸顾大局躺在床上,他的枕边放着搪瓷茶盅和药片。卫国怎么也想不到顾南丹爸爸会是这么一副模样,由于坐骨神经有毛病,他几乎不能起床,加上心脏不好,生命随时都处在危险之中。他的眼睛频繁地眨动,眨了一会儿说是你,想做我的女婿?卫国说是。他突然从枕头底下摸出一把气手枪,指着卫国。顾南丹挡在卫国的前面,说爸爸,你不能这样。他说要做我的女婿,就必须过这一关。顾南丹急得哭了起来,她说爸爸,你能不能不这样?你能不能对他特殊一点儿?我的年纪不小了,女儿给你跪下了。

卫国听到吧嗒一声,顾南丹双膝落地,头发从头部散落垂到地板。顾大局拿枪的手微微抖动,另一只手捂着胸口,说你再不滚开,我的心脏病就发作了,我就要死去了,你难道要落一个不孝的骂名吗?卫国说他要干什么?顾南丹说他要你头上顶着碗让他射击。卫国看见门边的书桌上放着一摞瓷碗,地板上散落几块瓷片。他的脊背一阵凉,身上起了一层鸡皮疙瘩。卫国说为什么?为什么要这样?卫国一边说一边往后退。顾大局说站住。卫国没有站住,他跑到楼下,在客厅里站了好久才把气喘出来。

大妈说小卫,不要害怕,其实他的心眼一点儿也不坏。如果他心眼坏,我会嫁给他吗？他只是有一点儿业余爱好，像现在有的人喜欢钓鱼，有的人喜欢打太极拳，只不过各人的爱好不同罢了。我们都是南下干部，他喜欢射击，枪法没得说的。大妈拍拍胸膛，像是为卫国担保。他不会成心害你，只是想找一个他信得过的女婿，可是茫茫人海，没有一个人相信他的枪法，因此他也找不到一个让他相信的女婿。如果你相信他，就勇敢地走上去，顶着一个瓷碗站在他面前。也许只要你一顶碗，他就相信你了，他就不射击了，也许他的枪里没有子弹，或者那就是一支玩具枪。卫国说他的枪里有没有子弹你不知道吗？大妈摇摇头说不知道，那是他的老战友送给他的，从来不让我们碰它。他就像一个顽皮的孩童，没有谁管得住他。卫国说万一枪里真有子弹怎么办？大妈说不会的。大妈开始把卫国往楼上推，这个动作与顾南丹何其相似。卫国说我怕。大妈说怕什么？你难道没有听到南丹一直在上面哭吗？卫国屏住呼吸听着，顾南丹的哭声从楼上传下来。卫国说大妈，他的枪里真的没有子弹吗？大妈说没有。卫国说可是，我还是害怕，我没法完成你交给我的这个任务。说这话时，卫国仿佛看见顾大局提着枪追下楼来，他挣脱大妈，跑出顾家的大门，朝着一条小巷飞奔。很快他就到达一条陌生的大街。

9

顾大局说南丹，你交的朋友怎么都是胆小鬼，他们不值得你信任。顾南丹说谁不怕你的子弹打进他们的脑袋上？顾大局哈哈大笑，怎么可能？枪里面根本没有子弹。顾大局把枪拆成几块，里面真的没有子弹。顾南丹说能不能叫他重来？顾大局说不，我已经不想见他了，这样的男人靠不住。顾南丹说他是知识分子，一见枪就发抖。顾大局说你最好不要跟这样的人来往。顾南丹说你是想让你的女儿嫁不出去吗？顾大局说我的女儿会嫁不出去吗？顾南丹说这已经是第五次了，你已经赶跑了我的五个男朋友。顾大局把拆散的气手枪一块一块地丢进床前的垃圾桶，说连卫国算在一起，你一共带来了五个男朋友，我原以为总会有一个不怕死的，肯为你顶碗，但是没有，没有人相信我的枪法，要找一个相信我而又让我相信的人，实在是太难了。既然找不到，我也不强求，从今天起，我再不管你的爱情。你自由了，但将来吃了男人的亏千万别跟我哭鼻子。

顾南丹来到宾馆，说卫国，我们结婚吧。卫国突然抱住顾南丹，把她摔在床上，说我们现在就结。顾南丹朝卫国的脸上狠狠地甩了一巴掌，说你把我当什么人了？哪有这样结婚的？想要结婚，就赶快回西安去把各种证明要来，包括结婚证明。我连你叫不叫卫国都还不清楚，怎么就这样跟你结婚？卫国说西安，我是不想回去了。顾南丹说那你还想不想结婚？想。想你为什么不回？

卫国在地毯上走了几圈，指着自己的眼睛问顾南丹，这是什么？顾南丹说眼睛。卫国指指自己的鼻子，这呢？顾南丹说鼻子。卫国的手在他的脸上张牙舞爪，说这对眼睛，这个鼻子，这个嘴巴，这两个耳朵都不假吧？它们组成的这一张脸就摆在你的面前，你干吗要在乎他叫不叫卫国？难道叫张三，这张脸就会改变吗？顾南丹说谁知道你是不是一个好人？犯没犯过错误？结没结过婚？卫国说如果我的皮箱不掉，就能证明我是卫国，是一个教授，那里面还有一张未婚证明。顾南丹说凭什么我会相信一只找不到的皮箱？卫国拍打胸膛，我可以发誓，如果我说半句假话就得癌症，就患心脏病，就感染艾滋病，就被车撞死。顾南丹说你发多少誓都不比你回一趟西安，况且人事局也要你回去拿证明。卫国说大不了我不做处长。顾南丹说那你来这里干什么？

卫国无法回答。顾南丹抓起床头柜上的一张报纸看了一会儿，忽地坐起来，指着报纸上的一整版人头，说你为什么怕回西安？难道你是他们那样的人吗？卫国夺过报纸，看见整版都是在逃犯的头像。他们有的杀人，有的贩毒，有的抢劫，有的强奸……顾南丹说没有长得像你的呀。卫国把五十多个在逃犯的基本情况看完后，戳了戳报纸，说我怎么比得上他们，简直是小巫见大巫。我只不过是吻了一下女学生，学校就要处分我。

原来你是一流氓，顾南丹惊叫，我怎么就瞎了眼呢？说着，她站起来朝房门走去。卫国拦住她，说你能不能听我解释？我那个吻，是被朋友灌醉以后……顾南丹没等他说完就推开他，拉门跑出去。门狠狠地摔回来。卫国想我都说了些什么？我干吗要对她说这些？其实，我完全可以把这个秘密沤烂在肚子里。

10

卫国坐在马路的对面，看着顾南丹家的楼房。房门紧闭，那个白色的门铃按钮在阳光的照射下闪闪发光。卫国估计门铃离地面大约一米五五。随着太阳西沉，光线慢慢地往上翘，它从门铃处翘到了顾家的二楼。一辆轮椅从房间里推出来，坐在上面的是顾大局，推轮椅的是顾南丹。顾南丹把轮椅从外走廊的这头推到那头，夕阳把他们照得红彤彤的。卫国招手，顾南丹没看见。卫国跑过马路，按了几下门铃。顾南丹把头伸出来，像是看到了什么不堪忍受的事物，飞快地缩回去。尽管卫国差不多把门铃按坏了，门却始终没有打开。

卫国开始拍门，他把门拍得很响。过往的行人停下来看他，看的人越多，他拍得越得意。他甚至拍出了音乐的节奏。忽然，顾南丹从门里走出来，卫国闪到一边。顾南丹往前走。卫国紧跟着。顾南丹走进停在路边的轿车。卫国也跟着钻进去。轿车在马路上飞奔。顾南丹板着脸，眼睛盯着前方。卫国伸长脖子看了一下速度，一百多码。在市区她竟然开一百多码，卫国说你疯啦？顾南丹轰了一下油门，轿车飙得更快。卫国吓得手心都出了一层细汗。

到了郊外，车子拐上一条黄泥小路，进入一处较为僻静的地方，速度明显慢了下来。这时，卫国才敢说话。他说我是真的醉了才失态的，是一时冲动，不瞒你说，我只吻了一次就摔倒了……其实，我得感谢这次失态，否则我不会南下，不会在火车上认识你。说着说着，卫国发现顾南丹的脸上出现了松动的迹象。春天来了，冰封的土地就要解冻了，也许顾南丹的话正在发芽，过不了多久，话就会冒出来了。

轿车停在僻静的海滩。顾南丹的衣裙滑下去，露出她穿泳装的身体。她活动了一下四肢，摔上车门走向大海。卫国看见傍晚的霞光几乎全部聚焦到她苗条的身体上，白色的皮肤像镀了一层金，通体金光闪闪。这是顾南丹第一次在卫国的面前大面积地暴露。卫国的心膨胀起来，膨胀到似乎要把胸前的衬衣纽扣撑掉。但是顾南丹没有说话，他不敢冒犯。他看着顾南丹游向大海深处。海浪摇晃着，把那颗浮在水面的人头愈摇愈远，直到彻底消失。在那颗人头与卫国的眼睛之间，仿佛有一根线牵着。人头愈远他的眼睛睁得愈大。他的目光在海面搜索，只见愈涌愈高的海浪。卫国沿着水线跑动，对着稀里哗啦的海面喊顾南丹。他喊得嗓子都哑了，也没看见他喊的人。天色加紧淡下去，紧张浮上卫国的心头。他脱下衣裳，只穿着那条松松垮垮的裤衩跑进海里。海水淹到他的脖子，对于一个只会狗刨式的人来说，再往前迈进一步都会出现危险。他让海水淹着脖子，继续对着海面喊顾南丹。他每喊一次，都有咸咸的海水冲进嘴巴。海水打在他的牙齿上，在他的口腔卷起千堆雪，然后再卷出来。他在潮涨潮落的间隙接着喊，但是他的喊声被海浪声淹没，显得十分渺小。

一颗人头从卫国的眼皮底下冒出来，带起一堆白花花的海水。这堆海水扑到卫国的身上。卫国连一声惊讶都来不及表达，顾南丹已经把他紧紧搂住。他们的嘴巴咬在一起。海浪打过他们的头顶，试图分开他们的嘴巴，但是他们岿然不动。太阳从他们的嘴巴落下去，海滩进一步昏暗。他们回到岸上，打开车灯。两根灯柱横在海面。他们坐在灯柱里的影子投入水面，被海水扭曲。顾南丹说如果你实在不愿意回西安，那你就骂她几句，这样也许我还能接受。卫国说骂谁？顾南丹说那个被你吻过的女学生。为什么要骂她？因为你骂她就说明你不爱她，我才会相信你吻她是酒醉后的一时冲动。如果我骂她，你是不是就不要我回去拿证明了？顾南丹说试试吧。卫国用沙哑的嗓音说那我骂啦。他咳了几声，想把沙哑的声音咳掉。冯尘，你这个丑、丑小鸭……骂呀，为什么停住了？我实在骂不下去，我不能昧良心，这事本来是我不对，现在怎么反过来骂她？

海面的声音消失了，卫国的出气声越来越粗重，愈来愈丑陋。他想在这样一个美好的夜晚，面对如此美丽的海滩和如此明净的天空，我的嘴里竟然喷出这么肮脏的语言，实在是一种罪过。一股汹涌澎湃的思念冲击他的胸口，他对着西北的方向思念冯尘。

心痛她了是不是？顾南丹被沉默激怒，对着卫国咆哮。卫国说我的嗓子哑了。顾南丹说你的嗓子怎么就哑了？刚才喊你喊哑的。别找借口，即使哑了你也要骂，骂她丑八怪，她是丑八怪吗？卫国想她其实一点儿也不丑，比你长得还漂亮，但在这个假话横行的时代，谁还敢说真话？卫国感到皮肤有一点儿紧，海水在身上结了一层盐，自己变成了一堆咸肉，仿佛已经失去了知觉。顾南丹步步紧逼，她有我漂亮吗？说呀，她的脸上有没有青春痘？她家是不是农村的？难道她的身材会苗条？难道她心地善良？她是不是长得比我丑？你哑巴了吗？你不说就证明我比她漂亮，就证明你不敢面对这样的现实。你不说，就回西安去。顾南丹从沙滩上站起来，转身钻进轿车。卫国仍然坐在灯柱里。顾南丹按了一声喇叭。卫国没有动。顾丹不停地按喇叭，喇叭声在海滩上回荡。卫国仍然没动。

11

  张唐把卫国约到海边的一只船上吃海鲜。他说离开车的时间还有四小时，你可以慢慢地从容地吃。卫国说一看见你我就想起那只亲爱的皮箱，你让我伤感不已。张唐用一种羡慕的口吻说，只要回西安把有关证明办来，你就有可能成为处级干部，成为我的表妹夫。如果你的皮箱不掉，怎么会有今天？卫国说看来我还得感谢我的皮箱。张唐说太值得感谢了，要是知道能交这么好的桃花运，多少男人都会故意丢掉皮箱，你不是故意的吧？卫国苦笑。

  海面好像有意在这个中午休息，波浪不兴，出奇的平静，一位赤身裸体的男人躺在水面，摆出一副永不下沉的架势。远处过往的船只偶尔拉响汽笛，海鲜的香味扑鼻而来。只一会儿工夫，卫国的面前就堆满了螃蟹壳、虾壳，他的手上、嘴上全是油。张唐笑眯眯地看着他，说一回西安你就吃不上这么好的海鲜了。卫国打了一个饱嗝，又剥了一只虾。他把剥好的虾放进嘴里嚼了一阵，怎么也咽不下去，才发现食物已经填满了他的胃，也填满了他的食道。他问张唐洗手间在什么地方？张唐朝旁边指指。卫国抱着肚皮想站起来，但是他站了几次都没能站起来。他饱得连站起来都困难了。张唐说要不要我扶你一把？卫国咬咬牙，说不用，自己的事情最好自己解决。他憋足一口气，慢慢地站起来。

  从卫生间出来的卫国，已经把工作的重点从吃转移到说话上。他说现在我跟你说实话吧，反正海鲜已经吃了，不听你的意见你也不会叫我把海鲜吐出来。西安我是不能回去的，你想想，他们会给一个差一点儿就犯强奸罪的人开具什么样的证明？他们不仅不给我开什么证明，还等着处分我，我这一回去不是自投罗网吗？该交代的我已经全部交代了，可是你表妹，她非要我拿出什么证明来。我就是我，为什么非要证明？请你转告，这辈子我卫国都会记住她对我的帮助，等到我有了能力，我一定会报答她。说完，卫国起身向张唐告辞。张唐说回来。卫国没有听张唐的，他径直下船，朝滨海路走去。张唐追上卫国，一把揪住他的衣领，说想逃跑，没有那么容易。他把卫国揪上一辆出租车，送他到达火车站，强迫他坐在候车室里。张唐坐在他的旁边，一直陪着他。卫国说我能不能给你表妹打个电话？张唐横眉冷对，说别想耍花招了，我表妹说如果你不把有关证明办来，她再也不见你。

进站的时间到了，张唐把卫国推到检票口，看着他检了车票，从进站口进去，才放心地回头。张唐想卫国像大便一样被这个城市排泄掉了。但他万万没有想到卫国把这张北上的卧铺票，退给了一位只买到站票的老乡。卫国怀揣六百元钱心情舒畅了许多，全身上下没有一处不自信。他昂头走出车站，仿佛旧地重游，往事历历在目。他沿着他来时的路线，走进车站派出所。

12

杜质新仍然坐在原来的位置上。卫国说有我皮箱的消息吗？杜质新好奇地看着眼前的这个人，问什么皮箱？卫国说在火车上丢掉的那只。杜质新说我这里报失的皮箱差不多有一百多只，不知道你说的是哪只。卫国说是一只欧式的，正方形的，棕色，两把密码锁，里面装有三万块钱，三套名牌时装，我的身份证，获奖证书，教授资格证，两本复习资料，五篇论文和一瓶云南白药，一张未婚证明，一本政协委员证……杜质新说是不是你父亲留苏时买的？你父亲参加过新中国的第一颗原子弹爆炸实验。卫国说是，就是那只，里面还装有当时原子弹爆炸时的一些数据和核爆炸的密码，外加一封遗书。杜质新翻开笔记本，说两天前，有一个女士来问过，这样的皮箱一般很难找回来，主要是里面的现金太多。

卫国打了一个饱嗝，满屋飘荡着虾蟹的味道。杜质新抽抽鼻子，说你的生活过得不错嘛。卫国说马马虎虎，你能不能再想想办法？如果能够把它找回来，我愿意把三分之一的现金分给你，或者现在我就先请你吃一顿。杜质新吞了几下口水，喉结滑动。卫国从口袋里掏出一百元钱递给杜质新，说你拿去买一条烟抽。杜质新说我还是没有把握。卫国又掏出一百元叠在原先的一百元上，说我再加一百，你务必帮我找到皮箱。杜质新把卫国伸过来的手推回去，嘴里发出一声冷笑，说怎么可能呢？你可以进来看一看。

杜质新带着卫国来到派出所的里间，屋角摆着一大摞沾满灰尘的皮箱，有几只皮箱的锁头已经撬烂。杜质新指着那堆皮箱，说这都是我们找回来的，可惜没有你那只，但是找回来又有什么用？它们只是一个空箱子，里面的东西全没了。有的乘客听说是一个空箱子，连领都不来领。他们来领皮箱的路费可以买到好几只新皮箱，干吗要来领呢？卫国的脸唰地白了，他的目光在皮箱上匆忙地扫了一遍，身体像被谁抽去了骨头，突然一软，坐在旁边的条凳上。他说杜警察,千万别让小偷把我的皮箱给撬了,拜托拜托。

在派出所坐了一会,卫国回到宾馆。他拨通顾南丹的手机。一股愤怒从话筒里隐隐传来。顾南丹说你怎么还没走?你不走就不要再来烦我。手机挂断了。卫国再拨,顾南丹已经关掉了手机。卫国接着拨顾南丹家里的电话。接电话的是大妈。大妈说你找谁?卫国说找南丹。大妈说你是谁?卫国说卫国。话筒里传来大妈对南丹的呼唤。大妈一共呼唤了三声,然后对着话筒说南丹说了,你不回去就再不见你,我们全家都不欢迎你。卫国放下电话,打算离开他住了一个多月的房间。这个房间有顾南丹的声音和气味,现在它们还在墙壁上飘来飘去。

13

卫国在市郊找到一间地下室,住宿费每天十元。由于没有任何证明,房东要他一次性交完一个月的房钱。现在他身上还剩下三百元钱。他计划每天吃两份盒饭,每份盒饭五元,如果计划不被打乱,他在这个陌生的城市里至少还可以待上三十天。也就是说在这三十天内,卫国必须找到一份工作,否则他将被饿死。

他是从北部湾大道东路开始寻找工作的,准备一家一家地找下去,就像摸奖一样摸到哪家算哪家。第一家是紫罗兰书店。在走进书店之前他做了一次深呼吸,算是自己给自己打气。书店里只有几个顾客,卫国一走进去就有两位小姐抱着一大堆书向他推销。他说我不买书,我找你们经理。一位站在柜台后面的中年男人说我就是经理。卫国走到经理面前,问他还要不要人?经理摇摇头,说不要。卫国发现书店里的所有人都在看他,他的脊梁骨一阵麻。他回头看看身后,装模作样地翻了几本书,最后买了一本《怎样培养你的口才》。

挟着《怎样培养你的口才》跑出书店,卫国紧接着走进旁边的宏源房地产公司。公司销售部主任跷着二郎腿坐在一张软椅上,嘴里叼着一支香烟。他喷一口烟雾说一句话,就像吃一口菜又吃一口饭。卫国想如果没有香烟,他是说不出话的,就像没有菜吃不下饭。他说人吗?我们是要的,但是我们没有工资,你每卖出一平方米土地,我们就给你二十元工资,如果你一天能卖出一亩,那么很快就会成为富翁。卫国说这个我可以试一试。主任说那你就到汪小姐那里办个手续。

主任回头叫小汪。坐在主任身后第四个格子里的小姐哎了一声,并抬头朝卫国招手。卫国想在这个城市里,找一份工作其实没有想象的那么难。他开始有一点儿兴奋了。他快步走到汪小姐的格子里,一股浓烈的香味围绕着汪小姐。汪小姐拿出公司的有关资料递给卫国,她每动一下,就扇起一股香气。卫国在浓烈的香气中忘乎所以。他张开河马似的大嘴,好久才憋出一句话来,我什么时候可以工作?汪小姐说你得先交两张照片和三千元押金,我们给你办好证件后就可以开展工作。香气突然没有了,卫国抽抽鼻子,闻到的全是主任那边飘过来的烟味。卫国说一定要交押金吗?汪小姐说一定要交。卫国说我没有三千元,交两百元行不行?汪小姐摇摇头,鄙视地看着他。卫国说干吗要交押金?我又不会逃跑。汪小姐说没有押金,我们就不能给你工作。

三千元押金就像一记闷棍,打得卫国晕头转向。他低头往前走,民航售票处、温馨照相馆、公厕、市政府招待所依依不舍地从他眼角的余光中晃过。他边走边后悔,想也许这几家正需要我。他回头看着市政府招待所的大门,一张熟悉的面孔撞了上来。这是他在人事局门口碰上的,先称来自西安后称来自宁夏的那位老乡。卫国用西安话叫老乡。老乡偏头看着卫国,用西安话说要不要买一份保险?卫国说你在干保险?老乡说瞎混。卫国说这个工作要不要交押金?老乡说要交,交一千五百元。你买一份保险吧。卫国说不买。卫国朝前面走,老乡在后面追。他追上卫国,说出门在外,买一份保险安全,说不定哪天就会出车祸,或者楼上掉下一块砖头,正好砸在自己的头上,买一份吧。卫国说你才出车祸。老乡对着卫国的背影骂了一句狗日的。

一路上卫国再也没有问工作,他从北部湾东路走到北部湾西路,汗水浸湿的衬衣正在慢慢地风干,双腿变得有点儿沉重。他想也许我该买一包香烟,但是一包好香烟将花费我一天半的伙食,这未免太奢侈了。不过没有香烟很难跟人接近,能不能把这包香烟算作找工作的投资?只要找到工作,还在乎一包香烟吗?卫国在烟摊买了一包,他用鼻子嗅了嗅,舍不得抽。他想能不能找到工作,就看这包香烟了。他嗅着香烟往前走,一阵音乐灌入他的耳朵。抬头一看,他已经来到了师范学校的围墙边。他想也许我该到这里面去碰碰运气。

师范学校教务处办公室里坐着三个人。卫国想那个老的肯定是教务处主任。卫国给他们每人发了一支烟，自己也叼了一支，屋子立刻被烟雾笼罩。那个老的说你是不是来找工作的？卫国点点头。那个老的说我们这里已经来了几百个找工作的。卫国说我叫卫国，男，现年二十八岁，西北工业学院物理系副教授。那个老的说这么好的条件我们不敢要。卫国说我主要是喜欢这个城市，干什么都可以，职称也可以不算数，你们爱发多少工资就发多少工资，本人毫无怨言。那个老的说，如果你愿意这样，下个星期五早上九点到这里来找我，我安排你试讲。

　　卫国向那个老的要了一张名片，名片上写着"北海师范学校教务处主任潘相"。卫国想他果然就是主任。卫国把那包香烟丢到潘相的桌上，说星期五我再来找你。潘相说请把你的香烟拿走，我们这里不受贿。卫国尴尬地笑着，说在北海，难道一包香烟也算是受贿吗？潘相说一包香烟会变成十包香烟，十包香烟会变成一百包香烟。卫国说我可没那么多香烟。

14

　　同学们，在真空里，我们把一根鸡毛和一个铁球，从北海师范学校的教学大楼楼顶同时往下放，你们说哪一个先到达地面？卫国对着潮湿的地下室和那台呱嗒呱嗒转着的台扇练习讲课。地下室的墙壁上有一面镜子，它的一半边已经掉落。卫国在练习讲课的时候，常常被那半边还存在着的镜子分散注意力。卫国偏偏头，干脆把自己那张疲惫不堪的脸全部放到那半边镜子里，自己对着自己讲起来。讲着讲着，卫国发现自己的头发长了，胡须也拉碴了，衣服和裤子冒出一阵阵恶臭。卫国想我这副尊容，哪会有学生听课。我得修剪修剪。卫国还没把课讲完，就跑出旅馆到理发店去理头发。连剪带吹，卫国花掉二十元人民币。剪一个头就花掉二十元，这像从他的心头剜了一块肉。但是他心疼一阵后，马上安慰自己，好在我就要找到工作了，否则打死我也不会这样花钱。

　　回到旅馆的地下室，卫国想洗洗身上的衣裳。没有洗衣粉，衬衣领子上的污渍比卫国的搓洗还顽强。他穿着一条裤衩从地下室走出来，看见洗漱间的窗台上结着一块小小的肥皂。卫国用手指把它抠下来，衬衣因为有了它而洁白。卫国把洁白的衬衣晾在椅子上。为了加快干的步伐，他动用了那台电风扇。衬衣鼓胀了,两个衣袖张开手臂。卫国光着身子在屋子里走来走去,对着镜子照了照身体的各个部位。当镜子照到下身的时候,卫国直了。

他在愉悦中睡去,醒来时却痛苦不堪。不知道睡了多久,他感到身子无比沉重,每个细胞都绑着一根绳子。卫国想我是不是感冒了?他想翻身从床上爬起来,但是他连动一动都很困难,就连转动一下眼珠眨一下眼皮也变得遥不可及。电风扇还在呱嗒呱嗒地转,衬衣被它吹到地上。卫国轻轻地说水,我要喝水。只有自己听到自己的声音。他说妈呀,我要喝水……

迷迷糊糊中,卫国再次睡去。等他再次醒来,身体轻了一些。他慢慢地滑下床,觉得整个身体已经没有重量,自己比鸿毛还轻。他扶着墙壁一步一步地爬出地下室,屋外的阳光刺激他的眼睛,站了好久才看清眼前的景物。他拍拍房东的门板。房东没有开门,隔着窗户问卫国有什么事?卫国说今天星期几?房东说星期三。卫国想我已经睡了两天。

卫国来到马路上,找了一家比快餐店档次稍高一点儿的酒家,对着服务员喊要一碗鸡汤。喝完鸡汤,卫国感到身上还是不太舒服。他想后天就要试讲了,这样的身体肯定走不上讲台。他伸头往远处看了看,远处有一家诊所。他摇摇晃晃地朝诊所走去。

医生在量过他体温看过他舌头之后,说吊几天针吧。卫国说多少钱?医生说两百来块。卫国说我没有那么多钱,你能不能少一点儿?医生说没那么多钱就少吊两天。卫国说吊两天多少钱?医生用笔算了一下,说百来块。卫国说请你务必不要超过一百元,我实在是没钱了。医生点点头。卫国躺到病床上,看见一根比织毛线的针还要长的针头扎进了血管。针头刚一扎进去,他就感到病已经好了许多。

躺在病床上,他才明白身体是革命的本钱,节约是没有意义的,假如身体垮了,有钱又有什么用?他以这样的消费原则,过上了两天幸福生活,力气慢慢地回到他身上,心情也好了许多。到了星期五早晨,天迟迟不亮。卫国早早地从床上爬起来,把试讲的内容想了一遍。想完之后,天还是没有亮。他坐在床上胡思乱想。他想如果我试讲成功,学校还要不要我出示有关证明?还要不要原单位的鉴定?卫国一直没有想过这个问题,现在突然想到这个问题,身上冒出了许多冷汗。

他掏出潘相的名片,想是不是打个电话问一问他?但是打电话要花五毛钱，而且还会打搅他睡觉。卫国走出旅馆，沿着那条路灯照耀的马路往师范学校赶。他恨不得马上见到潘相，步子于是愈迈愈大，身上热得不可开交。赶到学校门口，铁门刚刚打开，好像是专门为他而开。他朝教务处走去，沿途看见许多跑步的人。黑夜慢慢地渗进白天，路灯依然照着。卫国想等我走到前面的那根电线杆边如果路灯还没有熄灭，那就说明学校不需要鉴定。他快步朝前面的电线杆跑去。像是成心跟他作对，他只跑到一半，路灯就全部熄灭了。路灯熄灭的一刹那，卫国的腿突然迈不动了。他甚至想站在这个地方永远也别往前走。我怎么这么倒霉？这时，他看见一个小伙子推开教务处的门，这是卫国星期一见到的两个小伙子中的一个。卫国拖着沉重的双腿，来到教务处门口。小伙子说不是说九点钟试讲吗？你怎么来这么早？卫国说我想问一问你，如果试讲成功，你们要不要原单位出具证明？要不要调档案？小伙子说要，怎么不要？

小伙子忙着烧开水，拖地板，没有工夫跟卫国说话。卫国站在教务处的门口，想我还是问一问潘相，也许潘相能够通融通融。卫国等了一会儿，看见另一个小伙子也走进办公室。卫国问你们的潘主任呢？小伙子说等一会儿他就来。卫国说如果试讲成功，你们要不要原单位出具证明？小伙子说要。卫国说能不能不要？小伙子说我们只录用手续齐全的人。卫国站在门口，拼命地伸长脖子，盼望尽快看到潘相的身影。卫国看到腿开始发麻了，才看见潘相朝教务处走来。潘主任说来啦。卫国说来啦。

卫国把潘主任拉到楼角，说如果我试讲成功，你们还要不要原单位出具证明？潘主任说不仅要，我们还要到你的原单位去考核。卫国说能不考核吗？潘相说不能。卫国说如果我用实际行动证明我能胜任这份工作，你们还去考核吗？潘相说去。卫国说你看我有不对劲儿的地方吗？潘相说没有。卫国说我像坏人吗？潘相说不像。卫国说那你们为什么还要去考核？潘相说这是两码事。卫国跺跺发麻的双脚，从门口回望一眼教务处办公室，说既然你们不相信，那我不试讲了。潘相说怎么不试讲了？我都给你安排好了。卫国没有回答，拖着发麻的双腿朝校门走。潘相看见他走路的姿势有点怪，一摇一晃的像个瘸子。潘相对着他的背影骂神经病，骗子，言而无信……卫国听到潘相在身后骂他，但是他没有回头。他觉得潘相的骂声是那么贴切，那么解恨，那么亲切。我是骗子吗？我是神经病吗？我是卫国吗？天底下还有没有不要证明、不要考核的地方？卫国对着空荡荡的前方喊：我叫卫国，男，现年二十八岁,未婚,副教授……卫国反复地背诵,不断地提醒,可别把自己给忘记了。

15

卫国斜躺在床上翻看《怎样培养你的口才》,突然听到楼上发出一阵响声。响声由小到大,由慢到快,像是床头撞击墙壁的声音,富于节奏很有规律。卫国用晾衣竿敲打天花板,上面的声音立即中断,但是它只中断了一会儿,又更猛烈地响起来。它的声音是这样响的:嗒……嗒……嗒嗒……嗒嗒嗒嗒嗒嗒嗒……嗒。

第二天晚上,这种有规律的声音继续响起来,并伴随女人的轻声叫唤。卫国用晾衣竿狠狠地戳了几下天花板,声音不但不停止,反而响得更嚣张,好在这种声音极其短暂,卫国也就不再计较。到了第三天晚上,声音该响的时候没有响起来,卫国感到有点失落,他用晾衣竿戳了一下天花板,楼板颤了一下,上面传来一阵跺脚声。卫国戳一下天花板,楼上就跺一次脚。卫国爬下床沿着木板楼梯爬上二楼,敲了敲那扇紧闭的房门。门板吱的一声拉开,灯光全部落在卫国的身上。

一位穿着紧身衣的小姐做了一个请的手势。卫国走进房间,揉揉眼睛,小姐清晰而又真实地呈现在他眼前。她的身材高挑,两条腿直得可以用于建筑,乳房像是某个夸张的画家画上去的,牙齿和脸蛋都很白,部分头发染黄。卫国说刚才跺脚的是你?小姐说是。卫国说你的床是不是有点儿不牢实?小姐的脸顿时红了。卫国想她的脸竟然还会红。卫国走到床边,摇摇床铺说我帮你看看。说着,他低下头检查床铺的接口,发现有一颗螺帽松了。卫国说有没有扳手?小姐忽然仰躺到床上,故意摇晃着床铺,说你不觉得有点儿响声更刺激吗?卫国扑到小姐身上,说我想跟你睡觉。小姐嗯了一声,要钱的。卫国说多少钱?小姐说五百。卫国说能不能少一点儿?小姐说如果你不长得这么帅这么年轻,五百我都不会干,这已经是打八折了。卫国说我听说别人只要三百。小姐说你看是什么人,你看看她是什么档次,然后你再看看我。卫国说不就五百吗?说好了五百。

小姐开始脱衣服,卫国摸摸口袋,口袋里还剩下三十元钱。但是卫国的心思已像脱缰的野马离弦的箭,一股强大的力量窜遍他的全身。脱光的小姐就像白雪覆盖的山脉，或者白象似的群山。卫国站在床边，还不太敢相信眼前的事实。小姐说你能不能快一点儿？卫国被这句话燃烧了。他朝小姐刺去，一声尖利的叫唤从小姐的嘴里飞出。卫国听到他在楼下听到的有节奏的嗒嗒声，只是他制造的声音更持久更嘹亮。小姐的身体一直很平静，一动不动，眼睛望着天花板，脑子像在想别的事情。嗒嗒声愈来愈猛烈愈来愈紧密，小姐嗯了一声。嗯一声，像一个气泡。嗯两声，两个气泡。平静的湖面冒出无数个气泡，气泡愈来愈大，小姐再也控制不住，她的身体开始扭动。卫国看见群山倒塌，白雪消融。

完事后，卫国把衬衣口袋和裤子口袋都翻出来，说我就这三十元钱，骗你是狗娘养的。小姐说你怎么能够这样？你为什么要这样？卫国低头不语。小姐拍了一掌卫国的膀子，说不可能，绝对不可能，你不可能才有三十块钱。卫国说怎么不可能？如果我的皮箱不掉，我会有三万多元，等找到皮箱，连本带息一起还你。小姐在卫国的口袋里掏了一阵，只掏出一张潘相的名片。小姐说你把钱留在房间里了。卫国说如果我有钱我会住地下室吗？不信你可以跟我到下面去。小姐夺过卫国手上的三十元钱。卫国想现在我是真正的身无分文了，从明天开始我就没有饭吃了。

小姐跟着卫国走出房间，说有那么严重吗？卫国推开地下室的门，一股霉味扑面而来，小姐用手掌扇扇鼻尖，但是那是一股固执的气味，怎么扇也扇不掉。卫国说连一个坐的地方都没有，你就坐床吧。小姐坐到床上，眼睛在房间里扫荡。她翻开卫国的枕头和席子，掏了卫国另外一件衬衣口袋，没有找到任何东西。她说你是干什么的？卫国说了一遍自己的遭遇。小姐把手里的三十元钱还给卫国，说你拿着吧。卫国接过三十元钱，说这怎么行呢？你已经劳动了。小姐说就算是借给你的吧，什么时候有钱了再还我。记住，你还欠五百元。卫国说我一定还你，明天我就去找一份工作，把钱还给你。小姐走出地下室，回头问你叫什么名字？卫国。你呢？刘秧。

16

第二天早晨，卫国拉开地下室的门，发现门拉手上挂着一个塑料袋，塑料袋里装着三个大馒头。卫国把脸伸到袋子里嗅了嗅，嗅到一股美好的气味。他用晾衣竿戳戳天花板，楼上发出跺脚声。卫国提着塑料袋冲上二楼，把塑料袋举过头顶，说这是我来到北海后第一次拥有早餐。你吃一个？刘秧说我已经吃过了。卫国说吃了我也要再吃一个，你不吃一个我会吃不下去的。卫国拿着一个大馒头往刘秧的嘴里塞。刘秧狠狠地咬了一口，馒头变得犬牙交错，卫国在犬牙交错的地方再犬牙交错了一下，又把馒头递给刘秧。刘秧又啃了一口。他们一人一口，把那个大大的馒头啃完。

啃完馒头，卫国看见一个男人站在门口。他的头上打过摩丝，皮鞋擦得锃亮，胳膊下还夹着一个小包。刘秧说卫国，我们有事要谈，你先下去吧。卫国走出刘秧的房间。他刚走出房间，门就被那个男的碰上了。

楼上很快就传来了那种熟悉的有节奏的嗒嗒声。卫国被这种声音搞得烦躁不安。他走过来走过去，在狭窄的地下室里到处碰头。他想这种声音很快就会过去，一定会过去。但是这种声音出人意料地持久响亮，卫国用晾衣竿不停地戳天花板，上面没有停止。卫国提着晾衣竿冲上二楼，站在门口叫刘秧，你是不是没有钱？如果没有我这里还有三十元。这难道是你挣钱的唯一方式吗？这种方式容易染上艾滋病，会使爱你的人伤心。你的相貌不差，聪明伶俐有理想有前途，有父母有兄妹，有老师有同学，干吗非得干这个？

门被卫国说开了，那个油头粉面的家伙从里面跌出来，差一点就跌了一个狗吃屎。刘秧双手叉腰，站在门框下一跺脚，楼板晃了几晃。刘秧说滚。那个男人捡起掉在地上的皮包，拍打着衣服，说你怎么能够这样？刘秧说我为什么不能这样？我爱怎么样就怎么样？刘秧从耳朵上解下耳环，从脖子上解下项链，从床头抓起呼机，朝那个男人砸过去。一只耳环沿着楼梯往下滚，那个家伙跟着耳环跑了几步，才把耳环捉住。他吹了吹耳环上的尘土，回头看了一眼刘秧，弯腰跑出旅馆。掉在地上的呼机这一刻狂声大作。没有谁理睬呼机的狂叫，它的声音在这个特殊的时刻显得孤独。

另一个声音响起来，那是卫国鼓掌的声音。刘秧转身回到房间，坐到沙发上。现在她的脸是黑的，气是粗的，心情是恶劣的。卫国靠在门框上看着刘秧说嫁给我吧，刘秧，如果我们结婚，也许会幸福，也许会长寿，也许会儿孙满堂，也许会找到皮箱，如果皮箱能够找到，我会把里面的三万元现金送给你，不让你再干这活，我会把里面的两套名牌女装、金项链、耳环、化妆盒、游戏机、真皮靴子、手机、法国香水、手提电脑、美白溶液、健美操影碟、随身听、墨镜、戒指、茅台酒、轿车、别墅统统送给你，让你把刚才的损失补回来……刘秧长长地叹了一声，说你的皮箱早就撑破了。卫国说干脆，我连皮箱都送给你。

17

　　这个夜晚，屋外刮起了大风，许多树叶被风吹落，未关的窗户发出声声惨叫，玻璃破碎了，树枝折断了。卫国想这不是一般的大风，是台风。他起身关窗户，忽然听到一阵敲门。不会是查户口的吧？他打开门，看见刘秧缩着脖子站在门外。刘秧说我怕。卫国说进来吧。刘秧坐到卫国的床上，卫国挨着她坐下。刘秧说想跟你聊一聊。卫国说聊什么呢？刘秧说我也不知道。两人沉默。刘秧举起五根手指。卫国说什么意思？刘秧说你还欠我五百元。卫国说我能不能再欠你五百？刘秧说不能，除非你先还我五百元。卫国受到了刺激，脸红了，说不就五百吗？明天，我就找一份工作，挣五百元还你。刘秧在卫国的鼻子上刮了一下，说吹牛。

　　第二天早上，卫国拍拍刘秧的肩膀，说起床了。刘秧说起那么早干吗？卫国说找工作去。刘秧说找什么工作？卫国说不知道，反正得找一份工作，挣五百元钱还你。

　　马路上铺满昨夜吹落的残叶，一棵大树横躺在路上。卫国和刘秧手拉手跨过那棵躺倒的大树。刘秧说到哪里去找工作？卫国说往前走，一直走下去。刘秧跟着卫国。他们看见快餐店，看见给卫国吊针的那个诊所，看见房地产公司。单位从他们的眼睛晃过，街道上流动着人群。太阳出来了，到处都像着了火，到处都是鲜红的颜色。他们拉着的手心里冒出了热汗，舌头像干裂的土地。卫国说你能不能请我喝一瓶矿泉水？刘秧给卫国买了一瓶矿泉水，给自己买了一个冰激凌。他们站在马路边把水喝完，把冰激凌吃完，接着往前走。

　　刘秧说我不能再走了，我的脚起泡了。卫国说那你就在这里等着，我自己去找。刘秧坐在马路边的一张凳子上。卫国继续往前走。他往东边走了一阵，回到刘秧的身边。刘秧说找到了吗？卫国摇摇头，又往南边走。往南走了一公里，卫国又回头看刘秧是不是还坐在那里等他。刘秧说哪有这样能找到工作的，我们还是回去吧。卫国摸摸肚子，说饿坏了，你能不能请我吃一个快餐？刘秧伸手让卫国拉她。卫国把她从凳子上拉起来。他们手拉手朝西边走。走了十几米，就看见一家快餐店。他们走进快餐店吃午饭。刘秧说现在，你除了欠我五百元，还欠我一瓶矿泉水和一顿快餐。卫国说我吃完饭继续找工作，挣钱还你。刘秧说你还是死了这条心吧，这样没头没脑地走下去，恐怕十天半月也不会找到工作，恐怕把钱花光了也不会找到工作。卫国说为什么他们都不相信我？刘秧说还是回去吧，我实在是走不动了。

从快餐店出来，卫国往对面的马路看了一眼。他看见一家江南康乐公司。卫国被康乐公司门口的一块招牌深深地吸引。招牌上画着三个大大的酒坛，酒坛上写着：能喝者请来面谈，江南康乐公司诚招酒保。

看到这块招牌，卫国的鼻尖前飘过一阵酒气。他回头叫了一声刘秧，说我找到工作了。刘秧说工作在哪里？卫国指着马路那边。刘秧看看那块招牌，看了一会儿，说你能喝吗？卫国说能。刘秧笑了起来，还拍拍手掌在地上跳了几下，找了半天，原来工作在这里。她拉着卫国的手，一起走过马路。卫国吻了一下刘秧，说我说过，我能够找到工作。刘秧用手指刮了一下卫国的鼻子，说今天不是愚人节吧？

18

他们走进公司的人事部。人事部里的一男两女扭头看着他们。卫国说我是来喝的。那位男的站起来跟卫国握手，说我是人事部长，姓王，请问你能喝多少斤五十度的白酒？卫国说不知道。不知道是不是说你从来没有醉过，或者说能喝多少连你自己也不清楚？大概就这个意思。姓王的递了一张合同给卫国，你好好看看吧。卫国接过合同看了一会，说现在就喝吗？姓王的说我们已经招聘了一个能喝的，如果你把他喝败我们才能录用你。卫国说如果把他喝败，你们能不能先预支我五百元工资？姓王的说只要你把他喝败什么都好说。卫国挽起衣袖，说那就开始吧。刘秧拉了一下卫国的衣袖。卫国说不用怕，我正馋着呢。

卫国被带到一个小会议室，中间摆着一张橡木茶几，茶几的两边摆着两张棕色的真皮沙发。卫国坐到一张沙发上。两位小姐托着盘子走到茶几前，她们把盘子里的酒分别放在茶几的两边。现在茶几上一边摆着五瓶五十度的白酒。周围站满了公司的职员，摄像机架在离沙发三米远的地方。但那个卫国想喝败的人迟迟未见出场，他等得有点儿不耐烦了，于是拧开了一个酒瓶的瓶盖。

小姐把拧开瓶盖的酒端走，重新又上了一瓶。小姐说请你不要提前打开瓶盖。卫国哼了一声，人群出现骚动，所有人的脖子都扭向门口。卫国看见一位理着小平头，戴着墨镜，身高一米七五，脸色微黑的小伙子走进来。他坐在卫国的对面，朝卫国点点头，还向人群挥挥手。做完这一系列动作后，他把自己面前的三瓶酒推到卫国面前，又把卫国面前的三瓶酒拉了过去。姓王的宣布比赛开始。他们各自打开瓶盖，酒香溢满客厅。卫国举起酒瓶向刘秧示意。刘秧觉得这件事很好笑，就对着卫国笑了一下。卫国把酒瓶送到嘴边，一股浓烈的酒气熏得他眼眶里泪光闪闪，鼻孔里打出一长串喷嚏。

就在卫国狼狈不堪的时候，对方一仰脖子一抬手一瓶酒不见了，它们全都灌进了他的嘴巴。围观者发出惊叹，零星的巴掌声响起。卫国勇敢地举起酒瓶，学着对方的样子，把一瓶酒灌进嘴里。这是卫国平生第一次喝这么多酒，它们以迅雷不及掩耳之势流经他的喉咙，进入他的食道。也许是速度过快的原因，卫国对这瓶酒基本没有什么感觉。但是当局者迷，旁观者清。刘秧看见卫国的脸像被大火烧了一把，顿时红了起来。星星之火可以燎原，卫国不仅脸红了，连脖子也红了。

对方一仰脖子又喝了一瓶。他脱下墨镜，看着卫国，说我叫胡作非。卫国一听就知道这是北方口音。卫国说我是西安的，叫卫国。胡作非说你就把它想象成水，一咬牙就喝下去了。卫国真的把它想象成水，一咬牙喝下去。在喝掉这瓶酒后，卫国的脸突然变成了青色，但眼眶里应该白的地方，现在全变成了红色。卫国的脑袋晃了几下，靠在沙发扶手上。刘秧叫卫国。卫国扭头看着刘秧，就像一只垂死的狗看着刘秧。刘秧说别喝了。她冲到卫国坐着的沙发旁，想把卫国歪斜的身子扶正。她每扶一下，卫国的身子就滑一下。卫国快要滑到地板了。

突然，卫国雄赳赳地站起来，说别拉了，我没事。刘秧说这样喝下去你会没命的。卫国说五百元你不要了？刘秧说不要了。卫国说我从来不欠别人的钱，你不要，我也要还你。刘秧说你再喝我可不管了。卫国说你走吧。刘秧挤出人群，朝门口走去，她笔直的大腿苗条的身材在门口一闪就不见了。卫国想她终于走啦，在这个大厅里现在没一个认识我的。他们都不知道我是谁。

卫国收回目光，端起酒瓶，他的手和酒瓶晃动着，几滴酒洒落到茶几上。在胡作非眼里，这是多么珍贵的几滴。他说你的酒泼出来了。卫国把酒瓶放下，说我另喝一瓶。卫国拿起另一瓶，灌得嘴里发出咕咚咕咚的声音，就像一曲音乐。现场忽然安静，他们被这种美妙的声音打动。酒瓶搁回茶几，围观者这时才记住喘气。他们的喘气声此起彼伏。胡作非做了一个深呼吸，又拿起一瓶酒。他喝酒没有一点声音，人们只看到瓶子里的酒无声无息地减少。当他瓶子里的酒减到只剩下半瓶的时候，突然又回升了。胡作非把喝到嘴里的酒部分地吐回酒瓶，用手帕捂着嘴巴离开现场。

　　需要很大的力气，卫国才能睁开眼睛。他目送着被他打败的人消失在卫生间的门口。胡作非的身影刚一消失，卫国就瘫倒在地板上。他听到刘秧叫卫国，我们胜利了。卫国想原来她没有真正离开，她只是骗骗我，原来她没有离开。卫国轻轻地说皮……皮箱，快把那只该死的皮、皮箱拿来，里面有一瓶解酒药。刘秧说你说什么？我听不清楚，你能不能大声一点儿？卫国说皮、皮箱……刘秧摇晃他的肩膀，说卫国卫国，你别睡觉，我们胜利了。这是卫国听到的最后一句话。他感到很温暖，因为他听到了"我们"，还听到了"胜利"。

　　警察赶到现场，他们搜了一遍卫国的口袋，没有搜出任何东西，只搜出一把缠满头发丝的牙刷。一位警察举着牙刷问刘秧，这是你的牙刷吗？刘秧接过牙刷，拉开缠在牙刷把上长长的发丝，突然哭了。她举着那把牙刷说卫国，你这个流氓，你这个骗子，你竟然跟过其他女人，你为什么要骗我？骗我的感情。告诉我，这是谁的头发？你告诉我这是谁的头发？你跟她睡过吗？睡过多少次？你爱她吗？她有我可爱吗？她有我漂亮吗？她比我善良吗？她是不是一个麻子？是不是一个瘸子？是不是一个骗子？你怎么会跟这样的女人？她哪里有我好。说呀，她有我善良吗？卫国……刘秧拍了一下卫国的脸。卫国的脸部已经完全僵硬，刘秧再也摇不动他的膀子了。她把卫国僵硬的头枕到自己的腿上，继续哭。呜呜呜呜……卫国呀卫国……

　　哭着哭着，她忽然抬起头，说警察叔叔，他真的叫卫国吗？

19

　　十四岁的时候，卫国就开始想女人了。他记得那是一个夏天，有许多美好的事情跌跌撞撞地到来，空气里都是馒头的味道。河水光滑，天空干净，老师讲课的声音比鸟叫还好听。每当邻居的女孩从他家窗前走过，他的胸口就像填满炸药,爆炸一触即发。但迫于父亲的压力,他把导火线延长了再延长,发誓至少在成为教授以后才谈恋爱。由于这个誓言,他把二十八岁以前的所有精力都献给了力学。

这年夏天,年仅二十八岁的他被破格评为物理系副教授,于是他又闻到了十四年前馒头的味道。这种味道铺天盖地,像一张硕大的嘴把他一口含住。卫国被这张气味的大嘴咬得遍体鳞伤,细胞们都发出了呻吟。卫国想这不就是爱情的叫声吗?河水光滑天空干净,我讲课的声音比我的老师还动听。许多和卫国年龄差不多,或稍大一点儿又没评上副教授的同事都叫卫国请客。他们碰上一次卫国,就说一次请客,说得嘴角都起了泡沫,以至于这种评上副教授与吃饭的偶然联系,在他们的反复强调中快要变成了一种必然。但是卫国嘴里虽然哼哼地答应,却没有实际行动。他想时间迟早会败坏他们的胃口。

到了周末的中午,李晓东从食堂打了一个盒饭,一边吃一边往卫国的单身宿舍走。他每走一步就往嘴里喂一口饭菜,等他走到卫国的门前,正好把盒里的饭吃完,就像是掐着秒表吃的,就像是拉着皮尺量着距离吃的。他抹了一把嘴巴,用沾满猪油的手拍打卫国的房门。那扇油漆剥落的门板,因此而留下了他的掌印。掌印好像是拍到了主人的脸上,屋内立即传来一声懒洋洋的声音:谁呀?一听这声音,李晓东就知道卫国正在睡午觉。李晓东说是我。

房门裂开一条缝,缝里刮起一阵风。李晓东看见卫国穿着一条蓝色的三角裤和一件布满破洞的汗衫站在门缝里,说你有什么事?李晓东说没什么事,就是想找你聊一聊或者是下一盘象棋。卫国合上门,说我要睡午觉。李晓东把门挡住,说今天是周末,干吗要睡?卫国说你不是不知道,我有睡午觉的习惯。李晓东说核能专家卫思齐睡过午觉吗?卫国说他是他,我是我。他留过学,喜欢奶酪和生吃蔬菜,工作和生活习惯全盘西化,我又没留过学。

提到父亲卫思齐,卫国的睡意就去了一大半。他开始往身上穿一条松散的中裤。李晓东说如果你实在想睡午觉,我们只下一盘,半盘也行,我的手痒得快要犯错误了,就想摸一摸那些马那些炮。

平时,李晓东不是卫国的对手,卫国三下两下就可以把李晓东的老帅吃掉。但是今天的李晓东下得特别慢,他每走一步棋都要思考半天,甚至还频频上厕所。卫国说晓东,你的膀胱破了吗?李晓东像伟人那样用双手撑住下巴，两道眉毛锁在额头上，眼睛仿佛已经洞穿了棋盘落到了地板上，也许连地板也盯烂了。看着李晓东，卫国突然笑了一下，想得眉头都打结了，却一步棋也走不动，难怪评不上副高，脑子肯定是注水了。卫国捡起床头的一张报纸漫不经心地看着，等待李晓东往下走。他把报纸从头到脚看了一遍，李晓东还一动不动。卫国想这哪里是下棋，分明是在谋财害命。他用报纸盖住棋盘，说不下了，不下了，还是睡午觉吧。

李晓东推开报纸，点燃一支烟狠狠地吸，一棵由烟雾组成的树立即从他的头上长起来。卫国又把报纸盖到棋盘上，用手指了指墙壁。李晓东顺着卫国的手指看过去，墙壁上写着"不准吸烟"。李晓东说今天可不可以例外？你都已经评上副高了，怎么还不让吸烟？卫国端起棋盘上的茶杯，举到李晓东叼着的香烟嘴上，香烟嗞的一声灭了。一股风正好从窗口吹进来，把棋盘上的报纸吹到了一边。李晓东用讨好的口气说让我再看看。他知道这盘棋几乎走到了尽头，最多还有三步可走。但是西出阳他们为什么还没有来？他们不来，我就不能走这三步，不能把棋这么快输掉。卫国打了一声长长的哈欠，把刚才穿上去的中裤脱了下来，重新露出那条蓝色的三角裤，说你这棋没法走了，还是睡午觉吧，别影响我睡午觉了。

卫国刚想躺到床上，就看见戴着高度近视眼镜的西出阳出现在门口。西出阳说你们还在下？我还以为你们不等我了。卫国说等你干什么？西出阳说不是说你今天请客吗？卫国跳下床，说谁说我请客了？谁说的？我有什么理由请客？西出阳说有人打电话给我，叫我到你这里来喝酒。卫国重新躺到床上，说真是抬举我了。这时一阵乱哄哄的声音从门口传来，吕红一、夏目漱和莫怀意像一群饥饿的难民来到卫国的房间。吕红一说都来了，那么说是真的了？听说卫国要请我吃饭，我还以为是别人造谣。卫国侧脸面对墙壁，装作没有听见。吕红一和夏目漱把他从床上架起来，一直把他架出门口。卫国说你们没长眼睛吗？我还没穿裤子。他们让卫国穿上裤子，然后又架着他往楼下走。卫国说你们还没吃午饭吗？西出阳说没有。卫国说李晓东，这是怎么回事？你不是吃午饭了吗？李晓东看了西出阳一眼，说吃过了再吃，现在就去吃。卫国说我还没有带钱包。莫怀意举起一个皮夹子，说我已经帮你带上了。

卫国被他们挟持到大排档。这是学院附近有名的大排档，百来张餐桌沿马路一字排开，站在这头望不到那头，到处都是弯腰吃喝的人群。他们的头低下去，膀子高耸起来，嚼食的声音像从扩音器里传出来一样响亮。西出阳之流从中午喝到晚上，喝掉了五瓶一斤装的二锅头。除了卫国，他们每个人都有些摇晃。夏目漱举起一杯酒递给卫国。卫国说我不喝。夏目漱说无论如何你得把这杯酒喝下去。卫国摇摇头。夏目漱强行把杯子塞进卫国的嘴巴。卫国紧咬牙齿，酒从他的两个嘴角分流而出滴到他的裤子上，裤子上像下了一阵雨。夏目漱想用杯子撬开卫国的嘴巴，但是卫国的牙齿比钳子还硬，酒杯被他咬破了。

餐桌上响起一巴掌，那是李晓东拍出来的，所有的碗筷和酒杯都战战兢兢，嘈杂的声音突然消失，目光都聚集在他的脸上。李晓东的手在头发上一撩，藏在里面的一条伤疤暴露在灯光下。他说卫国，你看看这是什么？卫国说一条又长又丑的伤疤。李晓东说知道它是怎么留在上面的吗？卫国说不是偷看女生洗澡跌破的，就是小时候要不到零花钱，一头撞到桌子上撞伤的。李晓东抓起一个酒瓶在桌上一敲，酒瓶的底部立即变成了牙齿，它像张开的鲨鱼嘴对着卫国的脸。李晓东说这酒我们喝得你为什么喝不得？告诉你，这条伤疤就是劝别人喝酒时留下来的。李晓东的半截酒瓶又向前递进一步。

卫国突然想离开餐桌，但是被夏目漱一把按住。这时吕红一抓住他的左手，夏目漱抓住他的右手，莫怀意按住他的肩膀，李晓东抓住敲烂的酒瓶，西出阳端起酒杯。卫国已被重重包围。西出阳把酒杯送到卫国的嘴边，像父亲对儿子那样亲切地说喝吧，何必亏待自己呢。西出阳一连往卫国的嘴里灌了五杯二锅头，大家才把手从卫国的身上拿开。大家把手一拿开，一直站着的手里捏着酒瓶的李晓东哗啦一声坐到地板上，就像一摊水洒在地板上。他已经醉得连站的力气都没有了。

整个餐桌被卫国那张比红墨水还红的脸照亮。他稳住身子，举起酒杯说晓东，你不是说要喝酒吗，来，我和你干一杯。卫国没有看见李晓东已经跌在地板上，他的酒杯在空中晃了一下，自己就喝了起来。

20

西出阳问卫国，喝了几杯后你最想干什么？卫国说想、想女人。吕红一说想谁？卫国说冯、冯尘……夏目漱说冯尘是谁？卫国一挥手，说现在我就带你们去见、见她。

卫国走在前面，其余的人都跟着他。李晓东实在醉得不行，就由莫怀意和夏目漱挽扶着。他们走走停停，像糨糊一样粘在一起，走的时候三个人一起走，斜的时候三个人一起斜。只有西出阳和吕红一还跟得上卫国的步伐。

他们来到女生宿舍门口，想从铁门闯进去。门卫拦住他们。卫国说你把冯尘给我呼呼呼出来。门卫对着话筒喊了几声冯尘。西出阳看见一个穿着花格子裙的女生从里面走出来。她的腰部细得一把就可以掐断，臀部却大得像个轮胎，胸前挺着的地方在昏暗的路灯中上下跳跃，像两个正在奔跑的运动员。西出阳预感到一件大事正朝着他们走来。女生前进一步他就后退一步。他后退一步，其他人也跟着他后退一步。他们一直退到阴暗的角落，只留下卫国一个人孤零零地站在铁门前，让门口那只一百瓦的灯泡照耀着他的头顶，同时也照耀在他头顶飞舞着的细小的蚊虫。

女生走出铁门，看见卫国站在离铁门十几远米的地方。那是什么地方？那是铁门前最明亮的地方。光线罩着卫老师。她慢腾腾地走过来，一边走一边朝四周看，没有发现别的人，就走到卫国面前，说是你找我吗？卫老师。卫国的鼻孔里喷出几声粗气，双手往前一合抱住冯尘，说冯尘，我、我……话没说清楚，他的嘴巴已经狠狠地撞到冯尘的脸上。由于撞击的速度过快产生了加速度，卫国的鼻梁一阵发酸。这一酸，使其他动作没有及时跟上。冯尘趁机扬手扇了他一巴掌。

门卫从铁门里跑出来，路过这里的学生也围了上来。都已经二十二点钟了，哪来那么多学生？他们像从地里冒出来似的，那么迅速那么密集。卫国的眼睛本来就模糊了，现在突然看见那么多学生，眼睛就更加模糊。他被那么多的学生吓怕了，紧紧地抱着冯尘，嘴里不停地说他们要干什么？

面对愈来愈多的人群，冯尘又及时地给了卫国一巴掌。这一巴掌把卫国的手打松了。他的身体像一件挂在冯尘身上的衣裳，沿着冯尘的身体往下滑落，而且还在冯尘的胸口处挂了一下。卫国横躺在地上，眼睛慢慢地合拢，像一个临死的人。冯尘这时才想起自己没有哭。我为什么不哭？我现在就放声大哭。冯尘哇的一声哭了。她哭着转身跑进女生宿舍。她的哭声就像一只高音喇叭，盖住了学生们的声音。

四名保安把卫国抬到保卫处的办公室。他们把他放到办公桌上，就像放一头刚刚杀死的猪。他们向卫国问话，回答他们的是鼾声和酒气。保安摇动他的膀子，摇啊摇，他们没有摇出话来，却从他的嘴里摇出一堆食物。保安乙端起门角的半桶水,对着办公桌上的那堆食物想冲。保安甲推开保安乙的水桶,说慢,也许这些食物对我们破案有用。四名保安立即围住那堆食物,他们的额头亲切地碰了一下,然后各自往后收缩了几厘米。他们看见这堆食物里包括了豆芽、鸡肉、苦马菜、竹笋以及……以及什么呢?他们再也看不清楚里面还包括了些什么?学院为了节约用电,只在他们头上安装了二十五瓦的灯泡。这样的灯泡无法分辨出这么一堆复杂的食物。保安丙从抽屉里拿出一个手电筒,手电筒的光正好把那堆食物罩住。但是除了豆芽、鸡肉、苦马菜、竹笋,即使再加几个手电筒,他们也没能多叫出一种食物的名称。在这堆食物中,有一块硬东西。保安乙说是没有嚼烂的姜。保安丁说是一块骨头。保安丙说他怎么会把骨头吞进去呢?保安甲说我看像一块石头。他们为那块坚硬的东西争论起来。

争了一会儿,保安乙把那半桶水提到桌子上,用一只口盅往卫国的嘴里灌水。水刚刚流进卫国的喉咙,只停了两秒钟便从他的嘴里喷出来,一直喷到天花板上,像一个小型的喷泉,水花四射,可惜没有音乐。他们不得不承认卫国是真的醉了,但是审问必须在今夜进行。他们赶走窗外的围观者,拉上窗帘,关上门,每人嘴里叼上一支烟。从他们没有完全被香烟堵死的嘴角,不时冒出:姜、骨头、石头。他们坐在办公室的沙发上,不时地争论,耐心地等着卫国开口。

等地板上铺满烟头的时候,卫国叫了一声水。保安甲扶起卫国,把一口盅凉开水递给他。他揉揉眼睛问保安甲,这是在哪里?保安甲说这是保卫处。卫国的口盅立即落到地板上。那是一只掉了把的搪瓷口盅,它落在地板上时没有发出破碎的响声,只是当啷当啷地在地板上滚动着,一直滚到门角才停下来。卫国说他们呢?保安甲说哪个他们?卫国说西出阳他们。保安甲说我没有看见他们。卫国跳下桌子朝门口走去。保安乙拦住他。他说别拦我,我要回家。保安乙说你把问题说清楚了才能回去。卫国说什么问题?保安乙说你对女学生耍流氓的问题。卫国说哪个女学生?保安乙说冯尘。卫国说不可能,这怎么可能?保安乙说怎么不可能,起码有三百多个学生可以作证。卫国睁大眼睛,头上像浇了一盆冷水,他现在唯一的念头就是尽快从这里逃走。

他挣脱保安乙拉开门想往外冲,保安丙立即用自己肥胖的身体堵住门缝,他的头撞到保安丙的胸口上。保安丙说你竟敢撞我?他本想向保安丙道歉,但保安丙已经把他推倒在地板上。他从地板上站起来,身体摇摇晃晃,丧失了平衡。他的手在空中挥舞着,想要抓住一件可靠的东西来稳住自己。他抓到了办公桌上的水壶。水壶摇晃一下,从桌上摔下去。一个水壶摔下去,两个水壶摔下去,三个水壶跟着摔下去。它们全摔碎了。保安丁说你竟敢砸保卫处的水壶?卫国听保安丁这么一说,身子竟然不摇晃了。他想才几秒钟时间,我又是撞保安又是砸水壶,这不是罪上加罪吗?我可是彻底地完蛋啦。但是我要从这里出去,我只想从这里出去,我不撞你们打你们不砸水壶不对女学生耍流氓,真的我只想从这里出去。

卫国抓起一把椅子护住自己的胸膛朝门边走。保安甲说你想打架吗?卫国说不,我要出去。保安甲说把椅子放下。卫国说只要让我走出门口,我就把椅子放下。但是我求你们,求你们不要往我的椅子撞。保安甲伸手去抓卫国手里的椅子。卫国把椅子高高地举起来,在举的一瞬间椅子腿挂到了保安甲的下巴。保安甲倒下了,下巴冒出一股鲜血。保安乙说你竟敢打保安?放下,你再不放下,我就把你铐起来。卫国想我又犯下了一条打保安的罪名,这下可真的完蛋啦,完蛋就完蛋吧。他举起椅子,朝玻璃窗砸过去,窗口上的玻璃稀里哗啦地塌下来。他一屁股坐在玻璃上,嘴里发出呜呜呜的哭声,哭声夹杂着说话声。我叫你不要往椅子上撞,你偏要往椅子上撞,这不是逼我吗?我都快三十岁了,还没谈过恋爱,都已经是副教授了,还没吻过女人。你们干吗还要逼我?

21

被卫国拥抱之后,冯尘给母亲打了一个电话。这一夜她几乎没有合眼。墙壁是黑的,窗口也是黑的。她看见一只手,正在黑漆漆的窗口上粉刷。那只手一来一往,把白色的油漆均匀地涂到方框里,刷子所到之处,窗口慢慢地变白。几丝黏稠的油漆从刷子上脱离,滴到窗台上,窗台于是也变白了。

天亮了,冯尘从床上坐起来,第一个念头就是去食堂打早餐。但是她想这是不是太正常了?我既不能去打早餐,也不应该去上课。冯尘重新躺到床上,一躺就躺到下午。这一次她是真的睡着了。

冯尘是被楼下的一阵气喘声惊醒的,那是哮喘病患者发出来的粗糙而又亲切的喘息声,现在它正沿着楼梯透迤而上,一直透迤到她的床前。听到喘息声隔着蚊帐喷到自己的脸上,冯尘突然想哭。但是她怎么也哭不起来。冯尘打开蚊帐，看见母亲红歌的眼圈让那些差不多要流出来的泪水泡红了。母亲抹了一把眼眶，说你哭过了吗？冯尘说哭过了。母亲说我想见见他。冯尘说可是我不想见他。母亲说你以为我真想见他吗？NO，是我的手掌想见他。自从接了你的电话，我的手掌一直都在躁动，现在已迫不及待了。冯尘说你想对他怎样？母亲说不怎么样，就想狠狠地扇他一巴掌。冯尘说我已经扇过了。母亲说他这么流氓，一巴掌算得了什么？一巴掌算是便宜他了。冯尘说还是算了吧，我还要在学校待下去。母亲说怎么能算了？我把你养大容易吗？我跟单位请假容易吗？好不容易来一趟，怎么能算了？你去不去？你不去我就一头撞死算了。

冯尘带着母亲来到卫国住宿的单身汉楼前。这时太阳正好偏西，光线照着她们的背部。尽管她们离楼房还有十几米远，但是她们的影子却先期爬上了楼梯。红歌比冯尘肥胖一倍，所以她的影子也比冯尘的影子肥胖一倍。她走一步骂一句，每一声骂都顶得上一颗炮仗。冯尘说妈，你能不能小点儿声？红歌说我干吗要小点儿声？又不是我耍流氓。冯尘弯下腰，说妈，我的凉鞋坏了，我走不动了。红歌推了冯尘一把，说那就提着凉鞋走，告诉我他住在哪一间？冯尘指着四楼的一个房间。红歌甩下冯尘，朝着四楼飞奔而去。喘息声消失了，母亲身轻如燕，跑得比卡尔·刘易斯还快。

楼上很快就传来了拍门声和母亲的叫骂声：你这个流氓，为什么不开门？你怕了是不是？既然害怕，为什么还抱我的女儿？谁抱我的女儿，谁就不得好死。开门，快开门，让我看看你的脸皮有多厚？让我看看你的脸皮有几斤？让我看看你经不经得起我的一巴掌？

冯尘冲到四楼，看见母亲还执着地拍打着门板，每一次都把她肥大的手掌拍到门板的一个手印上。嘭嘭嘭……门板快要被拍垮了。冯尘的到来，使红歌的胆子更壮。她说你来得正好，现在你跟着我一起骂，我骂一句，你骂一句，一直把这扇门骂开。红歌清清嗓子，骂道：你也有父母，你也有姐妹，如果别人对你的亲人耍流氓，你会怎么想？骂呀，冯尘，你怎么不骂？冯尘犹豫了一下，骂道：你也有父母，你也有姐妹，如果别人对你的亲人耍流氓，你会怎么想？红歌的手臂在空气中一挥，说你的声音比蚊子的声音还小，连我都听不清楚，他怎么会听见？你要骂大声一点儿，还要愤怒，就像我这样。红歌张开大嘴，提高嗓门：你也有父母……来，再来一次。冯尘张了几次嘴巴都没有骂成。她看见七八个老师围过来。冯尘说妈，你别在这里丢人现眼了。红歌说我丢什么人了？丢人的是他。你到底骂不骂？冯尘说不骂。红歌说你真的不骂？冯尘说不骂。红歌说原来你并不恨他，原来你跟他是一丘之貉。你不骂我骂。红歌扯着嗓门又骂了起来，谁对我的女儿耍流氓，谁就给我站出来，知道吗？这是要负法律责任的……

冯尘转身跑开。

22

西出阳跑到保卫处，看见四名保安端坐在各自的座位上，保安甲的下巴贴着一块纱布。西出阳问卫国呢？你们把卫国关到哪里去了？四名保安相互看了一眼，没有谁回答西出阳。西出阳说一定是出事了，卫国的房门和窗户紧闭着，冯尘的母亲在他门口骂了大半天都没有把门骂开。保安乙说我们已经把他放了，天差不多亮的时候他才从我们这里出去。西出阳说他会不会自杀？保安乙说不会吧，我们只叫他按了一个手印，他连手都没有洗，就走了。西出阳说你们还是去看看吧。

保安乙和保安丙跟着西出阳来到卫国的房门前。红歌就像看见了救星，说盼星星盼月亮，终于把你们给盼来了。你们把他叫出来，让我扇他一巴掌，就一巴掌，否则我就站在这里直到把他骂死。保安丙推开红歌，拍了几下卫国的门板，大叫几声卫国。屋子里没有声音。保安丙解下皮带上的警棍，对着门框上的气窗来了一下，玻璃哗啦哗啦地掉下来。保安乙双脚往上一跳，两手抓住门上方的横条，做了一个引体向上，头部从气窗伸进去。他看见里面摆着一张床，床上铺着凌乱的床单，旁边一个锑桶、一个皮箱、一个衣柜、一个书桌、一把藤椅、一张小圆桌、四张折叠椅，就是没有人。他摇摇头，双手一松，身体落地，说他不在里面，除非他睡到床铺底下。他会睡到床铺下吗？他是什么职称？西出阳说副高。保安乙说那他不可能睡到床铺底下。我们没有逼供，他怎么会不见了呢？也许他出去喝酒去了。你叫什么名字？西出阳。保安乙说有什么情况随时向我们汇报。

一连两天，西出阳都在注意卫国的宿舍。一切迹象表明，卫国不在宿舍里。到了第三天下午，西出阳发现一股浓烟从保安敲碎的气窗里冒出来。西出阳一口气跑上四楼，双手扒到气窗上。他看见屋子里除了烟雾还是烟雾，一个模糊的身影正在烟雾里烧信件。西出阳说卫国，你千万别想不开，你千万别把那些论文烧了,别把研究宇宙飞船的资料烧了。卫国只管低头烧信,没有抬头看扒在气窗上的西出阳。西出阳扒了一会儿,手臂一松掉到走廊上。他甩甩手,休息一会儿,又重新扒上去。如此反复几次,烟雾愈来愈浓,那个模糊的卫国已经被浓烟紧紧地包裹。西出阳踢了几下门板。门开处,一股呛鼻的气味冲出来。卫国的身子摇晃一下,勉强靠在门框上。西出阳发现卫国的脸瘦了一圈,像脱了一层壳。西出阳说原来你真的在里面?他们没有看见你,你是不是睡在床铺底下?卫国用舌头舔舔嘴唇,说水。西出阳把耳朵贴到卫国的嘴上,说什么?你说什么?卫国说我要辞职。

23

卫国抱着讲义夹走进教室时,学生们还以为走进来的是一位新老师。等他站到讲台上,用目光在教室里扫了一遍以后,学生们才记起这张似曾相识的面孔。卫国瘦得连一阵轻风就可以把他吹倒。

教室里座无虚席,这使卫国的心里略略有一丝兴奋。他放下讲义夹转身在黑板上写下一个大大的 N 和一个大大的 S,然后指着 N 说,同学们,这是什么?学生们回答北极。他又用手指了一下 S,学生们回答南极。他说你们都知道,这是磁极中的南极和北极,它们只要稍微靠近就会紧紧地贴在一起。现在我给它们分别加上一个名字。卫国在 N 的旁边写上张三,在 S 的旁边写上李四。

如果给它们一加上名字,你们会想到什么?秦度你说说。秦度站起来,说它们一个是男人一个是女人。教室里滚过一阵笑声。卫国说坐下,冯尘同学。卫国朝冯尘看过去,一些知道内情的学生也跟着卫国的目光朝冯尘看过去。冯尘把脸埋在课桌上,一堆浓黑的头发盖住她的脸。卫国说冯尘同学,请你站起来回答问题。冯尘同学还是没有站起来。卫国叫周汉平同学。周汉平站起来。卫国说如果你看到 N 和 S 贴在一起会惊讶吗?周汉平说不会。卫国说但是你看到张三和李四贴在一起,是不是很惊讶?周汉平说有一点儿。

卫国拍拍讲台,一团粉笔灰蹿起来,像雪花弥漫。学生们再也看不见他,但是却听得见他。他说物与物异性相吸是一种我们司空见惯的现象,但是人与人为什么就不被司空见惯?其实我们都是女娲用泥巴捏出来的一种物。我们都是泥巴。在卫国的"巴"字声中,粉笔灰纷纷下落,卫国又重新回到学生们的视野。这时他看见周汉平仍然站着,就说了一声坐下。周汉平坐下。

我已经好几天没睡觉了,你们看,卫国摸了摸自己的下巴,说你们都快认不出我了吧?这时卫国发现冯尘的头发裂开了一道缝。她一定是在偷偷地看我。卫国举起一张纸,说知道我为什么这么瘦吗?就是为了这一份问卷。希望你们本着为老师负责的精神,认真地回答。

卫国从讲义夹里拉出一沓问卷走下讲台,分发给学生。问卷的内容包括"辞职有什么利弊?卫老师应不应该辞职?"等两项。发完试卷,卫国背着双手像平时监考那样在教室的空道里走来走去。他的身体在走,眼角的余光却落在冯尘的头发上。冯尘一直把头埋着。卫国想她还是碍于面子。这时,保安乙和保安丙拿着一个本子走进教室。卫国说出去,没看见正在考试吗?保安丙打开本子,说请你按一个手印。卫国说不是按过了吗?保安丙说那是耍流氓的,这是殴打保安和砸窗口的。卫国说你才耍流氓。我没有殴打保安,是保安自己碰到椅子上。保安乙说保安就是傻瓜吗?就会自己往椅子上碰吗?你把我们当什么人了?卫国说你们承不承认那晚我喝醉了?保安乙说打人的时候,你已经不醉了。卫国一转身,说同学们,真是冤啦,那天下午我们喝了五瓶二锅头,他们竟然说我没喝醉?真是岂有此理!你们知道我从来不喝酒,可是那天下午我们喝了五瓶,我一个人就差不多喝了一斤,他们竟然说我没喝醉?

说着说着,卫国发现所有的学生都在看着他笑。他们的嘴巴张大了,声音却没有传到我的耳朵里。我的耳朵出问题了吗?我干吗要跟学生说这些?卫国说能不能出去谈?保安丙说你不按手印我们就不出去。卫国夺过保安丙手里的本子,把右手的大拇指戳进印油,然后在本子上狠狠地按了一下。这下你满意了吧?卫国把本子丢到地上说,滚出去。保安丙捡起本子,退出教室。

24

下课时,卫国紧紧地攥着这些皱巴巴的问卷走出教室。他看见有的问卷上只简单地写着:"利"或"弊";"应该"或"不应该"。有的问卷则长篇大论,话题从国外的政治经济形势引申到国内的政治经济形势,问卷的正面写满了,接着写问卷的背面,但是一直写到最后一个句号,也没讲明该不该辞职,没有给他指出方向。有一半的问卷上写道：卫老师辞职是我院的重大损失。也有几张问卷写着：与我无关。卫国在这一大团乱糟糟的问卷中翻来翻去，他在急迫地寻找熟悉的字体。终于他从四十多张问卷中找到了冯尘的那张，上面写着：弃权。

卫国的脑袋轰地一响。起先他以为是心理的，但仅仅千分之一秒钟疼痛就由脑门向全身扩散。这时他才明白，这是一次真正的响，他的脑门撞到了路边的水泥电线杆。他摸着正在起包的脑门自言自语：我又不是陈景润，为何要撞电线杆？他揉揉那个包，把问卷统统丢进垃圾桶。

同学们拿着饭盒从教室里出来，往第三食堂走去。冯尘最后出来，她的手里拿着一个铝饭盒。她一边走一边甩动手臂，像是要把饭盒里的水甩干。等冯尘来到面前，卫国叫了她的名字。冯尘张了一下嘴巴，满脸惊讶。卫国问为什么弃权？冯尘看了看周围，没有发现熟人，便站在原地不停地甩着饭盒。卫国说你的意见怎样？辞或是不辞？冯尘忍受不了卫国逼人的目光，扭头看着那只装满问卷的垃圾桶。卫国说我就想听听你的意见。冯尘的嘴巴动了一下。卫国以为答案就要从那里出来了，于是拉长耳朵等待。耳朵快拉到了下巴上，答案还没出现。卫国有一丝失望。卫国说你叫我辞，我就辞，我只在乎你的意见。冯尘又动了动嘴巴，问非得说吗？卫国说非得说。冯尘说辞得越快越好，别让我再看到你。

说完这句话，冯尘就拿着饭盒往前跑。跑了十几步，饭盒当啷一声掉到地上。她停下来捡饭盒，卫国追了上去。卫国说那天你母亲骂我，我全听到了。我已经没有父母，他们都死了。我也没有兄弟姐妹。我没有亲人，所以我不知道他们被人耍流氓时，我会是一种什么样的感受。冯尘捡起饭盒，骂了一声流氓，继续朝前跑。卫国对着她的背影说，我不是耍流氓，我是认真的。

流氓，你就是耍流氓，你要是再纠缠，我就起诉你。

25

卫国敲开西出阳的房门，看见西出阳穿着一条三角裤躺在床上。卫国说她恨死我了。西出阳说她不告你，已经很给面子了。卫国说我是真的爱她，如果不是醉酒，我会等到她毕业以后再表白。西出阳对着眼镜哈了一口气，用纸巾擦着厚厚的镜片，说那天晚上你是真醉还是假醉？卫国说不是你把我灌醉的吗？西出阳说我是第一个醉的，我什么也不记得了，我还以为你是装醉。卫国想他竟然不记得了，明明是他把我灌醉的，他竟然不记得了，竖子不足与谋。

敲了好久，吕红一才把门打开。卫国看见吕红一的房间里坐着一个女的，床下散落几团卫生纸，到处都是青草的味道。卫国说正忙呢？吕红一说没关系，进来吧。卫国走进来，坐到书桌前的藤椅上。卫国说她骂我流氓了，你说我还有没有戏？吕红一没说话，只一个劲地朝卫国点头，傻笑，还不停地跟姑娘挤眉弄眼。卫国想他根本就没听，于是刹住话头。吕红一以为卫国还在讲，头依然在点，脸依然在笑。卫国说你点点点什么？我都不说话了。吕红一啊了一声，说我一直在听呢，你为什么不说了？卫国说我就想请你帮我判断一下，我对冯尘还有没有戏？吕红一笑笑，说你说什么？卫国从藤椅上站起来，说你根本就没听我说话。

站在楼外的草地上，卫国的额头上挂满汗珠。他把狐朋狗友都想了一遍，顿觉这个中午没有一点儿意思，虽然阳光灿烂，蝉声高唱，但就是没意思。他不知道下一步该往哪里，便漫无目的地走着，走到了莫怀意的门前，看见门板上贴着一张字条："本人已出差，有事请留言。"一支铅笔吊在门框上轻轻地晃动，一沓裁好的纸片装在一个纸盒里。卫国好奇地把那些纸片掏出来，纸片上干干净净，一句留言都没有。卫国把那些纸片放进去，再往前走两间，到了夏目漱的房间。他敲了敲门板，里面无反应，便把耳朵贴到门板上，什么也没听见。难道你们都出差了吗？

现在所有的希望都寄托在李晓东身上。卫国朝前走了三百米，转了两次弯，来到十九栋李晓东的门前。李晓东的门敞着，他正平举哑铃做扩胸运动。卫国说晓东，我是来跟你道别的，我要辞职了。他的语气里有一丝凄凉，把李晓东的热汗吓成了冷汗。李晓东放下哑铃，伸手摸卫国的脑门，说你没有犯病吧？卫国打掉李晓东的手，说你才犯病。李晓东说不犯病干吗辞职？开什么国际玩笑？你刚评上副高，干吗要辞职？卫国说不干吗？李晓东摇摇头，捡起哑铃又练了起来。卫国听到他的喘气声愈来愈粗，忽然，他冒了一句：你怎么会辞职？我知道你是在跟我开玩笑。卫国转身离去。

午休时间，校园的大道上只有稀稀拉拉的几个人。卫国走在大道上，有些迷茫。身后，突然刮起一阵风，半张报纸吹到他的脚后跟。他朝报纸踢了一下。报纸似乎害羞了，停在原地打转，等卫国往前走了几步，它又跟上。

卫国拐弯,它也跟着拐弯,好像它是他养的一只宠物。卫国弯腰把报纸捡起来,瞄了瞄,发现上面登着一则招聘启事。卫国赶紧拍掉报纸上灰尘,眼睛顿时亮了。

26

收拾好皮箱,卫国想总得找个人告别吧,有谁值得告别呢?没有。他呆呆地坐在皮箱上,看着手表,鼻孔里涌起一股酸涩。他抽抽鼻子,说冯尘,对不起,请接受我的道歉,请原谅。墙壁静悄悄的,上面贴着"不准吸烟"四个字。

卫国提着皮箱朝校门走去。几辆的士从他面前驶过,他没有招手。他想一步一步地走出这个他生活了几年的校园,甚至还想量一量从他住宿的地方到校门口到底有多少米?他一步一步地量着,当他量到莫怀意宿舍的时候,忽然想弯进去给莫怀意留几句话。也许,他是值得我告别的,也许他一点儿也不值得我告别,但是,我总得跟一个人告别,我不是灰尘,又不是风,我得留下信息,免得他们报案或者到河里去找尸体。

怀意兄,我没脸待下去了,我走了。

卫国看看自己的留言,似乎是不满意。他把纸片捏成一团丢到地上,掏出一张新的纸片另写。他写道:怀意兄,只有你才是我的兄弟,所以我要告诉你,我走了。卫国看了一会儿留言,摇摇头,又把纸片捏成一团,丢到地上,重新掏出一张,发了一会呆,然后写道:怀意兄,不要问我到哪里去?我的故乡在远方。

他对着纸片又看了一会儿,仍然不满意。他不知道写什么好,拿着铅笔的手开始抖动起来,新的纸片被他戳出了好几个洞,一滴泪掉到纸片上。卫国想我哭了吗?我怎么哭了?真没出息。卫国抹了一把眼角,写道:怀意,请代我向冯尘道个歉,我去海边找工作,谢谢!你的朋友卫国。

27

卫国提着皮箱爬上一列南下的火车。火车驶出郊外,他透过车窗看见学院的围墙和冒出围墙的楼房、树顶。多么熟悉的围墙,多么浓烈的酒味。卫国闻到了从几公里之外的校园飘过来的酒味。

火车哐当哐当,窗外闪过一座座村庄和一排排树。卫国突然感到脖子上奇痒难耐,用手抓了一下脖子,抓出一根头发。头发愈拉愈长,他用双手把它绷直,发现这是一根微微卷曲的头发,发梢染成黄色。目测,头发长约六厘米。谁的头发?卫国看看对铺,是个短发男人,抬头,看见一位女人盘腿坐在中铺梳头。她的身子微微外倾,头发悬在空中,每梳一下,就有几根头发掉下来,落在卫国的头上、肩上。

女人发现卫国瞪着两只涂满生血的眼睛,目不转睛地看着自己,忙从中铺跳到下铺,嘴里不停地说对不起,我不是故意的,我马上给你拈掉。她的手指在卫国的脖子上和肩膀上拈了起来。她拈一下,卫国的脖子就缩一下,好像她不是在他的脖子上拈头发,而是往他的脖子里放冰块。拈了一会,她的手里累积了十几根长发。她把长发缠到牙刷把上,绿色的牙刷把变成了黑色的牙刷把。

火车在她缠完头发的时候到达一个车站,车窗外挤满食品推车,七八根粗细不一黑白分明的手臂从窗口伸进来。她从那些手臂上买了一大堆食品。拿到钱的手臂从窗口退出去,但新的手臂又举着食物伸进来。手臂们坚持着,一直等到火车晃动,才恋恋不舍地消失。

当她确认火车已经启动,便把一只鸡腿高高地举起,递到卫国的嘴边,说吃吧。卫国摇摇头。她说别客气,我叫顾南丹。卫国说不饿。顾南丹说不饿也得吃,谁叫我的头发掉到了你的脖子上呢?这只鸡腿,算是我给你的精神赔偿费。卫国接过鸡腿,放到边桌的饭盒上。火车晃了一下,鸡腿差点儿滚下来。卫国的双手及时护住鸡腿。

所有的人都在吃,包括顾南丹。他们满嘴流油。车厢里充斥着鸡腿、牛肉干、方便面、瓜子和花生的气味。在他们呱嗒呱嗒的嚼食声中,卫国忽然内急。他弯腰从卧铺底掏出皮箱,提着它往过道走,不小心,皮箱角挂住顾南丹的裙角。他每往前走一步,顾南丹的裙子就被撩起来十厘米。十厘米又十厘米,顾南丹的红裤衩都几乎暴露无遗了。关键时刻,顾南丹扯下裙角骂了一句流氓。卫国对"流氓"这两个字特别敏感,警惕地回头,发现顾南丹的脸唰地红了。卫国本想解释,但他实在是急得厉害,便提着皮箱朝厕所跑去。奔跑中,他的皮箱对过道上的人都进行了合理的冲撞。凡是被皮箱合理冲撞过的人,都盯着卫国,他们看见厕所那扇狭窄的门,快要让卫国和他的皮箱挤破了。

等到厕所外排起了长队，卫国才提着皮箱大摇大摆地走出来。这一下他轻松从容多了。他慢腾腾地走回自己的卧铺，看见他们还在吃，但是个别同志已经在用牙签剔牙齿了。卫国把皮箱塞到卧铺底下，打了一个饱嗝，伸了一个懒腰，一副酒足饭饱的样子。顾南丹吐出一粒瓜子壳，说我以为你要到站了。卫国说时间还长呢。顾南丹说那你刚才去哪里了？卫国说厕所。正在吃的人们听说他刚上厕所，都离开他站到过道上去吃。顾南丹往嘴里丢了一粒瓜子，说上厕所干吗提着皮箱？卫国说你知道这是一只什么皮箱吗？顾南丹说不就是一只皮箱吗？卫国说它是我爸爸留苏时用过的皮箱。我爸爸，你知道吗？顾南丹说我怎么知道？卫国说卫思齐，著名的核能专家，参加过中国的第一颗原子弹爆炸试验。顾南丹像真的看到原子弹爆炸那样惊讶地张开嘴巴。

这是一张稍施口红的小嘴巴，在它张开的时候，粉红色的舌头上还搁着一粒黑瓜子。卫国的欲望被这张嘴巴挑逗，全身的皮肉在一刹那绷紧。他学着她的样子，也张了一下嘴巴，但是顾南丹没有被卫国张开的嘴巴吸引。卫国想是不是自己张得太大了，像一头河马，搞不好还有口臭。

卫国盯住顾南丹。顾南丹扭头看着窗外。卫国紧盯不放。顾南丹死鸡撑硬颈，坚持了一会儿，最终还是抵挡不住卫国的流氓习气。她抓起茶杯。卫国说去哪里？顾南丹说打水。卫国抢过她的茶杯，说我去帮你打。卫国像一个小孩，兴奋地跑过去，很快就打回了一杯热气腾腾的开水。卫国指着杯里的开水说，你怎么能自己去打水，万一烫伤了怎么办？你看看，你的皮肤那么嫩，哪里经得起烫。你的身材那么苗条，火车稍稍一晃，你就有可能跌倒。顾南丹眉开眼笑，说不至于吧，你是去北海吗？卫国点点头。顾南丹说旅游？卫国摇头。顾南丹说到北海的人大部分是旅游，到北海不到海边住几天，冲冲浪，那简直是白到。卫国说我连海都没见过。顾南丹再次惊异地张开嘴巴，说不会吧，怎么会呢？

让顾南丹不停地张开嘴巴，是卫国期待的效果。他想一路上我要以她不停地张开惊讶的嘴巴为目的。于是卫国开始说一些他看到过的故事和新闻。他说有一个歹人，在酒里下了蒙汗药，把一对夫妇灌醉，抢了他们十万多块钱，然后反绑他们的手，把他们塞进一个油桶……顾南丹的脖子缩了起来，说太可怕了，你别说了，我想下去买一个哈密瓜。卫国说等火车一到站，我就下去买。顾南丹说火车早就到站了。这时，卫国才发现火车已经到了一个小站。他跑下去买了一个大大的哈密瓜，放到边桌上。火车鸣了一声长笛，哈密瓜晃动起来。卫国和顾南丹同时把手按到哈密瓜上。他们的手碰到一起。站台渐渐退去。卫国说装进油桶还不算什么，他还用水泥把油桶封死，然后把油桶沉到河里。这成了一桩悬案，但凶手想不到半个月之后，河水突然枯干，油桶浮出水面，有好奇的人戳开油桶，发现里面封着两具死尸。公安局接到报案后，立即展开侦破，最后发现凶手是死者生前的好友。

  顾南丹再次惊讶地张开嘴巴，甚至还伸出舌头。她终于伸出舌头了。卫国说所以小顾，出门千万要小心，不要相信任何人。顾南丹说那么我应该相信你吗？卫国说当然，我是什么人？我是好人。顾南丹说好人和坏人又不写到脸上，谁知道？

  卫国在脑海里搜索另一个故事，想再吓吓顾南丹。但顾南丹不买账，她打了一个哈欠。卫国说想睡了吗？顾南丹说好困啊。卫国说你睡我的下铺吧，省得你爬上爬下的。顾南丹说那就谢谢了。卫国说我们没还吃哈密瓜呢。顾南丹从包里掏出一把长长的水果刀。卫国把哈密瓜破开。他们吃了几瓣哈密瓜就睡觉。

  卫国睡到中铺，顾南丹睡到下铺。

短篇小说

你不知道她有多美

春雷说：不，我不是那个意思。我不是说废墟有多美，更不会说地震是美的。你只要看一看我身上的这些疤痕，就知道我不会说地震的好话。傻瓜才会说地震有多美、有多震撼。我是说女人，那个叫向青葵的女人。

她是发生地震那年的春节嫁给念哥的，也就是1976年。念哥姓贝，大名贝云念，是我们家的邻居。年初二，我还睡在床上做梦，他就把我叫醒了。他说春雷，咱们接嫂子去。那年头时兴婚事简办，越简办越体现生活作风健康。念哥是等着提拔的机关干部，当然不敢铺张浪费，说实话，他也没有铺张浪费的能力。

他很简单，就踩着一辆借来的三轮车驮着我去医院接嫂子。他身上的棉衣已经半旧，脚上蹬着洗得发白的球鞋，只有脖子上的那条红围巾是新买的。青葵姐比我们起得还早。我们赶到时，她已经在宿舍楼下等了半个小时，连鼻子都冻红了。念哥把脖子上的红围巾取下来，捂到青葵姐的脸上，驮着她往回走。三轮车被念哥踩得飞了起来，他不时回头看看青葵姐，眼睛笑成一道缝。

我和青葵姐面对面地坐着，头一次离得那么近。我看见她长长的睫毛上像沾着水雾，眼珠子比蓝天还清亮，红扑扑的两腮挂着酒窝，一直挂着，没有停止过。谁都知道青葵姐漂亮，但那一天她是最漂亮的。后来我观察，只有笑的时候她才有酒窝，这证明那一天她都在笑。

念哥的三轮车越快，打在我脸上的风就越大。我的脸好痛。我缩了缩脖子。青葵姐看见了，从包里掏出一盒雪花膏，抠了一点儿抹到我的脸上。她说你看你，脸都冻裂了。她的手像温热的水在我脸上流淌，我舒服得几乎晕了过去，脑海里突然跳出两个字：天使！原来青葵姐是仙女下凡。我甚至想是不是因为有了她，人们才把医生称作天使？现在说出来不怕你笑话，青葵姐这么擦过之后，我三天都没洗脸，甚至还伸出舌头舔了脸上的雪花膏。我一直认为雪花膏的味道，就是青葵姐的味道。

那天，我比念哥还高兴。好多人来吃喜糖。他们来了又走，只有我一整天坐在念哥的屋里。到了晚上，念哥说又不是你娶媳妇，瞎乐什么？快回去睡吧。我恋恋不舍地站起来，怪天黑得太早。青葵姐从里间拿出一个塑料皮笔记本，说你累了一天，这个送给你吧。要知道，像这么高档的塑料皮笔记本那时并不多见。我母亲没有工作，全家靠我父亲的工资，即使看见过这样的本子，我也舍不得买。但这个礼物放在这个晚上给我，我一点儿也不高兴，它像一道逐客令，我收下之后就再没理由待在他们的屋子里了。

很快，整幢楼都知道了青葵姐的美丽。按现在的说法，她很具杀伤力。当天晚上，我的父母就吵了起来。我父亲说你看看人家娶的媳妇，要身材有身材，要胸口有胸口，还是个医生，现在的年轻人真有福气呀！我母亲说人家娶媳妇，看把你急成什么样子了，我就知道你那老毛病没改，想要漂亮的先把我离啦。他们小声地吵着，以为我是聋子。

几天后，三楼的孙家旺也跟她媳妇吵开了。她媳妇怪他看青葵姐看得太傻，看得眼珠子都快爆裂了，说他故意在楼下等青葵姐，还为青葵姐提南瓜。孙家旺可不像我父母那样低声下气，他站在走廊上大声地跟媳妇对骂，其中说得最多的一句就是：我喜欢她，你又能把我怎样？大不了咱们离！那时我觉得孙家旺不要脸，这样的话都说得出口。但到了现在我才明白，他是故意说给青葵姐听的。他是明修栈道，暗度陈仓。大约过了两个月，孙家旺真跟他媳妇离了。后来孙家旺想打青葵姐的主意，我听他对青葵姐说是因为你，我才离的。

这些事我都写到了青葵姐送的笔记本上，但写得最多的还是青葵姐。我想她雪花膏的气味，想她软绵绵的手，想娶她这样的媳妇，想跟她说话，想天天到她家去串门。我还在笔记上画她，开始画得一点都不像，后来越画越像，画得比她的相片还像。如果不是因为崇拜她想做一名医生，也许她送的笔记本早把我培养成画家或者作家了。不知道什么原因，自从青葵姐住进这幢楼，周围的夫妻常常莫名其妙地拌嘴，冷不丁就会从某个窗口传来摔碟砸碗的声音。这是用预制板搭建的大板房，基本上没什么隔音功能。好几次念哥出差了，孙家旺赖在青葵姐的屋里不走。青葵姐就隔着墙壁叫：春雷，你把我的相册拿过来。或者这样唤：春雷，你念哥不是说今天晚上回来吗。

我哎哎地应着，跑到她的屋子里跟孙家旺比坐功。他不离开，我就一直坐着。有时候，那个赖在屋子里的不一定是孙家旺。我不太记得他们的名字了，反正只要念哥一出差，来的男人就特别多，特别复杂，不是孙家旺就是李家旺，不是李家旺就是贺家旺。不管什么男人，青葵姐都叫我过去陪他们，让他们没有下手的机会。青葵姐的那本相册被我拿过来又拿过去，成为到她家去的借口。有好几次那些垂涎欲滴的男人走了，我还不想走，青葵姐就给我热她做的水晶包子，让我一边吃一边听她说念哥的好。我听着，好想让她再给我擦一次雪花膏。但是天气已经不允许了，热了。我的脸也光滑了，再也没有理由了。于是我就装病，不上学也不去医院。母亲没有别的办法，请青葵姐在家里给我吊针。你不知道那样的时刻有多幸福。为了能让她给我扎针，我恨不得天天生病。

当然这不是我接触她的唯一方式。我帮她从楼下提过水，跟她学过打针，为她拆过毛线，还故意站在走廊上朗诵毛主席的《沁园春·雪》。如果我读错了，她会着急地跑出来帮我纠正读音。有时我故意把字读错，她并不知道我的伎俩。但是念哥看出来了。念哥是多么聪明的人呀！他拍着我的脑袋说鬼精灵，你要是跟我一样年纪，那青葵姐就是你的啦。我心里暗暗得意，朗诵的声音越来越高亢。放暑假时，我获得了全校朗诵第一名。我把奖状拿给青葵姐看，她说要不是我指导，你哪会获奖？快请客。

我没钱请她下馆子，就买了一根雪条给她。你没看见她吃雪条的样子，用你们的行话来说，简直是一门艺术。一根雪条在她嘴里比在任何人嘴里待的时间都长，她不像我们用牙齿，而是用舌头慢慢地舔，用嘴轻轻地含。如果雪条融化得太快，她就抽出来让它歇一会儿，等雪条上凝聚了水滴，她又及时把它含住。雪条在她嘴里滚来滚去，直到只剩下那根木片。就是木片，她也要含一会儿才舍得丢掉。我母亲说看青葵吃雪条，就知道她是一个懂得节俭的媳妇。

十天之后，我们唐山就发生了震惊全世界的里氏7.8级地震，你们都应该听说过。即使死了我也不会忘记那个时间：1976年7月28日凌晨3点42分。当时，我不知道自己是怎么醒的？反正我醒了，身上只穿着一条裤衩。父母尖叫着跑出门去，一块水泥预制板砸在他们的身后。泥沙俱下，生死攸关，他们把我这个独生子留在屋里。我并没有急着逃命，真的。我也没有父母那么胆小怕事，好像我这条命不值得珍惜，或者我这条命应该献给什么人。

我闪到墙角，竖起耳朵听隔壁的声音。我想有可能的话，我会冲过去救青葵姐。但是速度太快了，还没等我行动，那边就传出了她的惨叫，紧接着是楼板坍塌的巨响。完啦！青葵姐肯定被砸死啦。整幢楼剧烈地摇晃起来，就像人哭到伤心处发抖那样。我被抛出窗外，和那些泥沙、门板、玻璃一起往下掉。这是一幢四层高的楼房，我们都住在四楼。奇怪的是我掉到地上之后，竟然没有死，只是那些落下的玻璃纷纷扎到我的身上。站起来的时候，我变成了一个长满玻璃的刺猬。这要在平时早就痛死了，但那时我却不知道痛。我看见人们惊慌地从楼道里跑出，看见有的人从楼上摔下，像石头那样嘭地砸在地上，再也没有起来。喊叫声中，我跟着人群跑去，刚跑出去几十米，回头一看，那幢楼就不见了。

　　除了惊叫和哭泣，就是喊爹叫娘、呼儿唤女的声音。操场上的人越来越多，我也想喊几声，但是我把父母的名字给弄丢了，怎么也想不起来。他们也没喊我。我想青葵怎么就死了呢？她那么漂亮那么水灵怎么就舍得死呢？我试着拔出腿上的玻璃，一股热乎乎的血流下我的小腿肚。我不敢拔了，得等医生来拔，要不然血会流干的。

　　人们不知道下一步该怎么办？我也不知道。忽然，响起一个大嗓门，他叫大家不要惊慌，毛主席会派飞机来接我们。这句话像炸弹，把人群炸得东倒西歪，稀里哗啦。好多人说那干等着干什么？还不快去飞机场。人群往飞机场的方向走去。我跟着他们。他们越走越快，我越走越慢。我不知道为什么慢？我又不感到痛，为什么会慢？现在我当了医生才知道，肯定是那些玻璃在作怪。你想想肉里戳进那么多三角形的、四边形的、多边形的玻璃，我敢保证，就是施瓦辛格演的"终结者"，插上了这些玩意也快不到哪里去。

　　走了一阵，父母找到我了。他们又惊又喜，摸我的脸，拍我的肩，看看我是不是哪里少了一块？当他们的手被我刮痛之后，才知道我的身上插满了玻璃。父亲想背着我走，但他怕把玻璃压进我的肉里，加剧我的疼痛。母亲想抱起我，但她的手刚伸过来，就听到玻璃扎进肉里的噗噗声。我头上长角，身上长刺，只要什么东西碰上我，那些透明的多边形就会毫不客气地往肉里钻。母亲哭了，父亲叹气。我告诉他们我一点儿都不痛，叫他们别管我。可是他们不听，陪着我慢慢地走。父亲从地上捡起一根别人掉下的三角拐杖，递到我手里。母亲催促我加快速度，说太慢了就坐不上毛主席派来的飞机。

　　地下又动了起来，后来我才知道这叫余震。人群顿时乱成一团，全都向前狂奔。父母被人流裹挟着往前冲。我听到母亲喊：春雷，你快一点儿，我们在飞机场等你，我们到飞机上去给你抢座位。逃命的人像洪水一样从我的身边拥去，很快就把母亲的声音淹没了。我没他们那么怕死，避到路边慢腾腾地走着。我不知道哪来的胆量，一点也不害怕丢掉性命。青葵姐都死了，我活着还有什么意思？

从医学的角度讲，当你全身都是伤口又淋了一场雨的话，是很容易得破伤风的。这就叫作屋漏又遭连夜雨，行船偏遇顶头风。真倒霉呀！那雨说来就来，也不商量一下。逃命的人在雨里奔跑。那么多雨滴一起敲打我身上的玻璃，好像在演奏一件乐器。我没感到痛，反而觉得雨打玻璃的声音很好听。就是到了现在，我都还佩服那时的勇气。渐渐地大部分的人消失了，只剩下一些老弱病残行动不便地走在雨里。我听到有人喊春雷，喊了好久，我才明白是喊我。

那不是别人，是青葵姐的丈夫念哥。他的一只小腿被预制板压断了，只能爬行。他的全身都是泥巴，断的地方还流着血。我把手里的三角拐杖递给他。他从地上爬起来，扶着我的肩膀歪歪倒倒地往前走。他的血流到地面，跟着那些雨水往低凹处流去。我说青葵姐死得好可怜，我听到了她的惨叫。他把手从我的肩膀上拿开，用拐杖支撑着单腿跳跃前进。我跟上他，谁也不说话，只听见雨打玻璃。

念哥越跳越快，我被他甩在身后。我说念哥，你等等我。他说不能再等了，再等，我身上的血就不够用了。念哥和他们一样怕死，为什么都那么怕死？他们只管往前跑，却从来没回头看一眼留下来的亲人。念哥为什么不留下来陪青葵姐？我看见一只狗死的时候，另一只狗就不会离开。我像是有点清醒了，对着念哥喊：你一个人逃命吧，我可要回去陪青葵姐。他突然停住，扭头看着我：谁说你青葵姐死了？谁说的？我说是从她的惨叫声判断出来的。他说你的青葵姐没死，她已经跑到前面去了。

我好惊讶，说她没死吗？没死，她为什么不等你？他说是我叫她先走的，现在关键是看谁能抢到飞机上的座位，毛主席派来的飞机是有限的，只不过才十几架，谁抢到座位，谁就能活命。这么说青葵姐和我母亲一样，是抢座位去了。既然青葵姐还活着，既然她还活着……我的身体立即有了力气，快步追上念哥。两人在积水中吧唧吧唧地蹚着。我仿佛听到了青葵姐的喊声。喊声从前面的人群传来。我说这是她在喊吗？念哥听了一会，说她叫我们走快一点儿。

我们把所有的力气和精力都用来走路。

我说青葵姐的歌唱得真好听。念哥说她什么时候唱歌了？我说晚上呀？难道你没听见吗？半夜的时候她总会唱那么一小段，你睡在她的旁边都没听见吗？念哥说那不是唱，是哼，是哼歌，等你结了婚就明白了，女人都喜欢那么哼。我说别的歌也好听，但青葵姐的是最好听的，虽然没有歌词，就是好听。念哥说你青葵姐不光歌好听，还暖和。我说什么叫作暖和。念哥说像冷天被窝里放了个热水袋，这就叫暖和，明白不？我说明白。念哥说那水晶包子呢？青葵姐做的水晶包子好不好吃？我说你不说还好，你一说我就流口水了。念哥说你青葵姐没一处不好，就连她洗的球鞋也特别白，我妈都洗不过她。她的身子比香水还香。她的眼睛，她的酒窝，她细白的脖子，没有一处不好。她的腰那么细，屁股却那么壮实，人人都说她能给我生大胖小子。算命的说，她至少能活到八十岁，我会死在她的前头……念哥越说越激动，竟然哭了起来。我说你怎么啦？他说没、没什么，是我的腿痛得太厉害了。

我们默默地走了一程，步子越来越沉重。念哥说等你长大了，我也给你找这么个好媳妇。我说除了青葵姐，谁也不要。念哥说傻瓜，她已经是我的人了，谁叫你妈不早点把你生出来。我说等我长大了，你能把她送给我吗？他说不行。我说那你能不能不搬家？让我一辈子做你们家的邻居。他说哪里还有家呀？全都塌了。这时我才想起家没有了。我说飞机真的会来接我们吗？他说毛主席的心里装着人民呢。我说毛主席会重新给我们一个家吗？他说会的。我说如果有了新家，你一定要让我住在你们家的旁边。他说就让你住在旁边吧。

雨停了。天边开始露出淡淡的白光。好几次我都想趴下了，但是念哥说，每往前走一步，就离飞机近一步，没准你青葵姐已经为我们占了好几个座位，没准一上飞机就能躺到青葵姐的腿上美美地睡一觉。我想这一次又不是装病，青葵姐准会让我躺的。我好想躺到她的大腿上睡一觉呀。我想着青葵姐的大腿，跟着念哥一步一步地走下去。我们就这样离飞机场越来越近，渐渐地看到了黑压压的人群。当我们走到人群的边缘时，念哥却不行了，他像一棵大树哗啦地栽到地上。他的血已经流干了。他最后对我说：春雷，如果你还能活下去，拜托你找到青葵姐的尸体，替我好好安葬她……

这时，我才确信青葵姐死了。念哥是用她来鼓励我，也鼓励他自己走到了飞机场。要不是想着青葵姐，我准在半路就趴下了，那今天我也不能给你讲这个故事了。我记得当时胸口一阵痛，泪水吧嗒地涌出眼眶。我哭了，在我的哭声中，痛觉一点点地回来，身体像着了火，痛不欲生。我真的看见身体着了火，那是太阳的光线，它们照射到插在我身体的玻璃碴儿上。我看上去是那么的透明，那么的闪闪发光。在太阳的光芒中，人群围了上来，以我为圆心围成一个圈。这个圈随着人群的加入越来越大。我看见整整一飞机场的人全都没穿衣服，他们冷得瑟瑟发抖。我多么希望青葵姐还活着，她就赤身裸体地站在人群中。我是多么地想看一次她的裸体。

你想想，太阳照着整个飞机场的裸体那会有多壮观。那都是活活的生命呀！半夜里为了逃命，他们根本没顾得上穿。后来有人告诉我，发生地震时凡是顾着穿衣服的，基本上都没跑出来，他们一共有二十四万人。

终于，我听到天上传来轰隆隆的声音。我想那一定是飞机的声音。但是还没等看到飞机，我的腿就软了，就支持不住了。我倒下去，那些插在我身上的玻璃碎的碎，断的断，撒落一地。突然，有一只手，就像青葵姐软绵绵的手，拽了我一下。我飞了起来，在站满裸体的上空。又突然，那只手一松，我跌回了地面。

值得庆幸的是我没有得破伤风。我被帐篷搭建的部队医院救活了。出院后，我回到那个倒塌的家。遍地都是破烂的预制板，水泥块里露出钢筋头。我估摸着，开始在废墟上寻找青葵姐的尸体。我搬开石头、水泥块，挖了三天，把手掌都挖出血了，连青葵姐的影儿都没找到。后来，每年的7月28号我都要到那里去看一次。从那里逃出来的人这一天都会回去，有好几十个。他们默默地站在哪里，悼念死去的亲人。在这些悼念的人群中，我也没有发现青葵姐。当悼念的人们离去后，我坐在废墟的石头上闭上眼睛，就这样轻轻地闭上眼睛，青葵姐准会出现在我的面前：她站在我床头，用软绵绵的手为我扎针。她离我是那么的近，我看见她长长的睫毛上像沾着水雾，眼珠子比蓝天还清亮，红扑扑的两腮挂着酒窝，一直挂着。笑容没有停止过……

对不起，每一次我说到这里就抑制不住流泪。当泪水涌出我的眼眶，我就得立即睁开眼睛。这就像影碟机的暂停，我希望青葵姐以这样的画面永远停在我的脑海。事实就是这样，直到今天，我已年过四十都还没娶媳妇。我见过好多漂亮的女人，但没一个有青葵姐漂亮。

请勿谈论庄天海

孟泥噘着嘴走进来，问："小尚，我们是怎么认识的？"王小尚拍拍她的小脸，说："你不会连这都忘了吧？"

"那别人为什么说我俩是庄天海介绍的？"

"庄天海是谁？"

"谁知道他是谁呀？我还以为你们认识。"

"不认识。我俩不是一见钟情吗？关别人什么屁事？"

"可大家都在说，没有他我就不会认识你，你也不会喜欢我，我们就不会恋爱、不会幸福。"

"这泡泡也吹得太大了吧。"

"所以，我觉得奇怪。我们是怎么认识的我们还不清楚吗？"

"是不是他们认错人了？"

"不可能。他们说得有板有眼，连眉头都没皱一下，每个字都是牙齿咬过之后才蹦出来的。"

"那就让他们嚼呗。我就不信他们能改变事实。"

说完，小尚把孟泥揽入怀里。被亲热的孟泥忽然骂了一声"我抽！"小尚问："骂谁呢？"

孟泥咬牙切齿地说："骂那个吹牛不要脸的庄天海！"

第二天傍晚，当孟泥推开小尚的房门时，她瞬间石化。屋里除了一张光溜溜的床架，能搬的全都搬走了。连"喂"都没"喂"一声，他竟然就搬走了？孟泥仿佛灵魂被盗，痴呆了好几百秒。她掏出手机来，按王小尚的名字。手机响起"该用户并不存在"。她不相信，反复地按"王小尚"，声音反复地回荡，一次比一次虚幻。

房东进来，说："妹子，他说有一把钥匙在你手上。"

"哦，"孟泥回过神，"你知道他的去向吗？"

"不晓得。他没告诉你么？下午来了一辆厢车和四个人，三下五除二就把房间腾空了。"

"我抽！"她骂了一声，把钥匙交给房东。

"别为这种男人伤心，不值得。"

"为什么要伤心？有这个必要吗？你看看他的鼻子眼睛，哪一个器官配得上我？再查查他的银行卡，连房子的首付都不够。才华算个屁呀。要不是中了言情片的毒，我早劈腿了。你不知道吧，他晚上睡觉磨牙，好烦人的……"

"那就好。"房东打断她，掂了掂钥匙，暗示要锁门了。她转身走出去，用整个脑袋来回忆王小尚的坏。但是回忆回忆，她忽然回忆起自己对他的好，硬着的鼻子一酸，眼泪忍不住流了出来。

分手不是孟泥的最痛，最痛的是她不明白为什么分手？她想问个明白，便放下身段到单位去找王小尚。单位负责人说："那王八蛋辞职了。"

孟泥像平时那样上班，假装什么事也没发生。没有谁注意她眼角的血丝，也没有谁在意她食欲不振、语速变缓，更别说她的例假不例了。在同事们的眼里，她依然是一位正在热恋的甜蜜的女人。

某天，外号叫"青春痘"的汪网约孟泥在酒吧见面，请她帮忙介绍一公的。孟泥迟疑了很久，说："你宁可叫我卖身，也别找我干这事。现如今，要找一可靠的公的比造一航母还难。"

"看来你是不想帮我了。但你可不可以介绍庄天海让我认识？"

孟泥的脑袋一下就大了。她问："庄天海是干什么的？"

"他干什么的你还不知道？你就装吧。"

"谁装谁是马桶。"

"其实，我就想找他帮忙介绍个对象。如果你怕我打扰他，就把他的手机号码给我，我只发短信不见人。"

"他是开婚介所的吗？"

汪网无语，站起来要走。孟泥拉住她："为什么只吐半截，能不能一次吐完？"

"你都不真诚，有什么好吐的？"

"我哪里不真诚了,是脚趾头或是后脑勺?"

"你说你不认识庄天海。"

"凭什么我要认识他?是法律规定或是强制执行?我连它是动物或植物都不清楚,凭什么你们就断定我跟它认识?"孟泥近乎咆哮,"告诉你,我跟王小尚是在地铁上撞上的,和姓庄的没任何关系。"

"谁信呀。"

"不信,你问它去。"

"我要能问他,还用来找你?"

这次,轮到孟泥无语了。她调整情绪,调低音量:"对不起,小网,我跟王小尚分手了。"

"不可能,凡是庄天海介绍的从不分手。"

"谁告诉你的?"

"都这么说。"

"那你就去找它吧。反正我不认识这个王八蛋。"孟泥把酒钱留下,起身走了。汪网看着她的背影,轻蔑地:"你竟敢骂他,真是忘恩负义!"

当晚,孟泥的住所被小偷光顾。她的手提电脑、数码相机以及半个纸盒的零钱被盗。男朋友刚刚不辞而别,手提电脑又不翼而飞,孟泥觉得自己真是从头到脚倒霉。尤其是电脑,里面储存着私密画面,万一小偷把截图上传网络,即便不气死也会精神崩溃。

看过现场的陆警察告诉她,像这种不大不小的案件很难侦破,因为小偷都懂得戴手套了。孟泥为此失眠,甚至连微博都不敢看,生怕自己的身体冷不丁地从网上弹出,把眼睛炸瞎。为了催促陆警察办案,她N次短信邀约他下馆子,但他每天都忙,没时间跟她应酬。

孟泥现在才知道什么叫折磨……

十天,二十天,三十天过去了,网上平安无事。孟泥早搏的心脏渐趋正常,睡眠质量也慢慢好转。她对爱情和电脑没什么指望了,整天抱着一堆饼干当主食,下完班就窝在沙发里看电视。

傍晚,门铃"叮咚"一声。她吓得从沙发上弹出,趴在门孔上看了半天,才想起外面站着的是陆警察。她拉开门。陆警察问:"这时候打扰方便吗?"

"无所谓。"

陆警察走进来，亮出身后的手提电脑。孟泥的眼珠子顿时活了。她接通电源，开机密码有效，电脑似乎还没被人破解，文件和画面都还健在。她终于松了一口气，问："把它找回来，算不算奇迹？"

"算你运气好。我们是在查别的案件时，顺带查出来的。"

孟泥请陆警察吃饼干。陆警察不吃。孟泥为他冲了一杯咖啡，因为杯壁上有昨天的残渣，陆警察没端杯子。孟泥说："你做了这么大的贡献，怎么连一口都不喝呢？"

"不渴。"陆警察掏出一个信封递过来。孟泥撕开，是她的房门钥匙。她问："怎么会在你手里？"

"我们怀疑过王小尚，找他问过话。钥匙是他委托转交的，因为忙，直到今天才有机会。"

"他在什么地方？"

"本人答应为他保密。"

孟泥开始转圈："他是不是以为我还有兴趣找他？我都把他扔垃圾桶了，他还这么防备，也太高看自己了吧。"

"知道他为什么离开你吗？"

孟泥摇了一下头，像个布娃娃那样定格，活着的眼珠子忽地死了。陆警察说："因为他有了新欢。听人说是庄天海叫他离开你的，条件是帮他介绍这个官二代。"

"怎么又是庄天海？这条'鼻涕虫'到底是干什么的？"

"不知道。但他这么做很不善良。如果你需要打架，可以电我。"

"我一个人就能抽扁他。"

陆警察起身告辞。孟泥说："谢谢"。

孟泥想在网上人肉"庄天海"，但她刚输入庄的名字，就看见自己的裸照弹了出来。她关闭一张，就弹出数张。照片越关闭越多，就像细菌似的翻倍增长。看着肉肉的自己在网上被快速复制转发，她绝望到拔线。

手机响了，是"青春痘"打来的。她说："平时看你像个淑女，现在才明白你是到淑女圈来卧底的。想干吗呢？进军娱乐圈或是找大款包养或是想做名人？没见过吗？凡是用这种伎俩成名的，基本上都是次品、烂菜叶。你干吗要去凑这个份子？不客气地讲，姐震惊了、惊呆了，要不是因为感到耻辱现在都还在发呆。"没等孟泥解释，"青春痘"就把电话挂断。孟泥刚想反拨，另一个电话强行插入，是老妈的。老妈说："你想气死你爸吗？他现在已经站到阳台上了，暂时还没往下跳那是因为在等我。妹仔，我们家虽然不是很有钱，但也不至于靠卖照片谋生。你要是急着用大钱，妈就把房子卖了，立刻给你汇去……"

"不是钱的问题，"孟泥打断老妈的话，"你们先别急着上网，好好活几天再说。"

电话那头泣不成声。孟泥说"放心"就断了通话。她以为网上的照片会被人忽略，理由是自己一直都是个被忽略的人，更何况网上的信息那么博杂，却不料没有侥幸。她赶紧拨通网络警察，正在说明情况时，手机里不时插入"嘟嘟"声。报完警，她一看，机屏上显示十个未接来电，都是王小尚的。正要关机，他又来了。铃声中她犹豫，再犹豫，最终还是硬不起心肠，按了"接听"。

"你脑子是不是烧坏了？"王小尚劈头盖脸来了一句。孟泥没接招，屏住呼吸。王小尚继续："真没想到你会用这么下流的手段来报复我！但是，你也没占便宜！这相当于自杀性袭击，两人同时烧焦。知道你傻，但没想到你这么傻。其实，你只要把我俩的裸照直接寄给我女朋友就能达到目的，何必轰轰烈烈地挂到网上？"

"你给我闭嘴！"孟泥用了最大的嗓门。

王小尚沉默了。电话里只有双方的呼吸。沉默啊沉默……沉默良久，孟泥啜泣。她说："你这只白眼狼，先拿到良心再来骂我！我怎么就没想到报复？我真希望这就是我的报复。"

"有人告诉我，挂裸照是庄天海给你出的主意。"

"你妈才庄天海呢！你抱上了他的粗腿，还跟我说不认识，哄鬼呀？"

"我要哄你，就被车撞死！"

"你的新欢不就是他介绍的吗？"

"怎么我一交女朋友就是他的功劳？"

"你就装吧。"孟泥掐了手机。

网警告诉孟泥，裸照上传地址在广州某网吧。而那个小偷既没打开电脑，也没离开本市。此案成谜。

孟泥辞职了，她实在不敢看同事们惊讶的表情，她甚至讨厌人类。每天，她都拉上窗帘，一头埋在被窝里。饿了，就起来泡方便面，或者吃几片饼干。如果食品断货，她就网购。

一天，孟泥戴上墨镜、口罩来到医院病房。床上躺着陆警察，他的右脚打着石膏。孟泥问："怎么会伤成这样？"陆警察说："那天从你屋里一出来，就在楼下栽了个大跟头。我追小偷时在楼层跳来跳去都没摔坏，想不到会在平坦的路面骨折。"

孟泥打听："手提电脑追回之后，还有谁碰过它？"

"一直锁在保险柜里，除了我没谁碰过。"

"那就撞鬼了。"

"你不会怀疑是我干的吧？"

"怎么会呢。要怀疑就怀疑庄天海。他不是无所不能吗？"

"别迷信，也许他只是个传说。"

"郁闷！为什么在网上查不到他的信息？难道他不是名人吗？怎么连一点粪便都没留下？"

"你找他干吗？"

"就想问他几个问题。你能帮我找到他吗？"

"试试吧。"话音刚落，陆警察的脸就变形了。一阵剧痛从石膏包裹的脚踝开始，窜上他的脊梁骨直达头部。他的额头渗出了汗珠，紧咬的牙齿都快崩裂。孟泥叫来护士。护士把陆警察推进拍片室。

医生举起刚刚冲出来的X光照片，嘴巴张得像衔了一枚核桃。他把前后照片全挂在灯箱上，说："你看这张，他的骨头是接对了的，而且长势喜人。但今天这一张，骨头却错开了，似乎有什么神奇的外力忽然让它错开。"

"那该怎么办？"孟泥问。

医生说："必须敲断骨头，重新对接。"

"那会很痛吧？"

"再痛也得重新来过，否则腿就瘸了。"

孟泥把医生的决定告诉陆警察。他说："为什么每次一见你，我就有麻烦？"

"是吗？"孟泥低下头。她受伤的自尊心又挨了一拳头，仿佛比陆警察第二次接骨还痛。陆警察发觉说重了，赶紧解释："不是你的原因，也许是……是因为我们谈论了庄先生。"

"刚刚打击，又来安慰，谁信呀？"孟泥抹了一把眼角，低头离去。

门铃"叮咚"一响，送方便面的来了。这么多天，也只有送方便面的按过门铃。孟泥没有核实就把门打开，竟然是王小尚。他"扑通"一声跪下，说："对不起，请原谅。"

"原谅你抛弃我？"

"那个官二代闪了，她是来耍我的，从来就没爱过我。"

"在她那里受伤，到我这里抓药，你脸是鳄鱼皮吗？"

"她姓庄，叫庄敏。我怀疑她是庄天海的亲戚。"

"那又能说明什么？"

"也许她是庄天海派来报复我们的。"

"你耍流氓还想找借口。我跟姓庄的无渊源，他为什么要报复？"

"想不透。也许我们得罪过他。"

"不可能。"

"没什么不可能。有时候我们已经得罪了别人，自己却浑然不觉。至少我们谈论过他吧？"

"除非你叫姓庄的来核对，否则我不会同情你。"

"你不原谅，我就不起来，一直跪到八十岁。"

孟泥操起一小玻璃瓶，用拇指"嘭"地弹开瓶盖，像就义前的英雄举着手雷那样举着。王小尚以为是硫酸，吓得赶紧跑路。孟泥关上门，把瓶里的酒一饮而尽。迷糊中，她听到了警笛。

楼下的马路旁堆满了人。孟泥挤进来，看见几个警察站在警戒线里。一辆名牌跑车斜插在路中央，打着双闪。离车头五米处躺着一人，他的周围流淌着血。孟泥冲进去，那人果然是王小尚。她喊："小尚、小尚……"

警察把她拉开，说："省点力气吧，他已经听不见了。"

"小尚呀小尚，"孟泥抽泣，"你发誓说如果认识庄天海就被车撞死，现在，你真的被车撞死了呀……"

一年后，孟泥结婚了，男方是陆警察。对于往事，他们一概不谈论。

孟泥除了上班，还包下了全部家务，把陆警察宠得就像个宠物。孟泥一心想生孩子，但两年了都怀不上。他们去医院检查，医生鉴定女方有怀孕能力，男方有使人怀孕的能力。既然都有能力，为什么怀不上？孟泥问："难道庄天海报复我们？"陆警察说："不是怀不了，而是我们打靶的时间不对。如果一辈子你都怀不上，那我就承认真有那么一个庄大爷。"孟泥拍了一下他的嘴巴。

终于，孟泥有了怀孕的迹象。医检确证她真的怀上了。陆警察兴奋得双手拍桌，一边拍一边唱，好像拍的是乐器。孟泥兴奋之余，经常手抚下腹嘴里喃喃："谢天谢地，您终于让我怀上了。"她的"喃喃"被陆警察听到。陆警察问："谢谁？"

孟泥"嘘"了一声，不答。

"为什么要谢别人？难道不是我让你怀上的吗？"

孟泥怕吵架，解释："我曾经祈祷，说如果他能保佑我怀上，我就天天默念他的恩情。"

"他是谁？"

"庄天海。"

"就连你怀孕他也有股份？"

"当时只一念，没想到一念就灵。"

"听着，别的忙别人都可以帮，唯独这怀孕我不喜欢与人分享。"

孟泥"扑哧"一笑。陆警察说："如果真有个庄大爷，那他就一定不会让你怀上，因为去医检那天，我们没少说他的坏话。"

"也许……也许是太多的失败拍扁了我的自信。"

"根本就没这号神人，他只不过是我们为失败找的借口。"

孟泥生下一可爱的儿子。幸福感开始在她的体内晃荡。但儿子到了该叫"麻麻"的时候，却叫不出来。医生诊断他患了语言障碍症。孟泥和丈夫让他听音乐，听鸟叫，给他做放松操，请专家训练发声，但他始终一言不发，铁心要让父母着急。

某个太阳天，孟泥把儿子放到公园的草坪上打滚。他一边滚一边伸手抓孟泥手里的糖。孟泥把糖闪开，教他说："妈妈、爸爸……"他不开口。孟泥用糖抹了抹他的嘴唇。他的嘴唇微颤。孟泥耐心地教："妈妈，爸爸。"教一次就在他嘴唇抹一次糖。忽然，儿子惊恐地看着她身后，嘴一张："庄、庄、庄爷爷……"孟泥飞快地回头，身后没有人，只见一阵风从草坪上掠过。她一激灵，全身顿时起了鸡皮疙瘩。

写于 2012 年 9 月 19 日

蹲下时看到了什么

只要张五蹲到猪圈上，收音机里准会嘀的一声。"刚才最后一响，是北京时间六点正。"他每天早上的排泄准确得就像闹钟，误差不过几秒。这时天刚麻麻亮，很少有人起床，他尽可以放心地裸露。猪圈上没有遮挡，空气清新鸟声悦耳，微风送来泥香。这是他一天中最放松的时刻，也是他最美妙的十分钟。每次他都会闭着眼睛享受。但是今天有些意外，他刚一闭眼就听到了脚步声。跳下猪圈已来不及，更别说提裤子了，他只好硬着头皮迎接。脚步声从屋角扑来，紧接着他就看见了侄女张鲜花。鲜花本能地想刹住速度转身，但既然都已经看见了再转身似无必要，况且她还要急着到乡里赶早班车。鲜花没有选择，只好打声招呼："满叔，你拉呀？"张五也没有选择，说："嗯，鲜花你赶街呀？"

尽管张鲜花差不多走到了八腊乡，但张五还蹲在猪圈上。他不甘心，试图要把被打断的美妙找回来，因为这关系到整天的心情。如果一天没有一个好的开始，那他就会郁闷，会一直郁闷到第二天早上重新蹲上猪圈之前。所以，他不停地变换姿势，放松肌肉，但始终无法复制那种美妙。他的美妙被惊吓，就像挨打的孩子远远地跑开，一时半会儿找不回来。终于，腿脚麻木了，仿佛爬上千万只蚂蚁，天也大亮，他不得不从猪圈上跳下。

果然，这天他跟老婆吵了一架。吵架的原因是他在收玉米的时候不停地闪躲，一闪就半小时。老婆经过多次深呼吸之后忍不住开骂，说他不好好干活就懂得偷懒。张五不服，说自己是去蹲坑。老婆不信，说又不拉肚子，半天不到怎么就蹲了四回？张五支支吾吾。老婆提高嗓门，说偷懒就偷懒了还不肯承认。老婆喋喋不休地骂着。张五腹部一急，丢下背篓又跑。老婆悄悄跟踪，看见张五蹲在地头的一棵玉米下，半天都无动静。她说偷懒就偷懒了，何必脱裤子？张五吓得原地跳起。老婆指着没有污染的地面，问他怎么解释？

张五说奇怪了，明明有拉的欲望却没拉的实力，我的节奏全被张鲜花打乱了。老婆说明明没有拉的实力却还要装拉，这不是偷懒又是什么？真是拉屎不来怪地硬。

张五早蹲的习惯坚持了三十多年，直到今天才被人撞上一次，他认为此事纯属巧合。既是巧合就不必惊慌，酒照喝、牌照打、活路照干、猪圈照蹲。但他没想到一周之后又被刘白条撞上了。刘白条是他的牌友，原名刘青岗，因打牌时经常输钱，输钱之后又无力支付就给人打白条，于是有了这个外号。刘白条看见张五蹲在猪圈上，两眼像摸到好牌那样顿时贼亮。张五低头故意不吭声，希望他快点滚蛋。但他不仅不滚，反而靠近一步，夸张地"呀"了一声，说张五你的屌屌怎么不见了？张五说你这个卵仔平时总挺到太阳晒屁股了才起床，今天发什么癫起这么早？刘白条说要不是为了去借钱，老子会起这么早吗？张五说借钱就赶紧走人，晚了别人一出门就借不着了。刘白条说不急。张五说不急你也别站在这里看我呀。

刘白条掏出一支烟来，点燃，叼在嘴上，问张五要不要来一支？张五摇头。刘白条抽了一口，说你这么蹲着的时候，要是点上一支烟那就完美啦。张五不说话，也不想跳下来。不想跳下来是因为他不好意思当着刘白条的面擦屁股。刘白条站在那里继续抽烟，根本不把张五的光屁股当回事。张五说你又不是狗为何要守着茅坑？刘白条说要不……你借点钱给我？省得我跑路。张五说老子没钱。刘白条不反驳，站在那里慢条斯理地抽烟。张五实在受不了他放肆的目光，问借多少？刘白条的眉毛一抬，说就一千，不多。张五说又是借来打牌吧？刘白条说借来还债，债主家里死人了。张五说想借钱你就给我消失。刘白条说我就知道你善良。话音还在，人已拐过了屋角。

为了防止再被人撞面，准确地说是撞屁股，张五用一张半旧的席子围在猪圈上方，对茅坑实行遮挡。这一挡，同时挡住了空气流通，也挡住了他的视线。他试图说服自己适应，还闭上眼睛想象面前一望无际。但席子的味道近在鼻前，每一缕吹来的风都被反射，空气不是原来的味道，风的力道也发生了改变，就连负氧离子、光线的明暗、声音的强弱都陌生了，而那些鸟鸣，也因为压迫感再也没心思聆听。他的身体像一株敏感的植物对环境提出抗议。蹲坑已不是享受而变成单纯的新陈代谢，这生活还算生活吗？席子只围了两天，张五就把它撤了。他迷信一个人不可能连续三次倒霉，既然自己已被人撞了两回，那第三次至少不会马上到来，运气好的话也许是三五年甚至十年之后的事。第三天清晨,当他蹲在猪圈上正这么想着的时候,忽然就听到了女人的哭泣,接着就看见汪冬抹着眼泪从屋角跑过来。由于眼前景象出乎意料,汪冬迟疑了片刻,被追来的王冬一把扭住。两人厮打。王冬抓汪冬的头发,汪冬抓王冬的私处。骂声、哭声和疼痛声扭成了麻花。王冬的私处似乎被抓惨了,他勃然大怒,拎住汪冬的头嗵嗵嗵地往墙壁上撞,就像砸西瓜,震得墙上的泥块纷纷坠落。汪冬发出凄厉的叫喊。张五大咳一声,说撞死人不关我的事,但撞垮我的墙壁你得赔。

王冬住手,这时才发现猪圈上还蹲着一个人。他说这骚婆娘天天跟我闹离婚,不撞她几下她还以为自己是明星。汪冬说我都被他骗过来五年了,一次都不让我回娘家,没有比这更冷血的女婿了。王冬说知不知道你回一次娘家要花我多少钱?光来回机票就好几千块,老子又不是贪官,哪有能力让你坐飞机!张五说蠢仔,你就不懂得让她坐火车吗?王冬说火车也不能坐,你不知道她的策划,更不懂她心肠的那个狠,只要她一回去肯定就不会回来,到时我连去找她的路费都没有。张五说谁要是对我这么暴力我也会跑。汪冬啪的一声跪下,眼泪汪汪地看着张五,说我嫁过来这么多年,总算有人讲了一句公道话。五哥,哪天我跟这个黑社会上了法庭,你可要给我作证呀。张五说起来,连黑人都能在美国当总统了你还跪什么跪?他要是再敢打你,我就帮你出官司钱。王冬说你引诱她离婚是想娶她吧?张五说放屁,我是凭良心说话。

王冬和张五的争吵惊动了张五的老婆。她从门框里跳出来,说张五,你能不能先拉完再断案?张五说都快出人命了我能不发声吗?她转而面向王冬与汪冬,说没看见人家正在拉吗?有事找法院去,别来找我家茅坑。王冬与汪冬被张五的老婆赶走。但张五再也拉不出来,刚才生气搞乱了他的内分泌。张五的老婆把席子重新挂上猪圈。看着那张迎风招展的席子,张五说我三十年都没被人撞上一回,怎么这半月就被人连撞了三次?老婆说因为早起的人越来越多,跑路的人越来越多。

张五还是不愿意被席子圈住。第二天清晨,他钻进了屋后的茶林。茶林长得密实,枝叶连着枝叶,就像一把巨盖。由于阳光常年不能到达树下,地面寸草不生,是理想的拉撒之地。周围除了鸟鸣没有其他动静,也没看见张鲜花家那只恶狗。他放心地用力地呼吸,草木泥土混杂的芬芳直戳肺部,整个人像重新又醒了一次。远处传来六点钟的报时。张五就地蹲下,以为蹲在这么隐蔽的地方会像蹲在自家猪圈上那么顺利，甚至有了"比蹲在自家猪圈上还要美妙"的期待。他的所谓美妙就是能在这十分钟里呼吸新鲜空气，视野不被遮蔽，身心放松没人干扰，思绪漫无边际地飞转。但这个清晨，他期待的美妙再次被新的环境否定。他的皮肤像涂了胶水那样绷着，器官像请了工休假。由于地势不平，他必须踮起脚后跟。一踮脚后跟，不仅臀部，就连整个肌体包括头发都处于战备状态。虽然耳里充盈鸟声，虽然目光透过树叶缝隙落在了谷底的炊烟上，但他就是美妙不起来。他想到了张鲜花和刘白条，想到了王冬与汪冬，想到了许多相干和不相干的往事，甚至还想到了死去的爹妈以及政府……难道自己坚持三十多年来的习惯，就这么轻易地被他们几个破坏了？难道今后每天早上都要躲到茶林里来，而且风雨无阻？他的脑海里电光石火，天上一脚地下一脚，越想越泛滥，越想越无语，竟然把排泄这事都给忘了，好像脱裤子蹲着仅仅是为了想事。

　　带着不爽的心情，张五站在自家门口对着屋坎下喊话。他说鲜花，把你家那只黑狗给我拴住喽。鲜花说拴好了，张五才敢从坎上走下去。即便是链子拴着，黑狗仍然冲着他龇牙。鲜花呵斥黑狗，却忘了呵斥黄狗和花狗。它们咆哮着朝张五扑来。幸亏牛奋来得及时，他两脚就把黄、花二狗踹跑。张五惊魂未定地坐下。牛奋给他倒了一杯米酒。米酒下肚，张五慢慢恢复神气，问鲜花那天早上为什么要从他家门前经过？鲜花说那天起得早是因为要赶去县城办事。张五说我不问你为什么起得早，而是问你为什么要从我家门前经过？你家不是离大路最近吗？鲜花说因为出发前我先到刘白条家收欠款，收到欠款后就拐过来从你家门前经过。张五说刘白条家不是也可以直通大路吗？虽然他家到大路是弯了一些，但也比你从他家再拐到我家近多了。鲜花说我就走个习惯，谁会把距离算得那么精准？

　　干坐了一会儿，鲜花说叔你要是没事，我就跟牛奋收玉米去了。张五赶紧跟鲜花商量，能不能把经过村子的路改从她家门前？因为这么一改，从村西到村东的路就变得更直。鲜花说大家都走习惯了，为什么要改？张五说那天早上你不是撞上了吗？再不改你叔的屁股就比脸还要出名了。鲜花说一泡尿的事也犯得着改路？这得闹多大动静？张五说路本来就在，而且你家门前这条比我家门前的还宽阔，谁都愿意走大路抄近道，改改路线死不了人。鲜花说这事你问问牛奋吧。张五征求牛奋的意见。牛奋说我一上门女婿，叔你想怎么改就怎么改。

张五做了一块指示牌立在岔路口，牌上写着："前方不便，请走近道。"文字下一箭头直指鲜花家。途经村庄的人沿着箭头走去，但他们被鲜花家的三只恶狗追得纷纷跳下坎去，跑得慢的连裤脚都被狗撕破了。过路的人们只得回头，绕过指示牌，重新走张五家这条线。指示牌虽然还立在岔口，但它已经丧失了指示功能，像个笑话。几天之后，指示牌被人丢到坎下。张五的老婆把指示牌捡回来。张五怪她没信心，说任何改变都需要时间，更何况是一条大家走惯了的老路。老婆骂张五装嫩，说你都三十有八了还指望一块牌牌来改变路线？这年头，文件催不来欠款，情书追不到爱情，就连发誓都是假的，你还相信指示牌？张五说最大的障碍是那三只恶狗。老婆说你还是蹲着想吧。张五说这么简单的问题还用蹲着想吗？老婆说因为你没想明白。

张五真的蹲下，脑袋瞬间活跃。鲜花家养狗是从她爷爷开始的。她爷爷养的是两只猎狗，为了让猎狗更加气势汹汹，她爷爷经常用马蜂壳拌饭喂它们。马蜂壳把猎狗搞得心急火燎，它们见鸡就咬见人就扑。从那时起，再也没人敢路过她家门口，途经村子的路慢慢地就从她家门前改到了张五家门前。此路一走几十年，张五家的鸡、鸡蛋、农具和蔬菜经常莫名其妙地消失，屋角的李子刚刚成熟就被人摘光，甚至连水缸里喝水的瓢也被人顺手牵羊。半夜里常有途经的醉鬼借宿，也有饿扁的路人拍门讨饭，弄得张五家像个免费客栈或临时收容所，而鲜花家却落得清净安然。张五说原来这是一个计谋，难怪她家养的狗一代比一代凶。老婆说所以这条路根本改不动。张五说除非把她家的狗灭了。老婆说你没这么狠的心肠。

每天清晨，张五都蹲到猪圈上的席子后面，虽然勉强能解决问题，但每次他都有压迫感。席子仿佛是一面墙，似乎要把他吸进去。他的身体好像被捆绑了，连呼吸都不顺畅。一不顺畅，他就恨鲜花的爷爷养狗改路。一恨鲜花的爷爷，他就连鲜花的父亲和鲜花一起恨。一恨，他就更不顺畅。同样都是张姓，凭什么这个张不如那个张聪明？凭什么这个张被那个张耍了还蒙在鼓里？他越想越不服气，越不服气就越堵。越堵就越蹲得不爽。不爽，就给整天带来后遗症。白天他打哈欠，晚上他失眠。一怒之下，他把猪圈上的席子扯了，并警告老婆再也别挂，我就不信我蹲个坑还被席子管着。老婆说我不希望每天早上都有人跟你的屁股打招呼。要么改路，要么改掉臭毛病。张五说这不是毛病，于个人是习惯，于集体是风俗，于国家是原则，于民族是传统，于宫廷那就叫礼仪。老婆说你又不是县太爷，又不是白金汉宫里的，有什么资格保持习惯？张五说我就这么一点点权利了，谁也别想剥夺。两人都找不到解决问题的方法。忽然，老婆一击掌，说你能不能把时间从清晨调到晚上？晚上不仅很少有人经过，而且即使有人经过只要你不吭声也不会被察觉，即使有人察觉也不好意思用电筒照你，即使有人用电筒照你也只会照你的脑袋而不会照你的下身。张五觉得这是一个不错的主意，开始在晚餐时增加饭量。老婆说你活没多干，饭量倒增加不少。张五说你想让我调整时间，又不想让我多吃，哪有这么好的事？

晚十点，村子里安静下来，就连鲜花家的狗也匍匐了。张五因为吃得太多而胃胀，于是蹲上了猪圈。虽然空气没有早上清新，视线也被黑夜限制，但毕竟面前没有遮挡，姿势没变，声波没变，风力没变，因此他能适应。为了这一可行性方案，他不仅用身体奖励了老婆，还在奖励之后兴奋得失眠。大约到了五点钟他才入睡。然而，快六点时生物钟把他叫醒。尽管昨晚已经排空，但他还有蹲坑的强烈愿望，似乎不从床上弹起来就一辈子不能原谅自己。他飞快地起床，像白领上班打卡那样准时蹲上猪圈。一蹲下，他的心立刻就踏实。原来习惯如此强大，哪怕是做做样子也有安神补脑的功效。忽然，他听到了马蹄声。两名挎枪的士兵首先从屋角拐过来，后面跟着一列驮队。马背上驮着奇形怪状的金属外壳。每走过一匹驮马，那些奇形怪状的金属就蹭一次墙角。墙角上的泥块掉得越来越多。再这么蹭下去厢房就要垮塌了，张五忍不住喊小心小心。赶马人小心地护住墙角，但由于拐角处路太窄而金属壳又过于张牙舞爪，墙角又被狠狠地蹭掉几大块。张五感觉厢房摇晃了一下，问赶马人你们得帮我修复墙壁吧？赶马人指了指身后。张五看见乡书记、乡长和几个军人雄赳赳地拐过来，羞愧得赶紧埋下脑袋。书记说老乡你早。张五说书记早。书记看着伤痕累累的墙角，说你要不要乡里派人来帮你修复？张五说不敢。书记说这墙壁快支撑不住了，你得推倒重建，否则哪天砸伤路人就算本乡的一个事故。张五说好的，问书记马背上驮的是什么？书记说你没看电视吗？昨晚西昌发射了一颗卫星，马驮的都是卫星甩下来的外壳。张五啊了一声，说原来是高科技，怪不得这么威风。一行人马浩浩荡荡地过去。张五的老婆从门里跑出来，说张五呀张五，你竟敢光着屁股跟领导说话，你把张家祖宗十八代的脸都丢尽了。张五说领导只叫我修厢房，并不反对我蹲坑。

自从强行调整了蹲坑时间，张五一天得蹲两次，早晚各一。晚上是实蹲，清晨是虚蹲。实蹲是为了新陈代谢，虚蹲是为了精神安慰。但很快实蹲不实，它被多年的习惯纠正，虚与实的任务又都回到了早蹲上。既然不能改习惯，那就下决心改路。张五请示老婆，拟把驮队蹭得摇摇欲坠的厢房推倒，改为砖砌。老婆同意。他们合抱起一根腿粗的木柱，冲着厢房的墙壁喊一二三。柱子嘭地撞击墙壁，溅起一团泥尘。他们又喊了两次一二三，墙壁被柱子连撞两下，哗地一声倒塌，把拐角的路全部堵死。张五把原来那块指示牌又摆到岔路口，牌上的字改为："前方施工，请绕道而行。"这次，张五没有指路，而是让路过者自由选择。鲜花家是一条道，刘白条家也是一条道，如果不怕绕甚至王冬与汪冬家也是一条道。其实世上没有唯一的路，就看你喜欢哪一条。

路人一听到鲜花家的狗叫，自然不敢走这一条。他们经过目测，发现从张五家后面的刘白条家经过并不算绕，也就多了一百来米距离，上个小坡，下个矮坎，仅多三百步左右。于是，人啊马啊牛啊都在岔路口左转上行。刘白条是懒觉大王，他被早行人的脚步声、说话声和拍门声弄得很不爽。刘白条还喜欢邀人小赌，以前他偶尔能赢，但自从村路改经他家门口之后，他基本上就和赢告别了。路过的脚步声常常吓得他把牌桌上的钱藏进米桶，特别是夜深人静的时候，他会把每个途经的人都当成抓赌的警察。刘白条家的房子在村里倒数第一，窗口没几块完整的玻璃。好奇的路人经常伸头探望，把他家的烂棉胎、破锅头和掉门的衣柜尽收眼底，并且到处流传。途经的牛马踩烂了他家门前没有硬化的土坪，纵横交错的蹄印里集满雨水，牛马的粪便堆叠在蹄印之间，就连他和家人进出都得抬脚找路。每次踩到牛粪，刘白条都气得脖子上的青筋一根根暴凸。

深夜，刘白条打牌又输了。他踩着牛粪气呼呼地来到张五家，质问张五什么时候能把厢房修好？张五说砖头都还没买够，早着呢。刘白条说你真缺德，竟敢把路堵了，就不怕后代长尾巴。张五说我是堵路吗？我是修房子。我要是不修房子，乡领导都不同意。刘白条说你能不能加快点速度？张五说想加快速度就得请人帮忙，请人帮忙就得花钱，要不你把借我的那一千块钱还了？一讲到还钱，刘白条顿时腿软。他说你这条路一堵，就把麻烦全部转移到了我家门口。张五说我家门口不就这么熬过来的吗？凭什么我家门口能够做路，别人家的门口只能做地毯？都几十年了，也该轮到你家了。刘白条讲不过张五，拢着手回去。但走到半路他又轻轻地折回，把鞋底上的牛粪悄悄地刮到张五家的门槛上。

一天上午，张五和老婆正在坡上收玉米。他们看见途经村庄的人纷纷往坡下走，似乎是要绕道王冬与汪冬家。王冬与汪冬家在村庄底部，路人要先在岔路口右拐下行，经过王冬与汪冬家门前之后，再上行回到大路。这一绕至少要多走五百米，而且还七弯八拐。路人一边走一边骂，缺德呀，没良心呀，变态呀，痴呆呀，脑残呀，竟然把路全都堵死了，谁堵路谁就断子绝孙，谁堵路谁就癌症晚期……每一声骂都像烧红的铁块烙在张五的皮上吱吱地直冒青烟。他听得全身起了鸡皮疙瘩，甚至免疫力下降、喉咙发干，好像连癌症晚期的迹象都有了。他丢下背篓，直奔刘白条家，看见门前架着一根红白相间的木杆，木杆上挂着一块纸牌，纸牌上写着"一人一杆，一杆2元"。张五叫刘白条。刘白条嬉皮笑脸地从屋里出来，说你要过去吗？过去就得交费。张五说你怎么能这样？刘白条说你都能那样我怎么不能这样？张五说我不是修房子吗，你就不能忍几个月？刘白条说你修你的房子，我收我的过路费，不相克。张五说你这么做把全村人的名声都败坏了。刘白条说城里人都这样设卡收费，干部们都这样拦住我们进城，他们的名声败坏了吗？张五说人家设卡收费是为了集资修路。刘白条说那我设卡收费，是为了集资硬化门前土坪。张五说你听没听见路人怎么骂你？刘白条说那是骂我吗，我怎么没听出来？张五说就算是骂我们两个吧。刘白条说不一定，你说村里最直最近的路应该是从谁家门前经过？张五说她家不是养了几条恶狗吗？刘白条说那也是故意挡道，只不过她比我们挡得狡猾。本人认为路最应该从哪家门前经过，哪家就最应该承担骂名。张五觉得此话有理，强烈的愧疚感立刻被稀释。他甩手离开。

每一个途经村庄的人都在骂娘，但谁都不觉得是在骂自己。路人的骂声除了惹起狗叫，没在人的身上发生化学反应。他们即便是骂得再大声、再尖刻，即便是骂到指房子跳脚，但骂完之后还得乖乖地绕道而行。久而久之，村里人如果哪天听不到骂声，反而不习惯了。骂娘变成一种仪式，听骂变成一种享受，二者相安无事。但一天早上，当路人走到离王冬与汪冬家十米远的地方时，发现路不见了。一面密不透风的铝板墙挡在路口，上面印着两行白色宋体字："本处市政工程，不便敬请谅解。"有人凑到铝板上想看看那边，可铝板上连一道小缝都没有，那边变得无比神秘。有人踹了一脚铝板，立刻传来王冬的警告："找死呀！"接着传来汪冬的附和："投胎呀！没看见这是形象工程吗？"路人真的无路可走了。有人提着打狗棍强行通过鲜花家门口，有人施展攀爬本领翻过张五家垮塌的墙头，那些既怕狗又不能翻墙的老者、孕妇和残障人士只得乖乖地向刘白条交费。三条路三种走法，路人各取所需。

　　邻村的莫光娶老婆，迎亲的队伍来到村头岔路口停住。交钱他们不愿意，爬墙头更不可能。他们商量了一会儿，就朝鲜花家门前走去。由于队伍庞大，唢呐声和锣鼓声过于响亮，鲜花家的狗都沉默了。这支迎亲的队伍用实际行动证明，从鲜花家门前经过是安全的，但必须有够多的人结伴。眼看迎亲的队伍喜气洋洋地就要出村，鲜花家的黑狗忽然蹿出，照着新娘的小腿咬了一口便钻进了茶林。新娘的哭声立即盖过唢呐。新娘的亲人们要回头砸鲜花家的房子，莫光的亲人们则把他们按住，说这一仗迟早得打，但不应该是现在。如果现在开战，婚礼就办不成了，喜气就被冲掉了。拖战派说服立战派，新娘被人背起，队伍继续前行，只是唢呐声里多了一些颤音。

　　这个傍晚，张五蹲在坎上悄悄观察鲜花。鲜花不但不反省、不紧张，反而高调地给黑狗加了一碗米饭和一块腊肉，并在米饭和腊肉上撒满马蜂壳。黑狗吃得满嘴流油，而黄狗和花狗像张五那样蹲着，只有看的份。鲜花指着黄、花二狗，说你们要是能有大黑一半的智商，我就给你们加菜。知道吗？大黑懂政治，它不咬则已，一咬就咬女主角。大黑还懂法律，它晓得转移现场，不在家门口作案。别看它平时不吭声，但谁要是敢藐视它、得罪它，它就会暗暗记住，寻找机会报复。对外人它敢叫、敢咬，对家人它无限忠诚。这么好的狗，想不表扬都难……此话显然不是说给黄、花二狗，而是故意说给蹲在坎上的人听。张五憋了几天实在憋得伤身，就把这些话转告了老婆，还说见过表扬狗的，但没见过这么肉麻的表扬，简直像拍领导的马屁。张五的老婆把这当笑话，又转告了刘白条的老婆。刘白条的老婆把这当商业信息告诉刘白条。刘白条像打广告那样把这些话大声发布。从此，鲜花家门前再也没人敢走，而刘白条收的过路费却天天看涨。路人和村民个个恨得咬牙。有人半夜摸到刘白条家门前，想偷走那根拦路杆。他抓住杆子的这头轻轻一拉，竟然拉出刘白条的一串喝问："你是谁？你从哪里来？你要到哪里去？"每一问都是哲学，吓得偷杆人转身便跑。原来，刘白条为了堵住夜里的过客，他竟然用绳子把拦路杆的那头连到自己手上，通宵坐在门前睡觉。任何人任何时候都别想从他这里免费通行。

　　张五觉得刘白条过分了。他来到卡前，一脚把拦路杆踹掉。刘白条说你想强行闯卡？那是要罚款的。说着，又把杆子架起来。张五说你收费的理由是什么？刘白条说集资呀，硬化土坪呀。张五说集了多少？硬化土坪的资金够了没？刘白条不语。张五说如果够了，那你就没有再收费的理由了。刘白条说不是还欠你一千块吗？张五说只要你现在撤卡，我那一千块免了。刘白条说那我欠张鲜花的三千、王冬的两千呢？他们可没你大方。张五说你也欠得太夸张了，牌技那么差还赌？刘白条说即使不欠他们，我也还要收建房费、养老费，没看见我家房子拖了全村的后腿吗？张五说知不知道你这是非法集资？刘白条说弱智，你看没看电视？全国多少收费站早就收回成本了，甚至都收了超出成本十倍百倍的钱了，但现在他们还照收不误。噢，人家不非法就我非法？我收这点算个屁，一人才二十毛，就等于在城里上一次五星级厕所。张五说人家收费有批文，你有吗？你想收费，首先得有弄到批文的那个本事。刘白条说我在自家门口收费，就像你在你家侧门蹲坑，也要批文？张五说虽然这里貌似你家门口，但土地是国家的你懂不？刘白条说瞎掰，这是我私人领地，神圣不可侵犯。张五说你以为你是谁呀？都神圣不可侵犯了。人家西方才有私人领地，我们这是东方。刘白条说那你为什么把国家的路给堵了？张五说又来了，我不是要建房子吗？刘白条说屁，你砖头都买齐了，为什么迟迟不动工？张五说我在等砌匠，他们要收完粮食以后才有空。刘白条说你是不想让大家走你家门口吧？张五说这才叫正宗瞎掰。我的房子总得建吧？房子建好了门前总得让人走吧？刘白条说到那时大家都走惯了我家门口，谁还走你家？你就是想拖时间改路，别以为我看不透。张五说正儿八经的事，一到你嘴里就念歪。刘白条说打铁还需自身硬，你自己都不硬，还想来敲打我？真是一个笑话。张五说你不听劝，弄不好是要坐牢的。刘白条说你想不想让我坐牢？张五说我还没想清楚。刘白条说谁敢让我坐牢我就杀他全家。张五说你不敢。刘白条说你试试。

　　张五急步出村，要去乡里告刘白条，但走着走着脚步就放缓了。他不是怕刘白条杀人，而是觉得自己的心里不那么能见光。虽然推倒厢房是为了重建，但推墙的时候他确实希望趁机改路。虽然买好砖头不动工是为了等砌匠，但只要肯加钱砌匠还是随处可请。不得不承认，自从那堵墙推倒后，他的早蹲又变成了一种享受。他甚至有心情欣赏屋角李树上的残果，甚至能听出鸟们的嗓门一天比一天大。鸟们的嗓门为什么大呢？因为玉米和稻谷都先后成熟了，它们有足够的补给。他甚至还有心情观察山谷里腾起的团团白雾，茫茫一片，像白云，像魔女的白发。它们时而缠住山头，时而又把山头放开。雾填平了所有的沟壑，就像在村庄面前铺了一层厚厚的望不到头的棉花。谁看谁喜悦，谁看谁有做地主的错觉。这算得上是个美丽的地方。当初王冬就是用风景把汪冬从浙江骗过来的，据说王冬在"美丽"的后面还加了"神奇"。张五笑了一下。他想一个人每天清晨能蹲在猪圈上看这么美的风景，想这么美的事而又不被打扰，应该算得上是一个既得利益者了。一个既得利益者为什么要去告一个欠债大户呢？如果刘白条家里不穷，他会架杆子收费吗？不会。张五自己把自己给说服了，从半路折回。

鲜花家的三条狗被毒死了。鲜花是在早上打开门的时候才发现的。狗们躺在门前，头朝狗洞，满嘴白沫。悲惨的场面使鲜花失控，她发出一声刺骨的尖叫，像死了亲爹那样当即晕倒。牛奋对嘴呼吸才把她弄醒。醒来后，她请木匠做了三口狗棺材，分别把狗装进去，然后又分别在棺材上盖了一块红布。灵柩一字排开，拦在门前的路中央。鲜花誓言不抓到投毒者决不下葬。她去了一趟莫光家，莫光说他结婚不久，还在蜜月期，傻瓜才惹这种麻烦事。况且鲜花早就赔偿过他老婆的药费和精神损失费，他还有什么理由投毒？莫光一脸真诚，弄得鲜花反而不好意思。会是谁呢？鲜花想得大脑都起了皱纹。

清晨六点，鲜花和牛奋爬过张五家墙头，三下两下跳到猪圈边。张五的身体一紧，说没看见我正在蹲吗？鲜花说就是看见你蹲我们才来的。张五说喜欢闻味儿或是寻早餐？鲜花说想问叔几个问题。张五说有这么急吗？鲜花说怕叔讲假话，所以才挑着时间问。张五说你叔什么时候说过假话？鲜花问那你是不是讲过要把我家的狗灭了？张五说你听谁讲的？鲜花说你跟婶娘嘀咕的时候我正好路过你家门口。张五说这话我是讲过，但我没有做。刘白条讲他要杀人，你也信？鲜花问那你是不是有投毒的动机？张五说动机算个屁，最终还得看动作，而且村里的人、过路的人，这么多人，难道就我一个人有动机？鲜花说王冬与汪冬已经把经过他家的路拦死，他们不会投毒；刘白条已经架杆子收费，我家的狗叫得越凶他收的费就越多，他也不会投毒。张五说排除他们不等于就是你叔。鲜花说你一直想把路改从我家门口经过，当时我们同意了，但狗没同意，所以你就喂它们吃老鼠药。说到此处，鲜花顿了一下，眼泪吧嗒吧嗒的，她为那几只可怜的狗狗伤心地哭了。张五说你叔没这么硬的心肠,否则狗们活不到现在。鲜花抹了一把眼泪,说有人看见你去乡里了。张五说谁规定我不能去乡里了?鲜花说有人讲你去乡里是为了买"毒鼠强"。张五说放狗屁,人家只跟你讲我往乡里走,却没跟你讲我半路杀了回马枪。鲜花说原来你在半路买的"毒鼠强"?张五说我看你是"毒鼠强"吃多了。鲜花说那你为什么杀回马枪,难道是去散步吗?张五说我想去告刘白条乱收费,但走到半路气就消了。鲜花休息了一会儿,问真不是你毒死的?张五说你去问问,看有谁在蹲坑的时候还有心情说假话?鲜花说叔,不管怎么讲,我家的狗被毒死,根源还是在你这个地方。张五说你这是突击审问、非法逼供、双规,还有完没完?鲜花说如果你不推墙拦路,刘白条就不会架杆收费,刘白条不架杆收费,王冬与汪冬就不会搞什么豆腐渣工程。都是你逼出来的。如果大家还有一条路可走,谁会狗急跳墙到下毒?张五说能不能反过来讲,如果你爷爷不养猎狗,不喂它们吃马蜂壳,那这条路是不是在你家门前?你不能光讲现实,也得讲点历史。鲜花说都几十年了,你家门前这条路也算得上历史悠久了。张五说你家那条路更古老,都有上百年的历史了。鲜花说报纸上不是讲不走老路吗?张五说还讲了不走斜路。知道什么叫斜路吗?就是不直的路,而你们家门前那条最直、最不斜。忽然,牛奋插话,说叔你弄错了,不是倾斜的斜,而是邪恶的邪。张五说一个音,意思差不多,各人根据各人的需要引用。鲜花说争来争去的,也不是个办法,叔,你看这样行不行?你把你家这堆废墙搬走,我把我家的狗狗埋了,让大家自由选择,爱走哪条走哪条。张五说若要讲公平,除非今后你家不再养狗。鲜花说先这么定吧。叔你要是同意我们就走,你要是不同意,我们就看到你同意为止。张五说简直是趁火打劫。鲜花说那你到底同不同意?张五说再不同意我都快憋死了。

鲜花把三只狗埋进菜园。她家门前的路算是畅通了。但张五和他老婆一共才两个劳力,搬运废墙的速度就像蜗牛爬行。鲜花跟村民们打了一声招呼,除了刘白条家,家家户户都派出人力来帮张五搬运,甚至外村的人也纷纷加入。半天工夫,张五家厢房的旧墙就全部清理完毕。鲜花说叔,这就像投票,来帮忙的人越多就说明想走你家这条路的人越多。他们都是你的粉丝,代表民意。张五说讲好了,你不能养狗。收工后,鲜花把那块"前方施工,请绕道而行"的牌子拿掉。路人又开始走回张五家这条路。十天过去了,一个月过去了,张五家门前的人流量同比上升百分之五,相当于当月的物价上涨指数。而鲜花家那条路始终无人问津,尽管她家已经不养狗了。张五蹲在猪圈上想什么叫习惯?这就是。人们习惯走老路,而我习惯敞蹲。正这么想着,他忽然听到从自家门前传来一串噗噗的脚步声……

写于2012年11月17日

双份老赵

老赵其实不老,"老"只是一个亲切的称呼,相当于"阿"。他长着二十多岁的头发,三十多岁的皮肤,却具备了一百岁的智慧。自打识字那天起,他的脸上就出现了思考的表情。这种表情一直保持到现在,如果不小心辨认,还以为来自他父母的基因,但实际上却是他勤于皱眉头的结果。

七年前,小夏亭亭玉立,说漂亮有漂亮,说气质有气质,是某家银行的职员。尽管追求她的男子排了长长一列,却没一个被她相中,原因是他们要么长得太白,要么显得幼稚,无法给她一种落地的感觉。直到老赵这张思考型的脸庞出现在窗前,她的心里才"咯噔、咯噔"。开始,老赵也不是来给她"咯噔"的,而是来存款,取钱。因为经常来,彼此由点头到交谈,渐渐地就混熟了。熟到差不多的时候,小夏劝老赵把钱全部存入本行。老赵说:"不能把所有的鸡蛋都放一个筐里,万一没拿稳,那就只剩下我这个蛋了,穷光蛋的蛋。"

这是排名数一数二的银行,哪怕所有的银行都倒闭了,也轮不到它倒闭。更何况老赵的那点钱就像沧海一粟,无论存进去或者取出来都不影响银行的总量。小夏觉得他多虑,甚至认为他不信任自己。老赵说:"我可以信任一个人,但不可以信任一个集团。"而小夏偏偏把银行当亲爹,并用它来检验老赵的忠诚度。老赵问:"难道喝一口茶,连杯也要一起吞下去吗?"

小夏说:"单位就像我的衣裳,你不会只爱我的身体吧?"

老赵于是又存了一笔定期。小夏问他是不是把全部都存进来了?老赵气得直打喷嚏,忍不住给她上课:"就像一个人不能只有一个信仰,否则,委屈的时候你都找不到安慰的理由。一家人不会同时上一条贼船,也不会同时坐一架飞机。为什么那么多人要找干爹?民间说法是保自己长命,而真正的原因却是多个干爹多条后路。"小夏被这剂猛药呛得连声咳嗽。她终于落地了,心像踩在水泥地板上那么踏实。不过结婚之前，她还得考验考验老赵。

小夏打开地图，指着最远的地方——麦哲伦海峡，说："怎么样？"老赵说："只要你开心，下个月就去。"小夏感动了，手指在地图上跳舞，舞着舞着，就舞到了夏威夷群岛。她说："我心疼钱，还是选近一点的地方吧。"老赵一拍桌子，整个"太平洋"都倾斜了。他说："看不起人是不是？知道吗，你花谁的钱，谁就是交桃花运。"小夏的手指立即从夏威夷起飞，这回跳的是芭蕾。手指优雅地划过高山，越过海洋，像两只白天鹅落在桂林的山头。"就这儿吧。"小夏说。老赵被小夏变化的速度搞晕。他用一秒钟倒了倒时差，说："对我的钱包，请你务必做到浪费光荣、节约可耻。"小夏笑了："浪费你的，那不就等于透支我的未来吗？"

最后，他们选择了西部的一座山峰。那是个热门的景点，好多名人和有名字的人都去爬它。有位著名的董事长，每个季度都带着一群记者去爬，每爬一次，公司的股票就连续涨停三天。老赵和小夏也想让他们的感情股涨一涨，于是都跟单位请了假。登机之前，老赵为每人买了两份保险。小夏看在眼里，喜在心尖尖。她一坐上飞机，就把脸靠住老赵的肩膀，死心塌地做他的零件。渐渐地，靠的和被靠的部位都有些麻，但是，谁都舍不得动一动。他们只用一个姿势就完成了一千多公里的飞行。

到了山下旅馆，小夏惊呼："糟糕，我只预订了一间房。"老赵说："难道还需要第二间吗？""当然，我是有原则的。"说这话时，小夏把嘴认真地噘起来，不像是反话正说。老赵问总台还有没有多余的房？服务员说："房间都必须在十天前预定。"老赵双手一摊，耸了耸肩膀，恳请服务员为他在走廊上加张床。服务员说："不可以在走廊上加，但可以加在房间里。"老赵像领到结婚证那么高兴，扭过头来征求小夏的意见。小夏说："我一紧张就会失眠，一失眠就没力气爬山。"老赵说："出来就是想放松，你先别紧张，千万千万别紧张……"

晚饭后，老赵跟着小夏进了房间。他们一个坐在椅子上，一个坐在床头，面对面地聊了起来。老赵越聊越来劲，不仅语速加快，而且满脸通红，仿佛雄鸡高唱，仿佛要这么一直唱到天亮。但是，小夏却聊得很不专心，她在为老赵今晚睡什么地方而不停地开小差。老赵说："既然当时你只订一间房，那就说明你早已默认同吃同住这一事实。"小夏摇头，两手紧紧地抱住自己的双肩，忽地就缩小了，小得像只蚂蚁，让老赵和她的距离顿时变得遥远。老赵问:"难道你真不希望我住在这里?"小夏的头立刻变大,它毫不含糊地点了一下。老赵又问:"你确定?"小夏连连点头。凡事都问两遍,这是老赵多年养成的习惯。他说了一声"晚安",便抬屁股,拉行李。小夏问他去哪儿?他说:"睡觉。"小夏说:"不是没房了吗?"老赵说:"我就怕你在关键的时候讲原则,所以出发前也预订了一间。"小夏惊讶得眼珠子都快掉了。她佩服老赵,甚至崇拜。

爬山的时候,每人只带一瓶矿泉水。由于小夏没经验,每次饮水量明显偏多。还没爬到山的五分之一,她就把一瓶水全部喝干。老赵告诉她,凡是有爬山经验的人,只用水来润润喉咙,绝不能牛饮。小夏责怪他为什么不早说?老赵从包里掏出另一瓶:"因为我早有准备。"爬到一处陡坡,小夏的手被带刺的灌木划破,裂开的口子渗出血来。老赵赶紧从包里掏出创可贴,封堵她的伤口。小夏说:"你想得真周到。"老赵说:"必需的。"

一路上老赵连扶带拉,总算把小夏带到了半山。到了这个高度,他们的视线就开阔了,野心也开始膨胀。看着周围被比下去的山峰,小夏一高兴,嚷着要爬到山顶。坡越来越陡,脚下打滑的次数越来越多。有时,他们的一只脚上去了,另一只脚却滑下去老远,仿佛要分裂身体,闹"腿独"。这样劈叉多了,小夏的裤裆便"嗞"地一声裂开。"还名牌呢,这么不经劈。"她发着牢骚,赶紧蹲下,一步也不敢移动。尽管小夏已多次领教老赵的细心与周到,但这一次她是再也不敢奢望了。万万没想到,老赵竟然从背包里掏出了针线。小夏一边缝着裤裆,一边想还有比他更可靠的男人吗?没有,绝对没有。

当晚,小夏就叫老赵退掉另一间房。他们终于合并了。高兴的事大都相同,这里只说一件不高兴的。临回程的前一天,他俩到商店购物。老赵花了五千元为小夏买了一只玉镯。小夏当场把玉镯戴到手腕子上,频频摇晃,似乎要从上面摇出一首歌来。但是,没等小夏高兴完毕,老赵就偷偷地折回去,又买了一只和她手腕子上相似的镯子,连价格都一样。小夏想多买的这只肯定不是送给他亲人的,否则他不会偷偷摸摸。那么,只能说他还有见不得光的女友?小夏压住心中的不快,计划在回去半月之后再审他。半个月的时间,他要是真有"见光死",就会把镯子送出去了。到那时……哼,即使他的脑子转得比计算机还快,恐怕也很难狡辩吧。

旅游归来,老赵每三天就跟小夏提一次结婚,就像一只准时的闹钟。他一共闹了五次,小夏便说:"坦白从宽,抗拒从严。你能不能先交代那只镯子?然后,再来跟我谈婚姻。"老赵的脸红得比闪电还快,仿佛偷东西被人当场拿下。小夏真以为自己抓住了窃贼,心有余悸地说:"差一颗米我就嫁给你了,好险!"老赵额头上的汗"噌噌噌"地往外冒。小夏像猫看老鼠那样看着他,问:"是不是送给前女友了?"老赵抹了一把额头汗,支支吾吾地说:"从头到脚,我就这么一点秘密,你……能不能给我留住?"小夏说:"要么爱秘密,要么爱我,A或者B?你只能二选一。"

老赵只好从柜子里拿出那只玉镯。小夏说:"天哪,你怎么还没送出去?速度也太慢了吧。"老赵说:"为什么一定要送人?"小夏说:"难道就为了锁在柜子里?"老赵说:"我是怕你的那只丢了,或者碎了,才又买了这只。如果你高兴,一只手戴一个,两只手可以同时漂亮。"小夏的脊背轻轻一颤,那是被感动的信号,但她仍然强迫自己保持足够的警惕,说:"你骗人。"老赵把柜门敞开。小夏看见柜子里摆满物品,有小时候用过的布娃娃,有中学、大学的毕业证,有奖状、邮票、相册、移动硬盘、钥匙、存折、保险单、速效救心丸、相机和手表,等等。凡柜子里的统统双份,只有手表是单身,因为另一只正戴在老赵的腕子上。小夏顿时结巴。她说:"原、原来你喜、喜、喜欢收、收藏。"老赵摇头,说:"多年来,我像保护内裤一样保护这个秘密,没想到还是被你撬开了。我担心这些东西丢失,就多备了一份,这样心里特踏实。"

还用得着考验吗?小夏心里现在是踏实的双倍。冬天,他们把婚结了。由于老赵还保持着买双份的习惯,所以他们经常要像资本家那样,把多余的牛奶或者豆浆倒掉。小夏看着白花花的液体,仿佛看到了奶牛和挤奶姑娘,甚至还想到了弯腰种豆的农民,心里实在不忍,于是就咬牙喝下去。天天这么喝双份,吃双份,她不仅口腔上火,还感到胃胀。一次,她稍微把嘴巴开大了一点,胃就撑得像个气囊。她站也不舒服坐也不舒服,胃是越来越痛。老赵不得不把她送去急诊。吃了药,打了针,她的胃才慢慢愉快。胃一愉快,她就拍老赵的头,说:"你想让我胃下垂呀?我是来跟你生活的,什么叫生活?不光是吃吃喝喝,还包括精神内容。我又没两个胃,你干吗天天买双份?你要是再这么买下去,我就不让你上床。"

老赵响亮地答应,果断地执行。但习惯毕竟是习惯,它经常让老赵情不自禁。有时回到楼下,老赵才发现自己犯错。于是,他把多买的那份菜呀肉呀什么的顺手送人，也不管认不认识，人家愿不愿意，反正他见谁送谁。因为送得不合情合理，再加上他的动作有点神秘，人家还以为他想用小恩小惠勾引正经女子。一天傍晚，四下无人，老赵提着一堆菜站在凛冽的寒风中不敢上楼。忽然，他看见一女的从楼门走出来倒垃圾，便把多买的那份菜不分青红皂白地塞过去。那人问："什、什么意思？"他说："帮帮忙，别让我老婆知道。"那人一跺脚，说："我就是你老婆。"老赵这时才看清，原来真是小夏，吓得手里的菜全撒在地上。

小夏跳脚拍墙，震怒。她没收了老赵的工资本，取消了他的购物权。老赵一下就消极起来，连幽默都存了定期。他衣来伸手，饭来张口，家务基本不做，每天就懂得感叹："还能有什么作为？"小夏说："你可以跑步。"老赵说："反正又跑不过刘翔，跑步干吗？"晚饭后，他躺在沙发上看电视。一个姿势，十个夜晚，皮沙发上留下了他臀部和肘部的凹坑。小夏说："你还想不想当爸？"他说："想呀，想得一听到有人叫爸我都答应。"小夏说："那还不赶快起来培育种子？"老赵一激灵，从沙发上弹起来，发现还有一件人生大事没完成，当晚就跑了两公里。一连跑了几天，老赵觉得不能光有良好的种子，还必须具备优质的土壤。于是，他把小夏拉出来一起跑。除了跑步，他们还打羽毛球、做俯卧撑、引体上向、冬泳、爬山、骑自行车，好像不是在为造人做准备，而是要参加奥运会的全能比赛。

他们选好孩子未来的星座，掐准孩子将来入学的时间，然后倒推八个月，用发射火箭那样的精准态度，锁定一个夜晚。他们就要播种了！但是，当双方的情绪都高涨难耐的时候，老赵忽然罢工，从床上坐起来。小夏说："是不是要我付小费？"老赵说："我不能只有一个孩子。"小夏说："计划生育，只准一胎。"老赵说："再准备准备，也许你能怀上双的。"小夏说："为什么非得双的？"老赵说："因为一个孩子太孤单，因为我不敢保证孩子将来不患绝症、不被误诊、不出车祸、不遇自然灾害、不被误伤、不被误判……所以，我需要双的。"小夏听得脊背发凉，紧紧搂住老赵，说："老公，我同意怀双胞胎，但今晚你必须把该做的事做完。"老赵戴上一个套子，想想，又戴上一个。小夏说："有必要同时穿两双袜子吗？"老赵说："谁敢保证戴一个不漏油？万一碰上次品，你就没怀上两个的机会了。"

除了继续锻炼身体，小夏还定时服用药片。资料表明，那些药片能促进排卵、增加激素，极可能为老赵同时提供两个靶标。但是，人不胜天。一年后，他们的孩子出生，不是双的，而是一个非常漂亮的女孩。老赵和小夏爱得不行，即使孩子睡觉也舍不得放到床上，而是轮流抱在怀里。从此，老赵不再买双份，而是尽量想法子把一块钱掰成两块钱来花。孩子犹如灵丹妙药，一下就把老赵的习惯治好了。

就像房价似的，孩子一天一长，天天长月月长，到她三岁的时候，原先可以买一套房的钱只能买一个客厅了。小夏指着孩子问老赵："你打算给她留点什么？"老赵满脸迷惘，说："还没到留遗嘱的时候吧？"小夏说："我是说房子，你能不能给她留一套房子？"老赵说："我想买房，但钱不答应。"小夏摊开手掌伸过来，像是乞讨。老赵的身子往后一闪，说："我真的没钱了。"小夏说："不是还有一本存折吗？我在柜里看见过的。"老赵说："你怎么不按常理出牌？我现在已经不买双份了，按理你应该把工资本还我才是。"小夏说："房价飞涨，我们再不整合资金，将来连一间厕所都买不起。"老赵像性饥渴的男女那样不经劝，一眨眼就从手包里掏出存折。小夏把两个人的四本存折打了合计，然后递给老赵，说："选套房吧，不够部分到我们行去按揭。"老赵屁颠屁颠地选了一套现房，立即请人装修。他等到把新房的甲醛一放干净，就拿到了一张出租合同。合同上的收入正好填了按揭的窟窿。他们现在有收入，未来有投资，生活惬意，举止优雅，谁都不说粗话，更不会骂房价上涨。

一天，小夏在打扫房间的时候，发现老赵柜子里的物品全都变单了，连那只玉镯也不见了。小夏问老赵："难道它们有脚，自个出门旅游去了？"老赵说："为了买房，值钱的都卖了，不值钱的都丢了。"小夏将信将疑，趁老赵不在家翻箱倒柜，寻找那些物品。越是找不到，她就越好奇越不服气，甚至连当侦探的念头都产生了。她把家里的抽屉全都拉出来，倒扣，发现一串崭新的钥匙被透明胶粘贴在底板背部。为什么要把钥匙藏在这里？显然是不想让我知道。为什么不想让我知道？肯定是有秘密。小夏一把扯下钥匙，反复地看了一会，转身冲出门去。

自从新房开始装修，小夏就没来过。她既是避甲醛，也是避噪音，更是因为照顾孩子没得空闲。现在，她急火攻心地来了，钥匙还没插进锁孔，魂已钻进房间。或许是着急的缘故，第一下，她手里的钥匙没把门扭开。她扭第二下，锁头不动。她真不希望锁头转动！但是，第三下，就在她准备高兴的时刻，门却"啪"的一声敞开。客厅里，所有的家具包括摆设都和她家里的一模一样，连窗帘、地板的颜色和款式都与那边的相同。不小心，她还以为自己碰上了那个家。她踮起脚后跟,轻轻地走进来。鞋柜一样,冰箱一样,橱柜一样,就连抽屉里装的东西也没多大区别。次卧一样。书房一样。小夏打开书房里的柜子,看见从那边消失的布娃娃、毕业证、奖状、邮票、相册、移动硬盘、钥匙、保险单、速效救心丸、相机和手表等全都摆在这边。原来,老赵偷偷摸摸地把家给复制了。主卧的门关着。小夏来到门前,叮叮当当地选择钥匙。门忽地开了。小夏惊得一倒退,发现开门的竟是自己。天哪,她长得就像是我的亲妹妹!她们相互打量,仿佛在照镜子。照着照着,她们的目光都分别落在了对方的左手腕子上。

写于 2010 年 10 月 28 日

私了

　　他把存折轻轻放下。黑色的方桌上搁着一本绛色存折，很扎眼。她没看存折，而是看他，好像他是一个陌生人，需要对他进行检测。他被检测得心里发毛，低下头，看着凉鞋里十根变形的脚趾。脚趾虽然变形虽然黑，但趾甲里没了泥垢，鞋面也还算干净，这都是进村时在井边仔细冲洗的结果。太阳快要落山了，阳光从门框斜进来，照着他们的下半身，把他们下半身的影子拉长，投射到墙壁上。墙壁上，一个腿影不动，一个腿影打闪。

　　"都十五天了，你说你们封闭。李堂封闭还情有可原，你一个种地的，谁会封闭你？"她的声音不大，却一剑封喉。

　　"能不能先看看存折？"他弱弱地问。

　　"你都回来了，李堂为什么还不开机？"

　　他不答，指了指存折，好像答案就在那里。这时，她才把目光移开。目光移开时"哗"的一声，仿佛撕去一层皮，在他的脸上留下了痛感。她疑惑地看着，那是一本新存折，新得都不好意思去碰。她的手指捏着衣襟，捏了又捏，估计把手指捏干净了，才伸出去。

　　"慢。"他忽然制止。

　　她把手缩回来，又看着他。

　　"在翻开它之前，你得有个心理准备，因为……这不是一笔小数。"

　　"才出去几天，你就把人看扁了，好像我就没见过大数……"她翻开存折的瞬间，声音突然中断，整个人凝固，眼珠子一动不动，呼吸声变得急促。

　　二十七年前，她生李堂时差一点就憋死。医生说她的心脏有毛病，能生一个还保命，已是奇迹中的奇迹。从此，她感觉到了心脏的存在。累的时候它重，急的时候它重，来例假的时候它也不轻。每次犯重，她都用右手捂住左胸，仿佛捂住一碗水，生怕一松就漏。现在，她又把手捂在胸口，说三层，你是不是抢银行了?

他摇头。

"没抢银行哪来这么多钱?"

"你猜。"

她忽然感到脑袋不够用,而且头皮还略紧。她首先想到的是彩票中奖,但没等他摇头,她就自个摇了起来。她不相信李三层有这么好的手气,更不相信自己有这么好的命,那么……她"那么那么",也"那么"不出其他可能,就说你最好直接把答案告诉我。

"还是猜吧,答案没那么容易。"他扭头看着门外。

"再猜,我的心脏病就发作了。"

"好东西不能一口吃完,好消息需要慢慢消化。"

"没有答案,再好的消息也折磨人。"

"要不你问李堂。"

"他不是一直关机吗?"

"哦,我差点忘了。"他一拍脑门,仿佛从梦中惊醒。

"他为什么总是关机呀?"

"你先猜钱是怎么来的,然后我再告诉你他为什么关机。"

"讨厌,你都快把我急死了。"

"路得一步一步地走,事得一件一件地办,急不得。"

她重新翻开存折,看了一会:"这钱是李堂挣的吗?"

"你说呢?他一个单位里的跑腿,才两年工龄。"

"莫非是你捡到的?"

"我说是,你也不会信吧。"

"天老爷,"她倒抽一口冷气,撩开他的衣襟,摸着他的腰部,"你不会把肾给卖了吧?"

"肾哪能卖这么贵。"

她低头查看。他的腰部没有伤疤。他说我的肾好着呢。她直起身:"那就奇怪了,难道你傍上了大款?"

他把头扭过来,发现她的面肌开始松动,像有一颗石子砸进水面,渐渐泛起涟漪。这是严肃后的一丁点活泼迹象,是由对立走向和解的信号。他稍微放松警惕,仿佛有一根绑着的绳子从身上掉落。他说除非碰上一个刚从牢里放出来的女大款，否则我傍不上。

"你不是说你肾好吗？"

"光肾好有什么用？人家还要看皮肤白不白。"

"想想也是，谁会看上你这副黑不溜秋的皮囊？"她的脸上埋着讽刺。

"但是李堂好白，白得就像水泡过似的，一点都不像我。"

她双手一击，恍然大悟："莫不是李堂傍上了女大款？"

"你觉得有可能吗？"

"怎么没可能？他一表人才，口齿伶俐，就是县长的女儿喜欢他，我也不奇怪。"

"有道理。"他微微点头。

"这么说我猜中了？钱是那个女大款给我们的。"

"别叫得那么难听，富二代好不好？"

"有区别吗？"

"当然有了。一般女大款年纪都偏高，但富二代年轻。我们家李堂怎么可能为了钱去傍老女人。"

"那是。我们家李堂可讲尊严啦。记得他八岁时，李侯衣锦还乡，给每家的孩子都发了一把奶糖，别家的孩子恨不得要两把，但我们李堂一颗都没要。十岁那年，罗老师把他小孩穿过的一双半旧皮鞋送给他，他硬是没接，虽然他的球鞋都被脚趾顶出了两个窟窿。"

"这叫骨气。"他竖起大拇指。

"所以，不是我们家李堂要傍富二代，而是那个富二代倒追我们家李堂。"她把存折丢到桌上。

"知子莫如母，这事还真被你猜对了，是女方主动。"

"可是，李堂他交了女朋友为什么不告诉我？这么好的事，有必要隐瞒吗？二十多天前我跟他通电话，他也只说旅游，没说交女朋友。"

"他……他想给你一个惊喜。"

"他们是什么时候认识的？"

"你猜。"

她盯住他，像盯住一个怪物："动不动就你猜，哪里学来的臭毛病？"

"封闭时学来的。"

"到底是谁让你们封闭？"

"你先猜他们什么时候认识的。"

"神经病。"她骂了一句,朝厨房走去。厨房的灶台上煮着一锅水,现在正"扑哧扑哧"地冒着热气。她往热水里倒了一筒米,用铲子在鼎罐里搅了搅,把多余的水舀出来,然后从灶里抽出两根柴,让小火慢慢地焖饭。他走进来,倒了一碗凉茶,"咕咚咕咚"地喝下。喝茶声比脚步声还响。她扭过头来:"喂,这么多钱,你打算拿来起房子或是存定期?"

他抹了一把湿漉漉的嘴角:"你猜。"

她用手指点了一下他的嘴巴,说你能不能不说这两个字?他不动,呆呆地立住,看着正前方。正前方一片虚焦,他什么也没看见,只是摆了个看的样子。她扳扳他的下巴,又拧拧他的面肌,但他始终没动,好像变成了植物人。她用力捏他的鼻子,说你怎么变傻了?李三层,你是不是吃错药了?

"你猜。"他还没转过弯来。

"猜你为什么变傻吗?"

"不,猜他们是什么时候认识的?"

她抽了抽鼻子,扭过头去,揭开锅盖,饭还夹生,于是把刚才抽出来的那两根柴又塞进去,灶里多了一抹火光。她走到洗手池,洗了洗手,又抹了几把额头上的汗,看见他还在原地站着,就说李三层,我算是服你了。

"光服不行,还得猜。"

"笨蛋,他们不是三个月前认识的吗?"

"为什么是三个月前?"

"李堂回来过春节时,没说交女朋友,现在突然冒出个富二代,不是春节后认识的那会是什么时候?"

"没想到你还能推理,原来你不傻呀。"

"你妈的,到底是你傻还是我傻?"

"猜。"

"这还用猜吗?"

"时间是猜对了,但你还没猜他们是怎么认识的。"

"老娘没这份闲工夫,改天我直接问李堂。"

"也好。"说完,他转身走出去,走到堂屋,走出大门,一直走到汪槐家,他才发觉自己的手里还拎着那个茶碗。

他逢人便说"你猜"。全村人都知道他变傻了,但谁都不知道他是如何基因突变的？她背着他天天拨李堂的手机号码，但电话里天天都是那个声音："该用户已关机"。

"李堂为什么还关机呀？"夜深人静的时候，她用手指戳他的后腰。他翻了一个身："你先猜他们是怎么认识的。"

"说话当放屁。你说过只要我猜出钱的来历，就告诉我……"

"可当时你没乘胜追击，过期作废，现在我得加大问题的难度。"

她踹了他一脚："你没傻，你是癫。你是被钱吓癫了。"

"必须承认，钱不是个好东西。"

"可一旦缺钱，你什么东西都不是。"

"唉……"他长长地叹了一口气。

她抚摸他的身体。她已经好久没抚摸他了，感觉他的肉越来越少，骨头都多得有点刺手了。她说我对你好不好？

"没得说的。"

"那你为什么还让我猜这么多问题？你知道我最怕动脑筋。"

"我是想让你分享他们的幸福。"

"他们幸福吗？"

他点点头。即便是在黑暗中，即便都平躺在床上，她也感觉到他点了点头。她看着黑乎乎的天花板，脑海里一片花花绿绿。她说他们是怎么认识的？是在公交车上或是火车上？既然要认识，总得先有一个地点吧。

"人家是富二代，既不坐公交也不坐火车。"

"那就是自己开车喽。"

"还用说吗？"

她的脑海浮现一辆小汽车。太好的汽车她想不出，拼尽脑力，也只想象出一辆像王东帮人拉新娘那样的。汽车在她的脑海里"呼呼"地飞奔。她说有一天……富二代开着一辆很贵很贵的车，在十字路口等红灯，忽然看见我们家李堂从斑马线走过。你想想李堂那身材，想想他的大长腿，只要往人群里一站，就相当于杉木站在茶林，马上就能吸引别人注意。我要是那个开车的姑娘，眼睛一定会发亮，心里一定会发烫……"

"我认为除了身材，她还看上了李堂的气质。"他打断她。

"还有才华，你别忘了，我们家李堂语文经常在班上考第一。"她说。

"然后呢？"他期待她往下讲。

"那个富二代叫什么名字？"她问。

"叫……叫，叫丽莲。"他"叭叭"地拍着脑门。

"没姓呀？"

"姓马。"

她看着黑乎乎的天花板，仿佛看着城市的街道："当马丽莲一看见我们家李堂，就觉得过了这个村便没那个店，她不想让机会溜走，跳下车，拦住李堂假装问路……"

"不可能。十字路口不能停车，她走人那是违反交通规则。"他反驳。

"人家一个有钱人，还在乎交通规则吗？大不了罚款。我跟你讲，人一旦爱上人，跳火坑都愿意，更别说跳车。"她争辩。

"那车怎么办？"

"让警察拉走呗，想要就第二天花钱去取，不想要就让它烂在停车场。"

"你不是说车很贵很贵吗？"

"对有钱人来说，贵算什么？感情才重要。"

"也是。她不跳车，怎么能体现我们家李堂的魅力？"他认可这个答案。但是她忽然产生疑问："难道李堂不会拒绝吗？"

"为什么？"他张大嘴巴。

"万一她长得不漂亮呢？李堂可不是那种只爱钱的人，他不会因为金钱降低对外表的要求。"

"恰恰相反，她长得太好看了。"

"为什么不带张照片回来？"

"说好要带，临出门又忘了。"

"她长得像谁？有她未来的婆婆好看吗？"

"好看一万倍。"

她用力掐了一下他的大腿。他竟然没喊痛。她说这是哪世修来的福？李堂竟然交了一个既有钱又漂亮的姑娘。

"而且还是倒追，"他赶紧补充，"早上，马丽莲开着豪车送李堂上班；晚上，她又开着豪车把李堂接到家里。"

"他们住在一起了？"

"可不是吗，李堂直接住进了马家的别墅。"

"也就是说他们睡在一块了？"

"你猜。"

她沉默。她的沉默让夜晚变得安静，安静得可以听见虫鸣，听见丝丝的风声，甚至还听到一两声狗叫。她说这么重大的事，他也不征求我们的意见？

"当初我们睡在一起的时候，你征求过你妈的意见吗？"

"讨厌。"她又用力掐他的大腿，他还是没喊痛，好像肌肉是塑料做的，和他已没血肉关系。她沉浸在想象中，呼吸变得越来越均匀，很快就睡着了。不知过了多久，她突然"嘿嘿"一笑。他睁开眼，天色已白。晨光从窗口射进来，照着她酣睡的脸庞。她竟然在梦中笑了，这是多少年都不曾发生过的美事。

有那么几日，他们忙于农活，把李堂的事暂时抛到脑后。小暑那天下午，他们决定休息。人一休息，脑袋就放空，脑袋一放空，许多事就奔涌而至。她说李三层，你这个骗子，几天前我猜出了他们是怎么认识的，但你却没告诉我李堂为什么不开机。

"那还得往下猜。"他说。

"凭什么？"她说。

"因为你没抓住机会。"

她转身进了卧室，开始收拾行李。他跟进来，问她想干什么？她说既然电话打不通，就得亲自跑一趟，我想李堂了，也想提前看看儿媳妇。

"他们不在城里，他们出门了。"他说。

"怎么会出门一个多月？而且还关机。"她一屁股坐在床上。

"因为他们要享受两人世界，不希望别人干扰。"他坐到她的旁边。

她用手指点他的脑门："你呀你……真是个闷葫芦。这么好的事，为什么不一锅端？而像挤牙膏，挤一点，讲一点。"

"我要是一次讲完，今天就没得讲的了。什么事都是一个过程，讲慢点，短的显得长；讲快点，长的显得短。"

"他们去这么久，是出国旅游吗？"

"你猜。"

"猜你个头，再猜我就私奔。"

"可是，我已经给自己定了一个规矩，你不猜，我不讲。"他扭头看着窗口。

一只鸟飞来，落在窗台，好奇地看着他们，但几秒钟之后，它又飞走了。

他们的目光追着那只鸟，那只鸟拐弯了，他们的目光没拐，而是直直地落到天边。天边，刚刚还洁白的云朵现在全变成了彩霞。落日悬在远山，像个句号。

"一个月，如果不是出国，那他们就是自驾或是徒步？"现在她才发觉不想猜只是表面现象，其实骨子里充满了好奇。

他摇头。

"难道是豪华游？"她问。

"差不多了。你想想游字的偏旁部首吧。"他提醒。

"三点水，他们是在水里吗？是坐轮船。"她预感自己找到了答案。

他点头。

"是不是在海上？"

他摇头。

她一拍大腿："我想起来了，李堂好像在电话里说过，他要去看长江。"

他点点头。

"哈哈，我终于猜对了。"她高兴得像个刚刚考了一百分的小学生。

"他们定了一个豪华包间……"他忍不住。

"别，还是让我来猜吧。"她制止。

他看着她。她看着窗外。她满脸笑容，这个迟到的消息让她兴奋，激动，好像豪华游的不是李堂，而是她自己。她说游费是马丽莲出的，李堂一个穷小子住不起豪华包间。这么说马丽莲真的喜欢我们家李堂，否则她舍不得花这么一笔大钱……

"她对他好呀，一有空就给他按摩。"他说。

"还三天两头给他炖鸡汤。"她说。

"她给他买了好多好多名贵的衣服。"

"我知道了，上船之前，她肯定还是个处女。他们之所以要豪华游，就是想在船上入洞房。"她有一丝得意。

"你是怎么知道的？"他暗暗佩服她的想象力。

"我猜的。"

"八九不离十，"他说，"一天，船到了中游，两岸的山越来越好看，他们拿着手机来到船边自拍。自拍是什么你知道吗？"

她点点头："就是举着一根长长的杆子给自己照相。"

"照了几张，马丽莲都不满意，她就坐到栏杆上。不巧，一阵强风刮来，船身一斜，马丽莲掉了下去……"

"啊……"她倒抽一口冷气，"快救她。"

"她在翻滚的江水里挣扎，不停地喊李堂李堂。她的头发乱了，衣服湿了，眼看就要沉下去了……"泪水盈满他的眼眶。

"快去救她呀，李堂。"她攥紧双手，仿佛就站在船边。

"采菊，情况这么紧急，你说救或是不救？"

"救，那么好的姑娘，如果不救，我们会一辈子良心不安。"

"我就知道你是个善良的人，"他抹了一把眼眶，"李堂也是个善良的人，他几乎没有犹豫，就咚地跳到江里去救她。可是李堂忘了，我们也忘了，他……他不会游泳呀！"说完，他放声大哭。

她一愣，身子一歪，往床上倒去。他双手接住，把她搂在怀里。他紧紧地搂住她，一直搂到深夜，她才醒来。醒来时，她长长地叹了一声："天哪……你怎么不早说呀？你要是早说，我还能见儿子最后一面。"她一边哭一边捶打他的胸口。

"不瞒你说，因为台风，整条船都翻了，死的不光是我们家李堂。你要想开点，这是天灾，不是人祸。"

"那你为什么不让我去见他最后一面？"她继续捶打着他的胸口。

他一动不动："几天之后，才把他们打捞上来，全都认不得谁是谁了，我怕你受不了刺激。"

"那马丽莲呢，她活着还是死了？"

"你猜吧，采菊……"

她的哭声停了一下，接着是更揪心的哭："马、马丽莲根本就不存在？"

"对不起，采菊，我只不过是想减轻一点你的痛苦……"他的泪水滴落在她的泪水上。

写于 2016 年 1 月

送我到仇人的身边

1

一天晚上,张洪把他的同学赵构给杀了。出发前张洪在自己租住的房子里磨了一半天的刀。那是一把他从别人家里偷来的小尖刀,牛角做的把,上面雕有不少的花草。刀面上有血槽,还有好看的纹路。一个礼拜来,张洪反复地磨它,使它看上去闪闪发亮,刀刃薄得几乎没有。张洪一边磨它,一边用它来剃胡须,顺便用刀面来做镜子。过去长满络腮胡的张洪,现在脸上刮得干干净净,甚至连手臂上的汗毛也刮得干干净净。

当他最后一次磨完这把小刀时,天正好黑了。张洪注意到天黑的时候,就像一个人生气,脸一板就黑了。各种颜色的灯光从各种不同的窗口跑出来,楼外那些叫喊的车辆再也没有力气叫喊。张洪举起刀,对着正在看影碟的兵晓零说我要去杀人了。兵晓零说你就用它去杀人?张洪用鼻子哼了一声,把刀藏到裤兜里。

兵晓零从沙发上站起来,走到张洪身边,用双手勾住张洪的脖子,就像一个小孩吊在一棵树上。张洪的脖子被勾弯了,他弯下脖子嘴巴碰了一下兵晓零的嘴巴,说我要走了。兵晓零的双手紧紧地缠住张洪的脖子,说我想要。

他们在沙发上做了一次,一直躺到晚间新闻播出时才爬起来。张洪说再不走就来不及了。兵晓零为张洪拉上拉链,扣上纽扣,说我想你。张洪说已经想过了。兵晓零说我还想嘛。张洪说今天你怎么这么烦人?要想,等我回来了再想。兵晓零从药柜里抓出一个小纸包递给张洪,说带上这包毒药,也许会用得上。张洪接过毒药,把它放在上衣口袋。

现在张洪站在一幢镶满瓷砖的楼房前,那把锋利的刀子乖乖地躺在他的裤兜。闷热的气息悬在他的头顶，遍地都是油漆和塑料味，当然还有沿街叫卖的那种牛杂碎的气味。这幢楼房共有三层，闭上眼睛张洪都看得见里面的布置。楼房对着的路灯已经被他提前打烂，所以这边是昏暗的。远处来往的人影大都模糊不清，只看得见他们肩膀上扛着的长方形的脸，却看不清他们的眼睛和嘴巴。张洪轻轻地朝着楼房一步一步靠近。差不多走到门口了，他才发觉门口还停着一辆轿车。

张洪的目光落在漆成绿色的一楼铁门上，门的右上方有一个长方形的白色门铃按钮。他把手指往按钮上举了几次，最终还是没有往下按。站了一会，他往右边走去，灰蒙蒙的身影慢慢地明显，他的脸、他衣服的颜色逐渐地搁到了明亮的灯光里。右边是一溜的商店，他从商店的门前晃过，一直晃过五间商店，停在一口正冒着热气的铁锅前。铁锅里煮着半锅牛杂碎，张洪买了一食品袋，又买了五瓶啤酒提着往回走。往回走的时候，他的身影慢慢地黑了，回到那扇铁门前，身影已经暗得像一团散开的墨水，差不多看不见了，或者说不存在了。他腾出一只手，往门铃上一按。夜晚就像被什么敲了一下，清脆的声音在黑夜里响起来。

2

铁门当啷一声打开，一块长方形的亮光从门框里射出来。赵构穿着一件睡衣站在亮光里，屋子里的灯光照着他的睡衣，睡衣闪闪发亮，一看就知道穿着它的人是一个正在过好生活的人。这个过好生活的人嘴里喷出一声哈欠，身子往上一耸，伸了一个懒腰，说原来是你，我还以为是谁？张洪把食品袋和啤酒举过头顶，像是故意让赵构看见他手里那些不值钱的东西，以此获得进入楼房的机会。不知道是不是牛杂碎的功劳，反正赵构看了一眼食品袋，就从门框里让开了。张洪钻进去。赵构关上铁门，说你怎么突然想起来要跟我喝酒了？张洪说因为我闻到了牛杂碎的味道。

张洪跟着赵构穿过一楼横七竖八的橱柜，再穿过堆满二楼的五颜六色的地毯，爬到三楼的客厅。赵构说你自己喝吧，我打了两天麻将，实在是太困了。张洪坐到餐桌边，把食品袋和啤酒放到餐桌上，说你连牛杂碎都不吃吗？赵构说不吃。张洪的目光跟着赵构的脚后跟走进卧室。赵构仰天躺在床上，卧室的门敞开着。仅仅十几秒钟，张洪就听到了来自卧室的鼾声。张洪觉得赵构的鼾声很好听，听起来就像音乐。他的二郎腿跟着鼾声摇摆起来。在摇摆二郎腿的同时，他没有忘记抓过一瓶啤酒，试图用他那满嘴的黑牙咬开瓶盖。但是一连咬了几下，他都没有把瓶盖咬开，于是偏头看了一眼卧室，从裤兜里掏出那把小刀，往瓶盖上撬。他撬瓶盖的时候，显得很吃力，共撬了五下才把瓶盖撬开。

喝完一瓶啤酒，张洪抹了一把沾满泡沫的嘴巴，藏起小刀走进赵构的卧室。他的目光落在赵构熟睡的脸上。这是一张正在发胖的脸，眉毛还是那么浓黑，嘴角仍然挂着那条细小的疤痕，似笑非笑，好像正有一个好梦罩在他的脸上。他的喉结特别大，如果从那里下手，估计他连叫喊的机会都没有。张洪把手伸进裤兜，紧紧地抓住刀把。他想我就要下手了，我一刀就把你宰了。张洪感到手心里出了一层汗，牛角刀把被他慢慢地捂热，手背像患了重感冒突然发了高烧。

他把那只发烧的手退出裤兜，拍到赵构的脸上，满以为这一只发烫的巴掌会把赵构烫醒。但是赵构并没有预期地醒来，他想现在即使是我的手变成烧红的铁块，他也不会醒过来。我还是喊他一下吧。张洪说起来起来。赵构翻了一个身，说起来干吗？张洪说喝酒。赵构说我要睡觉。赵构刚说完我要睡觉，鼻孔里就喷出一串鼾声。张洪摇晃赵构的膀子，说你不起来，我一个人喝有什么意思？快起来吧。赵构没有回答，鼻孔里又喷出一串鼾声。张洪伸手抓了几下赵构的胳肢窝，赵构的嘴巴再也憋不住了，一连串的笑声冲出嘴巴。

赵构走出卧室，抓起一瓶啤酒，嘴巴轻轻一咬就把瓶盖咬开了。他用手里的酒瓶跟张洪手里的酒瓶碰了一下，一仰脖子一瓶酒就不见了。接着他开始低头吃牛杂碎，看他吃牛杂碎的馋相，就知道他已经一天没吃过东西。牛杂碎把他的头往餐桌上拉，而且愈拉愈低，睡衣的后领在他低头的时候张开一个口子，露出一节又一节的后颈骨。他的整张脸都拱进了食品袋，嚼食的声音比他刚才的笑声还响。他吃得越起劲，张洪就越高兴。张洪说没想到你现在还喜欢吃牛杂碎。如果不够的话，我再下楼去给你买一袋。要不要我再去买一袋？要不要？赵构的额头咚的一声磕在餐桌上，张洪推了一下赵构的膀子，说要不要？赵构的身子斜着倒下去，嘴角冒出一股鲜血。张洪用皮鞋碰了一下赵构的脸，赵构像死鱼一样张开嘴巴，就像是没有水喝实在太干渴那样张开嘴巴。他说张洪，你竟敢对我下毒。张洪跷起二郎腿，把自己那双肮脏透顶的皮鞋悬挂在赵构的脸上晃来晃去。赵构的喉结滑动了一下。赵构说救救我吧,张洪,救救我。你不就是缺钱花吗?为什么不言语一声?如果你言语一声,我会帮助你。你只要不让我死,我会给你很多钱。小玉也可以,如果你喜欢,你也可以拿去。

张洪的脚仍然在晃动,但是他的眼珠始终向着天花板,好像是天花板在跟他说话,而不是赵构在跟他说话。赵构突然伸出双手抓住张洪的皮鞋,拼命地往下拉,像是要依靠它站起来。皮鞋被赵构拉到嘴巴上,赵构的嘴巴在皮鞋底擦来擦去,嘴角上的血全都擦干净了。他说张洪,只要你救我,你要我舔也行。赵构伸出舌头舔张洪的皮鞋底。他一边舔一边说,张洪,你还记得我嘴角的伤疤吗?那是小时候我帮你打架留下的。你看,它现在还留在我的嘴角。张洪抓过一瓶啤酒慢慢地喝,像一截木头坐在那里,听着赵构微弱的哀求。

赵构抓着皮鞋的手慢慢地松开了,说话的声音也已经低得听不见。他说水,你让我喝上一口水吧。张洪把手里的半瓶啤酒全部倒到赵构的脸上。赵构的嘴巴动了几下,舌头伸了出来。他的舌头一伸出来,就被自己的牙齿紧紧地咬住,再也没能缩回去。只有四个数字像小丑一样蹦出他的牙缝。张洪歪头听着,他听到赵构说7838。

3

这时候张洪听到窗外响起了细微的声音,声音像一个人低声的哭泣,特别像老母亲的哭泣。它持久地悲伤地擦过玻璃,似乎是一只微弱的手,正在用弱小的力气把窗口打开,想从那里钻进来,邀请张洪跟它一起哭。但是这种想哭的念头只一闪,就从张洪的胸口消失了。张洪竖着耳朵听了一会,拉开客厅的玻璃窗,雨点像鞭子一样从窗外扑打他的脸。天突然下雨了,就在赵构倒下去的那一刻下雨了。张洪让雨淋了一会,把头缩回来,脸上全是雨水。他抬起已经冰凉的手掌在眼角抹了一把,他想这是雨,不是泪,赵构,我向你保证这绝对是雨。我怎么会哭呢?笑还差不多。他突然想笑,但是他动了动脸上的肌肉,肌肉像经过水泥板结过似的一动不动,无论是哭或者是笑,他要做起来都已经不那么容易了。

张洪跑到二楼拿了一块绿色的地毯裹住赵构的身体。赵构的身体抽搐了一下，嘴里哼了一声。张洪用手掌贴了一下赵构的脸，感觉赵构的脸比自己的手还热。他还没死。张洪用地毯堵住赵构仍在流血的嘴巴，一直堵到他认为赵构已经完全死了才松手。窗外的哭声愈来愈大，张洪跑进卧室，用赵构临死前告诉他的密码，打开保险箱。他看见二十沓香气扑鼻的崭新的人民币，整齐地码在保险箱里。他把箱里的钱全部扒到浅红色的地毯上。

一个月前，张洪已经观察到这幢楼房左边的两百米处，有一个下水道的铁盖。他早就决定把赵构的尸体从那里丢下去。现在他扛着赵构的尸体，出了铁门沿着墙根往左走。他感到有一个人一直跟在身后，但是扭头一看，身后什么也没有，只有雨水淋在他的头上。雨水愈来愈猛烈，像有人拿着水龙头往他的头上射。他往前走水龙头射出来的水跟着他往前走。他停下来，水龙头的水也停下来。他伸长一只手臂，发现落在手臂上的雨点大，落在手指尖的雨点小，也就是说半米之外落的是毛毛细雨，而以他为圆心的半米之内却大雨瓢泼。那么说是有一团雨一直跟着我，难道这雨是赵构家的亲戚吗？

张洪来到铁盖边，丢下赵构的尸体，从旁边拿出一根事先准备好的铁条，撬下水道的铁盖。铁盖被周围的水泥紧紧地咬着，张洪围着它撬了一圈也没法撬开。大雨一直罩着他，他的嘴里已经吃进去不少的雨水，包括夹杂在雨水里的汗水。又撬了半个小时，张洪感到有点累，一屁股坐到地上，他的衣服裤子被泥巴全染成了黑色，地上的积雨从他的屁股边流过。他默默地坐着，像是在寻找办法。终于他从地上爬起来了，可能是想到办法了。他扛着赵构的尸体往回走，把赵构丢到轿车的后备厢里。

张洪开着赵构的车冒雨来到郊外的一个工地，那里的楼房只起到一半就停下来了。在主建筑的周围，搭建了一排排工棚，现在敞开着，里面没有人，连一个看守都没有。张洪把赵构的尸体从车的后备厢扛下来，一直扛进一间原先装水泥的棚子。棚子的一角还堆着一些零散的水泥，他捡起一把废弃的铁锹，把赵构埋到水泥里，然后再拍紧那些水泥，然后再拍拍手，再换了一套从赵构家里带出来的衣服。穿好衣服，他看了一眼夜色里的工地。工地很荒凉。雨小了，有一股风吹起他的衣襟。他掖好衣襟，开车离开。

4

张洪提着一大袋钱打开他的房门，对着客厅喊晓零，我们结婚吧，现在我有钱了,我们结婚吧。平时兵晓零总是睡在沙发上等他回来,但是张洪看了一眼沙发,沙发上空空荡荡,电视机却开着。张洪踢开卫生间的门,卫生间只有一盏亮着的灯。张洪关掉卫生间里的电灯,扭开卧室的门。卧室里也没有兵晓零。那么她会到哪里去?张洪把装钱的包丢到沙发上,用电话呼兵晓零。他一连呼了十次,兵晓零都没复机。这么说她是跑了,她为什么要跑呢?不是说好了只要我一有钱,就跟我结婚吗?

从这个晚上开始,窗外一直刮着大风。两天之后,张洪还没有一点兵晓零的消息,他确信兵晓零已经把自己给甩了。我都已经为她去杀人了,她竟然还把我给甩了。张洪操起一张木凳,对着电视机砸过去。电视机破碎了。他捡起凳子朝着墙上的一面镜子砸去。镜子也破碎了。他又一次捡起木凳,寻找下一个可砸的目标。但是他的胸口突然沉了一下,觉得砸东西又有什么用?反正兵晓零又不会看见。除非是把她宰了,否则砸多少东西都不解我心头之恨。张洪放下手里的凳子,慢慢地冷静下来,目光落到那一口袋钱上。他突然不知道这些钱除了结婚,还能用来干什么?我已经好久没有回家去看望妈妈了。

张洪提着钱,离开自己的住所,朝他妈妈家的方向走。街道两旁的路树被风折断了不少,树枝散落在路上。一些广告牌已经挪动位置,不是砸在地上,就是吊在楼房的半腰,欲坠不坠,甚至有一根电线杆也被风吹弯了。

敲开妈妈的家门,张洪看见妈妈的头发又白了不少。妈妈说你来啦。张洪说来啦。妈妈说吃饭了吗?张洪说吃了。妈妈说要不要我做一盘红烧豆腐给你吃,你已经好久没吃我做的红烧豆腐了。张洪说不用,我已经吃过了。张洪拉开提包的拉链,从里面抓出五沓崭新的人民币,递给妈妈。妈妈惊叫一声,差一点就跌到地板上。她走到提包边,扒开提包,看见里面还有十几沓人民币,说你从哪里弄来那么多钱?张洪说你不用管,拿去花就是了。妈妈说是不是偷的?你的这个毛病怎么老是不改?张洪说不是偷的。妈妈说那么,是抢的?张洪说也不是。妈妈说那是从哪里弄来的?张洪说我把赵构给杀了。妈妈吐了一口白沫,倒到地上,像一只还没有完全被杀死的鸡动弹着。张洪看着妈妈在木地板上动弹,也没有过去扶她一把。妈妈从提包边弹到房门边,嘴里一直没有发出声音,直到把一只热水瓶弹倒,滚烫的热水全部淋到她的大腿上,她才发出声音。声音很细,准确地说是呜咽。张洪想一定是开水把她烫痛了,她才发出这样的声音。

妈妈捂着烫伤的腿站起来，试着往沙发边走。但是她的腿被烫瘸了，只走了两步就又跌倒在地板上。本来张洪可以扶她一把，但是张洪没有扶，他眼睁睁地看着妈妈爬到沙发上。妈妈说你快离开这里吧，离得越远越好，我再也不想见你。张洪像是没有听见，坐在木地板上看着妈妈。妈妈突然从沙发上跳起来，动作敏捷，像是根本没有被烫伤。她推了张洪一把，说听见了吗？你快点离开这里。张洪被推出门外，妈妈把装钱的提包塞到他的手里。门板嘭的一声合上，张洪被关到外面。他推了一下门板，门板纹丝不动。他听到门板里的妈妈说这几天在刮台风，你一路上要小心。张洪想假惺惺，都是假惺惺的，把我推出门的时候，刚刚被烫伤的腿怎么一点也不瘸了，也不痛了。

张洪踢了一脚门板，转身走向大街。突然他对那个工棚有点不放心，于是打了一辆的士，来到郊区工地。他看见那些工棚全部被台风掀翻了，有的被吹出去好几十米。覆盖赵构的水泥已经吹开，赵构直挺挺地躺在哪里，就像是睡午觉。张洪想这样的台风已经好几十年没刮了，它早不刮晚不刮，偏偏这个时候刮，如果迟来一步，就完蛋啦。张洪用一块油毛毡盖住赵构，说赵构，你就暂时委屈一下，晚上我再给你找个地方。盖好赵构，张洪观察了一下周围的地形。他发现这个工地离那条河流不过几百米远。他朝着河流走去，一边走一边回头看赵构。

5

傍晚，张洪扛着一把新买的铁锹来到河边，太阳还没有落下去，他就坐在河边看太阳。他已经有二十几年没有这么认真地看过太阳了。怎么看，那个太阳都像一个步履蹒跚的老头，走了好久都没有走下去。远处的桥梁上车来车往，喇叭声从来没有今天这么刺耳。河岸边有几个人在钓鱼，一群孩子赤身裸体浮在水面上，他们的皮肤被太阳晒得黑黑的。坐了一会，张洪用铁锹开始在河岸边挖起来。他要挖一个长一米七六，宽一米的土坑。为了对得起赵构，他决定把这个坑挖得深一点。

他从来没有干过这种体力活，可以说从生下来到现在他都没有干过。只挖了一会，他的额头上就冒出了汗珠，手板里起了几个血泡。五个游泳的孩子爬上岸，赤身裸体地站在旁边看他挖坑。张洪对他们说，你们能不能帮我挖一个坑？孩子们相互看了下。张洪说只有你们帮我挖，我给你们每人一百块钱。大的那个孩子接过张洪手里的铁锹，挖了起来。看得出他们都是郊区的孩子，是那些菜农的孩子，他们都干过体力活，挖起坑来有板有眼，一点也不费劲。那个孩子挖了一阵，把铁锹递给第二个孩子，第二个孩子接着挖。等五个孩子全都挖了一次，张洪想要的坑已经摆在他的面前。他从裤兜里掏出五百块钱，分别递给他们。他们轰地一下就跑开了，像是害怕钱似的。跑了一下，他们停在十米之外的地方，回头对张洪说这是我们应该做的。他们每个人说了一次这是我们应该做的。张洪想这一定是他们的老师教他们的，小时候，莫老师也曾经这样教过我。可是他们不知道，挖这个坑是用来做什么的？他们连问都不问，也许那几个钓鱼的会问。

　　河面上的那些光线一下就不见了，树冠最先黑了起来。钓鱼的人先后收了钓竿，从张洪的身边走过。他们看了一眼土坑，也不问张洪挖这个坑来干什么，他们板着脸连问都不问。他们再不问，我就要说了。张洪看着他们背着钓竿，从土坎上爬上去。他们手提的网兜里装着几只半死不活的鱼。张洪用目光丈量了一下土坎，土坎很高很陡，要把比自己肥大的赵构从那里搬下来，确实需要很大的力气。有一个帮手就好了。

　　也许姐夫能帮我的忙。张洪在路边拦了一辆的士，回到市中心工商银行的宿舍区。他看见姐夫家的灯光是明亮的。他在路边给姐夫打了一个电话。姐夫说你给我滚远点，我从电话里已经闻到了你尸体的臭味。张洪说我可以付你工钱。姐夫说你就等着挨枪子吧，那种钱是能要的吗？谁要你的臭钱？张洪放下电话，嘴里骂了一句臭美，跟我姐姐结婚的时候，为了争嫁妆把爸爸都气死了，现在竟然说臭钱。难道赵构的钱就不是钱吗？他是害怕了。张洪再也想不出一个能够帮他的人，他和这个城市好像一下就失去了联系。突然他想起了莫老师，也许莫老师能够帮我。

　　莫老师住在星湖路小学，还有两年他就要退休了。现在他一家五口，住在小学一楼的两室一厅里，从窗口看进去，可以看得见他的床铺。莫老师正坐在床铺上批改作业。张洪敲了一下窗玻璃，莫老师摘掉老花眼镜，对着窗口说谁呀？张洪说我。莫老师推开窗门，说有事吗？张洪说能不能让我进去说？莫老师说这两年，你还在偷吗？张洪说偷。莫老师说我说过，你不改掉这个毛病，我不会让你走进我家。窗门被莫老师拉回去，但是他拉得很慢。张洪把头插进两扇窗门的中间，说莫老师，你不是说做人要诚实吗？其实我完全可以骗你，说我已经不偷了。莫老师叹了一口气，说我教了一辈子书，从来没有碰上像你这样不争气的。你给我滚吧。张洪说只要你帮我，我可以付你工钱。莫老师从屋子里走出来，说你要我帮你干什么？张洪说帮我搬一样东西。

6

张洪带着莫老师，来到郊区黑黢黢的工地。莫老师走一步问一句，到底是搬什么东西？是不是偷来的东西？如果是偷来的，我可不帮你搬。张洪一声不吭，只是带着莫老师往工地上走。走到赵构的尸体前，张洪用手电筒照了一下，说就是搬他。莫老师说死人？张洪说死人。莫老师说我从来没搬过死人，你要把他搬到哪里去？张洪说河边。莫老师说张洪，你让我回去吧，我不干这个。张洪听到莫老师的声音有些颤抖，上下牙齿打起架来。张洪说你太穷了，我给五千。莫老师吓得不敢出声，不知道是五千把他吓住了，还是赵构的尸体把他吓住了。他开始往来的方向走。张洪对着他渐渐走过去的朦胧的背影说八千。莫老师还在往前走。张洪说一万，看在你是我老师的分上。莫老师停了下来，调转身子，走回到张洪的身边。张洪把一万块钱分成两沓，塞到莫老师的两边裤兜。莫老师感到裤兜一下就鼓了起来。莫老师说那就尽快搬吧。

张洪在前，莫老师在后，他们抬着赵构的尸体往河边走去。走了大约一百米，张洪感到莫老师的步子慢了下来，喘气声愈来愈粗。莫老师说张洪，能不能慢点，我都快退休了，哪有你走得那么快？张洪放慢速度，说赵构，我算是对得起你了，我连老师都给请来了，这个规格够高了吧？你能不能不那么沉？让莫老师轻松一点。张洪以为一说到赵构，莫老师会有什么反应。但是莫老师一点反应也没有，他只记得我这个不争气的学生，已经记不得这个争气的名叫赵构的学生了。

他们来到河边的土坎，张洪先滑到土坎的半腰，在那里等莫老师把尸体慢慢地放下来。张洪接住尸体。莫老师往下滑，滑到能够接住尸体的地方停下来。他们一上一下，配合着把尸体搬到岸边的土坑里。张洪说莫老师，你的任务已经完成了。莫老师说那我先走啦。张洪说走吧。莫老师朝土坎边走去。他就这么走了，连问都不问一声，这是谁的尸体？为什么要把他埋在这里？张洪喊莫老师。莫老师说还有什么问题吗？张洪很想说我把赵构给杀了。但是话到嘴边，张洪又把它咽了回去。张洪说没事，你走吧。莫老师在土坎边爬了好久才爬上去。他好像是累坏了。

掩埋完赵构，张洪把铁锹丢进河里，然后坐到填平的土坑上抽烟。他摸了摸裤兜，那把刀还在。他掏出刀来玩弄着，说赵构，你说兵晓零会藏到什么地方？她为什么不辞而别？我该不该把她宰了？张洪没有听到赵构的回答，他早就不能回答了。

7

兵晓零有一个嗜好，那就是特别爱穿带格的裙子。她的裙子大部分是在七星路买的。张洪在七星路转来转去，他坚信会在某个服装店里碰上兵晓零，除非她离开这个城市，除非她永远不买裙子。但是张洪转了两天，没有看见兵晓零，倒是看见了许多漂亮的裙子。一看见那些裙子，张洪的手就发痒，不自觉地伸进上衣口袋，想把钱掏出来。当他的手摸着口袋里的钱稍微犹豫的时候，他就听到兵晓零的呻吟，一股潮湿的感觉滑过下身。可是现在她已经把我踹掉了，我为什么还帮她买裙子？

张洪虽然这么想，但是手却不听他的使唤。一看见带格的裙子他就买，他的胸前已经堆满了装裙子的纸袋。三天过去了，裙子买了不少，却仍然没有兵晓零的影子。张洪突然想到河边去看一看，看看那边会不会出什么问题？

黄昏时分，张洪来到河边的土坎上。那个土坑已经被一对青年男女占领。他们在上面铺了一大堆彩色的报纸，尽管现在他们只是坐在那里紧紧地搂抱着，但是他们一定会躺下去。他们铺了那么宽的报纸，不可能不躺下去。张洪坐在土坎上偷偷地看着他们。太阳还是走得很慢，张洪比那一对搂抱着的人还着急。等了大约一个小时，他们再也不等了，男的把女的按到报纸上，两人都剥光衣服干了起来。他们在干的过程中，太阳落下去，女人的喊声从底下飘上来。张洪狠狠地吸了一口烟，离开河岸。

到了第二天中午，张洪开始想念那个地方。他想那个男人和女人，会不会又到那个地方去干？张洪来到土坎边，站在那里往下看。这一看，他的眼睛傻了。他想不到昨天还被人用来做爱的地方，现在已经塌下去一半。没有一点迹象，河岸就塌方了，好像是那一对男女用力过猛搞塌似的。张洪想它早不塌晚不塌，偏偏在这个时候塌，专门冲着我塌。他从土坎滑下去，看见赵构的半边尸体露在外面，半边尸体还埋在土里。露在外面的这一只手臂，微微往下垂，好像还在晃动。张洪把他的手臂弯上来放到他的肚脐上，但是只放了一会，手臂又垂了下去。张洪说赵构，你真是烦死我了。

张洪爬上河岸，到工地上转了一圈。他发现一个戳空了一头的铁皮油桶。他往桶里装了半袋水泥和一圈绳子，然后慢慢地把它往河边滚。滚到土坎边，他用绳子吊着那只油桶往下放，一直把它放到土坎下的平地上。但是他忘记拿铁锹了，又不想再回工地，于是抓住赵构露出来的手臂就往外拔。他把那只手臂拔断了，也没有把赵构拔出来。他开始用手指抠泥巴，抠了一会，他的指甲盖全都抠脱了，鲜血从十根指头浸出来。这时他才记起裤兜里有一把刀。他用刀挖了一阵，赵构的那一半边露了出来。他把赵构塞进油桶里，但是无论他怎么塞，赵构不是头塞不进去，就是脚塞不进去。张洪想总得把一头给割了。

张洪举刀想割露在油桶外面的赵构的头，但是他看见了赵构嘴角的那块伤疤。他的手软了一下，突然改变主意，把赵构从油桶里调过来。这样赵构的双脚就露在外面。张洪割掉他的双脚，把它塞到油桶里，用水泥封住桶口。

8

至少到明天这些水泥才会板结，张洪看了看河面想，恐怕还得找一个帮手。张洪突然想起小玉。

小玉是赵构的女朋友，张洪经常跟他们打麻将下馆子，彼此混得很熟。第二天，张洪打通小玉的手机。小玉说我正在快活林茶庄跟他们打麻将，有事过来说。张洪赶到快活林找到小玉。小玉的脸色有些青，像是打了几天几夜的麻将。张洪说小玉，我们走吧。小玉说我都输了一万，怎么能走？张洪说我给你一万。小玉惊异地看着张洪。张洪从口袋里掏出一万递给小玉。小玉把麻将一推从凳子上站起来，身子晃了一下。

小玉一坐上的士，就说我困死了，你要带我到哪里去。张洪说给我打个帮手。的士走了一会，小玉就睡着了。到了工地，张洪摇醒小玉，把她从的士上叫下来。小玉看着水泥柱上那些铁锈斑斑的弯曲着的钢筋，说你不是要强奸我吧？张洪说怎么会呢？小玉说其实也无所谓，只要你再给我三万，你要知道我是很开放的。张洪没有出声，带着小玉往河边走。站在土坎上，小玉看见了那个油桶竖在河岸的平地上。小玉说你要我帮你干什么？张洪说要你协助我把那个油桶搬到河里去。

张洪扶着小玉下了土坎。张洪看见油桶里的水泥已经板结了。他们一起用力把油桶滚到河边。然后张洪用绳子在油桶上绑了几块大石头。张洪说现在我们把它推下去。张洪喊道一、二、三。喊到三的时候，他们用力往河里一推，油桶扑通一声栽进河里。河面溅起一团水花，小玉发出一串笑声。

但是小玉没有问油桶里装的是什么？她连问都不问，就把它推到河里去了。小玉说走吧，我还要回去打麻将。张洪推着小玉的屁股，让她爬上土坎。张洪觉得小玉的屁股很滚圆很性感，小玉爬上去了，好像她的屁股还在手里。小玉站在土坎上回头看张洪往上爬。小玉说你真的不想强奸我？张洪说你去打麻将吧，我要去找兵晓零。

事实上，张洪根本不知道去哪里找兵晓零。他在七星路口租了一家门面，开了一个格子裙时装店，卖的全是带格的裙子。他耐心地等待着，相信兵晓零总一天会从门口走进来，说老板我买一条裙子。

9

到了秋季，兵晓零还没有出现。一天，张洪坐在收银台看一张本地的报纸。报纸上登了一条消息，说那条河流在秋天里干枯了，水位低到了历年最低，一只油桶露出水面，有好奇者戳开油桶，发现里面有一具烂了的尸体。张洪想它怎么就干枯了呢？它为什么偏偏在这个时候水位降低到历年来最低了呢？张洪像突然被谁抽掉了筋骨，把头扑到收银台上。他听到额头撞到收银台时咚地响了一下。紧接着有一个女人的声音，像打雷一样在张洪的头顶响起来。她说老板，给我拿一条裙子。张洪抬起头，终于看见兵晓零站在他的面前，她的身边跟着一个壮实的男子。张洪想她终于来了。不知道出于什么原因，一看见兵晓零，张洪就把手伸进裤兜握住那把刀子。那个男人慢慢地撩开衣角，露出皮带上吊着的一副手铐。隔着收银台，张洪举刀朝那个男子刺去。那个男子身体一偏，迅速抓住张洪的手臂，把张洪的双手牢牢地铐住。张洪想原来她跟了一位警察。

　　这样张洪就听到了一年后的一声枪响。子弹从他热乎乎的胸膛穿过。枪响之前，有人问他最后还有什么要求？他说把我带到河边去，让我看看那条河。我想知道那只油桶是怎样浮上来的？水位到底低到什么程度？

我们的父亲

某年某月的某一天，我们的父亲来到我居住的城市。那时我的妻子正好怀孕三个月，每天的清晨或者黄昏，我的妻子总要伏在水龙头前，经受半个小时的呕吐煎熬。其实我妻子也吐不出什么东西，只是她喉咙里滚出来的声音一声比一声响亮，一声比一声吓人。

我们的父亲就在我妻子的呕吐声中，敲响了我家的房门。我看见我们的父亲高挽裤脚，站在防盗门之外，右边的肩膀上挎着一个褪色的军用挎包。看见我们的父亲，我像从肩上卸下了一副沉重的担子。我对我们的父亲说，过去母亲怀上我们的时候，是不是也呕吐不止？你们生养了三个小孩，对于呕吐一定有经验。我们的父亲摇摇头，说你们的母亲好像从来没有呕吐过。沉默了一会儿，我们的父亲接着说，或许你们的母亲也曾经呕吐过，只是我记不清楚了。

我们的父亲把他的军用挎包放到沙发上，我的手情不自禁地伸到挎包里。过去，我们的手从挎包里掏出糖果、角票、铅笔、作业本以及《毛泽东选集》，现在我从挎包里掏出一杆黑色的弯曲的烟斗和一小袋烟丝。我们父亲的目光紧紧地盯着我的手，我赶快把烟斗塞回挎包里。挎包上绣着的八个字，像八团火焰照亮我的眼睛，那是草书的"一不怕苦，二不怕死。"

妻子的呕吐声不时地从卫生间里传出来，我们的父亲被这种声音吓得手忙脚乱，从沙发上站起来又坐下去。他的手落到一本杂志上，捡起来翻了几页，便慌慌张张地丢回原来的位置。他的双手不停地搓动，偶尔也腾出一只手来抓抓花白的头发。在我们的父亲看来，我妻子古怪的声音不亚于一声声惊雷。最后，我们父亲的手落到挎包上，他才变得镇静下来。他掏出烟斗和烟丝准备抽烟。我说你的儿媳已经怀上你的孙儿，屋内不准吸烟。他的脸上挤出一丝苦笑，烟末从他的指间滑落。他只好离开沙发，走到阳台上。

我猜想我们的父亲会站在阳台上抽一杆烟。但是等了好久，我没有看到烟雾从阳台上飘起来。我们的父亲在阳台上喊我。他没有喊我现在的名字，而是喊我的小名。我应声来到阳台。我们的父亲从头到脚把我认真地看了一遍，然后把填满烟丝的烟斗递给我，说我没带什么东西给你，装一杆烟给你抽吧。

我接过烟斗，狠狠地吸了一口，那些烟雾沿着我的脸庞往上爬，一直爬进我的头发里。我们的父亲站在一旁盯住我的嘴唇，看我吸烟。我发觉我们的父亲根本没有把这里当作他自己的家，他有些紧张、羞涩和不习惯。我吸了几口之后，把烟斗递到我们父亲的嘴里。我们的父亲吸了两口，又把烟斗递给我。就这样我和我们的父亲一人一口，轮换着把那锅烟抽完。

这时，我听到了电话铃声。电话是A打来的，A是我的领导。A问我吃过晚饭没有？我说吃过了。A说吃过了就好，你马上收拾一下行李，跟我出差。我想对A说我的父亲刚来，我的妻子现在正在呕吐，出差能否推迟到明天？但是我想了想，还是没有把想说的话说出口。

搁下话筒，我把目光投向我们的父亲，说小凤就拜托你了。小凤是我妻子的名字。我们的父亲举起那根烟斗轻轻地一挥，说你放心地出差吧，把差出好啰。

事实上，我和A以及司机这个晚上并没有离开我们居住的城市。我们躲在长城酒店的一间小包厢里唱歌、跳舞。这是A的有意安排，A迷上了酒店里的一位小姐。我虽然跟随A多年，但始终揣摩不透A的心思。我不知道我们的出差是到此为止呢，还是得继续走下去。A似乎看出了我的疑惑，说等出完这趟差，你的事情就解决了。我说什么事情？A说提拔的事。A说这话时，我突然觉得A像我的父亲。于是我抓起话筒，拼命地歌唱。我的声音一个一个地钻进话筒，然后变成炸弹，在话筒的另一端炸响。声音如水，淹过我们的脚面、颈脖和头顶，最后把整个包厢淹没。A朝我露出宽慰的笑，呐喊声使我们彼此感到安全和信任。

从这个晚上开始，我跟A就算正式出差了。转了几天，我们转到了湘西张家界。A对我说，不要往家里打电话，不要让单位和家里知道我们在什么地方。A的游兴极佳，我只好陪着他高兴，但我却忧心忡忡，担心我的妻子和我们的父亲。有时，我的胸口会莫名其妙的慌张。我想对A说我们快点回去吧。这样想了好几次，又犹豫了好几次，最终还是不敢跟A说。A

甚至于不让我离开他半步,他把我当成他的心腹,就连玩女人和拉尿,他都不回避我。

二十多天之后,我才回到我的家里。看见我的妻子小凤精神抖擞地站在厨房里炒菜,我于是长长地松了一口气。小凤看见我,脸色唰地发白,捏在手里的汤瓢当地掉到地上。小凤说我们的父亲不见啦。我说我们的父亲好好的怎么就不见了呢?他会不会在姐姐家,或者大哥那里?小凤说都不在,我已经给他们分别挂了电话,他们都说不在。他们还在电话里责怪我们。

小凤对我说,大约在你出差的第三天,我们的父亲开始变得狂躁不安。他从客厅走进你的书房,又从书房走到客厅,整整三天时间他没抽一杆烟,没喝一口酒。我对他说,父亲你要抽烟的话你尽管抽,你要喝酒的话酒柜里有。我们的父亲说这几天我没有什么胃口,就是想你的姐姐和我的外甥,明天我就回县城,到你的姐姐家去住几天。

(后来我才知道,小凤当时并不是这样说的。小凤当时说爸,如果你的烟瘾发作了,你就到阳台上去抽。要想喝酒的话,自己拿,酒柜里有。我们的父亲说,我这一辈子什么都不瘾,就瘾一口烟。现在你怀上我的孙子了,我也不好在你这里抽烟,明天我就回县城,到你的姐姐家去,她的儿子已经五岁了,估计她会让我在家里抽烟。小凤当即从小提包里抽出一百元钱,说爸,如果你实在不习惯这里,还不如到姐姐那里散散心。这一百块钱,你拿去做车费。我们的父亲第二天早上离开我的家,他把那一百元钱压在了冰箱上。)

我赶到姐姐家的时候,姐姐一家人正围在饭桌边吃晚饭。姐夫是县医院的院长,我的到来并没有引起他多少注意,仿佛我们的父亲不是他的岳父,我们父亲的失踪和他没有任何关系。他把头埋在碗里,只顾大口大口地吃饭,连眼皮也不抬一抬。两分钟之后,姐夫放下碗筷,说还有一个手术等我去做,你们姐弟慢慢聊吧。姐夫一边说话一边走出家门。我看见他朝我古怪地笑了一下,顺手把门带上。

姐姐仍然坐在饭桌边,她正在督促她的小孩陈州吃饭。陈州的目光不时从餐桌边跑过来,他嘴里含着饭,但还不停地叫我舅舅。姐姐说爸到我这里的时候,已经是下午六点了。当时我正在厨房里做饭,听到门铃响了三下,我就跑出来开门。我看见爸满身尘土,什么也没带,只带了一只军用挎包。我叫爸坐到沙发上,打开电视让他看。在我做饭的过程中,爸曾两次跑到厨房门口看我。我说爸你是不是饿了?爸说没有,我看你一眼就走,我还是到你哥那里吃饭算了。我说饭快做好了,你就等一等,吃完饭再走。爸拎起他的军用挎包,说不用啦,我走啦。那时我的手里正端着一碗汤,你的姐夫还没有下班。

（后来我才知道,那个傍晚,我们的父亲曾经坐到姐姐家的餐桌边。姐姐家的餐桌上摆满饭菜,姐夫、陈州、我们的父亲和姐姐都端端正正地坐到餐桌边。大家的目光都落到姐姐的手上,姐姐正在用酒精棉球为筷子消毒。姐姐擦干净第一双筷子,把它递给姐夫。第二双筷子,姐姐递给陈州。第三双筷子,姐姐自己留下。第四双筷子,姐姐没有擦酒精,她直接把它递到父亲面前。父亲接过筷子,重重地拍了一下桌子,然后离开。）

我暗自揣摩我们的父亲离开姐姐家时的心情,我甚至想重走一下姐姐家与大哥家之间父亲走过的路线。我们的父亲离开姐姐家时已是黄昏,夜幕盘旋在他的头顶。他会选择一条什么样的路径从姐姐家走到大哥家呢?最近的或是最漫长的?

跨进大哥的家门,大哥正在擦手枪。大哥看了看门框下站着的我,突然把手枪举起来,对准我的胸膛。大哥是县公安局局长,他经常把他的手枪指向他想指的目标。大哥的手枪在灯光之下发出幽蓝的光。我说大哥,是我,我是老三。大哥缓缓移动手臂,直把枪口对准他家的那一台画王彩电才停住。大哥说我想杀人。大哥的说话声中夹杂着手枪的一声空响,而电视荧屏上此刻正在播放一条各国首脑会晤的消息,新闻联播已进入尾声。

我说大哥,你知不知道我们的父亲失踪了?大哥把他的头埋在他的手掌里,说怎么不知道?许多失踪的人包括那些被拐卖的妇女、儿童我都曾经把他们找回来,可是对于我们父亲的失踪我却毫无头绪。我说父亲是从你这里失踪的,你必须把他找回来。大哥不停地摇头,摇得很勉强很生硬,好像他的头不是自然晃动,而是有两只手强行扳动似的。我问大哥最后一次见我们的父亲是什么时候?大哥说他记不清楚了。在大哥的印象中,我们的父亲根本没有来过他这里。我想这不大可能,我们的父亲不会无缘无故地从这个世界消失。

嫂子从卫生间里走出来,她刚淋完浴。嫂子用手拢了拢她的头发,坐在大哥的身边,一股特别的浓重的香味从她身上散发。嫂子说我们的父亲曾经来过,大约是十天前。那时大哥不在家,我们的父亲很晚了才敲开大哥家的门。嫂子问我们的父亲吃过晚饭没有?我们的父亲说吃过了。我们的父亲一边说吃过了,一边朝卫生间张望。我们的父亲动了动嘴唇,对嫂子说老大他真的不在家?嫂子说真的不在。

我们的父亲当时很失望,说他不在就算了,我上一下厕所。我们的父亲冲进厕所里,大约蹲了半个小时才从厕所里走出来。嫂子说我们的父亲当时气色很好。我们的父亲并没有在大哥家住下来,他说明天要赶早班车,今夜必须住到旅店里。嫂子问他明天要赶到哪里去?我们的父亲说他要到城市里找我。他说老三的爱人快要生小孩了,我去看看他们,顺便带两套小孩的衣服给他们。嫂子说我们的父亲还把那两套黄色的小人衣服掏出来给她看,问她颜色好不好?适不适宜初生婴儿穿戴?

我们的父亲就这样挎着他的军用挎包,走进夜色浓重的县城,走向了我们不知道的地方。

第二天中午,我坐在县城一家小炒店里吃午饭。我拒绝了大哥、姐姐以及朋友们的邀请,独自一人坐在小炒店里。一个留着披肩长发穿着拖鞋的人走到我面前,叫了一声叔叔。我抬起头,认真地打量他。他的头发上沾满尘土,衣服敞开着露出棕黑色的长毛的肚皮,嘴里叼着一支香烟。他用右手的拇指和食指把烟从嘴里拉出来,咧嘴一笑,说你不认识我了,叔叔。他的笑使我想起远在故乡的一个远房哥哥。我终于记起他来了,说庆远,你跑来县城干什么?他说打工。他说这话时,又把香烟塞进了嘴里。

我让他坐在我的对面,给他添了一只碗一双筷子。他说叔叔,我想喝一杯白酒。我又叫服务员给他添了一只杯子。我问他在县城里都干些什么工作?他说扛麻包、卸货、埋死人,只要有钱,什么都干。

我告诉庆远这次从省城回县城,是为了寻找我们的父亲,他的叔公。庆远喝了一杯酒,脖子和脸全都红起来,似乎是来劲了。他说十多天前,我埋过一个人,倒有点像叔公。我问他从哪里拿出去埋的,是谁叫他扛去埋的?他说是从医院的太平房扛出去的,那几天天气很热,那个人已经发胖而且有一点儿发臭了。据医院的人说,他是在街上摔死的,没有家属认领。我问他不至于不认识叔公吧。他说死人的身上裹着一床席子,直到把他丢进土坑的那一瞬间,我都还想打开席子看看那人的模样,但他的气味太重了,我最终没有打开席子。我不知道他是叔公,是用脚把他踢进土坑里的。埋到一半的时候,我发觉死人露出来的一只脚上挂着一只布鞋,那布鞋很像叔公平常穿的。

我把杯子里的酒泼到庆远的脸上,说你为什么不打开看一看?你为什么这样对待叔公?庆远举起双手,在脸上抹来抹去,似乎是很委屈。庆远说我不确定他是叔公,我只是猜测。

我抓起庆远,两人直奔县医院太平房。太平房的门敞开着,里面烟雾缭绕,有几缕断断续续的哭声夹杂在烟雾里。屋里的灯光很暗,我站了好久才适应过来。我看见五六个年轻人相拥而哭,他们的亲人躺在水泥平台上,上面盖着一张洁白的床单。我走到水泥平台边,揭开覆盖死人的床单,看见死的是一位中年妇女而不是我们的父亲。那些哭泣的人都把脸转向我,他们哭泣的、悲伤的面孔变成了愤怒的面孔。

庆远把我引向一个角落,我看见一只军用挎包,上面绣着"一不怕苦,二不怕死"八个金光闪闪的大字。我打开挎包,终于看见我们父亲的烟斗、烟丝以及两套黄色的童装。我用挎包捂住脸,泪水夺眶而出。

我把我们父亲的那只军用挎包砸到姐夫的桌子上。姐夫的眼皮猛地跳了一下,身体随之颤抖起来,一种悲伤的神情在姐夫的脸上停留了大约几秒钟。姐夫说近一个月来,几乎每天死一个,我怎么知道摔死的是我的岳父?我说你是院长,我们的父亲就躺在你的太平房,躺在你的眼皮底下,你都不知道。我不知道我的姐姐当初怎么选中了你?姐夫突然冷笑一声,说这与爱情无关。

看得出姐夫不想跟我争论,他说不就死了一个人吗?在医生们的眼里,死岳父和死一个陌生人是一回事。

我跟姐夫、庆远赶到大哥的办公室。大哥看见我的手里提着我们父亲的那只挎包,目光唰地拉直了。大哥夺过挎包,说出什么事了?姐夫说爸死了。大哥的牙齿咬住下嘴唇,咬了好久。但大哥没有哭,眼眶里没有一点水分。姐夫说爸是摔死的,你们公安局一定有记录。

大哥调来电话记录本,一页一页地往下翻。翻着翻着,大哥的手僵住不动了。我和姐夫凑到电话记录本上,看见县公安局9月16日的电话记录:

发话人：河西派出所付光辉。

接话人：谭盾。

内容：今夜8点40分（20点40分），我在十字街口下坡处发现一被摔倒的老头。当时围观者众，当我挤进人群后，看见一踩三轮车的中年男人把摔倒的老头抱上三轮车，并送往县医院。老头头发全白，身高1米65，身穿浅灰色衬衣，黑色裤子，脚蹬一双布鞋。半个小时后（21点10分），医院打来电话，说该老头送到医院时已断气，无法抢救，现停在医院太平房里。老头随手携带一只军用挎包，内有一个烟斗，小袋烟丝，两套黄色婴儿衣服。

领导签字：请河西派出所派人到医院拍照、验尸，并以县公安局名义发协查通报。

东方红

东方红是我大哥的名字。这个响亮的名字是我们的父亲为他取的。现在他的名字仿佛签到了我们父亲的尸体上。

大哥的目光停在这一页电话记录上，久久地没有移开。大哥说从这页记录上看，怎么也看不出是我们的父亲。老三，如果你当公安局局长，你能从这百来个字上面看出我们的父亲吗？大哥用一种哀求的目光看我。我一言不发。

星期天早上，我和姐夫、大哥以及庆远抬着一口棺材上了县城的后山坡。我们决定把我们父亲的尸骨挖起来，装进棺材里，然后重新安葬。我庆幸这个小小的县城至今还未实行火葬，我们的父亲因而没有那么快变成土地的肥料。我们至少还可以看到我们父亲的尸骨。

大约走了一个小时，我们来到埋葬我们父亲的土堆边。庆远指着那一堆崭新的黄土说，就在这里面。

我们小心翼翼地扒开泥土，都憋住气等待我们的父亲出现。可是，把那些松动的新泥扒完了，我们仍然看不到父亲，土坑里一无所有。我们用疑惑的目光盯住庆远。庆远左右上下看了看，坚定地说是这里，没错，是这里，我是用脚把他踢下坑里去的。庆远说着，把头扑到土坑里，鼻子抽了抽。庆远抓起一把泥土，茫然地站着，说奇怪啦，我明明把叔公埋在这里，怎么就不见了呢？如果不是埋人，谁会来这里挖这么大一个土坑，又垒这么大一堆

短篇小说

黄泥呢?

我们的双腿突然软下来,一个一个地坐在新翻的泥土上。四双眼睛盯住那个土坑,谁也不想说话。我们似乎都在想同一个问题:我们的父亲到哪里去了?

雨天的粮食

夏末的一个深夜，向阳公社粮所起火了。火由范建国家的厨房肇始，然后像夏天疯长的茅草迅疾扩散。这是周末的夜晚，大部分公社干部已回到农村的家里，他们要到星期一早上才会回到他们的岗位。公社附近的居民拥向出事地点，他们看见大火像一轮西天的落日烧红了夜空。他们嗅到了稻谷、玉米焦煳的芳香。他们在美丽忧伤的火光和诱人的粮食气味中沉醉、惊慌。

仅仅一夜工夫，粮所所长范建国彻底地垮掉了。人们看见他满脸泥灰，跪伏在烧焦的废墟，像一只夹着尾巴的狗。人们终于看见威风、潇洒、霸道的反义词，看到了范建国的另一面。

范建国被押上1977年向阳公社批斗大会的斗台，部分社员登上斗台揭露他的罪行。范建国涕泪滂沱俯首认罪，他曾经利用职务之便睡过许多女人，但批斗大会自始至终没有一个女人上台指责他。这使他对那些曾经无礼过的异性深怀感激之情。

上级没有明确对范建国的处罚，那些日子里，范建国完全是一个自由散漫的人。他围绕在公社书记张宗甫身边，不断地解释和检讨，就连张宗甫上厕所范建国也紧追不舍。如此纠缠一周，张宗甫对范建国说我现在给你一个机会，你带着你的那份检讨到社员群众中去，向他们认罪，然后再向他们化粮，以补公社粮仓的不足。你必须把你化到的粮食挑到公社来。范建国说书记，这就是上级对我的处分？张宗甫说这是我对你的处分。范建国说你知道我从来没有下去挑过粮食，我挑不动，我挑不了，我长这么大还没挑过重担。张宗甫说从明天开始，你就给我挑。范建国头一次看见书记说话说得这么坚决果断。范建国说挑就挑，或许我会成为一名出色的挑夫。

范建国捏着一根扁担走上了去桃村之路。扁担的一头系着两条白色的布袋，布袋随范建国双手摆动而摆动，很像是一面吊丧的旗帜。夏天的阳光直逼范建国的头顶，范建国把口袋举过头顶遮蔽太阳。脚下的土路弯曲漫长，路的尽头不见人影，走得孤寂了，范建国便挥舞扁担，仿佛一个演员舞动他的道具。

尽管范建国在公社当了四年粮所所长，但去桃村却是第一次。桃村是向阳公社最偏远的生产队，那里的人很少出到公社来。范建国选择桃村作为他的第一站，是因为批斗他的那天，桃村没有一个人到会。另外桃村还有一个令他魂牵梦萦的女人。

爬过几座大山之后，范建国感到有些体力不支了，张目眺望前方，仍然看不到房屋以及山区的牛群、炊烟。太阳高高在上显得粗暴无礼，凉风从他的膝下吹过，然后停留在枝繁叶茂的树林里。倦意袭击范建国的全身，范建国躺在路旁的一棵大树下准备美美地睡上一觉之后，再向桃村进发。

范建国感到有一团冰凉的物质砸在他的脸上，他伸手一摸，摸到了一泡雀屎。范建国发现头顶上的太阳像一只鸟已飞到西边的山嘴上，黑夜开始在山谷底漫游，夜虫叫得他心惊胆战。范建国后悔他的桃村之行。他现在正处于公社至桃村的路途中间，目的地和出发点都遥不可及。范建国奇怪自己在树下睡了半天，竟无一人从路上经过，竟无一人把他叫醒。范建国终于知道这是一条多么阴险的路途，只要在这路上走一遭，就不难理解一年前汪雪芹的举动。

第二日早晨，范建国到达桃村的村头。范建国突然有一丝振奋，他庆幸自己竟然把这条崎岖漫长的路走完了。范建国相信桃村没有人知道公社粮所失火，没有人知道他被批斗。

走进村庄，范建国没有看见人影，只有几条狗围着他狂呼乱叫。范建国一边用扁担抵挡狗的进攻，一边去推那些没有上锁的大门。大门之后空空荡荡。范建国想社员们出工了，那么小孩呢、老人呢？我就不相信找不出一个人来。

范建国开始挨家挨户地敲门，那些狂叫的狗从他身边一一撤退。范建国听到河水轻微的流淌声，几团雾从河谷飘上来，缠绕在桃村的屋檐上，远处的荒草和玉米一片青色。荒草和玉米正在努力生长，空气中浮动着它们青涩的气味。石板路连接桃村的各家各户，范建国发现每一户的大门前都排满了青色的石凳，石凳质地坚硬，光洁得不染一尘，不用坐上去就能感受到它的冰凉。范建国想这是个好客的地方，从他们为客人准备的石凳可以推测出他们十分好客。

大约走到第六家，范建国看见一个妇女怀抱一个小孩坐在堂屋里看他。范建国看见妇女正在给小孩喂奶，两只白色的奶子像两条装满面粉的布袋。范建国跨进门槛，朝妇女走去。

妇女的眼皮跳了几下，说范所长你怎么今天才来？范建国说你认识我？你怎么知道我会来？妇女说村里的人都知道你来，昨天他们就为你准备好了粮食。范建国说他们怎么知道了？你怎么认识我？妇女说我是汪雪芹呀。

范建国被妇女的话吓了一跳，他不得不重新打量眼前的这个女人。在范建国的印象中汪雪芹圆脸、大眼睛、臂膀结实丰润。而眼前的这个女人，除了奶子洁白丰满，其余的地方十分瘦削。范建国说你不是汪雪芹。妇女说我不是汪雪芹是谁？范所长，你不记得啦，去年秋天……

妇女把奶头从小孩的嘴里拔出来，小孩发出清脆的啼哭声。范建国说你这个小孩的哭声真好听，他一哭村子就热闹了。妇女说他发烧了，已经烧了两天。范建国说为什么不送医院。妇女说不用，过两天他自然会好。

屋梁上直直地垂下一根绳子，绳子下吊着一个竹编的摇篮。妇女把小孩放到摇篮里，说范所长，你给我摇摇小孩，我给你做饭。范建国看见妇女走向灶台，把头埋到灶里吹火，那火像浇了汽油轰的一声燃起来，险些烧了妇女的头发。范建国怎么也不相信，那个被火光映照的瘦弱的女人，竟会是汪雪芹。

范建国说你是汪雪芹，你怎么这么瘦？妇女说女人嘛，一生了孩子就难看啦。范建国说你记不记得去年秋天的事？妇女说怎么不记得，人们都传说你像一头公牛，那次我算是真的领教啦，你一边做事嘴里一边喊天哪天哪……范建国看见那女人笑起来，像是回忆一件极为快意的事笑弯了腰。过了一会，女人直起腰来，说也不知道你利用你的职权，干了几多女人。范建国说也就干了一个汪雪芹，但好像不是你。

汪雪芹走进范建国的视线是去年秋天的一个下午。那时汪雪芹刚结婚不久，她和桃村生产队的二十多位社员把粮食运到粮所的晒坪上等待入库。社员们走了大半天的山路，很干渴也很劳累了，他们靠在粮所的墙脚歇息。汪雪芹洗脸时随便抹了抹身子，一些不该暴露的地方暴露了出来。汪雪芹洗毕抬起头，看见范建国正盯着她。汪雪芹原本红扑扑的脸显得更红了。

一阵等待之后，队长害怕发生的事情终于发生了。范建国说桃村的玉米没有晒干，必须再晒两天方能入库。而粮所的四个晒坪现在已晒满别队的粮食，桃村既无晒坪晒粮，又无力承担晒粮人员的吃住开销，唯一的选择就是把粮食挑回去，待晒干之后再挑来。

队长刚一说出这个结果，社员们纷纷从墙根爬起来，反驳队长的决定。一提到挑粮，桃村人便胆战心惊，漫长的路途被他们一步一步地量过来，肩上已经脱去一层皮，他们再没有气力把粮食挑回去。队长无力地瘫在地上，说谁能说得通范所长收粮，我给他加三天的工分。有几个社员朝范建国走去，他们的手上捏着玉米和稻谷，他们用嘴咬破粮食，然后摊在手掌上递到范建国面前，说这么干的粮食，你为什么不收？你这是故意刁难。范建国说我说没干就没干，这样的粮食入库之后霉烂了，谁负责？

太阳开始西偏，有人在忙着收晒坪的粮食。范建国锁了他的办公室，回到他的宿舍。桃村人仍然坐在粮所的墙根下，等候时机的好转。汪雪芹从人堆里站起来，朝范建国的宿舍走去。汪雪芹剥开上衣露出肩膀，说范所长你看，我的肩膀已经磨出血了，我挑不动了，你行行好收了吧。范建国说只要你答应我，我就答应他们。

大约三十分钟之后，汪雪芹笑盈盈地从范建国的宿舍走出来。汪雪芹说范所长同意了，队长，别忘给我加工分。队长说真的同意啦？汪雪芹点了点头，社员们兴奋地站起来，大声问道真同意啦？

吃饭的时候，范建国问煮饭的妇女，怎么村里没见一个人？妇女说社员们都出工了。范建国说小孩呢？妇女说上山打野菜去了。范建国问老人呢？妇女说哪里还有老人？能劳动的下地了，不能劳动的早就饿死了。范建国叹了一口气，说可惜我没有权力，要不然可以给你们一点返销粮。妇女说范所长，是个好人啦，他们都记着你去年秋天的恩情。

妇女怀抱小孩在前，范建国手提扁担在后，他们朝队长家走去。范建国推开队长家的大门，看见桌子上摆满了黄豆、稻谷、玉米以及两只青皮南瓜。妇女指着杂乱琐碎的桌子，说这些是社员们为你筹集的，共有一百多斤，现在正是青黄不接的时候，我们拿不出再多的粮食了。范建国提着扁担，反身走出大门，一边走一边说我不能拿，我不能拿。妇女对着范建国的背影说他们会处分你的。范建国像被这话刺了一下，木然地立住。

范建国挑着一百多斤的粮食朝村头走去。从担子放上肩膀的那一刻起，范建国就丧失了把粮食挑到公社的信心，他实在是不具备挑担的能力。妇女跟在范建国的后面，为范建国送行。妇女边走边用嘴拱她的小孩，小孩发出一串愉快的笑声。

到了村头，范建国回头对妇女说你告诉我，为什么要冒充汪雪芹？如果汪雪芹有你这么善良，不枉我想她一场。妇女嘻嘻地笑起来，说我不是汪雪芹又是谁？妇女把小孩举到头上，说跟爸爸再见，叫爸爸。范建国看见小孩双腿乱舞，脸上写满天真无邪的笑容。一泡尿从小孩的胯下射出来，那尿像一道光照耀妇女的面孔。范建国转身走了，他听到妇女说你怀疑我不是汪雪芹，你看看这小孩是不是长得有点像你？范建国咬咬牙，终于没有回头。

可想而知，范建国没有把粮食挑到公社。大约走了十里路，范建国肩膀磨破了，脚板起了水泡。范建国把两袋粮食收藏在路边的刺蓬里，想过两日肩膀好了再来挑。范建国甩手朝公社走去。

范建国到了公社之后，便不再是原来的范建国了。他开始变得有些不可思议，常常站在街头面对众人演唱《沙家浜》《白毛女》以及《智取威虎山》。他看见漂亮的女人，便紧追不舍，有时还做下流的动作。人们不得不承认一个事实：昔日英俊潇洒的白脸所长范建国从这个世界消失了，取而代之的是一个疯子。

范建国疯了二十多天之后，桃村出了一件奇怪的事情。那个自称是汪雪芹的女人某个早晨拉开大门，发现范建国挑走的那两袋粮食整齐地摆在她家门口。口袋上沾满了泥土和雨水。女人打开口袋，看见稻谷、玉米、黄豆都已经长出了绿芽。范建国挑走了两袋粮食，却还给桃村两袋绿芽。女人手捧绿芽，朝村头张望，一场夏天的大雨正从远处向村庄狂奔而来。

溺

我们把在短促的时间里发生，出乎意料的称为突然。突然像身体的伤口和树木的结疤，是溺水者在水面泛起的涟漪。一个秋日的傍晚，人们看见关连从上坝水库的涟漪中消失了。

松林是现场目击者。那时西边的太阳快要落山了，松林、关连以及几个放学后的孩童全都赤身裸体，沐浴在霞光之中。关连是桃村的游泳好手，下水之前，他喜欢站在坝首活动四肢。松林看见关连弯腰、踢腿，胯间的鸟仔像受了惊吓缩成一团。松林开始嘲笑关连的那个东西长得太小，形同虚设。

关连在松林的刺激下变得有些激动，说你这个卵包，游不到那边那棵歪脖子树就得吃水，你哪里有资格笑我？松林从水里爬起来，说那我们比试一回，看谁先游到那棵歪脖子树。一提到游泳，松林便流露出不服。不服是因为对手比自己强大，松林因为不服气，变得也有些激动了。

他们几乎是同时跃入水中，朝那棵歪脖子树游去。关连大约游出去二十米，身子开始下沉。松林听到关连喊救命，以为是关连开玩笑，想耽搁他的时间，所以并不理会。离那棵树越来越近，坝首上的孩童们发出一串惊叫。这时，松林才回过头，没有看见关连，只看到一圈水波。但接近目标的他已筋疲力尽，必须爬上岸喘一口气才能回头去救关连。

松林朝坝上的孩童挥手，两个孩童赤身裸体奔向村庄。松林看见水面上的波纹越来越细，正在往中间收缩。波纹像一张嘴把关连吞没了，这张嘴正在闭合。

若干年之后，人们已经淡忘了关连，却无法把打捞关连时的情景遗忘。记忆像一个势利小人，它记住或想起的总是最生动的章节。

听到关连沉水的消息，那些体魄强健的男人飞快到达上坝水库。他们剥光衣裤，一次又一次潜入水底寻找关连。当妇女、老人和小孩们到来时，十多位打捞者的裸体像一道彩虹，吸引围观者惊慌的眼睛。

　　站在上坝水库，你可以看见桃村清水似的炊烟，在夕阳的鳞鳞声中音乐一样地飘起来。炊烟、夕阳、男人们铜色的肉体组合成那个秋日黄昏的奇妙景象。未嫁的姑娘以关心溺水者为由，目光拼命往水面搜索。水面是她们日日照拂的镜子，但她们从这面镜子里看不到自己的面容，她们看到男人们水中真实的倒影。而妇女们的目光显得肆无忌惮，她们像打量西边的余霞，像打量质地上乘的布料那样打量男人。她们的目光吝啬于丈夫，却敢于铺张浪费给旁人。松林似乎是意识到了这一点，对其余的伙伴说，人死了不能复活，大家还是先把裤子穿上。

　　松林像是在庄严的场合打了一个喷嚏。男人们环顾左右，猛然知道了羞耻。但是人们很快发现，提醒大家穿裤子的松林自己也一丝不挂，而且等大家都穿好了他还一丝不挂，仿佛他从来没有脱过衣服。

　　关思德在别人的搀扶下最后到达水库。从水里捞起来的关连翻躺在坝首，蝙蝠在黄昏的上空翻飞，死亡像黑夜已不容置疑从天而降。关思德推开搀扶他的人，走下水坝。他对跟踪他的人说给我一把斧头，我要报仇！忽然，关思德健步如飞，朝村庄奔去，他奔跑的姿态使人回想他的年轻岁月，奔跑的关思德和刚听到儿子溺水时的关思德判若两人。他把料理后事甩给媳妇及众乡亲，果断地逃离了喧闹与悲哭。

　　桃村上空的月亮像一把锋利的镰刀收割黑夜，树木、禾草在风中呼呼作响，村庄在讲完一个突然的事故之后，逐步走向睡眠，趋于淡泊空静。只有关思德手中的斧头泛着冷光，仿佛事故的余音绕梁不散。

　　关思德站在十字路口，等候陈国兴的归来。陈家大门紧闭，有人对关思德说黄昏的时候，陈国兴出村了。但是夜虫潮水般鸣唱，露水已爬上关思德的布鞋，黑夜湮没他的脚踝、双膝，然后像一根绳索到达他的颈部。仍然没有看见陈国兴的影子，他突然听到身后传来嗒嗒的脚步。调转头，他看见儿媳妇拿着一件棉衣站在不远的地方，脚步声显得孤单虚弱。儿媳妇说爹，回家吧。关思德没有应声。

　　儿媳妇把棉衣披到关思德身上，转身跑开了。棉衣从关思德的肩头无声地滑落。关思德蹲在地上，呜呜地哭起来。哭声像一丝轻微的风，在村庄的上空游荡。有人从床上爬起来说，听，关思德终于哭了。

　　时间一点一滴地从关思德的身边溜走。在关思德看来，时间就是斧头，总有一天总有一个时候，斧头会砍到陈国兴那棵不长毛发的头上。关思德深信如果没有陈国兴，就不会有上坝水库，没有上坝水库就没有关连之死。仇恨如鲠在喉，不吐不快。

关连从田野扛回来的一麻袋谷子还放在堂屋的中央。那袋谷子就像一个信号，代表昨天关连还活着的日子。它使关思德的时钟倒拨十六个小时。

关连放下谷子，从绳索上拉过一条毛巾，一边擦脸一边往外走。关思德拿着理发剪追出门来，说关连，趁现在有空，你帮我把头发剪了。关连用毛巾不停地拍打身上的尘土，说太热了，我先去洗个澡，松林在桥边等我。

关思德看见儿媳妇江春梅从厨房走出来，对着关连远去的背影喊：爹的头发那么长了，你一天推一天总不帮他理，要洗澡家里可以洗，有什么必要去上坝水库？关连回头说明天，我一定帮爹理发，去上坝水库是游泳不是洗澡，洗澡和游泳是两码事。关思德听到江春梅无奈地说了一声：这个天杀的，脾气那么犟，我说不动他。关思德知道这话是说给他听的，媳妇在为没有说动关连为他理发而抱歉。

然而现在看来，昨天的一切都变了味道，关思德想如果昨天天气不热，如果昨天能把关连留下来理发，如果江春梅不诅咒关连，如果松林不在桥边等关连，那关连就不至于走到上坝水库，就不会在陈国兴带头修建的水库里淹死。关思德朝那袋谷子愤愤地踹了两脚，麻袋像一个醉汉缓慢倒下，谷子撒了一地，屋子里飘荡着新鲜的酒一样的谷香。

关思德站在屋角解手，看见江春梅匆忙跑过屋角，又退了回去。江春梅说爹，陈国兴回家了。关思德紧好裤带，提着斧头朝陈家奔去。

陈家人把关思德挡在屋外，他们说陈国兴没有回家，他不知躲到什么地方去了，要等你在屋外等，要找你到那些草垛里去找。

关思德端坐在陈嫂为他准备的条凳上等陈国兴。午后的太阳照射屋前的草垛，草垛一片金黄，一些细小的虫子在太阳下振动翅膀。陈家屋前的石榴已经成熟，正裂开口子面对关思德笑。关思德想那石榴像陈国兴，笑得很得意。

陈嫂端出一盅浓茶递给关思德。陈嫂说你怎么能怪陈国兴呢？他带头修水库是为了灌溉农田，并不是为了害你的儿子。关思德接过茶，猛地灌入口中，蹲到屋檐下磨他的斧头。斧刃上映出秋日里的太阳，太阳随斧刃滑动而滑动。关思德不停地把嘴里含着的茶水喷到磨刀石上。没有人再敢对他多嘴多舌。

在陈家的门前静坐了两个下午，关思德开始感到无聊，与其说是在等待仇人，还不如说是在等一个老朋友诉说心中的苦处。他开始从陈家门口走向田野，拿着斧头朝稻草和田埂乱砍。人们看见他的头发长得更长了，白头发遮盖了黑头发。关思德很希望有人夺过他的斧头，但是没有人这样做。他不得不提着斧头，像提着一句诺言走家串户。有时，他把头埋在草垛里，从里面掏出老鼠啃过的玉米棒。一次，他还从草垛里掏出一个南瓜来。

松林看见关思德拿着南瓜朝家里走。松林说关伯，你的头发长了，让我帮你理一理。关思德笑了一下，说头发，我要等关连回来了才理。这是关思德在关连死后第一次笑。松林觉得他笑得十分古怪。

擦肩而过之后，关思德猛然记起了什么。他看着松林的背影想，要说仇人，松林也是一个，如果松林不跟他比赛游泳，关连也不会死。关思德叫了一声松林。松林回过头，看见关思德面带杀气，飞快地跑开。他听到身后传来南瓜被砍破的声音。

现在回想起来，关连有无数次逃脱死亡的机会，但是他没有逃避。没有逃避就等于被动接受，就等于在时间里随波逐流。几年前，关连曾参加县里的招干考试，但是第一科考试他就迟到了一个小时，结果不允许进入考场。他像一个逃兵在考场外徘徊，心急如焚。他迟到的原因极为简单，当时他患感冒，晚上吃了几片感冒灵，结果一睡不醒，直到服务员打扫房间才爬起来。他看过手表之后，说一声糟啦！这一声惊叹，似乎是一个起点，它预示了关连后来的命运。

尽管关连缺考一科，但他离录取线仅差两分。两分！如果他少填错一个空，少写几个错别字，少错一个汉语拼音，或者说评卷员稍微放松，关连就是县城的干部了。第二年，关思德曾劝关连再去碰碰运气。关连回拒了。那时，关连迷上了本村的姑娘江春梅，觉得爱情比当干部重要。任凭关思德怎么劝他，如何夸大当干部的好处，他都不听。

机会是无处不在的，只不过关连没有抓住它。就在他淹死前的一周，关连收拾好行李，准备跟随村里的王大庆进山烧炭。山上没有水库、没有河流、只有小溪，如果进山，关连自然不会被淹死。是江春梅阻挡了关连的逃避，她解开关连的背包，说这几天就要收谷子了，你去烧炭，谁跟我收粮食？

关思德很清楚江春梅的用意，她知道山上有一独户人家，独户人家有三个女儿，其中老大是关连从前的相好。江春梅并不是真心留下关连收粮食，而是怕他烧炭烧到了别的女人身边。这么漫无边际地想着，关思德觉得江春梅也是杀害关连的凶手。

关思德像一只老式座钟被一只无形之手任意拨弄。他的身体和斧头固执地前行，而他的思绪却在不断地往回走。在前行和倒退的拉锯战中，关思德似乎是苍老了许多。不过他乐于这样的前思后想，这样的前思后想使日子沉重，也让他看清时间的链条。有质量的日子就像一个比喻：一日长于一百年。

终于陈国兴在村头出现了，他那不长毛发的头像一颗成熟的南瓜，在太阳下泛着光芒。他在外面躲了一阵之后，沿着他千万次走过的路线回家。他听人说关思德已经不像先前那样仇恨他了。正如他的预想，时间会改变一切。

关思德蹲在陈家的门口磨斧头。他希望有一个人为陈国兴通风报信，不要冲撞他，以便给他一个下台阶的机会。但是对他霍霍磨亮的斧头人们已司空见惯，只把它当作日常生活用语，谁也没把它当凶器。关思德自己也发现磨斧头的意义正在发生偏差，有关报仇、杀人等已在时间的流逝中淡化，而为磨斧头而磨斧头的成分在不断增加。

阳光如水。关思德看见那个南瓜皮似的脑袋在水中浮动，愈浮愈近。关思德的斧头在磨刀石上机械地滑动，他感到手突然一热。收回目光，他看见一个小孩对着他的磨刀石撒尿。小孩说关爷爷，你的磨刀石上没有水，我给你送水来了。

关思德朝小孩露出笑容，笑容一闪即灭。关思德看见刚刚从娘身上落下来的关连一边啼哭一边屙出一泡热尿。在山区有个说法，说："下地一杆枪，不死老子就死娘。"要摆脱这个预言，唯一的办法就是用手掌从尿中间切下去，连切三次，如果尿停则万事大吉。当时，关思德在关连的尿路上连切了三下，尿没有停住。无计可施的关思德捏紧关连的鸟嘴，那些尿顺着他的手全部滴落在关连的身上。关思德的老婆脸色骤变，她无力地说你这是害他，尿撒在他身上，就不是爹死娘死，而是他自己死。

这么说关连出生的时候就注定了不会长命，关思德想，这么说我也是杀他的凶手。如果那些尿不撒在他的身上，他会早死吗？想到这，关思德的脊梁骨一阵发凉。

陈国兴走到家门，关思德从磨刀石旁站起来。陈国兴说老弟，你别糊涂，你要干什么？关思德把斧头举过头顶，说我要杀你。斧头划过一道弧线，最后砍在那棵裂开笑口的石榴树上，几个成熟的石榴悄然落地。关思德扶树而哭。陈国兴走到他的身后，说老弟，我知道你心里苦，走，进屋子里去喝杯茶。关思德跟随陈国兴跨进大门，斧头仍然吃在石榴树上。关思德说我的斧头举起来了，就没法收回去。

第二天中午，人们看见关思德和陈国兴朝上坝水库走去。关思德用一根竹竿戳穿了水库的出水口，他似乎是在为关连做最后一件事情。水从出水口喷薄而出，泥沙、枯草被它席卷而去，水力大无比。

看着水一点一点地消退，关思德想起修水库的那些日子。那时陈国兴号令全村群众云集坝上，挖基填土，号子声响成一片，晚上还留下精壮的汉子打着火把夜战。从那时起，人们就把陈国兴叫作电灯泡，因为他头上没长毛，因为他夜晚也不让人们休息，他像一个十足的灯泡，照亮上坝的夜晚。

水库里的水缓慢地消退。两个老人坐在坝首心事浩茫。关思德说电灯泡，你还记得电灯泡不？陈国兴用手摸摸他的光头，说记得，记得，但不知道是谁最先发明了这个绰号？他们开始回忆坝底下的情景，那时坝底留下了许多扁担、泥箕以及一个石磙子。关思德说他还丢了一把锄头在里面。他们不敢保证再能看到那些旧物，大水无情，时间如水。

水流了一天多时间才流干净。水库像一个巨人流尽了他的血液，变得奄奄一息。关思德和陈国兴在坝上坐了一天一夜，他们只看见稀泥和虫子，往日的脚印已无处寻找。关思德说找歌声，我们找一找歌声，当年是你带头唱的。陈国兴扯着嗓门喊：同志们加油干那么嗨嗨……歌声憋在喉咙，怎么也冲不出来。岁月如疯长的青草遮断了歌声和仇恨。

最后，松林终于能够拿着理发剪为关思德理发。那些花白的头发像音符像蒲公英像时间，随风飘逝。

散文随笔

西文图书

故乡，您终于代替了我的母亲

三年前，母亲在一场瓢泼的大雨中回归土地，我怕雨水冷着她的身体，就在新堆的坟上盖了一块塑料布。好大的雨呀！它把远山近树全部笼罩，十米开外的草丛模糊，路不见了，到处都是浑浊的水。即使这铺天大雨是全世界的哭，此刻也丝毫减轻不了我的悲。雨越下越大，墓前只剩下我和满姐夫。我说："从此，谷里跟我的联系仅是这两堆矮坟，一堆是我的母亲，另一堆是我的父亲。"

我紧锁心门，强冻情感，再也不敢回去，哪怕是清明节也不回去，生怕面对宽阔的灰白泥路，生怕空荡荡的故乡再也没母亲可喊。但是，脑海里何曾放得下，好像母亲还活着，在火铺前给我做米花糖，那种特别的浅香淡甜一次次把我从梦中喊醒，让我一边舔舌头一边泪流满面……

如果不是母亲，我就不会有故乡。是她，这个四十六岁的高龄产妇，这个既固执又爱幻想的农村妇女，在1966年3月的一个下午把我带到谷里。这之前，她曾生育三个女儿，两个存活，一个夭折。我是她最后的念想，是她强加给未来生活的全部意义，所以，不管是上山砍柴或是下田插秧，甚至于大雪茫茫的水利工地，她的身上总是有我。挖沟的时候我在她的背上，背石头的时候我在她的胸口。直到六岁时上小学，她才让我离开她的视线。去小学的路上有个水库，曾经淹死过人。她给我下命令：绝不可以下水，否则就不准读书！老师家访，她把最后一只母鸡杀来招待，目的是拜托在放晚学的时候，监督我们村的学生安全走过水库。她曾痛失一个孩子，因而对我加倍呵护，好像双手捧着一盏灯苗，生怕有半点儿闪失。

十一岁之前，我离开谷里村的半径不会超过两公里。村子坐落在一个高高的山坡，只有十来户人家，周围都是森林草丛，半夜里经常听到野生动物的叫唤。天晴的时候，站在家门口可以看到一浪一浪的山脉，高矮不齐地排过去，一直排到太阳落下去的远方。潮湿的日子，雾从山底漫上来，有时像云，有时像烟，有时像大水淹没我们的屋顶。冬天有金黄的青冈林，夏天有满山的野花。草莓、茶泡、凉粉果、杨梅、野枇杷等，都曾是我口中之物。"出门一把斧，每天三块五"，勤劳的人都可以从山里摘到木耳、剥下栓皮、挖出竹笋、收割蒲草，这些都可以换钱。要不是因为父母的工分经常被会计算错，也许我就沉醉这片树林，埋头这座草山，不会那么用劲地读书上学。是母亲憋不下这口气，吃不起没文化的亏，才逼我学会算术，懂得记录。

因为不停地升学，这个小心呵护我的人，不得不眼睁睁地看着我离开她，越来越远，越来越远。十三岁之后，我回故乡的时间仅仅是寒暑假。我再也吃不到清明节的花糯饭，看不到秋天收稻谷的景象。城市的身影渐渐覆盖乡村，所谓想家其实就是想念家里的腊肉，担心父母的身体，渴望他们能给我寄零花钱。故乡在缩小，母亲在放大。为了找钱供我读书，每到雨天，母亲就背着背篓半夜出门，赶在别人之前进入山林摘木耳。这一去，她的衣服总是要湿到脖子根，有时木耳长得太多，她就直捡到天黑，靠喝山泉水和吃生木耳充饥。家里养的鸡全都拿来卖钱，一只也舍不得杀。猪喂肥了，一家伙卖掉，那是我第二个学期的路费、学费。母亲彻底想不到，供一个学生读书会要那么高的成本！但是她不服输，像魔术师那样从土地里变出芭蕉、魔芋、板栗、核桃、南瓜、李子、玉米和稻谷，凡是能换钱的农产品她都卖过，一分一分地挣，十元十元地给我寄，以至于我买的衣服会有红薯的味道，我买的球鞋理所当然散发稻谷气息。

直到我领了工资，母亲才结束农村对城市的支援，稍微松了一口气。但这时的她，已经苍老得不敢照镜子了。她的头发白得像李花，皮肤黑得像泥，脸上的皱纹是交错的村路，疲惫的眼睛是干水的池塘。每个月我都回村去看她，给她捎去吃的和穿的。她说村里缺水，旱情严重的时候要到两公里以外的山下挑，你父亲实在挑不动，每次只能挑半桶。那时我刚工作，拿不出更多的钱来解决全村人的吃水问题，就跟县里反映情况，县里拨款修了一个方圆几十里最大的水渠。她说公路不通，山货背不动了，挣钱是越来越难。我又找有关部门，让他们拨了一笔钱，把公路直挖到村口。她说某某家困难，你能不能送点儿钱给他们买油盐？我立即掏出几张钞票递过去。在我有能力的时候，母亲的话就是文件，她指到哪里我奔到哪里，是她维系着我与故乡的关系。

后来，父亲过世了，我把母亲接到城市，以为故乡可以从我的脑海淡出。其实不然，母亲就像一本故乡的活字典，今天说交怀的稻田，明天说蓝淀塘的菜地，后天说代家湾的杉木。每一个土坎、每一株玉米都刻在她记忆硬盘上，既不能删除也休想覆盖。晚上看电视，明明是《三国演义》的画面，她却说是谷里荒芜的田园。屏幕里那些开会的人物，竟然被她看成是穿补巴衣服的大姐！村里老人过生日她记着，谁家要办喜酒她也没忘记，经常闹着回去补人情。为了免去她在路上的颠簸，我不得不做一把梭子，在城市与故乡之间织布。她在我快要擦掉的乡村地图上添墨加彩，重新绘制，甚至要我去看看那丛曾经贡献过学费的楠竹，因为在她昨晚的梦里大片竹笋已经被人偷盗。一个曾经批斗过她的村民进城，她在不会说普通话的情况下，竟然问到那个村民的住处，把他请到家里来隆重招待。只要能听到故乡的一两则消息，她非常愿意忘记仇恨。谁家的母牛生崽了，她会笑上大半天，若是听到村里某位老人过世，她就躲到角落悄悄抹泪。

有一天，这个我心中高大的矮个子母亲忽然病倒，她铁一样的躯体终于抵挡不住时间的消耗，渐渐还原为肉身。从来不住院从来不吃药的她被医院强行收留，还做了化疗。三年疾病的折磨远远超过她一生的苦痛。她躺在病床上越缩越小，最后只剩下一副骨架。多少次，她央求我把她送回谷里，说故乡的草药可以治愈她的恶疾。但是，她忽略了她曾送我读书，让我有了知识，已经被现代医学所格式化，所以没有同意她的要求。她试图从床上爬起，似乎要走回去，可是她已经没有力气，连翻身也得借助外力。她一直在跟疼痛较劲，有时痛得全身发抖，连席子都抠烂了。她昏过去又醒过来，即便痛成这样，嘴里喃喃的还是故乡的名字。临终前一晚，不知道她哪来的气力，忽地从床上打坐起来，叫我满姐连夜把她背回故乡。我何尝不想满足她的愿望，只是谷里没有止痛针，没有标准的卫生间，更没有临时的抢救。因此，在她还有生命之前，我只能硬起心肠把她留在县城医院，完全忽略了她对故乡的依赖。

当母亲彻底离开我之后，故乡猛地就直逼过来，显得那么强大那么安慰。故乡像我的外婆，终于把母亲抱在怀里。今年10月，我重返故乡，看见母亲已变成一片青草，铺在楠竹湾的田坎上。我抚摸着那片草地，认真地打量故乡，发觉天空比过去的蓝，树比过去的高，牛比过去的壮，山坡上的玉米棒子也比过去的长得大……曾经被我记忆按下暂停键的村民，一个个都动起来，他们脸上的皱纹、头上的白发第一次那么醒目。我跟他们说粮食，谈学费，讨论从交祥村拉自来水，研究怎样守住被邻村抢占的地盘，仿佛是在讨好我的母亲。如果说过去我是因为爱母亲才爱故乡，那现在我则是通过爱故乡来怀念母亲。因为外婆、父亲埋葬在这里，所以母亲才要执着地回来。又因为母亲埋葬在这里，我才深深地眷恋这座村庄。为什么我在伤痛的时候会想起谷里？为什么我在困难时刻"家山北望"？现在我终于明白，那是因为故乡已经代替了我的母亲。有母亲的地方就能止痛疗伤，就能拴住漂泊动荡的心灵。

寻找中国式灵感

从20世纪80年代至今,中国人的生活发生了巨变,我们有幸置身于这个巨变的时代,既看到了坚定不移的特色,也看到了灵活多变的市场经济,还看到了声色犬马和人心渐变。我们从关心政治到关心生活,从狂热到冷静,从集体到个体,从禁忌到开放,从贫穷到富有,从平均到差别,从羞于谈钱到金钱至上……每一点滴的改变都曾让我们的身心紧缩,仿佛瞬间经历冰火。中国在短短的几十年时间里,经历了西方几百年的历程,那种仿如"龟步蟹行"的心灵变化在此忽然提速,人心的跨度和拉扯度几乎超出了力学的限度,现实像拨弄琵琶一样无时不在拨弄着我们的心弦,刺激我们的神经。一个巨变的时代,给文学提供了足够的养分,我们理应写出更多的伟大的文学作品。然而,遗憾的是,我们分明坐在文学的富矿之上,却鲜有与优质材料对等的佳作,特别是直面现实的佳作。

不得不怀疑,我们已经丧失了直面现实的写作能力。下这个结论的时候,连我自己都有些不服气。但必须声明,本文所说的"直面现实的写作"不是指简单地照搬生活,不是不经过作家深思熟虑的流水账般的记录。这里所强调的"直面现实的写作",是指经过作家观察思考之后,有提炼有概括的写作。这种传统的的现实主义写作方法,在20世纪90年代被年轻的写作者们轻视。他们,包括我,急于恶补写作技术,在短短的几年时间里把西方的各种写作技法都演练了一遍。在练技法的过程中我们渐渐入迷,像相信科学救国那样相信技巧能够拯救文学。然而某天,当我们从技术课里猛地抬起头来,却发现我们已经变成了"哑巴"。面对一桌桌热辣滚烫的现实,我们不仅下不了嘴,还忽然失声,好像连发言都不会了。曾经,作家是重大事件、新鲜现象的第一发言人,他们曾经那么勇敢地亮出自己的观点,让读者及时明辨是非。但是,今天的作家们已经学会了沉默,他们或者说我们悄悄地背过身去,彻底地丧失了对现实发言的兴趣。

慢慢地,我们躲进小楼,闭上眼睛,对热气腾腾的生活视而不见,甘愿做个"盲人"。又渐渐的,我们干脆关上听觉器官,两耳不闻,情愿做个"聋人"。我们埋头于书本或者网络,勤奋地描写二手生活。我们有限度地与人交往,像"塞在瓶子里的蚯蚓,想从互相接触当中,从瓶子里汲取知识和养分"(海明威语)。我们从大量的外国名著那里学会了立意、结构和叙述,写出来的作品就像名著的胞弟,看上去都很美,但遗憾的是作品里没有中国气味,洒的都是进口香水。我们得到了技术,却没把技术用于本土,就连写作的素材也仿佛取自于名著们的故乡。当我们沉迷于技术,却忽略了技术主义者——法国新小说派作家罗布·格里耶清醒的提示:"所有的作家都希望成为现实主义者,从来没有一个作家自诩为抽象主义者、幻术师、虚幻主义者、幻想迷、臆造者……"

为什么我们羞于对现实发言?原因不是一般的复杂,所谓的"迷恋技术"也许是"冒名顶替",也许是因为现实太令人眼花缭乱了,它所发生的一切比做梦还快。我们从前不敢想象的事情,现在每天都在发生。美国有关机构做过一个关于当代人接受信息量的调查,结论是一百年前的一个人一辈子接受的信息量,只相当于现在《纽约时报》一天所发布的信息量。面对如此纷繁复杂的信息,我们的大脑内存还来不及升级,难免会经常"死机"。我们对现象无力概括,对是非懒于判断,对读者怯于引导,从思考一个故事,降格为解释一个故事,再从解释一个故事降格到讲述一个故事。我们只是讲述者,我们只是故事的搬运工,却拿不出一个"正确的道德的态度",因而渐渐地失去了读者的信任。所以,当务之急是升级我们的大脑硬盘,删除那些不必要的垃圾信息,腾出空间思考,以便处理一切有利于写作的素材,更重要的是,敢于亮出自己正确的态度,敢于直面现实,写作现实。

托尔斯泰的《复活》取材于一个真实事件,素材是检察官柯尼提供的一件真人真事。福楼拜的作品《包法利夫人》,其中女主角的原型来自于法国的德拉马尔,她是农民的女儿,1839年嫁给法国鲁昂医院的一名丧妻的外科医生,福楼拜父亲就是这家医院的院长。海明威的《老人与海》也是根据真人真事改编。第一次世界大战结束后,海明威移居古巴,认识了老渔民富恩特斯。1930年,海明威的乘船在暴风雨中沉没,富恩特斯搭救了他,从此两人结下了深厚的友谊,并经常一起出海捕鱼。1936年,富恩特斯出海很远捕到了一条大鱼,但由于这条鱼太大,在海上拖了很长时间,结果在归程中被鲨鱼袭击,回来时只剩下一副骨架。在我们过分依赖想象的今天,看看这几位大师写作素材的来源,也许会对我们的取材有所提醒。别看见作家一用新闻素材就嗤之以鼻,往往新闻结束的地方文学才刚刚开始。

当然,只有一堆新闻还是不够的,我们还需深入现实的细部,像诺贝尔文学奖获得者阿历克谢耶维奇那样,用脚步,用倾听获得一手生活,或者像杜鲁门·卡波特写《冷血》那样,无数次与被访者交谈,彻底地挖掘出人物的内心。我们不缺技术,缺的是对现实的提炼和概括,缺的是直面现实的勇气,缺的是舍不得放下自己的身段。当我们感叹现实已经远远超出我们的想象时,我们没有理由不去现实中要素材,偷灵感。但所谓灵感,正如加西亚·马尔克斯所说:"灵感既不是一种才能,也不是一种天赋,而是作家坚忍不拔的精神和精湛的技巧同他们所要表达的主题达成的一种和解。当一个人想写点东西的时候,这个人和他要表达的主题之间就会产生一种互相制约的紧张关系,因为写作的人要设法探究主题,而主题则力图设置种种障碍。"因此,现实虽然丰富,却绝对没有一个灵感等着我们去捡拾。

我有一个错觉,或者说一种焦虑,好像作家、评论家和读者都在等待一部伟大的中国作品,这部作品最好有点像《红楼梦》,又有点像《战争与和平》,还有点像《百年孤独》。在中国作家还没获得诺贝尔文学奖之前,好多人都认为中国作家之所以没获得这个奖,是因为他们还没有写出像前面三部那样伟大的作品。当莫言先生获得这个奖之后,大家似乎还觉得不过瘾,还在继续期待,总觉得在如此丰富的现实面前,没有理由不产生一部内容扎实、思想深刻、人物栩栩如生的伟大作品。

数年前,美籍华人作家哈金受"伟大的美国小说"定义启发,给伟大的中国小说下了一个定义。他说伟大的中国小说应该是这样的:"一部关于中国人经验的长篇小说,其中对人物和生活的描述如此深刻、丰富、正确并富有同情心,使得每一个有感情、有文化的中国人都能在故事中找到认同感。"他承认按照这个定义,"伟大的中国小说从未写成,也不会写成,就是《红楼梦》也不可能得到每一个有感情、有文化的中国人的认同,至多只是那个时代的小说的最高成就。也就是说,作家们必须放弃历史的完结感,必须建立起伟大的小说仍待写成的信念。"

在这个世界,其实并不存在一部与我们每个人的内心要求完全吻合的作品。一个作家想写出一部人人满意的作品,那是绝对的空想,而读者也别指望会有这么一部作品从天而降。这部所谓的伟大作品,需要众多的作家去共同完成,他们将从不同的角度来丰富它,慢慢形成高原,最后再形成高峰。所以,每个作家去完成他该完成的任务,这就是他为这个时代做出的写作贡献。

真正的经典都曾九死一生

1954年，作家纳博科夫在小说《洛丽塔》快要收尾的时候，借主人公亨伯特之口说："此书正式出版让各位一饱眼福时，我猜，已经到了21世纪初叶……"这个预测虽然是虚构中的虚构，但不难看出纳博科夫对该书前途所持的悲观情绪。事实正如他所料，当小说脱稿之时，也就是该书开始漫长旅行之时。它先后被美国五家大出版社退稿，就连和纳博科夫签有首发协议的《纽约客》也不愿刊登。这些有权有势的出版社和杂志对《洛丽塔》都发出了"死刑判决"书，仿佛当时的美国出版界集体眼瞎。传说，也曾经有火眼金睛看到这部小说的价值，只是迫于当时美国阅读环境的压力，所以不敢言好。然而，我更愿意相信，当时真的没有人喜欢它，除了纳博科夫的妻子薇拉。这个"老男人乱伦"的故事，即便是放在标榜自由和开放的美国也过于惊世骇俗，它严重地挑战了人类的道德底线。

不能出版，也许不是对作家最沉重的打击。纳博科夫完全可以说这是一部写给未来读者的小说，也可以说这是写给五十个知音阅读的伟大作品。全世界所有倒霉的作家，无不这样自我安慰，并以此作为创作的动力。但是，就连这样的安慰纳博科夫也不能得到。曾经帮他推荐稿件到《纽约客》发表的评论家威尔逊，是纳博科夫值得信赖的朋友，也是纳博科夫的文学知己。可是，当威尔逊在看完《洛丽塔》之后，回信给纳博科夫："我所读过的你的作品中，最不喜欢这部。"甚至把《洛丽塔》指责为"可憎""不现实""太讨厌"，并将这些意见转告给出版商，使《洛丽塔》未曾出版先有臭名。而另一个评论家玛丽·麦卡锡在根本没有读完该书的情况下，竟然写文章批评其"拖泥带水，粗心草率"。

朋友的打击才是对纳博科夫最大的打击。他一度失去信心，对自己的才华产生了真实的怀疑。当时，炒作和策划还没有今天这么汹涌澎湃，纳博科夫也绝不是想故意制造一本禁书，以便获得另一渠道的畅销和公认。他的写作态度可以为此证明，能把主人公亨伯特的心理写得如此准确、复杂，肯定不是为了弄一个事件来吓人，而是全身心投入创作的结果。另一个证明就是纳博科夫要把《洛丽塔》的手稿烧掉，让这本书彻底地消失。关键时刻，他的妻子薇拉抢救了手稿。她说这是纳博科夫写得最好的小说。纳博科夫当时获得的唯一正面评价不是来自文学界，而是来自患难与共的妻子。如果多疑，纳博科夫可以认为这是一种鼓励，是"赏识教育"，甚至也有可能是为了家庭收入。假如纳博科夫真这么想过，那他当时的孤独和绝望是可想而知的。

为什么经典总是要面临被烧掉的危险？难道仅仅是巧合吗？或许，这恰好证明了江湖险恶，证明了经典在成长中注定要遭遇偏见与傲慢。卡夫卡临终的时候，也曾经吩咐朋友布洛德把手稿全部付之一炬。幸好布洛德没有执行，否则这个世界上将永远没有一个名叫卡夫卡的作家，文学菜地里也许会因此而缺少一个品种。纳博科夫和卡夫卡是幸运的，他们的幸运在于有人及时地保护和抢救了手稿。但抢救并不是百分之百的，他们的幸运可以反证：在这个世界上有许多经典作品可能已经被烧掉。谁又敢保证果戈理烧掉的《死魂灵》第二部就不是经典小说？

到了1955年，《洛丽塔》终于以色情小说的面目在法国奥林匹亚出版社出版，首印五千册。该出版社虽然出版过亨利·米勒和让·热内的小说，但大多数出版物都是像《直到她销魂尖叫》这样的色情作品。由于对色情标签的反感，开始，纳博科夫还想拒绝，甚至想挂一个假名。但奥林匹亚出版人坚持要纳博科夫用真名，纳博科夫只好妥协。被美国宣布"此路不通"的《洛丽塔》，终于在异国获得了准生证。英国作家格雷厄姆·格林读到该小说之后，把它评为1955年最佳的三部小说之一，并在伦敦《泰晤士报》上撰文大加赞扬。从此，《洛丽塔》才真正获得了生长的土壤、阳光和空气。1958年，美国普特南书局出版了《洛丽塔》，立即成为畅销书。纳博科夫五十五岁写这部小说，在美国畅销并家喻户晓的时候，他已经六十岁了。在西方读者的眼里，他是一位六十岁的新作家。

尽管这部小说没有像亨伯特预言的那样，要到21世纪才能出版，但是，在被退稿和评论家们打击的那些年里，纳博科夫所受的煎熬也许比等待五十年还难受。煎熬使时间缓慢，一年长于五十年。后来，《洛丽塔》在慢慢成长的过程中，它仍然给灭它的人提供了如下理由：一、它是色情小说，是下半身写作；二、它太畅销，是炒作出来的经典；三、作家的腔调过于轻佻、油滑，其反省之态度值得怀疑；四、它没有获得过诺贝尔文学奖；五、它堕落到被改编成电影了（1962 年电影怪才库布里克以一百五十万美金买下其电影改编权）。以上的任何一条理由，都足以让高高在上的庙堂排斥它、打击它、羞辱它。但是由于它的畅销，它的渐渐强壮，诡言和伤害最终没有得逞。

好作品不是僵死的，它可以像人一样不断地成长，不断地获得对诽谤的免疫力。在禁欲的年代里，我会把《洛丽塔》当成一本淫书。在放荡的年代，我终于明白《洛丽塔》是一个辛辣的讽刺。产生这样的阅读效果，不是小说传达得不够准确，而是因为社会环境的改变推动了作品意义的改变。如果男人们都敢于放下架子，和亨伯特的内心来一次比较，那我们就会发现纳博科夫远在五十年前，就已经撕开了人类的伪装。当亨伯特杀死抢走洛丽塔的奎尔蒂之后，他有这样一段独白："忠于你的迪克，别让其他任何人碰你。别理陌生人。但愿你爱你的孩子，但愿是个男孩。但愿你丈夫永远对你好，不然的话，我的幽灵就会像一缕黑烟，像一个发狂的巨人降临到他身上，将他一片一片撕得粉碎。"这不是色情，这是父爱与情爱的复杂结合，是对人类复杂心灵的准确勘探。也许就凭惊世骇俗这一条，《洛丽塔》就应该成为名著。它所制造的震惊效果，是所有艺术家做梦都想达到的。

《洛丽塔》是经典作品成长的一个极端例子，它对急于呼唤经典的我们有警示作用。看看今天的报刊，对大师和经典的期盼是如此热切。有的作品还在写作中，吹捧的礼炮早已鸣响；有的作品油墨未干，已经被捧为经典；有的作家只在练习打字，却屡屡被专业人士齐声歌唱……这样的局面，让读者不止一千次一万次地反思：是不是自己已经弱智？轻松得来的所谓经典，必将轻松地失去。真正的经典，也许会被当时的某些因素埋葬，但即便埋葬了，它也像那些土地深处的木柴，多少年之后再变成煤，重新燃烧。乔伊斯的《尤利西斯》是这样，卡夫卡的小说是这样，凡·高的画作也是这样……

文学的远与近

1976年9月9日,我的长篇小说《耳光响亮》中的人物牛振国失踪了。亲人们均不知他的去向,只发现一张他留下的字条,上面写着"南方之南,北水之滨"。这八个字耗尽了子女们的精力,大儿子牛青松在寻找他的过程中沉尸北仑河。这具尸体把牛家人吸引到了中越边界。他们的目光向南,越过河流,终于明白牛振国去了越南。果然,他们在芒街找到了他,但他已经失忆,从前的生活一笔勾销。评论家张清华先生说,由于越南和中国体制相似,牛振国把在中国过过的生活又在越南过了一遍。这部小说写于1996年,是我第一次在作品中呈现越南背景。

因为文化的隔阂,我总是把越南想象得很遥远,仿佛比北京还远,比欧洲还远。1994年冬天,两国边境开放后,我去了一趟越南,才发现在地理上它离我是那么近,近到仿佛只隔着一条河流。我和几位作家坐着一张竹筏,从东兴码头离岸,十几分钟就到了越南海关。过去之后,才发现他们的森林、大海跟我们的一样,他们的肤色和头发跟我们的也一样,甚至连方言都有相通之处。顿时,出国不像出国,倒像是走亲戚,或者到邻居家串门,亲切感扑心而来。原来他们和我们一样种植水稻,爱吃米粉。阳光一样炽热,雨水一样充沛,树叶一样腐烂,脑袋一样发烫。我是一个南方的写作者,因为热,所以容易产生幻觉,逻辑混乱,想象力异常活跃。按此标准,处于南方之南的越南,必然也有类似的头脑发热的作家,等待我们去认识和了解。

然而,地理的相近未必获得文化交流的优先权。那时,我们都急着向西方文学靠拢,忙于跟卡夫卡、加缪、萨特或者福克纳、海明威套近乎,兴奋于现代派、后现代派和魔幻现实主义的写作方法。亚洲的作家们都在谦虚地向西方的作家们学习,因为我们还没有创造出影响全世界的文学流派。我们,包括越南的读者都不太相信两国能产生一流的当代作家,这种念头至今恐怕还余音绕梁。亚洲国家对当代文学向来不太自信，每个国家的年轻人一谈小说必先谈欧美，好像哪里的人均收入高，哪里才有值得模仿和学习的文学。某些亚洲地区的文学课，也是先从欧美俄讲起，而对于邻国的文学不仅不知，甚至没兴趣阅读。这种"远香近臭"的毛病，倒是符合人性。而人性，又恰恰是文学的必须。我们往往忽略亲人或朋友，却对陌生人充满好奇。我们嫌弃自己的家乡，却对远方充满了美好的想象。文学，天生就在远处，在地平线那边，在太阳升起或落下的地方。

和西方文学一比，我们亚洲都过分谦虚，但一说到邻国文学，每个人都满怀自信，或者自傲。自卑与自信，严重地阻碍了亚洲文学的交流。有时，我们对邻国文学的兴趣，竟然要拐一个大大的弯。比如，许多邻国的读者，是因为赛珍珠的《大地》而开始关注中国文学。而我们对越南文学的兴趣，也往往是从杜拉斯的《情人》开始。赛珍珠虽然出生于美国，但她出生四个月后就随传教士父母来到中国，在中国生活和工作了近四十年。由于她对中国农民生活史诗般的描述，真切而且取材丰富，以及她传记方面的杰作，1938年荣获诺贝尔文学奖。而法籍作家玛格丽特·杜拉斯出生于越南西贡，十八岁离开越南回到祖国。1984年，她七十岁时发表了小说《情人》。在这部富有异国情调的作品里，她以惊人的坦率回忆了自己十八岁时在越南与一个中国情人的初恋。小说荣获当年的龚古尔文学奖，被译成四十多种文字，至今已销售几百万册，使她成为当今世界上最负盛名的法语作家之一。两位西方女性作家，分别以中国和越南为写作素材，作品均获得巨大成功。这说明，我们亚洲的写作素材没有问题，其实全世界任何一个地方的素材都不是问题，问题是我们没有确立写作的自信。

中国作家莫言在获得诺贝尔文学奖之前，曾宣称他的写作要大踏步地后退。所谓大踏步地"后退"，就是要退到中国的文学营养之中，退到他老家山东的民间文学里去。哥伦比亚的作家加西亚·马尔克斯虽然也受过卡夫卡、福克纳等作家影响，但当他写《百年孤独》的时候，得以救命的是运用了他外祖母讲故事的腔调。他说他外祖母在讲故事时从来不质疑故事的真实性，正是继承这种自信，他才创作出魔幻现实主义的巅峰之作。如果我们亚洲敢于放下偏见，就会发现中国、越南、日本和韩国等等国家，都创作出了毫不次于欧美的当代文学作品。只是我们还需要正视这种情形的勇气，和阅读它们的耐心。

我在中篇小说《没有语言的生活》中写了这样一个故事：父亲是个盲人，儿子是个聋人，儿媳妇是个哑人，他们组成了一个"看不见，听不到和说不出"的家庭。没有比他们之间的交流更困难的了，但他们每个人都借用对方的健康器官，完成了不可能的沟通。中国作家跟越南或者韩国读者的交流障碍，远没有他们三人之间的交流障碍那么巨大。所以，我相信，我期待，亚洲作家们笔下的故事会率先得到近邻各国的重视，并优先于欧美读者产生良好的化学反应。

虚构的故乡

凡是有故乡的作家，往往都会被贴上故乡的标签，比如绍兴之于鲁迅，凤凰之于沈从文，美国密西西比州拉斐特县之于威廉·福克纳，哥伦比亚北部小镇阿拉卡塔卡之于加西亚·马尔克斯，山东高密大栏乡之于莫言。因为出产著名作家，这些故乡被美丽的词句包围，尽情地享受着世人的赞美。故乡因作家而自豪，作家因故乡而生动。每一个功成名就的作家，都不会否定故乡对自己的贡献。于是乎，故乡变得优点突出，其正面功能被无限放大，而缺点却被忽略。

但我认为，恰恰是故乡的缺点成就了作家。尽管沈从文后来写了那么多关于湘西的美文，可还没成为作家之前，他是那么渴望逃离湘西。在他年少时，湘西还是一块封闭之地，教育不发达，经常打仗，饿殍遍野。他以为当兵或许是一条出路，然而，当他看见杀人如麻，当他大病一场之后，终于明白：好坏总有一天得死去，多见见新天地，在危险中咽气，也比病死好些。1922年，年仅二十岁的沈从文离开故乡到了北京。因为饥饿和贫穷，他写信向郁达夫倾诉。为此，郁达夫写了一封《给一位文学青年的公开状》。信中，郁达夫劝沈从文回到家乡去挖草根、树根，"若说草根、树根，也被你们的督军省长师长议员知事掘完，你无论走往何处再也找不出一块一截来的时候，那么你且咽着自家的口水，同唱戏似的把北京的豪富人家的蔬菜，有色有香的说给你的老母亲、小妹妹听听，至少在未死前的一刻半刻中间，你们三个昏乱的脑子里，总可以大事铺张的享乐一回。""但是我听你说，你的故乡连年兵灾，房屋、田产都已毁尽，老母弱妹也不知是生是死……"这虽是郁达夫的急愤之语，却或多或少地道出了沈从文故乡的实情。所以，即便在北京忍饥挨饿，沈从文也不愿回去。

那么，鲁迅呢，他跟故乡的关系又怎样？1922年，鲁迅在《〈呐喊〉自序》中说:"有谁从小康人家而坠入困顿的么,我以为在这途路中,大概可以看见世人的真面目。"十三岁那年,他那在京城做官的祖父因故入狱;十六岁时,他长期患病的父亲病逝,家境迅速败落。家境好的时候,他看到羡慕的眼光,听到亲切的话语。家境一旦败落,周围的态度立刻生变:话语是凉凉的,眼光是冷冷的,脸上带着鄙夷的神情。这一变化,使他感到在当时的中国,人与人之间缺少真诚的同情和爱心。带着对故乡的失望和对新知识的渴望,十八岁那年,鲁迅离开家乡到南京水师学堂学习;二十岁那年,他母亲给他订了一门他并不满意的婚事;二十一岁时,他赴日本求学。1910年9月,二十九岁的他回到绍兴担任中学堂教员兼监学,其状态是:囚发、蓝衫,喝酒、抽烟,意志消沉,其内心的痛苦压抑可想而知。果然,1912年2月,他三十一岁,应中华民国临时政府教育总长蔡元培之邀到教育部任职,第二次离开故乡。他对绍兴的感情极为复杂,有一种与家乡漠然隔绝的态度。证明就是他1919年底最后一次离开绍兴后,再也没有回去,直到1936年逝世,十七年不回故乡。

和鲁迅、沈从文比起来,当代作家莫言跟故乡的关系明显更为密切。早在1984年,当他阅读川端康城的《雪国》和福克纳的《喧哗与骚动》时,就明白"一个作家必须要有一块属于自己的地方"。因此,他以故乡为圆心,打造了"高密东北乡"这个文学王国。他赞扬过家乡的红高粱,描写过故乡的血性。每年他都会回乡写作,即便获得了诺贝尔文学奖之后,他也常常回去。他认为故乡能够给他提供源源不断的创作资源。但是,他也曾经说过"高密东北乡无疑是地球上最美丽最丑陋、最超脱最世俗、最圣洁最龌龊、最英雄好汉最王八蛋、最能喝酒最能爱的地方"。也就是说,他对故乡同样爱恨交加,特别是少年时期,恨多于爱。因为家里孩子多,他曾经被大人们忽略,自认为是最不讨人喜欢的孩子。三岁时,他掉进过粪坑差点淹死。饥饿时,他曾烧老鼠来吃,也曾偷吃过生产队地里的萝卜,甚至吃过煤块。小学五年级,他因为乱喊口号被学校劝退,成为生产队里年龄最小的社员。他想被推荐上大学,到处写信求助,却引来了贫农代表的嘲笑:"你这样的能上得了大学,连圈里的猪也能上。"此路不通,他便报名参军。从十七岁开始,他年年报名年年体检,不是体检出问题,就是政审出问题。有一次,竟在集中报到的前一天,他忽然被人替换下来。直到二十一岁那年,他终于获得当兵的机会。当他坐上运兵的卡车,当一同入伍的伙伴们泪别故乡时,他连头也不回,"我有鸟飞出了笼子的感觉",希望汽车开得越远越好。他曾经说过故乡耗干了祖先的血汗,也正在消耗着他的生命,"假如有一天我能离开这块土地,我绝不会再回来"。

所以故乡,并非今天我们坐在咖啡馆里想象的那么单纯。她温暖过作家,也伤害过作家。似乎,她伤害得越深,作家们的成绩就越突出。真应验了海明威的那句:"作家最好的早期训练是什么?一个不愉快的童年。"以此类推,我也可以这么说:故乡对作家最大的帮助是什么?伤害他,用力地伤害他!就像哥伦比亚对加西亚·马尔克斯的伤害那样伤害。1947年,二十岁的马尔克斯进入波哥大大学攻读法律,但仅仅读了一年,就因哥伦比亚内战而中途辍学。1955年,他因揭露"政府美化海难"而被迫离开祖国,任《观察家报》驻欧洲记者。不久,这家报纸被哥伦比亚政府查封,他被困欧洲,欠下房租,以捡啤酒瓶换钱过日子。在写《百年孤独》的那一年时间里,他的夫人靠借债维持全家生活。《百年孤独》完稿之后,他们连把这份手稿寄往墨西哥出版社的邮资都凑不够,结果只好先寄出半份。这就是作家们热爱的故土,正如美国作家威廉·福克纳所说:"我爱南方,也憎恨它。这里有些东西,我根本就不喜欢,但是我生在这里,这是我的家。因此我愿意继续维护它,即使是怀着憎恨。"

不可否认,故乡一直在塑造作家,但请注意,作家也反过来塑造故乡。如果没有加西亚·马尔克斯,我们怎么会留意阿拉卡塔卡小镇;如果没有鲁迅和沈从文,那绍兴和凤凰也没有这么风光。毫不夸张地说,是莫言带火了高密大栏乡。然而,我们必须清楚,作家在塑造故乡时进行了虚构。马尔克斯把阿拉卡塔卡变成了"马孔多",福克纳把拉斐特县变成了"约克纳帕塔法县",鲁迅把绍兴变成了"鲁镇"和"未庄",沈从文把湖南省花垣县的茶峒镇变成了"边城",莫言把高密大栏乡变成了"高密东北乡"。不知道是幸或是不幸?凡是出产作家的故乡,再也不是现实中的那个故乡,她被作家们添油加醋,撒上食盐和胡椒,成为一个民族乃至人类背景的缩影。故乡因此从真实的变成虚构的,从简单的变成复杂的,从封闭的变成开放的……读者们甚至更愿意接受那个虚构的故乡。常有读者按照小说中的描写寻找作家的故乡,但现实与虚构的落差往往惊破他们的眼镜片。虚构很丰满,现实很骨感。虚构变得越来越强势,而现实乐见其成,心甘情愿地配合。2008年茶峒镇已更名为"边城镇","鲁镇"和"未庄"也已经在绍兴变成了实体建筑群,据说哥伦比亚有关方也正在努力把阿拉卡塔卡更名为"马孔多"。这样一来，作家们的故乡又由虚构变成了"真实"。

那个真实的故乡被商业裹胁。作家们的故乡越来越像美国电影《楚门的世界》里的背景。在主人公还没有推开天空上的那扇门之前，谁都不知道原来整个天空，包括楚门生活的环境以及人际关系全都是假的。为了利于表达，作家先虚构了一个故乡，然后读者和消费者对作家的虚构进行再虚构。一个有痛感有灵感有感动的"三感"故乡终于离我们远去。故乡的喧嚣代替了孤独，宠爱代替了伤害，虚假代替了真实……我们很难看到一个故乡能够孕育出两名以上的文学大师，原因是故乡被二度虚构了，飘飘然了，她的文学营养已被前一位作家掏空了。

每天都有新词句

近期，中国网民为南海争端焦躁不安。一位女士在微信里说："我愿用前男友的生命去换南海的和平。"看罢，我"呵呵"（网络语，包含所有的笑以及打哈哈）。她貌似说南海，其实是在表达对前男友的刻骨仇恨。她诅咒前男友去死，但又不想让他白白地断气，也许还可以用他的生命去干一件有意义的事情。当然，也还有搞笑，也还有调侃严肃问题之嫌疑，典型的"骂人不带脏字"，暧昧又富于联想，是作家们做梦都想抓住的句子。可惜，这种犀利的新句在当今的文学作品中较为稀缺，而网上却频频出现。例如："女大十八变，越变越随便。""谁对我的感情能像对人民币那样坚定？"

好作家都有语言过敏症，他们会在写作中创造新词新句，以求与内心的感受达到百分之百的匹配。所谓"词不达意"，就是现有词句无法表达我们的意思和感情，特别是在社会环境和我们的内心变得越来越复杂之后。所以，较真的写作者为表达准确，一定会创造适应环境的新句。霸道地下个结论：创造新词越多的作家很可能就是越优秀的作家。鲁迅先生便是一例。他的作品中有许多自造的词，像"美艳、媚态、劣根性、孤寂、欣幸、庸鄙、奔避"等等，真是掰着指头都数不过来。《现代汉语词典》收录了许多"鲁迅词汇"，我们今天司空见惯的一些词语，都出自鲁迅先生的造词作坊。比如"纸老虎"一词，大都认为是毛泽东先生最先使用，但鲁迅早在1933年就使用了，他用于《为了忘却的记念》一文。再比如"妒羡"，也是鲁迅先生的产品，用于1925年所写的《孤独者》："全山村中，只有连殳是出外游学的学生，所以从村人看来，他确是一个异类；但也很妒羡，说他挣得许多钱。"

"妒羡"一词的使用，表明鲁迅先生敏感地发现了"嫉妒中包含羡慕"。我想这种复杂的感情肯定不是鲁迅先生最早觉察，但他却是找到表达这种感情词语的第一人。在这个词诞生1979年之后的2004年，北京作家赵赵写了一部电视连续剧《动什么别动感情》。她在这部剧里首次使用"羡慕嫉妒恨"。该剧播出之后,此词被广泛接受和使用。她敏感地发现"羡慕嫉妒中其实还包含了恨"。一词叠加三种情感,足见人心是多么富有。只要作家愿意开挖,就可源源不断地掘出新语。当年,若不是胡适先生最早使用"讲坛"一词,也许今天我们都还不知道"讲坛"是个什么玩意;若不是翻译家傅雷先生初次使用"健美",也许后来者会把"美健"当作"健美"运用。你知道吗?"家政"一词是作家冰心于1919年在《两个家庭》一文中率先写出。

今天,中国的新词句除了来自作家们的创造,更多的则来自网民。过去网民注册大都不用真姓实名,交流、骂人或者恶搞(恶意地搞笑)都有一块遮羞布挡住,敲起字来无所顾忌,想象力超强,身心放松,蔑视规矩,敢于冒犯,拒绝格式化。他们造字,比如"囧"。这个几乎被忘记的生僻字于2008年开始在中文地区的网络社群异变为一种表情符号,成为网络聊天、论坛、博客中使用最频繁的字之一。它被赋予"郁闷、悲伤、无奈"之意,并由此衍生出:"囧吧"(交流囧文化的场所、论坛或贴吧等);"囧倒"(表示被震惊以至达到无语的地步);"囧剧"(指带有轻松喜剧色彩、缺乏深度的电视剧)等等。他们造词,比如"脑洞大开"(意为想象天马行空,联想极其丰富、奇特,甚至到了匪夷所思的地步);"脑残"(指大脑残废,蠢到无可救药);"刷脸"(指一个人靠脸面找关系办事);"霸气侧漏"(意为一个人的霸气产生量过多,引起别人反感,进而调侃他的霸气连卫生巾都挡不住)等等。他们造句,比如"求心理阴影面积"(指心理不高兴或郁闷的程度);"吓死宝宝了"(意为吓死我了)等等。他们改变词性,比如"萌",本来是指"草木初生之芽",但现在这个字却被用来形容极端喜好的人或物。由于"萌"文化的广泛流行,什么"萌萌哒"(太可爱的意思)、"卖萌"(刻意显示自己的可爱)和"萌神"(指那些长得可爱的男人,也特指NBA运动员斯蒂芬·库里)等等新词应运而生。甚至有网友把"萌"字拆成"十月十日",提议把每年的"双十"日定为"卖萌日"。

中国网民数量惊人,新词新句一楼一楼地出产。有的词句刚一上传随即溺毙。有的大红大紫,却因"纯属恶搞",在抽搐痉挛伸缩一段后被无情淘汰。比如曾经创造过网络点击与回复奇迹的"贾君鹏你妈喊你回家吃饭"一句,就经历了从美艳变成黄脸婆的过程,今天再也无人宠幸。网络词句快生快灭,传统作家几乎不屑于使用，生怕这些新词新句拉低作品质量，抑或降低自己身份。然而细思，我们必须明白，躺在词典里的某些贵族级别词语，当年也是出自贩夫走卒、引车卖浆者之口。鲜活的语言往往生长于民间，而今天的网络平台其实就是过去的民间社会。任何优秀的语词都建立在海量的不优秀之上，也就是说尽管网络上垃圾语言过剩，但总有一些可爱的精辟的词句脱颖而出。任何一个作家都不好意思拒绝使用优秀的民间语言，因而，也就没理由鄙视优秀的网络词句。即便你鄙视，"一言不合"（最近网上流行的句式，意思是一不高兴就干别的去了）它们就会悄悄地发芽，生长，甚至茂盛。比如"屌丝"（是庶民、平头百姓或穷人的自嘲似称谓）一词，多少人恨得咬碎牙齿，但它就是顽强地被屌丝们使用着。就像当年作家王朔发明"知道分子"（是中国当代知识分子的贬称，意为知识分子应该是从事创造性的精神活动的人，而当代的知识分子没有这种能力，他们充其量只是比常人多知道了一些事情而已），一开始也有人"水土不服"，但久而久之你又不得不服。好的词句，它会自行生长，不管你待不待见。如果你充耳不闻，也许若干年之后你会看不懂年轻人写的文章，甚至听不懂他们在说什么。

我是网络新词句的拥趸，在去年出版的长篇小说《篡改的命》里使用了如下新词句："死磕（和某人或某事作对到底）、我的小心脏（用小来强调惊讶程度之大）、抓狂（非常愤怒而又无处发泄）、走两步（亮出你的本事）、型男（新一代魅力男）、碰瓷（一些投机取巧，敲诈勒索的行为）、雷翻（因惊讶而吓倒）、高大上（高端、大气、上档次，多用于反讽）、我也是醉了（表示对人物或事物无法理喻、无法交流和无力吐槽等）、点了一个赞（赞同，喜爱）、装B（卖弄，做作，掩饰与伪装）、duang（加特效，含戏谑性很好玩的意思）、弱爆（太弱了，弱得太离谱了）和拼爹（比拼老爹的本事，靠老爹过上好生活）"……有人提醒这过于冒险，甚至被一些专家当创作缺点指认。但这些词句过于强大，它们在我的写作过程中几乎是自动弹出，而我也无意回避。它们散发今天的鲜活气息，对我们的社会现象和心理状态重新命名，准确生动且陌生。我相信，这些新词句是社会环境、情感生态和思维方式发生改变后的产物，它们沾满了这个时代与这个国家的特殊味道。所以，我不相信不在现场的作家能够写好中国小说。假如他离开了这里的空气、雨水、气温、阳光、风和泥土，又怎能感受到身处其中的况味？更不可能体会因某一点点改变就孕育出来的新词新句。

这也是国外汉语翻译者所面临的翻译难题。

（本文参考、引用了《新词新语词典》及孙绍琪《〈现代汉语词典〉对"鲁迅词汇"的收录过程》的部分内容，并使用了"百度搜索"，引用了"百度百科"中的部分词条，特此说明并致谢意！）

先锋小说的变异

我是来讲故事的，这句是戏仿先锋小说的叙述。我真是来讲故事的，这句不是戏仿。我讲三个故事。

第一个，有一位导演跟我说，技术很重要，比如我在北京的咖啡馆拍一个×××喝咖啡的镜头，然后我再在广西拍一场大火，喝咖啡和大火本不相干，但只要我把这两个镜头剪到一起，你会觉得有故事。如果在大火和喝咖啡之间跳接一次，你会奇怪面对一场大火这个人怎么如此冷漠，但跳接三次以上，你可能怀疑这场大火与这个喝咖啡的人有关……当年我正是带着对技术的迷恋，开始阅读先锋小说。我阅读先锋小说是为自己推开了一扇窗，而先锋小说作家们又为我推开了另一扇窗，我从他们那里开始，去寻找他们的来路，因而阅读了大量的西方现代派小说。今天我们谈论先锋小说的时候，不能撇开当时的环境来谈。先锋小说兴起于20世纪80年代中期，那时刚刚改革开放，每个人都有求变求新的渴望，别的变不了，但小说还是可以变一变的。很感谢小说的变化，安慰了读者们求变的心情。在先锋小说之前，有伤痕文学、改革文学、寻根文学。但先锋小说出现之后，很多寻根文学的作家也在求变，他们与先锋小说相互激荡，形成文学创新的局面。先锋小说是对中国传统写作的一次变异。

第二个故事，20世纪90年代中期，我在一个报社工作，那时候的通信还没今天这么发达，打电话只有座机，而长途电话只有主任的座机开通，因为长途电话费很贵，下班的时候主任会把座机锁起来。座机上有一个锁，只要一扭，就只能打市话不能打长途。但有人告诉我，只要在座机上同时按★键和一个数字键，就可以解码打长途。我们试了几次，偶尔能打通，但按这两个键时手指必须配合得恰好，否则怎么也解不了码，即使你的手指在座机的键盘上像弹钢琴，十有八九打不通。一位编辑灵机一动，直接把主任座机的电话线拔出来，接到我们没上锁的座机上，终于通行无阻。先锋小说其实也面临过与读者无法打通的问题，他们敲击电脑的手指也像弹钢琴一样好看，却没法解码，于是，他们像那位编辑一样直接拔掉上锁的座机电话线，接到没上锁的座机上。这样一来，他们跟读者的长途电话终于打通了。莫言说过他要在写作上"大踏步地后退"，就是回到民间立场上。余华写了《活着》《许三观卖血记》，苏童写了《妻妾成群》《红粉》等一系列好读的小说，格非写了《江南三部曲》，他说写到第三部的时候，明显感到原来的叙述不适于叙述现实生活，所以要改变。他们自己改变了，或者也可以称为先锋小说的自我变异。他们这些小说，如果不打上先锋小说的标签，我们也许不会注意它们是先锋小说。这些小说已经回到了故事，回到现实，成为新的经典。像余华的《活着》前年卖了八十万册，这是相当惊人的一个数字，这个数字证明有人在勤奋地阅读他们。他们的写作就像治疗胃病，吃多少药都没用，而是靠自我修复。许多原来学习先锋小说写作的作家一直不变，师傅都跑了，他们还在原地做俯卧撑。

第三个故事，一个外出打工的青年回到家乡，他得了一种病，这种病能通过身体接触传染，结果，他媳妇被传染了，他媳妇被传染后他父亲被传染了，他父亲被传染后他母亲被传染了，他母亲被传染后村长被传染了，村长被传染后全村人都被传染了。先锋小说也有传染性，他传给了像我这样的"新生代"作家。我们继承了先锋小说的创新精神。我们一直是先锋小说的旁观者，曾经跟着先锋小说的作家们跑过步，但我们先天地注意故事和现实，然后再加入他们的创新精神。不可否认，我们是被先锋小说传染的一代作家。同时，先锋小说传染了网络作家，比如先锋小说对历史与现实的悬置，这个方法网络作家正在大量使用，他们悬置历史与现实，虚化背景，也许这种写作方法是中国作家的宿命，只有虚写历史与现实，才可能写出历史与现实的真相。先锋小说把先锋精神传染给了各种写作流派，但我们也必须承认，先锋精神是有原生性的，也就是说从来没有阅读过先锋小说的作家也同样有可能具备先锋写作精神，这是创作者的本能。有时候我想，先锋写作是不是把它的荒诞性传染给了现实？因为我觉得现实越来越荒诞，然而我回过去想，难道从前的现实不荒诞吗？它比今天也许还荒诞一百倍，只是那时候我们没感觉到荒诞而已，也就是说我们今天对荒诞的感受比从前更敏感了。这种对荒诞性的敏感，是西方现代派小说传染的，先锋小说也有传染之功劳。因此，传染是先锋小说的第三次变异。

"先锋小说"的写作在今天貌似终结了，但先锋精神并没有终结。我多次说过，我的写作就是要跟人家有点儿不同，这其实就是当年的先锋精神。我曾经受惠于先锋小说，曾经得到过先锋小说作家们的切实帮助，比如苏童在离开《钟山》杂志的时候，曾经把我的小说推荐给《作家》杂志的宗仁发发表。我的新长篇《篡改的命》得到余华兄不遗余力地推荐。因此，每当我一遇到这些作家，就有一种找到组织的感觉，天然地有亲近感。

从"马航失联"扯到中国编剧

正当"马航失联"事件在国际上吵得沸腾之时,中国的某编剧与某演员也因为剧本能不能修改而争论不休。一个关乎生命,一个关乎职业道德。两者似不相干,却可以联想。

开始,我渴望"马航失联"的新消息,期望能尽快找到飞机,希望看到生还奇迹。但三四天之后,期望渐渐落空。因为马方每天都在发布相互矛盾的信息,媒体捕风捉影、写手编造故事,真相越来越模糊。先前单纯的期望变成好奇。好奇心一旦滋生就会上瘾,以致到了猎奇地步。为了博眼球,当然也是为了推理真相,有人开始把这个事件跟美国阴谋、恐怖分子、南海危机、马军方等联系在一起,编出了一个个触目惊心的故事。它已经不是新闻了,而是剧本。马方新闻发布人、媒体、记者和写手均是编剧。

就这么产生了,一部电视连续剧或者一部电影都是从故事开始的。再大牌的制片、导演和演员恐怕都无法否认:剧本是一剧之本。目前,一部定购剧本的产生,大都是由制片方和编剧先讨论好主题、人物和故事方向,再由编剧写出提纲,提纲获得制片方认可后,编剧再进行剧本创作。剧本获得认可后,制片方再进行拍摄。有的导演会在讨论提纲时进入。只有无制作经验或胆大的制片方才敢在剧本没成熟的情况下贸然拍摄。这是特例,虽然这种特例特别多,但不属于本文讨论范围。本文只说成熟的剧本。

在中国,剧本被演员和导演临时修改是家常便饭。因为,演员在演的时候或者导演在导的时候可能遇到了难题,他们觉得台词不准确,故事不合理,因此要修改。这种修改并不是都不准确,碰到好导演、好演员还能给剧本加分。但是,给剧本减分的也屡见不鲜。原因是一些导演和演员是临阵磨枪,他们在来剧组的路上才刚刚看完剧本,有的演员甚至只看自己演的那部分。于是,每一个演员只为自己的角色考虑,而忽略了整个剧本的结构。因此,他们在修改剧本的时候，可能给本角色加分了，却给整个剧带来伤害。如果在好莱坞，临时修改剧本几乎不可能。他们的拍摄精细到每个字，修改须经制片方和编剧同意。但是，中国的这个行业还属于粗放型，修改者肆无忌惮，被修理者麻木不仁。只有少数大牌编剧或视剧本为生命的人才会提出抗议。

除了原创剧本，好多影视剧都是改编自作家的作品。多年前，一位著名作家说她的小说被改编后，她基本不关心改得怎么样，甚至根据她的作品改编成的电视剧在电视台播出时她都不看。她觉得那已经不是她的作品了，或许惨不忍睹。余华说刚看电影《活着》时，他不适应，觉得不是自己的作品，后来看多了，才慢慢接受。现在很多编剧写剧本就是为了赚稿费。只要稿酬到手，不管制片方拍成什么样子。其实，在现行的规则下，一个中国编剧想要维护剧本尊严，想要拍摄者和演出者原封不动，几乎属于天方夜谭。这个行业还没精细到这种地步，也鲜有达到一字不改的剧本。没有拍摄的详细立法，也无准确的行规。所以，编剧们抱着"既然管不了何必费心思"的态度，基本甩手不管。少有编剧把剧本当作品。而在夏衍先生那个时代，他们是把剧本当成文学作品来看的。既然编剧都不把剧本当文学作品，那演员和导演刀砍斧凿就在所难免。

似乎编剧们大都是见义忘利之辈。其实非也。他们何尝不想把剧本写成名著？何尝不想让自己的剧本完美地呈现？我相信所有的编剧刚开始的时候，都心怀这样的梦想。但是慢慢地，他们就失望了。一些制片方不尊重他们，常常以收视率和商业因素为由，无视艺术规律，强行修改剧本。在多头制片的剧组，各种意见相互矛盾，编剧们把剧本改来改去，最后又改回原样。某些制片方还恶意拖欠尾款，让编剧对这个行业充满失望。此外，某些导演也不尊重他们。碰到特别自恋的，常常会在片头挂上"某某人作品"。只要导演这么一挂，编剧的劳动、演员的劳动、作曲的劳动基本都被抹杀。香港的导演较守规矩，他们即便在片头挂名，也是挂"某某人导演作品"；内地部分导演这些年也陆续地在"作品"前加上了"导演"二字，这才属于良性。

再看看某些影视节，竟然没有编剧奖。中国大学生电影节就没编剧奖。不是说编剧们想要这个奖，其实也没奖金，而是想说明这个节对剧本忽视到什么程度！奥斯卡电影金像奖分设改编剧本和创作剧本两个单项奖，可以看出他们对剧本有多重视。影视节无剧本奖应该算个笑话，而我们却习以为常。再看看我们的媒体吧，介绍影片的时候，只有主演和导演，无编剧。报道影视奖的新闻有时只有主角奖、导演奖、配角奖，却掐掉了编剧奖。某媒体在复播奥斯卡颁奖典礼时竟然剪掉了编剧奖环节。是编剧们斤斤计较吗？恐怕不是。这种集体的漠视，让编剧们的自豪感没了。而自豪感恰恰是一个行业发展的动力，在解决温饱之后它的重要性甚至超过稿酬。

　　有人感叹，在中国做编剧，除非你做成大牌，否则就是弱势。而大牌都是从不是大牌开始的。只有尊重非大牌，才会出更多的大牌。编剧们为作品取标题、为人物取名字、写台词，为剧情画图纸，算得上是一部剧的设计师了。如果我们对设计师不尊重而只尊重施工队，那必然造成这个行业的恶性循环。不可否认，尊重编剧的制片、导演、演员和媒体越来越多，以上列举的偏见不含这些"有良"人士。至于某编剧与某演员的争执，因本人不了解具体情况，保持中立。写完最后一句，我又要刷屏关注"马航失联"。我已经被故事牵引，深深而不能自拔。

关于小说的几种解释

倾诉与聆听

我出生在中国南方的一个小山村，村庄里发生的事就像一部部小说，甚至像今天报纸上的"连载"，张家、李家的事，包括偷情，一天一变，大都公开透明，连黄毛小儿都拥有知情权。而村民的吵架，仿佛电视剧的台词，只要你稍微竖起耳朵，不用天线就能收听或者观赏。这种高度透明，让我过早地知道为人的艰难，人情的险恶……星期天，我常扯着母亲的裤脚赶集。她一边走一边倾诉，把不敢示人的委屈和怨言一并倒出来。长长的山路上只有我一个听众，有时听着走着我竟然睡着了，稀里糊涂地走了十几步，在即将跌倒时一激灵醒来，发现母亲还在滔滔不绝，顿时觉得对不起她，于是，又张起耳朵听，争取不漏掉一个字。

这种倾诉与聆听的关系，深刻影响我对小说的理解。我以为小说就是释放自己的懊悔和积怨，倾吐自己的秘密，以博取别人的同情。我的长篇小说《后悔录》，就写了一个倾诉者曾广贤，他在没有听众的情况下，花钱请按摩女听他讲自己的"后悔"。他讲得投入动情，而按摩女的心思却在"计时收费"，好像曾广贤只是为了倾诉而倾诉，并不在乎听者的态度。后来，他又把自己的讲述转移到父亲床前，没想到他的"后悔"竟然让十三年来没有知觉的父亲流出了眼泪。潜意识里，我把读者当成了"按摩女"和"植物人"，自信我的小说就是木头看了也会感动。早在写中篇小说《没有语言的生活》时，我就开始处理倾诉与聆听的关系，瞎父王老炳叫聋儿王家宽买长方形的、能在身上摩擦的肥皂，结果王家宽却买回了一块毛巾。看上去，这像是读者对小说的误读，也像是儿子挑战父亲，再追问下去，恐怕就是我在调侃母亲了，因为她当年的讲述也曾被我误解和歪曲。然而,再仔细一想,我又何止是在调侃母亲?今天有太多的讲述被误读和被忽略,比如成堆的小说有多少读者?会场里又有多少人在认真聆听领导的发言?有人说 MP3 的热卖和短信的狂增,原因就是我们说空话的会议太多,听者不得不用听音乐和发短信打发时间。尽管倾诉与聆听的关系如此紧张,但我还是怀抱幻想,就像哑巴蔡玉珍被人欺负之后用动作告诉聋子王家宽,王家宽再转告瞎子父亲那样,他们毕竟沟通了,尽管艰难。如果说聋、哑、瞎三人的沟通是对现实的隐喻,那我还不如说是隐喻写作与阅读。即使读者闭上了眼睛、关闭了耳朵,但作家却不能把自己变成哑巴,他要滔滔不绝地写,让读者的眼睛和耳朵重新打开。

现实比小说荒谬

钱锺书在一篇文章里说,最好不要让孩子看太多的童话,因为童话里"善有善报,恶有恶报",正义一定战胜邪恶。但是,等孩子们长大了,他们就会发现社会根本不是童话,恶意有时候会收获善良,而善心却难免会遭遇恶报。这种错位,仿佛电脑搭错了线,鸡蛋里长出了骨头,美女偏偏嫁了个丑男。现实是没有逻辑的。当童话的逻辑碰上了现实的没有逻辑,那我就会感到措手不及。

美国商家在"9·11"事件之后推出"钢板地下室",只要装上这种钢制的地下室,如果再遇到恐怖袭击,购买者就可以躲在里面生活两到三天,等待救援。这则新闻让我想起奥地利作家卡夫卡的小说《地洞》。八十多年前,卡夫卡写了一只小动物,因为害怕更大动物的袭击挖了一个地洞,用尽心机在里面设置岔道和逃生之路,以为这是世界上最安全的地方。挖好之后,这只小动物还是不敢住在里面,而是躲到洞口对面的草丛,偷偷观察什么样的动物会来袭击自己!那只小动物的恐惧,与今天遭遇了恐怖袭击之后人们的恐惧是何其相似!现实证明了作家的预言,也不断地超越作家的想象。与其说作家在现实中发现了荒谬,还不如说是越来越荒谬的现实让小说不得不荒谬起来。美国作家马克·吐温早就发现了生活的荒谬性,他说:"人人都生活在可笑的状态中,可是人人都不知道这一事实。"

当报纸和电视大规模地展示全世界穷人们的痛苦时,我写了中篇小说《痛苦比赛》,说一美女征婚,希望嫁给有痛苦的人,于是几个小伙开始编造、合并痛苦，让其中一人去应征，仿佛谁拥有痛苦谁就拥有资本。在应征过程中，他们所编造的痛苦被生活一一验证，最终尝到了痛苦的滋味。古希腊的悲剧中，俄狄浦斯的女儿说："我不愿忍受两次苦：经历了艰苦，又来叙述一次。"而传媒为了自己的收视率和销售量，每天都在上演假惺惺的同情，丝毫不考虑痛者的感受。1999年，我发现了身份跟身体分离的荒谬，写了中篇小说《不要问我》。大学副教授卫国因酒后失态，被学校处分，提着皮箱南下。火车上，他的皮箱被盗，证件、金钱和物品全部丢失，于是他要在另一个城市不停地证明自己是谁，生活中最需要的东西他都说连同皮箱一起丢了，以至于他的皮箱根本装不下那么多东西。没有人相信他，他不得不背诵自己的简历，生怕自己把自己忘记。我以为这是一个了不起的思考，它至少描述了人类的"自我丢失"。但是小说发表后不久，有位读者给我寄来了一则新闻，我才惊讶地发现类似的事情早已在生活中发生。

这则新闻说，1988年一位流亡国外的伊朗人纳塞里打算途经法国到英国，再从英国去比利时。当他抵达巴黎戴高乐机场时，发现能证明自己难民身份的文件和护照丢失了。他不得不滞留在候机厅，等待自己的身份被确认。比利时有关部门表示他们的文件足以证明纳塞里的难民身份，但必须要纳塞里亲自到比利时领取文件。而法国边检却因为纳塞里没有护照和身份证明无法让他入境。纳塞里出不来、回不去，不得不待在戴高乐机场，一待就是七年。想象的荒谬竟然被生活证实！可惜小说无力，不能制止荒谬的事件发生。难怪纳博科夫要说："文学创作的目的只是自娱和娱人，是为了展示人类想象和创作的魔力，而并非是为了自以为是地改造社会。"

想象比道路还长

十三年前，我在一家报社上班，只有主任的电话机可以打长途。编辑们都想占小便宜，可主任的电话机是锁着的，尽管我们用两个手指同时按免提键和"米"字键，能打长途的成功率也只有百分之零点几。一天，有位编辑把她桌上的电话机拿过来，拔掉主任电话机的入线，直接插到她的电话机上打了起来。我顿时惊得目瞪口呆。一个没有想象力的人只会在电话机的键盘上打主意，而一个有想象力的人竟然把锁住的电话整个换掉。这正如中国古代思想家庄子所说："窃钩者诛，窃国者诸侯。"意思是偷钩子的人被杀了，而偷窃一个国家的人却得以封侯。好的作家必须有把整个电话换掉的想象力，而不仅仅是偷窃一个钩子。

美国"9·11"事件像一盆冷水迎面泼来，让我们这些自以为聪明的人看到了恐怖分子的想象力，因为他们在没有炮弹的时候，竟然把飞机当成了炮弹。而在第二次"伊拉克战争"中，我们又看到了美军的想象力，他们把通缉犯印到扑克上，让士兵们的休闲娱乐也变成了工作。小说家们经常抱怨读者越来越少，但是不是也应该反省一下我们的想象力？当生活不断地超出想象，而小说却总是没有惊奇的时候，谁还愿意浪费时间阅读小说？作家卡夫卡在小说《变形记》里有想象力把人变成甲虫；中国16世纪的小说家吴承恩在长篇小说《西游记》里，有想象力让孙悟空个一筋斗飞越十万八千里，他可以上天可以入地，还可以钻入妖魔的肠胃。我必须真实地承认，想象力曾经是小说吸引我的原因之一。

1951年法国作家让·萨特写出了戏剧《魔鬼与上帝》，主人公格茨为了证明自己的存在，先做恶人，再做善人，最后发现"不再有天国，不再有地狱，只有人间"。格茨摒弃了世俗的善恶观念，转而加入到人的行列中来。这个戏剧公演之后的第二年，意大利作家卡尔唯诺发表了小说《分成两半的子爵》，小说写了一个叫梅达尔多的中尉在战场上被炮弹击中，分成了两半，先是恶的那半回到家乡，尽做恶事，乡亲们怨声载道；后来，善的那一半也回来了，尽做善事，却同样遭到了乡亲们的诅咒。一天，善与恶两半持剑决斗，鲜血把分开的两半重新黏合成一个完整的梅达尔多。这个在恶与善之间徘徊的主题，被两个作家在相差不到一年的时间里描写，却丝毫没给我雷同、抄袭的感觉。原因就是后来者卡尔唯诺有巨大的想象才能，他用变异、夸张的手法完成了萨特完成的主题。

我的中篇小说《没有语言的生活》写了聋、哑、瞎三人，组成一个"看不见、听不到、说不出"的家庭故事，能把这三个人放到一个家庭里，是需要想象力的。因此，这个小说在中国获得了好评。但是有一天，我看到了日本作家川端康成的传记，说他小时候为了跟瞎了的祖父共同读完一封信，要不停地在祖父手心写下认不得的字。我为这样的细节没出现在小说里而自责，终于明白想象比任何道路都长。乡村成长的背景，年少时对远方的强烈渴望，使我的想象力变得贪婪。我的中篇小说《目光愈拉愈长》写儿子失踪之后，母亲刘井的目光竟然可以穿越山梁、天空，到达城市，看见儿子穿着一件洁白的衬衣,坐在一张餐桌前吃着雪白的米饭。法国作家米兰·昆德拉在《雅克和他的主人》中写道,当雅克和主人不知走向何方时,雅克说朝前走。主人说朝前走是往何处走?雅克说前面就是任何地方!我以为,这就是小说的想象力。

相信身体的写作

今天,凡是和文学沾边的人都感觉到了读者的严重流失,曾经亢奋的文学不得不接受疲软的现状。有人说这是文学回到正常,有人说这是读者不思进取,也有人说不读《红楼梦》难道会影响生活质量吗?文学留给文学工作者一片哀叹和反思。但是,我分明又看见广告在寻找诗意,新闻在讲故事,短信在优化语言,网络在展开想象,影视在吸收思想。文学似乎又无处不在,它的寄生能力好像从来没这么强大过,人们对它的需求也从来不曾熄灭,只不过是把整车皮、集装箱似的进货变成了各取所需的零星采购,在过去"来单照收"的流程上增设了验货关卡,读者对文学的衡量不再是一把尺子,写作的标准因此越来越多。

过去作者们只为文学杂志写作,以能登上名刊为荣,也只有发行量大、影响广泛的刊物才有能力把陌生者变成名作家。文学杂志几乎是作者们成功的必经之地,想要出名就得先在这里接受考验,所以,大部分作者都在文学杂志的标准下构思。但是现在,写作的道路纵横交错,作者们完全可以绕道而行,不想上杂志的直接在出版社出书,不想出书的直接把作品挂到网上,也可以先写影视剧本再改成小说,或者让作品参加各种大大小小的文学评奖……每一种模式都有其标准:杂志有文学的基本标杆,出版社有市场判断,网络有点击率,影视看票房和收视,评奖看主题。写作有了更多的去处,获得了更大的自由,再也不用担心吊死在一棵树上。

虽然多种标准让写作有了繁荣的可能,作者们曾经千呼万唤的创作环境也终于出现,问题是宽松的环境常常伴随降低标杆的危险,作者们完全有理由在各个标准之间游弋。获不了奖可以用发行量来安慰,上不了杂志能在网上赢得点击率,出版不了的小说有影视公司改编,卖不动的书或许能被评论家叫好。写作者们照搬阿Q的"精神胜利法",在这里受伤到那里抓药,很少有失败感。写作变成了一件最容易的事，它受宠于过度的自由，最终把多种标准变成了没有标准。只有对此足够警惕的作者，才有可能维护文学的尊严。"因为对于我来说，每一本书都比前一本书难写；文学的进程越来越复杂了。"加西亚·马尔克斯就曾经有感而发。

但是，对于我来说，写作绝对有一种不变的标准，那就是"身上响了一下"。这是爱因斯坦的理论，当他看到他的计算和未经解释的天文观测一致时，他就感到身上有什么东西响了一下。借用到写作上，"响了一下"可能是发现，也可能是感动，甚至是愤怒。没有人敢怀疑写作是脑力劳动，"思考"曾经是写作的最高追求，不少作家都有以小说达到哲学高度的企图。但是，格言不利于情感表达，说理不等于小说。有觉悟的写作者于是呼唤心灵，主张用心灵写作，忠实于自己的内心，批评过分的智力游戏，抛弃对脑子的过度依赖。这样的写作要求似乎已无可挑剔，然而纳博科夫却不满足，他说他的作品主是为那些具有创造性的读者——那些不是仅靠心也不是靠脑，而是靠心灵和大脑和敏感的脊背一同阅读的艺术家而准备的，这样的读者能从脊背的震颤中感受到作者想传达给他的微妙的情思。纳博科夫"脊背的震颤"就是爱因斯坦的"响了一下"，他们都强调身体的反应。由此可见，写作不仅是脑力劳动，还是心的事业，更是身的体验。所以，米沃什说："诗人面对天天都显得崭新、神奇、错综复杂、难以穷尽的世界，并力图用词语尽可能地将它圈住。这一经由五官核实的基本接触，比任何精神建构都更为重要。"

这才是真正的"身体写作"，它不是"脱"也不是"下半身"，而是强调身体的体验和反应，每一个词语都经由五官核实，每一个细节都有切肤之感，所谓"热泪盈眶、心头一暖"都在这个范围。如果写作者的身体不先响了一下，那读者的脊背就绝对不会震颤。所以，每一次写作之前，我都得找到让自己身体响起来的人物或者故事，我愿意花更多的时间来寻找和发现。不管写作的标准有千条万条，我相信只有发现秘密、温暖人心、触动神经的文学，才会在低门槛前高高地跃起，才有可能拉住转身而去的读者。

要人物，亲爱的

如果向作家们发一次问卷："什么是你写作中最兴奋的？"那答案肯定不止一个。有的人为结构熬白头发，有的人为字词拈断胡须，有的人为命运彻夜不眠，甚至有的人为写得更长、更像史诗得了肺结核……法国作家彼埃蕾特·弗勒蒂奥坚信她母亲的教诲："要让人看懂，就要写短句"，于是句式成了她写作的鸦片。海明威为了不写废话，主张站着写，要是用他这种方式去写福克纳的小说，不患关节炎那才叫怪。但是我们并不能因此说，由于福克纳的句子过长就不是好作家，只不过是作家们的兴奋点不重合。

那么，写人物会不会是作家们一致的兴奋呢？一点儿也不敢肯定。有的作家为了表现物对人的占领，通篇没有一个人物。韩少功先生的近期短篇《801室故事》，也始终没让主人公出场，而只写主人公住房里的用具。这种反人物的写法，令人耳目一新。而一些以塑造人物为己任的作家，洋洋几万言甚至几十万言，尽管把人物的资料凑得比人事档案的记录还齐，但读过作品之后，你就是记不住那个人物，既看不到心理动机，也不知道台词的来由，更别想在读者的心里留下擦痕。所以，写不写人物并不是评判一个作家优劣的唯一标准，但是作家只要把人物写好，那就准如给自己挂了一块金牌。

看看我们所推崇的文学大师，哪一个的笔下不站着一排人物？那是一些不朽的人物，他们比作家的寿命还长，影响更为深远，一般的读者甚至可以不知道鲁迅，却知道阿Q；不知道托尔斯泰，却知道安娜·卡列尼娜……我就曾在一篇文章里发现"约翰·克利斯朵夫"变成了作家，这个笔误可以说是对罗曼·罗兰最高的奖赏。前些年，有几个在文学教科书里被封为大师的作家去世了，我们在缅怀他们的同时，掰起指头数他们塑造的人物，凡是塑造了人物的我们就称之为真大师，凡是没有塑造人物的就被称之为伪大师。只要把作家放到人物这杆秤上一称，你就知道有多少作家被淘汰。可见，作家写人物是一笔很划算的交易，至少有被流传和不朽的可能。但是，回望20多年来的中国小说，却没有几个人物能让人记住。难道这些智力过人的作家们连写人物的常识都没有了吗？

好像不是。因为作家们有更紧迫的任务，比如要揭露，要控诉，要反思，要对中国文学进行形式上的启蒙；要宣泄、要反腐、要小资、要玩酷等，使塑造人物这一常识性问题被多数作家忽略。不可否认，这其中的部分作品曾给读者带来过巨大的惊喜和感动，许多评论家也为此欢呼。但是，当小说代替新闻的时代结束之后，当各种创作技巧都演示了一遍之后，作家们再向哪里去要好作品？写好人物无疑是一个最可行的办法，这就像终点又回到了起点，奢华之后回到朴素。

对塑造人物的忽视，不光是作家们的罪过，其中也有市场和文学杂志过剩的功劳。那么多的文学刊物，每天都需要填充版面的文字，写不写好人物绝不是当务之急，关键是能够打字。王朔当年说凡是女作家只要能写出字来就是作品，而一写出稍微像样的作品就是名著，这话现在完全可以延伸到男作家们的身上。我们的文学创作一直都是广种薄收，低成本运作，现在好不容易有了版税，作家们难免以次充好，急着编故事，哪还有闲工夫琢磨人物。另外，这么些年来，也很少有评论家敢浪费笔墨，详细地分析某篇作品中的人物，他们宁可鼓励作品里的概念，鼓励作家的为人，宁可给作家们分门别类，也不愿意去鼓励作家们塑造人物。但是，以上的原因绝不能成为作家们不塑造人物的理由，主要还在内因，如果作家们写不出好的人物，评论家为什么不节约纸张？

事实上，每一个作家在写作的时候，都不会不写到人物，就是写故事也离不开人物去实现。问题是，作家们是以人物来构思故事呢，或是为了讲故事才涉及人物？如果把写好人物放在首位，那就不是讲一个完整的故事，而是在说一个人物的是非、短长，有时甚至可以忽略时间和空间，这就是为什么卡夫卡笔下的甲虫，加缪笔下的局外人能够打动读者的原因。哪怕像阿Q拿着偷来的萝卜跟尼姑狡辩："这是你的？你能叫得它答你么？"这么短短的一句，也是作家深思熟虑之后的下笔，它足以塑造阿Q耍赖的性格。而今天，造成文学人物大面积缺失的原因，作家欠功力是一个方面，另一方面就是作家们根本不以塑造人物为己任，而是以堆砌字数换稿费为目的，写出来的人物要么太符号、太扁平，要么就是太苍白，故事讲完了，人物却没立起来，只留下一个平庸的姓名。

　　但是，要写好一个人物多么不易。简单地写写忠、奸、善、恶，那不过是在重复古典或武侠小说里的伎俩。那些人物代表人类的基本情感，仿佛矿石的表层，每一个作家都有可能在上面捞到好处，却没有创新的喜悦，要靠这种类型化的人物，去打动见多识广的读者，难度不小。我们缺乏的不应该是这样的大路货，而是那些躲在心灵深处的，需要我们不断勘探和挖掘的人物，他们和今天的每一个人都有关系，却生活在心灵的"秘密地带"，也许是心灵的一闪念，也许是神经末梢的震颤，就像鲁迅的阿Q和孔乙己，纳博科夫的亨伯特，陀思陀耶夫斯的拉斯柯尔尼科夫，托尔斯泰的聂赫留朵夫，卡夫卡的约瑟夫·K，加缪的默而索，凯尔泰斯的柯韦什……这些人物不是挂在墙上的画，供我们欣赏；不是窗口外面行走的某某，供我们观察；而是一面镜子，只要我们一看，自己就在里面。我的身上，既有阿Q和孔乙己的秉性，也有拉斯柯尔尼科夫寻找借口的能力；有聂赫留朵夫似的忏悔，也有约瑟夫·K的原罪；在极其艰难的环境里，我会有柯韦什的快乐；在悲伤的时刻，我也有默而索的走神。他们就像人的各个侧面，被放大了，让敏感的读者面红耳赤。

　　所以，文学作品中缺的不是人物，而是缺那些解剖我们生活和心灵的标本，缺我们还没有意识到的那一部分，如果达不到这一水准，那我们充其量也就是在对人物进行素描。许多作家以为自己塑造人物了，其实他只不过是在素描，津津乐道于主人公的服装、别墅、轿车，详尽人物出入的场所，喝的什么饮品，与什么似乎都有关系，就是跟我们的心灵没半点儿重合，这是塑造人物的天敌，必须引起足够的警觉。

　　而作家们真要写出几个好人物，拼的是眼功、脑功加坐功，拼的是时间和毅力，需要细心体会，感同身受，愿意把自己当一部生活的接收机，情感的试验器，这才是真正的身体写作！福克纳写一个人进入大宅不知道往哪儿走的时候，他这样写道："好像他在跟踪自己。"而我们的写作其实就是跟踪人物，那个人物不是别人，是我们自己，是我们的心灵。

　　起码近几年，我会像彼埃蕾特·弗勒蒂奥把"要短句，亲爱的"挂在嘴边那样，会不时提醒自己"要人物，亲爱的"。

好像不是虚构，而是现实

《篡改的命》是我的第三部长篇小说。上一部是2005年出版的《后悔录》，更上一部是1996年出版的《耳光响亮》。每部之间，相隔约十年。十年出一部长篇，在这个一切皆"快"的时代，确实有懒惰的嫌疑。但是，我喜欢十年一部长篇小说的节奏，原因是我需要这么一个时段，让上一部长篇小说得以生长，而不想在它出生后不久，就用自己的新长篇把它淹没。本人认为，写长篇就像种树，它需要"养护"，需要够多的肥料、阳光、雨露以及风霜的滋润和折磨。必须申明，我不是在故意模仿曹雪芹写《红楼梦》的时长，真要模仿也得先模仿他每天吃着隔夜稀饭写作。时长不能证明作品的质量，大把天才作家几十天就能写出传世之作。然而，在人人趋"快"的时候，总得有那么一两个懒汉站出来，拉低大家的速度，以求一个合理的平均值。往贬义上说这是为偷懒寻找借口，往褒义上说这是在"等等灵魂"。

2013年5月，我开始了这部小说的写作。就像写《没有语言的生活》时那样，我在写下第一行之后，便开始在书房里徘徊。这是一种写作习惯，也是不自信的表现。我总觉得马上下笔，肯定会把这部作品写砸，总觉得构思还不够精妙，主题还不够深刻，故事还不够震撼。这么犹豫着，犹豫着，一星期过去了。这是我徘徊的时间极限，如果一周时间还没徘徊出新的灵感，还没徘徊出新的想法，那就必须硬着头皮往下写了。好在这一周没有白费，许多新主意"咕咚咕咚"地冒出来，它们坚定了我写作的决心。尽管有的想法在后来的写作中根本用不上，但它们就像充足的弹药，一度给了我胜利的信心。

二十多年前，我的写作姿势是埋着头往前冲，可以称得上"不顾一切"。那时候，不在乎词语的重复，不在乎逻辑的混乱，也不管人物的行为是否前后统一，有的是一股猛劲，靠的是激情和灵感，也可以说是元气。但是现在，我的写作变得越来越犹豫，变得越来越难，就像加西亚·马尔克斯所言："每一本书都比前一本难写，文学的进程越来越复杂了。"过去我写完一个段落最多看两三遍，便接着往下，直到小说完成再回头看一遍。现在，我写完一个段落，至少看十遍，有的甚至二十遍，才敢往下写。原因是我想找更准确的词语，想找更牛 X 的细节，甚至我还有写作禁忌，那就是尽量不让下一行的标点符号对住上一行的标点符号。若是两行的标点符号对上了，看上去就像写诗歌，也破坏版面的美感。这个禁忌带来的好处，就是每当两行的标点符号一对上，我就得调整句子的长短，这种调整往往能让我找到更恰当的字词。有时调来调去，就觉得自己"神经过敏"，但我相信每个写作者都需要这种气质，越神经过敏越有可能写出好小说。

我依然坚持"跟着人物走"的写法，让自己与作品中的人物同呼吸共命运，写到汪长尺我就是汪长尺，写到贺小文我就是贺小文。以前，我只跟着主要人物走，但这一次连过路人物我也紧跟，争取让每一个出场的人物都准确，尽量设法让读者能够把他们记住。一路跟下来，跟到最后，我竟失声痛哭。我把自己写哭了，因为我和汪长尺一样，都是从农村出来的，每一步都像走钢索。我们站在那根细小的钢丝上，手里还捧着一碗不能泼洒的热汤。这好像不是虚构，而是现实。"我对自己作为一位作家的命运渐渐漠然，而对自己作为人的命运却愈发明确了。"（引自作家亨利·米勒《关于创作的反思》）

当然，"哭"不是文学的最高奖赏，特别是"自哭"。多年前，我参加过一场舞台剧的脚本讨论会，二十多个有关工作人员包括主演静听导演阐述，讲不到五分钟，导演已用去两包纸巾，他感动得一把鼻涕一把泪，但其余二十多人全都木然。为什么会出现如此大的反差？因为导演太投入，他已经进到戏里了，而别的人还在门口徘徊。作者的自我反应不一定百分之百的准确，但他无疑是第一个入戏的人。我曾经把"挽留即将消逝的情感"当作写作的任务，也曾把写作定义为"软化心灵"。我喜欢有情有义的朋友，也喜欢有情有义的写作，固执地认为感动就是人类写作的起点。

汪长尺不想重复他的父亲汪槐，就连讨薪的方式方法他也不想重复，结果他不仅方法重复，命运也重复了。但我在写作的时候，力争不重复，不重复情节和信息。比如，汪长尺把汪大志送走的那一段，我只写小文夜里回来，看见楼下站着一个人。她的腿当即软，原地蹲下。她知道汪长尺已经把大志送走了，但送走的过程我没有写。到了下一章，当小文想寻找大志的时候，我再让汪长尺一遍遍回忆：自己是怎样把大志送走的？在这次写作中，我留下了一些这样的空白。比如最后一章的最后一节，如果从破案开始写，几万字都不一定下得来，然而我放弃了，还是留空。我想在过去用力的地方省力，在过去省力的地方用力。此外，还用了一些电影的技巧，比如蒙太奇的运用。"小文去打胎"那一段，她跟汪长尺在工地上摔伤同时进行，似乎有奇异的效果。大量的前置叙述，制造了一些悬念。人物的对话，比没写剧本之前有所进步，比如："难道这是一个圈套？""绝对不是一根棍子。"像这样的对话，在没写剧本之前，我是写不出来的。我承认，在中国写影视剧本绝对破坏写小说的感觉，但不得不承认写剧本对写小说也有帮助。

断断续续地写，关掉手机来写，到了2015年5月下旬，南方酷热难耐的时刻，我终于诚惶诚恐小心翼翼地把这个小说写完了。我捧着它，就像捧着一枚生鸡蛋，生怕它"哗"的一声摔坏了。为了尽快得到该小说的基本评语，我把它发给对我创作一直关照有加的文友们试读，他们的评价蛮高，也许是鼓励吧。感谢余华兄在试读后，为该小说写短评。感谢《花城》临时撤稿，让小说尽快发表。感谢我没有一一点名的亲人和文友。是你们共同的帮助，才有了本书现在的模样。我会牢记你们慷慨伸出的双手，甚至会记住你们手上的指纹。

代跋 在命运的万壑千沟之间——论东西，以长篇小说《篡改的命》为切入点

张清华

> 不管你怎么去想，当末日审判的号角吹响时；我将
> 手拿此书，站在至高无上的审判者面前。
> ——奥古斯汀：《忏悔录》

> 莫之为而为者，天也；莫之致而至者，命也。
> ——孟子：《孟子·万章上》

假如说在世界上存在着一种以"忏悔"为模式的思维和叙述的话，那么在东方人的思维中，会存在另一种对人性与罪的思考。这同样也是一种哲学性的审视，但不会是从主体自身的"原罪"角度的认识，而是对于"命运"——某种来自客体异己力量的痛苦和惧怕的解释。

在我看来，能够将人世的不公和苦难，以哲学的发问和道义的审判合二为一的作家并不多，而东西是一个。眼下，书写底层苦难与社会问题的作品比比皆是。我相信这些描写是出自作家的正义感与责任心，但是有正义感和责任心未必就能成为真正的小说家，在更多的作品中我们所读到的，还只能是某些表层的社会问题，能够将其上升到一种哲学性的思考，将其放置于历史、人性、伦理与法则的多维尺度中来审视与拷问的作家，还凤毛麟角。而在笔者看来，能够将这样的命题置于上述维度思考的，也未见得就一定是成功的文学作品。真正成功的作品，应该是可以同时使之获得一个"恰当的形式"——用英国批评家克莱夫·贝尔的话说即是"有意味的形式"[①]，用更早的

[①] 克莱夫·贝尔：《艺术》，第4页，薛华译，江苏教育出版社2005年版。

康德的话说是"对象的合目的的形式"①——给予其符合美学规制的表达，方为成功之作。

显然，《篡改的命》就是这样的作品，它可以证明东西是作家当中的艺术家。这样说并非夸张，因为他的手艺好到可以把别人一般性地予以处置的题材，升华为一种历史的、人性的、哲学的甚至宗教的寓言，他还将故事的枝蔓修剪到了一个丝纹不乱的程度——从故事的逻辑中抽取出一种与之相匹配的人性逻辑或性格逻辑，一种合成为叫作"命运"的东西，并使故事与形式、内容与逻辑最终达成了完美的结合。从 20 世纪初的《后悔录》，到眼下的《篡改的命》，我认为东西的小说已臻于这样的境界。

与余华等早期的先锋小说家一样，东西是懂得"叙述的减法"的，当然，与其说是"减法"，不如说是"点金术"，或说是"故事的炼金术"。即他可以在"故事的逻辑"、人物的"性格逻辑"与"命运逻辑"同历史或现实的材料之间，找到一个准确无误的、不可替代的、经典的或与经典对称的形式——比如与《忏悔录》对称的《后悔录》。而这是小说家能够成为艺术家的关键，对许多人来说，流水账式的或者无可救药的任性而自我化的叙述，则是常态。严格地说，那样的作品还不是真正的小说，而只是未经冶炼的矿石，或者未经处置的材料而已。

一、寓意与及物，作为先锋叙事的延续与变种

假如从当代文学史的角度看，东西这一代作家在 20 世纪 90 年代的崛起，恰好处于先锋文学所向披靡的时期，所以无法不受到其影响。而作为年纪略小、出道稍晚的"新生代"的代表，他们又有其明显的标记：即更具有当下的现实感与世俗性。在他们那里，早期先锋小说的哲学化和纯形式的写法，为更"接地气"的现实意味所取代或中和，或者说，先锋写作热衷于哲学与寓意的形而上趣味，更多地为及物性的现实关怀所取代。这当然是一个不可避免的转向。因为在进入 20 世纪 90 年代之后，即使是作为先锋小说三剑客的余华、苏童、格非，也表现出同样的转向，比如《活着》《许三观卖血记》《欲望的旗帜》等作品的问世，便表现出了"对于叙述难度的搁置"，和对于近距

---

① 康德：《判断力批判》，第 72 页，邓晓芒译，人民出版社 2002 年版。

离现实中人之命运的痴迷。但在笔者观之，先锋小说留给当代文学的最重要的遗产，即是哲学寓意的熟练生成及叙事形式的自觉彰显。没有这些就没有当代文学的进步。假如说以莫言、马原、扎西达娃、残雪、王安忆、韩少功等开创和推动的1985年的"新潮小说"开辟了"寓言化"的写作的道路，那么稍后于1988年鹊起的"先锋小说"的主要贡献，便是"形式感"的真正彰显。限于篇幅，本文不拟在这里展开讨论这一文学史问题，但我愿意强调的是，寓意与形式的自觉正是打开文学通向哲学天地的门径，也是其迈向现代艺术的真正通途。

东西显然深受这两份遗产的影响。早在20世纪90年代的作品中就显示了他对先锋小说写法的迷恋，或者也可以说，20世纪90年代东西的作品，其实即可纳入到先锋小说潮流的范畴。他的短篇小说《反义词大楼》，便是用了寓言的手法，隐喻了黑白颠倒和是非不分的现实逻辑。在一座充满了权力的强制、关禁、暴力甚至色情意味的"十八层大楼"——不免让人联想"十八层地狱"之中，一位叫作李果的教师，在用了洗脑的方式，训练数十位年轻人如何将"不爱"说成"爱"，将不喜欢和不同意说成喜欢和同意，将痛苦、丑陋、失败分别说成是愉快、英俊和成功……当一位叫作麦艳民的女学员不愿意将"接吻"说成是"握手"的时候，便被强行拖了出去，并遭到了保安的强奸。小说中被强奸的女学员在某一刻与"我"在大楼中的被强迫的境遇与反抗的动作还是重叠的……也就是说，它也意味着作为旁观者的叙事人，同样遭到了强暴。

如果说这样的作品表达的是一种相对确定的寓意，即对历史和现实中一种持久的制度性力量的批判；而类似《溺》一类作品，则表现了先锋小说中另一种常见的寓意，即对历史或存在的某种无解的疑惑，来自偶然与荒诞逻辑的求索。乡村少年关连淹死于村头的水库之中，原因起自与伙伴的较劲儿，关连之死自然引发了父亲和一家人的悲伤与愤怒，但他父亲要迁怒的对象却是倡导修水库的人陈兴国。就在他磨快斧头显示报仇决心的时候，他又想起了关连降生时的情形。孩子落地时突然撒出了一泡尿，照习俗说法，这样的孩子必克父母，父亲须用手掌在尿中连切三次，且刚好婴孩尿停，方能避过不祥之兆。但陈兴国的三掌并未止住孩子的尿液，他只好用手捏住婴孩的小东西将其憋了回去，而尿液流在婴孩身上，又意味着将来他会有意外之死。这样看来，杀死关连的人居然又是他的父亲自己了。这篇小说表明，在死亡和突如其来的灾祸面前，任何解释都是荒诞和无妄的。

还有无意识深度的表达。前者中的关连之死引发的官司，也可以看作是一种无意识的作怪，乡村习俗中的集体无意识与个体的无意识活动构成了一种复杂的纠结，它会暗示人的命运，也会解释出无法解释的逻辑。在另一个短篇《你不知道她有多美》中，东西书写了一种类似"牛犊恋"的纯洁而又深入骨髓的情结。作为街坊的念哥娶了公认的美人青葵姐，但作为少年的"我"，也就是春雷，却在陪同婆亲的这天早上，在三轮车中近距离地审视这位美人时也深深地爱上了她。在此后的交往中，少年的"我"都在无意识中坚信她与自己有某种特殊的关联，常常涌起爱、依恋和保护她的冲动。但不幸的是，她居然死于那场人所共知的大地震。在余震中满身伤痕的"我"，因为对她的爱的激励，才随着人群艰难地走出了废墟。这篇小说显然是对自己童年某个记忆的祭奠。

细心的读者完全可以从中读出余华、苏童甚至莫言小说的影子。余华小说中对于暴力与规训、阉割与欺瞒的历史的锋利揭露，苏童小说中对于人性弱点与命运无常的温婉悲悯，格非小说中对于个体无意识和存在的虚无的敏感而微妙的书写，都隐约可以在东西的作品中看到影子。尤其《你不知道她有多美》中，我们甚至还可以看出与莫言的《透明的红萝卜》之间的异曲同工。其中对"未成年人的爱情悲剧"的描写，简直可以说写到了骨子里，读之令人难以释怀。当然，在更深远的意义上说，我们也还可以从中看出更多外国作家的影子，如卡夫卡、萨特、加缪、福克纳……但很显然，从作家的趣味与写法上看，无疑都是属于先锋小说这一脉系，看出他与稍早前出道的作家之间的呼应与联系。这表明，东西的小说从一开始就显示了"纯正的血统"及很高的起点。

但另一方面，与先锋小说的叙事相比，东西与大部分"新生代"作家一样，其作品在充满寓言意味的同时，也有着强烈的及物性与现实批判的意味。比如发表于1996年的另一个短篇《我们的父亲》，便是非常典型的例子。如同戏曲《墙头记》里被儿女遗弃的父亲一样，这似乎是一个司空见惯的老故事。"我们的父亲"从乡下来到城里，依次到了"我"家、姐姐和哥哥家，但出于各种理由，没有一个儿女是认真对待他的，局促而窘迫的父亲转了一圈，最后一个人流落到街头。过了许久，"我"通过一个乡人得知，失踪已久的父亲可能已死去且被埋葬了。在公安局，"我们"查到了父亲的遗物，一只装着父亲的烟斗的军用挎包，还有两件买给"我"即将出生的女儿的衣服。但"我们"互相怀着恼怒一起去寻找父亲的尸骨时，仍然是什么也没有找到。小说以"减法"的形式，几乎将叙事"简化"为了一个典型的哲学寓言，因为意识中是"我们的父亲"，所以这个"复数的父亲"便成了事实上无人善待和关心的父亲。但是，它强烈的道德讽喻意味，对人性弱点的鞭辟入里的揭示，又十分具有现实感。

寓意是东西基本的写法，这使他从不轻易模拟和抄袭现实，而是都要经过缜密的深思熟虑，以寓言方式赋予其构思与题旨以深层的含义。发表于1997年的《耳光响亮》是东西长篇小说的处女作，这部作品虽然没有引起批评界太多的关注，但在笔者看，却是20世纪60年代出生者的一部不可多得的成长记忆之书。它的起笔即从1976年毛泽东的逝世开始，"失父"成为一代人标记性的精神烙印。精神之父的死亡，与牛家父亲牛正国的出走与生死不明，成为其孩子们不得不面对的残酷现实。随后，母亲何碧雪也改嫁他人，在失序与颠倒的混乱，以及贫穷而惨淡的物质生存中，一代人无法不在施暴与伤害、压抑与放纵中经历创伤与成长。所谓"耳光"可以理解为是一记精神的耳光，同时又是成长中现实的耳光，是巨大的时代转换与价值翻覆中最具体而深刻的创伤性记忆。小说的最后，失却"父法"（陈晓明语）与母爱的牛家的孩子们，在姑姑的率领下，历经磨难终于找到了流落到越南（——注意，是有着相似的历史与意识形态的越南！）的父亲，但他已经失去了记忆，变成了别人的父亲。他们只是从父亲的一个笔记本上隐约找到了他"出走"后的履历：偷东西，误伤人命，逃亡，迫于生计地贩毒、嫖娼、媾和，生养下另一群孩子……最终忘记了来路。

我不能不说这是一个绝妙的寓意！它甚至已经将"后革命时代"的许多荒诞的历史理解悄无声息地彰显出来，并以此作为"革命时代的成长记忆"的一种结果，一种始料未及和啼笑皆非的后果，使历史呈现出一种巨大的消解逻辑，一种湮灭或反转的荒谬的百感交集。它不是引导读者最终去为某一个人或家庭的悲欢离合而感慨，而是会引向对一种集体记忆的隐喻与整合，对个人记忆与宏大历史的一种"诗意的捏合"——这才是写作的正途，将历史与个人成长熔于一炉的成功处理。

很显然，如果从当代文学史演变的角度看，《耳光响亮》的评价还可以再高一点，因为在20世纪90年代大量的成长小说中，像这样自觉而准确地写出"60年代人"的集体记忆的作品，能够在人物的性格与经历中清晰地表明其文化印记的作品，显然不多。这样的小说对于构建当代中国真实的历史记忆，其意义是不可低估的。正如法国人刘易斯·科瑟在对社会学家莫里斯·哈布瓦赫的评论中所说的，"对重要政治和社会事件的记忆是按照年龄，特别是年轻时的年龄而建构起来的。""因为青春期的记忆和成长早期的记忆比起人们后来的经历中的记忆来说，具有更强烈、更普遍深入的影响。"①东西通过一代人的"耳光中成长的记忆"的叙述，通过个体时间（牛家的孩子们的个人成长史）和更大的历史时间（"文化大革命"即"文化大革命"后的社会历史）的双重设置，使得这一叙述在保持了其真实而鲜活的个体性的同时，又得以越出了单纯个人创伤的讲述，而能够以更长远的时间坐标，彰显出其历史的戏剧性与荒诞感，并且能够呈现出"后现代"式的"黑色幽默"的意味，这不能不说是一个了不起的高度。而且，东西的作品从一开始就不止显现了高超的手艺，而且还显现出了鲜明而独立不倚的叙述风格与美学品质，无论如何这都是应该肯定和必须予以重视的。

二、形式与逻辑：通向戏剧性与艺术之途

在讨论语言艺术的内容、材料和形式的关系问题的时候，与克莱夫·贝尔的立场相似，巴赫金也曾提醒我们，"艺术形式是内容的形式"，"也是整个依靠材料实现，仿佛固着于材料的"，但"无论如何不能把形式解释为材料的形式"。②一直深入探究小说文体规律的巴赫金之所以这样强调形式与内容不可分割的关系，其实是告诉我们，不要在排除叙事主题的情况下来谈论形式的问题，形式其实即是内容。或者变换一下，某种意义上也可以说，主题即是叙事，这给了我们讨论东西小说的另一个基本依据。或者反过来也可以说，东西创造出了内容与形式紧紧生长于一起的叙事典范——这便是他写于20世纪初的另一部长篇《后悔录》。在笔者看来，即便是置于整个当代文学史中来看，这也称得上是一个杰作。它用了细小然而也是巨大的寓言，用了一个内

---

① 刘易斯·科瑟：《导论：莫里斯·哈布瓦赫》，见莫里斯·哈布瓦赫：《论集体记忆》，第51页，毕然、郭金华译，上海人民出版社2002年版。

② 巴赫金：《巴赫金文论选》，第301页，佟景韩译，中国社会科学出版社1996年版。

容与形式紧紧生长于一体的叙事，构造了一个"关于命运的故事"，隐喻了当代中国大历史与个人成长之间的脱节与错位的状态。

或许东西在小说的后记中所说的话，对我们去理解是有帮助的。他说，他所试图打开的是一个"记忆的仓库"，要表达的是当代中国人"情感生活的变化"。然而，要书写这一切，最关键的是要寻找到一个有意思的形式：

> 这个小说耗去我最多的时间是构思，我越来越舍得花时间在构思上。那是因为我见过或体会过太多的失败，就像某城市的一座高楼，刚刚建成就要拆除；就像我们只用一天的时间来设计人生，却要为此付出一生的代价，这都是没有构思的惨痛。所以我宁可慢，也要对小说进行各项评估，试着更准确、更细腻地表达我的感受。①

此言不虚，东西找到或创造了一个充满哲学情境与宗教寓意的故事架构，一个与"忏悔录"叙事相对称的叙事，这是至关重要的。从古罗马时代的圣奥古斯汀，到启蒙主义运动时期的卢梭，西方人已创建了一种深入人心的形式——"忏悔录"的叙事。这种叙事在基督教背景下的文化与文学中，早已成为人所共识的经典，即关于个人成长经历的叙述，但同时，它又是按照反省和忏悔的宗教情感与神性价值来处理的个体记忆；而东西所提供给我们的，恰好是一种对应物，一种"反转思维"的叙事——不是检点个人在历史中的罪错与妄念，而是记述个人与历史之间的错过，或是历史对个人的玩弄，并由此生成了一种类似"命运"的东西，一种荒诞而戏剧性的逻辑。很显然，如果是置于原罪论的基督教文明中，这样的叙事也许是不合时宜的，因为其思维的起点不是个人之罪，而是个体所蒙受的不公以及对于这种不公的质疑与追问。然而，如果是置于中国当代历史的语境之中，"后悔录"模式却是合理的和合逻辑的，因为它既是对"命运"的最佳的书写模式，同时也是对个人精神世界予以解剖的另一通道。

在笔者看来，艺术逻辑是一个艺术作品的生命，它显然同生活逻辑与现实逻辑之间有一种必然的升华关系。现实中，狼吃小羊时是无需理由的，它想吃便吃了，弱肉强食是动物界的普遍法则。但在《伊索寓言》中，狼吃羊

---

① 东西：《三年一觉后悔梦》，《后悔录》，第293页，人民文学出版社2005年版。

时却要进行一番语言的较量，由此便产生了狼与小羊之间的"对话"。从现实逻辑看，这当然是"不真实"的，但按照艺术逻辑，如果没有这番看起来不真实的对话，便不可能使"狼性"的本质获得真实的彰显。因此，艺术逻辑是文学创作的根本之途。它在具体的情形下可以表现为故事的"戏剧逻辑"，人物的"性格逻辑"与"命运逻辑"，也可以显现为一种作家必须遵从的"叙述逻辑"，总之它具有巴赫金所说的"固着于材料"的客观性。如同哈姆莱特在"装疯"之后陷入了一种混乱的性格逻辑与戏剧逻辑一样，这一逻辑的不断延续也反过来成了哈姆莱特的命运及戏剧家不得不遵从的叙事逻辑与戏剧逻辑。哈姆莱特无法规避地先后用言语伤害了他最爱的人奥菲利亚，用剑误杀了他未来的岳丈波洛涅斯，无可挽回地陷入了与奥菲利亚的哥哥雷欧提斯决斗的悲剧……他从一开始就错了，尽管是出于不得已，但佯疯导致了他逻辑的错乱，铸就了现实中的一错再错，这就是他的命运。而唯有命运的是最感动人的，只有写出了命运的作品才是伟大的艺术。这便是老莎士比亚的哲学，也是一切艺术的通理。深谙这一点的东西，也用了类似的逻辑，写出了一个堪称与之异曲同工的人的命运。

资本家的孙子曾广贤，在无知和压抑中来到了他苦闷而慌乱的十六岁的青春期。他的性知识居然是由观赏和虐待一双交配的狗开始的。而这时刚好时值"文化大革命"。在一间他们祖上留下来的仓库中，混居着三个拥挤不堪的家庭。处于性苦闷中的父亲因为与邻居赵老实的女儿赵山河偷情，这事被无知的"我"——也就是幼稚的曾广贤无意间说了出去，由此导致了赵山河的匆忙出嫁，也让父亲蒙受了一顿暴打。由此"我"一生的"毛病"就种下了。继而是母亲遭动物园的何园长猥亵，恰好被"我"撞见，母亲也因此羞愤而死，妹妹随之失踪，父亲因为"耍流氓"而被到处揪斗。当父亲知道"我"这个儿子竟是告密者时，痛恨至极而再不相认。离开了家庭呵护的曾广贤，开始了独自的人生之旅。但之前所受的刺激以及所形成的性格逻辑，仍在不可思议地支配着"我"一错再错的行为，当同学小池示爱，"我"竟然失口喊出了"流氓"；当"我"随后无数次写信给受伤害的她试图重归于好，所有的信却如石沉大海，即便贴了两张邮票也没用。等到"我"鼓起勇气扒火车去见她时，她却早已是于百家的人了。美好的初恋就这样白白被自己的胆小和愚蠢给葬送了。之后，"我"侥幸以接班的名义做了动物园的饲养员，但孤独中最为依恋的一只小狗也背叛了自己，它引出了一连串爱的错讹与混乱的恩怨纠结，"我"先后被诬为赵敬东之死的祸首，失去了本有意于"我"的张闹，并因鬼使神差地钻进张闹的卧室而被判为强奸犯并获刑八年。

在监狱中，"我"给所有亲朋写信，试图洗刷自己的不白之冤，但所有的信都被扣押了。唯有一个在动物园的同事陆小燕，因为一直喜欢"我"而不断来看望和鼓励。但"我"还是干了许多傻事，如试图越狱而获罪被加刑三年。直到监狱生活还剩一年的时候，才明白必须要翻案，这时张闹也表示愿意翻供为"我"洗冤，可她的信竟然被"我"的眼泪打湿而模糊了字迹。直到刑期将满，"我"才突然被宣布无罪释放。这时来接"我"的竟是曾诬陷我强奸的张闹，"我"到河里洗除我身上的污垢，却致使"我"在这个过程中丢失了"平反"的文件。鬼使神差，我没有与一直一心一意待我的陆小燕结合，而是偏偏娶了脚踩两只船的张闹。结婚之日"我"发现张闹还一直与于百家私通，而这时再想离婚可就难了。"我"只好去找早已嫁给于百家的小池，却又致使她发了疯。之后，曾家被没收的房产获得巨额赔偿，可是这消息却又让父亲情绪激动而中风，并使"我"离婚的官司一拖再拖。房产被于百家侵吞，在改装为色情场所之后，"我"终于拿到了二十万元的补偿，在赔给张闹十万元之后方才知道，与她之间的结婚证居然也是假的。最后，于百家被抓，"我"仅剩的一点财产也随之被罚没。

在小说的结尾处，"我"对着将死的父亲，说出了一连串"如果……就……"，但一切都已晚矣，父亲已永远无法回答"我"。这半生之中竟没有一件事情做对，最终也还是碌碌无为一事无成，不要说恋爱，连一次真正的肉体接触也不曾有过，有的只是让家人和朋友一个个倒霉。

某种意义上这已是"命运的万壑千沟"了。假如从现实的逻辑看，一个人再倒霉，一生再"点背"，也不至于如此下场凄惨。但从小说看，这样的逻辑却是合理的，合乎大历史的内在逻辑，也合乎小说中人物的性格逻辑。作品中所刻画的这个"我"，这个由禁欲、暴力、物质的贫瘠而产生出的畸形儿，形象而戏剧性地寓意了成长于"文化大革命"的一代人的命运，寓意了他们从精神到肉体充满欠缺、挫折、创伤与磨难的成长历程；寓意了他们在争斗与伤害中人性的分裂与异化、那些"诚实者的悲剧"以及祸从口出、冤狱遍地、无处哭告、无法申诉的莫须有的罪错……作家用了错乱与荒诞的叙述逻辑呈现了这个悲剧——因为诚实而获罪，因为"生错了时代"而注定受苦的人的命运。

很显然,"寓意即形式"这一法则在《后悔录》中获得了淋漓尽致的体现。一个注定会与历史冲突、与人生错过的弃儿,百转千回地走过一切人世的苦难,盖因为他的诚实与懦弱。犹如老博尔赫斯笔下的"迷宫",看似千重遮障,其实是一线相牵,两个博尔赫斯在命运的两端互相等待和寻找,冥冥之中最终会在尽头汇合。而这时,戏剧终了,命运彰显,一个"迷宫的图形"也终将显现。这就是形式——或者说叙事的轨迹与逻辑,它与寓意完美地生长和生成于一体。

某种意义上这个主人公也是一个西西弗斯,一个被命运惩罚的劳而无功的推石头者,荒诞是这部作品的主调,也是它的美学。

而美学也是叙事的重要参与者。在《后悔录》中,悲剧的内质被外在的荒诞逻辑喜剧化了,使之成为另一种黑色幽默,这种格调反过来控制了作家的叙事。这是艺术创作中难得的佳境,所谓"上帝之手"或神灵附体,所谓"自动写作",诸种说法其实都是艺术逻辑与人物的性格与命运逻辑自动显现的结果。"作者知道的并不比别人多"[①],"叙述控制了我的写作"[②],余华曾不止一次地表达过类似的说法,便是表明对于这种叙述逻辑的遵从;换成东西的话来说,就是"在写作的时候不要折磨我们的主人公,好作品要'折磨'读者,但要做到这点,必须要考验作家的想象力。"[③] 所谓折磨读者当然不是一种故意的延宕,而是按照作品的戏剧逻辑和人物的性格与命运所生成的叙事动力而前进,这需要一种卓越的提炼和发现能力,驾驭与掌控能力。某种意义上它比"内心的召唤"更有值得服从之处——假如召唤不是出于对叙述逻辑的服膺,而是一种主观的自作主张的话。我之所以说东西是作家中的艺术家,理由应是在这里。

三、由现实通向哪里,或如何处理乡村和底层现实?

由"现实"通向哪里?这是我要提给当代作家的问题。当然有人会回答,

---

① 余华:《许三观卖血记》中文版自序,南海出版公司1998年版。
② 余华:《兄弟》后记,上海文艺出版社2005年版。
③ 《晶报》记者:《作家东西:生活其实是在模仿文学》,2007年09月18日,搜狐网文化频道。

现实就是现实，现实即是终极。但我所理解的现实绝非是表象意义上的部分，而应包含了之上和之下的部分，包括了文化的、人性的、形而上的和哲学的现实。这点在东西早期的《没有语言的生活》一类作品中早有充分的表现。在这个底层家庭中，苦难既是现实，更是象征与命运。东西在繁复和琐细的人物故事之中所精心搭建和呈现的，是这个由哑巴、聋子和瞎子组成的没有语言的、无法表达一切也无法保护自身的家庭，他们备受欺凌、操弄和永远无法改变的命运。他们唯一能够选择的就是承受。看起来这似乎是一个特殊群体的遭际，但东西喻示给我们的，却是整个底层乡村世界的生活——没有文化就没有语言，没有语言就没有表达，没有表达就没有权利和尊严，也无法有正常的情感与生活。这种悲悯与余华的《活着》非常相似，它不是居高临下的批判，而是匍匐于同样高度的生命体察与悲怆的感同身受；甚至也不只是书写一群人和一类人的生活，而是书写和隐喻一切人共同的遭际和可能的命运。

　　这使我们无法不钦敬：好的作家不会因为人物身份的低下与卑贱而远离他们，他们的灵魂就附着在了人物身上，变成了人物的一部分。唯其如此，他们才能真切地写出人物的命运，不但写出高于或深于现实的人性与善恶，揭示出其背后的历史与文化因由，而且会使之变得感人。《篡改的命》便是这样的作品，它让我们震撼于习焉不察的城乡两种生存之间的巨大沟壑与冲突，不止看到物质的差异与表象，更看到物质背后强烈而畸形的情感与心理，看出一种历史性的逼近和严峻。这种近乎无法填平的物质与精神的沟壑，或许可以从路遥的《人生》《平凡的世界》等作品中看到依稀的来路，但在近二十年乡村解体、生存塌陷的现实中，却变得更加血腥和急骤。物质的倾覆与伦理的濒于断裂压垮了无数个汪长尺，变成他们旷世的惨烈与奇异的命运，在由乡村通向城市的道路中，他们展开了史诗般的"出埃及记"一样的跋涉，以血以泪、以死以命……

　　　　这是他想得最多的一天……把林家柏跟他的交集过了无数遍。第一遍：我替他坐过牢。他欠过我工钱。他叫人用刀捅我，我差点失血而死。他谋害黄葵，嫁祸于我，让警察到谷里抓人，害得全村人人自危，集体失眠。我在他的工地摔成阳痿，他竟然不赔我精神损失费，拦车他不赔，打官司他不赔，爬脚手架他也不赔，还跟我玩消失！什么东西？什么货色？毫不夸张地讲，是他毁了我的心情，坏了我的人生……

这是《篡改的命》中汪长尺的控诉，他与林家柏之间恩怨纠结的部分总结。而事实上林家柏直接和间接地、真实和象征地毁掉汪长尺的，远不止这些，还有他的青春、希望、情感和生命。犹如一个血本无归的赌徒，汪长尺在这场命运的赌博中无法不陷于失败，最终只能寄希望于将自己唯一的儿子送与林家柏，并且自尽于浊浪滚滚的河水中，以毁掉证明儿子出身的证据。以这样彻底毁灭的方式，来结束这场旷日持久、在下一代身上还有可能延续的恩怨官司，并将之理解为是"对命运的篡改"——偷换了儿子的出身和血缘，一劳永逸地使之由乡村人变成城里人，由穷人变成有钱人，由底层屌丝的"矮穷挫"，变成出身高贵的"白富美"……这两个人物之间所形成的"象征性的关系"，构成了小说的戏剧逻辑，使之生成了一个形式的骨架，并且得以与作品的主旨生长扭结在一起。

这是怎样的一场绝地的抗争与搏杀？从父亲汪槐的跳楼致残，到汪长尺的代人追债与替人坐牢，从媳妇小文被迫出卖身体从事皮肉生意，到汪长尺因工伤而断送了生育能力……到最后不得不寄希望将唯一的骨血送与有钱人，这个家庭唯一的希望就是摆脱乡村的苦海，让后代永远改变自己的出身。如果说前一代人还只是付出了辛劳和健康，还可以生于此也死于此，希望于此也幻灭于此的话，那么汪长尺这一代，则付出了贞洁、爱情、生命和身体，输到一无所有，最终还要失去祖宗血脉和生命记忆，失去那个带给他耻辱和命运的身份……这是比死还要惨烈的变更，不止是肉体的死，还是身份与记忆的死，血缘与根脉的死，彻底消失且埋葬祖先历史的死。

话题至此，我有些犹疑了，我反问自己，东西是不是有些过分？这个过于戏剧化的人物命运是否过于巧合？我是认同、肯定呢还是应该有所保留？

这个疑问其实还是一开始的问题——如何处理小说中的现实？如何将乡村与城市这个由来已久的二元对立的现代性命题，在当代展开的悲剧性冲突中再次集中而历史地、艺术而形神兼备地书写出来？或许有人会说，东西的处理有过于巧合和夸诞之嫌，确实，如果从"反映社会问题"的角度看，从眼下千差万别的城乡具体矛盾看，东西的故事可能有虚构之嫌，但从中国正面临的数亿人的城镇化进程，从乡村世界的崩毁，从一场"几千年未有之大变局"的巨大历史变迁，从 20 世纪 80 年代以来中国暴风骤雨般的工业化背后的数亿农民工所付出的代价与牺牲来看，他站在底层人群立场上的这一书写，就不但显得真实，而且还切中要害和恰如其分。

如何书写乡村？这需要我们稍稍回溯一下历史，一个有意思的问题是：作为典范的农业社会，中国传统文学中竟然没有"乡土文学"。繁多的传统文学类型中有"归隐"和"田园诗"的主题，却鲜有"乡土"的观念与形象。这表明，所谓的乡土其实是现代性的产物，当城市、工业和现代文化作为一个异己的"先进的他者"出现之后，"乡土的自在体"才获得了一个镜像：原来它是如此愚昧、贫穷和落后。新文学的确立，某种意义上就是从这种现代性的乡村叙事——鲁迅的笔下的鲁镇与故乡——开始的。启蒙主义的立场赋予了这种乡村以与"现代"相对立的"传统"含义，赋予了其作为"国民性"之温床或者封建愚昧之所在的意义。现代中国的作家们基本上是传承和秉持了鲁迅的立场来理解和书写的，直到沈从文写出了另一意义上的乡村——作为精神乡愁之寄托的"湘西"，乡村才具备了另一含义，具备了浪漫主义文学视域中原始而单纯的美，成为可与"希腊小庙"相提并论的"世外桃源"的承载地，或者可以与现代文明相对峙的道德优越感与文化的合法性。

上述两种"现代的"和"反现代的"乡村叙事，作为新文学的两种传统，在当代作家笔下演变成了一种混合和暧昧的状态。一方面是类似启蒙主义的对乡土的穷困与落后的叙述占据了主导，另一方面是在某些情况下又将乡村世界描写为原始的精神故乡或者生命乐园。从贾平凹、路遥、莫言、张炜、陈忠实、张承志、阎连科、韩少功、郑义、李锐……到更年轻一代的苏童、格非、毕飞宇，他们的趣味多数是兼而有之，区别仅仅是成分的比重不同而已。但在最近的十余年中，我们不得不说，关于乡村故事的讲述，正面临着另一个合法危机和巨大的变动，那就是它将可能面对的的毁灭。对于中国在快速工业化和城市化进程中乡村所承受的创伤，农民的相对贫困化以及在进入城市之后所承受的压力与苦难而言，严峻而非"诗意"的叙事，已变成了唯一得体合适的模式。

而这就是《篡改的命》出现的背景。在我看来，东西对于现实的处理不但是合适的，而且获得了真实与寓言性的统一。在汪长尺身上，我们可以读出阿Q、骆驼祥子、多多头、高加林、福贵……这些农民形象和人物的来迹，但又可以看出一个最新的化身：他是千千万万个历经了近二三十年城市化和工业化进程,为之付出了一切的农民青年的一个代表,他短暂的、诚实但并不弱智的一生可能只有三十几岁或者四十岁,但已足以称得上是"命运的万沟千壑",经过了无数的沟坎与磨难。他的命运其实就是无论怎样努力也赶不上时间赋予他的差距,贫穷使他无法正常地获得任何机会,而一切努力的结果都只是拉大这先天的距离,同时还要付出更多,鲜血、身体、用命挣来的钱,永远难以应付的各种意外伤病与风险,最终还要付出所有的尊严。这个命运一方面是汪长尺个人的,同时也是历史的;是属于一个农民的,但更是整个乡村世界的。城市吸引和召唤着他们,同时也诱惑和改变着他们,最终销蚀和毁灭着他们。在汪长尺的身后和周围,东西也描绘了这个正日益分裂的世界,它的一部分消失于同城市的赌博之中——成功者以各种方式"融入"了城市,失败者则成为他们必然的代价或者"分母";它的另一部分则自生自灭于日益荒芜和废弃的乡村,不止土地上产出的一切已经无法养活他们,原有的淳朴乡情也已渐渐皮之不存。小说不断地以"返乡"的方式,描写着这个日益破败的村庄:

> 回到家,堂屋已坐满乡亲。王东的手指断了两根,说是到深圳打工时被机器切的。刘白条又赌输了,要跟汪长尺借钱。张鲜花因为超生,不仅挨了罚款,老公还结扎了。代军说张五患了一种怪病。二叔说什么狗屁怪病?就是梅毒。汪长尺想张惠靠卖身挣钱,挣到钱后寄给张五,张五又拿钱去嫖,这不就是一个循环吗?

在这两者之间,汪长尺仿佛是一个奇异的杂糅与混合。他失败了,最终毁灭于城市这个无情的庞然大物;但他又"成功"了,他的儿子终于"变成"了出身高贵、物质优越、有车有房、生活富足的城里人,他历尽磨难终于以自己的死终结了这一苦难的链条,一举"篡改"了世世代代从未改变过的命运。

这个结果当然就是东西的主题:他要为千千万万个汪长尺,为最终融入城市而消失了自己的乡村人,为正在一天天消失的乡村本身,它的土地上的一切,包括生活方式、伦理情感、风物民俗,一切美好的和原始的、穷困的和干净的、愚昧的和坚忍的……为这个世界唱一曲无边的挽歌,为汪长尺们曾经的血肉之躯竖一座纪念碑。汪长尺或许就是"我们时代的最后乡村"的一个化身，一个将乡村扛于自己的肩头、存于自己的血液与内心的人，他的死不止是个体肉身的毁灭，更是整个他身后的历史、传统、身份和文化的毁灭。这是城市和资本的胜利，从"大历史"的宏观逻辑看，这似乎是波澜壮阔的进步和风云际会的前进；可是从"人"和文化乃至文明的角度看，这波澜壮阔与风云际会中又充满了血色的惨淡与命运的荒谬，充满着生的艰难与死的悲怆。这一切最终会消失于历史之中，湮灭于城市的高楼大厦与万家灯火之中，但会长存于东西的悲歌与寓言之中，存在于《篡改的命》的一唱三叹之中。

四、节奏与旋律，或作为艺术的小说叙事

《篡改的命》一直让我想起现代以来最好的一个小说谱系，《骆驼祥子》《活着》《许三观卖血记》，因为他们都属于有节奏和旋律的小说，如前文所谈及的，是有戏剧性的结构和叙述的波澜起伏的小说。《骆驼祥子》中三起三落扣人心弦的买车过程，《许三观卖血记》中主人公让人刻骨铭心的十二次卖血经历，《活着》中福贵一步步下地狱（现世意义上）同时又一步步上天堂（德行意义上）的让人惊心动魄的交叉曲线，《篡改的命》中汪长尺的一步步跌入命运的环套又一步步走上绝境的悲怆历程，都是如此地丝丝入扣。就像余华在《许三观卖血记》的中文版序言中自诩的，"这本书其实是一首很长的民歌，它的节奏是回忆的速度，旋律温和地跳跃着，休止符被韵脚隐藏了起来……"[①] 的确，叙述的节奏让他的小说变成了音乐，在多数篇幅中是从容的慢板、如歌的行板，在某些地方则变成了激越而悲伤的快板。无独有偶，东西的《后悔录》与《篡改的命》也非常接近于音乐作品的节奏，前者像是一首无边际的变奏曲，常伴随着幽默、跳脱与荒诞的不和谐音，而后者则是一首降调的悲怆而离奇的叙事曲，中间穿插着小号和钹镲的怪异碎响，细部跳荡着偶尔温暖的乐句，但它的整体，则汇合为一曲钢琴与大提琴的交响——钢琴是男主人公命运的足迹，大提琴则是作者隐含的怨愤与悲伤。总之我感到主人公最后命运的显现是一种必然，这既可以理解为是前文所说的"叙述逻辑"，当然也可以理解为是音乐的旋律本身使然。

---

① 余华：《许三观卖血记》中文版自序，第2页，南海出版公司1998年版。

其实，无论是叙述逻辑或是音乐旋律，归根结底它们都是命运的派生之物，而命运是唯一能够感动人的因素，这是《篡改的命》能使我们感到震撼和悲伤、"怜悯和恐惧"的真正原因。关于这一点，我们不难在小说的后记中找到答案，东西说："我依然坚持'跟着人物走'的写法，让自己与作品中的人物同呼吸共命运，写到汪长尺我就是汪长尺，写到贺小文我就是贺小文。以前，我只跟着主要人物走，但这一次连过路人我也紧跟，争取让每一个出场的人物都准确，尽量设法让读者能够把他们记住。一路跟下来，跟到最后，我竟失声痛哭……"① 我相信东西这样说绝不是夸张，他找到了他每个人物的命运与角色，并且完全进入到了他们身体与情感里，顺从于他们的独立的意志，因此才能够写出属于他们内心的声音，属于他们角色的语言。在传统的写作理论中，这叫作"塑造人物"。在东西的叙事学中，这就叫"跟着每一个人物走"。我想这就是叙述的佳境了，当他叙述上一代农民父亲汪槐和母亲刘双菊的时候，包括讲述"谷里"的每一个村民，他的表达语气都是如此的贴切，他们的质朴与狡黠、自私与善良，他们"小农经济学"的精打细算和愚昧透顶，他们用一生的代价来换取一个不同命运的决绝，用土里刨食和嘴里省饭的方式来支撑"小农经济的方程式"的意志……都可谓跃然纸上。当他讲述汪长尺、贺晓文、张惠这些年轻一代的农民，他们的困境与诉求、欲望与灵魂的时候，也是这样传神和生动，汪长尺由一个怀抱志向的读书青年一步步变成一个身体残损自尊全无的打工者、一个"弱爆"的"屌丝"的过程，贺小文由一个淳朴善良的乡下姑娘一步步变成一个为钱奔忙的卖淫女的过程，都是这样自然而然和环环相扣。甚至，他描写黄葵与林家柏这种坏人，写他们作为坏人的行为逻辑以及常振振有词地为他们的厚黑和蛮霸辩护的时候，也是这样地立竿见影、入木三分。可以说，东西完全"入戏"了，只有完全进入了小说的戏剧逻辑，他才会写得如此富于对称性的角色感——

最让林家柏难以接受的是，汪长尺的眼睛竟然还大还双眼皮，五官竟然端正，眉毛竟然还浓，牙齿竟然还整齐……林家柏想狗日的要不生错地方，那也算个型男。汪长尺想原来骗子、杀人犯也长得这么秀气。林家柏想不管他们长得美丑，其诈骗的用心和手段几

---

① 东西：《篡改的命·后记》，第310—311页，上海文艺出版社2015年版。

乎都一样。汪长尺想人不可貌相，海水不可斗量。肉食者毒，塘边洗手鱼也死，路过青山草也枯。林家柏想动不动跳楼、动不动撞车，社会都被你们搞乱了。汪长尺想信誉都被你这样的人破坏了。林家柏想是你们拉低了中国人的平均素质。汪长尺想是你们榨干了我们的力气和油水。林家柏想你们随地吐痰，到处大小便。汪长尺想你们行贿、受贿，包二奶、养小三儿、官商勾结。林家柏想你是人渣。汪长尺想你是蛇蝎。林家柏想真臭呀，你的鞋子。汪长尺想你撒了什么香水，臭得我都想吐……

这是在因工伤索赔的一次对峙中，汪长尺与有钱人林家柏仇人相见时分外眼红的心理活动。东西用了"内心演出的戏剧"的笔法，来饱和式地叙述这个充满角色对峙意味的场景与过程，将人物完全置于其心理的支配中，从而展现了巴赫金所说的"复调的叙述"——两种声音都不是作者能够支配和控制的声音，相反，它让人觉得连作者也被人物的"速度与激情"裹挟了，作者完全听从了人物的召唤与安排。

还有小文的渐变。一个几乎从不为利益和俗物所动的乡村少女，一个本完全死心塌地喜欢着汪长尺的纯情女孩，在城市的逻辑与欲望的熏染下，竟一步步走上了卖身之路。东西将这个过程写得如此平易自然，在回乡过年的卖淫女张惠的引领与怂恿下，她重复了无数乡村女孩进军城市的相似道路。东西用了近乎寓言的笔致，将这个"渐变"的过程，一笔便勾勒了出来：

> 为了证明小文真是一朵鲜花，张惠一有空就教小文化妆，还把她的长发剪成短发，还把自己的衣服穿到小文的身上。小文一天一变，开始像个民办教师，慢慢地像个公办教师，像乡里的干部，县文工团的演员，电影里的女特务，最后被打扮得像个城市的白领……

仿佛一个进化与变异的演示图，这个逻辑使得小文在随着汪长尺进入到省城的那一天起，其命运的方向就已经注定了。某种意义上这也是乐句式的叙事，它将复杂的故事和漫长的时间流程变成了简约的旋律。如同余华在《许三观卖血记》所描写的主人公的十二次卖血经历一样，它可以是展开的变奏，但又是一个原始主题构成的主导旋律。汪长尺一次次考学复读的尝试，一次次打工挣钱的经历，一次次进入城市的努力，一次次受伤、破产的遭际，到一次次容忍自己的妻子去洗脚城卖身，一次次在林家柏们的特权和金钱之下败退，到最后的孤注一掷……可以说与许三观卖血的壮举构成了异曲同工的旋律。

在这个过程中，"细节的重复"起到了至关重要的作用。或许与鲁迅、余华小说修辞的影响有关系，至少也可以说受到了某些启示——东西在《篡改的命》中使用了大量类似"重复"的修辞，"汪长尺不想重复他的父亲汪槐，就连讨薪的方式、方法他也不想重复，结果他不仅方法重复，命运也重复了。""我在写字的时候，力争不重复，不重复情节和信息"①，但事实上这种不得已的重复，细节、场景和人物命运本身的重复，却反而帮了东西，使他的叙事具有了旋律感和戏剧性及强烈的寓言意味。这很像耶鲁学派的批评家希利斯·米勒所讨论的"一个人物可能在重复他的前辈，或重复历史和神话传说中的人物"，而批评家对于重复现象的关注，便是落脚于"分析修辞形式与意义的关系"②。有意味的重复不只成就了鲁迅，余华，成就了他们小说中浓郁的寓言意味、戏剧性和形式感，也成就了东西，成就了《篡改的命》中叙述的节奏性与旋律感，彰显了人物血缘与命运的前赴后继以及西西弗斯般的徒劳与困厄的努力。

还有饱蘸的感情。在许多片段中我意识到，东西所说的"失声痛哭"绝非夸张。他因为做到了与人物的同呼吸与共命运，所以人物本身的遭际与悲欢便成为了他自己的遭际与悲欢，叙述的节奏由此紧紧扼住了他的笔端，使之无法不频频出现激越或华彩的段落，出现不是抒情但又胜似抒情的笔墨。比如当汪长尺看到年迈且残疾的父亲与母亲来到城市，沦为乞讨者和拾荒者的时候，作者也无法抑制住他泪如泉涌的笔致：

　　因为人流量大，汪长尺没有勇气靠近。他躲在一棵树下远远地看着，咬牙强忍，但眼泪却不争气，哗哗地流。流一点，抹一点，

---

① 东西：《篡改命运·后记》，第311页，上海文艺出版社2015年版。
② 希利斯·米勒：《小说与重复》，第2页，第4页，王宏图译，天津人民出版社2008年版。

恨不得把眼前这幅画面一同抹去。仿佛是有了感应，汪槐抬头朝汪长尺的方向看过来。汪长尺发现他的脸又黑又瘦，眼睛变小，眼窝变深，连胡须也没刮。汪长尺把头磕到树干上，一下，两下，三下，磕得老树皮都掉了。汪槐看了一会儿，没发现异常，又把头低下。校园里传来上课铃声，马路上的人流量减少。汪长尺抹干眼泪，从树后闪出，走到汪槐面前，把带回来的两万块钱丢进口盅。口盅仿佛不能承受，一歪，滚到汪槐手边。汪槐的手一颤，像被针戳了似的。他慢慢抬起头，木然地看着，仿佛眼前是一道强逆光。但很快，他深陷的眼窝挤出一串泪水，整个脸部瞬间扭曲，似哭非哭，似笑非笑。当他脸部的扭曲波一过，泪水便滑出眼眶，但只滑到半脸就凝固，仿佛久旱的大地没收雨滴。看着眼前这张干瘦缺水开裂的脸，汪长尺刚刚抹干的眼眶重又噙满泪水。他蹲下来，抱住汪槐，叫了一声爹……汪槐的泪腺好像被这声叫唤打通，眼泪"唰唰"，流过高山流过平畴。汪长尺问妈呢？汪槐指了一下对面小巷。汪长尺抱起汪槐朝小巷走去。他没料到汪槐这么轻，轻得就像一个孩子。他没料到汪槐会这么小，小得就像一个婴儿。汪槐越轻他就越难受，汪槐越小他就越悲伤。

这样的段落与许三观最后一次卖血被拒时的痛哭流涕沿街哭诉，真可谓是有异曲同工之妙。作者已经无法按捺住其努力的超然，不得不与"复调"的人物意志与声音再度构成了交响或者和声，甚至合二为一，成为了一个人的内与外，里与表。由此我可以确信，东西不止写出了文化和道德意义上的挽歌，也写出了生命与情感意义上的悲歌、写出了作为精神记忆上的哀歌。他遵循着自己的内心情感，不由自主地泼洒下这些真挚而感人的笔墨。

五、荒诞、哲学，或者结语

在《西西弗斯神话》中，阿尔贝·加缪开宗明义说，"只有一个真正的哲学问题，那就是自杀。"如果这话是对的，那么也意味着我们的主人公汪长尺同样有了哲学处境，或者说也几乎思考了哲学问题。因为他最后终于跨越了命运的万壑千沟，完成了奋力而悲壮的一跳，向着那浊浪滚滚的河流。虽然他的死更多的不是缘于哲学的虚妄与无所事事,而是死于穷困潦倒和对世俗之"命"的抗争,但也正像加缪所说,"人们从来只是把自杀当作一种社会现象来处理",可"正相反,问题首先在于个人的思想和自杀之间的关系。这样的一个行动如同一件伟大的作品。"① 汪长尺的死某种意义上也是一件伟大的作品,他结束了自己无法颠覆的人生与命,终结了世世代代无法替换的卑微与贫穷,完成了父亲不能完成的愿望——用了他比父亲更多的知识和见识,处心积虑将儿子实实在在地送入了富人之家。毫无疑问这是一个杰作,一个由灵感和奇思妙想构成的杰作。但也正因为如此,它也将小说的美学升华至了加缪所推崇的荒诞之境。"一个突然被剥夺了幻觉和光明的宇宙中,人感到自己是个局外人。这种放逐无可救药,""这种人和生活的分离,演员和布景的分离,正是荒诞感。"② 加缪的推理仿佛是为东西所设,为汪长尺所设,他提醒我们不能只从"现实"的层面来看待这部小说,它确实以异常尖锐和深远的方式,叙述了一种生存历史的终结,一个族类或者群落的消亡,一个时代的悲剧。但更重要的是,这部小说也为我们展示了加缪式的世界观,即"一个人永远是他的真相的牺牲品"。③ 汪长尺正是这样,他并不知道,他的奋力一搏也许并没有改变任何现实,正如他与林家柏对簿公堂时验证自己儿子的DNA,得出的结论居然不是他的亲生一样。儿子最终也变成了别人的。这一切的努力到头来对于他自己和人类来说,都是一个旷古未有的笑话。

东西不愧是加缪的追随者,这个角度也使我看到了更远处的东西,使我对小说的某些直观的问题,某些叙述的不和谐或者不匹配有了合理的解释——比如说,从整个的故事结构与人物经历看,汪长尺之死应该是在2005年左右,因为最后其儿子"汪大志"变成了"林方生"并长大成了一名毕业自警察大学的刑侦员,是他偶然"发现了"自己身世的疑点及身份线索。这表明他的出生时间最晚也应该是在1990年前后,而汪长尺是在其儿子大志出生后上初中的年纪自沉而死的。这便有了一个问题:东西使用了近年的某些流行文化符号,来描写了他的身份与20世纪90年代的故事,用"死磕""弱爆""屌丝""抓狂"等眼下的流行"热词",构成小说前几章的题目,甚至还

---

① 阿尔贝·加缪:《加缪文集》第624—625页,郭宏安等译,译林出版社1999年版。
② 《加缪文集》,第626页,郭宏安等译,译林出版社1999年版。
③ 《加缪文集》,第643页,郭宏安等译,译林出版社1999年版。

给主人公起了一个隐含着"屌丝"之意的名字"长尺",虽并不十分恰切,它使故事本身的情境与叙事的话语之间构成了一种游离或不统一。但假如是以刻意的荒诞美学来看,这却不能算是问题,而且还是其荒诞逻辑的一部分了,作家用了荒诞的写作风格与手法,用了眼下的修辞去处理十几年前的事情,反而显示出他的一种鲜明的态度。

至此,我想我可以收尾了,但我还是要借用加缪的话来作结,他说:

> 如果人们承认荒诞是希望的反面,人们就看到,……存在的思想必须以荒诞为前提,但是他论证荒诞只是为了消除荒诞。这种思想的微妙是要把戏者一个动人的花招。

加缪分析说,当一位作家"经过充满激情的分析发现全部存在的根本的荒诞性时,他不说:'这就是荒诞'而说:'这就是上帝:还是以信赖他为好,即便他不符合我们的任何理性范畴。'"[①] 显然,加缪的意思是想说,荒诞才是这世界的真相或者本质。如果这样的话是可以成立的,那么东西的小说也不仅是叙述了现实中的离奇故事,而更是从哲学的角度和骇人的深广,向我们揭示了这个世界的荒诞,人性的,人心的,社会的,历史的,时代的和价值的荒诞。

这也是我肯定东西的理由。

写于 2015 年 10 月 3 日凌晨,北京清河居

---

① 《加缪文集》,第 644—645 页,郭宏安等译,译林出版社 1999 年版。

附录

东西主要作品出版年表

1986 → 《龙滩的孩子们》（短篇小说）《广西文学》第八期
1987 → 《醉山》（短篇小说）《中国西部文学》第八期
　　　《孤头山》（短篇小说）《西藏文学》第五期
1991 → 《秋天的瓦钵》（短篇小说）《三月三》第三期
　　　《稀客》（短篇小说）《中国西部文学》第四期
　　　《回家》（短篇小说）《广西文学》第七期
　　　《断崖》（中篇小说）《漓江》春季号
1992 → 《祖先》（中篇小说）《作家》第二期
　　　《幻想村庄》（短篇小说）《花城》第三期
　　　《相貌》（中篇小说）《收获》第四期
　　　《事故之后的故事》（短篇小说）《三月三》第五期
　　　《地喘气》（短篇小说）《民族文学》第七期
　　　《天灯》（短篇小说）《延河》第九期
1993 → 《迈出时间的门槛》（中篇小说）《花城》第三期
　　　《口哨远去》（短篇小说）《青年文学》第九期
　　　《故事的花朵与果实》（中篇小说）《作家》第十二期
1994 → 《草绳皮带的倒影》（短篇小说）《三月三》第四期
　　　《经过》（中篇小说）《大家》第四期
　　　《商品》（短篇小说）《作家》第五期
　　　《飘飞如烟》（短篇小说）《作家》第五期
　　　《原始坑洞》（中篇小说）《花城》第五期
　　　《城外》（中篇小说）《作品》第七期
　　　《大路朝天》（短篇小说）《人民文学》第十一期
　　　《白荷》（中篇小说）《三月三》第十二期
1995 → 《荒芜》（短篇小说）《作品》第一期

《跟踪高动》（短篇小说）《山花》第三期
《抒情时代》（短篇小说）《作家》第四期
《雨天的粮食》（短篇小说）《作家》第四期
《溺》（短篇小说）《人民文学》第四期
《美丽的窒息》（短篇小说）《花城》第五期

1996 → 《没有语言的生活》（中篇小说）《收获》第一期
《抒情时代》（中短篇小说集） 海天出版社
《没有语言的生活》（中短篇小说集） 华艺出版社
《等雨降落》（短篇小说）《广西文学》第一期
《我们的感情》（短篇小说）《作品》第一期
《一个不劳动的下午》（短篇小说）《大家》第三期
《我们的父亲》（短篇小说）《作家》第五期
《离开》（短篇小说）《山花》第五期

1997 → 《耳光响亮》（长篇小说）《花城》第六期
《反义词大楼》（短篇小说）《山花》第九期
《权力》（短篇小说）《东海》第十期
《美丽金边的衣裳》（中篇小说）《江南》第一期
《原名〈勾引〉》（中篇小说）《时代文学》第一期
《生活》（中篇小说）《小说家》第四期
《姐的一九七七》（中篇小说）《时代文学》第五期

1998 → 《耳光响亮》（长篇小说） 长春出版社
《目光愈拉愈长》（中篇小说）《人民文学》1998年第一期
《痛苦比赛》（中篇小说）《小说家》1998年第三期
《戏看》（短篇小说）《作家》第一期
《天上掉下友谊》（短篇小说）《漓江》第一期
《好像要出事了》（短篇小说）《青年文学》第二期
《关于钞票的几种用法》（短篇小说）《花城》第五期
《闪过》（短篇小说）《山花》第六期

1999 → 《目光愈拉愈长》（中短篇小说集） 广西民族出版社
《把嘴角挂在耳边》（短篇小说）《作家》第二期
《我和我的机器》（短篇小说）《江南》第二期

《过了今年再说》（短篇小说）《收获》第六期

《肚子的记忆》（短篇小说）《人民文学》第九期

2000→《不要问我》（中篇小说）《收获》第五期

《我们正在变成好人》（短篇小说）《天津文学》第一期

《送我到仇人的身边》（短篇小说）《作家》第三期

2001→创作根据《没有语言的生活》改编的电影剧本《天上的恋人》

《痛苦比赛》（中篇小说集）　北岳文艺出版社

《不要问我》（中短篇小说集）　中国社会科学出版社

《我为什么没有小蜜》（中短篇小说集）　四川文艺出版社

《美丽金边的衣裳》（中短篇小说集）　文化艺术出版社

《送我到仇人的身边》（中短篇小说集）　时代文艺出版社

《我为什么没有小蜜》（短篇小说）《山花》第二期

2002→《时代的孤儿》（小说散文随笔集）　昆仑出版社

《东西卷》（小说散文集）　漓江出版社

创作20集电视连续剧本《耳光响亮》

创作根据《耳光响亮》改编的电影剧本《姐姐词典》

《猜到尽头》（中篇小说）《收获》第三期

2003→《耳光响亮》（长篇小说）　华文出版社

《好像要出事了》（短篇小说集）　中国文联出版社

《秘密地带》（短篇小说）《大家》第一期

2004→《你不知道她有多美》（短篇小说）《作家》第二期

2005→《后悔录》（长篇小说）《收获》第三期

《后悔录》（长篇小说）　人民文学出版社

《耳光响亮》（长篇小说）　深圳报业集团出版社

《没有语言的生活》（中篇小说集）　深圳报业集团出版社

《猜到尽头》（中篇小说集）　深圳报业集团出版社

《你不知道她有多美》（短篇小说集）　深圳报业集团出版社

《保佑》（短篇小说）《红岩》第三期

2006→创作根据《没有语言的生活》改编的20集同名电视连续剧剧本

2007→《后悔录》（繁体字版）　台湾馥林文化出版社

《把嘴角挂在耳边》（法文版短篇小说集）　法国黎明出版社

　　　　　《伊拉克的炮弹》（短篇小说）《青年文学》第一期

2008 →　《没有语言的生活》（韩文版中篇小说集）　韩国银杏树出版社

　　　　　《后悔录》（韩文版长篇小说）　韩国银杏树出版社

2009 →　《没有语言的生活》（小说集）　江苏文艺出版社

　　　　　《挽留即将消失的情感》（散文集）　花城出版社

2010 →　《没有语言的生活》（法文版小说集）　法国黎明出版社

　　　　　创作 24 集电视连续剧剧本《后悔录》

2011 →　《后悔录》（长篇小说）　江苏文艺出版社

　　　　　《耳光响亮》（长篇小说）　江苏文艺出版社

　　　　　《救命》（中篇小说集）　江苏文艺出版社

　　　　　《没有语言的生活》（中篇小说集）　江苏文艺出版社

　　　　　《你不知道她有多美》（短篇小说集）　江苏文艺出版社

　　　　　《谁看透了我们》（散文随笔集）　江苏文艺出版社

　　　　　《双份老赵》（短篇小说）《作家》第一期

　　　　　《救命》（中篇小说）《人民文学》第二期

2012 →　《东西短篇小说自选集》　新世界出版社

　　　　　创作 30 集电视连续剧《猜到尽头》分集提纲

2013 →　《东西：不顾一切的写作，反而是最好的写作》《作家》第一期
　　　　　（东西、符二）

　　　　　《请勿谈论庄天海》（短篇小说）《收获》第一期

　　　　　《蹲下时看到了什么》（短篇小说）《花城》第二期

　　　　　《时代的孤儿》（小说散文集）　昆仑出版社（再版）

　　　　　《救命》（法文版）　法国黎明出版社

　　　　　《你不知道她有多美》（法文版）　法国黎明出版社

2014 →　散文《真正的经典都曾九死一生》　获首届《朔方》文学奖

　　　　　《经验，在最深处（外三篇）》《散文·海外版》第三期

　　　　　《请勿谈论庄天海》（精装本）　上海文艺出版社

　　　　　创作话剧剧本《瘟疫来了》

　　　　　创作长篇小说《篡改的命》

2015 →　长篇小说《篡改的命》《花城》第四期，《长篇小说选刊》
　　　　　上海文艺出版社第五期

《东西：永远的先锋——六〇后访谈录之十六》 周新民《芳草》第四期

《还能悲伤，世界就有希望》（与谢有顺对话）《南方文坛》第六期

《长篇小说〈篡改的命〉后记》《东吴学术》第五期

《好像不是虚构，而是现实》《长篇小说选刊》第五期

《先锋小说的变异》《文艺争鸣》第六期

《寻找中国式灵感》《辽宁日报》12月21日"阅读版"

2016 → 《瘟疫来了》（话剧剧本）《上海文学》第一期

《私了》（短篇小说）《作家》第二期

《文学的远与近》（随笔）《小说界》第二期

《东西散文四篇》《四川文学》第二期

《篡改的命》（越文版） 越南丽芝文化传播公司

《篡改的命》（繁体字版） 台湾麦田出版社

《没有语言的生活》（越文版） 越南文学出版社

《肚子的记忆》（中篇小说集） 漓江出版社

《东西作品系列》8卷 上海文艺出版社

2017 → 《大雨来过》（诗四首）《诗刊》第二期

《梦启》（随笔）《小说界》第二期"起点栏目"

《幻想村庄》（短篇小说）《小说界》第二期"起点栏目"

《私了》（中短篇小说集） 江苏文艺出版社